闽南文化丛书

闽南新闻事业

总主编　陈支平　徐　泓
主　编　许清茂　林念生

福建人民出版社

总　序

　　在社会各界的关心支持下，《闽南文化丛书》终于与读者见面了。我们之所以组织撰写这套丛书，主要基于以下的三点学术思考。

　　一、闽南文化是中华文化的一个重要组成部分，同时又是中华文化中的一个极具鲜明特色的地域文化。闽南文化的形成及其发展，是经过了漫长的历史演变与文化磨合，以及东南沿海地带独特的地理环境等多种因素逐渐造就的。中华文化的核心价值培育了闽南文化，而深具地域特色的闽南文化又使得中华文化的整体性显得更加丰富多彩。当今，区域文化研究已经成为世界性的一个学术热点，从中华文化整体性的角度来考察区域文化，闽南文化的研究理应引起学术界的高度重视。

　　二、闽南文化是一种二元结构的文化结合体。这种二元文化结合体既向往追寻中华的核心主流文化，又在某种程度上顽固地保持边陲文化的变异体态；既依归中华民族大一统政治文化体制并积极为之作出贡献，又不时地超越传统与现实的规范与约束；既有步人之后的自卑心理，又有强烈的自我表现和自我欣赏的意识；既力图在边陲区域传承和固守中华文化早期的核心价值观念，却又在潜移默化之中造就了诸如乡族组织、帮派仁义式的社会结构。这种二元结构的文化结合体，可以把许多看似相互矛盾、相互排斥的人文因素，有机地磨合和交错在一起。也许正是这种二元文化结合体，在一定程度上滋生了闽南区域文化及其社会经济的持续生命力，从而使得闽南社会及其文化影响区域能够在坚守中华文化核心价值的同时，有所发扬，有所开拓。我们通过对于闽南二元结构文化结合体的研究，应该有助于对于中华文化演化史的宏观审视。

三、闽南文化是一种辐射型的区域文化。从地理概念上说，所谓闽南区域，指的是现在福建南部包括泉州、厦门、漳州所属的各个县市。然而从文化的角度说，闽南文化的概念远远超出了以上的区域。由于面临大海的自然特征与文化特征，使得闽南文化在长期的传承演变历程中，不断地向东南的海洋地带传播。不用说祖国大陆的浙江温州沿海、广东南部沿海、海南沿海，以及祖国的宝岛台湾，深深受到闽南文化的影响，形成了带有变异型的闽南方言社会与乡族社会，即使是在东南亚地区以及海外的许多地区，闽南文化的影响所及，都是不可忽视的社会现实。因此，闽南文化既是地域性的，同时又是带有一定的世界性的。在当今世界一体化的趋势之下，研究闽南文化尤其显得深具意义。

闽南文化的内涵是极为丰富深刻的，其表现形式是多姿多彩的。为了把闽南文化的整体概貌比较完整地呈现给读者，我们把这套丛书分成十四个专题，独立成书。这十四本书，既是闽南文化不同组成部分的深入剖析，同时又相互联系、有机地成为宏观的整体。我们希望通过这套丛书的出版，一方面对于系统深入地研究闽南文化有所推进，另一方面则更希望人们对于闽南文化乃至中华文化有着更为全面的了解和眷念，让我们的家园文化之情，心心相印。

最后，我们要再次对于众多关心和支持本套丛书的写作和出版的社会各界人士，深致衷心的谢意！

陈支平　徐　泓

2007 年 10 月

目　　录

前　言

　　闽南的新闻传播事业是闽南文化的重要组成部分。新中国成立之前，闽南先后有250多种报刊创办，20世纪30年代开始建立广播电台，前后有近30几家通讯社和省（境）外新闻单位在闽南派驻机构。新中国成立后，闽南地区的报刊、广播、电视、通讯社迅速发展。近年来互联网传播更是异军突起。闽南的新闻传播业反映了闽南100多年的历史，对闽南社会的进步起着重要的促进作用。

　　闽南的新闻传播事业产生于鸦片战争后的1872年，早期的报刊主要由外国商人、传教士所创办。外国人创办的新闻传媒大都为帝国主义侵略中国服务的。一批爱国的知识分子很快就意识到新闻传播的重要作用，迅速拿起新闻传媒这一利器为中国人服务。从1878年开始，他们就创办了一批支持"维新变法"运动和随后的资产阶级革命运动的报刊。连横和黄乃裳创办的《福建日日新闻》，就是当时很有影响的资产阶级革命派报纸。

　　辛亥革命胜利后，厦门新闻传播事业迅速发展，先后新创办的报刊达十几家，除厦门外，漳州、泉州的首家报刊都创办于这一时期。但这些报刊相继被军阀政府查封或因经济困难而停刊。而《江声报》则不断改革业务与日本人操纵的《全闽新日报》相对峙。

受"五四"运动的影响，1921 年起闽南又掀起一次办报新高潮，1925 年前后又创办有十几家报刊，组成了反帝、反封建的进步文化战线。许多进步报刊相继出现，原有的民间报刊也增加了宣传新文化、新思潮的内容。

伴随着这次办报高潮，厦门大学设立了新闻学部，开创了中国人创办高等学校正规的新闻教育的先河。

1927 年后国共两党各有自己的报刊，同时继续出现了一些华侨捐资创办的报刊。其中包括 1935 年 9 月 1 日爱国华侨胡文虎在厦门创办的《星光日报》。这一时期民办的小报一度繁盛，对于时局和社会时有不满和讥讽的文字，但所办时间都不长。九一八事变后闽南国人创办的报刊，一致主张奋起抗日。抗日战争胜利后闽南又一次出现办报高潮。出现了 20 几家报刊，但大多难以维持，影响较大的是《江声报》和《星光日报》。这一时期闽南共产党人在极其艰难困苦的情况下，办报活动此起彼伏，先后创办了 67 家报刊，呈现燎原之势。

新中国成立以来，泉州、漳州、厦门都办起党委和政府的机关报。这些报纸发行量大，持续稳定发展，20 世纪 90 年代以来，《泉州晚报》和《厦门日报》又不断扩版，同时办有一些子报和刊物，其中《泉州晚报·海外版》和《台海》杂志在对海外华侨华人和涉台报道方面颇具特色。目前闽南报刊品种齐全，党政机关报和都市报并存，综合类报刊和各种专门化、专业化报刊并存，彼此激烈竞争，呈现出更加繁荣的面貌。

闽南的广播发展迅速，建有三个地（市）级的广播电台和县（区）一级的广播站，形成了健全的广播网。1975 年厦门开始成立厦门电视转播台。漳州电视台创办于 1985 年。泉州电视台创建于 1986 年。闽南电视事业已形成无线和有线、微波和卫视传播相结合的电视网络，市、区、县多级办电视，人口覆盖率迅速超过 90％。2000 年以来闽南电视事业发展更快更完善，看电视已成为老百姓生活中不可缺少的组成部分。闽南地区电视节目质量迅速提高，每年都有一些节目在全国、全省获奖。目前数字电视正在迅速推广和普及。

近年来闽南各种新闻媒体都办有自己的网站。经过近 10 年的发展，闽南互联网宽带服务已经普及。2001 年，厦门电信互联网数据中心开通，该中心目前拥有国内最大的域名注册提供商（机房）和国内虚拟主机占比最大的数据中心。

纵观闽南新闻传媒业发展的历史和现状，可以看出闽南新闻传媒业有两个鲜明的特点：一是始终关注和报道有关华侨和华侨聚居地所在国家和地区的各类信息，二是始终重视报道关涉台湾的各种信息。而这两类信息传播同其他闽南新闻传播一样，有着明晰可辨的闽南文化烙印。闽南新闻传媒业堪称闽南文化传播的重要阵地。

第一章

晚清时期的闽南报业

闽南报业产生于晚清时期。1842年鸦片战争失败后，清政府于1842年8月与英国签订了丧权辱国的《南京条约》，厦门被辟为五口通商口岸之一。西方列强纷纷在厦门设立领事馆。外国商人和传教士不断涌进闽南。他们办洋行、开工厂、掠夺原料、倾销产品、贩毒走私，进行一系列经济侵略活动。同时，他们也进行着文化侵略活动，设教堂、办学校、搞慈善事业，并开始了办报活动。

厦门成为外国人在闽南最早的办报基地。他们先是办外文报刊，收集国内、省内特别是闽南及台湾的政治、经济、军事情报，传递各种经济信息和人事动态，用以统一在闽南的外国人的思想和舆论。1872年在厦门创办的《厦门航运报道》（*Amoy Shipping Report*）是闽南第一家英文报纸。1878年该报改组，改名为《厦门公报和航运报道》，阿·阿·马卡尔（A. A. Marcal）和吉·弗·马卡尔（J. F. Marcal）先后任主编，民国成立时该报仍在发行。此后还有1891年创刊的《厦门时事商业报》（*Amoy Times and Mercantile Gazette*，经理与主编均为艾伦，即 W. J. Allen）和1902年创办的《厦门钞报》等英文报刊。这些外文报纸的受众主要是在福建特别是在闽南的外国人，因此发行范围不大，发行量很有限。

厦门是重要的港口城市，也是面对台湾和南洋，背倚漳泉内陆的新兴城市。随着帝国主义和殖民主义列强侵略活动日益加剧，西方传教士在厦门办起了以闽南人为主要受众的中文报刊。日本侵略者殖民统治台湾之后，紧接着便加紧了侵略厦门和整个福建的步伐。配合这一侵略活动，驻厦门的日本领事馆也办起了中文报刊。[①]

在闽南外国人出版的报刊大都是为帝国主义和殖民主义列强侵略中国服务的。闽南一批爱国的知识分子很快就意识到报刊的重要作用，迅速拿起这一利器。

第一节　外国传教士办的报纸

晚清时期，英国传教士在厦门创办了一批中文报刊。这些报刊虽然出版时间都不长，但都远销东南亚等地。1886 年，英国传教士布德（C. Budd）在厦门创办了《厦门新报》月刊。这是闽南最早的中文报刊，也是外国人在厦门创办的第一份中文报刊，该刊用拉丁文拼音闽南话写作。登载内容以时事新闻和一些教会新闻为主。只出数期便停刊。这一时期出版时间较长、影响较大的报刊是《鹭江报》。

一、《鹭江报》的缘起

《鹭江报》创刊于 1902 年 4 月 28 日，创刊地点是在厦门海后滩德招洋行后面（今厦门邮电局所在的人和路）。1890 年义和团兴起，派员从北京到厦门来招募团员，并发告示。当时在闽南

---

① 晚清时期日本人在闽南的办报活动本书在第四章阐述。

的外国人惊慌失措，大多集中到鼓浪屿避难。据福州《闽报》1902年11月19日报道，《鹭江报》报馆9月遭火灾所有机器尽成灰烬，遂迁到鼓浪屿的鹿耳礁。1903年11月17日迁到自建于太史巷（今大同路西段"吴再添"饮食店斜对面小巷）的新馆。该报有自己的报馆和印刷设备。

《鹭江报》是英国牧师山雅各①（Rev Jas Sadler）创办的。1842年鸦片战争的硝烟未散，外国传教士便在厦门传教了。厦门是全国继广州之后最早建立教会的城市。随即向周边辐射，漳州、泉州相继建立教会，设立教堂。山雅各是英国传教士，1867年到厦门来传教，1898年创办了英华学堂（现在厦门二中的前身）。他在闽南、闽西乃至福建的传教士中有广泛的影响。他敦请各地教堂的牧师、传教士协力合办《鹭江报》，但实际上该报背后有三个颇有势力的支持者。一个是英国派驻厦门的领事满思礼。一个是英国垄断中国海关的秘密行政组织总务司派来的厦门海关税务司司长辛盛。再一个便是英国政府派驻厦门领事馆的领事请来当陪衬的清政府福建省兴泉水道派驻厦门的道观察延年。该报编辑部成员开始是9人，后陆续增加到13人。山雅各做总主笔和总经理，其余12人都是中国人。而日常办报的编辑记者只有7人，其余5人为出资集股的闽南名士，相当于该报的董事会董事。上述《闽报》1902年11月19日的报道中说，《鹭江报》9月遭火灾后，"该地绅士鸠资集股重为整顿，上谕恭录、紧要奏折、中国纪事、外国纪事、专件、文苑、诗界搜罗集、路透电音、闽峤近事、延台南连君雅堂（引者注：即连战祖父连横）侯官林君砥中二人主笔。"

---

① 他的政论文章署名山雅各，闽南话中"各"字与"谷"字同音，所以有人称他为"山雅谷"，本文使用多数新闻史书所采用的名字"山雅各"。

《鹭江报》为旬刊，连史纸，竖排，铅字印刷，装制成册，每期25页，3万多字。后来该报扩大篇幅，每期30多页，4万多字。该报言论、新闻报道、副刊文字、广告等近代报刊四大配件都齐全。设有论谈等多个栏目。

《鹭江报》第一期的三篇论说，阐述了该报的办刊宗旨。第一篇为山雅各写的《叙》。他自称是中国的好朋友，"余旅居中国多年，爱中国之情不自知，何以不能一忘也。惓怀世变，冀挽狂澜，而绪有万千，柄无尺寸，恨绵绵莫解，情脉脉其谁知?"所以他办报的目的，就是要通过《鹭江报》上传下达，沟通内外，参与中国的内政，让国人仿外洋之成规，革除中国的弊政。

第二篇为主笔冯葆瑛写的《鹭江报出报序》。他着重强调《鹭江报》是为了帮助读者增见识，广见闻，开民智，增补史乘，表明该报主张"维新变法"，重视新学、新政。

第三篇是翻译雷崇真写的《鹭江报序》。该文内容是上面两篇论说的补充。文章说："厦门为东南一都会，商舶之往来，华洋之共处，虽不若上海、香港之繁盛，抑岂无新机独辟，善政堪传，足以开民智而治国闻所未必采哉?"接着他强调东南亚各国"以及台南、台北等处，尤必有商务工艺诸良法，得籍集思而广忠益者，正未可量也。"这一补充，意在使该报对促进闽南工农业生产和经济繁荣有积极的意义。文章还对上面山雅各文中所提到的"有见辄书，有闻必录"进行补充阐发，指出："即使通例有闻必录，亦必择其有益于人心而能裨补于政俗者，然后矜慎出之，庶可以开民智而佐维新，治国闻而供采纳，非可苟焉也已也。"这反映出当时国人比较先进的新闻思想。①

---

① 胡立新、杨恩浦:《厦门报业》，第14～17页，鹭江出版社，1998。

二、《鹭江报》的新闻报道

《鹭江报》虽然 10 天才出一期，但是对新闻报道极为重视。该报每期都到刊登 80 条左右的新闻报道，占全部篇幅的 80% 左右。

除了上谕恭录、紧要奏折和路透新电外，新闻报道刊于《中国纪事》（第一年栏名为"中国时务"）、《外国纪事》（第一年栏名为"外国时务"）和《闽峤近闻》（开始栏名叫"漳泉近闻"下分《厦门》、《泉州》、《石码》、《金门》等小栏目。后改栏名为"闽峤近事"。《闽峤近闻》下分《福州》、《厦门》、《泉州》、《漳州》等小栏目，也叫过"闽峤琐闻附录"）等栏目。总体上看，往往国内新闻多于国际新闻，福州、厦门、泉州、漳州等本地新闻又多于其他国内新闻。这种安排符合了新闻的接近性原则，突出了地方特色。

《鹭江报》的新闻报道，大都写得很精练，每篇短则几十个字，长的也不过一两百字，开始新闻标题大多为四个字，如第一期在《厦门》栏里的新闻标题：《欲括邮利》、《同文甄别》、《新设领事》、《僧面盗心》、《扫除垃圾》、《果商认缴》、《诡谋毕露》。后来新闻标题字数越来越多，使之成为新闻内容的提要，让人一看便知：谁，干什么，什么地方，怎么样。如第 83 期《厦门》栏里的标题：《黄士珍重任厦访防厅》、《曹军门之认真防务》、《美国水师提督过港》、《官绅庆贺天长节》、《美国领事署失火》《周寿卿力让金门牧师》、《擒获拐匪之奇闻》。这类标题越来越接近现代报刊的消息标题。

就新闻报道的内容上看，国际、国内新闻大多以政治、军事、经济、文化为主，本地新闻也大多反映了当时社会的基本情况。郭稼先生曾以第 6 期的《闽峤近闻》为例进行统计。该期

50 条地方新闻可分为十类，即社会治安、税收走私、疫情防疫、社会奇事趣闻、育才选才、文化教育、市场经济、封建迷信、政府文件、外事活动等，其中头三类新闻合计占 60%。这种新闻内容的选择和安排，符合当时本地社会动乱、苛捐杂税、瘟疫横行、民不聊生的基本情况。迎合了当地读者和关心家乡的台湾同胞、海外华侨的阅读需求。该栏其他各期新闻内容大多与此类似。该报还报道了一些当地公用事业和民办工业的建设及当地群众求知识、增见闻的活动，这些是当时当地出现的新事物。这类当时有价值的社会效应好的新闻，成了今天颇有历史价值的地方史料。

诚然作为一家时事政治性报刊，《鹭江报》重视议论自不待言。但该报新闻报道占 80% 左右的篇幅跟总负责人山雅各的新闻思想有关。

作为总经理、总主笔，英国传教士山雅各在《鹭江报》创刊第二年总第 25 期（1903 年 3 月 19 日）上发表了《论报馆访事之关系》一文，论述了记者采访报道的重要作用。

文章首先强调了记者的地位。他说："报章者地球之喉舌，全国之耳目也，而访事之人为报馆喉舌之所托，耳目之所寄。华报选用访事不着意，每致滥竽。此中西报体优劣之由分也。""国势之兴衰，舆情之通塞，视夫报业之颓振。报业之颓振，又视夫访事之良否。"

接着，文章对外国记者工作作了介绍，指出："访事又未尝不自重也。凡探述一事，必有关国计，有益民业，而琐闻之事概不搋入。此报体所以崇，报品所以重也。""故访事能得公理之正。上有补政事，下足警官邪。裨益于国家非浅显也。"

文章描述了当时我国记者的情况。"中国报之置访事，唯以探报之役待之，充是职者，类多无甚识见。故其陈说大率里巷闲谈，俚俗琐语，奸淫盗窃污秽之事。于外情、商业诸大端，茫然不知。其甚者，贪图贿赂，虚捏事实，任意毁誉或探侦不实，妄报情形，乱人视听。此华报之纪事所以多虚诞也。"

文章最后说："今日官民之阻隔，上下之壅蔽，非报馆必不足以通其情。欲通全国之情，非识见卓越、议论明通之主笔必不能屈尽详言之、悉心开导之。然其为主笔耳目喉舌，新主笔之见闻者，非访事又不能为力。余详论访事之关系，使同业置访事者知所审慎，则有裨于报章不尠矣。"

应当说《鹭江报》重视新闻报道，同总负责人山雅各上述新闻思想不无直接关系。

三、《鹭江报》的政论

《鹭江报》的总经理兼总主笔山雅各在《论报馆访事之关系》中说："西报主笔与政府并重。故议论记述政府多采而用之，其权与上议院等。主笔之崇贵不待言矣。"他自称是中国的好朋友来参与中国的内政，自然对该报的议论也就十分重视。《鹭江报》每期卷首都有《论说》专栏，每期两三篇至四五篇不等。在这些议论文章中政论占有95％以上。而这些政论文章中山雅各写的约占40％，中国编辑所写的只占35％。其余25％为社外投稿。

显然由于国际风云变幻起伏，国内局势动荡不安，加上作者的身份和所属阶层不同，《鹭江报》上的政论在不同阶段表现出各种不同的观点。但为了占有这一舆论阵地，山雅各不停地发表自己的言论，在《论说》栏，通常三四篇文章中就有他写的一篇或两篇。他的文章完全站在帝国主义和殖民主义列强的立场上，赤膊上阵为他们的侵略活动涂脂抹粉，明目张胆地为侵略者辩护。如把英国强占香港、日本强割台湾公然说成是什么友爱之事。在《论中西合办一切事宜实为交益道》一文中，他说："英人与中国军旅之事，是为商务而已"，"英人之必与中国力争者，非觊觎中国之土地也。所得者，香港而已。此则欲与中国合办事宜之萌芽也"。在《论日本助华》一文中，他说什么："日本常以赞助华人为己任。甲午之战，日本所以警中国也，以为中国遭此挫折，必豁然醒悟……必然奋起以西法之可师……""日人治理全台，业已就绪。华人但能以实心相与，体其惠爱，与之合办，与之共襄，则利益甚大，非益日人也，华人自受甚益，而日人亦在受益之中耳"。

综观山雅各在《鹭江报》上的政论，他始终自觉地站在英国的立场上说话。开始他极力为英、日联盟唱赞歌，日俄之战，他著文说中国只能让英、日侵占，对全欧洲各国才有好处。战后日本远东势力大增，威胁到英国在远东的利益，他便把英、日联盟抛弃，大谈美国的所谓民主事迹。当帝国主义大举入侵的事实击败了他先前所谓的"友爱"、"合办"论调后，他黔驴技穷转而专门写传经播道的议论，企图以宗教麻醉中国人民，让中国人忍让，安于现状。

虽然《鹭江报》上为外国侵略者辩护的文章连篇累牍，但毕竟13个编辑人中有12位为中国人，他们写的文章中不乏爱国自强的议论。开始编辑部人员多站在后党的立场上对清王朝充满幻想，主张变法图强，同时对帝国主义侵略本质尚未看清。他们按照山雅各的意图写了一些改良维新抵制革命和联合英国、日本以抵制强俄的文章，寄希望于清王朝和一两个帝国主义国家联合得以解救中国。后来随着形势的发展，特别是日俄战争后的残酷现实，促使他们先后发生了思想转变，发表了一系列反帝爱国的文章。如主笔冯葆瑛发表了《论中国索还满洲之大关键》一文，揭示了日俄战争的实质，主张清朝出兵，自己收复满洲。后来另一位主笔林砥中也发表了《生中国乎？死中国乎？》、《中国人之中国》和《论中国当保全铁路之权利》等文章。他们所提出的主张，在当时虽不大现实，但爱国热情溢于言表。如林砥中在1903年3月19日出版的第25期发表的《论力》一文中说："泰东六千年泰西廿世纪之历史，一强力支撑之世界也。""今各国无理要挟之事，何以不施于匹敌之国而独屡试我东亚，勿亦以孱弱无力之帝国易于欺侮乎？俄之灭波兰也，日杀之不尽。服之不久，权力所在，奴隶由人，刀俎由人。吾言会及此，鼻为之酸，胆为之颤，手足为之麻冷。吾尝含涕啜泣以道之，喷血秉笔以记之。""冀吾四百五十兆同胞能出其脑力心力抵制列强之力，以振此垂危之局也。""窃愿吾国政府国民其敬听吾言，上去其压力，下结其爱力、群力，完固团力，以求自强，勿为印度、波兰、犹太、菲律宾、土耳其之续也。"言词激烈，正义凛然。连横在1904年3月第61期发表的《惜别吟诗集序》一文中，大声疾呼"呜呼！中原板荡，国权丧失，欲求国国之平等，先求君民之平等，欲求君民之平等，先求男女之平等。洒笔书此，以告景商（林辂存），并以质天下之有心人也。"在第78期发表的长篇专论《满洲最近外交史》一文，又从史学的角度，揭露了清政府卖国以苟延残喘的罪恶事实，充满反帝爱国的情怀，表现出革命的思想倾向。

《鹭江报》的《论说》栏里也登载了一些读者投稿。这些读者写来的评论，不时发出进步的呼声，表现了奋发自强的爱国思想。如1902年鼓浪屿沦为万国租界时，有读者在该刊上发表论说，指出"某国借我军饷万金……逼我签订此约，政府惑之，其议遂成"，揭露美国在鼓浪屿沦为公共租界过程中的阴谋活动。这类爱国反帝的言论，教育了《鹭江报》的中国籍编辑，使他们不得不及时刊登，反映了广大读者强烈的爱国主义思想和反帝、反封建的意识。如一位署名"东海弃民"的读者发表的《日俄战记》一文中说："记者以为俄日之战，乃俄日之利害，不知俄日利害，犹待于枪林炮雨之中；中国之厉害，竟先著于局外中立之约。中国若不自省，亟图弥缝，吾恐俄日之战未了，而中国之土地，中国之人民已将厮磨绝灭，先日俄而归于尽。"还有一篇署名"忧时子"的读者写的《秋声读报说》，更是义正辞严，有力痛斥："日俄之战，不战于其国，独战于吾帮，震荡于吾国民，蹂躏我土地。"公开呼吁中国人民要做个"血眦摧裂，振臂奋呼，戴天立地之国民"。这类读者论说的刊出，反映了中国人的正义呼声，也表明了《鹭江报》中国籍编辑的思想转变和民族意识的觉醒。

四、《鹭江报》的经营之道

《鹭江报》从 1902 年 4 月 28 日正式创刊，发行至 102 期停刊，前后发行约 3 年，是同时期在厦门出版时间最长的报刊。这得益于该报独特的经营之道。

首先是采取各种方法吸引读者订阅。

《鹭江报》创刊号出版时，每册夹带一张红纸印刷的启示，敬告读者"本馆在鹭江创行报册，叙万方之要事，博览于名流，旬出一编，月得三卷，计全年 33 卷，收取报资三元。开报第一册赠阅以后，倘若定购，请书明台甫地址，当时呈送不误。"读者订阅只要写明地址，当按期呈送不误，并不强调要先寄钱后送报。

该报尊重闽南风俗，每年农历正月不出报，让员工春节期间放假回家过年。所以每年出版 33 期。如果订阅该报全年 3 元，而零售是每本一角。也就是说该报一开始就采用价格策略，订阅比零买便宜 10%，以鼓励读者订阅。

该报第二年还实行增版不增价策略，以取悦读者。在第 25

期《鹭江报》上刊登的《癸卯年发行广告》中说："本年篇幅页数，较旧年增多三分之一，报中各项亦逐一改良。本拟重增报资，以充经费，因念风气初开，不欲阻文明进步，故价目仍然曩例。"内容增加，篇幅增多，却不提高价格，目的就在于进一步提高发行量，以降低成本。同时，发行量提高了，广告效果必然会更好，从而吸引了更多的广告，造成良性循环的经营效应。这正是该刊经营的精明所在。

其次是建立庞大的发行网，不断扩大发行量。

《鹭江报》一开始便制订优惠的代销价格，以促进该报的销售发行。该报规定代销者"每份抽出二成，以作酬谢"。外地读者订购全年，"外埠加邮费5角，外洋加邮费1元5角"。当时市场上其他商品的批零差价大约在10%左右，而该报的代销费竟高出一倍，于是很快就扩大了发行网。

《鹭江报》的发行渠道有4条：一是教会系统的礼拜堂、福音堂、圣教会等基层单位；二是各地药房、布庄、书店等商号；三是各地报业同行；四是各地知名人士。如第25期公布的在台湾发行的代派处是"台北港边后街李春生翁"。李春生是住台北的厦门人，是当时台湾名人。1900年9月孙中山在台湾设立惠州起义指挥中心时就住在李春生的洋楼里。

通过这4条渠道，该报先后在福州、宁德、泉州、惠安、同安、金门、漳州、龙溪以及广东、上海、天津等地，建立了32个代派处或发行所。

闽南和整个福建省华侨众多，这些华侨多数在东南亚和东亚居住，他们热爱祖国，关心家乡的情况。因此《鹭江报》利用这个有利因素，通过上述4条渠道努力向东南亚扩大发行，先后在菲律宾、新加坡、印度尼西亚、安南、缅甸、日本等国和香港、台湾等地区建立了16个代派处或发行所。该报经常在杂志上公布各地代派处的地址，彰显其发行范围之广，以扩大发行。

第三是注重刊登广告并实行多种经营。

《鹭江报》虽然广告所占版面不多，但还是注重广告经营的。该报在广告刊价策略上，始终采取登载次数越多，收费标准越低的原则，鼓励广告客户连续刊登。开始时广告收费以字数计算，"第一次每字取洋银五厘，第二次至第七次每次取洋银三厘，第八次以上每次取洋银二厘半。代译外国文字及刻图画广告价格另议"。翌年修改广告收费标准，"第一次37字（即一行），取洋银1元，第二次至第七次每行取洋银5角，全年每行取洋银2角半"。为了使广告更加引人注目，《鹭江报》在当时还没有彩色印刷的情况下，经常采用红、绿等颜色的纸张印制广告，附带装订报册，使广告更为醒目。该报广告内容都较实在、健康，反映了当时福建，特别是闽南的经济、文化发展情况，与该报是较为严肃的时事政治报刊的风格相一致。

除了注重刊登广告外，《鹭江报》还注意利用自己的条件实行多种经营。首先该报利用自己的印刷设备，经常刊印各种书籍出售。如承印闽南话的《圣诗》名曰"善心神诗"，翻印《圣经》和出版民间的书籍。同时利用自己的发行网，为外地报刊代办发行。如代理缅甸仰光的《中华日报》在厦门一带发行，收取20％的代销费。

五、《鹭江报》的停刊

戈公振在《中国报学史》一书中说："厦门《鹭江报》以载金门教案失实，英领请厦门道封禁。""出版至八十六期。"此后几十年海峡两岸出版的中国新闻史书，都持此说。但事实上该报出版至1905年，目前人们发现的最晚一期是第102期。可见《鹭江报》并未因报道金门教案而被停刊。

　　1904 年夏，金门岛发生了教会与农民纠纷的事件。这是当时全国沿海农村经常发生的所谓"教案"。这种外国传教士侵犯农民利益的民事纠纷，由于清政府屈服于帝国主义的压力，往往不管农民有理无理，一律是农民败诉。但这一次金门教案诉讼，由于金门分县的县丞李受禄主持正义，是非分明，使教会的无理要求不能得逞。金门教会就通过英国驻厦门领事向福建省宪施加压力，要求重新审理。省宪明知金门教会无理，但又不敢得罪洋人，采取了息事宁人的办法，将金门县丞李受禄调离金门，以敷衍英国领事的无理干预。

　　在整个金门教案的过程中，《鹭江报》没有刊登过任何新闻或评论，根本不存在报道失实的问题。

　　《鹭江报》主笔冯葆瑛与原金门县丞李受禄交情密切。所以在 1904 年 10 月 23 日该报第 81 期的《闽峤近闻》栏目里刊登了一则泉州发来的简讯，报道了教案了结以后的人事调动新闻。该报道题为《金门分县调任》全文为："本月二日省宪牌示，兴化府经历彭恒祖与金门县丞李受禄，互相调署。查李因教案之故，与洋人意见不合，故省宪调李任兴化府经历，而以兴化府经历转署金门分县。"

　　事隔近 50 天，在 12 月 11 日出版的该报第 86 期《闽峤近闻》栏里，又刊登一则泉州发来的新闻，题为"金门分县李贰尹之去思"（当时厦门称思明县，去思即离开厦门）："金门分县李受禄氏，自去年莅任以来，办事认真，百废俱兴。每遇民众与教会交涉之案，尤能据理力争，秉公详办，虽被某牧挟嫌图陷，诬款登报，而绅民仍极相爱戴。此次与兴化府历恒祖互调，贰尹以宦囊肖然。不得已留眷金门，只身前进。临行诸绅咸赴当道，公禀请留，排日筵，赠颂德者，不下数十个。四境乡老，公送匾伞，有'万家生佛'，'政平颂里'，'守正持平'，等字样，是见公道在人，非平日实心实政，曷克臻此。"

此外在这一期副刊《诗界搜罗集》栏里刊登了李受禄和冯葆瑛两人唱和诗四首。此后厦门一带的读者才了解到金门教案的一点情况，有些读者给《鹭江报》写信、写诗。主笔冯葆瑛谨慎地选了三首和诗，登于第 88 期的副刊上。这三首诗回避金门教案，只对李受禄个人的品德和为官清廉等作风大加赞扬。

但《鹭江报》毕竟是受教会控制的报刊，虽然只是登了这些内容，英国牧师山雅各就接到某教会的来函，又受有关方面的影响，突然跳将出来，在第 88 期的副刊里发了《顷检本报86 册，见李受禄留别七律二章中有辟邪导端等句，甚为诧异乃次韵以驳之》的两首七言律诗，除了无理要求，谩骂威胁之外，根本没有举出事例可以称为"次韵以驳之"的理由。接着在第 89 期，山雅各又以《鹭江报》总经理的名义，刊登一则所谓《正误》的文章，强词夺理，公开指责冯葆瑛是人情观点，才刊登了上述报道和诗歌，说："缘本报主笔与贰尹旧有交情，阿其所好，擅登报端。兹经本总理详查，以申公是公非。"除撰文指责外，他又"行使"总主笔权力不准别人在该报上申辩和反驳。

显然《鹭江报》编辑部思想分歧已开始发展到组织分裂、人员流失的地步，自从山雅各公开指责冯葆瑛之后，该报上再也看不到冯葆瑛的文章了。此前在 1904 年 9 月 10 日连横已离开编辑部与黄乃棠创办了《福建日日新闻》。原先支持《鹭江报》的厦门富商林景商（辂存）和编辑部成员周之桢（即鼓浪屿牧师周寿卿），也转而支持《福建日日新闻》。①

---

① 主要参见郭稼：《〈鹭江报〉评介》。该文分别载于《闽新通讯》1988 年第二、三期和 1989 年的第一、三、四期。

随着我国民族资本主义经济的发展，民族资产阶级中下层的力量有所增长。而义和团的失败，八国联军的入侵，尤其是《辛丑条约》的签订，清政府腐败无能卖国本质彻底暴露了，完全沦为"洋人的守土长官"。尽管改良思潮仍然很有影响，但已由盛转衰，革命思潮潜滋暗长，革命报刊异军突起，成为独树一帜的力量。1905 年兴中会、光复会、华兴会及其他革命团体联合成立了同盟会。这一时期资产阶级革命派成为我国报刊活动的主角，引发革命派和维新派报刊之间的大论战，形成了国人办报的第二次高潮，革命思想更加深入人心。国内外国传教士办的报刊大多已没有什么市场了。

这时厦门新创办的《福建日日新闻》与《鹭江报》同在太史巷。该报报道国内外局势和各地革命活动的情况，深得读者欢迎。连《鹭江报》也不得不承认："福建日日新闻本月初一出版，每脱稿争相传观，销路已广，而订购又复纷纷。"随着资产阶级革命运动的发展，《鹭江报》要按照创刊时的办报宗旨就再也办不下去，终于在 1905 年的上半年自动停刊了。

第二节　中国人创办的报刊

外国人创办的报刊，旨在为帝国主义、殖民主义的侵略鸣锣开道，摇旗呐喊，但同时又在客观上启发和影响了一些中国的有识之士，让他们认识了报刊的重要作用，自觉地拿起这一利器为中国人服务。早期在闽南的国人，就在厦门办起了一些中文报刊。但因受帝国主义及封建政府的双重压力，大多举步维艰，动辄得咎，少有"长命"的。1878 年陈金芳等人就在厦门创办了闽南地区最早的中文报纸《博物报》，用油光纸，石印。该报仅出版了三天。1903 年黄臣亮在厦门创办了《鹭江日报》。这是闽南地区最早的日报，可惜仅出版了几十天便告停刊。冯自由《革命逸史》第三集罗列了辛亥革命前海内外革命报刊几百种，其中提到了 1903 年的《鹭江日报》，但在提及编辑及发行人时写了"不详"两字。台湾学者赖光临在《中国新闻传播史》的"海内外革命报刊一览"中说 1903 年在厦门出版的《鹭江日报》停刊的原因是"载金门教案失实英领使请厦门道封禁"。① 这也许是上述戈公振《中国报学史》为什么把《鹭江报》停刊说错的原因。这一年林水锭在厦门办起《漳泉日报》。该报同样是没办多久便停刊了。

这些国人创办的报刊虽然存活时间不长，但反映了逐步发展起来的中国民族资产阶级的政治倾向和精神状态。

在强敌压境，帝国主义和中华民族的矛盾成为当时社会各种矛盾中主要矛盾的情况下，这些报刊以《福建日日新闻》、《厦门日报》和后来同盟会的其他报刊为代表，坚决站在中国人民一边，自觉维护国家主权完整和民族尊严，谴责帝国主义侵略，奏响了具有强烈民主主义色彩、反帝反封建的新乐章。

一、反对外国侵略和封建专制的《福建日日新闻》、《福建日报》

《福建日日新闻》创办于 1904 年 9 月 10 日。社址设在厦门今大同路上段附近的太史巷。

1904 年 9 月 10 日《鹭江报》第 76 期上报道："连雅堂近邀同志在厦门太史巷创设福建日日新闻，每日出版一大张，全年报费 5 元，定于八月初一日发行。"该年 10 月 4 日出版的《东方杂

---

① 赖光临：《中国新闻传播史》，第 121 页，台湾三民书店，1983。

志》第一卷第八期也登载了与此类同的简讯。这一年农历八月初一，正是公历 9 月 10 日。所以以往一些书和文章中所说的"8 月 1 日"、"8 月 11 日"、"1905 年 1 月"、"1905 年春夏间"等说法不准确。

《福建日日新闻》是一张以反对封建专制和外国侵略为宗旨的报刊。由《台湾通史》的作者连横（即连雅堂）和以开发东南亚文莱新福州闻名的爱国华侨黄乃裳创办。该报立场与这两位创办人的思想有着直接的关系。

连横生于 1878 年 2 月 7 日，名充斌，谱名重送，字雅堂，号慕陶、剑花。① 1897 年至上海学习俄文，有联俄抗日的思想。当时上海维新变法运动方兴未艾，社会上组织学会，创办报刊，蔚然成风。维新派在上海的《强学报》被查封之后，很快又筹办《时务报》。

虽然连横在上海的时间不长，但已同维新派的思想一拍即合，形成强烈的爱国救亡思想。此后他便改名连横，字天纵，而幕陶之号束而不用。② 1903 年主编《国民日日报》的副刊《黑暗世界》时又改号为"慕秦"。如果说取号慕陶是他因父亡国败之恸，而心慕陶潜避世全生之意，那么改号为慕秦，便是心慕秦统一全中国之意了。

连横 1902 年底受聘为《鹭江报》的编辑。翌年 7 月近代史上著名的"苏报案"爆发。《苏报》被查封一个月后，1903 年 8 月 7 日章士钊等革命派便在上海创办了《国民日日报》，继续进

---

① 　张力中：《连横名字及其里籍辨正》http：//bbs4. xilu. com/cgi
—bin/bbs/view? forum＝wave99＆message＝17033。

② 　同上。

行革命宣传。当时距沈荩的被酷刑处死，只有七天。① 《国民日日报》被称为"苏报第二"。两江总督魏光焘在报纸创刊不久，就下禁报令。咒骂该报"妄肆蜚语，昌言无忌，实属执迷不悟，可恨已极，"要所属府州县厅，严禁寄售和"买看"。连横毅然受聘主持该报的副刊《黑暗世界》，攻击腐败官僚。他曾刊发长篇连载小说《南渡录演义》，借宋人抗金的历史故事，做反满宣传，唤起读者的民主意识。表现出不畏淫威的革命气概和不怕牺牲的献身精神。

连横这一系列表现又同此前章太炎的影响有关。章太炎在戊戌政变失败后，曾因在《时务报》工作过的关系，恐受株连，经日本友人山根虎雄介绍，逃往台湾，于1898年12月4日到达台北，在台北《台湾日日新报》当了半年多的编辑和记者。此前，章太炎已经在祖国大陆担任过好几家报纸的主笔，所以被台湾报界誉为"千言立成的大文章家"。他到台湾后立即受到当地新闻界和文化界的热烈欢迎。虽然这时章太炎还是一个主张改良的人，但思想上有民族主义的成分，有光复旧物排满兴汉的意识，同康、梁等人死心塌地尊清保皇有所不同。

而这时连横正好是《台湾日日新报》汉文部的编辑。洪桂已在李瞻主编的《中国新闻史》② 中的《光复以前之台湾报业》一文

---

① 据阿英：《中国新闻记者之血》云：沈荩是当时一位有名的新闻记者，曾经参加唐才常在湖北的起义，失败后便逃入虎穴北京，从事新闻事业，在作为古董商的掩护下进行新闻采访。由于他的渊博风雅，与当时王公来往甚密。后来清廷与俄国定立密约，中外哄传，但始终不知密约究竟，可是就在签订前两天，沈荩竟将密约窃取出来，在天津报纸上发表了。全国民众与国际相与哗然，约遂不能签订。结果沈荩遭了西太后的逮捕，不经审判就杖死狱中。

② 李詹：《中国新闻史》，第540页，台湾学生书局，1969。

中说:"台湾治绩志说明治卅一、二年之交,有中国著名学者章炳麟受聘为同社汉文记者,时常刊载诗文。章氏在台任职期间,因多数日人学者能了解中文,且报社有中文部之设置,故不时应和酬唱。据曾任台湾日日新报主笔的魏清德说:'章氏在台湾交的日籍朋友有馆森鸿(袖海),台籍友人有李越涛,连横等。馆森鸿后来成为日本著名的大文豪,李越涛也受章氏影响,在台湾日日新报中文栏连载山地姑娘的恋爱故事,曾风靡一时。连横后来写了《台湾通史》。'"可见连横此前在《鹭江报》上的文字表现出革命的思想倾向,同章太炎的影响不无关联。"苏报案"章太炎被判入狱和他主持《黑暗世界》的实践,使他已经具有激进的民主革命思想。此时的连横,正如冯自由所说,已是资产阶级革命派的报人了。

而黄乃裳,1894 年中举人,早期具有鲜明的维新变法思想。他于 1896 年 4 月 28 日在福州创办了中国人在福建创办的第一张报纸《福报》。他在报纸上针砭时弊,积极宣传维新变法思想和政治主张。戊戌政变失败后,他于 1900 年率家乡弟子数百人,远涉重洋,到马来亚沙捞越垦荒,创建了新福州垦场,为马来亚经济建设作出了巨大贡献。这一时期他在女婿林文庆的引见下,在新加坡四次拜访了孙中山,深受孙中山思想的影响,决心追随孙中山,并毅然回国,同连横一起创办了《福建日日新闻》。1905 年初,他被厦门同文书院聘为教师,在学校里给学生讲了大量的革命道理。所以有人说:"厦门革命种子之散播,实乃由黄乃裳先生主教同文书院始。"

因此,由连横和黄乃裳主持的《福建日日新闻》始终坚持反对封建专制和外国侵略的立场。

这家报纸得到连横好几位朋友的资金和报务支持。① 在这些

---

① 郑喜夫:《连雅堂先生年谱》。

人中，黄廷元是社会贤达，身兼多种职务，曾出资捐助厦门的资产阶级革命派，秘密印发邹容写的《革命军》，在厦门散发，宣传革命。住在厦门的台湾爱国诗人林鹤年之子林景商（即怡园主人林辂存）时任福建咨议局议员，福建暨南局总理，连横与他过从甚密。施范是连横同乡，时任厦门台湾银行买办和台湾公会会长。还有和连横关系密切的周寿卿牧师等人①。黄乃裳则邀请郑权（字仲劲）、蔡怡宣、陈与荣、黄治基等共襄笔政，加强革命思想的宣传。经黄乃裳介绍，郑权加入了中国同盟会，后来成为中国同盟会福建分会会长。可见《福建日日新闻》实力雄厚。该报每天出版两大张，辟有《言论》、《国政》、《史传》、《电报》、《国内新闻》、《外国新闻》、《商况》、《杂著》等8个专栏②。

　　1905年美国胁迫清政府签订的排斥和虐待华工的禁约期满，旅美华侨10余万人联名上书清政府，要求改约，美国政府悍然拒绝，激起中国各界人民的反美爱国运动。全国20几个大中城市实行抵制美货。厦门成立了"拒美约会"，连横被推选为副主理。他在《福建日日新闻》上刊登了禁用美货、抵制禁约的报道。这年4月23日该报登载《阅筹拒美禁华工公启系之以论》一文，强调说："中国今日国势既不能以理争，又不能以力抗，所持者民间之团结力。"号召中国民众团结一致。对一些照样贩卖美国货的商人，该报文章指责他们"顾一己之私，为全国之公敌"，是"无血性没脑筋之土苴（类草）木偶"。同年6月14日，广东南海人冯夏威为强烈抗议美国政府虐待华工限制华人入境的

---

　　①　洪卜仁：《连横在厦史事不能以讹传讹》，《厦门晚报》，2006年7月3日。

　　②　丘艺玲：《辛亥革命前后的厦门报刊》，《辛亥革命在厦门》，当代中国出版社，2001。

政策，在上海美领事署前自杀。这一事件在全国引起很大反响。上海、广州等地掀起了抵制美货的高潮。厦门华商会社为冯夏威烈士开追悼会，连横率先上台演说，激昂慷慨，以动众听。在厦门的士商举行的"演说拒美大会"，连横都积极参加。连横参加的这些活动，中文《台湾日日新闻》上都做了具体报道。《福建日日新闻》号召人们起来斗争，使厦门成为福建抵制美货最坚决的城市之一。在这场运动中，《福建日日新闻》还翻印了上海寄来的抵制美货传单，广为散发，对运动的开展起了促进作用。

1905 年 8 月底，厦门又爆发了一起"打番关事件"。第二次鸦片战争后，列强从清政府手中夺走了管理海关的权力，使中国海关一分为二，即中国政府管的"常关"与列强管的"洋关"。1901 年《辛丑条约》签订后，"常关"又被"洋关"接管，并入"洋关"。当时厦门人称洋人为"番子"，称"洋关"为"番关"。8 月 30 日，厦门关税司对接管后的厦门"常关"进行全面整顿，制定出许多苛罚条例，引起了商民的不满。厦门及附近六府的商人对被帝国主义控制的海关提出抗议。是日，商民冲击海关，拆毁理船厅、毁坏总巡公事房、捣碎海关舢板多只。税务司下令开枪，打死商民 5 人，击伤数人。其后，厦门人民以罢海罢市开展斗争，持续了 5 天。

事件发生后，《福建日日新闻》及时报道厦门商民反抗"洋关"苛例的新闻，著文抨击"洋关"调集港内英舰派兵登陆，枪杀厦门商民的暴行，刊载揭露"洋关"十大罪行的文章。

针对《福建日日新闻》反对帝国主义侵略的立场，海关税务司嘉兰贝勾结美国领事联合向清政府加压力，迫使《福建日日新闻》停刊。

厦门海关档案室存有当时"打番关"的有关档案。其中钞字第 62 号、第 74 号、第 76 号、第 78 号和税字第 5 号是迫使连横离厦和《福建日日新闻》停刊的罪证。这些档案为两岸仅存，弥足珍贵。我们从中可以看出连横的文笔和《福建日日新闻》的报道和文章，着实刺痛了一些当权的洋人，他们威逼清政府，必欲除之而后快。事后，美驻厦领事要福建总督松寿惩办《福建日日新闻》和黄乃裳。松寿令兴泉永道饬厦门厅查办，引起闽、粤两省各界的关注。各地报纸纷纷支持《福建日日新闻》的爱国行动，如1905年在汉口地区出版的《楚报》是武汉地区最早具有革命倾向的报纸。该报针对这一事件发表了隐刺当局的文章，说："疾雨渡春江，狂风入秋海，辛苦本为君，可怜君不解。狂歌当哭，浇酒千杯，黄乃裳处此，其亦可以囊笔以修乎，谁叫你掬一腔热血于本国之同胞也！"

由于舆论的压力，清朝当局不敢过分镇压，但另一方面迫于美国领事的压力，对《福建日日新闻》又不得不处理，遂课以1000元的罚款，但报馆这时已无钱可罚，又改叛停刊一星期，更名出版。

于是1905年10月，《福建日日新闻》更名为《福建日报》继续出版。1906年5月《福建日报》揭发福建水陆提督马金钗贪赃枉法。马金钗派员弁前往报社无理取闹。当时该报适因资金缺乏，经营困难，就趁机发表停刊声明，终止出报。据说马金钗看了该报停刊声明时，怕影响他的名誉，曾托人找黄乃裳，劝说复刊，并愿出资相助，但黄乃裳不接受。北京、上海的一些报纸为此发表评论，讥讽马提督"一介武夫"，"专横跋扈"。马金钗后悔莫及。

其时，南洋同盟会组织派安溪人李竹痴来厦门，商量把《福建日报》改组为同盟会的机关报，适因该报已停刊只好作罢①。

---

① 《辛亥革命在厦门》，第74页，当代中国出版社，2001。

二、具有民主主义色彩的《厦门日报》

《厦门日报》创办于 1908 年 2 月 2 日。注册资金 8000 元，其中 3000 元是福建铁路公司的捐款。该报每天发行约一千份，社址初在厦门番仔街，后迁至海后磁街路头。

据《厦门报界变迁概述》说，《厦门日报》是从上述 1906 年被迫停刊的《福建日报》蜕变而来。其宗旨为"说明国家宪政国民义务并招徕海外华侨向内之心"。该报虽然是一张民办的商业报刊，但在内忧外患、民族矛盾尖锐复杂的历史情况下，却具有明显的民主主义色彩，反对帝国主义的侵略和清政府的腐败无能。

1909 年初，日本侵略者觊觎我国大东沙岛。三至四月，《厦门日报》就连载论说，从 7 个方面论证大东沙岛为中国领土，大声疾呼："唯愿我政府坚持此据，以与力争，勿稍退让，庶几终保领土，无失主权。不然思启封疆者将竟起而获日本之故智，我政府何以善其后也。"

对于日俄协约占领中国东北，德国侵略山东，英兵入侵西藏，《厦门日报》或发表评论，或进行报道，表现出鲜明的爱国立场。日本吞并朝鲜，《厦门日报》论说的题目是《论各国宜鉴于韩之急于猛省》，并连续报道朝鲜及中国东北的情况，如《韩亡之哀音片片》，《哀哉，朝鲜之近情》，《唇亡齿寒之满洲》等，其反对帝国主义和殖民主义列强侵略，特别是日本侵略的愤懑之情，跃然纸上。

针对列强强迫清政府签订不平等条约，设立领事馆，取得领事裁判权，1909 年 6 月 1 日《厦门日报》发表了"选论"《论领事裁判权》，文中指出："中国官吏素以畏葸甲天下，对于外人只求无事他非，所计讨有交涉案件，无不极力左袒，以博外人欢心，然后禄位借以巩固。吾国民无论受何等冤，抑求为吾民争一点气者，能有几人？由是外人之暴横日益甚，怨毒已深，遂酿成焚杀之案层见叠出。官吏之办善后也，民之生命等于鸿毛，民之财产轻于敝履，抵价赔款不一而足……今日试游通商口岸，彼外国人孰不趾高气扬？吾国民对之有不重足而立，侧目而视者乎？谁先厉阶至今为梗，令人叹息，痛恨于领事裁判制度也。"①

地处闽南侨乡的《厦门日报》服务于闽南读者需要，不时报道海外侨胞动态。1909 年 2 月，该报就华侨问题，刊载论说 4 篇：《论国民对侨民之观念》、《哀华侨》、《论厦门宜急筹对待荷属迫华侨入籍》、《论荷国强迫华侨入其国籍事敬告政府》。

当然，《厦门日报》主张走立宪的道路，反对以暴力推翻清政府。因此鼓吹立宪是该报评论的经常主题。如 1910 年 5 月 7 日论说《论革党宜绝其来源》一文中说："实行立宪庶政公诸舆论，即是以联合公民为一体，不使蓄谋者乘间而窃发，则斩绝革党兆祸之深根不得复生，消散革党慷激之气焰会不得复张。"

甲午战争之后，日本的侵略势力明显地伸展到厦门及周边地区。日本大阪轮船公司和日本三井轮船公司的轮船不间断地在厦门港里停泊。这些轮船公司开辟了由台湾基隆、打狗、淡水等地到厦门的航线，并有定期的航班，日本人和台湾籍商人涌进闽南经办商行的人数不断增加。《厦门日报》对此常有报道。1909 年 3 月 3 日《邓巡官涵请台湾公会禁堵》的报道："东局巡官邓笠航君，以东局不日开办，近查悉段内日商洋行有捷信（即瑞泰）、隆记、裕茂（即致祥）及振源、源昌各洋行内均有赌场，殊碍地方治安。昨特禀请督办照会领事外，并涵致台湾公会，托先劝道各洋行，即日自行收歇，以重法令云。" 3 月 1 日和 3 月 3 日《厦门日报》连续报道了在厦日本台湾银行买办施氏兄弟，亏空

---

①《福建省志·新闻志》，第 24 页，方志出版社，2002。

该行三十余万元后逃匿，日本领事赴道署拜会商议缉拿办法，及台湾银行悬赏七千元捉拿逃犯的新闻。

《厦门日报》1909年3月1日题为《剧谈》的报道云："由台湾回沪之咏霓裳戏班，路经本埠。前日假青莲阁开演戏艺，以武角所演白水滩一出，为厦各班所不及。后金牡丹演三不顾，更有声有色。灵芝草之月华缘亦非俗手所能，有周郎癖者盍往观乎?"可见两岸经济、文化往来，就是在日本殖民统治时期也是难以割断的。

《厦门日报》为四开六版，有时只有4版。头版为广告。二版有《宫门抄》、《上谕》、《论说》、《要电汇录》、《中外要闻》、《各省新闻》等。三版为《闽闻》、《本埠新闻》等。其余各版为广告、《来函照登》、《杂俎》、《要件》、《小说》、《本埠商情》等。

在报头下的《告白刊例》说"寻常告白，每二十字一行，每行第一日起收银1角，以五行起码，登三日九折，七日八折，过此另议。登二、三版者加倍，其有加入图样戳章者概依面积计算。"同其他报刊一样，该报运用刊价策略，鼓励客户连续刊登。但在二、三版的广告收费竟然是头版广告版和其他版广告的一倍。可见该报认为头版全版广告，其广告效果还不如在论说和新闻旁的广告效果好。虽然二、三版广告收费加倍，但也时常有客户在《闽闻》或《本埠新闻》后刊登广告，表明了当时人们对该报看法的认同。

《厦门日报》也每天在报头下登《本报价表》，订半年可以比订一个月省4角，而订一年可省一元。这种价格策略鼓励人们订阅全年。从价表上可以看出该报除了在厦门本地发行外，还注重在国内其他地区及国外如南洋、日本的发行。

福建省图书馆藏书有1909年2月5日至1911年4月14日的《厦门日报》，具体终刊时间不详，据说是1911年10月，因经费无着而自行停刊。①

三、坚持爱国主义和民主主义的同盟会报刊

辛亥革命前同盟会在厦门和漳州办起革命报刊，以宣传群众和组织群众。

1911年福建同盟会会员张海珊到厦门来创办了《南兴报》，宣传民主革命。该报发行一千多份，但不是日报。于是厦门同盟会于同年10月在《南兴报》的基础上创办《南声日报》。

张海珊此前于1月10日在福州创办并主编同盟会报刊《建言报》，约一个月后离职到厦门来。他是厦门光复会的重要人物。《南声日报》由他担任总编辑，吴济美任经理。主笔有黄幼坦、苏君藻、郭公阙等。

《南声日报》对开一张半，共6版，刊有电讯、通讯、社论和散文等。该报"以发挥宪政精神，指陈民生利益为宗旨"，一贯坚持爱国主义和民主主义的立场。创刊后即大造革命舆论，及时报道各地的起义消息，以鼓舞群众的革命斗志，广受读者欢迎。加上该报电讯多、消息灵，发行量达到1300多份，是当时厦门发行量最大的报纸。

由于《南声日报》宣传革命，抨击日本的侵华政策，受到日本侵略者的仇视。日本人操纵的《全闽新日报》与《南声日报》相抗衡。《南声日报》开始主要是通过电报局人员取得香港新闻电，所以电讯多、消息灵。不久这条电讯来源中断，丧失了部分优势，加上办报经费困难，遂于1913年自动停刊。

1913年3月，吴济美等将《南声日报》改名为《闽南日报》继续宣传民主革命思想，反对日本及其他帝国主义国家侵略中国

---

① 《辛亥革命在厦门》，第69页，当代中国出版社，2001。

的行径。1913 年 11 月，袁世凯军队入闽，福建纳入北洋军政府的势力范围。1914 年该报终被反动当局查封。

1916 年，袁世凯称帝失败，《闽南日报》于是年冬复刊。复刊后该报继续支持全国人民反对北洋军阀，反对日本帝国主义的侵略政策，成为军阀的眼中钉。因此 1917 年该报又被封闭。该报主笔苏郁文（苏眇公）被捕入狱，因备受酷刑而左目失明，后经友人营救才得释放。[①]

这一时期漳州地区的资产阶级革命派也创办了一批很有影响的同盟会报刊，谱写了漳州新闻史上第一个辉煌的乐章。

武昌起义胜利的消息，极大地鼓舞了漳州地区的资产阶级革命派。1911 年 11 月 6 日漳州的同盟会会员林者仁、宋善庆、陈智君、李济堂等，紧张准备光复漳州，同时创办了《录各报要闻》。这是漳州地区第一家报纸。该报主要内容是辑录当时全国较有名气的报纸上发表的消息和评论，刊载革命军军政府的有关法令、文告、政策，大力宣传革命，并设有《本埠要闻、新闻》、《詹詹小言》等专栏。创刊号上整版套红，刊登长沙、九江、湖口兵变，南昌告急，武汉外国领事馆告示中立，清水军不战而败等消息 28 则。该报及时提供了当时漳州民众极为关注的新闻。

1911 年 11 月 11 日漳州光复，报纸即日起便连载《革命军之法令》、《革命军军政府檄各省州县文》等，报道和宣传革命军政府的各种政策。

《录各报要闻》还对革命派中存在的错误思想及时加以批评，捍卫了孙中山的民主共和思想，表现了很高的思想境界。1911 年 11 月 15、16 日，该报连载署名"社会主义家某君"的《致军政府书》一文，对革命军军政府文告中提到的"灭满兴汉"问

---

① 胡立新、杨恩浦：《厦门报业》，第 36 页，鹭江出版社，1998。

题，提出批评，指出其 12 点错误。文章着力阐明：中国自古是多民族融合繁盛的，独独排满不义；不可把清王朝制造的历史惨案，用灭族来复仇，应归罪于某些个人本身，否则恩恩怨怨何时了！提兴汉灭满与民主共和的精髓与自由、平等、博爱口号自相矛盾，是民族不平等。孙中山"三民主义"政治纲领中的民族主义，明确指出民族主义"并非遇着不同种族的人，便要排斥，而是推翻把持政权、实行排汉主义、谋中央集权、拿宪法做愚民的器具"的满清政府。当时资产阶级革命派报刊的宣传中，不少人没有将满清统治者与被统治者区分开来，有的甚至公开煽动民族仇杀。该文作者在武昌起义胜利之时，就明确批判这种狭隘民族主义思想，具有远见卓识，难能可贵。

《录各报要闻》8 开张，石印、油光纸单面印刷，每期不超过 2000 字。该报新闻简短，文章精炼，还有插图。长新闻每条不超过 100 字，短的只有 9 个字。1911 年对 11 月 19 日《詹詹小言》发表的短论，第一篇 27 个字，第二篇 37 个字，第三篇 44 个字，以阐明作者"无人思复清"，"共和政体为世界最完全政体"，"今日光复是少年做的"等观点。

《录各报要闻》共出版 16 期为期 16 天。这 16 期中，有时也用《报界要闻录》、《报界要电录》为报名。该报是漳州报刊史上第一朵绚丽的报春花。

漳州光复后，1911 年 11 月 21 日，《录各报要闻》扩张为《漳报》。该报对开单面石印，由李纪堂、施大炳创办。

漳州光复后，只靠百余名学生军维持秩序，经"光复会"呼吁，厦门南部分府才派出安抚军抵漳。当时漳州因起义的杂牌军处理问题，引起骚乱。骚乱中，警察受冲击，巡长被打死，爆发罢市、罢课风波，许多居民迁移乡下避乱。而东林、上蔡、天宝等乡发生柯、戴、杨、韩宗族械斗。城乡均无宁日。《漳报》报道了这些事件，并发表漳州市参议会、商会、自治会、教育会、社会党、国民党、共和党、民主党给省督府的电文，呼吁派军队"镇压"。该报还发社论抨击党派纷争，报道漳城 12 月 12 日"明伦堂"千人大会上，南自由党人宣布东自由党人"七大罪状"，揭露参加光复漳州的领导成员内部的分裂和对立，以及封建复辟的种种征兆。12 月 16 日，《漳报》报道了忠于共和政体，不参与派别斗争的该报主笔宋善庆被暗害的消息，同时刊载漳龙道尹陈培锟悼宋善庆的挽联："折狱我无能，自愧栽刍樵一束；盖棺君已痛，何堪燃豆本同根。"①

《漳报》以自己采写的新闻报道为主，注重报纸与受众的接近性，报道和评论倾向共和。可惜只办了 37 天，便于 1911 年 12 月 26 日停刊。

1913 年 2 月 2 日，《漳州日报》创刊，由施大炳、陈慎、汪受田、向莲如、陈家瑞等操持。该报版式一如《漳报》，因此也被认为是《漳报》的继续。

《漳州日报》发刊词称"以漳州之大，无一议论机关为之镇中流而标正鹄，微特记者引以为憾，即阅报者诸君亦当共表同情……挟太平洋文明之潮，长涌入台湾海峡，激九龙江而西上，记者之愿也"。该报同样以地方新闻投递为主，倾向民主共和。

由于政治风云突变，军阀割据混战，民主革命的成果得而复失，而此时漳州的工商业萧条，该报终因经费不支，于 1914 年 3 月 14 日，不得不以"敝社主笔因出募北伐捐款，未及此，暂停"而告终。

漳州地区的资产阶级革命派报人，为宣传民主共和，前赴后继，锲而不舍，表现了不屈不挠的革命精神和英勇无畏的革命气概。

---

① 福建省地方志编撰委员会编：《福建省志·新闻志》，第 20 页，方志出版社，2002。

第二章

民国时期的闽南报刊

民国时期闽南地区新闻事业的整体格局经历了一个转变过程。厦门是闽南的核心城市，厦门新闻事业的格局经历了由中心到边缘再到中心的转变；随着这个转变，漳州、泉州也经历了由闽南新闻事业的次中心到中心再到次中心的更迭。

厦门新闻事业具有辐射整个闽南的作用，这是所谓的"厦门网络"在新闻事业上的一种反映。这种状况从闽南地区的新闻事业萌芽以来就如此。但是这个格局从 20 世纪 30 年代末开始发生转变。从 1938 年 5 月至 1945 年 9 月，厦门沦陷日军之手，新闻事业已经沦为日本殖民统治的一种工具。闽南地区的新闻生态和新闻格局发生了变化，厦门已经丧失了区域新闻中心的绝对地位，漳州、泉州则成为闽南地区抗战救国舆论宣传的两个中心城市。

抗战结束之后，闽南地区迎来了又一股创办报纸和通讯社的高潮，新闻事业的整体格局又恢复到战前的状态。当时厦门报馆林立，原先那些报纸，回迁的回迁，复刊的复刊，新创办的新创办，尤其是漳州、泉州各地的报纸、通讯社，或迁到厦门出版，或在厦门设立办事处，厦门重新成为闽南区域新闻中心。

第一节　政党报刊

新闻是新的、活的、社会状况的写真，新闻事业是社会的事业。① 根据新闻事业发展的自身规律与社会发展的历史诉求相结合的原则，民国时期闽南报刊的发展历程，大略可以分为两个时期：一是 1911 年 11 月至 1934 年 1 月地方军事政权时期的新闻事业，二是 1934 年 1 月至 1949 年 10 月中央行政统制时期的新闻事业。在这两个阶段，闽南地区政党报纸主要表现为国民党系统的报纸和共产党系统的报纸这两种性质迥异的新闻事业，他们各自为自己的政治理念而鼓与呼；时代的因素、性质的差异，又决定了这两种新闻事业在生存方式、发展取向上存在着很大的差别。

至于其他政治势力所创办的报纸，从报业的总量和影响来考量，作用微乎其微，无足轻重。比如，1916 年创办于厦门的《民钟报》，是闽南甚至是中国宣传"安其那主义"（无政府主义）思想的摇篮与阵地，创办两年就被迫停刊，直到 1921 年才重新出版。② 又如 1930 年 10 月由第三党人陈祖康在漳州创办的《回风报》，由于资金的原因，在 1932 年 6 月停刊。这份报纸最初由陈冷西主编，仅是半公开发行；当林惠元接办的时候，为了扩张业务，寻找更为广阔的生存空间，于 1932 年春季准备迁往厦门，最后由于经济的缘故无疾而终。③ 据记载《回风报》的前身就是

---

① 李大钊：《在北大新闻记者同志会成立会上的演说》，载于北京《晨报》，1922 年 2 月 14 日。

② 厦门日报中心组编印：《厦门解放前报纸刊物通讯社概括》，第 34 页，1955。

③ 季永绥、陈家瑞：《解放前漳州报刊与通讯社的概括》，载于《文史资料》（漳州）第 1 期，1979。

由第三党（今农工民主党）所创办的《闽南日报》。① 但这样一份第三党的报纸，在闽南地区新闻事业史上却籍籍无闻。

一、国民党系统的报刊

（一）地方军事政权时期国民党系统的报刊

1911 年 11 月，辛亥革命的浪潮席卷闽南社会，漳州（11 日）、厦门（14 日）和泉州（19 日）相继宣告光复。从 1912 年至 1926 年，福建闽南地区一直是以袁世凯势力为代表的北洋政府和以陈炯明势力为代表的南洋军阀的兵家必争之地，战乱频仍，民不聊生。1927年之后，闽南地区名义上接受南京国民政府的统治，但实际上依然处于"民军"——闽南地方武装部队的控制。闽南地区成了"民军世界"。② 1933 年 11 月 20 日，被调入闽的国民党第十九路军，于福州发动"福建事变"，成立福建人民革命政府，闽南地区民军受到整肃，面貌焕然一新；1934 年 1 月，蒋介石派重兵绞杀了革命政权，福建的省政和党务从此实现中央化。③

从 1911 年 11 月的辛亥革命到 1934 年 1 月的"福建事变"，这段时期闽南地区基本上处于军事政权的无序统治时期。反映在新闻事业上，由于政局动荡，军阀割据，斗争错综复杂，各种政治势力争相创办报纸，充当各自的喉舌，宣扬各自的主张，打击政治对手；当然，由于军阀割据统治的野蛮与残酷，报馆动辄被封闭，报人随时被杀害，这些同政治斗争关系密切的报纸，自然

---

① 黄叶沱、张胡山：《旧漳州地区报刊和通讯社概况》，第 126 页，载于《漳州芗城文史资料》第 8 辑，1997 年 10 月。

② 庄为玑：《晋江新志》（上），第 368 页，泉州志编撰委员会办公室，1985。

③ 林涵宽：《福建省国民党宣传机构在抗战胜利前后的活动》，载于《福建文史资料》第 28 期，1992。

而然地随着政局的变化而潮起潮落，旋生旋灭。

　　1. 同盟会性质的报纸

　　1905 年 8 月 20 日，中国同盟会在日本东京举行成立大会。据载这次同盟会成立大会，福建也有代表参加了这次会议。[①] 当孙中山领导的资产阶级民主革命运动兴起的时候，福建资产阶级革命派就开始运用报纸这一工具开展斗争。据记载，辛亥革命之前，以同盟会会员为主的革命党人在福建创办的报刊共有 9 种，都集中在厦门、福州。[②] 从时间来看，创办于 1911 年 1 月 10 日的《建言报》是同盟会福建支部在福州创办的最早的报纸，而闽南地区同盟会会员创办的报纸，则滥觞于 1905 年 10 月由黄乃裳主办的《福建日报》。

　　从 1905 年 10 月至 1926 年 6 月，据不完全统计，闽南地区同盟会会员创办了 18 家报纸。从创办主体来看，这些经历了辛亥革命的同盟会会员，继承报纸的革命传统，以报纸为阵地，继续与反动军阀作斗争，在不同程度上反映了当时的社会舆论，揭露社会黑暗，推动社会进步，当然大多难逃军阀的迫害。同盟会会员、闽南一代报人苏郁文（苏眇公）的遭遇就是典型代表。据载苏眇公曾经担当过编辑、主笔和总编辑的报社有：《公报》（印尼）、《群报》（福州）、《新日报》（漳州）、《昌言报》（上海），还有厦门的《江声报》、《闽南报》、《厦声日报》、《思明商学报》等诸报社。[③]

---

　　① 方汉奇主编：《中国新闻事业通史》（第一卷），第 816 页，中国人民大学出版社，1992。据载："（1905 年）8 月 20 日举行成立大会，到数百人，除甘肃省无人参加外，全国各省皆有人参加。"

　　② 福建省地方志编撰委员会编：《福建省志·新闻志》，第 2 页，方志出版社，2002。

　　③ 谢家群：《苏眇公行述》，载于《福建文史资料》第 6 辑 "辛亥革命专辑"，1981 年 8 月。

1922 年任集美中学国文教师时他还负责编辑《集美周刊》。期间"因言贾祸"而被捕入狱,实属平常。其友南洋归侨、同盟会会员吴文楚这样评价:"眇公当代报界第一流人物也,论诗第一流,论文,亦第一流,而气节识见更第一流。"①

从创办地点来看,闽南地区同盟会报纸主要集中在厦、漳、泉的城区,所属各县概无一报。这符合全国同盟会报纸的分布特征。辛亥革命时期,随着报纸和革命运动的进一步结合,报纸成了同盟会的舆论中心和组织中心,宣传革命和发动革命的据点主要在中心城市,"武昌起义,全国景从,报纸鼓吹之功,不可没也"。② 作为闽南地区中心城市的厦门,自然成为革命舆论的重镇。从同盟会成员所创办的 18 份报纸当中,在厦门创办的有 10 份,余者漳州有 5 份,泉州有 3 份,从中也可以看出当时舆论中心的分布。从历史的眼光来看,这些报纸的创办,对当地新闻事业的产生和发展具有推动与促进作用,比如漳州《录各报要闻》和泉州《新民周报》的创办之时,就是当地新闻事业的发端之日,意义非凡。

从创办时间来说,以 1914 年孙中山创立的中华革命党为分界点,这些报纸大体可以分为两种类型:一种是作为同盟会的机关报性质存在的,一种是以同盟会会员的名义创办的。这些报纸大都秉持"标榜革命主义,鼓吹民权"(《南声日报》)、"以发挥宪政精神,指陈民生利益为宗旨"(《声应日报》),甚至"站在三民主义立场,为老百姓说公道话"(《江声报》)这样的办报宗旨,是作为对统治当局的批评甚至是批判的角色出现的;由于触犯了当政者的野蛮统治,当时的报馆被封闭,报人遭罹难也就在所难

---

① 厦门图书馆编:《厦门轶事》,第 23 页,厦大出版社,2004。

② 戈公振:《中国报学史》,第 147 页,中国新闻出版社,1985。

免了。革命的、进步的报刊随着政局的变幻而旋灭旋生，这是当时常见的报纸生态。典型的如在厦门的同盟会系列报纸《南兴报》——《南声日报》——《闽南日报》——《闽南报》，一脉相承，真是方生方死、方死方生！

具有同盟会机关报性质，这是早期闽南同盟会创办的报纸的共性。厦门同盟会机关报性质的报纸，可以追溯到 1905 年 10 月由黄乃裳主办的《福建日报》。早在南洋创建"新福州"的时候，黄乃裳与孙中山相识，同时和南洋的革命派如陈楚南、张永福等人过从甚密，他的思想也从维新改良转向革命。① 参加同盟会的黄乃裳，邀请革命党人郑权担任编辑；此后南洋同盟会组织派林竹癫来厦门，要把《福建日报》改组为同盟会的机关报。② 可惜《福建日报》于 1906 年过早停刊。1911 年 3 月，曾经担任福州第一份同盟会报纸《建言报》主笔的张海珊在厦门创办了《南兴报》，揭开了厦门同盟会报纸的新篇章，沉寂五年之久的革命宣传重新复苏。1911 年《南兴报》改组为厦门同盟会的机关报，更名为《南声日报》，成为当时厦门除了日本人创办的《全闽新日报》之外的唯一的一份报纸。由于经济和技术上的原因，1913 年《南声日报》经理吴济美将《南声日报》更名为《闽南日报》继续出版，由于当局的压制，1914 年《闽南日报》又被查封；1916 年再次复刊后的《闽南时报》出版直至 1917 年被当局封闭。③ 漳州同盟会性质的机关报，当属创办于 1911 年 11 月 7 日的《录各报要闻》。《录各报要闻》存续两个礼拜之后，于 11 月

---

① 詹冠群：《黄乃裳与福建近代的报业》，载于《福建师范大学学报》（哲社版），1986 年第 4 期。

② 福建省地方志编撰委员会编：《福建省志·新闻志》，第 18 页，方志出版社，2002。

③ 胡立新、杨恩溥：《厦门报业》，第 35 页，鹭江出版社，1998。

21 日更名为《漳报》出版，37 天之后停刊。至于 1913 年 2 月 2 日创办的《漳州日报》，就是《漳报》的翻版，出版时间稍久，将近两年；而创办于 1913 年 3 月的《漳州旬刊》则是定期刊物的开始，旋即停刊。① 至于泉州，近代报业的萌芽与发展相对滞后于厦门、漳州，在 1914 年中华革命党成立之前还没有产生近代报纸。

辛亥革命风暴波及福建，福建随之光复，不少同盟会会员，包括部分领导骨干，认为清政府已经推翻，革命已经成功，应该及时引退让贤，以明当年干革命非求功名利禄的初衷。于是随着同盟会的涣散，革命报刊也纷纷消亡。② 有的甚至认为，革命党人现在的责任是恢复社会秩序，新闻报道可由社会上其他报纸去做，③ 把舆论的主导权拱手相让。但是在闽南地区，这个时候依然有一批老同盟会会员活跃在报业战场。在厦门，同盟会性质报纸还很活跃。1918 年 11 月 21 日，以许卓然为首的老同盟会会员创办的《江声报》，给闽南地区的新闻事业注入新的活力。1920 年，《信报》、《思明日报》和《厦声日报》先后创办，这些报纸创办的背后都有一批老同盟会会员的影子。在漳州，创刊于 1917 年 6 月的《新日报》，由老同盟会会员苏眇公任编辑，但是报纸仅存在一年左右。在泉州，1915 年，原来的同盟会会员许卓然、王玉笙、汤文河、傅振基、陈允若等人，为了"宣传革命，开通民智"，倡议创办了《新民周报》；该报订阅者少，赠阅者多，带有很强的启蒙性质，出版一年即为北洋军阀所摧残。几

---

① 黄叶沱、张胡山：《旧漳州地区报刊和通讯社概况》，第 125 页，载于《漳州芗城文史资料》第 8 辑，1997。

② 黄政：《福建近代报业史话》，载于《福建史志》，1988 年第 4 期。

③ 福建省地方志编撰委员会编：《福建省志·新闻志》，第 19 页，方志出版社，2002。

乎在同一时期，由陈昌侯创办的《复报》周刊，也难逃停刊的命运。闽南地区最后一份同盟会性质的报纸当属创办于 1924 年的泉州《闽声日报》，创办人陈昌侯、总编辑吴藻汀均是在同盟会的会员，存在时间也是将近一年。由于这个时期闽南地区处于南洋军阀和北洋军阀的交互统治之下，这些报纸的寿命都不长，但是报纸的民主色彩和革命意义却是客观存在的。

需要说明的是，1914 年之后所创办的同盟会性质报纸，不再具有机关报性质，更多的是具有民间办报属性，因为创办报纸的主体不是那个松散型的政治联盟，而是以同盟会会员的名义创办的。在这些报纸当中，存续时间最长的是《思明日报》和《江声报》，随着时代的发展和主持人的变化，报纸政治背景也相继在改变，于是洗净"民主"与"革命"的铅华，换上"中立"和"第三者立场"的嫁衣，或作商人之"妇"，或为政客之"妻"——这离当年同盟会性质的报纸属性已经渐行渐远了。对此那些"解放前长期在（闽南地区）新闻界工作，对当时的情况都很熟悉"的人士是这样说的："总而言之，报社的政治主张是跟编辑部人员更动而变异的，没有看见一家报纸自始至终有一贯不变的政治主张。因此，要分析其政治背景是什么，实在困难。"①

2. 国民党组织的报纸

由于同盟会仅是一个松散的政治联盟，1914 年，孙中山把"中国同盟会"改组为"中华革命党"，提出"保卫共和，反对专制"的主张。1922 年，孙中山又把"中华革命党"改组为"中国国民党"，于 1924 年在广州召开中国国民党第一次全国代表大

---

① 《厦门解放前报纸刊物通讯社概括》，第 37 页，厦门日报中心组编印，1955。

会，当时厦门的同盟会元老许卓然代表福建省出席了会议。① 作为舆论中心和组织中心的报纸，其创办主体也就随之从同盟会会员转移到国民党党员手中。

国民党的新闻事业肇端于大革命时期。但是在当时国共合作的情势下，国民党的新闻事业大部分实际上掌握在中国共产党人手中。1927 年蒋介石、汪精卫叛变革命后，为了宣传的需要，国民党立即着手建设党营新闻事业，在统治区迅速建立起一个庞大的党营新闻事业网。② 可是从闽南地区新闻事业整体发展的角度来看，直到 1934 年 1 月，由于军政大权被地方军阀所窃据，国民党组织的报纸，显得异常单薄，并没有形成所谓的"党营新闻事业网"。国民党在福建形成"党营新闻事业网"则是在 1934 年 1 月，由陈铭枢、李济深、蒋光鼐和蔡廷锴等领导的"福建事变"被蒋介石嫡系军队所绞杀，在福建确立中央行政统制之后才得以实现。从 1926 年 6 月至 1934 年 1 月，据不完全统计，闽南地区国民党组织零星创办了 8 家报纸。

从当时闽南的行政区划来看，这个阶段国民党组织的报纸，创办地点还是很有限的，主要涉及厦门、德化、诏安、晋江和惠安这 5 个县市。说明这个阶段国民党组织在社会舆论引导方面对闽南社会的影响还不是具有绝对的实力；换句话说，这个阶段最活跃的不是党营的而是民营的新闻事业。在这 8 份报纸当中，厦门《民国日报》、泉州《泉州日报》和惠安《惠安民报》这三份当地的国民党机关报颇引人注目。

---

① 庄为玑：《晋江新志》（上），第 356 页，泉州志编撰委员会办公室，1985。

② 黄瑚：《中国新闻事业发展史》，第 188 页，复旦大学出版社，2001。

（1）厦门：《民国日报》（1926～1933 年）

《民国日报》的报名，源于 1905 年孙中山领导的同盟会在日本东京创办的一份报纸。辛亥革命之后，在广州、南京、武汉等地，均以这个报名作为地方国民党党部的机关报。[①] 1926 年 6 月 23 日，设在厦门的国民党福建省党部创办了《民国日报》，这是闽南地区国民党组织较早创办的一份机关报，闽南地区的政党新闻事业的创办主体实现了由最初的同盟会会员向国民党组织的转变。闽南地区的政党报纸实现了从一个松散的政治联盟的同人报向一个严密的政党组织的机关报的转变。

北伐前后厦门的军政大权，先后由北洋军臧致平、李世甲、林国庚等人所把持；1926 年，厦门的商埠逐渐繁荣，报纸出版发行盛行，"自民十以来，厦门报界忽如春芽怒放；至于民十四，已达极盛时代"。[②] 当时厦门主要的报纸有侨办的《民钟日报》、民办的《江声报》、厦门总商会机关报《厦门商报》，还有厦门基督教青年会机关报《道南日报》等，都是对开两大张八版的报纸。厦门的国民党福建党部和国民党厦门党部成员江董琴、李汉青、叶攀桂、叶独醒、陈荣芳等人，痛感军政大权旁落，宣传阵地缺失，于是积极筹备创办一份由国民党主办的机关报。[③] 据记载，作为国民党的宣传机关，当时《民国日报》的创办是没收了《厦声日报》的财产、生产工具等来设立的，先设立于赖厝埕，后迁思明南路，社长由国民党党部宣传部长担任。[④]

[①] 胡立新、杨恩溥：《厦门报业》，第 66 页，鹭江出版社，1998。

[②] 苏眇公：《厦门报界变迁述概》，见陈佩真：《厦门指南》，第十篇附录，1931 年 5 月。

[③] 胡立新、杨恩溥：《厦门报业》，第 68 页，鹭江出版社，1998。

[④] 《厦门解放前报纸刊物通讯社概括》，第 34 页，厦门日报中心组编印，1955。

厦门《民国日报》的性质，随着时局的变幻而变化，经历了进步——反动——进步三个阶段。创办之初，《民国日报》宣称办报宗旨是为了宣扬三民主义，宣传孙中山倡导的"联俄、联共、扶助农工"的三大政策，每天在报头下面全文刊载"总理遗嘱"，显示出反帝反封建的色彩。1927年春，国民党福建省党部由厦门迁往福州；随着蒋介石叛变革命，国民党厦门党部主任委员李汉青勾结掌控漳厦军政实权的北洋军漳厦海军司令部参谋长林国庚，实行清党，解散厦门的总工会、学联会、农协会等革命团体，宣布戒严，禁止集会游行。《民国日报》也难逃厄运，被责令停刊整顿；1927年夏，复刊之后的《民国日报》失去了革命的锋芒和锐气，沦落为国民党右派"对帝国主义投降，对革命人民镇压"的反动政策的宣传工具。1933年11月，十九路军进入厦门，勒令《民国日报》改版，以"福建省人民革命政府"的名义出版《人民日报》；1934年1月，随着"福建事变"的失败而消失。

（2）泉州：《泉州日报》（1930～1949年）

1930年9月26日，国民党晋江县党部创办了《泉州日报》；这是民国时期泉州存在时间最长、影响最大的一份报纸，前后历时20年。

《泉州日报》的版面发展，堪称闽南国民党党报发展的一个缩影。创办之初，《泉州日报》仅是一份小报；之后扩张为日出对开四版一大张的大报，一度还发行日出对开八版两大张的大报；随着抗战爆发，有一段时间因纸张困难，收缩为日出四开二版一小张，而且用的是毛边纸印刷；抗战胜利之后，又恢复日出对开四版一大张。值得一提的是，纵观20年《泉州日报》的地方新闻报道，尽管在不同的历史时期有很大变化，但是这些新闻报道为我们了解泉州的社会动态、民俗风情留下了宝贵的资料。如民国二十五年（1936年）4月2日第七版，共发地方新闻12

条，其中与匪讯有关的竟有 7 条，从中不难看出抗战前夕的泉州，盗匪为患，百业凋零，社会处于动荡和不安之中。还有比如当年泉州经常出现的鼠疫、霍乱等流行性疾病，《泉州日报》都能及时地报道，还配发评论。①

作为国民党地方党部机关报，从总体上看，《泉州日报》一贯站在国民党的立场上，为国民党各个时期的宣传工作摇旗呐喊。由于内容丰富，言论多样，《泉州日报》颇受读者欢迎，发行范围遍及所属各县，还远销海外；平时日出数千份，最高时达到万份。据泉州报界元老陈允洛《一九三五年之闽南新闻事业》所载："（1935 年）现存者只有泉州日报一家。该报开办已三年，现在出纸一张半，内容颇充实，但未见有若何特色，而其销数之突飞猛进，已至二千五百余份，不特漳州各报所不逮，即在全省亦居第二位。盖除江声报外，已无能及之，未始非一件可纪之事实也。"②这篇文章写于 1935 年，是应当年新加坡《星洲日报》纪念特刊而作，叙述当时闽南报界情况，甚为详明，时人时作，足资参考。

（3）惠安：《惠安民报》（1932～1943 年）

在闽南新闻事业发展史中，惠安的《惠安民报》具有如下几个特点：首先，在厦漳泉所属的各县当中，《惠安民报》是创办早且存续时间长的国民党县属地方党报。作为县属地方党报，尽管先有诏安《壁报》和晋江《江涛周刊》的创办，但从历时性和影响力而言，《惠安民报》当居首位。该报源于 1932 年由泉州通

---

① 黄梅雨：《解放前的泉州报界（二）——泉州日报》，第 107 页，载《泉州文史资料》新 17 辑，1999。

② 陈允洛：《一九三五年之闽南新闻事业》，第 121 页，载《泉州文史资料》新 16 辑，1998。

讯社和泉州日报社驻惠安记者丘采标创办的《惠安三日刊》。1935 年，当时的国民党惠安县党部主任委员连茹接管了《惠安三日刊》，改名为《惠安民报》，连茹自任社长。这时候的《惠安民报》是地地道道的惠安国民党党报，出版周期也由三日出刊一次改为每周一、三、五各出版一期。1943 年 3 月 29 日，《惠安民报》与由陈维新以惠安商会名义成立的《惠钟报》合而为一，出版《海滨日报》，直至 1949 年 8 月 23 日惠安解放。① 由此可知，作为惠安县党部机关报，《惠安民报》前后历时 14 年之久，这在厦漳泉所属各县地方党部机关报中是非常罕见的。

其次，在厦漳泉所属各县党部机关报中，《惠安民报》是最早以"民报"命名的报纸。在闽南新闻事业发展史中，民国时期国民党各县党部机关报大多以"日报"、"新报"或"民报"来命名；以"日报"命名者，如《国民日报》（泉州）、《复兴日报》（龙溪）、《永春日报》（永春）、《南光日报》（南安）等；以"新报"命名者如《闽南新报》（漳州）、《福建新报》（漳州）、《南靖新报》（南靖）等；以"民报"命名的各县国民党机关报为数不少，比如有《同安民报》、《漳浦民报》、《德化民报》、《厦门民报》、《海澄民报》、《平和民报》和《华安民报》等。此外，也有由"新报"改版为"民报"的，比如云霄县、诏安县等的党部机关报，就是如此；当然也有"民报"改刊为"新报"的，比如安溪县党部机关报。值得关注的是，这些国民党机关报的创立及名称的确定，大都是在 1934 年 1 月国民党在福建确立中央行政统制之后才得以实现。从中我们可以知道国民党派系势力在惠安的影响力较于闽南各县有

---

① 王征：《解放前惠安报刊与报人》，第 40 页，载于《惠安文史资料》第 7 辑，1990。

过之而无不及。

最后,《惠安民报》是国民党惠安县党部与地方各派系势力争权夺利的工具,这在以后国民党各县党部创办的机关报中得到明证。杜辉任国民党惠安县书记长的时候,无所依附,势孤力薄,于是先后在惠安县新旧商会各派势力中斡旋,最终杜辉领导的《惠安民报》与由新商会派首领陈维新创办的《惠钟报》合并为《海滨日报》,促使两家报社合并的社会基础就是惠安县各种派系力量的互相牵制、利用与联合。惠安县如此,厦漳泉所属各县概没例外。这可以说是民国时期社会派系争权夺势在新闻事业上的角逐与反映。

（二）中央行政统制时期国民党系统的报刊

1. 国民党福建省党部组织和宣传机构的演变

（1）国民党福建省的党部组织

国民党福建省党部最初的大本营是在厦门。1924 年 1 月,厦门同盟会元老许卓然代表福建省出席孙中山在广州召开的国民党第一次全国代表大会;1925 年 6 月,成立以许卓然为筹备主任的国民党福建省临时省党部筹备会;1926 年间在厦门正式成立国民党福建省党部;1927 年初,福建省党部由厦门迁往福州。① 1933 年 11 月,"福建事变"发生后,蒋介石的嫡系部队开进福建;1934 年 1 月,中央军绞杀了变乱,福建的省政与党务自此实现中央化。

以 1934 年 1 月"福建事变"失败为分水岭,国民党福建省党部组织可以分为两个阶段,第一个阶段是从 1925 年 6 月至 1933 年 11 月,属于省党部筹备时期;第二个阶段是从 1933 年 11 月至 1949 年 8 月,属于省党部中央化时期,期间由于派系关

---

① 胡立新、杨恩溥:《厦门报业》,第 67 页,鹭江出版社,1998。

系的几度消长和人事与制度的几经变更，经历了党务特派员时期（1933～1941 年）、执行委员会时期（1942～1946 年）和党费自筹时期（1947～1949 年）三个时期。①

（2）国民党福建省的宣传机构

国民党主要的党务工作为组训、宣传和调查，上自中央执行委员会，下至地方各级党部，其编制都是组训、宣传和调查三大部门并列。单就宣传机构来说，其最高领导机构叫做中国国民党中央执行委员会宣传部（简称"中宣部"）；各省或行政院直辖市的宣传机构叫做××省党部宣传部或××特别市党部宣传部；省下的各县市宣传机构叫做××县市党部宣传部；县以下则只在区党部、区分部设宣传委员。需要说明的是，在不同历史时期，各省、县宣传部的名称有变动，比如省党部宣传部就改称宣传科、宣传处或宣传组等，而县市党部宣传部则改称为宣传股。由此可知，国民党宣传机构分为中央宣传部——省市宣传部——县市宣传部——区宣传部这四个级别，自上而下垂直管理。

在第一个阶段，福建省党部叫做中国国民党福建省党部筹备处，其领导机关叫做福建省党务指导委员会，下设组织、训练、宣传三个部门和一个秘书处。宣传部下设编审、指导、总务三科，还有一个直属机关报——福建《民国日报》。宣传部长由指导委员兼任，而直属机关报社长由宣传部长兼任。上行下尤，各县党部的领导机构及职能大体如此。

在第二个阶段，1933～1941 年是党务特派员时期。这时期，陈肇英为党务特派员，废部设科，以便事权集中于特派员，设书记长一人襄助特派员综理一切事务。书记长下设总务、组训、宣

---

① 林涵宽：《福建省国民党宣传机构在抗战胜利前后的活动》，第 172～175 页，载于《福建文史资料》第 28 辑，1992。

传、社会四科。1933 年，创刊于 1927 年 1 月的福建省党部直属机关报福建《民国日报》归中宣部直辖，1934 年 3 月 1 日更名为《福建民报》，1941 年 4 月 1 日改为福建《中央日报》出版；之后又在福州设立中央通讯社福州分社和福建广播电台。福建省党部为弥补没有直辖机关报这一缺陷，乃创办国民通讯社和《大成日报》；抗战爆发后，省党部内迁连城。1939 年三民主义青年团福建支团成立，支团的第三组和各县分团的第二股是团的宣传机构。这样，这个时期福建省的宣传机构有三个系统，即中宣部系统、省党部系统和三青团系统。

　　1942～1946 年是执行委员会时期。1942 年，省党部由连城再迁永安，这时省党部的领导机构叫做省执行委员会，下设组训、宣传和秘书三处。宣传处下设编审和宣传指导两科，有一个通讯社——国民通讯社、一个出版社——建国出版社。

　　1947～1949 年是党费自筹时期。这时期，国民党中央一面下令"戡乱"，一面筹备"宪政"，宣称要"还政于民"，通令全国缩小各级党部机构，实行"以党养党"。此时福建省党部由 3 个处缩小为 4 个组，其中宣传处改组为宣传组，设组长一人，干事若干人；省党部报纸《正义日报》与国民通讯社不属于宣传组而直属于执委会，宣传组之下仅有一个《治平》月刊社。各县市宣传机构没有变更。1947 年 10 月，党团实行合并。

　　(3) 闽南地区国民党组织报纸的性质

　　由于"福建事变"的失败，十九路军离开福建，随着中央军开进福建，国民党在闽南的统治日益巩固，国民党内各个派系纷纷进入厦、漳、泉地区，争夺党政领导权，培植党羽，树立势力，其中创办报纸是政客常用的重要手段。

　　在厦门，根据 1949 年中国共产党组织所作的《厦门调查》记载："由于敌伪政治上的一贯腐败，其内部矛盾倾轧，各地皆

然，而厦门自日寇投降以后，因为接受敌伪的财产，其内部争权
夺利，更形剧烈。在厦门主要表现了作为'党'与'团'的矛盾
和 CC 与军统的矛盾。他们为了各树势力，扩充权益，各自拉拢
流氓封建势力，作为爪牙，设立新闻机关，互相攻讦，割据学
校、社教团体、金融机构、议会等作为其工具。"① 具体到新闻
事业，厦门国民党各派系新闻机构的"瓜分图谱"是这样的：
CC 系控制的有《中央日报》、《厦门民报》、《厦门时报》、《宇宙
报》、《社会》月刊、中央通讯社和南侨通讯社等；三青团、军统
控制的有《立人日报》、《厦门日报》、《时代晚报》、《海疆日报》
和海外新闻社厦门分社等。

在漳州，我们以 CC 系的《中央日报》（漳州版）的"流产"
来说明漳州 CC 派系（中统）与军统争夺宣传工具的剧烈。② 民
国时期军统势力特别强盛，国民党的地方党部和三青团，均为军
统所把持。在漳州，中统仅有一个"漳厦区调查统计室"的组
织，没有新闻机构，势单力薄，无法与军统抗衡。经过中统头号
人物骆萍踪、严灼如、陈星耀、叶英等人的酝酿、筹备，经得国
民党福建省党部和《中央日报》（福建版）的允许，《中央日报》
（漳州版）一切准备就绪，于 1944 年 6 月试刊发行两天。但是军
统却千方百计地进行破坏，不择手段地制造事端，甚至不惜诉诸
武力。正当双方剑拔弩张，一触即发之时，《中央日报》（福建
版）社长林炳康闻讯随即专程从永安赶来漳州进行调停，《中央
日报》（漳州版）终告"流产"。

在泉州，作为闽南政治、经济、文化中心地区之一，也是派

---

① 《厦门调查》（之一），参见厦门市档案馆馆藏"资料 E228·1"。
② 黄叶沱：《国民党〈中央日报〉（漳州版）"流产"经过》，载于
《漳州文史资料》第 10 辑，1988 年 8 月。

系必争的阵地。1934年泉州《国民日报》的创办，就是CC派为了对抗属于军统派的《泉州日报》，以争夺舆论阵地。当《泉州日报》兼办《大众报》时，属于商会派的《福建日报》也兼办《大方报》；1938年属于军统的泉州通讯社甫一设立，隶属CC的闽侨通讯社也就于1939年宣告成立。新闻机构的设立与对抗，实际上就是反映了泉州军统与CC派系的对立和矛盾的尖锐。①

概而言之，这一时期的国民党系统的报纸虽然在抗日救亡宣传方面也发挥了一定的积极作用，但是，从总体来说，国民党系统的报纸主要是作为国民党反共反人民和内部派系斗争的宣传工具而存在的。当媒介异化为仅为一个政党、一个政权服务而没有市场、没有受众之时，这种媒介为社会所唾弃的时候也就为时不远了。

2. 国民党组织的报纸

如前所述，1927年蒋介石、汪精卫相继叛变革命后，为了宣传的需要，国民党立即着手建设党营新闻事业，在统治区迅速建立起一个庞大的党营新闻事业网。这个新闻事业网的基本格局是：以《中央日报》为中心的党报网，以"中央通讯社"为中心的新闻通讯网和以"中央广播台"为中心的广播事业网。② 国民党在福建省"党营新闻事业网"真正确立，是在"福建事变"平定之后。其中具有标志性的事件是，1934年3月1日，国民党福建省党部机关报《民国日报》改名为《福建民报》，1941年4月1日又改名为《中央日报》（福州版）的发行，直属国民党中

---

① 苏秋涛：《泉州报业概述》，载于《泉州文史资料》（1～10辑汇编），1994年12月。

② 黄瑚：《中国新闻事业发展史》，第188页，复旦大学出版社，2001。

宣部领导；1934 年 3 月，福州广播电台更名为福建广播电台，直属国民党中央广播事业管理处管辖；1941 年，中央通讯社在福州设立福州分社。至此，党报网、新闻通讯网和广播事业网在福建最终确立。就闽南地区新闻事业发展历程而言，由地方军事政权主导的新闻事业实现了向中央行政统制的转变，国民党组织在闽南的党报网是国民党在福建布控的"党营新闻事业网"的有机组成部分。

从 1934 年 1 月至 1949 年 9 月，据不完全统计，闽南地区国民党组织创办了 48 家报纸，这其中包括成立于 1930 年而消亡于 1949 年的晋江《泉州日报》和成立于 1932 年而终刊于 1943 年的惠安《惠安民报》。

从创办时间来看，20 世纪 30 年代，国民党闽南地区各县市党部只创办了 10 份报纸；除了惠安、德化、同安和永春四个县外，其余 6 份报纸集中在厦、漳、泉城区。20 世纪 40 年代，国民党闽南地区各县市党部的报纸共 38 份，覆盖了整个闽南地区，实现了"党报网"的建构。直到 1949 年 5 月，国民党厦门市党部还创办了《厦门时报》，这时距离厦门解放只有 3 个月。

从创办地点来看，厦、漳、泉所属各县的国民党党部几乎都创办了党报，只是创办的时间和名称略有不同而已。其中漳州有 25 份，泉州有 13 份（同安、金门归属泉州管辖），而厦门则有 10 份。值得关注的是漳州地区，高居闽南地区之首，从中也可以看出漳州地区国民党派系争斗之烈。而国民党在厦门这个弹丸之地，在 8 年时间内（1938～1945 年日本占据厦门），竟然创办了 10 份报纸，让人咋舌，可以说这是厦门作为在闽南、福建，乃至全国的兵家必争之地在舆论斗争上的反映。

从报纸属性来看，有的是机关报，比如《同安民报》、《海澄民报》等；有的是有党部背景的报纸，比如《漳浦民报》。当时国民党漳浦县党部书记长是许元渝，他以个人名义登记创办党报；但这没有影响《漳浦民报》国民党党报的属性。这些国民党党报，其负责人或发行人，往往由所属的县市党部书记长兼任，比如《华安民报》的创办人兼社长是国民党华安县党部书记长李汉森，《诏安民报》的社长是国民党诏安县党部书记长许以仁；还有极少数是以党部干事或宣传人员出任负责人，比如龙溪县《民光报》社长李和成即为龙溪县党部干事兼农会常务理事。

　　这里有深刻的社会背景。① 还在抗战胜利前，国民党即已蓄谋于日后发动反共反人民的内战；1944年底，国民党中宣部依据各省对今后宣传工作的改进意见，制定了一套改进的宣传工作办法发给各省，所定办法是：建立全省范围的收音网，建立全省范围的小型党报网，进行分散的宣传员活动。国民党福建省党部在不足4个月时间内就完成了中宣部的部署，建立了全省范围内的党报网和收音网，调整各县宣传员活动，组织了福建省特种宣传委员会，恢复了省党部直属机关报，布置了新闻党团；总之，做好了宣传阵地上的"战斗准备"。这是其一。

　　其二，1947年，国民党中央在下令"戡乱剿共"的同时，也筹备"民主宪政"，宣称要"还政于民"，逐步实现新闻自由、言论自由、人身自由和集会结社自由。所谓"新闻自由"，就是把一向由各级党部掌管的新闻审查核准登记事项，转交给国民党包办的各级有关行政机构承办。

　　各县市党部对建立党报网十分重视，无不尽可能迅速地创办起党报来，有铅字的用排印，无铅字的用石印（绝大多数县市党部都找到了印刷设备），并且按照统一规定办理各项有关事宜：

---

　　① 林涵宽：《福建省国民党宣传机构在抗战胜利前后的活动》，第177、179页，载于《福建文史资料》第28辑，1992。

（1）在报社组织上，规定由县执委兼报社社长；（2）在编务上，指定宣传部门人员无条件帮助党报；（3）在资料方面，指定以宣传指示、广播资料和《良心话》旬刊为主要材料根据；（4）在报纸形式上，规定出版四开张；（5）在报名上，规定称为"民报"，各冠以地方名，如《平和民报》、《华安民报》等。

3. 三青团组织的报纸

三青团组织，在各省的称为"支团"，下面各县市的称为"分团"。三青团组织的机关报，是国民党党报网的有机组成部分。如同国民党组织的报纸，三青团性质的报纸也是为了配合国民党蓄谋已久的反共反人民的内战宣传而创办的；当然这些报纸能够如雨后春笋般地创办，也跟当时国民党为了赶在党部交出新闻报刊审查批准权之前，迅速办起各地团报，建立全国团报网，以便占领舆论阵地息息相关；事实上，团报网是国民党党报网的重要一个环节，读者目标清晰，宣传目的也很明确。

福建省团报网的建立，几乎与国民党各级党组织报纸的创办同步。据1946年1月《三民主义青年团福建支团各级主办办刊一览表》显示，这个时期三青团报纸有30家，具体分布是这样的，闽北（福州、三明、南平、宁德地区）有11家，闽西（龙岩地区）有7家，闽南（厦、漳、泉地区）则有12家。① 闽南12家涵盖当时的漳州（2家）、厦门（2家）、安溪（2家）、泉州、诏安、永春、德化、漳浦、龙溪九个县市。由此看出如同国民党组织的报纸一样，闽南地区三青团报纸在福建省也是首屈一指的，从中可以略窥国民党党团在闽南的势力是何等深厚。

从1939年三青团同安分团创办《同安青年报》，至1947年三青

---

① 《三民主义青年团福建支团各级主要报刊一览表》，参见厦门市档案馆馆藏"案卷号178"。

团性质的报纸《厦门日报》出版发行，据不完全统计，闽南地区三青团背景的报纸约有 25 家。需要说明的是，这 25 家报纸是包括同一份报纸因改名改版而衍生出来的报纸；比如在厦门，三青团机关报是《青年日报》，后更名为《青年晚报》，最后变更为《厦门日报》，这三家报纸实际上是相互更替而性质相同的一份报纸。

从报纸名称来看，作为三青团组织的机关报，顺理成章地这些报纸大都以"青年报"命名。在闽南 25 份三青团各县分团的机关报中，有 17 份是以"青年报"命名的，以"先锋报"、"春秋报"和"大刀报"命名的也颇具青年特点；还有一些则干脆以地名来命名。其发行人或负责人，主要是当地三青团组织的最高领导人。

从创办日期来看，除了《同安青年报》外，其余全部创办于20 世纪 40 年代，在 1947 年国民党党团合并前后或消亡，或合并，或改向。至于发行周期，则有日刊、三日刊、周刊，甚至旬刊、半月刊、不定期刊等等，不一而足。这些三青团组织机关报的创办是符合当时的历史背景的，主要是以"宣传导向"为目标，而不是以"市场导向"为皈依，具有应时而生随势而亡特点。

从地域分布来看，25 份报纸厦门有 5 份，漳州有 10 份，泉州有 12 份。其中引人注目的是三青团金门县分团的《浯岛报》。1937 年 12 月，日军占领金门，国民党金门县党部机关报《大道报》搬迁到南安，由南安县党部办，甚至当时国民党南安县党部机关报《南光日报》也还兼顾报道金门县，"在二版下半版还经常出现南安、金门两县县政府的'公告栏'"。① 流亡的三青团金门县分团组织，1946 年 8 月也创办了机关报《浯岛报》（金门又称"浯岛"），这是一份八开旬报。

---

① 黄梅雨等：《泉州市志·新闻志》，第 9 页。

作为在闽南新闻事业发展史上具有特色的一批报纸，三青团报纸在经营方面举步维艰。这是由报纸的机关报性质决定的。以厦门《青年日报》为例。作为三青团厦门分团的机关报，1945年5月21日《青年日报》创刊于漳州，抗战结束后迁回厦门；初为日报，每日出版对开一大张，后因为经济困难，至1946年5月改为四开小型晚报《青年晚报》，社址在厦门光彩街；1947年10月，随着党团合并，为了褪去"团报"这件外衣，《青年晚报》更名为《厦门日报》，社址在升平路，最高发行达6千份，直至1949年9月因厦门解放而停刊。据记载，"这家报纸的财产，全部是劫收来的"。在创办之初，"当时在漳州向厦门青年募捐，作为三青团厦门区队报"。由于适时转变，改为《厦门日报》之后，"这家报纸专门攻击CC，整天漫骂，同时也刊载了许多黄色新闻，销路不坏。以后不但没有亏本，单靠经营这家报纸，还赚了许多钱"。① 如同国民党组织的党报，三青团报纸也是国民党派系斗争的工具。三青团厦门分团基本上由军统所掌握，《厦门日报》发行人郭熏风是三青团厦门分团的干事长，社长吴雅纯则是干事，都是军统中人。所以在厦门有这样一份"专门攻击CC，整天漫骂"的报纸也就不足为奇了。

二、共产党组织的报刊

（一）"囊萤之光"：闽南地区共产党组织的诞生

"五四"运动促进了马克思主义在中国的广泛传播，作为传播马克思主义思想和宣传反帝反封建斗争的工具，具有无产阶级革命思想的知识分子自觉地拿起报纸和杂志这一锐利的武器，为

---

① 《厦门解放前报纸刊物通讯社概括》，第17页，厦门日报中心组编印，1955。

先进的思想和理念摇旗呐喊。资料表明，在福建最早传播马克思主义思想的刊物是 1919 年 12 月 1 日创办于漳州的《闽星》报。《闽星》报有半周刊和日刊两种，1920 年 1 月 1 日《闽星日刊》创刊。《闽星》报一方面大量登载由孙中山在上海创办的《建设》杂志和《每周评论》关于三民主义和建国方略的文章，一方面用相当的篇幅来介绍马克思列宁主义的学说，宣传俄国十月革命的胜利。这在当时影响很大，效果很好。在 1919～1920 年间，漳州一度被誉为"闽南的俄罗斯"，"漳州成了中国革命青年和中国社会主义者的朝圣地"。[①]

马克思主义思想的传播，为闽南地区中国共产党组织的成立奠定了思想基础。1924 年 9 月，李觉民、罗善培（罗明）等人在集美学校发起组织成立了"福建青年协进社"，创办了《星火周报》。这是厦门地区第一张宣传和鼓吹马克思主义，以研究社会实际问题和国际政治状况为宗旨的报纸，在集美学生中颇有影响，"每次出版，一出即尽"。[②] 1925 年 6 月，中国共产主义青年团广东区委派遣蓝裕业到厦门考察，着手建团工作，吸收"协进社"中的骨干李觉民、罗扬才、刘端生等 7 人入团，创建了集美师范学校团支部，这是闽南地区第一个团支部，书记李觉民。[③] 在中共广东区委的领导下，1926 年 2 月，罗扬才、李觉民、罗秋天三人在厦门大学囊萤楼成立了共产党支部，罗扬才任支部书

．① 陈再成主编：《漳州简史》（初稿），第 126 页，1986 年 12 月打印稿；郭稼：《闽南护法区与漳州〈闽星〉报》，第 116 页，载于《文史资料选辑》（第 3 辑）。

② 刘正英：《20 世纪厦门进步报刊概述》，载于《厦门文史资料》（选辑），第 20 辑，1994 年 1 月。

③ 陈炳三：《囊萤之光——福建省第一个中共支部诞生地》，第 19 页，中央文献出版社，2007。

记。这是闽南地区的第一个，也是福建省的第一个党支部。①

厦门大学党支部一经成立，就成为厦门、闽南和闽西建党的播种机与革命运动的核心力量。1927 年 1 月，中共厦门市委成立，罗秋天任书记。1926 年夏开始到 1927 年初，中共厦门特支派遣以厦门大学党支部的党员为骨干到闽西、漳州和泉州地区开展建党工作，前后总共建立 8 个党支部，1 个农民协会；由厦门大学党支部协助罗明招收的广州农讲所第六期学员 9 人，先后加入中国共产党，接着随北伐军入闽，也于 1926 年冬在闽西南地区建立了 6 个党支部，1 个农民协会。这样，从 1926 年底到1927 年初，闽西南地区已经成立了 14 个共产党组织和 2 个农民协会。1927 年 1 月，中共闽南部（特）委在漳州成立，书记罗明，直属中共广东区党委领导，厦门市委和闽西南各支部都归属闽南部（特）委的领导。1928 年 8 月，中共福建一大在厦门召开，省委机关设在厦门。

（二）"燎原之火"：闽南地区共产党组织创办的报刊概况

作为新兴的新闻事业，在 20 世纪 20 年代开始，无产阶级新闻事业开始出现，在形式上主要是杂志而非报纸；随着 1921 年中国共产党的成立，共产党组织创办的媒介登上历史舞台。当时中国共产党领导的报刊，还只是星星之火，但其生命力极为旺盛，并呈现出燎原之势。

1927 年国民党统治在全国的建立至 1949 年在祖国大陆的瓦解，是中国新闻事业发展的第三个历史阶段。② 国民党新闻事业

---

① 孔永松：《厦门党史论文集》，《序言》，中国计划出版社，1989。

② 黄瑚：《论中国近代新闻事业发展的三个历史阶段》，载于《新闻大学》2007 年第 1 期，总第 91 期。文章认为近代中国新闻事业可分为三个阶段：第一阶段为 1815 年至 1895 年；第二阶段为 1895 年至 1927 年；第三阶段为 1927 年至 1949 年。

由强转弱，共产党新闻事业由弱转强，是这一历史阶段两极新闻事业发展的基本轨迹。其他资产阶级和小资产阶级的新闻事业，都只能在两极新闻事业的夹缝中生存与发展，并在国共较量的最后时刻向两极分化。

共产党组织的报刊，主要指中共福建闽南各级组织（包括青年团）创办的报刊，以党团员个人和群众团体名义创办的革命的进步报刊不在讨论之列。从1926年至1949年，据不完全统计，闽南地区共产党组织创办了67家报刊，其中团组织创办的报刊只有3家：《星火周报》、《列宁青年》和《曙光》，其余的64家全部是由共产党组织创办和领导。

（三）"稀声大音"：闽南地区共产党组织创办的报刊分析

闽南地区无产阶级新闻事业和党的新闻事业，是全国无产阶级新闻事业和党的新闻事业的有机组成部分；在闽南地区中共组织的领导下，其占领舆论阵地，传播革命真理，在推动闽南地区人民革命运动蓬勃开展中，起了宣传员、鼓动员和组织者的作用。这些报刊经历了白色恐怖的风霜刀剑，停刊又复刊，闭刊又创刊，如春草般地涌现，或公开，或隐秘，时而地上发行，时而地下相传，生生不息，绵绵不绝，表现出了顽强的生命力。真是"野火烧不尽，春风吹又生"！

从区域分布来看，闽南共产党组织创办的媒介存在着一个规律，那就是跟闽南社会的发展与革命斗争的环境息息相关。比如厦门地区，就有一个从中心到边缘的过程；由于地域的原因，漳州地区的媒介活动颇具有根据地的特点；而泉州地区，共产党媒介主要集中在惠安（5家）、安溪（7家）和永春（7家）三县，在泉州总数的23家中占有19家的绝对多数，由此可知泉州市区是共产党势力的薄弱地方，或者说明了泉州市区国民党势力的牢固。

　　具体来说，在整个新民主主义革命时期，在闽南地区共产党组织的 67 家报纸中，厦门和漳州各有 22 家，泉州有 23 家，从量上看，三地不分伯仲，但是加上时间的变量，三地的区别还是很明显的。在 20 年代厦门地区有 9 家报刊，占全部 16 家的一半还强，而漳州、泉州地区分别只有 3 家和 4 家，这说明在 20 年代，厦门是闽南地区党组织的绝对中心。到了 30 年代，整个闽南地区的革命宣传活动很活跃，有 32 家之多，接近全部总数的一半；在厦、漳、泉三地党组织的报刊中，厦门和漳州持平，都是 12 家，泉州只有 8 家；总的来说这个时期漳州、泉州地区的舆论阵地有很大飞跃，尤其是漳州地区有 12 家，是 20 年代 3 家的 4 倍。至于 40 年代，由于 1938 年至 1945 年，日军占据了厦门，中共厦门组织几乎没有机会和条件发行报刊，只有在厦门解放的 1949 年 10 月 22 日才得以创办《厦门日报》，而这个时期中共泉州组织创办的刊物较多，有 11 家，漳州则有 7 家。具体情况如表 2—1。

表 2—1　20 世纪 20 年代至 40 年代厦漳泉三地
共产党组织的报纸分布一览表

年　代　＼　地　点	厦门地区	漳州地区	泉州地区	总　计
20 年代	9 家	3 家	4 家	16 家
30 年代	12 家	12 家	8 家	32 家
40 年代	1 家	7 家	11 家	19 家
总　计	22 家	22 家	23 家	67 家

　　从报纸命名来看，闽南地区共产党组织的报刊充满了革命豪情和战斗气息，大俗大雅。比如有的称"火花"、"尖兵"、"战斗"、"翻身"、"火炬"、"火线"、"红旗"和"解放"等，有的干

脆以"工农"、"农工"、"群众"、"大众"等来命名，没有书卷气，有的是火药味，也真应了共产党人的那句话："革命不是请客吃饭！"试举几例。1928 年 12 月，由中共福建省委（厦门）创办的《烈火》政治周报，其发刊词是这样解释《烈火》之名的："至于这个刊物的名字——《烈火》原无关深意，不过我们也觉得在中国革命第一个高潮退落之后，第二个高潮行将到来的时候，我们需要火，而且需要烈火，烧毁一切反革命营寨。"1933 年 7 月 10 日，中共厦门中心市委创办的油印不定期报纸《实话》第 1 期在头题《开场白》中说："在反动军阀国民党统治下的刊物，受尽了白色恐怖的威吓、压迫与摧残，是被迫到连气都不能出，哪敢说实话？有许多则是反动统治阶级的御用机关，当然不愿说实话，只是一种留声机的应声虫，专门在那里造谣与欺骗，淆乱群众的视听。……我们出这种小报标名《实话》，就是要来专门揭破那些反动统治的欺骗，和来粉碎他们的武装宣传，而给劳苦群众以真理。"①

从出版周期来看，中共的新闻宣传刊物，受历史条件的制约，只能采取创办周刊或不定期刊物的方式来传播信息和信仰。这些报刊，大多出版于月余或年余，很少有连续出版两年以上的，有的出版日期甚至以"期"来计，比如《前进》、《画报》只出 3 期就停刊，《学习》只出两期就中止了，有的甚至只出 1 期就永久告停，如在厦门出版的马海髯的《前哨》。具体版式，对开至为罕见，四开零星出现，常见的是八开、十六开，有的甚至是三十二开、六十四开。比如 1927 年中共福建临时省委在漳州秘密创办的《红旗》，"当时处在白色恐怖之下，《红旗》出版极

---

① 福建省地方志编撰委员会编：《福建省志·新闻志》，第 58、70 页，方志出版社，2002。

端困难。……这时的《红旗》64 开本，开始 5 天出一期，以后不定期，页数也不固定，共出版 14 期"。有的一种刊物在出版的过程中有多种版式，比如 1937 年 11 月创刊的中共闽粤赣边区委机关报《前驱》，就有三种版式：八开、十六开、三十二开。总而言之，由于当时政治、经济、物资、设备等各种条件限制，报纸创刊后，存在的时间都不长，出版日期多不固定。印刷条件十分简陋，都是手工刻钢板，用蜡纸油印。印刷数量从几十份到几百份不等。纸质多为毛边纸，版面大小随势而定。这应当是新民主主义革命时期共产党组织创办的报刊普遍的生存状态。

出版发行策略的灵活性和传播真理立场的坚定性，是闽南地区共产党组织创办的报刊的一个显著的特点。无论在版面、周期、版式、内容，还是在印刷、发行，甚至名称方面，都可以体现出灵活性的特征；作为党报，在传播真理立场上的坚定性主要体现在党报的品格方面，比如党性原则、群众性原则、指导性原则和战斗性原则等等。1931 年 1 月 21 日由中共闽粤赣特委创办的机关报《红旗》，当时特委书记邓英铭（邓发）写的发刊词有这样的话："党为要使全党同志和广大群众深切的了解党对目前的政治主张及策略路线，所以出版《红旗》，传播党的策略路线，深入到工厂、农村、兵营去！不仅使群众了解，而且要群众热烈拥护和执行，使劳苦工农群众都为拥护苏维埃政权而战！为保障土地革命而战！为推翻帝国主义、国民党统治而战。这是本刊的使命。本刊是广大劳苦群众的喉舌，是目前斗争的指南针。希望每个革命群众，不断投送稿件和斗争消息，以充实本刊材料。"1932 年 2 月 27 日，中共闽粤赣特委会通过了《"关于党报的健全与建立"的决议》，其中说道："党报不但要负担宣传教育的任务，同时要负担正确的传达党的政治路线，使整个党的组织以及非党群众团结在党的路线周围，这是党报的组织责任。"① 从中我们可以知道，有中国特色的马克思主义党报理论，就是包括闽南地区共产党组织的报纸在内的全国各地党报在漫长的革命斗争实践过程中总结而来的，是集体智慧的结晶。

"大音稀声"。共产党和国民党这两极新闻事业的较量，随着国民党政权在祖国大陆的崩溃，共产党的新闻事业由地下跃然地上，由潜流而变主流，由"稀声"变成了时代的最强音。

第二节　军队报刊

这里的"军队报刊"是指军事武装力量介入或主导创办的报刊，而不完全是以军人为读者对象的报刊。军队报纸繁杂，这是闽南新闻事业发展历程上的一个突出现象。早在 1919 年 12 月 1 日，"援闽粤军"总司令陈炯明在漳州建立的"闽南护法区"，就创办了《闽星》报，这是闽南地区最早的由地方军事政权创办的报纸。在之后的 30 年时间里，闽南地区的军队报纸多达 26 份，其中地方军事政权时期（1911～1934 年）办有 17 份，而中央行政统制时期（1934～1949 年）仅有 9 份。

需要说明的是，中国工农红军在闽西南创办的报刊，比如闽西南军政委员会创办的机关报《捷报》、闽粤赣边纵第八支队第四团创办的《翻身》周刊等，列入中国共产党创办的报刊系列，在此不作讨论。军队报纸的出现是闽南地区民军盛行、军阀丛生的社会状况在新闻领域中的真实反映，是民军和军阀实行有效统治的社会舆论工具。

---

① 　福建省地方志编撰委员会编：《福建省志·新闻志》，第 63 页，方志出版社，2002。

一、军队报刊的概貌

(一) 地方军事政权控制社会舆论的措施

1. 新闻制度的确立

1912 年 1 月 1 日，随着中华民国政府在南京成立，临时大总统孙中山通过立法手段保障人民的言论出版自由权利，确立了与西方先进国家接轨的自由新闻体制。但是新闻自由的春天很快就遇到了"倒春寒"。从 1912 年 3 月袁世凯就任临时大总统到 1928 年 6 月张作霖退出北京，中国近代历史进入长达 16 年的北洋军阀统治时期。北洋政府主要通过法律手段扭曲自由新闻体制，钳制和迫害新闻事业。1927 年 4 月，以蒋介石为核心的南京国民政府成立，开始实行国民党的"以党治国"和"一党专政"。与此相适应，国民政府确立了以统制为核心的新闻法律制度，将对新闻事业的"法治"建立在"党治"的基础上，最终达到"以党治报"的目的。① 总体而言，国民政府对民间创办报纸采取的是登记制而不是审批制，② 于是形成中国报业史上几次民间办报的高潮，但是欲加之罪，何患无辞，这并不妨碍政府对民间报纸的统制。

经济基础决定上层建筑。闽南地区的新闻事业是和当地的政治、经济、军事和社会形态相适应的，上述这些新闻制度在闽南社会的践行略微有些变化。十九路军入闽时，中央政令几乎难以抵达福建，更遑论成效，尤其是兵连祸结的闽南社会，更是军阀、民军和土匪的世界。1911 年 11 月至 1934 年 1 月，在前后

---

① 关于对新闻制度的阐述，请参阅黄瑚：《中国新闻事业发展史》（复旦大学出版社，2001）相关章节。

② 谢泳：《中国现代新闻传统：文人论政》，载于《山西文学》，2005 年 1 月。

近 24 年的时间里，厦漳泉地区的财政、军事和行政大权基本上掌握在军阀或民军手中，我们称之为"地方军事政权时期"；直至 1934 年 1 月开始，南京中央政府剿灭了十九路军的军事政权，整个福建社会才纳入中央政府行之有效的管制范围，这种统制一直延续到 1949 年 9 月，历时仅 15 年，我们称之为"中央行政统制时期"。纵观整个闽南地区新闻事业发展的历程，厦、漳、泉地区的新闻事业几乎没有享受到所谓"自由新闻体制"带来的生机，相反的，遭受到了 24 年地方军事政权的恣意践踏和 15 年新闻统制的无尽灾难。

2. 新闻控制的手段

(1) 怀柔之策

针对那些把创办报纸作为可资交换利用的资本来运作的报纸和报人，当局所采取的措施就是笼络、收买，以达到间接利用和控制的目的。这种笼络、收买的怀柔策略，或者用津贴制度，诱之以利；或者用收编制度，诱之以位。前者属于经济上的诱惑，后者归为政治上的招安。且看经济上的诱惑，创办于 1932 年的漳州《震中日报》，以"人民喉舌"自居，"每日发行基数为一千份，经费来源，除十九路军总部固定每月拨款五百元补助外，其不敷额由报社自行向外筹措，多由县花捐局、屠宰局、税契局、赌捐等方面募捐而来"①。在厦门，据日本方面的调查说，《江声报》可说是当时人事、物资都最为齐备，处理时事最有信用的报纸，具有"厦门报界第一名"之美称。难怪十九路军入闽之时，《江声报》"得到补助五万余元"。② 至于政治上的招安，据 1949

---

① 林柏舟：《三十年代初漳州报纸出版概况》，载于《漳州文史资料》第 10 辑（总第 15 辑），1988 年 8 月。

② 王昭文：《战时的〈全闽新日报〉》，载于《台湾风物》第 53 卷第 1 期。

年 9 月《厦门调查》所列举的全体 20 名国民党厦门市党部人员，属于新闻界的人士就有 5 人。这些人分别是：《厦门民报》负责人黄谦若，"×小报社长"陈醒民，菲律宾《中正日报》和厦门菲律宾血干团负责人周冰心，厦门南侨通讯社社长吴春鉴，还有星光日报社社长胡资周；其中胡资周不但是党部委员，而且还是参议院议员。① 这和《星光日报》在厦门新闻界的地位是相一致的。

（2）封压之策

针对那些有个性有血性敢说真话敢捋虎须的报纸和报人，当局采用的策略就是以暴力压制、迫害和摧残报馆和报人。捣毁、查封报馆时有发生，殴打、逮捕、驱逐、杀害报人的事件更是家常便饭。我们可以举陈炯明之例。陈炯明受命于孙中山在漳州建立"闽南护法区"，施行著名的"漳州新政"，引起国内外的关注；尤其是陈炯明对报纸的重视，创办《闽星》报，自任主笔，着实令 20 世纪 20 年代的闽南报业为之一新。但是，同样一个陈炯明，在辛亥革命胜利之初出任广东代理都督的时候，为了维护与发展自己的权势，却动辄封报杀人，对广州的八家报馆肆意干涉，压制舆论，甚至"拘留主笔，勒交访员"，迫害新闻记者。② 原《中国日报》记者、民军总长黄世仲因对遣散民军问题有所不满，被陈炯明杀害，广州《公言报》、《佗诚报》为黄世仲被杀而鸣不平，陈炯明立即下令查封报馆，发行人陈听香被杀害。③ 在闽南地区新闻事业发展历程上，大小报案不胜枚举，但是有一个

---

① 《厦门调查》（之一），参见厦门市档案馆馆藏"资料 E228·1"。

② 郭稼：《闽南护法区与漳州〈闽星〉报》，载于（漳州）《文史资料选辑》（第 3 辑）。

③ 方汉奇主编：《中国新闻传播史》，第 156 页，中国人民大学出版社，2002。

报人，有一家报馆却不能不提，那就是苏眇公和《民钟报》；前者代表着闽南报人的血性，后者代表着闽南报馆的傲骨。苏眇公多次因言贾祸而下狱，《民钟报》屡次犯言政府而被封，让人唏嘘不已。[①]

（3）创办之策

凭借着行政资源，创办御用报纸，充当耳目喉舌，这是地方军政当局控制社会舆论的最直接最常用的手段，于是涌现出大批的党报、团报和军报；更有部分民营报纸，"挂羊头卖狗肉"，打着民办的招牌，由御用文人主持，以民意代表的身份，主动充当传声筒，为当政者涂脂抹粉；有时候还强奸民意，操纵、诱导舆论，统治者"舆论打手"的面目，狰狞而又令人憎恶。对此，当政者总是有意无意地加以扶持与肯定。在闽南地区，这样的媒介占有相当多的部分。据不完全统计，从 1926 年至 1949 年，闽南地区国民党组织创办的报纸有 56 家，三青团组织创办的报纸有 25 家，军队组织创办的报纸则有 26 家；至于以政府"舆论打手"面目出现的民营报纸，更是不可计数。1935 年报人陈允洛谈到闽南新闻事业的时候，言及当时厦门"现在所有的日刊：有江声报、华侨日报、思明报、商学日报、厦门商报、民国日报，及全闽新日报七家。七家之中，除全闽为日人机关报外，均为国人所经营者"；当谈及《民国日报》时，陈允洛说道："民国日报系三民主义，吾党所宗，夙夜匪懈，主义是从之报馆。论其宗旨，固百世以俟圣人而不惑，论其经费每月有一千数百元之补助，办报者又多有为之青年，但五六年来在党的扶持之下，尚争

---

① 请参见谢家群：《苏眇公行述》(《福建文史资料》第 6 辑 "辛亥革命专辑"，1981 年 8 月）和李硕果：《厦门民钟报支柱——李硕果九十回忆录》(太平华侨承印，1978 年 12 月）。

不得一个地位，销数仅在全闽之上，犹幸有此数，不至贻笑敌人，尚足自慰。"① 老报人遇到新问题：党报经营为什么这么难？1930 年苏眇公曾对厦门报界变迁做过调查，有如下之语："论厦门报之形式组织，固有进步；若论新闻道德，则又今不如夕。盖自民七后，已成一种为营利而办报，或有所作用而办报之风尚。习俗移人，贤者不免，吁可慨也。"② 由此可知，作为闽南新闻事业发展风标的厦门，从 1918 年开始创办报纸的旨趣已经发生改变。

（二）闽南地区军队创办的报刊概览

在闽南地区大凡拥有一定的军事实力的部队，都会涉足创办报纸；具体而言，广东军队办有 3 份报纸，十九路军是 6 份，民军办有 7 份（1928 年由张贞创办的《漳州报》，应当算是民军报纸），国民党驻军有 9 份，还有 1 份是警察局创办的。这些报纸的生命力和影响力随着军队实力的消长而进退，也随着闽南地区社会由动荡转入相对安定而发生变化。报纸的最终命运，要么消亡，要么转交给地方人士或地方组织接办。1930 年德化《德音报》，随着驻军他调而停刊；1932 年泉州《双江日报》随着创办人民军首领陈国辉被十九路军处决而关门；1933 年在"福建事变"发生之前，永春《永春半周报》随着十九路军六十师的离开而停办。有的属于军队创办的报纸，随着部队的更迭，或消亡或转交给地方人士接办，比如 1926 年由北伐军何应钦部的军阀张毅，创办了漳州《民报》，随着何部奉调入浙，《民报》交与地方人士接办，直到 1935 年停办。

---

① 陈允洛：《一九三五年之闽南新闻事业》，载于《泉州文史资料》新 16 辑，1998 年 12 月。

② 苏眇公：《厦门报界变迁述概》，载陈佩真等编著：《厦门指南》，《第十编》，1931 年 5 月。

1. 地方军事政权时期闽南地区军队的报刊（1911~1934 年）

在很长一段时期内，闽南地区军政大权掌握在地方军阀、民军手中，反映在新闻事业领域，在社会舆论上代表军事政权利益的新闻媒介蜂拥出现，据不完全统计，这段时间军队报纸有 17 份之多。

从创办主体来看，这些报纸可以分为四类：（1）军队直接创办，相当于机关报性质的报纸。如漳州闽南护法区的《闽星》报、泉州民军陈国辉部的《双江日报》、十九路军的漳州《震中日报》、十九路军的厦门《人民日报》等。（2）属于地方创办，后来改由军队接管，最终沦落为地方军阀的御用工具。如由 1925 年 8 月"永春县地方自治筹备分处"创办的永春《民治报》，主张"永人治永"，结果被地方军阀尤赐福、陈清如所利用。（3）属于军队与地方合作办报的。如 1933 年 2 月，由"永春军民联欢社"主办的《永春半周刊》创刊。（4）以军队首领个人名义创办，实际上隶属于军队的报纸。如 1926 年 10 月，由民军连长吴钝民发起创办的永春《民声报》，不过创刊不久即告夭折。

从创办地点来看，这些报纸主要集中在漳州城区和泉州地区的永春县。其中，漳州 8 份，永春 4 份。这种地域分布，跟闽南地区的地域特征和军事力量的区域变化是相一致的。漳州曾经是闽南护法区的总部所在，也是闽南民军巨头陈国辉的"老巢"，更是十九路军入闽的总部所在，而十九路军对闽南，甚至整个福建新闻事业的影响是相当深远的；在泉州，民军出身的军阀头子张贞就素有"闽南王"之称，而永春县，更是土匪、强盗、民军丛生之地，抗战时期，福建省第四行政督察专员公署设在永春，永春的地位因而大为提升。①

---

① 福建省档案馆：《民国福建省行政区划》（印刷资料），第 7 页，1988 年 6 月。

2. 中央行政统制时期闽南地区军队的报刊（1934～1949 年）

1934 年 1 月中央对福建进行有效管辖之后，军队系统的报纸也有 9 份。

在地方军事政权时期，闽南地区军队报纸具有举足轻重的作用，比如闽南护法区军政府和十九路军创办的系列报纸，对当时社会舆论具有支配地位；而在中央行政统制时期，闽南地区军队报纸的影响力逊色不少。这些报纸存续的时间都相对短暂，长则三两年，短则数个月；时间逾越五年者，唯有永春《民报》（1926～1935 年）、漳州《闽南新报》（1937～1949 年）和金门《正气中华报》（1949～1965 年），都是转交给地方人士经营或者跟地方组织合作才延续下来的。

这时的军队报纸，已经有了具体的发行旨趣，比如 1948 年 1 月 18 日的《建军日报》登记的"发行旨趣"是"宣扬兵役法令，解释兵役疑义，拓展军事文化，阐扬三民主义"，主要的发行方式是通过"各县市乡镇保甲推销，以期普遍宣传"。① 1948 年 4 月《凯声报》发行人于哲武在筹创申请书则明确表示："窃查兵役宣传为达到建军目的之唯一中心工作，故兵役宣传成绩之优劣于当前建军建国及戡乱之成败关系至巨，为针对目前戡乱及宣言宪政扩大兵役宣传之需要，爰依新闻出版法之规定筹创凯声报社，籍广宣传。"《凯声报》的发行旨趣是"阐扬三民主义，宣传兵役文化"。②

这里着重介绍漳州《闽南新报》。该报是一份特殊的军队报

---

① 《新闻纸杂志登记申请书》之《建军日报》，1948 年 1 月 18 日。厦门市档案馆 A5-1-1742 号。

② 《新闻纸杂志登记申请书》之《凯声报》，1948 年 4 月。厦门市档案馆 A5-1-1747 号。

纸，首先，它是一份由军队创办的、存续时间最长的报纸，前后历时 15 年（含前身为《复兴报》），在当时历史条件下，在闽南地区实属罕见（金门《正气中华报》由于特殊的历史原因造就了这份报纸特殊的生存模式，前后有 27 年，另当别论）；其次，它跟军队有千丝万缕的关系，先后有国民党第 9 师、第 80 师、第 157 师和第 75 师四个漳州驻军插足；最后，它跟地方也有千丝万缕的关系，经历了党、政、商、特各个组织。

要了解《闽南新报》，就要先回顾其前身《复兴报》（1934～1937 年）。1934 年 1 月，"福建事变"失败，国民党第二路军总指挥蒋鼎文兼任福建绥靖主任，以第 9 师李延年部驻漳州；9 月，李部创办了对开日报《复兴报》，社长为政训处处长丁国保，总编辑李式侃。1935 年改由新驻军第 80 师陈琪部和国民党龙溪县党部共同接办，黄永滋任社长，巫范任总编辑，日出对开两大张，发行两千余份，社址在中山西路；1936 年，吴春晴接任社长，吴方桂出任总编辑。

1937 年抗战爆发，进驻漳厦地区的国民党第 157 师黄涛部接办《复兴报》，而且并入从厦门没收来的日本在厦门创办的机关报《全闽新日报》的所有器材用具，更名为《闽南新报》，由政训处处长李育培任社长，纪昆仑任总编辑。1938 年，黄部他调，《闽南新报》交由龙溪县商会会长洪心耕接办；未几，改由龙溪县县长王维松兼任社长，总编辑薛澄清。这是《闽南新报》第一次跟地方组织合作办报。这一年国民党第 75 师宋天才部进驻漳州，接办《闽南新报》，组建了以宋天才为首的包括当时党、政、商、学名流在内的董事会，委派政训处秘书李亭林为社长，总编辑仍然是薛澄清。这是《闽南新报》第二次跟地方组织合作办报，层次更高，规模更大，手段也更巧。

1939 年宋部他调之后，由董事会成员之一的国民党龙溪县党部指导员黄永滋二度接任社长之职；旋即黄又他调，《闽南新报》乃由国民党龙溪县党部书记长、三青团漳州干事长卢德明接办。这一次，《闽南新报》真正脱离了地方驻军的控制，转而由漳州党团组织主持。所以从严格意义上来说，作为军队报纸的《闽南新报》先后仅仅存续了 6 年（1934～1939 年）。1940 年开始，军统闽南站站长陈达元接任社长，《闽南新报》乃转为军统在闽南的最大宣传机构；1945 年抗战胜利，陈达元离漳，继任社长有黄清淮、陈毓光等。漳州解放后，移交"漳州军管会"，改出《漳州电讯》。①

二、军队报刊的个案

（一）"闽南护法区"与漳州《闽星》报

1."提倡新文化，建设新社会"的闽南护法区

1918 年 5 月，孙中山愤然辞去广东护法军政府大元帅之职，发表《告粤中父老兄弟书》，痛斥军阀："吾国人之大患，莫大乎武人之争雄，而南与北如一丘之貉，虽护法之省，亦莫肯俯首于法律、民意之下……"。孙中山离开广州前赴上海，护法战争宣告失败。但三个月后，1918 年 8 月粤军陈炯明奉孙中山之命，以援闽粤军总司令的身份率军占领了漳州，仍然打着护法军旗号，建立了以漳州为中心的闽南护法区。孙中山对此寄予莫大希望，从各方面支持陈炯明，希望陈炯明能在闽南护法区"刷新政治"，按照三民主义的理想施政建设。

当时国内外形势正处在一个新思潮中。在国外，俄国十月革命的胜利，震撼了整个资本主义世界；在国内，"五四"运动的爆发，要求民主、科学，反封建反愚昧的潮流，波及大江南北。

---

①　关于《闽南新报》的历史叙述，请参考季永绥、陈家瑞：《解放前漳州报刊与通讯社概况》，载于《文史资料选辑》（漳州）第 1 辑，1979。

在此世风大变人心思动的新形势下，陈炯明采纳孙中山的一些意见，顺应当地人民的一些进步要求，在闽南护法区内提出"建设新社会"、"提倡新文化"的口号，开始实施"新政"，内容涉及市政、交通、社会、经济、教育和文化等方面的措施。陈炯明的"新政"，一度闻名遐迩，前往参观访问的人，从达官显贵到学生学者，甚至侨领外宾络绎不绝。当时北京的学生到漳州参观访问之后，撰文称赞漳州是"闽南的俄罗斯"，评议"共产时代当亦不过如此"。这些学生议论，虽有溢美过奖之嫌，但对照当时国内绝无仅有的"漳州新政"来看，亦非凭空杜撰。

创办现代报刊，推广白话文，是"漳州新政"的一项重要内容。陈炯明从广东聘请陈秋霖到漳州，创办了《闽星》半周刊和《闽星日刊》（合称"《闽星》报"）。这两份作为闽南护法区机关报的报纸，陈秋霖任总编辑，陈炯明兼任总主笔，都用白话文写文章。在《闽星》报的倡导下，漳州通俗教育会的《龙溪通俗周刊》，进步学生卜益友等人的《云中周刊》，漳州第二师范的《二师周刊》等白话文报刊纷纷创办，开创了漳州一代新文风。①

2. 闽南护法区军政府的机关报《闽星》报

漳州报刊铅印出版、用白话文作为宣传的工具和建立通讯发行网这些创举，始于《闽星》报。陈炯明在漳州建立闽南护法区不久，便派遣陈其尤到上海购买了一套铅字和印报机，开始筹办报纸。1919年12月1日，《闽星》半周刊创刊发行；1920年1月1日，《闽星日刊》创办出版；社址在漳州公园路三道祠。

《闽星》报的版面，依据现存的1921年2月24日第"三百五一号"《闽星日刊》可知，这是一份四开四版，每版分四栏，

---

① 郭稼：《闽南护法区与漳州〈闽星〉报》，载于《文史资料选辑》（漳州）第3辑。

中缝均为广告式启事、白报纸铅字印刷的日报。具体栏目安排：第一版栏目为《评论》，第二版栏目为《省闻》，第三版栏目为《世界近闻》，第四版版面为副刊和广告，辟有《随感录》、《小说》、《余录》、广告和启事等栏目。①

《闽星》报的机关报性质在发刊词、报社启事和发行网络中表露无遗。《闽星》半周刊创刊时，陈炯明署名发表了《发刊词》，在宣扬"无国界、无种界、无人我界"社会的同时，表示"(《闽星》社同人)发行半周刊，介绍世界新潮，阐明吾党主义，帮同社会上同志，为新文化运动，即为思想界的改造，使人人都随着我们在进化线上走去，知道世界的演进，中国是负了一个极重的责任。由是用经营世界的精神，来创造中国的新生命"。据《闽星报社启事》载："本社印行半周报，将属一月。兹为地方人士增益见闻起见，特并印《闽星日刊》，准期民国九年一月一日出版，每天出报一张，内容多载世界要闻、国内要闻、地方要闻。至于时局问题，地方政俗，当以诚恳态度，悉心批评，期尽指导人群，默化社会之职。而《闽星》半周刊，仍前装订成册，凡讨论学理，介绍学说之长文属之，以与日刊相辅而行。邦人君子，幸共鉴之。"从中可知，《闽星》半周刊和《闽星日刊》的分工是很清楚的，前者是"讨论学理，介绍学说"的理论刊物，后者注重新闻报道，以"指导人群，默化社会"作为追求的目标。此外，《闽星》报还在闽南护法区所属的17个县和重要乡镇，聘请通讯员、撰述员，建立了通讯发行网。

《闽星》报一方面是福建最早传播马克思主义思想的刊物。另一方面，《闽星》报也刊文宣传克鲁泡特金的"互助论"和无

---

① 黄叶沱：《漳州早期出版的地方报刊——介绍〈闽南新报〉、〈闽星日刊〉版式内容》，载于《漳州芗城文史资料》第12辑，2001年11月。

政府主义思想。①

由于经费充足，规模宏大，内容合宜，且有军事政治力量的支持，《闽星》报的销行较广，影响亦较大。1920年4月1日英国大使馆参赞致北洋政府外交部函中说道："现有鼓吹过激主义之小书多种，由福建漳州府印行，陈炯明司令实从中协一切。该司令又编辑一种丛报，名曰《民声》（按：应为《闽星》），每半周刊发一册，专载过激主义论说，引起一般青年之华人、韩人均信"。北洋政府内务部于这年4月22日致函福建省长，令"务即依法切实取缔，以免传播为要"，还要求各省省长"严密查禁"。②

1920年6月，陈炯明的援闽粤军奉孙中山之命调回广东，《闽星》半周刊先行停刊；《闽星日刊》则移交漳州当地人士陈忏真、陈家端、李纪堂、黄甲登等人接办，1923年遭受进驻漳州的皖系军阀李厚基部的摧残而停办。《闽星》报是军阀陈炯明的舆论工具，它的命运必然和陈炯明的兴衰进退而荣枯起落。但是《闽星》报的创办发行，给20世纪20年代的闽南地区、甚至整个福建报坛吹来一股清新的空气。虽然《闽星》报"本色"不够纯正，但内容的主流和社会效果基本上是积极的、健康的。实际上，《闽星》报是五四新文化运动在福建的产物和有机组成部分，是在十月革命影响下新民主革命思潮在福建报坛上的反映。

（二）"福建人民政府"与厦门《人民日报》

1. "福建人民政府"始末

1933年11月20日，一个震惊中外的大会——"中国全国

---

① 郭稼：《闽南护法区与漳州〈闽星〉报》，载于《文史资料选辑》（漳州）第3辑。

② 福建省地方志编撰委员会编：《福建省志·新闻志》，第39页，方志出版社，2002。

人民临时代表大会"在福州召开，一场以李济深挂帅，以陈铭枢、蒋光鼐、蔡廷锴为主导的旨在反蒋抗日的风暴终于爆发了。会议议决成立中华共和国人民革命政府（史称"福建人民政府"），推定李济深、陈铭枢、陈友仁、蒋光鼐、蔡廷锴、何公敢等11人为政府委员，李济深为主席。11月22日，人民政府中央委员会举行第一次会议，议决发表人民政府对内宣言、对外宣言和人民纲领，用电报拍出；紧接着就是组建人民革命军，整顿地方武装；筹组建立生产人民党，继续与中共代表谈判；落实一系列施政措施，稳定社会秩序。这就是著名的"福建事变"。这是一次以陈铭枢、蒋光鼐和蔡廷锴等十九路军将领为核心，联合黄琪翔领导的第三党和李济深、陈友仁等国民党内的一部分抗日反蒋势力的革命活动。

"福建事变"爆发后，蒋介石飞抵南昌行营，决定以武力进行镇压。1934年1月，蒋介石完成了入闽"讨逆"15万军队的环攻战略部署，先移浦城，后驻建瓯，亲自坐镇指挥。抗日爱国的十九路军是促使"福建事变"的军事力量，是人民革命政府的中流砥柱。1月5日，蒋军首先发起延平战役，标志着十九路军和蒋军的生死决战正式打响。由于事先没有明确战略部署，福建人民政府领导人只好疲于应付。1月13日，中华共和国人民革命政府宣布停止办公，"迁都"漳平。这实际上意味着中国近代史上一个独一无二的联共反蒋抗日政府宣告解体，仅历时53天的中华共和国，从此成了历史的名词。1934年2月，十九路军余部败亡闽西，历时三个月的福建事变彻底失败。① 对国民党统

---

① 关于"福建事变"的历史叙述，请参照王顺生、杨大伟：《福建事变——一九三三年福建人民政府始末》（福建人民出版社，1983）和吴明纲：《1933：福建事变始末》（湖北人民出版社，2006）相关章节。

治势力来说，"福建事变"是一个转折点，从这往后，南京国民政府终于实现了对福建的人事、军事、新闻和财政制度的直接管辖，福建的历史也就掀开了新的一页。

2. 厦门《人民日报》的创办

为了宣传反蒋抗日主张，扩大政治影响，争取民众的理解和支持，福建人民政府创办了报纸、杂志和通讯社等宣传机构。《人民晚报》和《人民日报》是人民革命政府的两份机关报。其中《人民晚报》于 1933 年 11 月 20 日 "福建事变" 当天创刊，社址设在福州市东街，每日出版一张，共四开两版，标明 "以传播新政为己任"。第二日，人民革命政府接管国民党福建党部机关报《民国日报》的全部财产，创办属于 "福建人民政府" 的机关报《人民日报》，址设贡院路，每日出版对开三张十二版。在创刊启事中，《人民日报》宣称其使命是 "本人民之利益，为舆论之先锋"；首任社长是胡秋原，继任社长王亚南。1934 年 1 月 13 日，随着政府的 "迁都"，《人民日报》随之停刊，共发行了 51 号。新政府还创办了机关刊物《革命政权》；原来的 "先声通讯社" 改为 "人民通讯社"，由陈伟器负责。① 这些报刊、通讯社的创办，为人民革命政府的反蒋抗日事业开辟了第二条战线。

1933 年 12 月，人民革命政府议决，将福建划为闽海、延建、兴泉、龙汀四省和福州、厦门两个特别市。这个时期闽南泉、漳属各县分别隶属兴泉省和龙汀省。作为特别市的厦门，实行市长制，市长是黄强。十九路军进驻厦门之后，没收了国民党厦门市党部机关报《民国日报》，以 "人民革命政府" 的名义，

---

① 关于福州《人民日报》的相关记载，请参阅王植伦主编：《福州新闻志·报业志》（福建人民出版社，1997）第 68～70 页和潘群主编：《福州新闻史略（1859～1949）》（福建人民出版社，2005）第 61～67 页。

把《民国日报》改版为《人民日报》(厦门版)发行,社址在思明南路。作为厦门市人民革命政府的机关报,《人民日报》以重要篇幅宣扬政府的政治主张和政策,揭露以蒋介石为首的南京国民政府对内压迫、对外卖国的政策,时常刊登国民党党员脱离国民党的声明,揭发蒋介石背叛孙中山组建国民党的初衷;发表大量的文章和报道,揭露日本帝国主义从军事、政治、经济方面对中国的侵略行径;对华侨报道也甚注意,发表告海外侨胞书,报道侨胞的艰难处境及返粤考察的情况。①

1934 年 1 月"福建事变"失败后,国民党右派和漳厦海军警备司令林国庚统治了厦门,《人民日报》被勒令停刊。《人民日报》与十九路军同患难共进退,谱写了一曲 20 世纪 30 年代军队报纸与军队唇亡齿寒的悲歌。

(三)"金门战地政务实验"与金门《正气中华报》

《正气中华报》是一份颇有时代特色的报纸。它是当前正在发行的台湾《金门日报》的前身或称"母报"。1948 年,国民党第 18 军在江西南城创办军队报纸《无邪报》,1949 年 5 月 1 日,更名为《正气中华报》,直隶于陆军第二编练司令部,八开三日刊,专门报道军中事务;创刊不久,形势急转直下,该报随军由南城一路南迁,直至 1949 年 10 月迁往台北,期间一度被迫停刊。之后,《正气中华报》奉命于 11 月 23 日进驻金门,25 日起发行四开日报一张,报道内容从军中消息扩大为一般新闻,由于免费发行,销量急剧增加,1950 年发行量已达 4500 份,并向台湾当局申请登记。1951 年 10 月开始,《正气中华报》由金门防卫司令部编印;1958 年 1 月,改隶属于金门政务委员会。为求

· ① 福建省地方志编撰委员会编:《福建省志·新闻志》,第 35 页,方志出版社,2002。

自给自足，开始刊登商业广告，不再面向社会免费赠送，订报一律收费，但军中仍然免费赠阅。①

　　作为军队报纸，《正气中华报》的保密属性要求与面向社会发行、达到以报养报的目的相冲突。因此，为兼顾官兵教育与营业发展，除在《正气中华报》仍保留对前线官兵免费发行之外，另外增设报纸一张，专门面向社会发行，这就是 1965 年 10 月31 日四开一张的《金门日报》创刊的由来。《正气中华报》则恢复纯粹的军报性质，从事军中政教宣导和活动报道，不对外发行。自此《金门日报》和《正气中华报》双报并行。1992 年 11月 7 日，金门地区终止战地政务实验，《正气中华报》归属金门防卫司令部（简称"金防部"），改以周报对军中发行，《金门日报》则改隶属金门县政府，继续对军民发行。

　　综上所述，从祖国大陆到台湾金门，从战地前沿到观光胜地，《正气中华报》随着军队的命运而沉浮；从免费赠阅到自费订阅，从报道军务到服务政府，《正气中华报》也随着社会的变迁而蜕变。这是一份军队报纸转型为地方报纸的典型，充分反映20 世纪 40 年代末期国民党军队报纸从祖国大陆撤去台湾的最终归宿。

第三节　教会报刊

　　所谓"教会报刊"是指从 19 世纪初开始，由欧美基督教（新教）传教士以及后来的中国籍教士在中国境内陆续兴办并逐渐发展演变的具有近代性质的各种中英文报刊。出版书报杂志是教会从事文字事业的表现，在诸多教会事业中属于消费教会资金

----

① 　王天滨：《台湾报业史》，第 316 页，（台北）亚太图书出版社，2003。

最少的一种事业。与教会的"觉世醒民"的传教事业、"兴学弼教"的教育事业、"医病救世"的医疗事业和"赈济活人"的慈善事业相比，教会文字事业的社会意义在于"文牍救世"。有鉴于此，教会文字事业的宗旨在于传播福音而非获取利润。

纵观闽南地区教会的文字事业，相对于传教历史的悠久和教会地位的重要，并无显赫的事功。除了20世纪初期，昙花一现的《鹭江报》之外，闽南教会再也没有产生具有全国、哪怕是全闽影响的报刊，唯有在闽南一隅发挥作用。据不完全统计，基督教会在整个闽南地区创办的报刊，直至1949年，仅有27种，而且绝大多数集中在厦门。所以闽南教会的文字事业相对传教、办学、医疗和慈善来说，稍显逊色。只是"厦门白话字"教会报刊的创刊与流布，为闽南教会报刊增添了一抹亮丽的色彩。

但是在闽南地区新闻事业发展历程中，教会报刊又是独具特色的一个环节。由于受到西方近代文化和中国近代文化的双重制约，这些教会报刊在释放其自觉的传播福音的媒介功能的同时，也充当了促进近代闽南新闻事业产生和发展以及传统文化向近代转型的历史工具。比如教会印刷所用的活字字模自制技术一直是福建活字印刷的渊薮；报纸对当地的影响是全面而深刻的，比如《鹭江报》之于厦门的新闻事业、《崇道报》之于永春的新闻事业和《金声月刊》之于晋江的文化转型等，都是具有相当的区域性影响的媒介。

一、教会报刊的发展

伴随着呼啸的炮声，西方传教士随着军舰和商船从南洋登陆各个通商口岸自由传教，幻想着有一天基督教能够占领中国，即"中华归主"。在"为基督征服世界"的口号与信念中，传教士踏上了中国的领土，踏进了福建。1842 年依照《南京条约》，厦门、福州正式开放作为外国人的驻地。这一年，美国归正教牧师雅裨理首先来到厦门，成为基督教传入闽南的开山鼻祖；接踵而至的是英国伦敦公会、长老会的传教士。英美三公会在闽南传布基督教，均以厦门为基点，然后传入漳、泉、汀、龙、永各地。先是联合布道，通力合作；后是划分区域，以专责守。① 由于历史和政治的原因，厦门成为近代闽南地区基督教传教的大本营。1860 年 6 月 26 日，这些传教团体携手联合起来，成立"中华基督漳泉长老大会"，这标志着基督教在闽南地区成为一股颇具规模和颇有影响的宗教势力。②

20 世纪 20 年代就全国而言，福建基督教势力是首屈一指的；在福建，闽南地区的基督教势力更是根深蒂固，而厦门则是闽南地区基督教势力的发祥地和大本营。

20 世纪 20 年代闽南地区除了厦门之外，基督教传教领域几乎遍及闽南全部区域的 18 个县；从时间上来看，有从厦门向沿海拓展、再向内地推进的特点，可以断定，在 19、20 世纪之交，基督教传教士的脚步已经深深地踏遍了闽南地区的每一个角落；③ 从宣教会来看，闽南地区主要为归正教会、长老会、伦敦会、浸礼会和美以美会所掌控，有相当一部分县是多个宣教会

---

① 吴炳耀：《百年来的闽南基督教会》，载于《厦门文史资料》第 13 期，1988 年 4 月。

② 何丙仲：《1841～1860 年美国归正教会在闽南地区的活动述评》，第 65 页，载于厦门博物馆编：《厦门博物馆建馆十周年成果文集》，福建教育出版社，1998。

③ 何丙仲在《1841～1860 年美国归正教会在闽南地区的活动述评》中认为，"到了 1860 年，整个闽南地区主要的县份和乡镇已基本落入英、美基督教会的活动范围之中。"参见《厦门博物馆建馆十周年成果文集》，第 68 页，福建教育出版社，1998。

并存。

（一）教会文字事业的传播工具

1."白话罗马字"的发明

"白话罗马字"，又称"闽南罗马字"、"厦门罗马字"或称"闽南白话字"、"厦门白话字"等，是一种用罗马字拼音的方言文字。从1851年至民国时期，这种文字风行闽南、福建、台湾和南洋一带，迄今仍有余韵，还有人在学习和使用。

据记载，1851年由罗啻、打马字和山雅各等在厦门的传教士，共同编辑简明易晓的白话字，用罗马字母略加变更，制定23个字母，连缀切音，凡是厦门语言，都可拼成这种白话字，无论男女老幼，只须学习一两个月，就可读写纯熟，而聪颖之人，数天就能通晓。① 其后在闽南白话字的示范之下，在华各地传教士纷纷效仿。1917年，闽南各基督教会还发起一个运动，要求当时教会中的每一个教徒都能够读白话圣经。根据语言学家黄典诚1955年的调查，当时调查到的祖国大陆闽南白话字出版物的种类有298种，231.45万册；其中教会报刊有4种，达111.7万册，占总数的一半。② 在台湾，创刊于1885年的第一份大众媒体《台湾府城教会报》正是使用白话字当做文字媒介的。在厦门，1888年由打马字牧师创办的《漳泉圣会报》，纯用白话字报道教会新闻及撰著论说。③

闽南白话字是发明时间最早的也是影响范围最广的"方言教会罗马字"，厦门又是这种文字的最早流行地。20世纪初叶在中

---

① 吴炳耀：《百年来的闽南基督教会》，载于《厦门文史资料》第13期，1988年4月。

② 许长安、李熙泰：《厦门话文》，第76页，鹭江出版社，1993。

③ 吴炳耀：《百年来的闽南基督教会》，载于《厦门文史资料》第13期，1988年4月。

国传教的美国归正教牧师腓力普·威尔逊·毕指出，"在中国、厦门所有六十年传教工作中，也许最引人注目的是大约六十年前厦门罗马话的创立"。"因此，它必须获得在这个帝国运用罗马字母拼读中国字音的荣誉地位，所有人几乎不能怀疑这就是它们的源头。"① 1940 年 5 月，《中华归主》中有一篇呼吁重视教会文字事业的文章是这么说的："大凡一种宗教思想要使它深入人心，第一需要传达的工具，第二要这个工具能和文化背景发生化合的作用，然后才能得到人们的欢迎与信仰。所传达的工具就是文字，因为它能流传久远，不受时间空间的限制；所谓与文化背景发生化合作用的工具就是这个文字须为一个民族的文化和一种宗教的思想调和出来的结晶。各种宗教都有这样的需要，基督教也不能例外。"② 这里实际上表达的是宗教传播的本土化命题，其中一个重要环节就是作为交流的工具——语言本土化的实现，否则一切的努力都将付诸东流。

事实上作为一种异质文化，西方基督教一旦从五埠入口，就需要适时合宜地利用属地的语言来表达基督的精神。这种由异质慢慢转化为本土的事功，大多是凭借着本土教会"在差会的领导下"通过教会文字事业来实现的。"白话罗马字"的发明就是在这样的背景之下由"文字"与"文化和宗教"完满结合的结晶。

---

① 关于厦门罗马字的创立时间，作者认为是 1850 年。请参考（美）腓力普·威尔逊·毕《厦门方志——一个中国首次开埠港口的历史与事实》，第 107 页，中国基督教卫理公会出版社，1912。

② 朱立德：《我国基督教领袖应注重基督教文字事业》，载于《中华归主》第 206 期，第 3 页，1940 年 5 月。转引自赵广军：《"上帝之笺"：信仰视野中的福建基督教文字出版事业之研究（1858～1949）》，第 18 页，福建师范大学 2004 届硕士学位论文，导师谢必震教授。本节所征引的闽南地区教会报刊文本的原始资料均源于该著作。

由于首创意义和影响所及，闽南白话字在中国基督教文字事业本土化进程中显得尤为突出。

2. 闽南教会的出版机构

为了配合口头宣传的需要，基督教文字事业所要从事的就是印刷出版报纸、杂志和宗教书籍，尤其是《圣经》的闽语翻译和出版，更是工作的重点。有鉴于此，在闽南百年传教历史上，出现了一批教会出版机构。主要集中在厦门和泉属各县。其中，最早的是由美国归正教传教士打马字设在鼓浪屿的"萃经堂"，印刷英文和白话文宗教书刊，由木印、石印发展到铅印，成为厦门早期印刷业的蓝本。以下具体介绍厦门"闽南圣教书局"和永春"多玛书局"这两个闽南最具代表性的教会出版机构，前者代表区域传教中心的出版机构，后者代表地方教会的出版机构。

（1）厦门"闽南圣教书局"

1876 年中国第一家圣教书会在汉口成立。随后在上海、重庆等地圣教书会在全国各地相继出现。1912 年，全国已经有 9家圣教书会。它们分别坐落于上海、汉口、重庆、北京、沈阳、福州、厦门、广州和香港。① 福建在其中占据两席，一是在福州的闽北圣教会；二是在厦门的闽南圣教会，两者都接受伦敦圣教书会和纽约圣教书会的资助。前者成立于 1892 年，主要服务于闽北；后者创办于 1908 年，主要服务于闽南。

闽南圣教书会设立于厦门鼓浪屿大埠路，以服务闽南地方教会为目的，多数业务不在书籍出版发行而在为全国教会的书局报社代售书报，"该会在厦门从事一项独特而有趣的罗马拼音文字

---

① 何凯立著，陈建明、王再兴译：《基督教在华出版事业（1912～1949)》，第 130 页，四川大学出版社，2004。

出版工作"，"还主持出版《厦门教会报》（*Amoy Church News*），每两周约发行一千一百份。"① 闽南圣教书局就是闽南圣教书会属下的一个出版机构，没有所属的印刷机构，主要批购、销售宗教书籍，推销到闽南各地和南洋一带，成为闽南地区唯一的非纯营业性质的宗教书局。1932 年，教会人士捐献地皮和经费，在福建路建筑一幢三层楼屋作为新局址。这个书局后来归中华基督教会闽南大会管理；厦门沦陷之后，基督教活动照常进行，圣教书局也继续营业。②

《厦门教会报》是闽南圣教书会最先的机关报，停刊时间不详。其后闽南圣教书会的机关报是《闽南圣会报》，还是以闽南方言罗马字出版，后改由汉字出版，1936 年发行量达 600 份。根据 1939 年 12 月 31 日的报纸登记调查，该报"内容以宗教论说和教会新闻为主，社址在鼓浪屿田尾路，登记证号为警字824；发行人卜显理，主编沈省愚"。③ 中间又有停刊，1944 年 7月再次续刊，属于月刊；发行宗旨为："查本报续刊宗旨系以宣传十架福音，健全教会组织，推行五运事工，报道教会消息，借以服务社会，造福人群"。由于不以盈利为目的，"故对于所收报资，力求低廉，只及印刷费之一部分"，这样的发行方式导致的结果是，"致使不敷之款愈多，非请各地兄姊解囊协助，即势难持久与扩大"。④ 根据 1946 年的"杂志调查表"，《闽南圣会报》

---

① 《中华归主——中国基督教事业统计（1901～1920）》（下），第1032 页，中国社会科学出版社，1987。

② 张镇世等：《"公共租界"鼓浪屿（1903 年～1941 年）》，载于《厦门文史资料》第 16 辑，1990 年 5 月。

③ 但是，相关档案表明发行机关是"厦门基督教青年会"，而不是"闽南圣教书会"。

④ 《闽南圣会报》（续刊）第 5 期，1944 年 11 月 15 日。

的刊期是"每月中旬出版",发行人和主编未变,还是卜显理和沈省恩,发行旨取、登记证号和社址一如 1939 年 12 月的调查。①

《闽南圣会报》创办多年,"只因经济支绌,时刊时辍",但是为了教会"宣传十字福音,报道教会消息"的需要,该报只有勉力发行,掀起了"十友一报"、"五友一报",以至于"一友一报"等售报活动,也鼓励"一堂一万运动"的求捐活动。该报还向社会各界求捐,报中有这样的《启示》:"望爱主兄妹,慷慨解囊,其认捐五百元以上者,则聘为本报董事,苟力有未逮者,亦可随意捐助。"② 由于教会信仰的宣传主题很难与商业的盈利目的相协调,所以教会报刊在刊登广告方面相当谨慎,尤其像《闽南圣会报》这样教会组织的机关报,在内容上要求"无碍教会声誉之广告",正因为如此,《闽南圣会报》一直没有登载广告。

(2)永春"多玛书局"

多玛书局是美以美会在永春创办的规模较小的地方印书局,之后发展成为地方教会出版机构的代表,一度被闽南教会援引为例,成为力促教会内印刷机构重建的样本。秉持"欲推进文化,需要印刷机关"③ 的文字事业理念,1919 年春天,永春美以美教会派姚锦文前往上海,在商务印书馆学习石印技术。这年秋天,姚锦文学成归来,书局也就随着开张。为了纪念已故布道使王多玛,所以把书局取名为"多玛书局"。随着印刷技术的发展,铅印取代石印已经成为历史的必然。永春美以美教会与时俱进,1925 年将纪念教会入闽 75 周年中永(春)、德(化)、大(田)

---

① 《杂志调查表》,见于厦门市档案馆 A17-1-62。

② 《本刊启示》,载于《闽南圣会报》(续刊)第 1 期,1944 年 7 月 15 日。

③ 潘醒我:《战后闽南大会应该做的工作》,载于《闽南圣会报》(续刊)第 15 期,第 4~5 页,1945 年 9 月 15 日。

的各个牧师、传道、教友的捐款，用来购买多玛书局需要的铅印机器和铅字，将书局的印刷设备和技术予以更新换代。这样一来，不但推动了永春基督教出版事业的发展，而且对永春出版印刷业也产生了很大的影响，"当时在永尚未有铅印机之设备，该局之设，可谓开永德大印刷界之新纪元。……对于教会文字布道事业颇有贡献"。①

1923 年 3 月 31 日，在多玛印书局成立 4 年之后，美以美会因为"以报纸乃文化先锋，对文字布道事业尤为切要"之理由，在永春出版《崇道报》，由多玛印书局承印。至此，作为闽南内地的一个地方教会，永春教会创办有印刷书局、出版了教会报纸，组成一个配套的、健全的教会文字出版系统，实属不易。

（二）教会报刊发展的整体概貌

1. 闽南教会报刊事业的多维观照

据不完全统计，基督教会百年闽南传教历史中，创办的报刊仅有 27 种，而且绝大多数集中在厦门。这 27 种报刊中，厦门有22 种，占绝大多数，最有影响的是《漳泉圣会报》、《鹭江报》、《道南报》和《闽南圣会报》等，由此也看出在闽南地区文字传道事业中厦门所居的绝对核心地位。当中泉州有两种报刊——《何时》与《培元》，属于教会学校创办的校刊；永春、晋江和惠安各有一种，分别是《崇道报》、《金声月刊》和《惠音报》。从创办的时间来看，厦门是最先开埠的五个通商口岸中，最晚出现教会报刊的，② 这也许就预示着在以后的发展中闽南教会报刊的

---

① 许礼贵：《基督教传入永春七五周年史略》，第 15 页，多玛书局，1945。

② 最先开埠的五个通商口岸中，首份教会报刊的出现，广州是 1833年，宁波在 1854 年，上海则是 1857 年，福州在 1858 年。

滞后，影响力也相当有限。

这些教会刊物，刊期不一，月刊、半月刊、旬刊、周刊、半周刊和日刊，甚至有不定期刊物的出现。这跟世俗刊物没有区别。最有特色的是所用的语言，在闽南教会报刊中没有英文报刊，绝大多数是中文，甚至有 5 种闽南方言罗马字报刊的出现，在闽南新闻事业发展史上，世俗刊物没有用闽南方言来出版发行。这五种报刊分别是《厦门新报》、《教会先驱》、《漳泉圣会报》、《闽南圣会报》和《厦门教会报》。从时间上来说，主要创办时间在辛亥革命之前。这是闽南教会报刊当中最值得可圈可点之处。

大凡教会报刊，创办的主体，无论是外籍教士还是国籍教士，不外乎有三种，其一是教会机关报性质的报刊，这是教会直属文字事业；其二是教会学校出版的报刊，属于校刊性质；其三是属于信仰者个人的文字事功。闽南教会报刊也不例外。《崇道报》、《厦门青年》、《金声月刊》和《闽南圣会报》等，当属教会机关报之列。《道南报》、《月光报》、《英华学生》和《毓德校刊》等，即为教会学校校刊之属。比如 1940 年 6 月 24 日，《毓德校刊》已经出至第 56 期了，具有相当的连续性，内容多是校务的记录和讨论，也有文艺作品，作者大多是学校的师生。至于《鹭江报》、《厦门报》、《厦门新报》和《漳泉圣会报》等，其创办委属办报者个人从事的文字事功，由于受到诸多条件的限制，尽管这些人宣称办报的宗旨在于传播福音，实际上往往沦落为时政的奴婢，最典型的莫过于《鹭江报》了，否则如《厦门报》之类的，报期短暂当是必然之势。至于美国传教士打马字创办的《漳泉圣会报》月刊，英国传教士布德创办的《厦门新报》月刊，这些刊物由于出刊策略的适宜，皆用闽南方言写作，刊载一般新闻和教务情况，信仰宣传和时政消息均能合而为一，联成一体，成为传教士个人创办刊物成功的典范。但是"形势比人强",当历史进程到达一定时期时,这种个人办报的文字事工,只能成为历史的记忆了。

2. 闽南教会报刊事业滞后的原因

为什么闽南没有像闽北那样产生具有相应影响的教会报刊?不是闽南教会报刊市场需求有限,最主要的原因是传道理念的局限。作为美国美以美会中国差会的总部所在地,福州自然而然地成为美以美会在全国福音宣教工作的渊薮。美以美会继承美国母会对文字事业一贯倚重的态度,把文字出版事业作为福音宣传的主要借助工具,于是美以美会在福建广设书局,广采印刷设备,以满足本会甚至整个福建教会的印务需求,其业务甚至跨入世俗领域,逾越了教会文字事业"传播福音而非获取利润"的宗旨。正是积极的出版意识和入世的市场理念契合了教会信息市场的需求,这才成就了美以美会文字事业的辉煌。其他差会组织或重教会机构的建设,或重医疗,或重教育,或重慈善,不一而足。文字事业遭到闽南教会的冷遇,我们可以从闽南教会印刷设备的掣肘看出来。当时在闽南教会出现这样的现象:"基督教籍文字以宣传,其重要性尽人皆知,查永春区域之小,教会有多玛印字馆,闽南大会区域广大,竟无印刷馆,遇着有印刷品,要四处招人承印。"①

"报纸乃文化先锋,对文字布道事业尤为切要",这是美以美会对报纸功能和使命的认识,但是并非所有的差会对文字事业都有这样的体会的。除了传道理念的区隔和传播技术的影响之外,在闽南教会中甚至传播语体的因素也会导致这块福音阵地的失缺。1945 年 6 月《闽南圣会报》载文说:"(闽南教会)所有文

---

① 潘醒我:《战后闽南大会应该做的工作》,第 4～5 页,载于《闽南圣会报》(续刊) 第 15 期,1945 年 9 月 15 日。

字的刊物，除用文言文不算外，所有刊载语体文的文章，大多是
'教会八股'，所以弄到免费赠阅，亦引不起会友的欢迎，最后只
有关门大吉！于是乎大家都说：'闽南教会的文字事业是会友最
不欢迎的事业。'"语体上的采用造成出版物发行的障碍，这仅仅
是一个原因，闽南教会牧师对报刊和读书的态度也起了关键的影
响作用。"一班教会主持者——牧师传道，不但不肯介绍会友阅
读书报，同时自己亦不愿阅读书报，甚至自鸣得意说道：'《圣
经》以外没有值得读的书'"。[①]

　　相较于闽北圣教书会，闽南圣教书会没有尽到一个区域出版
中心机构的责任，缺乏应有的进取心，这也许是闽南没有像闽北
那样产生有影响的报刊的又一个重要原因。研究表明，两个出版
机构无论是在图书的出版数量还是销售数量上，相距甚远。闽南
圣教书局只是教会出版业务中的"支流余裔"，规模小，产生的
影响也小。[②]

　　综上所述，由于在传教理念、传播技术、传播语体，甚至在
传教机构功能的发挥方面存在着差异和缺陷，这些因素导致了闽
南教会文字事业，尤其是报刊事业方面滞后于闽北，跟闽南教会
的悠久历史和现实地位不相匹配。

二、教会报刊的个案

(一)《漳泉圣会报》

　　作为基督教的一个区域传教中心，闽南地区有没有教会组织

---

　　① 蔡重光：《闽南基督教文字事业的回顾与本报的前瞻》，第 19～20
页，载于《闽南圣会报》（续刊）第 10～12 期合刊《闽南大会廿五周年纪
念特刊》，1945 年 6 月 15 日。

　　② 陈林：《近代福建基督教图书出版事业之研究（1842～1949）》，第
70 页，福建师范大学 2006 届博士学位论文，导师谢必震教授。

的机关报？如果有的话，又是哪一份报纸？

1842 年至 1850 年，英、美基督教各教宗相继入闽，由于历史的因缘际会，福州、厦门成了福建最重要的两个传教中心。美国公理会、美以美会和英国圣公会这 3 个差会以福州为传教中心，影响整个闽东闽北；英国长老会、伦敦会和美国归正教会这 3 个差会以厦门为传教中心，辐射整个闽南闽西。六大差会的"势力范围"，地域分割相当清晰。相较于闽北教会，闽南教会的自治意识与合一运动醒得更早走得也更远，这在全国都有典范意义。1860 年英国长老会和美国归正教会在厦门合组"漳泉长老大会"，实现了以自治、自养、自传的堂会为基础的自治模式。①1920 年，美国归正教会与英国长老教会、伦敦教会又在"漳泉长老大会"的基础上组成了"闽南中华基督教会"，成为福建势力最大的一个基督教派系。

从"漳泉长老大会"到"闽南中华基督教会"，哪家报馆是闽南地区基督教派系组织的机关报呢？厦门《道南日报》自诩为"沟通各地教会消息之机关"，但其背景是英国伦敦公会系统的学校福民小学，只是教会学校成功办报的范例，绝非闽南地区教会的机关报。没有资料表明，漳泉长老大会甫一成立就出版了机关报，但是吴炳耀在《百年来的闽南基督教会》中的相关叙述给我们提供了一些思路。在"闽南教会各事功的原委"中，叙述"白话字的创作"时提及闽南白话报纸的代表《漳泉圣会报》："其于

---

① 关于"漳泉长老大会"成立的具体时间有待于进一步考证。美国传教士腓力普·威尔逊·毕在《厦门方志——一个中国首次开埠港口的历史与事实》（第 130 页）中认为是 1852 年，何丙仲在《1841～1860 年美国归正教会在闽南地区的活动述评》（第 65 页）认为是 1860 年，但是赵广军在《"上帝之笺"：信仰视野中的福建基督教文字出版事业之研究（1858～1949）》（第 11 页）中却认为是 1862 年，特此存疑。

新闻类，有一八八八年打马字牧师及夫人首创《漳泉圣会报》，纯用白话字报道教会新闻及撰著论说，至一九三八年，为兼顾识汉字者的阅读，改用汉字白话字参半出版，以期两得其便。一九三八年五月，厦门沦陷，移至漳州出版，因乏白话铅字，纯用汉字印刷。胜利后，仍在厦门用汉字刊行，直至一九四九年始告停刊，前后计有六十一年之久。""查《圣会报》及白话书籍，不第风行于闽南各教会，也为台湾及南洋群岛、吕宋、仰光、新加坡、槟榔屿各地华侨所欢迎，其由此而明经达道，皈依基督者大有其人，洵发扬教道之一利器也。"① 1904 年 12 月《警钟日报》刊载的《福建报界沿革表》表明，这个时期《漳泉圣会报》还在以月刊的形式继续在版。② 我们是否可以大胆推断，1888 年打马字创办《漳泉圣会报》之后，该报就成为漳泉长老大会的机关报，否则靠传教士个人事功让一份白话报纸风行福建、台湾和南洋 61 年，实在令人难以想象。

总而言之，闽南地区教会组织的机关报至今仍然是一个未解之谜。《闽南圣会报》是闽南圣教书会的机关报，尽管闽南圣教书局后来归闽南中华基督教会闽南大会管理，但是闽南圣教书会与闽南中华基督教会的关系如何，《闽南圣会报》与《漳泉圣会报》的关系怎样，彼此是否有关联，限于资料，难窥一斑。

（二）《道南报》

《道南报》是一份由教会学校创办的但是又面向社会的报纸，

① 吴炳耀：《百年来的闽南基督教会》，载于《厦门文史资料》第 13 期，1988 年 4 月。

② 《福建报界沿革表》，载于《警钟日报》，1904 年 12 月 30 日，第 299 号。转引杨光辉等编：《中国近代报刊发展概况》，第 451 页，新华出版社，1986。

在闽南教会报刊中，这是一份最为成功的教会学校刊物。《道南报》背倚的是厦门鼓浪屿的英国伦敦公会系统的学校——福民小学。校长叶谷虚是基督徒，是鼓浪屿福音堂的长老，自 1912 年起就任福民小学校长之职。福民小学每年向伦敦公会领取一定的补助金，因此，除了校长之外，上面还设有"主理"一职，历来由伦敦公会英国牧师担任。① 由于福民小学的教会背景，这就决定了学校必然要成为神学布道的场所；作为学校的文字出版事业所必然具备的色彩之一就是要服务于教会文字宣传的需要。《道南报》就是在这样的背景之下产生的。

1913 年 6 月 20 日，《道南报》创办。该报初为周刊，名为《道南》，以校方的名义发刊，社址设在福民小学；16 开，单面印刷，折叠成书页式，用四号字排版，由厦门萃经堂代印；总经理庄伟卿，发行人叶国华，总编辑贺仲禹。从 1913 年 6 月创刊到 1933 年 12 月闭刊，《道南报》共延续了 20 周年，但是其间停刊之后，1921 年才重新复刊。复刊后出版周期有变动，从最初的周刊，演变为半月刊、十日刊，名称也改为《道南旬刊》；随着时间的推演，又改为周二刊，直至 1922 年 1 月 1 日改为日报，对开四版，名称改为《道南日报》。

1921 年《道南报》的复刊与闽南职业学校是有联系的。由于职业学校设有印刷专业，附有铅字印刷车间，在教会的建议下，叶谷虚开始筹备复刊的工作。叶谷虚认为复刊《道南报》既能为学校资助办学经费，又可以解决印刷专业学生实习的基地，扩大印刷车间的经营业务，两全其美，于是积极进行筹备。很快《道南报》复刊，专门成立道南报社负责出版，印务改由闽南职

---

① 张镇世等：《"公共租界"鼓浪屿（1903 年～1941 年）》，载于《厦门文史资料》第 16 辑，1990 年 5 月。

业学校印刷科负责；先周刊，后周二刊。经过一段时间的操作锻炼，随着发行渠道的畅通和完善，1922 年元旦《道南日报》应运而生。这时的社址设在鼓浪屿福州路，由叶谷虚任发行人，主笔傅伊谷，总编辑贺仲禹。①

《道南报》以教会机关报自诩。在 1913 年的发刊启事中，声称报纸的宗旨是："联络教会声气，鼓吹教友道德"；复刊之后，《道南报》编辑在一期《编后》中写道："本报为闽南教会刊物之最有历史者，自创办以来，已历数十寒暑，为沟通各地教会消息之机关。"② 可见《道南报》冀图实现作为闽南各地教会的"消息总汇"的目标当属明确。《道南报》以教会机关报自居，之所以能发行几十年，一方面与其经费来源稳定、消息来源集中、发行渠道畅通和印刷校对认真固然相关，③ 但另一方面，它的成功在于游离于宗教与世俗之间编辑理念，当《道南报》逾越了宗教与世俗这片模糊地带的时候，无论导向宗教还是世俗，就是《道南报》闭刊之时。

创刊之初，《道南报》以书页方式出刊，第一页为广告，第二页论说，第三页《要电》，第四页《译电》、《教会时事》，第五页《本省新闻》、《外省新闻》，第六页《绣铁盒丛话》，第七页《文苑》，第八页《诗界》、广告。从版面安排上可见早期《道南报》，广告、评论、新闻与副刊，现代报纸的四大要素一个都没有少。在编排技巧上，也耐人寻味，把广告放在首页，体

---

① 相关史事叙述参见胡立新、杨恩溥编撰：《厦门报业》，第 150 页，鹭江出版社，1998。

② 《编后》，载于《道南旬刊》第 10 卷第 16 期，"全国查经大会纪念号"。

③ 胡立新、杨恩溥编撰：《厦门报业》，第 152 页，鹭江出版社，1998。

现了报纸对经营的重视；新闻也体现出了时效性和接近性的特点，编排妥当；把论说放在新闻之前，也体现出了革命将息满清颠覆的时代特色。总之，《道南报》在创办之初就具有近代新闻报纸的性质和功能，起点相当之高，绝非一般学校刊物所能比拟。

1922 年改出日刊之后，《道南日报》版面都是对开四版，但是版面分工却不是很固定，直到 1927 年版面才渐次分工明确。第一版分上下两个部分：上半版是新闻，下半版是教会宣传阵地——通常刊登教会启事讯息和宗教书籍广告；第二版刊登地方新闻为主，有《闽峤短波》、《堂会珍闻》、《校园简讯》等；第三版称之为"甘泉"，顾名思义，主要刊登教会言论；第四版为副刊版，叫"慕道"，内容也是有关基督教会的文章或故事。总体而言，除了若干宗教内容的纪念号、特刊之外，《道南日报》内容多以基督教新闻、全国全闽新闻和时局评论为主，对时局特别是全国、世界局势的关注几近刊物容量的大半。从 1928 年夏开始，《道南日报》已不全是宗教内容，比如第二版增辟《经济消息》一栏；第三、四版的内容也有所调整，更多地刊登"乔迁志喜"、"喜结良缘"、"开展大吉"等俗世商业广告，有时占半版甚至整版的版面。至于《校园简讯》之类的记载尤少。总之，恢复日刊之后的《道南日报》在内容安排、经营理念方面都体现了该报在宗教与世俗之间欢唱的特点，脱离了普通校园刊物的范畴。

这里有一个新闻事件，充分体现《道南日报》亦宗教亦世俗的特色。1925 年至 1927 年，在全国大城市比如上海、北京、天津、武汉等的带动下，厦门也爆发了"非基督教运动"。在反对帝国主义文化侵略口号下，厦门集美师范的学生最先发难，针对基督教会的方方面面提出责难和质问。根据这种情况，厦门基督教会以及各教会办的学校将答辩、解释的任务交给《道南日报》。于是《道南日报》便聘请基督教各教派当中的知名人士进行解释和宣传。这种状况一直延续到厦门"非基督运动"的结束才停止。①

综上所述，由于《道南报》的近代新闻报纸的性质特征和既宗教又世俗的定位属性，使得该报超越了宗教教义的宣传范畴而拥抱时事政治，满足了读者既对宗教又对社会的认知需求，所以《道南报》不是一般校园刊物，而是一份具有综合新闻性质的教会报刊。这在闽南教会学校创办的刊物中是相当罕见的。

（三）《崇道报》

闽南教会文字事业由于多玛书局的存在和《崇道报》的创办而增色不少。永春偏于内地一隅，但是民国时期其新闻事业却一点不逊色于沿海县市，教会文字事业的突出发展就是一个明证。②

本着"报纸乃文化先锋，对文字布道事业尤为切要"的传道理念，1923 年 3 月 31 日，美以美会在永春创办了《崇道报》，由永春多玛印书局承印。创办之初，由贺为理任总理，刘家祥任经理，林本山任编辑，黄道山负责撰写时评，林汝器负责美术漫画；随着时事的变化，一段时间报务由林本山与其妻陈平卿负责，经济独立，以报养报；1934 年，报务改由许世昭、许礼贵办理；1936 年许世昭专任多玛印书局经理，由许礼贵主持报务直到报纸停刊。1942 年底，由于太平洋战争的缘故，南洋交通

---

① 参见胡立新、杨恩溥编撰：《厦门报业》，第 152 页，鹭江出版社，1998。

② 关于《崇道报》的史事叙述，参见颜文锥：《漫话〈崇道报〉》（载于《永春文史资料》第 15 辑，1995 年 10 月）和章英：《民国时期永春的新闻报刊》（载于《永春文史资料》第 1 辑，1986 年 12 月）这两篇文章。

断绝，消息阻滞，侨汇和教会经费来源均告中断，《崇道报》因经济困难，先改为月刊，最后被迫停刊，前后历时近 20 年。概而言之，《崇道报》负责人经历了刘家祥时代——林本山时代——许世昭时代——许礼贵时代这四个阶段，编辑业务全部由个人担任。

伴随着多玛印书局印刷技术的升级，《崇道报》的印刷质量也实现了跳跃。随着多玛书局购进铅字印刷机，《崇道报》于 1925 年 5 月 29 日也由当初的石版印刷改为铅字印刷。创办之初，《崇道报》为周刊，四开四版；头版时评、漫画和国际要闻，第二版为国内和省内新闻，第三版为本县新闻，第四版为文艺副刊和广告。采用铅印技术以后，《崇道报》顺势改版，由周刊改为三日刊，四开四版扩为对开四版；抗日战争时期，因纸张供应紧张，又缩为四开四版，刊期不变，版面也大体如此。每期印数 1000 份左右，百分之八十销往南洋各地，"（该报）颇受各界之欢迎，销路甚广，除省内外及国内外阅户外，南洋英、荷、法、美各属坡，均有崇道报之足迹。"[1] 如同其他的教会报刊一样，《崇道报》的稿件主要由分布在永春、德化和大田县政、乡村堂会的牧师、传道提供，这些人均是《崇道报》的特约记者、通讯员和发行员。

《崇道报》的新闻报道颇有地方特色。由于该报属于教会报纸，当地政府奈何不得，所以相对稍后出版的本土报纸《永声报》和《永春日报》来说，更能自由和客观地报道当地的实际情况。比如抗战时期，国民党政府实行新闻管制，报刊清样必须送审。对被抽删部分，《永声报》和《永春日报》往往用国民党的

---

① 许礼贵：《基督教传入永春七五周年史略》，第 15 页，多玛书局，1945。

标语或口号来填补空白，比如"国家至上，民族至上"、"意志集中，力量集中"、"军事第一，胜利第一"等；但《崇道报》则不然，在空白处往往填满"黑小快"，或者干脆印上"全文被检"字样，以示不满。具体来说，《崇道报》的内容有两个方面，一是教会新闻，二是社会新闻。前者以宣传基督教教义和教会活动为主，后者多关于地方政情及国内外时政；从报道流量来说，社会新闻比教会新闻比重更大，"对于宣传基督教的文章和报道登载的不多，有时竟完全没有这类的文章和报道"。由于《崇道报》经历了闽南地区的民军割据、游击战争和抗日战争三个历史时期，所以留下了众多的相关报道，尤其是如实报道了永春的工人运动、农民运动和学生运动的情况，全文刊载了《永春农民协会筹备处宣言》、《永春县农民协会请愿书》、《永春东区农民协会第一次代表大会宣言》和《全永教职员联合会宣言》等，为地方文献的存世作出了贡献，为永德大地区社会发展状况留下了真实的"背影"。当时厦门《江声报》和《华侨日报》以及上海《申报》有关永春的报道，均由《崇道报》提供。

地方教会的报刊如何生存，又是如何跟地方社会发生关系的？这也许是探讨《崇道报》的目的之所在。如前所述，多玛书局与《崇道报》的关系不仅仅是印馆与报馆的印刷业务关系，而是永春教会为传播福音需要而建立的两个互为配套的机构，属于永春教会所创建的文字布道事业。这两个机构的人员是互相派任的，比如许世昭由《崇道报》的负责人而为多玛书局的经理。多玛书局的经费全部来自教会，所以与教会的联系尤显紧凑。《崇道报》的经费一面来自教会援助，一面源于海外华侨捐款，当教资和侨汇中断之时，也就是《崇道报》闭刊之日。从《崇道报》对待新闻检查的方式我们可以知道，报纸与当地政府的关系是并行的，属于水与油的关系；但是与当地社会却是隶属的，属于皮和毛的关系。皮之不存，毛将焉附？

　　谁掌握了钱袋子，谁就掌握了报纸的编辑方针。《崇道报》的"一女二夫"的经济属性，必然在新闻报道内容上有所反映。由于永春偏离了中心教会区域，在理论上不足以能完成配套的文字布道事业，所以多玛书局承接了社会印刷业务，《崇道报》要报道地方时情来满足国外永春籍侨民知悉乡情的需求，社会新闻多于教会新闻将是必然趋势。随着发行周期越来越短，时政内容也越来越多，神学宣传终于游离于末，成为配角。《崇道报》的角色与使命悄然地发生了转变。

　　综上所述，《崇道报》的发展表明，地方教会报刊要发挥社会影响力，仅仅"属灵"的性质是不够的，《崇道报》存在价值就在于"属世"的性质；《崇道报》对地方社会变革的介入和世俗文化的传递，远远大于教会文字事业的意义。

第四节　日本在厦门创办的报刊

　　厦门外报的创办，是西方殖民势力入侵和扩张的结果；随着殖民势力在厦门的消长，外报势力也在变化。以 1895 年为分水岭，之前是英美势力在厦门占有优势，之后是日本占据绝对的地位。作为上层建筑的报刊，自然反映了这一变化。从 1842 年至 1911 年，外国在厦门创办的报刊达 11 种，从性质上看有商业、宗教和时政三类；从语言上看有英文、中文和闽南方言三种。

　　厦门外报最令人瞩目的是日本创办的报纸，数量多，影响大，殖民色彩浓厚。如果说那些英文商业报刊主要是为了适时地沟通航运信息，报道商情而出现的，教会报刊是英美传教士个人事功的集中体现的话，那么，日本在厦门的报刊，则是以政府喉舌的姿态出现，散发出浓郁的殖民侵略气息。据不完全统计，从

1903 年至 1945 年，日本在厦门创办的报刊共有 23 种，其中以《华南新日报》和《全闽新日报》为代表。这些报刊的出现和影响，跟厦门特殊的地理位置和日本对华南南洋政策的实施是相一致的。

一、概况

（一）日本在厦门创办的报刊

在论及外报时，报史学家戈公振云："外人之在我国办报，最初目的，仅在研究中国文字与风土人情，为来华传教经商者之向导而已；而其发荣滋长，实亦藉教士与商人之力。今时势迁移，均转其目光于外交方面矣。语其时间，以葡文为早；数量以日文为较多；势力以英文为较优。外人在我国殖民政策之努力，可于此推而知也。"[①] 厦门外报的发展是在华外报的一个缩影。日本在厦门创办的报刊，是日本侵华新闻事业的有机组成部分。日本在华创办的报刊以量取胜这个特点，在厦门也可以得到印证。前有所述，晚清时期外国人在厦门创办的报刊达 11 种，唯有 2 家因时政而创办，其余或因商业、或因宗教而创办。民国肇始之后，外人在厦门鲜有创办报刊者，唯独日本，为配合其殖民政策，变本加厉。

日本在厦门创办的 23 份报刊中，日伪政府创办的各种报刊有 11 种，其余 12 种由日本所创办。从语言上来看，《全闽新日报》在绝大多数时间内是中文、日文双语同时发行，只是版面数量有变化而已；创办于 1922 年的《南支那》则是日文新闻周刊；此外的各类报刊基本上是中文发行。这符合传播规律，因为这些报刊的受众是中国公众，对中国公众的宣传由《华南新日报》来

---

① 戈公振：《中国报学史》，第 68 页，中国新闻出版社，1985。

完成，而那些在厦日侨和台湾籍民则是《全闽新日报》的传播对象，分工明确。

这里有两份报刊值得注意，一是《中和报》，一是《华侨新报》。这两份报纸的创办都是服务于日本的南进政策的，读者对象是闽南公众和南洋华侨。传播对象明确，宣传目标一致，这是两者的共同之处。《中和报》创办于1918年，特点是在厦门创刊发行，却在台湾印刷，属于日本在厦门的一种外报。1927年10月《华侨新报》以"台湾华侨新报社"名义在台湾创刊，但又在中国发行，尤其是日据厦门时期，《华侨新报》成为由全闽新日报社经营的面向南洋华侨发行的小型报纸。由此可知，《华侨新报》在台湾创刊仅是一个幌子，大本营在厦门，可看做是台湾总督府在厦门的报纸，目的当然是为了更好地服务于台湾总督府的华南南洋政策。①

（二）日本驻厦门的新闻机构

作为日本实施华南南洋政策的一个战略要地，日本不但在厦门创设有完整的新闻媒介体系（报纸、杂志、广播），而且还进驻了大批的新闻机构，当中有报社也有通讯社，有日本本土的，也有台湾本岛的。这些新闻机构，除了"采取新闻稿和推销报份"之外，更多的是从事间谍工作、情报工作。据不完全统计，从1925年至1945年，先后入驻厦门的新闻机构有11家，基本上涵盖了当时日本和日本殖民统治下的台湾著名的新闻机构。

---

① 王天滨：《台湾报业史》（〈台北〉亚太图书出版社，2003）在对日本殖民统治台湾时期的报业叙述当中，没有提及台湾《华侨新报》。依据常理，在日本殖民统治台湾时期的新闻政策及现实环境下，绝不会允许有一份代表在台湾的中国人利益的报纸出现的。所以，《华侨新报》应该是由台湾总督府操纵的、为华南南洋政策服务的一份傀儡报纸。

这 11 家新闻机构，日本本土 5 家，台湾本岛 6 家。日本的《每日新闻》、《朝日新闻》、《读卖新闻》和《东京日日新闻》这 4 家日本著名报馆，在厦门设立支局或通讯部（所）时间在 1926 年前后。曾经一段时间，日本同盟通讯社厦门支局"为厦门唯一电报通讯社"。台湾 6 所驻厦报馆有禅替的关系。在不同历史时期驻厦门的《台湾民报》、《台湾新民报》、《兴南新闻》、《台湾新报》，其实是一脉相承的；所以从严格意义上来说，台湾驻厦门的报馆只有两家，一是《台湾日日新报》，这是台湾总督府（日本对台湾实行殖民统治的最高权力机构和日本帝国发动南侵战争的主要权力机构）的机关报；二是"台湾民报系"报纸。1944 年"二战"末期，因物资匮乏，台湾总督府于 1944 年 4 月 1 日宣布将全台湾六家报纸合并为一家——《台湾新报》，① 所以在后期驻厦台湾报馆也仅剩一家了。

（三）日本驻厦门的新闻人员

要清楚地描绘出不同历史时期在厦门的日本创办报刊从业人员的数量、特征，是一件非常困难的事情。但是我们可以通过一些蛛丝马迹，了解当年日本驻厦门新闻人员的概况。

1907 年 8 月《全闽新日报》创刊之初，"社长为基隆人江保生，社员十余人，每日销售约五六百份。"② 1926 年 9 月，日本驻厦领事井上庚二郎制作的《在厦台湾籍民职业分类户数统计》表格（1926 年 9 月），在 66 种职业中，有教师、医生、官吏等，但并没有见到新闻记者或编辑之类的。当中只有从事印刷行业的

---

① 关于日本殖民统治台湾时期台湾报业的嬗变，请参阅王天滨：《台湾报业史》（〈台北〉亚太图书出版社，2003）相关章节。

② 华南新日报编：《新厦门指南》之"报界"。转引自厦门市方志办、厦门市档案馆合编：《厦门抗日战争时期资料选编》（下），第 556 页，未刊资料，1986 年 8 月。

描述,如印刷厂1户、印刷器材1户和纸业2户。① 1926年前后《全闽新日报》是厦门硕果仅存的一份报纸,其他报纸或停刊或标封;《全闽新日报》的新闻人员,基本上就是日本驻厦门新闻人员的全部。10年之后的1936年,据《厦门台民职业一览表》(1936年9月)统计,近60种职业分类中,台民从事"印刷业(包括报社)"仅有8人,"纸商"也只有8人,即跟新闻传播事业有关的人员仅有16人。② 这个数字比较贴近当时媒介的实际。

随着日本在厦门势力的加强,尤其是1938年5月厦门沦陷,日本、台湾在厦门的新闻人员急剧增加。这是适应殖民统治舆论宣传的需要而出现的现象。1936年日本东亚同文会编撰的《对华回忆录》中,论及《全闽新日报》时说:"(该报)自社长泽重信起,从业员有42名,都能兢兢业业,对敦睦邻谊,指导民众的任务,有所贡献。"③ 根据1944年《厦门职员录》(昭和十九年版)一书的记载,这一年厦门日系媒介新闻从业人员飙升至109人,当中日本和台湾的人员有57人,广东和山东各一人,剩余的全是福建人。媒体当中《全闽新日报》和《华南新日报》占据了绝大多数。只是《华南新日报》不见有日本人(这仅是"以华制华"策略在媒介中的体现,手段更隐秘,也更有欺骗性),其余媒介的核心部门都由日本人担任要职。④

---

① 井上庚二郎:《厦门的台湾籍民问题》,转引自梁华璜《台湾总督府的"对岸"政策研究》,第219页,(台北)稻乡出版社,2001。

② 1936年9月《厦门台民职业一览表》,转引自福建省档案馆、厦门市档案馆编:《闽台关系档案资料》,第33页,鹭江出版社,1993。

③ 东亚同文会编、胡锡年译:《对华回忆录》,第500页,商务印书馆,1959。

④ 《厦门职员录》(昭和十九年),厦门市档案馆,全宗号63案卷号96。

二、日伪政府的喉舌:《华南新日报》与《全闽新日报》

(一)《华南新日报》

《华南新日报》是日伪厦门特别市政府的机关报。由于厦门民众对《全闽新日报》的反感与抵制,为了更好地达到奴化教育和"以华制华"的目的,日本侵略者纠集了一帮汉奸文人,创办一份号称中国人自己办的报纸,企图掩盖新闻殖民侵略的色彩。这样《全闽新日报》面向日本在厦侨民和台湾籍民发行,《华南新日报》则针对厦门民众宣传,分工明确。这是统治者创办《华南新日报》的真正用心。①

《华南新日报》是由《复兴日报》改名而来的。1938 年 5 月厦门沦陷,汉奸张鸣在厦门组织"复兴社",成立治安维持会。"当局鉴及启迪民智,非借报纸之力,实无以挽狂澜于已倒",于是在夺取了江声报社的社址和印刷器材的基础上,1938 年 9 月 1 日,《复兴日报》这块由日伪政府焙烤的用于奴化宣传的"面包"新鲜出炉,社址在福河街 38 号,设营业部于思明北路 1 号。这是一份对开四版的报纸,后增副刊半张;发行人张鸣,社长黄勇公,编辑张晋、林谷。该报成立之初,社务动荡,人员变换频繁。黄勇公离厦后,施静鸣接任社长;即至 11 月 1 日,又由吴海天续任社长。1939 年 4 月初,社长一职又由林谷(林廷栋)担任,一直到闭馆。是年 7 月 1 日,厦门特别市政府成立,市长李思贤认为"复兴"两字与国民党军统系统的"复兴社"名称相

---

① 关于《华南新日报》的论述,主要依据白云:《厦门两"邪报"》、和洽:《厦门敌伪的新闻事业》和华南新日报社编:《新厦门指南》之"报界"。这些文章出自厦门市方志办、厦门市档案馆合编:《厦门抗日战争时期资料选编》(下),第 548~560 页,未刊资料,1986 年 8 月。

同，遂于这一天将《复兴日报》更名为《华南新日报》，"其版式、内容以至言论，无一不跟着敌全闽报的尾巴，是十足敌寇的应声虫"。

"文化汉奸"林谷，曾经在《思明日报》、《思明商学报》担任社长之职，在厦门有"老报界"之称。为了讨好日本帝国主义，林谷极尽献媚之能，竭力经营这份报纸，"对敌伪尽力宣传，对我政府肆意诽谤"。在发行方面，先免费赠阅三个月，行商坐贾，每户一份。于是报份从最初的两三百份，"日形激增，由千份而扩至四千余，至今已达六千份以上。本市鼓浪屿及国内南洋各地，该报之畅销固毋论，即台湾之华侨，亦争先购读"。这是1941年华南新日报社编录的《新厦门指南》中对《华南新日报》的描述，夸耀在所难免，但是在台湾设置支局却是事实。1939年8月，《华南新日报》"乃设总支局于台北市下奎町府264，任杨君文陟为总局长。杨君旅台甚久，在侨界颇有声望，因之该报销售益广，再设高雄支局，支局长黄再德"。太平洋战争爆发后，物质困难，到了1943年11月，《华南新日报》与《全闽新日报》"均舍弃副刊，缩为四分之一，每日出刊一小张，一版电讯，二版本埠新闻"，惨淡经营。1945年8月15日，日本宣布投降，《全闽新日报》中文版宣告停刊，"惟勉强刊日文一小张"。《华南新日报》社长林谷却拉出厦门特别市政府宣传科科员林茂为社长，更名为《新华日报》，继续出刊，企图掩人耳目；但是《华南新日报》的汉奸论调和汉奸报纸属性是人所共知的，最终不得不停刊。汉奸文人与汉奸报纸的投机本性，可见一斑。

华南新日报报社机构和人员状况，据1944年《厦门职员录》（昭和十九年版）记载，报社机构分为社长室、编辑部、营业部、调查部和驻金门人员这几个部分组成，全体报社员工35人，其中台湾11人，福建23人，山东1人。具体情况如表2－2所示。

表 2-2 1944 年华南新日报社机构与人员一览表

部门	姓名	职务	籍贯	统　计	备　注
社长室	林　谷	社长	厦门	总计 35 人（不含兼职），其中台湾 11 人，福建 23 人，山东 1 人	社址位于厦门市思明南路 510 号
编辑部	林寿康	编辑长	闽侯	合计 19 人，其中台湾 4 人、福建 15 人	
营业部	林福桂	营业部长	台北	合计 9 人，其中台湾 2 人、福建 6 人、山东 1 人	
调查部	林福桂	调查部长	台北	合计 6 人，其中台湾 5 人、福建 1 人	调查部长兼任
驻金门人员	丁国柱	特派员	台北	合计 1 人，台湾人	全称"华南新日报社特派员"，又称"通信员"

注：本表依据 1944 年《厦门职员录》（昭和十九年版）的相关目录综合整理而成。

需要注意的是华南新日报社的"调查部"，人员有 6 个，其中台湾 5 人，福建 1 人，部长由营业部长林福桂兼任。这说明华南新日报社不仅是一家新闻机构，还是一个情报机关。调查部有"外勤部"和"内勤部"之分，外勤部设在厦门中山路，由林某负责，拥有交通船，其中有两只交通船直接与传递情报中心"金合成"联系，并运用原《商报》经理杨某在内地侦察军政情报；内勤部设在泰山礼拜堂，由吴某主持。其主要任务是负责整理、编审由外勤部所收集的内地军政情报，呈送各日伪情报机关。①

———————————

①　转引自厦门市方志办、厦门市档案馆合编：《厦门抗日战争时期资料选编》（上），第 267 页，未刊资料，1986 年 8 月。

在新闻报道方面，《华南新日报》发起了大规模的"民众献机运动"宣传活动。1943 年 1 月，日本在太平洋战场上的优势不再，却更加抓紧对"大东亚共荣圈"谬论的鼓吹，继续煽动"日本和大东亚是命运共同体"的观念。随着汪精卫政权向英美宣战，《华南新日报》"爱发动民众献机运动，集中民众财力，购机输献以加强大东亚战争之力量"。当时日本海相岛田繁太郎亲自到厦门传令嘉奖，"举行命名式典"。华南新日报社社长林谷以"厦门决战生活联盟会"会长名义，代表厦门民众致辞，厚颜无耻地声称："不旋踵间，竟完成献机义举，乃将全数抽出储币二百七十万元，籍作购机六驾之额，呈献帝国海军，以为击灭英美战具，而表厦门民众热烈诚意。"①

（二）《全闽新日报》

从经营主体来看，从 1907 年 8 月至 1945 年 9 月，《全闽新日报》38 年的发展进程主要经历了三个阶段。第一个阶段是从 1907 年 8 月至 1919 年 6 月的私营企业阶段，这个阶段的投资主体和经营主体都是台湾籍民，是一份由台湾籍民在厦门投资创办的民营报纸，属于合资经营的私营报纸。第二个阶段是从 1919 年 6 月至 1937 年 8 月的"善邻协会"阶段，这个阶段投资主体已经转化为台湾总督府操纵下的善邻协会，经营主体也逐渐地由台湾人过渡到日本人，由台湾籍民的私营企业成为总督府的宣传机关和情报机关。第三个也是最后一个阶段是从 1937 年 12 月至 1945 年 9 月，《全闽新日报》主要是在日本海军军部的主导之下运行，是日本在厦门施行殖民统治的舆论工具，报纸一切以权力的意志为转移，一切为统治者服务。作为日本在厦门的喉舌，日本各级政府机构都试图管控《全闽新日报》，在不同时期也就表

---

① 《华南新日报》，1944 年 3 月 10 日。

现出不同的主导力量，先是外务省，紧接着是总督府，最后是海军部，三股力量相互角力，交叉控制。

1. 私营企业阶段（1907～1919 年）

（1）创办

《全闽新日报》创办于 1907 年 8 月 10 日，"社长为基隆人江保生，社员十余人，每日销售约五六百份"。初创时社址在厦门寮仔后，未几移址于和凤宫。① 创办资金由林景仁、江保生、施范其等 9 人共同筹资。1917 年，基隆人张达源又加入报社投资人的行列。

这几位报社创始人员主要居住在福建厦门和台湾基隆。旅居厦门的台湾籍民是报社创办最重要的成员。旅居厦门的林景仁、江保生和施范其 3 人，投资总额为 4610 元，约占 72％；其余 6 位约占 28％，当中有 5 位居住基隆，投资总额为 1300 元，还有一位是台中的，投资 500 元。从投资个体来看，林景仁居绝对地位，投资额占总资本的 45.24％；排名第二位的江保生占18.72％，第三位的施范其仅占 7.95％。

施范其，出身鹿港，"南国公司"买办起家，从事贩毒行业，台湾彰化银行的创办人。② 1906 年施范其在厦门组建台湾籍民的核心团体——台湾公会。这是一个民间自发的自治社团，日本驻厦门领事馆一度拒绝承认这个组织，直到 1921 年 2 月，台湾公会才在日本领事馆之"馆令"下，将其组织规程制度化，从而

---

① 华南新日报社编：《新厦门指南》之《报界》，1941 年 9 月。这是《华南新日报》为庆祝创刊 3 周年而编写的一本关于厦门的"百科全书"，以区别于 1931 年 5 月由陈佩真等人编撰的《厦门指南》。现藏于厦门市图书馆。

② 梁华璜：《台湾总督府的"对岸"政策研究》，第 118 页，（台北）稻乡出版社，2001。

得到领事馆的承认。"台湾公会之会长一向由台湾籍民中之有力且有见识之人士担任"。① 换而言之，台湾公会"实际上是一个指挥台湾人侵略福建的政治机关"。② 台湾公会成立之初，设会长、副会长各一人，评议员 13 名。施范其连续三年出任会长，之后出任顾问；江保生则先任评议员，后任副会长。施、江两人还是台湾总督府颁发的"绅章"获得者。这是台湾总督府为笼络或优待台湾人，而授给台籍"学者、绅士、名望家"的徽章。③ 从中可知施范其、江保生在厦门台湾籍民中的影响和地位非同一般，《全闽新日报》则与台湾公会有千丝万缕的关系。

林景仁是台湾板桥林家林维源之长孙、林尔嘉之长子。为了笼络名门望族，当年台湾总督府民政长官后藤新平亲赴厦门拜会林维源，希望其加入日本国籍。据日本驻厦领事矢田部保吉所说，继承林维源之"第二房主林尔嘉是中国籍，其子皆为日本籍"。林尔嘉、林景仁父子对日本在厦门的瀛旭书院、博爱医院和全闽新日报社等出资或捐献颇巨。④ 但是 1907 年《全闽新日报》创刊时，林景仁才 14 岁。⑤ 由此推测应当是其父林尔嘉以林景仁的名义投资《全闽新日报》，由第二投资者江保生来打理报社。随着全闽新日报社的发展，作为最重要投资者的林家，林

---

① 井上庚二郎：《厦门的台湾籍民问题》（中译文），1926 年 9 月。

② 林云谷：《日本帝国主义侵略下之福建》，载于《民族杂志》第 3 卷 6 期，1935 年 6 月。

③ 井出季和太：《台湾治绩志》，第 268 页，台湾日日新报社，1937。

④ 梁华璜：《台湾总督府的"对岸"政策研究》，第 188 页，（台北）稻乡出版社，2001。

⑤ 据 1932 年《台湾人士鉴》载："林景仁，号小眉，出生于 1893 年，卒于 1940 年。幼年从进士施士浩学，15 岁就以诗文著称。"见《台湾人士鉴》，第 443 页，台湾新民报社，1932。转引自王昭文：《战时的〈全闽新日报〉》，载于《台湾风物》第 53 卷第 1 期。

尔嘉、林景仁先后担任过社长，林景仁之弟林履信也出任过副社长之职。

为什么《全闽新日报》主要由居住在厦门和基隆的台湾籍民出资创办？一则跟江保生出生基隆的经历有关；二则由于厦门与基隆是海峡两岸重要的对口贸易港口，关系历来紧密。如同施范其等人组织台湾公会的目的在于"欲藉公会受日本领事馆保护之便，以抗拒中国官吏之压迫，以及减免各种税金"一样，江保生等人创办《全闽新日报》的意图，1922年出任全闽新日报社第一任日本人主笔的宫川次郎一语道破，在于"向清国鼓吹日本文明，同时拥护日本的利益，图台湾人之便益"。①

换而言之，《全闽新日报》不是出于日本政府或台湾总督府的授意，而是在厦门的台湾籍民，从维护自身利益角度出发而创办的，根本目的在于"图台湾人之便益"。但是由于在日本政府的庇护之下，台湾籍民可以享受"治外法权"和"免除地方税收"这两项主要特权，作为在厦台湾籍民的喉舌，《全闽新日报》处于日本领事馆和台湾总督府的监护之下，当是题中之意。

（2）困境

资金与竞争，这是一直困扰全闽新日报社的两个问题。创办之初，《全闽新日报》由江保生担任社长，聘有两位中国记者，业务有所发展，发行增至约七百份。② 到了1910年12月，报纸版面渐渐扩张，发行份数也增加到1500份左右，销售地点遍及漳州、泉州、台湾及东南亚各地。由于报社主要的经济支柱依靠股东出资，在没有其他补助的情况下，《全闽新日报》出现了财

---

① 官川次郎：《厦门》，第4页，台北盛文社，1923。转引自王昭文：《战时的〈全闽新日报〉》，载于《台湾风物》第53卷第1期。

② 官川次郎：《厦门》，第4页，台北盛文社，1923。

务危机。这就给日本政府一个插手的机会。报纸发行才两年，1909 年 11 月日本驻厦门"领事官补"（初任外交官）森安三郎便书函外务省，建议设法加以控制，函云：《全闽新日报》"可说完全是属于吾方之机关报，本馆可任意加以利用，此前便一直加以利用。在与台湾仅一水之隔之厦门，住有台湾人民二千余人，而他们的一切几乎听任中国官民妄加推断，故为了向当地人士解释他们的疑惑，以及为了跟《厦门日报》抗衡，必须要有完全属于吾方之机关报……《全闽新日报》由于台籍经营者之知识肤浅，且财务基础薄弱，屡生弊病，如弃之不问，难保不倒闭。"①

　　从信函中可知，《全闽新日报》在创办之初就没有逃脱日本驻厦领事馆的操纵和利用。为了让报社不至于因资金问题而倒闭，森安三郎建议由台湾总督府或日本外务省从机密费中每月融资 200 圆加以资助，直到报社基础稳固为止。但是森安三郎的建议遭受了"冷遇"。台湾总督府以经费困难为由拒绝补助。外务省于 1914 年 11 月才开始补助，金额每月 100 圆；1916 年 7 月，这项补助活动宣告终止，前后仅持续了 21 个月。这是因为新任驻厦领事菊池义郎对《全闽新日报》的认识与态度转变而建议外务省停止补助的结果。菊池义郎认为由于《全闽新日报》竞争对手的消失，补助的意义已经荡然无存，"当时（1914 年）在当地，除《全闽新日报》外，尚有中国人经营之《闽南报》，其立场为排日主义，经常刊载对日本不利之消息，同时该报社曾有将被德国人收买之风声，故有操纵台籍人士所经营之全闽新日报社之必要，但闽南报社已于去年（1915 年）12 月被封闭，如今《全闽新日报》成为当地唯一之报纸，已失抗衡之作用"。鸟尽弓藏，兔死狗烹，这充分暴露了日本领事馆对《全闽新日报》为我

---

①　《全闽新日报》森安三郎书函（明治四十二年十一月六日）。

所用的现实与卑鄙的心态；问题的关键是菊池义郎开始对社长江保生"效忠日本"表示怀疑，担心无法完全操控报社，"全闽新日报社之社长江保生系当地出生之台籍人士，故其手法、思想、人品等自与中国人并无二致，不可能提出有利之论调；为吾方利益计，转载日本报纸之消息，则极为重要之事，因此应在该报社安插了解日文之人物"①。由此看来，《全闽新日报》没有完全听从日本领事馆之指挥，不能达到日本方面操纵利用之目的，才是被停止补助的根本原因。日本领事馆只是借资金问题逼全闽新日报社就范而已，"将操纵费之提供停止，或对将来之操纵反而有利"。

菊池义郎的忧虑，恰好论证了由台籍人士经营的全闽新日报社私营企业的性质，无论在报道方针还是人事安排方面，报社与驻厦领事馆发生抵牾也就在所难免。在外务省停止补助后，全闽新日报社又陷于资金紧张的苦境，加上纸张与印刷费的涨价，迫使报社决定出让。这时候报社借款金额已高达 13000 圆，每月赤字约 285 圆。②

经济因素的考量仅是全闽新日报社的一个方面，报纸竞争的压力也是重要的一个方面。1916 年 10 月厦门华侨报纸《民钟报》的创办和 1916 年冬季"老对手"《闽南报》的复刊，对厦门报业市场冲击很大。③ 面对竞争压力，全闽新日报社要么寻求保护，要么让渡出卖。时任驻厦领事矢田部保吉，听说报馆准备出让，尤其是风闻福建省长胡瑞林有意收购后，甚为不安，乃于

---

① 《全闽新日报》菊池义郎书函（大正五年七月十三日）。

② 中村孝志：《台湾总督府华南新闻工作の展开》，《天理大学学报》第 171 辑，1992 年 3 月。

③ 李硕果：《厦门〈民钟报〉创办始末》，载于《厦门文史资料》第 7 辑，1986 年 9 月。

1917 年 5 月 8 日，致函外务大臣本野一郎，就全闽新日报社问题，建议"务必迅速研拟妥善办法"，以阻止报社被中国方面所收购。[①] 正当此时，台湾总督府正准备对闽粤地区的报纸予以操纵与利用，于是这才有了透过善邻协会予以补助《全闽新日报》，以至最终加以收购的事情发生。

(3) 蜕变

"欲确立经略台湾的方针，必须实施南清（华南）的经略；欲实施南清的经略政策，必须有经略福建及厦门之实，欲得经略福建及厦门之实，则非有经略南洋之实不可。"[②] 这是历任台湾总督达成的共识。在巩固对台湾的殖民统治的同时，总督府着力对福建渗透日本的势力，表现在新闻事业上就是制订了一套完整的钳制、操纵和利用新闻媒介的新闻政策。在操作层面上，有消极的和积极的新闻政策之分。消极的是指总督府对所有本岛报纸的钳制和对一切外来报纸的检阅；积极的是指总督府对华南地区的报纸或收买或创办，"如欲控制华南一带之言论，以推展华南政策，必须在闽粤之枢要地点发行报纸"[③]。福州的《闽报》和厦门的《全闽新日报》，由于立场倾向和财务结构的原因，先后被总督府操纵和利用。[④]

创刊以来，《全闽新日报》就置于日本驻厦领事馆和台湾总督府的监护之下，前述驻厦领事森安三郎直言不讳地宣称，"本

---

① 中村孝志：《台湾总督府华南新闻工作の展开》，《天理大学学报》第 171 辑，1992 年 3 月。

② 井出季和太：《台湾治绩志》，第 255 页，台湾日日新报社，1937。

③ 台湾总督府警察本署"台湾卜南支那卜ノ关系及现在ノ施设并将来ノ方针"，大正六年（1917 年）刊印，第 11 页。

④ 梁华璜：《台湾总督府对〈闽报〉及〈全闽新日报〉的操纵策略》，载于《台湾风物》第 31 卷第 3 期，1980。

馆可任意加以利用,此前便一直加以利用"。始自 1900 年 6 月,驻厦门及福州的日本领事开始兼任"台湾事务官",受理台湾总督府所委托的事务。[①] 可见台湾总督府对《全闽新日报》间接操控的现实。随着日本对华南南洋政策的推进,总督府开始对《全闽新日报》加以直接操控。自从 1916 年 7 月日本外务省停止对全闽新日报社发放补助经费以来,报社又陷入财务危机的泥潭;这一年台湾总督府制订了"华南地区之新闻政策",计划在闽粤地区发行多种报纸与杂志,《全闽新日报》属于收购计划之列。在这样的背景之下,在全闽新日报社决定出让之后,双方一拍即合,至 1917 年 5 月,总督府民政长官下村宏指令驻厦领事矢田部保吉跟江保生交涉,交换收购意向;之后下村宏又派遣台南新报社社长富地近思前往厦门,与江保生接洽,讨论收购事宜,冀图由富地近思出任全闽新日报社社长。1917 年 11 月,双方达成共识。[②]

但是,计划不如变化快。台湾总督府突然变卦,取消收购协议,决定在厦门创办《中和报》旬刊,理由是经营周报所需资本少但效果好,而且《全闽新日报》是台湾籍民所经办的报纸,用不着收买,更何况将来必要时仍可利用。究其原因,主要是总督府改变了对闽粤地区报纸的操纵和利用方式。[③] 1917 年 11 月 21 日,在台湾总督府的操纵下,善邻协会正式成立。这是一个以协

---

① 日本外交史料馆"在外帝国领事二台湾总督府事务嘱托及同府事务官兼任关系一件"。

② 中村孝志:《台湾总督府华南新闻工作的展开》,《天理大学学报》第 171 辑,1992。

③ 中村孝志著、卞凤奎译:《台湾总督府华南报纸事业的展开》,第 128 页,载于《史联杂志》第 35 期,1999 年 11 月。1918 年 2 月 21 日,中文旬刊《中和报》在厦门创刊发行。

助总督府推展华南政策为使命的机构，其中对新闻事业的补助与操控就是其重要的工作。由于善邻协会的存在，台湾总督府对媒介的操控由直接而为间接，手段更隐秘，效果也更好。[①] 对全闽新日报社的补助与操控，随之由善邻协会来操办。甫一成立，善邻协会对全闽新日报社的资助就没有停止，每月支付的补助费达300圆；1919年6月1日，善邻协会又以5000圆重金购买了全闽新日报社的经营权及一切器具，约定"主笔必须是日本人"，基于经营方面的考量，以林尔嘉为社长，江保生为顾问。当时报纸发行量突破2000份。[②] 从此，《全闽新日报》彻底蜕变为台湾总督府的机关报。

2. "善邻协会"阶段（1919～1937年）

（1）善邻协会操控下的《全闽新日报》

从1919年6月至1937年8月，这段时期台湾总督府透过善邻协会实现了对《全闽新日报》的全面掌控。1937年爆发的"七七事变"改变了中日关系，双方断交、宣战。8月21日，国民政府调派第4路军第157师驻防厦门；23日，驻军武装收查全闽新日报社，勒令停刊。8月24日，这是《全闽新日报》自1907年8月10创刊以来遭遇的第一次停刊，其发行号数为"第8927号"。解散全体员工之后，报社灵魂人物泽重信于8月28日搭"长沙"号轮回台湾。[③]

善邻协会成立之初，对全闽新日报社的资助是每月300圆；在掌控了报社经营权之后，补助费从1920年7月开始增至每月

---

① 梁华璜：《台湾总督府对〈闽报〉及〈全闽新日报〉的操纵策略》，载于《台湾风物》第31卷第3期，台北，1980。

② 中村孝志著、卞凤奎译：《台湾总督府华南报纸事业的展开》，载于《史联杂志》第35期，1999年11月。

③ 华南新日报社编：《新厦门指南》之《报界》，1941年9月。

400圆。随着国际局势的剧变，《全闽新日报》的利用价值随之提高，就1935年的情形而言，报社每月所受补助费已经高达1000圆，以至有"每年所受补助费达一万二千圆，但其收益是否相称，不无疑问"这样的质疑出现，甚至有厦门日本侨民提议："不如将全闽报社投弃台湾海峡，而将其补助费完全付给日本侨民"。① 对这类声音，台湾总督府置若罔闻，坚信报纸的"重要价值是存在于数字（金额）以外的无形的声势"，盈利亏损与否可置之度外。这是因为《全闽新日报》在歌颂日本的统治政策，拥护日本官民的权益，以及监视西方列强觊觎福建省这三方面，还是颇有成效的。这与报馆以"（宣扬）日华亲善、阐明帝国国是、介绍日本文化"为使命是相一致的。②

从发行来看，《全闽新日报》的影响力主要在厦门和台湾，对闽南泉属、漳属各地的影响甚微。但是总督府却认为《全闽新日报》的影响力不能以订户数目的多少来估计，"相信《全闽新日报》可以左右厦门之民情"。③ 据1935年台湾总督府"热带产业调查会调查书"报告，报纸的销售量共1060份，其中厦门744份，泉州10份，漳州90份，台湾193份，南洋、广州、上海和汉口等地23份。

这段时期《全闽新日报》发行量大体上随着中国国内政情的演变，特别是排日运动之消长而有明显的变动。比如，"福建事

---

① 梁华璜：《台湾总督府对〈闽报〉及〈全闽新日报〉的操纵策略》，载于《台湾风物》季刊，第31卷第3期，1981。

② 《支那事变大东亚战争二伴フ对南方施策状况》，第112页，台湾总督府外事部，1943年1月。转引自王昭文：《战时的〈全闽新日报〉》，载于《台湾风物》第53卷第1期。

③ 梁华璜：《台湾总督府对〈闽报〉及〈全闽新日报〉的操纵策略》，第28页，载于《台湾风物》季刊第31卷第3期，1981。

变"时期，报纸发行量骤然飙升，1933 年 11 月、12 月，平均达4500 份；但是 1934 年 1 月以后突然锐减，先保持一两千份，后来降到千份以下。① 这是由于在非常时期，统治当局对国人报纸的言论控制甚严，动辄得咎，而《全闽新日报》在治外法权的保护下，给予了发展的良机。但是，报纸毫无客观公正而言的、颠倒是非的报道，引起了中国人民的极大反感。

（2）善邻协会对《全闽新日报》的操控政策

①"主笔必须是日本人"

全闽新日报社性质的转变，决定了报馆人事安排的变动。从台湾籍民的私营企业到日本政府的机关报，《全闽新日报》得到了生存的机会，但失去了灵魂的自由。在接受善邻协会的补助之后，报社主要人事安排受到彻底控制，尤其是主笔要由协会选任，约定"必须为内地人（指日本人）"；② 记者则由社长及主笔选任。1925 年之后，报社的重要职位，几乎都由日本人所把持。

1926 年 9 月，驻厦领事井上庚二郎在谈及《全闽新日报》时说："《全闽新日报》系厦门六大中文报中最悠久者。创办于明治 40 年（1907 年），当初是属于台湾籍民之私人企业。至大正 8 年（1919 年），总督府内部之'善邻协会'将其收购，此后纯粹成为日本方面之机关报。该报以台籍之林景仁为名义上社长，而以谢龙阔（明治大学出身）为主笔。"③ 从中可知，

---

① 郭辉编译、井出季和太：《日据下之台政》（一），第 89 页，台中：台湾省文献会，1956 年 12 月。转自王天滨：《台湾报业史》，第 49 页，（台北）亚太图书出版社，2003。

② 《全闽新日报》台湾总督府警视总长汤地幸平书函（大正七年一月十四日）附件甲号（1918 年）。

③ 井上庚二郎：《厦门的台湾籍民问题（中译文）》，1926 年 9 月。

直至 1926 年 9 月，全闽新日报社社长还是由林景仁担任，但是实际权力在于主笔，人事安排由台湾总督府指派。1929 年 4月，林尔嘉之第五子、林景仁之弟，东京帝国大学文学士林履信出任《全闽新日报》副社长兼主笔，竟然遭到报馆全体职员罢工抗议，旋即下台。① 尽管厦门林家是《全闽新日报》的最重要的民间投资者，甚至报社所使用的房子还是林家产业，但是对报社的经营编辑已经完全没有置喙余地，更遑论其他非"内地人"了。

但是有一个人却是例外。这个人就是日本明治大学毕业的台北人谢龙阔。谢龙阔破例以台湾籍民出任报馆主笔，这倒不是说凭他的财力，而是凭他的奸谋。在中国人眼中，他是一个"与其说报人，不如说是日本的间谍，而在厦门指挥日籍浪人坐第一把交椅"的人。担任报社主笔时还组织"东亚大同促进会"，以台湾人与厦门人互相"尊重"、互相"亲善"为名，拉拢一些奸商、土匪、流氓参加，为日本帝国主义的侵略蓄积力量。更为可恶的是，他还以优厚的薪津雇用一些本地记者，到处刺探情报。② 谢氏掌控《全闽新日报》期间，由四号铅字改用五号铅字，刷新版面，不断地试着改善内容，"业务始见发展"。③ 由此可知，谢氏能受到台湾总督府的青睐，端赖其比"日本人还日本人"的精明与实干。

什么样的人选才是好主笔？早在 1909 年 11 月日本驻厦领事森安三郎就对全闽新日报社的操纵手法提出建议："如欲以中文报纸吸引中国人来订阅，而从中培植吾方之势力，则领事馆必须

---

① 《热带产业调查会调查书》，第 132 页，1935。
② 《厦门日籍浪人记述》，载于《厦门文史资料》第 2 辑，1964。
③ 华南新日报社编：《新厦门指南》之《报界》，1941 年 9 月。

在其背后作严密监督，丝毫不能怠慢，但必须避免公然之指挥，因在当地我国之一切，皆被投以猜疑之眼光，所以需要在领事馆与报社之间，安排可以暗中斡旋双方关系之人；此人必须有丰富知识，精通当地情况，并谙方言与洋文，如不具备此条件，难以发生作用。"① 这段话对这个阶段的全闽新日报社依然适用，报社需要一个能够沟通报馆与领事馆、总督府与当地社会各阶层的人员，这样的人就是主笔人选。为此总督府、领事馆最初为寻求主笔而费劲苦心，以至于 1920 年 7 月，驻厦领事藤田荣介以薪俸 300 圆，外加赴任旅费，且林尔嘉也支付银 50 圆当作在勤奖金的高薪，来公开招聘，但一直没有适当的人选。直到 1922 年 2 月，曾担任台中《台湾新闻》记者和编辑的宫川次郎就任《全闽新日报》首任日本人主笔。② 当时的经理是谷川抱星，社员为日本人 2 人，少数台湾人，其余皆中国人；日刊八版两页，还发行日文周刊《南支那》。③

　　在全闽新日报社日本人主笔的历史上，最为引人注目的是泽重信。1934 年 7 月，泽重信以台湾总督府派遣员身份赴任《全闽新日报》"主干"（总编辑兼业务主管）。此人不仅学会了闽粤方言，还致力于研究闽粤风俗民情，有"中国通"之称。当时泽重信有 4 重身份：全闽新日报社主笔、总督府派遣员、华南情报部部长和兴亚院驻厦特派员。这个既是间谍，又是报人，还是"中国通"的日本人，就是总督府所需要的最合适的主笔人选，经营《全闽新日报》甚力，"至是该报由四版扩为六版而八版，

---

① 《全闽新日报》森安三郎书函（明治四十二年十一月六日）。

② 中村孝志著、卜凤奎译：《台湾总督府华南报纸事业的展开》，载于《史联杂志》第 35 期，1999 年 11 月。

③ 宫川次郎：《厦门》，第 158 页，（台北）盛文社印行，1923。

又加发行晚刊四版，每日刊行十二版，循序而进，显示划时代的跃进"①。尽管有溢美之嫌，但是在泽重信经营的时代（1934年7月至1941年10月）确实是《全闽新日报》最为辉煌的时代，这也是事实。这位为祸一方的"天字第一号的文化刽子手"，终于在1941年10月26日于厦门大中路被国民党军统特务刺杀身亡。② 在此之后的日人主笔主持下的《全闽新日报》，"一蟹不如一蟹"，每况愈下，终至倒台停刊。

②"总督府派遣员"

在驻厦领事井上庚二郎笔下，台湾总督府在厦门直接经营的事业有两项，一是《全闽新日报》，二是派遣常驻警官。其中后者的职责是，"为提供有关台湾籍民之情报，由台湾总督府派遣警官一名常驻厦门领事馆，而独立向总督府报告台湾籍民之动静及一般政况"③。

这里的"派遣常驻警官"就是"总督府派遣员"。1900年6月以来，驻厦门、福州的日本领事同时兼任"台湾事务官"，这是日本驻厦领事馆与台湾总督府相关联的开始。"总督府派遣员"制度始于1917年11月，因总督府害怕在闽粤两省的台湾民众受到中国革命党的影响而在台湾策动抗日起义，于是由总督府"警察本署"增派"警部"（相当于警察局长身份）4名，协助驻闽粤两省的日本领事馆的警察人员，以监视台湾民众，暗中察访怀有反日思想的中国人。因此，所谓"派遣员"其实就是"密探"。根据台湾总督府警察本署的计划，派往闽粤之"派遣员"，包括

---

① 华南新日报社编：《新厦门指南》之《报界》，1941年9月。

② 何水道、郑调麟：《刺杀敌酋泽重信》，载于《漳州文史资料》第9辑，1987年7月。

③ 井上庚二郎：《厦门的台湾籍民问题（中译文）》，1926年9月。

"警部" 4 名，分驻福州、厦门、汕头、广州；"巡查"（警员）15 名，福州、厦门、广州各驻 4 名，汕头 3 名。除了政治使命之外，这些派遣员还有"经常针对报社及医院之经营方针保持关切"的文化使命。①

　　在《全闽新日报》历史上，有两位主笔是台湾总督府的派遣员，一位是 1928 年 1 月的太田直作，一位是 1934 年 7 月的泽重信。这两位日本人，集"间谍"、"特工"与"报人"身份于一身。由这些派遣员出任报社的最高负责人，其新闻报道内容的反动是不言而喻的。台湾总督府对《全闽新日报》的操控和利用也由此可见一斑。

　　③ "南支调查部"

　　随着台湾总督府南洋政策的推进，1935 年总督府特地召开"热带产业调查会"，会上决定增加总督府对善邻协会的援助，增派优秀的记者，整修通信设施，"以努力于报纸内容之改善"；此外，还要在报社"设置南支调查部，派遣适当之人物人才，以进行调查工作"，目的在于收集资料或整理资料，以便各种设施的计划与办理。②

　　在福建省中，这种"调查部"的设立，在当时仅限于《全闽新日报》，以至把福州的《闽报》也排除在外，可想而知台湾总督府对《全闽新日报》的重视。因为在总督府看来，由全闽新日报社来进行调查应该是"极简单而甚为方便"。这是由于两报的表面身份和使命所决定的。福州《闽报》自始至终都是一份由日本人创办与经营的报纸，而厦门《全闽新日报》由于是台籍人士

---

　　①　梁华璜：《台湾总督府对〈闽报〉及〈全闽新日报〉的操纵策略》，第 19、28 页，载于《台湾风物》季刊第 31 卷第 3 期，1981。

　　②　台湾总督府：《热带产业调查会调查书》（1935 年），第 208 页。

所经营的印象，更加容易接近中国的机关社团，方便收集资料；更为主要的是，由于厦门面向南洋，全闽新日报社在南洋政策宣传与执行的使命方面非闽报社所能比拟，于是总督府期望全闽新日报社成为"华南通之权威机关"，而且在权威性要超过日本陆军部、海军部和外务省。[1] 至此可知，从 1935 年开始，全闽新日报社的业务，已经不仅是发行报纸，还兼有收集情报的使命，而且因为要与日本陆军部、海军部和外务省竞争，所以其收集的情报是全方位的。全闽新日报社既是一个宣传机关，更是一个情报机构、特务机关。

3. 海军军部阶段（1937～1945 年）

（1）经营状况

1937 年 10 月，日军进攻金门，"开始了华南的卢沟桥事变"；[2] 26 日，金门沦陷。11 月 30 日，全闽新日报社的械具运抵金门，泽重信等人也随之抵达；12 月 1 日，刊发"复活第一号"，竭力美化战争的宣传机器重新发动。宣传对象除了金门的居民之外，还有在金门进出的南洋华侨。[3] 这时候，报社"初以誊写版代用，旋改为活版。每星期出版二次，深得金门人士之欢迎"。[4] 从 1937 年 12 月复刊至 1945 年 9 月闭刊，《全闽新日报》进入了以海军军部为主导的第三个阶段。

1938 年 5 月 13 日，日本海军占领厦门，厦门沦陷；全闽新日报社随之迁回厦门，把侨领胡文虎经营的星光日报社来不及撤

---

① 梁华璜：《台湾总督府对〈闽报〉及〈全闽新日报〉的操纵策略》，载于《台湾风物》季刊第 31 卷第 3 期，1981。

② 《福建抗敌的基本问题》，载于《战时生活》第 3 期。

③ 《支那事变大东亚战争二伴フ对南方施策状况》，第 114 页，台湾总督府外事部，1943。

④ 华南新日报社编：《新厦门指南》之《报界》，1941 年 9 月。

退的一应器具及社址占为己有，在军方的支持下于 6 月 4 日正式
复刊。①

　　日本侨民和台湾籍民，是日据厦门时期《全闽新日报》服务
的主要对象。据载 1936 年 6 月，厦门外侨就有 10641 人，其中
日本人 828 名，台湾人 8874 名。② "七七事变" 爆发，至 1937
年 8 月 26 日，日本派船运载离厦台湾籍民已达 1.2 万～1.3 万
人，"另有千余人避匿不归"。③ 日本窃据厦门之后，日侨和台湾
籍民更是蜂拥而至，这给《全闽新日报》的宣教带来机会，"又
因本市日侨遽增，该报为适应日侨需要计，于民二十八年岁首
（1939 年）增刊日文二版，合计发行八版"④。后来中文版缩为
四版。日军占领厦门初期，在泽重信的主持之下，《全闽新日报》
"每日出版中文一大张，日文一小张，中文第一、二版电讯，第
三版本埠消息，第四版副刊"。⑤ 据国民党福建省党部档案资料，
在 1942 年 11 月，《全闽新日报》每天平均发行份数高达 5370
份。⑥ 这应当是《全闽新日报》发行的顶峰。因为太平洋战争爆
发后，物资严重短缺，报纸版面不得不紧缩为原来的四分之一，
以至于到最后，《全闽新日报》停刊中文版，可能只剩日文版，

---

　　① 厦门市档案馆编：《厦门抗日战争档案资料》，第 456 页，厦门大
学出版社，1997。

　　② 《厦门史料辑录》第 2 辑，1961。

　　③ 日本外务省：《外务省外务报告：东亚局》，卷 4，昭和十二年
（2），第 517 页。转引自《鹭岛烽火》，第 179 页，海风出版社，2006。

　　④ 华南新日报社编：《新厦门指南》之《报界》，1941 年 9 月。

　　⑤ 和洽：《厦门敌伪的新闻事业》，见厦门市方志办、厦门市图书馆
合编：《厦门抗日战争时期资料选编》（上），第 555 页，未刊资料，1986。

　　⑥ 《全闽新日报社调查表》，1942 年 11 月 6 日，国民党福建省党部档
案。转引自福建省档案、厦门市档案馆编：《闽台关系档案资料》，第 701
页，鹭江出版社，1993。

以"厦门的一万在留邦人"为主要诉求对象。1945 年 8 月 15 日，日本宣告无条件投降；9 月 28 日，在厦门的日军代表正式向中国海军代表投降。这段时间，"《全闽新日报》的文奸即告解体，唯勉强刊日文一小张。"① 也就是说，《全闽新日报》的最终停刊不是在 8 月，而是延续到 9 月。

（2）报道内容

作为日本政府的机关报，《全闽新日报》的命运随着中日政局的波动而沉浮，但是报道内容却一如既往地荒谬。这是由报馆作为侵华的宣传机关和情报机关的性质和使命所决定的。日军占领厦门时期的《全闽新日报》已经完全捆绑在战争这部疯狂的机器上运作，其报道内容的欺骗和伪善就不难想象了。其言论皆在宣传敌国战事、政治经济为主要报材。② 从 1943 年 11 月 16 日《全闽新日报》（日文版）这一天第一页的新闻标题，即可略窥当时报纸的报道内容。③ 这天的报道，或吹嘘战功，如"皇军的善战力斗——10 月 27 日至 11 月 13 日的辉煌战果"；或宣传大东亚思想，如"大东亚会议的意义——拉乌瑞尔大统领发表声明"；或报道厦市人事变动，如"海运总局总务局长，决定冈本氏"、"非铁金属局局长，启用加贺山氏"；还有分化瓦解华侨华人抗战士气的报道，如"对我对华政策感铭于心，抗日华侨曾廷战投降"；等等。尽管这时太平洋战争已经进行了两年，日本已渐露败相，然而战争的"神话"却一再被强化。根据对 1943 年 11 月 16 日至 1944 年 3 月 31 日《全闽新日报》（日文版）的研究显

---

① 白云：《厦门两"邪报"》，载于《前线日报》，1942 年 5 月 11 日。

② 《支那事变大东亚战争二伴フ对南方施策状况》，第 112、113 页，台湾总督府外事部，1943。

③ 王昭文：《战时的〈全闽新日报〉》，载于《台湾风物》第 53 卷第 1 期。

示，第一页主要是战局的电讯报道，第二页的报道大约可分成主要的几类：一、"大东亚共荣圈"的宣传；二、有关重庆政府及英、美的负面报道；三、厦门居民的"战争协力"相关活动的报道；四、战时的厦门生活相——关于配给、物资等有关民生新闻的报道。[①] 这段时期，《全闽新日报》已经彻底地被工具化了。媒介一旦被异化成工具的时候，这种反媒介、反新闻的本性暴露无遗，当然这样的媒介离寿终正寝也为时不远了。

（3）机构设置

1944 年《厦门职员录》（昭和十九年版）一书对全闽新日报社的组织架构和人事安排有所交代。具体情况如表 2－3。

表 2－3　1944 年全闽新日报社机构与人员一览表

部门	姓名	职务	籍贯	统　计	备　注
社长室	世盛治平	社长	德岛	总计 39 人（不含兼职），其中日本 3 人、台湾 21 人、福建 14 人、广东 1 人。	社址位于厦门市大汉路 246 号
编辑部	岩波健一	编辑长	茨城	合计 17 人，其中日本 1 人、台湾 7 人、福建 9 人。	
营业部	高松启吉	营业部长	枥木	合计 7 人，其中日本 1 人、台湾 6 人。	
调查部	高松启吉	调查部长（兼任）	枥木	合计 6 人，其中日本 1 人、台湾 4 人、福建 1 人。	
工场	吴登凤	职工长	台北	合计 8 人，其中台湾 4 人、福建 3 人、广东 1 人。	
驻金门人员	陈逊舞	驻在员	金门	合计 1 人，福建人。	全称"全闽新日报社驻在员"，又称"通信者"。

注：本表依据 1944 年《厦门职员录》（昭和十九年版）相关目录综合整理而成。

---

① 王昭文：《战时的〈全闽新日报〉》，载于《台湾风物》第 53 卷第 1 期。

这一时期，全闽新日报社有 6 个部门：社长、编辑部、营业部、调查部、印刷部、驻外人员。负责人是全闽新日报社的"末代社长"世盛治平。当中最为引人注目的是设置于 1935 年的"调查部"，其部长由营业部长高松启吉兼任，合计有 7 个人，其中台湾籍民 6 人；其他部门都有中国人，唯独调查部没有，由此可知调查部工作的机密性和排他性。

相对华南新日报社要透过傀儡组织来控制不同，全闽新日报社赤裸裸地在日本人的控制之下。华南新日报社总计有 35 人（不含兼职，没有包括称之为"工场"的印刷人员），其中台湾 11 人，福建 23 人，山东 1 人；当中有的是汉奸，但没有一个日本人；全闽新日报社总计有 39 人（不含兼职），其中日本 3 人，台湾 21 人，福建 14 人、广东 1 人，人数最多的是台湾籍民。核心部门的领导都由日本人担任或兼任，甚至印刷部门的负责人也都是台湾籍民，中国人在日本人的报馆里，难免有势单力薄、寄人篱下之叹。

第五节　侨办报刊

华侨报纸是民国时期闽南民营报纸的有机组成部分。从创办主体来区分，闽南地区民营报纸有两类：一是华侨创办的报纸，简称"侨办报纸"，二是指除华侨之外的由民间社会中的个体、组织或社会团体所创办的一切报纸，简称"民办报纸"。当中侨办报纸是闽南地区民营报纸的典范，《江声报》、《星光日报》等在中国华侨报业历史上占有一席之地。当然，华侨对闽南新闻事业的贡献并非局限于侨报。不仅是侨办报纸，还有党办的、民办的报纸，办报经费动辄就向海外华侨募捐，这是闽南新闻事业的一个显著特点。比如 1930 年《泉州日报》的创刊，国民党晋江县党部"派员向海外华侨及地方绅商募捐，筹募成功，即创办泉州日报。"①

　　海外华侨创办报纸，可以分类两类，一类是在侨居地创办的报纸，如 1923 年陈嘉庚在南洋创办的《南洋商报》等；一类是回祖国家乡创办的报纸，如 1935 年胡文虎在厦门创办的《星光日报》等。由于受华人华侨历史研究的影响，新闻史学界似乎关注更多的是海外华侨在侨居地创办的报纸。② 闽南地区是中国著名的侨乡，厦门是闽南华侨集散的一个中心城市。闽南华侨是近代海外华文报纸的创办主体之一，祖籍东山的薛有礼、海澄的林文庆、厦门的陈楚楠、南安的傅无闷等等，都是早期闽南华侨杰出的报人代表；③ 海外

----

　　① 苏秋涛：《泉州报业概述》，载于《泉州文史资料》（第 1～10 辑汇编），1994 年 12 月。

　　② 例如，1927 年出版的《中国报学史》（中国新闻出版社，1985），作为中国第一部系统叙述中国报刊历史的著作，戈公振在《报界之现状》中，把海外"华侨报纸"单列一节，作为一个重要的传播现象进行探讨。作为当代中国新闻事业史研究的集成之作，由中国人民大学方汉奇教授主编的《中国新闻事业通史》（中国人民大学出版社，1992、1996、1999），关注的依然是华侨在侨居地创办的报纸，尤其是华侨报纸的革命贡献。

　　③ 东南亚是近代华文报纸出现的发源地，世界上第一份近代中文报刊《察世俗每月统记传》于 1815 年 8 月 5 日由英国伦敦布道会传教士米怜在马来半岛的马六甲创刊。福建华侨 99.6% 集聚在东南亚地区，近代闽南华侨报人，不仅参与了当地众多华文报纸的编辑出版活动，还创办了在东南亚华文报业史上具有重要历史地位的报纸。这些华侨报纸有中国情怀与桑梓情结、政治意识与爱国精神、帮派观念与利益取向这些显著特点。在近代东南亚华文报业史上，新加坡的华文报业最为发达，最具代表性。我们以新加坡华侨创办的华侨报纸为例，从中略窥闽南华侨在侨居地所创办的报纸概况。从 1881 年 12 月东南亚第一张华人创办的华文报纸《叻报》在新加坡创办，到 1957 年 8 月马来亚独立，闽南华侨在新加坡创办的主要报纸有 14 份。当中祖籍厦门的华侨办报有 6 份之多，海澄的华侨办有 3 份报纸，紧接着是南安的华侨，办有 2 份报纸，东山、金门和同安的华侨，各办有 1 份报纸。

华侨在闽南地区，尤其是厦门，也创办了一批报纸，如《民钟日报》、《江声报》、《华侨日报》、《星光日报》和《民声报》等，都是华侨报纸中的翘楚。当然也有挂羊头卖狗肉的所谓"华侨报纸"，比如《华侨新报》等。

一、"厦门网络"与侨办报刊

由于地理环境的因素和历史发展的因缘，清代以降，以厦门为中心的闽南地区与中国沿海城市及东南亚地区建立了广泛的商贸联系，这就是所谓的"厦门网络"。[①] 厦门网络的盛衰与移民、商贸、金融和海防息息相关，环环相应；厦门网络的运作不仅影响到闽南地区、中国东南地区，甚至是环南中国海地区的社会经济的发展。厦门网络的形成促使厦门成为这个网络的中心城市，这是闽南地区华侨报纸集中在这个城市的根本原因。

厦门网络的核心要素是移民。[②] 据 1958 年的不完全资料，福建华侨分布在全省 43 个县；闽南地区是福建典型的侨乡，厦漳泉三地 19 个县市几乎全部是侨区；据统计，全省 43 个县市华侨总数为 1,384,044 人，其中闽南地区华侨人数有 889,533 人，占华侨人数总量的 64%。闽南华侨主要集聚东南亚地区，具有相当的影响力，这是闽南华侨在侨居地和在祖国创办众多报纸的先决条件。

研究表明，华侨投资和华侨汇款，对闽南地区社会经济生活

[①] 　关于"厦门网络"这个概念和内涵的阐述，请参阅周子峰：《近代厦门城市发展史研究（1900～1937）》，第 102 页，厦门大学出版社，2005。

[②] 　关于移民数据及分布叙述，请参阅林金枝、庄为玑：《近代华侨投资国内企业史资料选辑》（福建卷），第 26～31 页，福建人民出版社，1985。

领域的影响至为明显。① 侨资侨汇的数量和规模，印证了厦门这座城市在网络中的核心地位。海外华侨投资闽南地区，促使当地经济发展，这是华侨报纸发展的必要条件。只是华侨投资规模过于狭小和集中，对华侨报业市场经济的形成是不利的。受到资本规律和投资环境的制约，报纸经营者常常寅吃卯粮，非得赴南洋募款筹资不可，否则报馆难以维系。华侨报业经济的稚嫩，这是导致闽南地区华侨报纸消长的一个重要原因。

从 1916 年 10 月闽南地区第一份华侨报纸厦门《民钟日报》创刊，到 1948 年 10 月最后一份华侨报纸晋江《安海新报》的创立，民国时期闽南地区的各类华侨报纸前后创办有 26 家，当中有 13 家在厦门（含社址在台北，发行在厦门的《华侨新报》），9 家在泉州，还有 4 家在漳州。泉州 9 家报馆中，晋江有 6 家，永春有 2 家，还有 1 家在惠安。漳州 4 家报馆，1 家在漳州市区，3 家在南靖。作为海外华侨在闽南的社会舆论代言人的侨报，其分布是符合规律的。如前所述，据 20 世纪 50 年代统计，闽南地区海外华侨人数有 889,533 人，其中厦门 70,000 人，占 8%；泉州 656,692 人，占 74%；漳州 162,841 人，占 18%。厦门是闽南地区的中心城市，是当之无愧的闽南侨报的桥头堡；泉州、漳州的侨报创办，也是符合泉漳属地海外华侨分布状况的。

从创办时间上看，20 世纪初期有 2 家华侨报馆出现，20 年代有 3 家，30 年代有 7 家，最多的是在 40 年代，有 10 家。这里有一个特点，抗战胜利之前的华侨报纸大都是以华侨个体或华侨董事会的名义创办的，而在战后更多的是与华侨有关或无关的社会组织、董事会创办。前者如《民钟日报》、《星光日报》、《华

---

①　陈衍德：《论民国时期华侨在厦门经济生活中的作用》，载于《中国社会经济史研究》，2000 年第 2 期。

侨日报》和《民声报》等等；后者如南靖的《侨务通讯》和《南靖侨报》，实际上是由南靖县海外华侨协会主办的刊物，《侨务通讯》的经济来源"协会每月津贴印刷费 60 万元"；还有漳州《侨声报》发行人杨文容是龙溪县海外华侨公会的理事长，经济来源"由董事津贴，营业收入不定"。① 战后新创办的侨报，有的发行人甚至与华侨无关。

在时代的洪流中，侨报的存在有如大浪淘沙，绝大多数侨报存续时间只有两三年，有的甚至旋生旋灭。在闽南地区，包括停刊又复刊，报纸品牌存续时间 10 年以上、有一定影响的华侨报纸有 7 家：《江声报》38 年，资格最老，影响也最大；《华侨新报》18 年，位列第二；《华侨日报》17 年，屈居第三；《民钟日报》和《星光日报》都是 14 年；永春的《永春日报》存续 11年；晋江的《民声报》10 年。除《永春日报》和《民声报》之外，这些侨报都集中在厦门发行。这些报纸基本上就是闽南华侨报纸的代表。

严格来说，所谓侨办报纸是专指那些或者创办资金源于华侨资本，或者经营主体操于华侨手中，或者编辑方针体现华侨利益的报纸。但是实际操作中要确认报纸的性质是非常困难的。闽南早期很多同盟会创办的报纸，其资金来源、经营主体很大程度上是仰赖南洋华侨，这些华侨，既是革命党人，又是报人，他们所创办的报纸在编辑方针上却是以反帝反封为目标，比如许卓然创办的《声应日报》、林翰仙创办的《民钟日报》等。有的报纸创办之初是侨报性质，但随着报纸的发展，性质随之在改变，比如

---

① 南靖《侨务通讯》和《南靖日报》，还有漳州《侨声报》的创办机构，请参阅《华侨发行新闻杂志概况调查表》（1947 年），载于福建省档案馆编：《福建华侨档案史料》（下），第 1874 页，档案出版社，1990。

永春的《永春日报》，由最初民间的华侨报纸蜕变成为官方的国民党政党报纸。还有的报纸创办之初的资金来源、经营主体不是来自华侨，但编辑方针很明确，随着侨资的注入，报纸逐渐成为华侨利益的代言人，比如晋江的《安海新报》就是如此。更有的报纸仅有华侨之名而没有任何华侨之实，比如在厦门出版的《华侨新报》，完全是日本帝国主义为实施华南南洋政策而面向东南亚华侨发行的一个工具；有些以"华侨"冠名的报纸或通讯社，"其实与华侨并无若何关系，不过借此招牌便于向外活动和募捐"。① 不像海外华侨创办的报纸，读者对象比较明确，那就是面向海外华侨华人，但是在闽南地区发行的华侨报纸，其读者对象是面向所有阶层的民众，久而久之，有些华侨报纸的性质慢慢消失，无论在创办资金、编辑方针和经营主体方面，都在发生改变，比如厦门的《江声报》，有论者就把其归为民办而非侨办报纸。② 为方便叙述，这里把所有由华侨创办的、以华侨作为招牌而命名的，以及公开宣称属于华侨性质的报纸，都统一归为华侨报纸。

二、侨办报刊的类别

按照性质来区分，闽南侨报大体可分为两类，一类是"本色型"侨报，一类是"工具型"侨报。"本色型"侨报是指名副其实的侨报，就是说经营主体、创办资金源于华侨，报纸的编辑方

---

① 苏秋涛：《泉州报业概述》，载于《泉州文史资料》第1～10辑汇编，1994年12月。

② 胡立新、杨恩溥在《厦门报业》（厦门：鹭江出版社1998年12月，第117页）中就声称《江声报》是"厦门历史最久的民办报纸"。《江声报》侨办报纸的性质，"厦门市警察局"在对报纸登记表中的"背景或政治关系"栏目中，经常注明"海外华侨"、"海外华侨地方人士"等等。

针又是体现华侨利益和精神风貌的，比如厦门的《民钟日报》、晋江的《民声报》等等。"工具型"侨报是指名不副实的侨报，就是说经营主体、创办资金不一定源于华侨，而是源于某个与华侨相关甚至无关的个人或组织团体，但是这些报纸以华侨报纸的面目出现，具有一定的政治目的或经济诉求的，比如厦门的《华侨新报》、南靖的《南靖侨报》等等。

（一）"本色型"侨报

这是典型的侨报。这一类的报纸以厦门《民钟日报》、《江声报》、《华侨日报》和《星光日报》，以及晋江《民声报》等为代表。这些报纸在抗战胜利之前就发行，具有宗旨定、时间长和影响大的特点。

1.《民钟日报》

《民钟日报》是厦门、甚至是闽南地区第一份华侨创办的报纸。为了宣传革命道理，唤起民众参加革命，菲律宾华侨林翰仙在菲募款 2000 元，回到厦门，邀请闽南革命党人许卓然等合作，筹办报纸。在戴愧生、陈允洛的支持下，1916 年 10 月 1 日，《民钟日报》在局口街创刊出版。林翰仙任经理兼总编辑，许卓然负责与南洋联络。旋因经费支绌，陈允洛赴南洋各地招募筹资；当时报馆招股简章订了一条鼓励认股的办法，即每股 5 元，认一股者送报一个月；认 5 股、10 股和 20 股者，送 3 个月、6 个月和 1 年不等，实际上跟公益募捐性质相似。在闽南华侨大力支持下，仅一个月左右时间，已经募得股款数万元。

1911 年 11 月 1 日，陈允洛接办《民钟日报》，迁址鼓浪屿；陈允洛任经理，傅无闷为总编辑，林翰仙、黄羧生为编辑，李硕果为总务。报社骨干成员，甚至工友李于冷，都是海外归来的华侨。《民钟日报》成为名副其实的侨办报纸。报纸经过改革版面，内容充实，又敢于抨击时弊，很受海内外读者欢迎，发行量日益增加，影响日益扩大。1918 年 5 月 28 日，受到北洋军阀福建督军李厚基的标封。

1922 年 7 月 1 日复刊之后，《民钟日报》由王雨亭接任经理，梁冰弦为总编辑，李硕果为南洋华侨股东驻厦代表。《民钟日报》以革新的姿态出现，内容与印刷焕然一新，遂在厦门取得第一流报纸的地位。这段时期，《民钟日报》大肆鼓吹安其那主义（无政府主义），俨然为无政府主义者的机关报，颇惹官方的注意。1923 年秋，许崇智率兵由粤入闽，驱逐李厚基，《民钟日报》乘机反李，厦门警察厅拘捕报馆人员，报纸暂时停刊。

1924 年 4 月 1 日，李硕果任报馆经理，总编辑先后有梁冰弦、陈绍虞、刘石心、刘抱真等人。在李硕果苦心经营之下，报份广告，日有增进，收支得以平衡，甚至略有盈余。由于报馆常常批评国民党当局，竟不见容忍，因言贾祸，终于在 1930 年 9 月 8 日再次受到当局的标封，从而结束了这份侨报坎坷而光荣的历史。①

2.《江声报》

《江声报》于 1918 年 11 月 21 日由周彬川创办，社址在厦门泰山口。1921 年，菲律宾归侨许卓然与周彬川协商，承购报馆，组建新的江声报社，许卓然为董事长，社长周彬川，经理杨廷秀，总编辑陈三郎。办报宗旨为"拥护孙中山先生的主张，站在三民主义的立场，为老百姓说公道话"。周彬川旋即退出报社，《江声报》由许卓然独资经营。

许卓然办《江声报》，提出公理、正义、是非三原则，论事

---

① 李硕果：《厦门〈民钟报〉创办始末》，载于《厦门文史资料》第 7 辑，1986 年 9 月。

不论人，惨淡经营，日见起色。1924 年，孙中山亲笔题词"声应相求"表示祝贺，旁款有"江声报"三字和"孙文"的署名，《江声报》遂改以孙中山的题字为报标。1928 年南京举办全国报纸展览，福建报纸独取《江声报》一家。1930 年 5 月 28 日，许卓然遇刺身亡，这对《江声报》影响极大，因为报馆全赖许卓然从各方面筹款经营。但是报馆上下齐心协力，报纸发行略有增加，到 1930 年底，报馆收支基本平衡；1931 年夏，《江声报》发行量增至 2000 份，成为厦门一大报。

1935 年初，菲侨许荣智改任《江声报》发行人，社长叶清泉，总编辑陈一民。1938 年 5 月，厦门沦陷，《江声报》迁到泉州，于当年 10 月复刊；1939 年 5 月，停刊。1945 年 12 月 21日，《江声报》复刊，社长仍为叶清泉，主笔陈一民，总编辑李铁民，发行人仍然是许荣智。1949 年，许祖义出任社长。厦门解放后，《江声报》继续发行，直至 1952 年 1 月 1 日，与厦门市委机关报《厦门日报》合并，《江声报》完成了它的历史使命。

《江声报》的改革，促进和推动了厦门报业市场的变迁；因其言论公正，消息灵通，版面新颖，深为读者喜爱，报份不但遍销闽南、台湾各地，且远及南洋各埠，受到华侨的欢迎，把《江声报》看做华侨的代言人。1947 年、1949 年，《江声报》还分别在台湾台北市和菲律宾设立办事处。历任总编辑虽有更迭，但编辑方针不变，保持民营报纸特色，站在民众的立场，替民众说话，不为帮派所利用，在厦门报界具有良好信誉。①

---

① 关于《江声报》的叙述，请参阅许祖义：《民办〈江声报〉》（载于《文史资料选编》第 3 卷，福建人民出版社，2001）、陈一民：《我所知道的厦门〈江声报〉》（载于《厦门文史资料》第 1 辑，1963 年 3 月）和叶清泉：《抗战初〈江声报〉在泉州复刊经过》（载于《泉州文史资料》第 15 辑，1983 年 8 月）等文章。

3.《华侨日报》

《华侨日报》创刊于 1932 年 10 月 16 日，址设厦禾路 305 号。缅甸华侨杨元通任社长兼经理，新加坡华侨谢镜波任董事长，总编辑黄嘉谟，主笔李铁民。1937 年 8 月，杨元通溺亡，华侨庄乃港接任社长兼经理，继之的是林约翰。在日本侵略厦门的背景下，1938 年 5 月 9 日《华侨日报》宣告停刊。1947 年 4 月 24 日，《华侨日报》登记申请重新发行，发行人兼总编辑为印尼归侨纪昆仑，址设镇邦路 27 号；8 月 11 日获核准。

创办之初，《华侨日报》日出对开两张八版，不久增至对开三张十二版，星期天出对开一张四版的《星期刊》。1936 年 3 月 6 日开始，分出《华侨日报晨刊》和《华侨日报夕刊》两种，兼顾早报和晚报报业市场。《华侨日报》每天都有华侨新闻的报道，发表对华侨问题的评论，开设专栏《侨讯》（后改名为《华侨情报》）。

《华侨日报》的创办，得到厦门华侨公会的支持与配合，在华侨公会的组织斡旋下，募到一笔筹办资金而创刊。1932 年 12 月 13 日，《华侨日报》刊登厦门市华侨公会启事称："敝会以吾厦一地，归国华侨为数甚多，尚无相当言论机关，以资联络，乃发起创办华侨日报。筹备之初，系由敝会组织募股队，募股范围以个人为限，凡籍贯社团欲入股者概予拒绝。"[①] 这则启事点名《华侨日报》创办的初衷是希望成为归国华侨的言论机关，"以资联络"。1935 年 9 月 3 日，《华侨日报》同人发表《吾们的立场》，明确标明创办报纸的宗旨，"吾们都是年纪不到四十的青年，都是无党无派的公民，自然不愿为任何党派所利用，更不屈

---

① 《华侨日报》，1932 年 12 月 13 日。

服任何势力。吾们只愿为海外处处受排回国又不能安居乐业的华侨说些应当说的公道话，也愿意为痛苦无告的大众说些公道话"。① 标榜无党无派，为华侨和大众说公道话，这就是《华侨日报》。

《华侨日报》在抗战胜利后两年才复刊。1947 年 4 月，纪昆仑在《呈送新闻纸登记申请书》的前言说明中说道："窃以本报原创刊于民国廿一年双十节，经依法申请登记并经内政部及中宣部核准颁给登记证（列警字第 1930 号及中字第 1097 号），继续出版至民国廿七年五月九日厦门陷敌，始被迫停刊。迨厦岛光复，原拟随之复刊，唯以原有印刷部及电台等悉遭敌伪掠毁无遗，而本社负责董事及各部工作人员又多星散四方，资力一时未易集中，致迁延迄今未能复刊。兹以筹备工作已告就绪，决于下月间再行出版，理合依照出版法填具申请书四份，呈请准予转请内政部核准，重新颁给登记证，并恳权准先行出版，而利华侨文化事业。"② 申请书清楚表明了《华侨日报》未及时复刊的原因，以及未颁发登记证就先行出版发行的现状，这在民国时期报纸的创办与发行是常见的方式。

除了前言说明之外，纪昆仑还依照《出版法》规定，随附新闻纸登记申请书一式四份，分别由厦门市政府转呈福建省政府审批，最后在由行政院内政部、中央宣传部报批备案。这是当时创办报纸的基本程序。这份申请书无论在形式还是内容方面，都蕴涵了丰富的历史信息，为我们认识华侨报纸，尤其是《华侨日报》留下了珍贵的资料。

---

① 《华侨日报》，1935 年 9 月 3 日。

② 纪昆仑：《呈送新闻纸登记申请书》，见于厦门市档案馆馆藏资料 A—5—1—1732。

表2-4 1947年8月11日厦门《华侨日报》复刊
登记申请书一览表

	名称	福建华侨日报社		
新闻纸杂志登记申请书	类别	新闻纸	期刊	日刊
	发行旨取	沟通华侨与祖国之声气，并倡导华侨共同致力建国大业。		
	社务组织	发行人兼任社长，下设编辑、经理两部；另组董事会负责经费并考核社务进行。		
	资本数目	五亿国币	经济状况	一切设备费及经费全恃基金支付，准备一年后以报养报。
	业务状况	战前本报业务颇发达，报纸大都行销于南洋群岛及闽南侨乡，广告收入亦丰，故收支可相抵。		
	发行所	名称 福建华侨日报社	地址	厦门镇邦路27号
	印刷所	名称 华侨图书出版社	地址	厦门镇邦路28号

			发行人	主编人	编辑人	
		姓名	纪昆仑	纪昆仑	王榕	王嘉祥
		籍贯	福建同安		福建晋江	福建安溪
发行人及编辑人		年龄	46		34	40
		学历	万国新闻函授学校毕业		集美高中学校毕业	厦门大学毕业
		经历	历任闽粤及南洋群岛各报主笔及编辑		历任闽南各报编辑	历任闽南各报编辑
		党籍或参加团体	前在南洋曾加入国民党，惟回国后未补请登记。		国民党员	国民党员
		住所	厦门百家村尚武路24号		晋江石狮街	

附注	本报前曾领得内政部登记证（列警字1930号）及中宣部登记证（列中字1097号），于民廿七年五月厦岛陷敌时遗失。
考查意见	该报为倡导华侨共同致力建国大业，其发行旨趣尚属符合，拟予转呈登记。
复核意见	

资料来源：厦门市档案馆馆藏资料A-5-1-1732。

4.《星光日报》

《星光日报》系著名华侨胡文虎创办的继新加坡《星洲日报》、汕头《星华日报》之后的第 3 家星系报纸，1935 年 9 月 1 日在厦门正式出版发行。1938 年 5 月，因日本侵华，厦门沦陷而被迫停刊。抗日战争胜利后，于 1945 年 11 月 10 日复刊，直至 1949 年 10 月 17 日终刊。这是一份著名的华侨报纸，在厦门、闽南甚至东南亚地区具有相当影响。

1948 年 10 月 1 日，刊载于《星光日报》的《星系报业创办沿革》，对星系报纸创办沿革逐一记载，当中谈及《星光日报》的创刊过程是这样："厦门为闽省最大通商口岸，商业鼎盛，惟尚无设备完善之报纸，胡氏（指胡文虎）因此乃出资十余万元，创办星光日报。民国廿四廿初，即购中山北路五层大厦一座为馆址，占地一万三千余平方尺，价值七万三千元。随即购置新式卷筒印刷机，罗致编辑人材（才），而于是年九月一日出版，社长为胡资周，日出报五大张。迨翌年七月，始增出晚报一大张。内容计分电讯、本埠新闻、闽省新闻、国内新闻、国际新闻、经济及副刊七栏，编辑新颖，朝气蓬勃，出版后闽省民众，耳目为之一新，风行漳泉一带，日销万余份。比厦门沦陷对手前五分钟，该报同人犹继续奋斗不懈。于卅四年敌寇退出厦门后，胡资周奉胡氏命返厦复刊，是年十月间该报已照常出版矣。"①

华侨出资、华侨创办，复由华侨经营，《星光日报》是一份不折不扣的华侨报纸。星系报纸全部分布在华侨、华人居住的集中地和侨乡主要城市，都处于交通要冲位置，这对于沟通侨居地和侨乡、南洋与祖国的联系，以及宣扬祖国文化起了积极的作

---

① 《星系报业创办沿革》，载于《星光日报》1948 年 10 月 1 日。

用。《星光日报》亦是如此。

　　毋庸讳言，星系报纸的诞生和发展是与胡文虎经营虎标药品的事业联系在一起的，对此胡文虎也直言不讳："我不想隐瞒，办报的另外一个目的，那就是为了给虎标诸药做广告宣传，打开销路，借此扩大永安堂的事业及其影响。"① 1937 年胡文虎在新加坡设立"星系报业总管理处"，负责管理 13 家冠以"星"字的报纸。除了各报社长及总经理均由胡文虎亲自任命外，办报方针、经营状况和人事安排等均由各报社长自行决定。换而言之，在办报思想上，星系报纸从来没有形成"系统"。1946 年 9 月，《星光日报》记者赵家欣就深有感触："因此星系报的言论参差不齐，前后矛盾，决定每家星系报的言论立场的是当地政治环境和主持人的态度，而不是胡先生自己。"②

　　那么厦门《星光日报》的编辑方针又是什么呢？创办之初，《星光日报》宣称办报宗旨是："宣扬三民主义，沟通中南声气"；1945 年 11 月，复刊之后的《星光日报》在"登记申请书"中声称"发行志趣"为"宣扬三民主义与国策，引申大众民情"，而"经济状况"则明确表示"如收支不衡由虎标永安堂津贴"。当局"考查意见"更是夸奖有加："查该报发行人，为本党忠实同志，

---

　　① 宋钧：《星系报业的历史变迁》，载于《国际新闻界》1999 年 1 月，第 67 页。

　　② 赵家欣：《星系报的统一计划》，载于《星光日报》，1946 年 9 月 16 日。关于《星光日报》的叙述，请参阅当年报馆人员的追忆文章：赵家欣：《福建的两家星字报——厦门〈星光日报〉与福州〈星闽日报〉》（载于《福建文史资料》第 23 辑，1990）、许国仁：《星系报业和厦门〈星光日报〉》（载于《厦门文史资料》第 10 辑，1986 年 9 月）、胡冠中：《胡资周与〈星光日报〉》（载于《厦门文史资料》第 15 辑，1989 年 10 月）和罗铁贤：《在星系报十二年》（载于《文史资料选编》第 2 卷，福建人民出版社，2001）等。

过去报格纯粹，言论公正，报道翔实，对于阐扬本党主义、抗建国策，尤见努力，应予转呈重新登记。"① 在这里，《星光日报》没有任何以华侨利益标榜、以华侨喉舌自居的色彩，这与同时代的《华侨日报》、《南侨日报》迥异。创办于 1947 年 12 月 21 日的《南侨日报》，在"发刊词"中明确表明："本报的宗旨和立场，顾名思义，极诚朴也极单纯，他是南洋华侨的喉舌，或说是南洋华侨的播音机，所以，他将痛华侨之所痛，喜华侨之所喜，而呼号着华侨之所要呼号。"② 但是这样一份以华侨为读者诉求的报纸，因办报经费捉襟见肘，于 1949 年元旦宣告停刊，存续仅 1 年左右时间。两相比较，这是发人深省的办报方针。

5.《民声报》

民国时期闽南地区华侨报纸，前后有 26 份，除了厦门的《民钟日报》、《江声报》、《华侨日报》和《星光日报》之外，最有影响者莫过于晋江县石狮镇存续十年之久的《民声报》。③

《民声报》创刊于 1939 年，发起创办人吴慕农、叶非英、吕尘心、杨孙岱、许新民、何敬捷等都是当地归侨和地方闻人。为此，在石狮组建了民声报社董事会，聘请爱国乡侨吴起顺、吴道盛及王苇航、吕尘心、吴慕农等为正副董事长；在菲律宾还组建了旅菲董事会。《民声报》报头由时任立法院院长孙科亲笔手书。创刊时是周刊，八开四版，第一版是专论、社会时事综合报道；第二版是各地通讯，尤其以菲律宾和南洋各地通讯为主；第三版是侨乡新闻，主要以晋江县属各乡村为主；第四版是副刊。每期

---

① 1946 年 3 月 14 日《厦门星光日报登记申请书》，见于《福建华侨档案史料》（下），第 1866 页，档案出版社，1990。

② 《发刊词》，见于《南侨日报》，1947 年 12 月 21 日。

③ 关于《民声报》的叙述，请参阅潘玉仁：《侨乡喉舌〈民声报〉》，载于《晋江文史资料选辑》第 6 辑，1985 年 7 月。

发行六七百份，由泉州大众报承印。1940 年间，改为半周刊，四开四版，由石狮李共和承印。1948 年改为日报，称《民声日报》，先是八开，后改四开，印数增至千份左右，每期寄发菲律宾（由三百份增至五百份），还在菲律宾设有总办事处。1949 年 9 月 2 日出刊号外，整张刊载毛泽东《论人民民主专政》全文，作为终刊期。前后 10 年，出刊 1400 多期。石狮解放，《民声日报》奉命关闭，并入《泉州日报》。

"这（《民声报》）是侨乡办的小报，没有固定资金，每月开支，系靠极微报费及广告费收入安排。每订户每月报资收伪国币伍角，每张零售伪币壹角伍份。四八年间，币制贬值，报费改收白米，每月每户收白米三市斤。经常报发出后，收不到报费。每月经费缺差和亏本，全部由地方自筹维持。"报社人员中有的是义工，有的工资只领 50 斤白米，有时候还领不到工资，"处境十分穷困"。但是作为侨乡民众的喉舌，《民声报》在新闻报道方面，还是突出了侨乡特色，敢于替侨胞、侨属说话，受到海内外读者的赞赏，菲律宾的华文报纸，经常转载《民声报》的新闻材料。

根据报业经济规律，报纸往往诞生于通都大邑，鲜有产生于乡村小镇且能长久存活者；要有之，必然自有其存在的合理性。石狮，当时仅是晋江县的一个农村小镇。但这是泉州归侨侨眷最集中、侨乡气息最浓厚的一个小镇。根据 1947 年 10 月 "华侨发行新闻杂志概况调查表"，[①]《民声报》的发行宗旨是，"宣扬三

---

① 《华侨发行新闻杂志概况调查表》之《民声报》，见于《福建华侨档案史料》（下），第 1875 页，档案出版社，1990。（编者注：调查表中的报名是 "民生报"，当是 "民声报" 之误，因为《民声报》是石狮 "侨乡唯一的报纸"。）

民主义，匡导地方自治建设，报道侨乡动态，沟通华侨与祖国之声气。"作为石狮"侨乡唯一的报纸"，《民声报》的特色不可不谓明显，但是一份报纸要生存，有特色仅是必要条件，需要充足的资金来源才是硬道理。仅靠微薄的报费和广告费显然不足以维持，更何况《民声报》一半的发行是寄发菲律宾的。且看调查表中"经济来源"的叙述："津贴全年由本报旅菲董事会发给国币1亿6千万元，营业收入全年预计国币5亿4千万元，经费岁入全年预计7亿元，经费岁出全年预计7亿元。"从中可知，报社收支平衡，关键因素在于经费缺额由《民声报》旅菲董事会筹募，这才是维系《民声报》生存的根本秘诀。

（二）"工具型"侨报

这里的"工具型"侨报，是指名不副实的华侨报纸。这类报纸往往以侨报的面目出现，或为政治企图，或为经济诉求，这与"华侨喉舌"的宗旨已经背道而驰了。这些侨报仅是一些人手中的工具而已，为政治而办"侨报"者，服务于统治者别有用心的政治谋略；为经济而办"侨报"者，往往是以侨报之名行敛财之实。最为典型的莫过于《华侨新报》，属于不折不扣的"真的假侨报"。说其"真"，它是以侨报的面目出现的；说其"假"，这是由它的性质和使命所决定。①

1.《华侨新报》的"面目"

《华侨新报》创刊于 1927 年 10 月，地点在台湾台北，陈鹏超为发行人兼经理，总编辑是庄国桢，编辑陈玮、林无玷。根据"台湾华侨新报社简章"介绍，这家报社的全名叫"台湾华侨新报社"，"本社以鼓吹侨胞、联络感情及启发智识、绍介祖国情形

---

① 《台湾华侨新报社简章》和《台湾华侨新报社趣旨书》，见于厦门大学图书馆馆藏剪报资料。

各地华侨状况，并促进社会道德为宗旨"；社址设在台北市永乐町贰丁目八七番地；发行周期为半周刊，"本报定期半旬刊，每五天发行一回"。

　　简章还具体介绍了报社经营策略，涉及发行、广告方面，"本社为便利读者起见，于各大都市设置支局，以应读者就近之定购及其他广告等件"。"本报广告分为三种，一、定期广告每行十钱；二、普通广告每行三十钱；三、特别广告每行五十钱（但每行十五字）"。在发行方面，"本报价目每份定价五钱，每月六回三十钱，半年份一圆七十钱，全年份三圆三十钱（邮费在内），中国、日本同（外国邮费另加）"，简章还承诺，"凡订购本报，概纳前金，按回配送，如有遗漏者可函寄本社发行部，照漏补送"。

　　发行旨趣必须体现华侨的利益，这是任何以华侨为标榜的报刊必须阐扬的。《华侨新报》亦难逃窠臼，且看"台湾华侨新报社趣旨书"，这是一份珍贵的关于海峡两岸新闻交流的资料，特辑录如下：

　　"吾辈华侨，辞家去国，旅居异域，自消极方面言，为谋一己之生活计耳；然自积极方面言，则国家地位之荣辱，经济之消长，均于吾人直接间接，负有重大之责任。试观南洋群岛之华侨，于推倒满清之役，实有伟大之贡献。故民国成立，华侨亦如首加花冕，见称于世。此其彰明较著之例也。回顾吾旅台华侨，三十年来，泄泄沓沓寂焉无闻，推其原其故，虽曰人数实力，均远不及南洋群岛，且为时尚短，与为环境所限，未能尽量发展，是诚有之。然历来缺乏宣传之机关，乃其中最大之原因。

　　因乏宣传之机关，故彼此隔膜，感情未由联络，而团结之重心力乃失；因乏宣传之机关，故见闻闭塞，智识未由交换，而向上之促进力乃亡。有一于此，虽有智者莫能善之，而况乎一切国家社会之情形，世界潮流之大势，均茫然不觉；即稍有所知，亦大都知其一，不知其二，知其然不知其所以然。所谓无彻底之了解，无根本之觉悟；如是欲期其为有意义之结合，为有实力之组织，与克尽上述重大其使命，是犹缘木而求鱼，安可得哉。是故吾人敢断言，吾旅台华侨苟欲完成巩固之团体，解除一切环境其困难，保全高尚之生活与人格，则舍组织完善之宣传机关外，其道未由。

所谓宣传之机关者何，则新闻报章是也。今哲常言，报纸譬如人民之喉舌与耳目。准此以论，吾旅台侨胞，三十年来，几无异处于哑巴聋聩之境地，是无怪人数虽多，力亦不薄，而卒之涣若散沙，一事无成。内之不能沟通声气，促进事业之兴革；外之又不能宣扬意志，表示一致之主张。同为华侨，同居海外，微特不能与他处华侨比肩量力，反且望尘莫及，瞠乎其后。言念及此，宁不愁然心伤。嗟嗟吾亲爱之旅台侨胞，如果甘心长处哑巴聋聩之地位，而受哑巴聋聩应得之待遇，则亦已矣；如曰不甘，则应急起直追，和衷合力，共襄启聋振聩之事业，则敝同人所倡办之华侨新报是也。

本报倡办之旨趣，在联络全球侨胞之感情，交换彼此之智识，绍介祖国之情况，报告世界之潮流，籍宣传之力，促进侨务之进展，营谋事业之兴革。其目的在指导侨胞，步骤一致之线道，克达确立于高尚的生活，与人格之正位。今日之事，莫重乎此，凡我同胞，盍兴乎来。"

尽管措辞有生硬拗口之感，语气有谄媚虚捧之嫌，但如果从宗旨立意来考量的话，《华侨新报》像是一份纯正的华侨报纸这样的结论。不过，这仅是《华侨新报》的一块遮羞布而已。因为客观环境之险恶根本不容许有这样性质的一份报纸存在；如果有，肯定是别有用心。

2. 《华侨新报》的"使命"

《华侨日报》是一份特殊的华侨报纸，其特殊性主要体现在两个方面，一是发行的特殊，二是使命的特殊。

日本殖民统治台湾时期，台湾总督府的新闻政策，对内实行严厉控制报业发展的措施，[1] 对外采用严格管制报纸流入台湾的策略。[2] 在台湾由华侨创办一份华侨报纸，简直是在白日做梦。日本殖民统治台湾的首要施政之一就是要切断台湾与祖国大陆的关系。配合非常苛严的警察制度和保甲制度，这种隔离政策是严厉而彻底的。1895 年 9 月，台湾总督府限制并禁止清国人登陆台湾；1896 年 3 月，日本在厦门设置领事馆，管制台湾人与祖国大陆人的来往。[3] 1900 年 6 月，台湾总督府又制订赴华旅券制度（相当于护照，但性质截然不同），严格阻碍台湾人来祖国大陆，更多的是利用这一制度送出"台湾呆狗"型的台湾籍民作为侵略中国和南洋的马前卒。这是日本帝国离间台湾与祖国大陆最直接、最有效的办法。日据时期的台湾本岛，迨无华侨可言，这就让人质疑《华侨新报》在台北存在的意义。

由此可知，这时期在台湾绝不会有一份代表"华侨"利益的报纸出现，或者说根本就没有这样一份报纸的存在，尽管华侨新报社简章标榜"于各大都市设置支局"。[4] 但是有一种可能，那就是采取在本地办报在异地发行的策略。这里早有先例。台湾总

① 王天滨：《台湾报业史》，第 11 页，（台北）亚太图书出版社，2003。

② 梁华璜：《台湾总督府对福建省的新闻政策》，载于《成功大学历史学报》第 7 号，1980 年 9 月。

③ 许介鳞：《日本殖民统治赞美论总批判》，第 14 页，（台北）文英堂出版社，2006。

④ 王天滨《台湾报业史》（〈台北〉亚太图书，2003）在对日本据台时期的报业叙述当中，不见有台湾《华侨新报》的存在。

督府于 1918 年 2 月委派日本人山下江村到厦门创办《中和报》。这是一份在厦门创办与发行，但又在台中印刷的受台湾总督府操纵的报纸。①

《华侨新报》就是一份由台湾总督府操纵的以"台湾华侨新报社"名义在台北创刊在厦门发行的面向南洋华侨的报纸。这是一份肩负特殊使命的报纸，那就是为日本华南南洋政策的推进服务。1935 年台湾总督府"热带产业调查会调查书"就有记载，厦门《全闽新日报》经营几种报刊，主要是向南洋华侨发行的小型报纸《华侨新报》、《民声报》和月刊杂志《闽铎》。②《华侨新报》傀儡、工具的性质昭然若揭。

第六节　民办报刊

一、民办报刊的概况

（一）闽南民营报刊的特点

民营新闻事业是闽南新闻事业重要的组成部分，尤其是民营报纸，在闽南新闻舆论发展史上是一股重要的力量。民营报纸的大本营就在厦门，因为在漳州、泉州，民营报纸仅是政党报纸的配角，没有形成气候，而在厦门，居舆论界重要地位的是民营报纸。这也许跟厦门特殊的地理社会环境有关。

毫无疑义，厦门是闽南新闻事业最发达的地方，泉州报界元老

---

　　①　中村孝志著、卞凤奎译：《台湾总督府华南报纸事业的展开》，载于《史联杂志》第 35 期，1999 年 11 月。

　　②　《热带产业调查会调查书》，第 140～149 页。转引自王昭文：《战时的〈全闽新日报〉》，载于《台湾风物》第 53 卷第 1 期。这里的侨报《民声报》是否就是晋江石狮的《民声报》，不得而知，待考。

陈允若甚至认为，"厦门不特为闽南之冠，在福建全省亦居第一"①如果说这是老报人对厦门新闻事业的溢美之词的话，那么就民营报纸而言，在福建确实没有任何一个城市可以与厦门比肩，以至于省会福州，亦逊色不少，"厦门民办报纸较福州发达得多，内容也大都较为充实"。② 从报业市场来看，民营报纸一直执厦门、以至于闽南新闻界之牛耳。自从《江声报》创刊，就打破了《全闽新日报》独霸厦门报界的局面；《民钟日报》的崛起，闽南报业市场进入"两报相争"的局面；随后的《厦声日报》、《思明日报》、《厦门商报》，还有后起之秀的《华侨日报》、《星光日报》等，都是民营报纸中的佼佼者。从市场份额来看日本《全闽新日报》、国民党《民国日报》、《中央日报》，以及各类党派性质的报纸，从来就是扮演"陪太子读书"的角色。

　　但是民营报纸的生存与发展依附于现实的政治、经济和社会的环境。厦门民营报纸由政论报纸取向转向商业报纸取向，这个时期大约在 1918 年前后；在厦门民营报业发展历程上，曾经拥有两个黄金时期，一个是从 1919 年"五四"运动至 1933 年"福建事变"，这段时间是厦门社会经济最为繁华的时候；一个是抗日战争结束，厦门光复之后，集聚了 7 年之久的民间办报力量和办报激情得到尽情的释放。如果以具体时间为坐标的话，1925年和 1946 年是厦门民营报纸，也是其他各类新闻事业极盛的时期。为了生存，厦门各报在表面上不得不依附军统和中统两大派别，为此各报之间少不了摩擦；为了协调矛盾，厦门记者工会、

---

　　① 陈允洛：《一九三五年之闽南新闻事业》，载于《泉州文史资料》新 16 辑，1998 年 12 月。

　　② 陈荻帆：《榕、厦报业旧话》，载于《文史资料选编》第 3 卷，福建人民出版社，2001。

厦门记者联谊会和厦门报业公会等厦门新闻社团组织随之建立。

　　民国时期一些民营报纸报德的沦丧，也是一个值得关注的问题。早在 20 世纪 20 年代后期，闽南著名报人苏眇公就意识到这个问题，"论厦门报之形式组织，固有进步，若论新闻道德，则又今不如昔。盖自民七后（1918 年），已成一种为营利而办报，或有所作用而办报之风尚"①。苏眇公把厦门报业道德的沦丧归咎于商业性报纸的出现。更有论者认为，当时报刊仅是派系斗争、敲诈勒索的工具，"一般豪劣、文氓又互相勾结，依靠某一反动派系，以办报为名，作为鱼肉人民的手段，从而过其腐朽的寄生生活。其中有以敲诈勒索者；有只挂空招牌，排上几张椅桌，时出时停者，故其情况难以记述"。② 政治上的无力，经济上的无助，这是导致民营报纸道德沦丧的根本原因。

　　总体而言，闽南地区的民营报纸的特点有三个，从数量来说，在众多性质迥异的报纸中，民营报纸居绝对的地位；从影响来说，如果以报业市场占有率来论，就闽南区域新闻中心厦门来说，民营报纸，特别是侨办的《江声报》、《华侨日报》和《星光日报》等，向来执新闻界之牛耳；从时间来看，20 世纪 20 年代中期至 30 年代初期和 40 年代末期，这是闽南地区民营报纸发展的两个高峰期，这是时代的产物。

（二）闽南民办报纸概览

　　在闽南地区，民营报纸可以分为两大类：一是侨办报纸，二是指除华侨之外的由民间社会中的个体、组织或社会团体所创办

---

　　① 苏眇公：《厦门报界变迁述概》，见于陈佩真等：《厦门指南》，第 3 页，1931。

　　② 季永绥、陈家瑞：《解放前漳州报刊与通讯社的情况》，载于（漳州）《文史资料选辑》第 1 辑，1979。

的一切报纸，简称"民办报纸"。下面仅就漳州、泉州、厦门三地的民办报业情况，依照时间顺序对一些主要的民办报纸做一简单描述，冀图勾勒出闽南地区民办报纸发展的概貌。

界定报纸的属性有相当的难度，因为随着时代的演进，报纸的属性也在变化，有的从民营变为官办，也有的从官办转为民营的，有的报纸发行人就是特定的官员，报纸的身份根本就是很模糊的，所以在叙述的过程中，难免有交叉重叠现象出现。比如众多同盟会会员创办的同盟会性质报纸，既是政党报纸的先声，还是民办报纸的先河。再如教会报纸，有外国传教士创办的，也有中国教徒创办的，后者当属民办报纸。为了叙述的方便，在不同的历史阶段也会提及不同属性的报纸。

1. 漳州的民办报纸

(1) 漳州（龙溪县）的民办报纸

1911 年 11 月，漳州同盟会成员以"图书仪器社"的名义摘抄编印的《录各报要闻》，是漳州第一家报纸。[①] 漳州早期报纸的创办，大都跟同盟会成员有关，《漳报》（1911 年 12 月）、《漳州日报》（1913 年 2 月）、《漳州旬刊》（1913 年 3 月）、《新日报》（1917 年 6 月）等等，都是以革命为号召的同盟会性质的报纸，报祚短暂。

20 世纪 20 年代之后，随着革命报纸式微，商业报纸开始兴起。1926 年 12 月，龙溪县商会主办的《民国日报》出版，因言获罪，翌年停刊；1932 年商会再办《商音日报》；1935 年《商音日报》更名为《商报》（三日刊）再次复刊，前后存续两年。

---

① 关于漳州（龙溪县）报刊叙述，请参阅黄叶沱、张胡山：《旧漳州地区报刊和通讯社概况》，载于《漳州芗城文史资料》第 8 辑，1997 年 10 月。

30 年代初期，由于漳州是十九路军的大本营，漳州报纸大都随着十九路军的政治活动而起伏。1932 年的《新民日报》、《循环周报》、《芗江日报》都旋生旋灭。福建事变之后的报纸，如 1935 年创办的《漳江日报》、《芗鲤报》、《侨报》等，发行没有超过半年的，有的出版数期就停刊。《澄漳周报》（1937 年）的命运也是如此。整个 30 年代漳州创办的报纸，值得注目的是《福建新闻》。这份报纸于 1938 年 12 月创办，社长为康庄，初为周报，后改为三日刊；1944 年 7 月还在平和县城区琯溪设立分社；抗战结束后迁往厦门出版，是当时厦门唯一的一家"午报"；1948 年底因经费无着停刊。

抗战时期，随着金门弃守、厦门沦陷，漳州成为闽南沿海国防线上的一个重镇。在抗日战争的时代大潮之下，"漳州的文化事业一度短期的繁荣"。[①] 1941 年 9 月 18 日，在这个特殊而敏感的日子，陈毓光的《大刀报》创刊，舞动新闻宣传这把"大刀"，向日本鬼子头上砍去；初为周刊，后改为半月刊，1945 年改为日刊晚报；1946 年 12 月，在厦门设立分社，攻掠厦门报业市场；1947 年底停刊；1948 年 11 月 18 日，《大刀报》又"复活"，更名为《神州日报》，继续出版至漳州解放。1942 年 10 月《少年时报》创刊，在 1945 年 11 月，迁到厦门继续出版。《一月文摘》于 1943 年 3 月创刊，1944 年 7 月停刊，共出版 15 期。1945 年《循环日报》，随着主持人陈伟仁有事他往，经费无着停刊。1945 年发行的《芗江画报》存续了 3 年。1946 年的《帆报》在厦门还设有分社，改名为《鹭声报》出版。1947 年创刊的 6 份报纸《新闻报》、《至公报》、《正人报》、《芗波报》、《侨声报》，

---

① 吴庆良：《一年来的漳州新闻事业》，《闽声通讯稿》，1941 年 12 月。

存在时间短暂。解放前的漳州还出版有《天人报》、《民力报》和《龙中导报》等等。

顺便一提，30 年代，在抗日救国的形势下，漳州一些记者为集中意志，发扬救国热情，开展宣传活动，曾由《回风报》负责人林惠元发起组织"龙溪县新闻记者联合会"，会址设于龙溪县抗日后援会内，成员有：林蕴玉、李宗海、施殿麟、蓝茗蔚、谢复开、周栩、陈肖山、吴香谷、刘耕民、李元秋、郑嘉辉等。不久，林惠元被杀害，而刘耕民避难，吴香谷出洋，因此乏人领导，会务停顿。"福建事变"发生后，大家各奔前程而瓦解。①

整体而言，在漳州影响最大的是军队报纸和政党报纸，民营报纸数量不少，但寿命不长，影响有限，稍有声响与特色的是《福建新闻》、《大刀报》和《少年时报》等。

（2）漳属各县的民办报纸

在漳属各县中，南靖报业较为发达，前后创办有 10 份报刊。② 1935 年 8 月的《南声旬刊》，这是南靖最早的刊物。最有影响的是政党报纸《南靖新报》，在漳州改名为《南报》出版，实行一报两名制。最有特色的是教育类专业报纸《儿童新报》。这是创办于 1944 年的专门给小学生阅读的报纸，四开四版不定期出版；版面颇为活泼，内容也很适合儿童阅读；抗战胜利后，还迁到漳州、厦门出版。《宇宙报》随创办人龙溪县政府教育科科员吴鹰扬调任南靖县任督学而由漳州迁到南靖出版；1944 年由南靖县临时参议会副议长余振邦接手，出版三日刊；战后不久

---

①　林柏舟：《三十年代初漳州报纸出版概况》，载于《漳州文史资料》第 10 辑，1988 年 8 月。

②　黄叶沱：《解放前南靖的报纸》，载于《南靖文史资料》第 5 辑，1986 年 1 月。

迁到厦门继续出版。《南靖侨报》、《侨声报》是由南靖海外华侨协会主办的侨报。此外还有《新中报》、《青年画报》等。

长泰县历史上出现过两份报纸，1945 年的《济世报》和 1948 年的《长清报》。《济世报》是一份颇有特色的医药专业报纸。社址在长泰县书田里 4 号，因长泰印刷困难，报社印刷部、营业部设在龙溪（漳州市）大同路 157 号，"其余各地只设办事处，借以推广"。1946 年 11 月在厦门设立办事处；1946 年 12 月还在报头上特别声明，"本报系属专门报纸，并无重大时间性，兹为使省外读者订阅本报便利起见，经在台湾省台中市成功路设立办事处，并聘请方君杨基为该处主任，嗣后当地读者订阅本报及刊登广告，可迳向该处接洽，此启"。1948 年还举行"创刊三周年"纪念。①

漳浦县的报刊是随着抗日战争的全面展开而蓬勃兴起的。②创办于 1937 年 8 月的《抗敌周报》，是漳浦最早的报刊，由县抗敌后援会主办；1938 年 3 月扩大改版为《漳浦日报》，1939 年 1 月，又更名为《漳报》。只是这个时候《漳报》民报色彩无存，发行人李泽为国民党驻军 75 师史克勤旅部政治部主任，仅维系 3 个月。1946 年创办的《南天报》性质"变节"，于 1947 年 7 月与国民党漳浦县党部机关报《南潮报》合并为《漳报》出版。还有一份名为《童报》的报纸，于 1946 年 12 月迁往厦门出版。

1945 年 11 月 12 日，地处福建最南端的东山县《民声报》的创刊发行，让人感受到民众对言论表达自由的渴求无关乎地域

---

① 《本报设立台中办事处》，载于《济世报》，1946 年 12 月 17 日第 0025 号，头版报头右上角。

② 李林昌：《解放前的漳浦报刊》，载于《漳浦文史资料》第 7 辑，1987 年 10 月。

的褊狭和条件的艰苦。作为一份民营性质的报纸,《民声报》在创刊词就表明办报立场:扫除时弊,为民喉舌,为此而极力保持经济上的独立地位,以追求言论自由的目的。① 1948 年 1 月,东山还有一份《铜陵正报》面世。

1942 年 3 月创办的《九峰报》,是平和县出版报刊的开端,旋即改名为《闽疆新报》发行。1944 年、1947 年,又有《平和新报》和《新闻报》问世。②

诏安县③、云霄县④、华安县和海澄县⑤只见政党报纸,未见有民营报纸出现。

总的来说,"在漳属十余县中,新闻事业尚未普遍的发展是无可讳言的事实"。⑥ 漳属各县民办报纸的生存空间异常狭小,那些有特色有影响的报纸,或依托漳州,或搬迁厦门;尽管有民间报人努力尝试发出自己的声音,但在当地居于主导地位的还是政党报纸。

2. 泉州的民办报纸

(1) 泉州(晋江县)的民办报纸

在厦门、漳州、泉州三地中,近代报纸产生最晚的是泉州。1915 年由同盟会会员创办的《新民周报》,是泉州新闻事业的开

---

① 胡宪章:《略谈四十年代的东山两报》,载于《东山文史资料》第 4 辑,1984 年 9 月。

② 吴维汉:《报纸史话与平和报纸》,载于《平和文史资料》第 7 辑,1990 年 10 月。

③ 谢继东:《诏安解放前出版的报刊一瞥》,载于《诏安文史资料》第 12 辑,1992 年 9 月。

④ 郑澄桂:《抗战胜利后云霄报刊的申报登记》,载于《云霄文史资料》第 19 辑。

⑤ 黄叶沱、张胡山:《旧漳州地区报刊和通讯社概况》,载于《漳州芗城文史资料》第 8 辑,1997 年 10 月。

⑥ 吴庆良:《一年来的漳州新闻事业》,《闽声通讯稿》,1941 年 12 月。

端。《复报》、《闽声日报》还是由同盟会会员所办，其中后者还是泉州的第一家日报。1920年由归侨创办的《民团报》，当是泉州首份侨报，紧接着是1928年的《民众报》，还有1939年出刊的《民声报》是泉州最有影响的侨报，历时10年之久；1947年底，《湾海新报》创刊，这是晋江安海一群没有任何政治背景的知识青年利用海外侨资所创办的报纸，因未履行登记而于1948年9月被勒令停刊；泉州最后一份颇具侨报色彩的报纸是创办于1948年的《安海新报》。

晋江安海是一个文化名镇。在抗日战争前，除了《湾海新报》、《安海新报》之外，安海出版还有《文化报》、《燎原报》、《晋江报》、《江潮报》等报纸。战前创刊又停刊的报纸还有《画报》、《海滨晚报》、《大同报》等。

抗日战争爆发后，泉州"在敌寇陷厦威胁之下，新闻事业非但不受挫折，而且更加勃勃有生气。"① 与民营报纸有关的是《社会导报》、《每周导报》、《儿童报》、《时代晚报》、《法石导报》、《大道报》、《大众报》、《福建日报》等等。

泉州之有稳定的报纸，是国民党在泉州的统治比较稳固以后才出现的。1930年创刊的《泉州日报》，是国民党晋江县党部机关报，也是泉州存续时间最长影响也最大的一份报纸，直到泉州解放，《泉州日报》才停刊。1934年国民党中统派报纸《国民日报》创办，欲与《泉州日报》决一雄雌，但终究难撼根基深厚的《泉州日报》而被迫停刊。《泉州日报》基本独霸了泉州报业市场9年之久，直到1939年《福建日报》创刊。1943年，泉州军统又创办了《群力报》。这三家报纸都是大型对开日报，旗鼓相当，

---

① 浪浪：《抗战声中泉永新闻事业的蓬勃》，《闽声通讯稿》，1942年1月10日。

于是形成了泉州三大报三足鼎立的局面，直至 1949 年泉州解放，
三大报自行停刊。

　　如同厦门，民国时期的泉州也是一个消费型的商业城市，泉州
商会是一股举足轻重的力量。1939 年 2 月 23 日，对开四版的大型日
报《福建日报》创刊。创办之初，晋江县商会副主席谢杰英为发行
人，王鲁石为社长，报纸以"发扬三民主义，树立严正舆论"为宗
旨。作为泉州商会的报纸，《福建日报》最大特色是比较注重经济
方面的报道和评论。作为一份泉州最有影响的民营报纸，《福建
日报》存续 10 年之久，在泉州报业史上有一定的地位。①

　　泉州在解放前，一度是研究和信仰无政府主义的知识分子比较
集中的城市，素有"安其那主义之都"的称誉。这些知识分子大都
集中在文化教育界，他们既办学校又办报纸，《大众报》就是这些知
识分子的喉舌。这份以"唤醒民众，关心国事"为宗旨的报纸创办
于 1938 年 3 月 16 日，每期四开四版，直至泉州解放前夕终刊。
作为文人论证的试验田，《大众报》在监督政府、向导国民方面
不遗余力，敢言直谏。这是一份泉州最有特色的民营报纸。②

　　抗日战争胜利后，侨汇畅通，社会经济逐渐恢复繁荣，泉州
报馆如雨后春笋般地勃兴。其中民营报纸有《泉州工商报》、《大
方报》、《侨音报》、《儿童导报》、《正报》、《周南报》、《晋江晚
报》、《晨曦报》、《湾海新报》、《民声报》、《精诚报》和《安海新
报》等等。"总而言之，泉州的新闻事业在抗战前后是相当发达
的，比之全国各中小城市实无逊色。可是办报者大多利用报刊作

---

　　① 黄梅雨：《泉州报界（三）——〈福建日报〉》，载于《泉州文史资
料》新 18 辑，2000 年 12 月。
　　② 黄梅雨：《解放前的泉州报界（五）——〈大众报〉》，载于《泉州
文史资料》新 21 辑，2002 年 12 月。

为派系斗争或猎取个人名利的工具。"①

晋江《晨曦报》是一份典型的同人报纸,以"民之喉舌"为标榜。1947年9月3日,在未获登记的情况下,《晨曦报》先行出版,四开四版3日刊;1948年正式获得了登记证。报纸成员均由志同道合的青年同人组成,发行人、社长和总编辑从同人之中选举产生,多数人还有其他职业,报社不向他们支付工资。随着报纸逐步走向革命,实际上晨曦报社成为地下党的一个前哨站了。1949年8月31日,泉州解放,《晨曦报》出版号外,宣告停刊。②

泉州也组织有相关的新闻社团。最先成立的是记者协会。抗战胜利后,泉州大小报不下十余家,记者人数激增,可谓泉州新闻事业全盛时期。泉州即于此时成立"泉州记者协会",选出理事李振扬、陈登良、黄亦川、潘瑶琨、许炳基、陈计之、陈荣祖等人,陈荣祖任理事主席;初成立时,亦曾组织记者团到厦门采访新闻等活动,后因会内派系争夺参议会席位,记者协会便无形瓦解。到了1948年又有"泉州记者联合会"的成立,会员达百余人,可谓破历来泉州新闻记者的纪录。③ 泉州报业同行还组织有"泉州报业同业公会"。④

总而言之,抗日战争前后,泉州的新闻事业达到了顶峰,涌

---

① 苏秋涛:《泉州报业概述》,载于《泉州文史资料》(第1~10辑汇编),1994年12月。

② 许炳基:《忆述〈晨曦报〉创办始末》,载于《泉州鲤城文史资料》第3辑,1988年9月。

③ 苏秋涛:《泉州报业概述》,载于《泉州文史资料》(第1~10辑汇编),1994年12月。

④ 李原:《〈大众报〉遭捣毁事件》,载《泉州文史资料》新18辑。当中有记载,泉州《大众报》遭捣毁,"该报编集了事实真相资料,向全城散发传单,在各报刊发布消息,通过泉州报业同业公会和泉州青年记者联谊会发出严正申明"。

现了一批民营报纸。尽管没有出现像厦门《江声报》之类的著名民营报纸，但是相较于漳州而言，泉州还是产生了具有区域影响和特点的民营报纸，比如《福建日报》、《大众报》、《晨曦报》、《民声报》等等。泉州的民营报纸比漳州的更富有声色、影响更大。

（2）泉属各县的民办报纸

在泉属各县中，相较而言，惠安和永春的报业为发达。当时有论者云："惠安文化向来落后，但新闻事业年来却甚发达"，1942 年同时出版的就有《惠安民报》、《惠光报》、《惠钟报》和《闽南儿童》4 份。① 总的说来，惠安影响较大的是政党报纸而非民营报纸。国民党惠安县党部，先后创办有《惠安民报》和《海滨日报》，尤其是后者，"南可傲视晋江的《泉州日报》、《福建日报》、《群力报》，北可凌驾仙游的《闽中日报》、莆田的《福建新报》"。② 创刊于 1936 年的《惠钟报》是惠安最有影响的民办报纸。这是一份由惠安商会主办的报纸，1943 年 3 月 29 日与《惠安民报》合并，更名为《海滨日报》，这是民办报纸变质蜕化的一例。战前的民办报纸有《新惠安报》、《惠安三日刊》和侨报性质的《惠声报》；战后惠安民办报纸风起，有《闽南儿童》、《惠光报》、《正气报》、《惠风报》、《山海报》和《时光报》等，其中《时光报》还在泉州、厦门设有分社，印刷发行都在泉州。

民国时期永春先后发行的报纸杂志共达 20 余种，其中《崇道报》、《永声报》和《永春日报》发行都在 10 年以上，这在闽南各县当属罕见。《崇道报》是一份基督教会报纸，是永春创办

---

① 浪浪：《抗战声中泉永新闻事业的蓬勃》，《闽声通讯稿》，1942 年 1 月 10 日。

② 陆昭环：《惠安县报刊史》，载于《泉州文史资料》新 3 辑，1987。

最早、时间最长、影响最大的报纸，前后延续近 20 年。永春是军阀民军盘踞的要点，所以军报性质的报纸创办不少，比如《民治报》、《民声报》、《铁笛》、《永春半周报》和《新永春报》等，只是报祚短暂。具有民营报纸性质的报纸有《迫击报》、《永声报》、《华侨报》和《永春日报》等，其中以《永声报》为代表，由永春"唯力体育会"倡办，前后计有 12 年；至于《迫击报》，1926 年由"永春旅外同乡联合会"主办，因以反对军阀统治永春为宗旨，很快遭封闭；创办于 1937 年 4 月的《华侨报》，这是侨乡永春唯一的以"华侨"冠名的报纸，只是因抗日战争爆发，经费困难而停刊，出版仅一年时间；而《永春日报》先是以侨报的面目问世，1940 年后由国民党永春县党部接办，由此而沦落为政党报纸。[①]

南安县先后有《民锋报》、《南声报》和《民光报》等三日刊的民办报纸发行。《民锋报》属于同人报纸，社址在南安洪濑；1941 年 5 月就挂出招牌，由于印刷困难，经费无着，直至 1941 年 7 月 7 日才正式出版。《民光报》创办于 1948 年 11 月，社址在南安师范学校内，侧重地方新闻，在厦门成立董事会，推陈天伦任董事长，负该报筹备经费之责。

同安县在民国时期归辖泉州。《同安日报》是同安近代的第一份报纸，属于民办报纸性质。1938 年春，由厦门《江声报》记者林纯仁以宣传抗日为宗旨而创办，系刻蜡纸版油印十六开小报，发行 4 个月后停刊。[②] 1948 年同安还出版一种叫《行报》的报纸。

1925 年，德化县有一份叫《红光报》的周刊出现，维系两

---

① 章英：《民国时期永春的新闻报刊》，载于《永春文史资料》第 1 辑，1986 年 12 月。

② 王人言：《同安的早期报纸》，载于《同安文史资料》第 5 辑，1985 年 5 月。

年而停刊。1931 年又有《德化周刊》和《龙淘旬刊》面世。①

安溪县和金门县,只见有政党报纸而没有民办报纸的记载。

民国时期,闽南各地长期干戈不息,地方不靖,民营报纸迨无生存空间;若有,随时存在着朝存夕亡的隐忧,大都是昙花一现。泉属各县,政党报纸发达,民营报纸表现平平。

(3)厦门的民办报纸

①民办报纸的萌芽阶段(1911~1919 年)

厦门最早的中文报纸,是由陈金芳等人在 1878 年创办的《博物报》,这是厦门也是闽南第一份民办报纸。辛亥革命前后,活跃厦门报坛的民办报纸是《南声日报》和《声应日报》。《南声日报》创刊于 1911 年 10 月,1913 年因其电讯稿源多由厦门电报局人员偷收香港方面的新闻专电,东窗事发之后,加之经济原因而被迫停刊;后于 1914 年 3 月更名为《闽南日报》重新出版,10 月又更名为《闽南报》。因言获罪屡遭标封命运,终于在 1916 年被北洋政府查封,主笔苏眇公被捕入狱。《声应日报》创办于 1912 年 11 月,如同《南声日报》一样,属于同盟会性质报纸,以鼓吹革命甚力,1913 年被封,创办人许卓然被通缉。1916 年 10 月,《民钟日报》创刊;1918 年 5 月被查封。1918 年 11 月,《江声报》创刊,打破了日本报纸《全闽新日报》独霸厦门报坛的局面,备受注目。这个阶段厦门报坛并不景气,新创办的报纸前后仅有 4 家,但同属民办报纸范畴。

这个阶段,厦门民办报纸的最大特点是,尽管数量稀少,办报环境恶劣,但办报为革命的目标很明确。

②民办报纸的勃发阶段(1919~1934 年)

---

① 清焕、史钟:《民国时期德化的新闻出版事业》,载于《德化文史资料》总第 9 期,1988 年 8 月。

从 1919 年五四运动至 1934 年"福建事变",这段时间是厦门社会经济最为繁华的时候,更是厦门民办报纸历史上的黄金时期。席卷全国的新文化运动波及厦门,厦门的文化教育显得特别活跃。报界出现了一派生机,新的报刊不断出现。厦门民办报纸的第一个春天降临了。1920 年《信报》、《思明日报》、《厦声日报》等相继创刊。1921 年《厦门商报》、1923 年《时潮日报》、1924 年《天南日报》陆续发行,1925 年《厦门晚报》、《厦门晨报》和《中华日报》一齐面世。还有 1922 年 7 月,《民钟日报》重整旗鼓,开门复刊。同年,厦门大学设立新闻学部,开创了中国人创办新闻学科的先河。这个时期厦门报界还组织了报业公会,只是报纸发行量"无有能超 1500 份者"。厦门报坛的繁盛与进步,正如厦门名报人陈三郎所言,"数年来厦门报纸之程度,已提高不少。在全国地方报中,厦门报殊不让人"。[①]

一些小报大多昙花一现,长则数月,短则数日,如《信报》、《时潮日报》、《天南日报》均只存在数月,而《中华日报》只存在两天,《厦门晨报》只有 24 小时的生命。这些报纸之所以如此短命,其原因一在于政治压迫,二在于报业竞争。到 1925 年,一度繁荣的厦门报坛只剩下 6 家大报:《江声报》、《民钟日报》、《厦声日报》、《思明日报》、《厦门商报》和《全闽新日报》。这 6 家大报,除了日本人经营的《全闽新日报》之外,其余都是民办报纸。1927 年 1 月,《江声报》日销量达到 1200 份,突破厦门报纸销量的纪录。

1926 年北伐军入闽之后,言论一度较为自由。就民办报纸来说,1928 年《厦门小报》创刊,开启了厦门小报时代的大门。

---

① 苏眇公:《厦门报界变迁述概》,见于陈佩真等:《厦门指南》,第 3 页,1931 年 5 月。

1929 年《昌言小报》、《厦门晶报》、《鹭门小报》、《鹭洲小报》、《如是小报》，还有《中西医报》、《厦门晨报》、《民声日报》先后在这一年创刊。只是这些报纸寿命很短暂，影响不大。1930 年《商学日报》创办，这是由厦门商会和教育会联合投资的，1932 年并入由国民党厦门市政府社会科创办的《厦门日报》。这一年，还有《厦门周报》、《侨星大晚报》出刊。1931 年又有《福建新画报》、《民报》、《民言》问世。1932 年《厦门新报》、《华侨日报》创办。1934 年有《思明商学日报》、《时代日报》、《妇女报》、《禾山旬报》、《儿童日报》等报刊出刊。

从经营角度来看，最先是厦门报坛进入了《江声报》和《民钟日报》"两报相争"的时期（1922～1930 年）。1930 年 9 月，竞争随着《民钟日报》的封闭而结束，《江声报》成为厦门第一大报。1932 年创刊的《华侨日报》因经费足、设备良、印刷精、内容新等特点而异军突起，日销量最高时曾达 5000 份，一般在 3000 份左右，仅次于《江声报》。1933 年 11 月，"福建事变"期间，《思明日报》发文攻击人民政府，结果被查封；1934 年 1 月，因无力支付员工薪水，《商学日报》停刊；1934 年 2 月，两报重新组合出版《思明商学日报》，一度生意兴隆，最高日发行量达 4500 份，一般平均每日在 1500 份左右，成为厦门第三大报。需要说明的是，尽管有《民钟日报》、《思明日报》这样的报纸由于政治力量的介入而停刊，也频频发生这样那样的"报案"，但总体而言，这个阶段报纸停刊的主要原因还是报业竞争和资金实力的结果。

总之，这个时期报纸数量众多，办报社会环境较好，民办报纸迎来了第一个春天；尽管有文人论政的流风余韵，但办报的经济利益诉求倾向成为主流，竞争异常激烈，这是这个阶段厦门民办报纸特点。

③民办报纸的沉寂阶段（1934～1945 年）

1934"福建事变"失败，闽南地区告别了地方军事政权阶段，进入中央行政统制时期，国民党在闽南确立了统治地位。新闻事业方面，表现为国民党党营的新闻事业格外发达，但是民营新闻事业却进入了沉寂时期。"福建事变"之后一段时间，厦门存有日报 6 家，按发行量大小，分别是《江声报》、《华侨日报》、《思明商学日报》、《厦门商报》、《民国日报》和《全闽新日报》。其中《民国日报》是创办于 1926 年 6 月的国民党厦门党部机关报，但是一直不长进，在报业市场中，发行量仅在《全闽新日报》之上。《全闽新日报》"虽有长久历史，向来地位便不高"，但是在报业经营方面，首开全份报纸分为朝刊、夕刊之先河，在福建报业变迁史上，应有一席之地。①

　　1938 年 9 月，《星光日报》的正式出版，每日对开三大张十二版。这就再一次激活了闽南的报业市场，厦门报坛进入了新一轮的竞争。《星光日报》无论在资金、设备、人才方面，在厦门报坛都首屈一指，加之又以侨报的面目出现，注重经营策略，全省各地争购此报，日销量突破万份，成为厦门第一大报。厦门各报在竞争中纷纷败北，以至于《江声报》的发行量从 5000 份猛跌到 2000 份。之后《江声报》奋起直追，从《星光日报》的一枝独秀演变为"二虎相争"，竞争自然也推动了厦门报业的进步。

　　随着日本帝国主义侵略中国的步伐加紧，民族矛盾逐渐上升为主要矛盾，"抗日救亡"成为厦门新闻界的主旋律。民营报纸如《星光日报》、《江声报》等，在"抗日救亡"宣传当中，可圈可点。1938 年 5 月至 1945 年 9 月，厦门沦陷 7 年之久，这是厦门民办报纸的寒冬。厦门各报纷纷被迫停刊，报人迁往内地，印刷设备来不及转移的，大都落入敌手。比如厦门沦陷期间主要的

两家报纸《全闽新日报》和《复兴日报》（后更名为《华南新日报》），前者占据条件最好的星光日报社的社址，并从原来各报社挑选了一批最好的印刷设备；后者窃据江声报社的社址和设备，成为厦门日伪政府的机关报。迁往内地的报人，值得一提的是《江声报》，一部分编辑人员于 1939 年 7 月在永春创办《永春日报》，还有一部分人马于 1938 年 10 月在泉州复办《江声报》（泉州版），但由于"水土不服"，遭到当地报纸派系的排挤，铩羽而亡。刚有起色的厦门民营报业，就这样沉寂下去了。

这个阶段的厦门报坛，各报相互间商业竞争异常激烈，规模小、资金薄的民办报业几无立锥之地，报业市场趋向饱和；尽管各报的党派色彩开始显现，但在大是大非问题上都能做到立场分明，尤其是"抗日救国"宣传方面，功不可没。

④民办报纸的崩溃阶段（1945～1949 年）

日本投降后，厦门报人云集，报社林立，厦门新闻事业迎来了第二个春天。沦陷时期厦门停刊和内迁的报纸，纷纷复刊和返迁，新创办的报纸更是涌现；各地报社，或设立分社，或设置办事处，有的报纸干脆迁到厦门出版；还有通讯社、广播电台和期刊杂志，各类新闻媒介齐全。厦门新闻事业出现了前所未有的繁盛景象，当时有人形容厦门是"有街皆报，无巷不社"、"报社招牌沿户挂，新闻记者满天飞"。① 厦门在战后又恢复了区域新闻中心的地位。这段时期厦门各类新闻媒介中，报纸有 70 家，通讯社 8 家，广播电台 1 座，期刊杂志更是不胜枚举。

在众多报纸类型中，民营报纸占据主体地位，数量最多，但是也有只见招牌未见报纸出版的报社。然而，随着蒋介石发动全

---

① 江向东：《解放前厦门报刊沿革述略》，载于《新闻研究资料》总第 48 辑，中国社科出版社，1989 年 12 月。

面内战，其独裁专制日益加剧，全国不少进步报刊被查封，再加上通货膨胀，尤其是 1948 年 12 月，因金圆券贬值，不少报社也因经济原因被迫停刊。厦门报界自然也逃不过其厄运。政治上和经济上的双重打压，积压 7 年之久的办报能量和激情已经释放殆尽，厦门报社锐减，特别是一批小报纷纷倒闭。

这一时期为了互通声气，联络感情，厦门新闻界组建了相应的新闻社团。最早组建的是记者工会。1946 年底，"厦门市记者工会"宣告成立，主要负责人是林纯仁、邵庆恩、曾子铭、林零、黄风、王人言等人。林、邵分别是《江声报》和《中央日报》的采访主任。因为工会由军统派记者控制，遭到中统派记者的嫉恨，他们通过市长黄天爵下令解散记者工会。1947 年，厦门记者觉得没有一个组织，似乎不太像话，于是这一年成立"厦门市记者联谊会"，军统和中统两派力量均衡，主要负责人是郭荫棠、吴静吟、黄风、杨明、王人言、吴沙零等，由《星光日报》主笔郭荫棠任主席。① 1948 年 6 月 28 日，成立"厦门报业公会"，"出席各机关首长暨报社、通讯社代表六十余人，在空气和谐中，通过章程，举行选举理监会，计有胡资周、叶清泉、王哲亮、林学文、李世杰、吴稚辉、郑善政、许荣智等九人当选为理事，王兆畿、王和声、王悲蝉为理事，并互推胡资周为理事长"。② 这次会议，星光日报社社长胡资周为最大赢家，江声报社社长叶清泉受到排挤。

新闻社团成立的一个直接原因是报社、通讯社数量惊人，厦

---

① 厦门日报中心组编印：《解放前厦门报纸刊物通讯社概况》，1955年 11 月。

② 《厦门报业公会昨日正式成立》，载于《星闽日报》（福州），1948年 6 月 29 日。

门报界竞争非常激烈，比如晚报发行，"有一个时期同时存在了7家晚报"。① 当时厦门这个弹丸之地，仅有 16 万市民，如果以 70 家报社为计，平均每 2300 人就有一家"报社"；1945 年 9 月厦门光复至 1949 年 10 月厦门解放，5 年时间共有 70 份报纸，平均每年就有 14 家报馆或创办，或倒闭——厦门报业市场已经严重饱和。为了生存，这个阶段厦门各报在表面上不得不依附军统和中统两大派别，为此各报之间少不了摩擦。当时厦门各报，发行量以《江声报》最大，复刊一年后，日销 8000 份左右，至 1949 年厦门解放前，日销量一直保持在万份左右，遥遥领先于各报。那时《星光日报》日销量为 3000 份，《中央日报》日销 1500 份，《立人日报》仅销 500 份。故《江声报》为其余各报所眼红。在厦门报业公会成立时，以资格及业务而论，《江声报》社长应为报业公会理事长，但被排挤为监事。②

总体来说，这个阶段执闽南舆论界之牛耳的，还是以《江声报》、《星光日报》为首的民营报纸；但是国民党在祖国大陆的统治却只有冬天没有春天，厦门民营报纸的春天，只能说是回光返照，昙花一现。随着国民党统治的崩溃，苦苦挣扎中的厦门民营报纸也随之崩溃。这个阶段民办报纸的特点是，数量惊人，竞争惨烈，报界还组建社团，报纸党派色彩浓厚。

二、民办报刊的标本：《时代晚报》

（一）《时代晚报》的概况

《时代晚报》是民国时期泉州一家著名的民办报纸，也是泉

---

① "时代晚报社概况"，见于厦门市档案馆藏资料 A5－1－1072。
② 江向东：《解放前厦门报刊沿革述略》，载于《新闻研究资料》总第 48 辑，中国社科出版社，1989 年 12 月。

州存在时间最长的一家晚报。1942 年 6 月 1 日，《时代晚报》由一些文人在泉州创办，发行人是王德仁（王赉），编辑蔡实挺等。抗日战争结束后，如同漳泉其他报纸一样，《时代晚报》也于 1946 年 1 月搬迁到厦门开禾路 77 号，经过一段时间的筹备，于 1946 年 5 月 30 日向厦门市警察局发出公函，宣称"查本报迁厦出版，现已就绪，定于 6 月 1 日正式发刊，相应函请查照为荷"。① 发行人兼社长为王赉，总编辑是苏艳村。这张对开四版的晚报，其版面安排是，一版为国内外电讯；二版为本省本地新闻；三版为经济信息；四版为副刊，刊名《霓虹灯》。1949 年 9 月，在厦门解放前一个月，因时局变化、竞争剧烈，导致经费支绌而宣告停刊，前后历时 7 年。

《时代晚报》的办报思想，曾经在一篇谈《报》的文章中有所流露。文章写道："报是现实的反映，可是一张不健全的报，它自身就会反映现实；报又是领导现实的，一张不健全的报，反而为现实所支配。""只有都市中的市民阶级和少数知识分子每天要翻一翻报……广大农民群众并不需要报……顾客的素质限定了报纸的素质。商情和广告是市民生意经所需要的，再就是花边的社会新闻，作为茶余饭后的消遣。这样，报就得把低级趣味的东西来迎合他们的胃口。知识分子自然要求高些。报纸杂志化总是一种理想……"②

1947 年 7 月 14 日，《时代晚报》遵照国民党中央颁定清查换证办法，申请换证，"新闻纸杂志登记申请书"如下：

---

① 《时代晚报社公函》，1946 年 5 月 30 日。厦门市档案馆藏资料 A5—1—1702。

② 福建省地方志编撰委员会编：《福建省志·新闻志》，第 106 页，方志出版社，2002。

表 2-5 1947 年 7 月 14 日《时代晚报》登记申请书一览表

	名称	时 代 晚 报			
	类别	新闻纸	期刊	日刊	
	发行旨取	宣扬三民主义，促进文化事业			
	社务组织	设社长一人，由发行人兼，综理社务；下设经理、编辑两部，经理部之下设营业、广告、印刷、发行四股，各设主任一人，业务员、工人若干；编辑部主笔、总编辑各一人，编辑、记者、校对若干人			
	资本数目	一亿国币	经济状况	物价安定时收支能平衡	
新闻纸杂志登记申请书	业务状况	每日销数约二千份			
	发行所	名称 时代晚报发行所	地址	开禾路七十七号	
	印刷所	名称 时代晚报印刷所	地址	洪本部三十四一六号	
	发行人及编辑人	姓名	发行人	主编人	
			王赉	曾尚贤	苏艳邨	林辉明
		籍贯	福建惠安	福建晋江	福建晋江	福建厦门
		年龄	35	32	28	27
		学历	上海东吴大学肄业	厦门中华中学高中毕业	泉州私立培元高中毕业	厦门中华中学高中毕业
		经历	历任永声报、闽维战地出版社、青年导报、厦门青年日报总编辑	历任漳州大刀报、青年报、厦门青年日报总编辑	历任闽维战地出版社、青年导报社等记者、编辑	历任漳浦民报、闽南新报、青年日报编辑
		党籍或参加团体	三民主义青年团团员	三民主义青年团团员	三民主义青年团团员	三民主义青年团团员
		住所				
	附注				
	考查意见				
	复核意见				

资料来源：厦门市档案馆馆藏资料 A-5-1-1702。

(二)《时代晚报》兴衰

《时代晚报》是闽南地区一份典型的民办报纸，既有文人论证的追求，又有企业经营的努力；既经历了抗日战争的灾难与希望，又经历了解放战争的裹挟与洗礼；在偏于一隅的战时泉州拥有辉煌，在繁华一时的战后厦门播种了希望，收获的却是失望；在时代的潮流中诞生，又在社会的变革中死亡。个中的酸甜苦辣，《时代晚报》发行人王赉在 1949 年 12 月 10 日，也就是报纸停刊 3 个月、厦门解放两个月之后，含泪写下《时代晚报社概况》这篇"悼文"，详细地记载了这家报纸兴衰成败的来龙去脉，为闽南报业历史研究留下了珍贵的史料。

《时代晚报社概况》分为甲、乙两部分，前者叙述报社创办经营的一般概况，后者记录报社停刊之后的资产概况。① 《时代晚报》是民国时期闽南民办报纸的一个标本，在此辑录原文第一部分，以此管窥那个时代报人、报社与社会变革的关系，追忆一个逝去已久的波澜壮阔而又让人悲欣交集的民间办报时代。

附：

时代晚报社概况

王德仁

引言

在今天我提笔来写《时代晚报》的历史沿革，内心的确感到无限的痛苦，因为我在七年多所苦心经营的报社，到今天不但毫无成就，而且还负累满身，不能解决。日前有个同乡写信给我说："炳辉由厦返梓，悉知一切，闻及兄台近况，实令人为之垂泪也，兄台之八载经营，就此已告段落。"我

---

① 王德仁：《时代晚报社概况》，1949 年 12 月 10 日。厦门市档案馆馆藏资料 A5—1—1702。

在读了这段信后，虽不禁黯然，但要是他知道我现在的处境，不知道更如何为我垂泪呢？不过伤心是没有用的，现在还是让我把事实拿出来，以求取公允的解决吧！

历史沿革

在民国三十一年（指 1942 年）三月间，我在晋江青年导报社当编辑，有友人陈华宗等是在石狮做生意，他来征求我的意见，要我到石狮办一个三日刊，一切经费可以由他们负责。原因是石狮当时有一家民声报，时常对他们这班人排挤，想办一个报和民声报对抗。我表示的意见是办报和人对抗，这种立场是错的；而且石狮只是一个市镇，容纳不了两家报社的发展，如果有心办报，还是在晋江办一家晚报，因为当时晋江的日报都改出午报，如在晋江出晚报，消息比日报早了十多个钟头，业务一定可以发展。至于在晋江办有报社，民声报自然不敢随意对他们排挤了。结果他们接受了我的意见，并由我的关系，请了几个朋友潘文章、陈泽霖、刘维岱等的帮忙，鸠（纠）集一万元资本，就在当年六月一日正式发刊。

当报纸要发刊的时候，我又考虑到一个问题，因为当时晋江社会情形复杂，如果没有一点人事关系是立足不住的，过去我曾在福建保安纵队司令部政训室当过干事，就商请政训室主任黄光义为董事长，还聘请了地方人士张天昊、倪华民、洪宇民、林有源、蔡光华、张灿等为董事。但是在报纸发刊一个多月后，黄光义就离开晋江到三元去，后来由董事会议决推选林梦龙继任董事长，一直到现在。

本报自发刊以后，赖各同事的合力经营，和各方面的帮助，社务发展得相当快，在第二年就自己建立了印刷机构，第三年购买了一小部分社址，第四年把八开张的篇幅扩充为四开张。抗战胜利后，我因为感觉到厦门是个都市，比较适合晚报的发展，在商得各董事的同意后，即把所购置的社址卖掉作为迁移费，搬来厦门出版，并在厦门加聘了十多位董事，以辅助报社的经济。到了解放前一个多月，因为报社营业状况日趋衰落，加上内地交通断绝，报份锐减，已经再也没有办法维持了，才实行停刊的。

组织人事

本报的组织由于经济关系，非常简单，在发刊初期除我自兼编辑外，还聘用了一个编辑，两个记者，一个校对兼发行员，三个派报工友，报费也是由派报工友收取，不另设业务员。后来因为我需要向外发展业务，才多聘了一个编辑。建立了印刷机构后，用了五个印刷工友。在这中间虽然有时也聘用经理，但因为经费困难，聘来了一个经理，负责不上三五个月，就不愿干而辞职，所以总是我一个人勉强支持着，苦斗着。

在晋江扩充篇幅后，加聘了一个总编辑，一个经济记者，和三个印刷工友，此外都仍旧。其间有时也聘用一两个业务员，帮忙发展业务，推销报份，只是工作时间很短。

迁移来厦门的初期，原有的一个编辑到香港去，我自己兼理大部分编务一个多月，后来才渐渐把职员补足，记者也从三个人增加到四个人，印刷工友补足到十个人，还专设了一个固定的营业主任和一个业务员。

以下是本报在停刊前的人事：社长兼编辑王德仁，编辑苏艳邨、陈鸣，记者王天镇、柯奋志、陈忠庆、王炳坤，校对苏文博，营业主任林锡阳，业务员兼发行员陈天平，印刷部领工林天赐，派报工友吴祖潭、曾昭爱、傅文格。

经费来源

本报经费一向量入为出，以人事组织简单，所以开支很省，在集资发刊的时候，已筹足了三个月经费，其后以一笔资金周转运用，还维持得过去，有时遇到经济困难，即进行征求基本订户，向爱护本报的读者预收半年或一年报资，以资恺注。这样对于报社经济有很大的补助，因为那时法币在贬值，我们把报资预收，可免受贬值的损失。遇到经费更加困难时，也有举行募捐。

到第二年建立印刷机构后，报社经费除了依靠报资和广告费的收入外，还兼营印刷业务，从这里收到的盈利，常可补助报社经常费的不敷半数以上。

本报迁到厦门以后，由于厦门是个都市，报资收取比较容易，而且可以预算，所以经济更加不感到困难，直到后来法币和金圆券贬值得太厉害，报社才开始亏空，但自改收实物以米计算报资和广告费后，报社经费也就不感到多大困难了。以下是本报在报资改收实物后的一个预算。甲、收入部分：本市报资二百三十份，每份十斤，九折实收二千零七十斤，外埠报资一百五十份，七折实收一千零五斤，广告费约二百斤，全部收入预算为三千三百二十斤。乙、支出部分：（一）人事费社长兼编辑月支米二百斤。编辑二人月各支米一百二十斤，计二百四十斤。记者四人，营业主任一人，月各支米一百斤，计五百斤。校对一人，月支米七十斤。业务员一人，月支米七十斤。印刷工友十人，月支米一千二百斤。派报工友三人，月各支米五十斤，计一百五十斤。合计人事费二千四百三十斤（此项人事费薪给虽甚低，惟各职工多系兼职，故可能维持。）（二）纸张油墨费每月用纸八连（以五百份计算）每连美钞四元五角，约折米六十斤，八连计四百八十斤。油墨费约折米五十斤，合计五百三十斤。（三）邮票杂费等月约支三百斤。全部支出预算为白米三千二百六十斤。如能照这个预算收入，收支还可以平衡。

营业概况

本报营业概况可分为四个时期，初期在晋江发刊的一年多，报份经常保持在七八百份之间，只是三分之二以上的报份都是在外埠，因为受法币贬值的影响，被拖欠三两个月，报资收入常变成只剩下两三成，所以在这个时期的报社营业状况不大好。

第二个时期是在本报改变营业方针后，对于外埠报份拖欠报资的尽量予以缩减，同时尽力推销基本订户，预收报资。这样一来，报份虽然缩减剩五六百份，而报社的经济反形好转，第三年所购置的一部分社址，就是在这种营业方针下的成果。

第三个时期是本报由泉州迁移厦门出版的一年多，那时在厦门只有一家青年日报也出晚刊，由于本报增辟一版经济栏，吸引了商户读者，而且在泉州方面又有一部分基本读者，所以报份恢复到约一千份，但是由于法币贬值日速，经济情形只够维持，没有什么进步。

第四个时期是从前年（指1947年）冬天以后，本市晚报如雨后春笋，厦门民报、宇宙报、厦门大报、南侨报等相继出版，有一个时期同时存在了七家晚报，这样在报份互相竞争推销下业务就大形削弱了。在今年处报份连赠送交换的已剩下四五百份，到了厦门与内地交通断绝，报份更削减为两百多份，报资可以收到的只剩下一百五十多份。于是在这种情况下，我们不得不忍痛停刊了。

第三章

中华人民共和国成立后的闽南报刊

中华人民共和国成立之后的闽南报刊，大致可以分为两个时期：中华人民共和国成立至"文化大革命"时期的闽南报刊与新时期的闽南报刊。

在前一时期，厦门报刊主要有厦门市委机关报《厦门日报》和分别由厦门市侨务局领导、同安县侨联主办的乡讯《鹭风报》与《同声报》。漳州报刊主要有《闽南日报》，其前身为《漳州电讯》、《漳州日报》、《龙溪农民》、《闽南人民报》和《漳州报》等；还有存在时间多则5年少则1年的各类县级报纸以及创刊于1958年11月的乡讯《芗江》和创刊于1975年的期刊《福建热作科技》。泉州报刊主要有1949年至1970年的地（市）级报纸、县（市）级报纸；1957年开始创办的地县两级乡讯。

新时期，厦门报刊取得了长足的进步和发展。仅厦门日报社来看，就下辖《厦门晚报》、《厦门商报》、《海峡生活报》、《双语周刊》、《台海》杂志以及厦门网。不仅如此，福建日报报业集团旗下的《海峡导报》也于1999年进驻厦门，使本地报业生态发生了很大变化。乡讯也开始复苏并逐步壮大起来。《鹭风报》、《同声报》等复刊，新一批乡讯如《集美报》、《厦门航空报》等于 20 世纪 90 年代创刊。其他报纸有《厦门广播电视报》、《学知报》及《厦门大学报》等一批高校校报。厦门市的期刊杂志种类丰富,数量可观,共计 29 种。从办刊主体划分,主要有以下四类:一是由报社主办的杂志(两种)。主要有厦门日报社主办的《台海》杂志和海峡导报社主办的《海峡商业》杂志;二是由各高校、研究所、学会等创办的刊物(23 种),如《厦门大学学报》(哲社版、自然版)、《亚热带植物科学》、《福建水产》等;三是由公司或由公司联合其他部门创办的刊物(两种),前者如厦门航空有限公司的《厦门航空》,后者如厦门经济特区经济研究所、厦门信息—信达总公司主办的《商务周刊》;四是由人民团体、校友会创办的刊物(两种),如厦门市文联主办的《厦门文学》,集美大学校友总会主办的侨刊《集美校友》。

新时期漳州报刊稳步发展。1986 年 1 月 1 日《闽南日报》正式复刊。20 多年来,报业发展水平和规模实力取得了很大的进步。在舆论监督、涉台报道等方面重拳出击,不断改进,塑造了党报与时俱进的权威性品格。另外还有两家报纸,一是由漳州市广电局主办,创办于 1993 年 10 月的《漳州广播电视报》;二是由漳州师范学院党委主办,创刊于 1985 年 11 月的《漳州师院报》。值得注意的是,漳州的乡讯数量众多,发展迅速。漳州市所辖的九县一区在 20 世纪八九十年代都复办或创办了乡讯,诸如《芗江》、《石斋故里》、《龙海乡讯》、《南靖乡讯》,等等,其中《金浦报》是漳浦县目前唯一有正式刊号的报纸,也是福建省出版报纸期数最多的县级乡讯之一。2007 年 5 月底,在"金浦网"上开设了《金浦报》电子版,成为漳州市首个在网上开设电子版的县级新闻网站。漳州期刊共有 6 种,5 种为高校、研究所主办的学报及专业性、行业性刊物,1 种为市文联主办的文学期刊。其中，由漳州师范学院闽台文化研究所主办的《闽台文化交流》在闽南文化、闽台文化的研究上颇具特色。

同样，新时期泉州报刊迅猛发展。1985年后逐步形成《泉州晚报》、《东南早报》、《泉州晚报·海外版》、《泉南文化》月刊与泉州网所谓"三报一刊一网站"的媒体格局；2000年后福建日报报业集团旗下的《石狮日报》、《晋江经济报》相继亮相；泉州高校校报登场。泉州的报业竞争激烈。特别是进入20世纪90年代后，作为泉州市委机关报的《泉州晚报》面临着省报子报对泉州市报业市场的"入侵"。《东南早报》的创办很大程度上就是应对这一挑战。《泉州晚报·海外版》是泉州报业的一大亮点。泉州晚报社正是充分利用自身特殊的地理位置和"文"、"侨"、"台"特色，与海外华文媒体合作，开启了全国地市报出版海外版的先河。作为全国著名侨乡，泉州乡讯自1981年后相继复刊，并得到较大发展。其中著名的有《温陵》乡讯（1993年改称《泉州乡讯》）、《晋江乡讯》等。泉州期刊共有7种，其中高校学报5种；另两种分别是由中国海外交通史研究会、厦门大学历史系、泉州海外交通史博物馆主办的《海交史研究》和由泉州市文联主办的《泉州文学》，它们虽然性质迥异，但在突出泉州自身文化特色和底蕴方面却有异曲同工之妙。

纵观中华人民共和国成立之后尤其是新时期的闽南报刊，具有以下几个特点：一是发展迅速，报刊市场特别是报业竞争比较激烈，突出表现为报纸改版扩版不断；二是涉台报道、研究成为闽南报刊的一个重要特色，在两岸交流和发展上发挥了重要作用；三是侨刊乡讯获得了长足发展，在闽南经济、社会等各项事业发展中起到了很好的促进作用。

第一节　中华人民共和国成立至"文化大革命"时期的闽南报刊

一、厦门报刊

(一)《厦门日报》

1. 创刊经过

在新中国成立之前,《厦门日报》就处在紧锣密鼓的筹措之中。1949年5月,中共中央华东局在研究组建福建省委时,即决定福建解放后出版两份对开党报:《福建日报》和《厦门日报》。

1949年8月17日福州解放,《福建日报》于8月25日创刊。此时厦门尚未解放,中共福建省委当即着手筹建《厦门日报》。调当时解放军第十兵团前线新华分社负责人单斐担任社长兼总编辑,并调曾在淮阴、淮安办报的新华社福建分社采编主任孙明担任副总编辑,由他们具体负责筹组工作。此外,还调配了编辑主任、采访部主任等其他业务骨干。除领导班子外,还从南下服务团调走几位同志。当时筹备班子也不过八九人。

从9月1日至9月25日,筹备组一方面学习研究相关政策,另一方面收集、整理创办的有关资料。在此过程中,筹备队伍也日益壮大,到泉州时已有四五十人。

创刊前的筹备工作面临的一个棘手问题就是,当时投入办报的工作人员大多是青年人,爱好文艺写作,对创办《厦门日报》热情高涨;但理论修养、业务知识和办报经验都比较缺乏。为此,筹备组的领导同志决定要抓紧培训。单斐、孙明同志亲自出马,主讲战地采访、新闻写作与编辑;准备担任厦门市委宣传部长的许彧青分析斗争形势剖析党的宣传政策；解放军第十兵团宣传部长吴强讲授军事报道与通讯写作；筹备组人员还通过《江声报》社长许祖义，了解和掌握厦门文化知识界等各方面状况。这些措施和实践都为日后《厦门日报》的创刊打下了坚实的基础。①

10月15日夜，人民解放军向厦门岛发起总攻。10月17日厦门全部解放。筹备组全体人员于19日傍晚抵达厦门市区。在创刊过程中，遇到了一系列困难：一是没有办公和住宿地点；二是没有排字房和机印设备；三是夜晚没有电灯照明；四是采编校人员不足。在军管会和市委的支持下，这些困难一一得到解决和落实。许祖义还暂借《江声报》和《星光日报》原有的设备供《厦门日报》排字印刷，解了燃眉之急。一切就绪，筹备组全体人员不顾疲倦，连夜赶排报纸，终于使《厦门日报》于10月22日早晨同人们见面了。

《厦门日报》创刊当日发表了《庆祝厦门解放——代发刊词》的社论。社论指出："厦门是华南贸易要港，许多海外华侨的家乡，闽南经济文化的中心"，"如果我们能依靠广大人民群众，团结海外侨胞，并且紧紧掌握厦门的特点及其具有优越条件，那么我们一定能克服困难，把厦门建设成为一个人民民主的新城市"。创刊号还刊登了一些重要文告和消息：公开宣布厦门军管会已正式成立，叶飞、黄火星分别为正副主任；《中华人民共和国成立》详情；前苏联、东欧各国首先承认新中国的合法地位等。

2. 创刊初期

厦门是东南滨海名城，与台湾仅一水之隔。人民解放军解放

---

① "纪念《厦门日报》创刊50周年"丛书编委会：《搏击风雨五十年——〈厦门日报〉史略》，第2～3页，鹭江出版社，1999。

祖国大陆后，国民党军余部退守台湾，厦门理所当然地成为祖国大陆的海防前线。对这一时期台海两岸严峻局势的报道成为《厦门日报》工作的重点。

1949年10月16日，国民党于溃逃前夕将所谓"政治犯"，不论男女老少，一律杀光。报社同志得到消息后深感悲痛。10月23日在报纸头版揭露了国民党当局的暴行。

解放初期的厦门，局势仍然紧张。金门国民党守军炮火占优势，厦门全岛包括鼓浪屿完全在其炮火控制之下。此外国民党守军还不断以海军袭扰福建前线沿海地区，封锁厦门港、福州马尾港，以空军空袭厦门、福州。1950年至1954年间，厦门军民经常遭受国民党守军炮击和飞机轰炸，有时日夜数次，几成家常便饭。造成不少民房被毁，无辜群众伤亡。报社同志在办党报的同时，还得做好防空、防炮、防特、防盗等"四防"工作。据《厦门日报》创始人之一叶炜的回忆，当时报社编采人员都有一个讲义夹，一听到警报响，就携带稿件进入防空洞继续工作。报社工作人员紧张地进行办报的工作，又要抽空挖防空洞、防炮击的掩蔽体，堪称"工作、生活战斗化"。1950年6月20日中午，两架国民党军飞机估计是要偷袭轰炸鹭江道太古码头附近的船只，在仓皇扔下几颗炸弹后，便飞离厦门。在这次偷袭中，报社记者卢剑（原名卢镜仁）不幸遇难，另外还有三名采编人员受伤。①

1951年秋，抗美援朝前线战争异常激烈，国民党蒋介石集团妄图乘机反攻祖国大陆，作为前线的厦门首当其冲。在中共中央"确保厦门"战略的号召和激励下，报社全体人员紧急行动起来准备迎战。编辑部除资料组、校对组和经理部工厂仍留守中山

---

① "纪念《厦门日报》创刊50周年"丛书编委会：《搏击风雨五十年——〈厦门日报〉史略》，第75～76页，鹭江出版社，1999。

路外，全部迁至妙释寺路，借民房办公。全社上下纷纷表示即便市区发生巷战，也要坚持每天出版。后来，国民党蒋介石集团见无机可乘，也未敢轻举妄动。两个月后，报社迁回中山路原址办公。上述情况一直到人民解放军掌握了沿海的制空权后才告结束。

新中国成立初期的厦门，同时存在着一家在福建影响较大的民办报纸《江声报》。解放初期，《江声报》办报经常遇到困难，福建省委宣传部在自身十分困难的情况下，每月仍给报社补贴人民币3000万元（相当现值3000元）。当时，《江声报》只能在国内外电讯特别是在朝鲜战争消息的发布上和《厦门日报》抢时间、争读者，而在地方新闻的报道上由于限于政治政策水平感到力不从心，再加上用纸比较紧张，遂于1952年1月与《厦门日报》合并。合并后的《厦门日报》仍每周一期对国外发行四开版的《江声报》，直至1956年6月随着《鹭风报》（厦门市侨办主办）的出版，《江声报》的历史使命才告结束。合并后，从1953年7月1日至1958年4月30日，《厦门日报》一度改为四开四版。

《厦门日报》在创刊初期克服重重困难，在社会各界、人民群众的支持下，形成了自身的办报特色。

一是将政治学习放在首位，把握舆论导向。"先要学习好，才能宣传好"，成为报社全体的共识。作为中共厦门市委的机关报，《厦门日报》在各项政治和政策学习中都先走一步，学习气氛浓厚，形式多样，经常受到市领导的表彰。

二是抓住时代的主旋律，突出报道社会主义建设征程中厦门军民的英雄业绩和在各条战线上涌现的英雄模范人物。其中著名的有"前沿十姐妹"、"战地五姑娘"、"英雄小八路"、"十八好汉"、林边"二十三勇士"、湖边"花木兰排"等，这些报道不仅在厦门，有的在全国都产生了广泛影响。

1953年6月17日，我国第一个连接海岛的填海工程——厦门高崎至集美海堤开始动工。海堤建设面临着重重艰难险阻：新中国成立不久，运输、施工设备和生产钢筋混凝土构件等条件均不具备；国内没有一家设计机构、甚至于在北京的前苏联专家也不敢承担此项设计任务；国民党守军飞机经常来轰炸。为修海堤，厦门人民付出了生命的代价：先后有150多名海堤员工遇难。即便如此，海堤建设者仍然把工地当战场，把手中的工具当刀枪，硬是与国民党守军飞机抢时间，防空不减产。《厦门日报》紧紧抓住这一重大新闻事件，报道了移山填海的千万个工人，为工程的胜利奠定基础的工程技术人员以及在斗争中涌现出的数百个先进模范人物。《厦门日报》的报道激励了日夜奋战的海堤建设者，而他们的豪迈气魄和英雄壮举也鼓舞了全市人民。

与厦门海堤同样著名的工程，是1955年2月11日破土动工的鹰厦铁路。这是福建省境内的第一条铁路，也是国家第一个五年计划中的重点工程之一。《厦门日报》对铁路建设者的动人业绩作了大量报道。在1957年4月13日庆祝鹰厦铁路全线通车的社论中写道："现在，厦门已经不再是一个孤处海滨的城市了。鹰厦铁路的全线通车，使她和祖国各地更加紧密地联结在一起；使她变为闽南广大侨区物资的集散地和沿海鱼盐土特产的输出口；使她成为海外华侨、全国人民以及世界爱好和平人们的更加向往的注目的地方。"

三是加强评论写作，领导干部率先垂范。相对而言，新闻评论是《厦门日报》比较薄弱的环节，因此当时提倡领导带头，大家动手。市领导、宣传部长、秘书长等同志多次为报纸撰写社论或评论性文章。由于他们对所在部门比较熟悉，能够从全盘考虑，大局意识强，政策把握到位，因此既提高了报纸的质量，也扩大了报纸的影响，取得良好的效果。

四是走"群众办报"的道路。《厦门日报》一创刊，就大力发展通讯员，建立通讯网。在创刊一周年之际，《厦门日报》在题为《改进我们的报纸工作》的社论中指出："要贯彻'大家办报'的走群众路线的方针，大力开展工农通讯运动和读报工作，广泛的通讯网和读报组是报纸的资本和支柱。"在实际工作中，报社编辑部专门设立"通联"部门，负责联系通讯员，帮助其写稿、反映情况，提高他们的思想和业务水平。后来实行"采通合一"，记者、编辑也都有培养联系通讯员的任务。报社规定记者指导通讯员写稿或合作写稿，不和通讯员抢写稿子。在合作写稿时，一般通讯员都具名在先。正是凭借着"群众办报"这一法宝，《厦门日报》在创刊初期克服了采访力量不足的困难，地方新闻的写作也切实得到加强。许多企事业单位、机关、学校等都陆续成立了通讯报道组，不少领导干部还带头给报社写新闻报道。由此，报社培养出一批通讯员积极分子，后来大多也都成为基层干部或所在单位的骨干力量。同时，报社还强调为读者、群众服务。在创刊第三天，就在一版刊登"本报社会服务栏启事"，表明"本报为密切群众联系，帮助解决读者各种疑难问题，帮助学习，反映读者意见，改进各种工作，特设社会服务栏"。紧接着 10 月 27 日又推出第一期，下设《信箱》、《读者呼声》、《代邮》、《读报辞典》等小栏目。以后《社会服务》改为《读者来信》，成为报纸的重要栏目。①

五是积极主动地开展批评与自我批评。1950 年 6 月，中共中央决定在全党范围内进行一次大规模的整风运动。整风的重点

---

① "纪念《厦门日报》创刊 50 周年"丛书编委会：《搏击风雨五十年——〈厦门日报〉史略》，第 18～19 页，鹭江出版社，1999。

是各级领导机关；目的是克服骄傲自满、官僚主义和命令主义，密切同人民群众的联系；方法是整风运动和党的各项工作密切结合，一边工作，一边整风。报社员工深入学习中共中央相关文件，并表示在工作中坚决贯彻和落实。1951 年 2 月 4 日，"读者园地"版刊登了德化县读者李原的来信，认为该县在工作中存在着"严重的官僚主义作风"，应在报纸上公开检讨，并指出该县县长不深入调查研究，这种不负责任的作风，也应该在报上进行检讨。报社在接到被批评人的答复和原作者及德化县委会的来信后，在报纸上开展《怎样在报纸上展开批评与自我批评》的讨论。讨论围绕"批评稿直接寄报社是否违反组织性"、"被批评者被批评后应采取什么态度"、"批评者为了使得批评更有效力应该做些什么"、"批评遇到障碍后应采取什么态度"等问题进行了长达一个半月的对话和探讨。报社还针对当时市委机关建造公共浴室时存在的铺张浪费现象进行了批评，发表了《中共厦门市委机关存在铺张浪费现象》的消息和《厉行增产节约，反对铺张浪费》的短论。并在第三天报纸头版刊登了市委秘书处的反馈稿《中共厦门市委会秘书处接受本报批评 对铺张浪费作出检讨 准备拟定精简节约计划，并坚决贯彻到行动中去》。市委机关对批评虚怀若谷的态度，有力地配合和推动了当时全市的增产节约运动。[1]

六是集中评报，向外取经。报社对每天出版的《厦门日报》从报道中心、内容标题到版面安排等进行评议，努力做到缺点和需改进之处不回避，有话则长，无话则短。评报制度使全社上下参与到报纸的建设中来，激励了办报者的积极性、主动性，也非

---

[1] "纪念《厦门日报》创刊 50 周年"丛书编委会：《搏击风雨五十年——〈厦门日报〉史略》，第 20～21 页，鹭江出版社，1999。

常有利于业务的钻研和工作的改进。这个优良的传统在实践的检验中被证明是行之有效的，也受到历任领导的重视，直到今天依然是报社开展日常工作的重点。

　　1956 年 7 月，《人民日报》率先改革，引发了全国范围内的新闻改革热潮。《厦门日报》于 1956 年 7 月 2 日 4 版头条转发了新华社电讯稿《扩大报道范围　开展自由讨论　改进文风　人民日报为改出八个版致读者》，并在其后也做了一些改革。11 月报社委派金懋鼎、胡冠中两编委以《北京日报》为重点，遍访京、津、沪、宁、杭各党报和其他报社 12 家，请教范瑾、金仲华、徐铸成、赵超构等著名报人，汲取了新闻宣传报道和经营管理方面的不少宝贵经验，对进一步办好《厦门日报》注入了新的生机和活力。

　　可惜的是，很快这次改革便受到一系列政治运动的冲击，改革成果没能得到很好地巩固和发展。

　　3. 全面建设社会主义至"文化大革命"时期的《厦门日报》

　　(1) 反右扩大化和"大跃进"期间的《厦门日报》

　　1957 年 4 月 27 日，中共中央发出在全党开展整风运动的指示。5 月 14 日，中共厦门市委也随后发布了整风决定，号召全体党员投入整风运动。

　　《厦门日报》报道了各界人士提出的意见和批评。诸如《教授们说出真心话　揭露厦大存在矛盾》、《民主大厦一片鸣放声尖锐揭露党群之间矛盾》、《待遇何不公　是否主人翁》、《有沟要填　有墙须拆》、《笑骂由他　好官我自为之》等等。5 月 21 日，还在第二版刊登了反映本市部分新闻界代表意见的《尊重新闻工作　打破无理限制　市新闻界举行座谈要求改变不良现象》。

　　1957 年 6 月 9 日，《厦门日报》刊登了对右派分子进行反击的《人民日报》社论《这是为什么?》，11 日发表社论《继续鸣放，帮助党整风》。7月1日《人民日报》重头社论《文汇报的资产阶级方向应当批判》发表之后，厦门也开展了反右派运动。随着全国反右斗争的严重扩大化，《厦门日报》反右派运动的宣传也严重背离了整风运动的初衷，滑入了愈陷愈深的反右斗争扩大化的泥淖。不少单位的知识分子、干部和民主党派及各界的知名人士，由于对党的工作中存在的缺点进行了比较尖锐的批评而被错划为右派分子，在《厦门日报》上被点名。即便报社内部也不能幸免，8位记者、编辑被错划为右派分子，其中3位在报上被点名。直到1979年，全市和报社内部被错划为"右派分子"的干部和知识分子才得到平反。

反右派斗争余波未息，"大跃进"运动又开始吹起号角。1958年5月16日，中国共产党八大二次会议举行以后，"大跃进"运动在全国各条战线全面展开，一直持续到1960年冬才告结束。

这一时期，《厦门日报》也全力宣传"大跃进"和"人民公社"。大力宣传"全民办厂"，保证"十天实现文化城市"，并于1958年4月6日宣布"全民办学旗开得胜，厦门提前实现文化市"。8月27日头版头条刊登了《插红旗　放卫星　争上游．争第一　市委号召开展工业高产运动》。8月28日头版以通栏大标题《响应号召迅速开展工业高产运动》报道了全市工人奋起争上游。1958年10月18日在《两条腿走路打胜第一仗　本市昨日钢产跃过百吨关》一文中指出，厦门市人民打响钢铁高产周胜利的第一炮，昨日炼钢达100.934吨，创造了全市钢日产量的最高记录。不仅如此，《厦门日报》也投放了不少"高产卫星"。1958年12月7日报道东孚某社晚稻平均亩产1160斤，最高一亩高达2223斤。1958年10月19日宣称"本市实现人民公社化"。1960年10月30日报道《郊区广大食堂日益巩固提高　固定食堂407

个，10 万 9 千人，占人口 99.5%》，激励群众"鼓足干劲生产，放开肚皮吃饭"。

"大跃进"和"人民公社"运动，在力求高速度的口号下，使得以高指标、瞎指挥、浮夸风和"共产风"为主要标志的"左"倾错误严重地泛滥开来。当时，也有不少人清楚地认识到这一点。1958 年，陈嘉庚先生对集美各校许多"大跃进"的做法，甚为不满。他认为这是蛮干，缺乏求实的精神。他向集美学村各校指出："本校不要发动员工捐献款项办工厂和其他事业等等，已进行者应即停止，款已收者切要退回。"他抵制以大搞群众运动进行"教育大革命"的做法，曾在《厦门日报》发表了《集美学校跃进措施的启事》一文，旨在反对蛮干，提倡科学，强调教学。

（2）《厦门日报》对"炮轰金门"的报道

在"大跃进"运动开展得如火如荼的时候，"炮轰金门"也在紧锣密鼓地运行之中。

1958 年 8 月 17 日，中共中央在北戴河会议上作出了炮轰金门的决定。一方面是为了粉碎美国政府一直诱逼台湾当局放弃金门、马祖，策动海峡两岸"划峡而治"的阴谋，牵制和调动美国的军事力量，以实际行动支援中东各国人民的民族解放斗争事业；另一方面在向台湾当局发出和平信息的同时，对蒋介石集团在祖国大陆沿海地区的骚扰活动给予一定的惩罚。8 月 23 日 17 时 30 分，福建前线部队向金门发起大规模炮击。炮击共实施两个多小时，发射炮弹 2.92 万发，毙、伤国民党军 600 余人，击伤大型货轮 1 艘。24 日，炮兵和海军舰艇实施第二次大规模联合炮击；击沉、击伤国民党军大型运输舰各 1 艘。两次大规模炮击，金门岛运输补给中断，台湾当局急忙请求美国协防金、马。美国一面发表对中国恫吓性言论，一面向台湾海峡调遣海、空力量，对中国政府进行战争威胁。中国政府进行了针锋相对的斗争。

8月24日，《厦门日报》在头版刊登了这一消息。还转发了新华社北京23日电《美军舰在我沿海进行挑衅》。在头版头条刊发了新华社北京23日消息《陈毅副总理提醒世界人民　保持警惕防止美国新侵略》，援引陈毅的话说："中国人民始终没有忘记，美国至今还霸占着我国领土台湾，因此对于一切受美国侵略的国家和人民抱着最深切的同情。"并配发了《人民日报》社论《必须把斗争进行到底——评联合国大会紧急特别会议》，严正指出美英继续侵占黎巴嫩和约旦，并且阴谋组织"联合国和平部队"来继续蹂躏这两个国家的独立和主权，这种打算是完全失败的。

8月25日，《厦门日报》在报眼位置刊登了新华社福建前线24日的消息，消息称在强大炮兵部队神炮手的准确射击下，为时仅十七分钟，金门岛上的国民党守军炮兵阵地和指挥系统等军事目标，都陷入浓烟烈火中。该日在头版还刊登了《本市人民密切注视美国挑衅活动　坚决抗议美舰威胁我国安全》、纷纷集会控诉美蒋罪行的《东山渔民燃起怒火》等消息。8月26日刊发了新华社福建前线25日消息《我鱼雷快艇和炮兵部队　击沉击伤蒋军军舰两艘　前线各界人民热烈慰问人民空军》。8月27日在头版报道了《我军狠狠惩罚美国军队　本市人民热烈欢呼胜利》，刊登了新华社海防前线26日的两篇消息和相应图片。

从1958年一直到1979年元旦，金门炮战打打停停、停停打打（1961年12月中旬起，遵照中共中央、中央军委保持台湾海峡的稳定的指示，福建前线部队只在单日向金门打些宣传弹）延续了20年，直到中美正式建交那一天才终止。《厦门日报》的前线报道、军事报道占了很大分量。突出报道了厦门军民坚持战斗、坚持生产、坚持工作的崇高精神以及对敌斗争中涌现出的英雄模范人物。其中著名的有《英雄小八路》、《前沿十姐妹》、《海岸青松安业民》、《钢铁炮手胡德安》、《不朽的共产主义战士王邦德》，等等。

"英雄小八路"是在 1958 年 "8·23" 炮轰金门战斗中涌现出的群体，这个群体是何厝小学的前身——禾山第四中心小学的"前线少年支前大队"。当时，那些十几岁的小学生（最小的仅 12 岁，最大的也才 16 岁），在群众撤退到后方时，坚决要求留在前线。在炮火中，学生们一边学习一边帮助解放军洗衣服、修道路、接电线。《厦门日报》最早报道英雄小八路事迹。1958 年 7 月，"小八路"们正在为备战做准备时，《厦门日报》就两次介绍了学生们的事迹。正因为这些报道，学生们的事迹逐渐为人所知。而"英雄小八路"的定名，源于团市委的一面锦旗。1958 年 9 月 10 日，团市委的领导冒着炮火，骑了十几公里的自行车来看望正在防炮洞里上课的学生们，并带去了一面锦旗。锦旗上以"前线少年支前大队"为开头，中间绣着"英雄小八路"。1958 年的 9 月 12 日，《厦门日报》第一版也刊登了这一消息。1959 年，"小八路"成员何佳汝、何大年出席了全国共青团"九大"和"十大"，受到毛主席和中央首长的亲切接见，副队长黄水发还被选为共青团第九届中央候补委员。上海天马电影制片厂根据他们的事迹，拍摄影片《英雄小八路》，电影的主题歌《我们是共产主义接班人》，后来又被定为"中国少年先锋队队歌"。

（3）国民经济调整和"文化大革命"时期的《厦门日报》

经过严重的经济困难时期，1961 年，中共中央提出了"调整、巩固、充实、提高"八字方针，开始为期五年的大调整。《厦门日报》总结检查了报道上的"浮夸风"等"左"的错误之后，积极宣传八字方针。这一时期，记者深入基层，在各条战线上发现和报道了一批先进人物的典型。如工业战线上的严建霖、郑文贤、林九婴；农业战线上的董术、吴水泉、林婉然；商业战线上的许和尚、吴亚乖；教育战线上的蔡莹珍；在海防第一线的胡德安、骆编全等等。1963 年 11 月 28 日，刊登了《在二十八户大楼里》的长篇报道，介绍了思东横巷一幢居民大楼邻里团结互助、共同进步的新风尚。1964 年 2 月，新华社以《一座公寓大楼就是一个家》为题，向全国作了广播。从 1963 年 2 月 3 日起，《厦门日报》专门开辟了《赞好人　颂新风》专栏，发表了《话务员陈淑贤深夜救病人》等文章，经新华社广播后，《人民日报》《解放军报》等都相继刊登。与此同时，《厦门日报》还组织了"树新风，破旧习"、"大家来谈年轻的一代"、"怎样才算有前途？"、"怎样才能使学生生动活泼主动地学习？"等讨论。

到 1963 年，厦门经济形势全面好转，《厦门日报》对此作了充分报道。但这一时期报道中的"左"的错误还未完全纠正。如大力宣传"以阶级斗争为纲"，错误地刊登了批判《北国江南》、《早春二月》等影片的文章等。①

1966 年 5 月 16 日，中共中央政治局会议通过了由毛泽东主持起草的《中国共产党中央委员会通知》（简称《五一六通知》）。提出了进行"文化大革命"的一整套理论、方针和政策。《五一六通知》提出向党、政、军、文各界的"资产阶级代表人物"开展彻底批判，夺取文化领域中的领导权。中央《五一六通知》发出后，"文化大革命"拉开了序幕。

在"文化大革命"飓风狂澜之下，《厦门日报》首当其冲：当时，"文化大革命"风浪卷来，很多通讯员、读者都不明就里。

---

① 胡立新、杨恩溥编撰：《厦门报业》，第 197～199 页，鹭江出版社，1998。

《海燕》副刊版主编王丁待人诚恳热情，工作认真负责。他应邀于 5 月 7 日到市工人文化宫开了一场讲座，听众异常踊跃。王丁就"文化大革命"谈了自己的一些理解，部分内容与后来报纸、广播所宣传的有些不符。就是这场讲座招致"飞来横祸"，王丁在厦门第一张大字报中被攻击为"歪曲'文化大革命'"，是在"放毒"。此后事态愈来愈扩大，局势愈来愈严重。由王丁引发到副刊，再由副刊燃烧到整个《厦门日报》。《厦门日报》被诬蔑为贩卖的尽是"反党、反社会主义、反毛泽东思想"的"黑货"。紧接着，厦门市委向《厦门日报》派出工作组，具体领导报社进行"文化大革命"，并着手组织全市各界代表举行批判会。7 月 7 日夜王丁跳楼，是"文化大革命"中厦门第一位受害致死者。副总编王雨潮也在报纸上被点名批判。

此后不久，厦门大学一支"造反队"进驻《厦门日报》社。1967 年 1 月 9 日，《厦门日报》刊登了新华社播发的《文汇报》被夺权的消息以及"造反派"《告上海人民书》和《人民日报》编者按。还未等报纸付印，厦门一"造反派"于 1 月 9 日凌晨入驻报社宣布夺权。《厦门日报》成为全市第一个被夺权的单位，夺权后改名为《新厦门日报》继续出版，报头下面署名为"厦门革命造反派联合委员会"编印。6 月 29 日，厦门另一派"造反派"，赶走前一"造反派"，改出《新华电讯报》，只登新华社电讯，不登地方新闻。1968 年 9 月 9 日，军管会对《厦门日报》实行军管，并将《新华电讯报》改为《厦门日报》临时版。9 月16 日，经中国人民解放军福州军区党委和福建省革命委员会批准，厦门市革命委员会成立，系全市党、政合一的最高权力机构（原市委机构撤销），《厦门日报》也随之成为厦门市革委会的机关报。

1970 年 2 月底，福建省革命委员会决定《厦门日报》停刊，

3 月 1 日《厦门日报》正式退出了人们的视野。

（二）厦门乡讯

这一时期厦门主要乡讯即《鹭风报》。

《鹭风报》由厦门市海外交流协会主办，厦门市人民政府侨务办公室主管，是一份立足闽南、面向海内外公开发行的侨刊周报。其宗旨是"构筑华侨华人信息平台，服务侨乡民众生活"。

《鹭风报》创设于 1956 年 6 月，由厦门市侨务局领导，是新中国成立后在海内外乡亲关怀、支持下创办的福建省第一家民间报纸，专门向海外侨胞、港澳同胞报道厦门及闽南侨乡情况的乡讯。蓝青任主编，四开二至四版，每月出版 1 期，印数 2500 份左右，发往印尼、缅甸、新马、菲律宾、柬埔寨、英属婆罗洲以及香港等地。截至"文化大革命"，《鹭风报》共发行 131 期。

《鹭风报》"文化大革命"期间停刊。

（三）厦门期刊

这一时期，一些期刊得以复刊，如《厦门大学学报》（哲社版）（创办于 1926 年，1945 年停刊）于 1952 年复刊，成为新中国成立后最早复办的大学学报之一。此外，这一时期也创办了不少期刊。如 1950 年创办的《厦门文艺》，1957 年创办的《南洋资料译丛》和 1974 年创办的《南洋问题研究》、1954 年创办的《数学研究》和 1972 年创办的《亚热带植物科学》等等。

1950 年 12 月 28 日，厦门市文联首届四次理事会决定借用《厦门日报》副刊版面出版《厦门文艺》（半月刊）。1951 年 2 月 12 日，《厦门文艺》创刊号在《厦门日报》出版。从创刊至 1953 年 6 月，《厦门文艺》借用《厦门日报》副刊版面出版了 45 期，后来由于《厦门日报》缩版，版面紧张，市文联决定自 1953 年

7 月起改出单行本月刊。

1957 年反右前，《厦门文艺》停刊，原来的一批作者不少都在《厦门日报》副刊《海燕》上发稿。1959 年，《厦门文艺》复刊为双周刊。其主旨是培养厦门本土作者，内容主要是前线生活、人民公社、"大跃进"、大炼钢铁、三面红旗等。当时除了李力、彭一万、陈文华、王丁、李拓之、陈汝惠、蔡厚示、应锦襄、胡冠中、林莺等作家外，还涌现了许多新作者，比如傅子玖、陈佐洱、黄灯辉、王者诚、刘登翰等。这个时期的《厦门日报》不仅辐射闽南金三角，甚至包括闽西，闽西有一些作者在各个版面发稿。

1966 年 6 月，"文化大革命"开始，厦门市文联首当其冲，其领导和成员受到迫害，《厦门文艺》随之消失。在 20 世纪 70 年代初，市革委会文化组下面的创作办公室办了 32 开本的《厦门文艺》。这一时期的作者有许多是新一代的年轻人，如吴铧、陈元麟、颜如璇、陈耕、朱水涌等，其中也有本名龚佩瑜的舒婷。[1]

创办于 1974 年 1 月 1 日的《南洋问题研究》是厦门大学南洋研究院主办的季刊，是国内最早创办的国际问题研究刊物之一。

《南洋资料译丛》由厦门大学南洋研究院主办，季刊，创办于 1957 年。主要从英文、日文、俄文、印尼文等国外主要报刊上选译有代表性的文献与系统资料，以学术论文为主，资料为次。主要栏目有亚太地区各国政治、经济、历史、华侨华人，东南亚地区各国政治、经济、历史、文化、教育等。

---

[1]　《反映本土生活　培养地方人才》，http：//xmwenxue.com/Read-News. asp? NewsID＝228。

二、漳州报刊

(一) 漳州报纸

1. 党报

1949 年 9 月 19 日，漳州解放。9 月 24 日，从太行山南下的长江支队第五大队（南下地委）和坚持闽南游击斗争的闽南地委在漳州胜利会师。9 月 25 日，漳州军管会和中共福建省第六地委、专署、军分区宣告正式成立。此后面临的一个重要任务就是接管报社，创办报纸。当时漳州公办的报社有 6 家，都有其政治背景，是党派斗争的舆论工具。《闽南新报》系国民党机关报，为军统所控制，其新闻来源是"中央社"发布的稿件。《神州日报》系三青团主办的团报，也带有政治倾向性色彩。《正报》系龙溪县党部机关报。《明光报》是龙溪县农会机关报。还有设在石码的《九龙报》。私办报社有 4 家，即《侨报》、《济世报》、《芗波报》和《儿童新报》等。其中，《儿童新报》和《济世报》在解放前数月就已停办，其他的报社，除《闽南新报》规模较大，有资财、设备、电台和印刷厂外，大多数报社因经济困难而时办时停，处于半停刊的状态。① 其余报社多是"剪刀报"，办报主要靠三件宝："剪刀、红笔和香糊"。有的是"竹竿报"，就是依靠敲诈勒索钱财来维持报社工作人员的生活。报社人员互相勾结，专写所谓"揭露性"的报道，以造谣诽谤的内容，向被揭露者勒索财物；有的专找富商殷户的"桃色新闻"，以索取黄金白银。这些报纸主要由《闽南新报》社和古宋印刷厂

---

① 高明轩：《关于〈漳州电讯〉的创办》，见中国人民政治协商会议福建省漳州市委员会、芗城区委员会文史资料委员会编：《漳州文史资料》第十一辑（总第十六辑），第 115 页，1989 年 9 月。

承印。①

　　9 月 27 日，中共福建省委第六地委（龙溪地委）创办了第一张报纸《漳州电讯》。之所以没有创办日报，是因为当时福建省委指示：除《福建日报》外，各地只出电讯，不出日报。②《漳州电讯》是将公办报社全部接管合并成立的，以中共闽南地委主办的《前哨报》人员为骨干，并吸收了由游击队出来的朱汝安、吴一苇、杨涛、徐茵、庄剑华等十多人以及从南下服务团抽调的团员，后又从闽南公学调进 20 人充实。报社设编辑部和经理部，社长为地委宣传部副部长、漳州军管会文教部副部长高明轩，报社经理为许良枫，副经理为周墨西。

　　《漳州电讯》系四开二版，铅印日刊，每期印 2000 份。社址设在芗城青年路（今闽南日报社印刷厂内），此处系原国民党《闽南新报》的旧址。《漳州电讯》遵照省委关于新解放区办报方针的指示，每天刊发新华社电讯，并发表一些地方新闻，如地方政权的建立、接管工作的情况，肃匪反特，支前活动，闽南公学开学和地委工作总结和领导讲话等。至 1949 年 12 月 31 日终刊。

　　自 1950 年元旦起，《漳州电讯》改为《漳州日报》出版。对开四版，为漳州地委机关报，每期铅印 3000～4000 份。《漳州日报》以地方新闻为主，同时刊登新华社电讯，开辟《读者来信》、《社会服务》、《医药卫生》、《专题专访》及文艺副刊专版。该报强调报纸的群众性，以反映本地区工农群众的革命活动及生产斗

---

　　① 罗晶：《解放初漳州文教部门的接管情况》，见中国人民政治协商会议福建省漳州市委员会、芗城区委员会文史资料委员会编：《漳州文史资料》第十一辑（总第十六辑），第 111 页，1989 年 9 月。

　　② 高明轩：《关于〈漳州电讯〉的创办》，见中国人民政治协商会议福建省漳州市委员会、芗城区委员会文史资料委员会编：《漳州文史资料》第十一辑（总第十六辑），第 116 页，1989 年 9 月。

争为主体，也兼顾各行各业的报道。重视新闻的政治性和鼓动性，对剿匪反霸、减租减息、民主建政、组织农协、准备土改的鼓动作用很大。①

1950 年 3 月 27 日，中共福建省委作出决定，集中力量，办好全省性党报——《福建日报》。之后，除《厦门日报》外，各地委机关报相继停刊。1950 年 5 月 1 日，《漳州日报》奉命停刊。报社近 80 名工作人员，部分分配到地委及专署机关，部分建立通讯科，为《福建日报》组稿发稿。自此，漳州地委（1950年 9 月改称龙溪地委）约两年没有自办报纸。

1952 年元月，随着形势发展需要，地委再次筹办《龙溪农民》报，同年 6 月 1 日正式出版，八开四版，3 日刊，年发行量75 万份。社长由地委宣传部长鲁光兼任，日常工作由专职副社长杨廷英主持。《龙溪农民》出版期间，正逢宣传、贯彻共产党在过渡时期的总路线，报纸大张旗鼓地连续宣传总路线，宣传"为国家争取财政经济的根本好转而斗争"，鼓励农民发展农业生产、开展互助合作运动，宣传统购统销、多卖余粮支援国家建设。报纸的栏目有《学习总路线，宣传总路线》、《经济生活》、《农民争卖爱国粮》、《文化生活》、《小言论》等。

为了适应农业合作化高潮出现的新形势，1957 年 7 月 1 日，《龙溪农民》报改为《闽南人民报》。改版后的报纸为四开四版 3日刊，每期印 1 万多份。参照《福建日报》的体制，改刊后也将社长改为总编辑，地委宣传部长鲁光仍兼任总编辑，杨廷英任副总编辑。报社还成立了编委会，除杨廷英外，还有徐因、董楚阳、汤建。不久，徐因被任命为副总编辑。

---

① 曾启川、杨瑞仁：《历史上的〈闽南日报〉》，《〈闽南日报〉复刊二十周年》，2005 年 12 月 28 日第 4 版。

1958 年 5 月 1 日，《闽南人民报》又改为《闽南日报》，并把《支部生活》期刊的人员及创刊不久的原漳州（现芗城区）市委机关报《漳州日报》的全部人员并入《闽南日报》。漳州（龙溪地区）印刷厂也并入报社，职工达 400 多人。这一阶段，报纸版面变动频繁。1958 年 4 月为四开四版；8 月 1 日改为四开二版；9 月 1 日扩为对开四版。1959 年 12 月，又改为四开四版。这一时期，《闽南日报》日发行量约 13000 份，发行比较稳定。①1961 年 3 月，根据省委指示，经地委研究，又改为两日刊，报名改为《漳州报》，版面依然四开四版。这一时期，《漳州报》的发行量每期六七千份。"文化大革命"中，报纸几乎全部刊登新华社消息，至 1969 年 9 月停刊。报社的编委、记者、编辑先被集中到报社印刷厂劳动，后下放各地，从此各奔前程。②

2. 其他报纸

表 3-1 其他报纸一览表

报 名	地点	创刊年月	终刊年月	刊期	开数	创办单位	备 注
云霄报	云霄城关	1956.9	1962.7	周刊双日刊日刊	四开四版	中共云霄县委	曾出过一段日报
龙溪日报	漳州城关	1958.4	1960.2	日刊	四开四版	中共龙溪县委	
漳浦报	漳浦县绥安镇	1958.4	1961.2	隔日刊3日刊日刊	四开四版	中共漳浦县委	办过一段日报

① 曾启川、杨瑞仁：《历史上的〈闽南日报〉》，《〈闽南日报〉复刊二十周年》，2005 年 12 月 28 日第 4 版。

② 《中共地市县委机关报》，http：//www.fjsq.gov.cn/showtext.asp？ToBook=84&index=82。

续表

报　名	地点	创刊年月	终刊年月	刊期	开数	创办单位	备　注
东山报	东山县西埔镇	1958.4	1961.3	日刊双日刊	四开四版	中共东山县委	初为《东山日报》
南靖报	南靖县山城镇	1958.4	1963.3	双日刊	四开四版	中共南靖县委	1959年4月6日改名《南靖人民》报
红旗报	平和县小溪镇	1958.4	1962.8	3日刊双日刊	四开四版	中共平和县委	
诏安报	诏安县诏安镇	1958.7	1961.8	双日刊日刊	四开四版	中共诏安县委	办过一段日报
长泰报	长泰县城关	1959.1	1960.10	3日刊双日刊	四开四版	中共长泰县委	
海澄报	海澄县海澄镇	1958.10	1960.2	双日刊日刊	四开四版	中共海澄县委	出过一段日报
龙海报	龙海县石码镇	1960.2	1961.2	双日刊	四开四版	中共龙海县委	

资料来源：《若干年份福建省县级报纸一览表》，http：//www.fjsq.gov.cn/showtext.asp？ToBook＝84&index＝83。

（二）期刊

这一时期创办的期刊不多，主要为《福建热作科技》。于1975年创刊，季刊，由福建省热带作物科学研究所主办，福建农业厅主管。着重报道有关热带、亚热带名优果树、蔬菜、花卉、观赏植物、橡胶、剑麻等经济作物的研究报告、试验简报、综合评述、经验交流、应用技术、科技简讯、信息研究及有关其他生物、绿色食品和环境保护等科技文章。主要栏目有《试验研究》、《技术总结》、《综述与评述》、《快报》等。①

三、泉州报刊

（一）泉州报纸

1. 地（市）级报纸

（1）《泉州日报》

1949 年 8 月 31 日泉州解放。刚刚成立的泉州军管会派出庄炳章、郭荫棠等人接管解放前泉州市区的三家大型日报：《泉州日报》、《福建日报》、《群力报》，并以设备较好的《群力报》为基础，集合其他报社设备，于 1949 年 9 月 16 日创办了《泉州电讯》报，这是解放后泉州的第一张报纸。该报以刊登新华社电讯为主，每天出版四开三版一小张，刊载中国人民解放军迅速追歼逃敌、解放全中国以及中华人民共和国宣告成立等消息。报纸由郭荫棠负责，编辑工作由早期进入报社的南下和地下同志负责，收讯工作由原泉州三大报留用收讯人员承担。

1949 年 9 月底，中共泉州地委开始筹办《泉州日报》。先从同安县（当时隶属泉州）调来县委常委、宣传部长李英贵，后来又陆续从南下服务团和地下干部中抽调一大批干部投入到《泉州日报》的筹备工作中。11 月 6 日将《泉州电讯》改为《泉州日报》。由李英贵任社长，范解人任编辑部主任，史其敏任经理，巩道顺任办公室主任，曹尔奇任采通科长。编辑部、经理部（不包括印刷厂）的工作人员大约五六十人。

《泉州日报》每日出版对开四版一大张。第一版刊登国内外重大新闻和党的中心工作，第二版为地方新闻，第三版为电讯，第四版为副刊和专刊。《泉州日报》成为当时泉州地区唯一一份

---

① http：//www.wanfangdata.com.cn/Periodicals/default _ fjrzkj.aspx。

报纸，发行量达 2 万多份。报社当时的专职记者只有三四人，只能承担一些重点报道任务。报纸上刊登的地方新闻大量是由通讯员完成的。由于通讯员队伍数量大，质量又参差不齐，《泉州日报》采通科特地在报上开辟《通讯园地》专栏，每月都要从来稿中对一些带普遍性的问题进行评述，以此提高通讯员队伍的业务水平。

解放初的泉州，土匪蜂起，社会混乱，人民生活极不安宁。为了迅速扭转局面，尽快恢复和发展生产，巩固新生的革命政权，《泉州日报》对剿匪工作作了大量及时的报道。当时匪特通过私人关系大力发展组织；建立电台，搜集军事、政治、经济各方面情报；杀害干部，包围机关；张贴反动标语，敲诈勒索群众财物；混入机关团体；或造谣抢劫，爆炸破坏。《泉州日报》对永春著匪康明深、德化著匪张雄南等的覆灭，均作了翔实报道。反霸也是《泉州日报》报道的重点之一，其中比较典型的是对叶金泰解放前犯下的累累罪行的揭露。叶金泰是叶定国的养子，叶家父子解放前是闽南一霸，有自己的军队，通过开赌场、妓院，贩卖毒品等渠道，聚敛了不少钱财，在家乡同安修建了地主庄园。叶金泰聚众抢劫，敲诈勒索，强占民妇，惨杀民众，无恶不作。报社记者将叶金泰迫害农民李芳赐，并将他全家活埋于莲山乡白沙苍造成"六尸七命"的人间惨剧写成纪实性小说在副刊上连载，引起较大的反响。后来还被剧团作为素材，创作剧本在各地演出。不仅如此，《泉州日报》还从 1950 年 3 月 19 日起，分别报道解放后泉州的码头搬运工人、店员、人力车工人和女工在中国共产党的领导下，挺起腰杆翻身做主人的情况。①

---

① 泉州市地方志编纂委员会编：《泉州市志·新闻卷》，第 22～23 页，中国社会科学出版社，2000。

1950 年 5 月 1 日，为了集中力量办好《福建日报》和《厦门日报》，根据中共福建省委的指示，《泉州日报》宣布停刊。

1958 年 7 月 1 日，《泉州日报》复刊，成为中共晋江地委（原中共泉州地委）的机关报。《泉州日报》将《闽中日报》并入，初为对开四版，后缩为四开四版（1959 年 5 月 1 日至 1961 年 2 月底），其后又改名为四开四版隔日刊的《泉州报》（1961 年 3 月 1 日至 1969 年 4 月 1 日停刊）。从复刊后的《泉州日报》到改名后的《泉州报》，存在时间为 10 年 9 个月，报纸发行量最高时达 5 万多份。

《泉州日报》复刊后，实行总编辑领导下的编委分工负责制。起初编委会成员有 7 名，分别是：朱展华（总编辑）、倪永图（副总编辑）、黄梅雨（总编辑室主任）、朱永忠（办公室主任）、程旭初（总编辑室副主任）、张文元（经济科长）、李祖景（采通科长）。其后，编委成员与编辑部人员随着报纸的不断变化也有较大调整和改变。就总编辑和副总编辑的变动来看，1960 年至 1962 年为崔梦周和黄梅雨、张文元，1964 年至 1969 年为姚源堂和黄梅雨。1964 年编委会由原来的 7 人减至 5 人。他们是姚源堂、黄梅雨、黄伙木、陈智慧、刘仲炎。①

1958 年，《泉州日报》复刊正值全国上下"大跃进"时期。在"左"的思想指导下，《泉州日报》报道了一些地方"大放卫星"、"大炼钢铁"、"大办食堂"等浮夸风、"共产风"现象。由于报道的特定需要，报纸常常打破版面的统筹安排和设置，分别为地方经济新闻和文化教育园地的二版与三版经常被中心工作报道所占用，整版、整版地贯以通栏标题。尤其是报道国内外重大

---

① 泉州市地方志编纂委员会编：《泉州市志·新闻卷》，第 23 页，中国社会科学出版社，2000。

新闻和地委中心工作的第一版异乎寻常地频繁使用通栏和套红。如 1958 年《泉州日报》复刊正逢建党 37 周年，第一版为一面鲜艳的红旗，下面是《树立共产主义风格——全区一年来的整风运动成就巨大》的长篇报道。7 月 3 日头版头条是《全区大搞试验田、力争创造万斤社》，并配发《千斤榜》专栏，整版以"一天等于 20 年的时代到了"的通栏标题覆盖。随后，"千斤田"、"千斤社"的报道不绝如缕。

1961 年，国民经济开始贯彻"调整、巩固、充实、提高"八字方针，泉州市采取许多调整措施。在此情况下，报纸也开始在突出地方特色和为人民群众所喜闻乐见上下功夫。一方面，浓墨重彩地报道本地富有时代精神的典型人物。如《惠安八女跨海征服荒岛》，报道了惠安莲城大队支部副书记周亚西带领 7 名女社员 1958 年到荒岛大竹岛安营扎寨 15 年开荒种粮，连年获得好收成的感人故事，在全国引起轰动并获得广泛好评。著名作家冰心撰文称赞"惠安八女"为"最可爱的姑娘"。1964 年 1 月 5 日，刊发《农业战线的青年红旗手——林安田》，并配发评论《向林安田同志学习》，报道其实干精神。1958 年仙游县农民育种家陆财从水稻"南特号"中选出变异单株，经不断培育而成的早稻良种，当年在全省推广种植 19.95 万亩，被命名为"陆财号"。① 报纸以《好竹出好笋，好种好收成》报道了这一先进事迹。另一方面，以较多篇幅登载具有泉州地方特色的知识小品。1961 年 6 月 11 日开辟《本区历史文物》专栏，连续报道清源山、六胜塔、弥陀岩等泉州著名历史文物和风光名胜。7 月 11 日设置《名艺人小志》专栏，对泉州各地的名艺人逐一介绍。如

① http：//www.fjsq.gov.cn/showtext.asp？ToBook ＝ 43＆index ＝ 277。

对木偶戏名家吴焕成的报道《布袋戏革新者吴焕成》。紧接着，于 1961 年 8 月 7 日、10 月 13 日、11 月 13 日和次年 6 月 5 日分别推出《我区历史人物》、《泉州民间名联》、《泉州街巷名称探源》、《温陵掌故》等专栏，引起了读者的广泛兴趣，取得了较好的传播效果。①

　　1966 年 5 月下旬，地委召开县（市）委书记会议，贯彻执行中共中央《五一六通知》，部署"文化大革命"活动。6 月初，全区城乡掀起所谓"破四旧"（旧思想、旧文化、旧风俗、旧习惯）运动，"文化大革命"迅猛展开。7 月 9 日，地委成立"文化革命领导小组"，下设办公室，并向各中学派出文化革命联络员。《泉州报》是最早派驻工作组的单位之一。工作组领导下的"文化革命小组"最先夺了编委领导的权。不久，华侨大学"红卫兵"首先派人进驻《泉州报》，并于 1967 年 1 月 10 日联合市区"红卫兵"组织，从"泉州报文化革命小组"手中再次夺权，非法接管《泉州报》。1 月 23 日，泉州造反派非法夺取晋江地委、专署的权力。《泉州报》一时成为各派争夺的焦点，"工人毛泽东思想宣传队"和"支左"部队先后四次轮换进驻报社，使得报社一度陷入混乱。为了防止把党报变成相互攻讦的派报，避免各方面的矛盾及对报社的频繁冲击，通过多方协商，《泉州报》不刊登地方新闻，仅刊载新华社电讯，这种状况一直持续到 1969 年 4 月 1 日正式宣布停刊。②

　　（2）《晋江农民报》、《闽中报》、《闽中日报》

　　中共泉州地委改为晋江地委后，于 1952 年 5 月 3 日创办

---

　　①　泉州市地方志编纂委员会编：《泉州市志·新闻卷》，第 24～25 页，中国社会科学出版社，2000。

　　②　同上书，第 25 页。

《晋江农民报》。该报先是八开四版三日刊，1956 年元月 1 日后改为四开四版三日刊。1956 年以后，晋江地区范围扩大，除莆田、仙游解放后就隶属晋江地区外，又将福清、平潭、永泰划归晋江地区，因此，《晋江农民报》于 1957 年 1 月 16 日改为《闽中报》，1958 年 5 月 1 日又改为《闽中日报》，均保持四开四版三日刊的格局，直至晋江地委于同年 7 月 1 日复办《泉州日报》，将《闽中日报》并入。

《晋江农民报》是当时中共晋江地委为了加强对农业合作化运动的领导和具体指导而创办的。其版面安排完全按照农村工作和农民的需要而设置。1953 年至 1957 年，中共中央的中心工作是贯彻党在过渡时期的总路线和粮食实行统购统销政策，进行对农业、手工业和资本主义工商业的社会主义改造。翻身后的农民积极响应党的号召，坚定走农业互助合作道路，组织起互助组、初级社和高级社。早期，《晋江农民报》连续报道了晋江专区的蔡植物合作社、晋江雁塔李增文合作社和惠安兰田孙天生合作社。后来，又相继报道了石霞村的吴等娘合作社和南安莲塘村的陈存琴合作社。这些报道及时总结了当地的工作经验，对全区农村工作起了较大的指导作用。

《晋江农民报》改为《闽中报》后，版面也作了相应调整。一版主要报道中心工作，二版为各地消息，三版为副刊，四版为电讯。《闽中报》仍然紧抓"农民"二字，坚持通俗化办报的方针。为此，二版还增加了《党的生活》、《社员之家》、《读者来信》、《这样做对吗》等专栏。三版的副刊"东西塔"办得较有特色，文艺性也较强；"生活"副刊则融新闻性、知识性、趣味性为一炉。四版的电讯一般都经过改编，设有《国内外消息》、《天下大事》、《老张讲时事》、《在兄弟国家里》、《祖国建设喜报》等栏目，还辟有"小辞典"，专门就有关时事问题进行解答。①

（3）《三代会报》

《三代会报》是"文化大革命"时期一种特殊的报纸类型。三代会指的是工人代表委员会、农民代表委员会和红卫兵代表委员会。泉州的《三代会报》是由当时泉州市（今鲤城区）的革命工人代表大会、贫下中农代表大会和红卫兵代表大会于 1969 年 9 月 29 日联合创办的。发行量每期一万份，由邮电局公开发行，范围遍及晋江地区。当时的泉州市报道组也并入《三代会报》，并为《福建日报》发稿。

该报为四开小报，有时四版有时六版。出版时间也不固定，大体上平均三天出一期。四个版面的内容也没有明确的划分。一般来说，一版较多刊登"两报一刊"（《人民日报》、《解放军报》、《红旗》杂志）社论、《福建日报》社论一些重大的时事新闻也在一版刊登。其他版面内容不太固定，"大检举、大揭发、大清查、大批判"的文章居多。其中，对《风雨桐江》的批判较为典型。《风雨桐江》是晋江出生的作家司马文森于 1964 年完成的长篇小说。描写了 1935 年红军长征后，东南沿海人民对敌斗争的事迹。这样一部革命题材的作品，在当时却被认定为"反动小说"遭到批判。该报"大批判"的气氛浓厚，"阶级斗争"的旗帜随风飘扬，在开辟的《工农兵论坛》上，经常充斥着诸如《迎新春过佳节不忘阶级斗争》、《批臭人情世故，堵死商品后门》等文章。一般的时事及地方新闻，该报却所登甚少。各个版面除《工农兵论坛》外，也没有设置什么固定栏目。1970 年 6 月 30 日《三代会报》停刊，共出

---

① 泉州市地方志编纂委员会编：《泉州市志·新闻卷》，第 26 页，中国社会科学出版社，2000。

84 期。①

2. 县（市）级报纸

表 3-2 泉州县（市级）报纸一览表

报名	创刊年月	终刊年月	刊期	开数	创办单位	备　注
泉州报	1958.3	1958.7	3 日刊	四开四版	中共泉州市委（县级市）	前身为泉州市委办公室编印的内部工作简报。1958 年 7 月 1 日，与《闽中报》一起并入中共晋江地委机关报《泉州日报》
晋江报	1958.4	1961.2	3 日刊 日刊	八开四版	中共晋江县委	初名《晋江人民报》，1958 年 7 月后改名《晋江日报》，1959 年 5 月 1 日更名为《晋江报》
惠安报	1958.4	1961.2	3 日刊 日刊	四开四版	中共惠安县委	初名《惠安报》，1958 年 7 月后改名《惠安日报》，坚持办日报达 2 年半之久，成为全区办日报时间最长的一份县报
南安报	1958.4	1961.2	3 日刊 日刊	四开四版	中共南安县委	初名《南安报》，1958 年 7 月至 1959 年 4 月改为《南安日报》，1959 年 5 月后恢复为《南安报》
永春报	1958.4	1961.2	3 日刊 日刊	八开二版 八开四版	中共永春县委	由《生产简报》改版而成，1958 年 8 月 1 日改为《永春日报》，1959 年 5 月后恢复为《永春报》

---

① 泉州市地方志编纂委员会编：《泉州市志·新闻卷》，第 34 页，中国社会科学出版社，2000。

报名	创刊年月	终刊年月	刊期	开数	创办单位	备　注
安溪报	1958.4	1961.2	周三刊日刊	四开四版	中共安溪县委	由《安溪生产简报》改版而成，1958 年 8 月至 1959 年 4 月改名《安溪日报》，1959 年 5 月恢复为《安溪报》
德化报	1958.5	1961.2	5 日刊3 日刊	八开二版四开四版	中共德化县委	1958 年 7 月后改为《德化日报》，1959 年 5 月恢复为《德化报》

　　资料来源：泉州市地方志编纂委员会编：《泉州市志·新闻卷》，第30～31页，中国社会科学出版社，2000。

（二）泉州乡讯

　　泉州是全国著名侨乡，世界 100 多个国家和地区均有泉州籍华侨和华人分布，尤以东南亚地区为多。新中国成立后，归侨、侨眷为了加强与海外华侨华人的联系，沟通讯息，增进感情，从1957 年开始，一些县乡就开始创办专供海外侨亲阅读的报纸——乡讯，如《晋江乡讯》（1959）、《南安乡讯》（1958）、《安溪乡讯》（1957）、《螺阳乡讯》（1959）、《桃源乡讯》（1958）、《温陵》乡讯（1962）等。"文化大革命"中，地县两级乡讯均被迫停刊。[①] 其中比较有名的就是《温陵》乡讯。

　　《温陵》乡讯 1962 年元旦创办于泉州。初名《泉属乡讯》，为不定期的八开四版小报，由晋江地区侨联委托《泉州报》代办，颜松和编辑具体负责。从 1963 年开始，改称《温陵》乡讯，

————————

　　① 泉州市地方志编纂委员会编：《泉州市志·新闻卷》，第 31 页，中国社会科学出版社，2000。

改由《福建侨乡报》泉州办事处代办，报纸由不定期改为基本上每月一期，到 1966 年 6 月被迫停刊时止，共出刊 40 期。版式与《泉属乡讯》相同，报道范围大致相同，包括泉州、晋江、南安、惠安、同安、安溪、永春、德化、大田、莆田、仙游等，向上述 11 个县（市）的海外华侨华人传递"家乡建设和社会文化情况以及归侨、侨眷生产生活情况"等讯息。各版内容未作明确划分，形式也多种多样。消息、通讯、游记、小品、掌故、传说、史话、随感、诗话、灯猜、传记、见闻、杂记、食谱、方言、对联等五花八门，不一而足。文字简洁，注重图文并茂，可读性较强。在编辑方针上，尽量淡化政治色彩，不登政治性新闻，不用政治术语，选取的都是与华侨华人相关的、为他们所喜闻乐见的题材。开辟了《桑梓建设》、《侨乡新貌》等专栏，报道了华侨大学在泉州的创建和发展，城乡各地归侨兴建新居等内容，突出华侨对桑梓建设的贡献，反映泉州解放后发生的变化。① "文化大革命"时期被迫停刊。

第二节　新时期的闽南报刊

一、厦门报刊

（一）厦门报纸

1.《厦门日报》

（1）复刊

1976 年 10 月，随着"四人帮"的覆灭，"文化大革命"的

---

① 泉州市地方志编纂委员会编：《泉州市志·新闻卷》，第 32 页，中国社会科学出版社，2000。

结束，《厦门日报》复刊逐步提上了议事日程。1977 年 10 月，厦门市成立了《厦门日报》复刊筹备办公室。1979 年 2 月 16 日，中共福建省委批复厦门市委，同意《厦门日报》复刊。中共厦门市委决定《厦门日报》于 5 月 1 日正式复刊。

　　《厦门日报》复刊面临着时间紧、任务重、人手少、条件差等困难。1979 年 3 月 9 日，厦门市委任命市委宣传部副部长王雨潮兼任《厦门日报》总编辑和党组书记，方汉生、胡立新任副总编辑、党组成员，并要求市委组织部、市人事局等部门抓紧解决报社复刊所需要的各方面人才。复刊时人员主要来自三个方面：一是原在报社工作的同志；二是从厦门各部门、各单位抽调到报社具有一定理论、文化、业务素质的人员；三是《福建日报》厦门籍业务骨干。在人力资源问题基本落实之后，报社在社会各界的大力支持下，于 4 月 25 日开始复刊试刊。5 月 1 日，停刊 9 年零 2 个月的《厦门日报》正式复刊，为对开四版。①

　　（2）在改革开放中前进的《厦门日报》

　　1978 年 12 月召开的中国共产党十一届三中全会决定，全党工作的重点要转移到社会主义现代化建设上来。1979 年 3 月中共中央宣传部还为此召开了全国新闻工作座谈会，专门讨论了新闻宣传工作的中心如何转移到社会主义经济建设方面来。《厦门日报》复刊正是得风气之先，积极宣传党的十一届三中全会精神及一系列的方针政策成为这一时期的重点工作。《厦门日报》批判极左路线，批判和肃清"两个凡是"的余毒，拨乱反正，平反冤假错案，宣传"实践是检验真理的唯一标准"。1980 年 3 月 27 日，中共厦门市委、市革委会联合召开全市平反大会，为"文化

----

①　胡立新、杨恩溥编撰：《厦门报业》，第 202～203 页，鹭江出版社，1998。

大革命"期间因各种冤假错案受迫害或受株连的数百名同志平反昭雪。

1980 年 7 月 26 日,全国人大正式宣布在深圳、珠海、汕头、厦门设置经济特区。10 月 7 日,国务院批准在厦门湖里划出 2.5 平方公里为经济特区,直属省政府领导。12 月 4 日,《厦门日报》刊登了国务院批准在厦门建设经济特区的消息。在《团结向前,加快特区建设》的社论中写道:"特区建设是我们全市的中心任务,是厦门经济建设的重大历史转折。建设好厦门经济特区,摸索经验,闯出一条发展经济的路子,不仅对厦门经济的繁荣,而且对全省、全国经济的发展,都有借鉴作用,同时有利于促进台湾回归祖国,因此建设经济特区具有十分重大意义。"

为此,《厦门日报》提出"让厦门特区人民了解世界,让世界人民了解厦门特区",开辟了《建设中的厦门特区》、《特区新风》、《特区人物志》、《世界经济》、《港澳之窗》等专版专栏。专门成立了"开放城市部",设置了《金三角》和《黄金海岸》专栏,恢复驻泉州、漳州记者站。为了加强涉台报道,还特地开辟了《海峡两岸》专栏,加强台胞来祖国大陆投资、探亲、旅游等方面的报道。①

1984 年 2 月 7 日,中共中央政治局常委、中共中央顾问委员会主任邓小平同志和中共中央政治局委员王震同志来厦门视察。邓小平欣然为厦门经济特区题词:"把经济特区建设得更快些更好些。"反映了这位改革开放的总设计师对厦门特区的殷切希望。《厦门日报》为此刊发了题为《巨大的鼓舞,光荣的使命》的社论。

---

① "纪念《厦门日报》创刊 50 周年"丛书编委会:《搏击风雨五十年——〈厦门日报〉史略》,第 13~14 页,鹭江出版社,1999。

　　1984 年 3 月 18 日，中共中央总书记胡耀邦会见日本客人时宣布：中央决定厦门经济特区由湖里扩大到厦门全岛。1985 年 6 月 29 日，国务院批准厦门经济特区范围扩大到厦门全岛（包括鼓浪屿），总面积 131 平方公里，并逐步实行自由港的某些政策。《厦门日报》在"把经济特区办得更快些更好些"的通栏标题下加以报道，在《扩大范围，更快更好建设厦门经济特区》社论中号召："充分发挥厦门自己的优势，把厦门经济特区办得更开放、更优惠、更灵活，以崭新面貌出现在祖国东南沿海！"

　　厦门经济特区建立后，经济、社会发展取得了长足的进步：1986 年 8 月 28 日，经国务院批准，厦门列为全国第一批 16 个中等城市机构改革试点城市。1987 年 9 月 6 日，闽南金三角地区和龙岩地区联办的外商投资贸易洽谈会在厦门开幕。从 1988 年开始，每年的 9 月 8 日均举办大型投资贸易洽谈会。《厦门日报》对此都作了浓墨重彩的报道。

　　20 世纪 80 年代，随着海峡两岸关系的缓和，《厦门日报》一系列涉台报道引起社会广泛反响。1987 年 11 月 11 日头版头条以《鹭江秋色美　喜迎亲人归——记抵达厦门港的回大陆探亲台胞》为题，报道了台胞乘"集美号"客轮抵厦的盛事。1988 年 5 月 12 日，厦门航空公司一架客机在厦门飞往广州途中被劫持，迫降于台湾空军基地，次日凌晨 5 时 01 分在台湾方面的帮助下安全返回厦门高崎国际机场。《厦门日报》在 5 月 13、14 日一版对此事作了详细报道，并发表了中国民航局长胡逸洲致"台湾民航局"的感谢信。1988 年 10 月 12 日，厦门红十字会将不慎掉落海中的台湾青年许志淞交台湾省红十字会领回。10 月 13 日头版刊登了《海峡两岸民间组织再次直接接触　厦门红十字会向台湾红十字会送交台湾落水青年》一文予以报道。自 1984 年起，台商开始在厦门投资。1989 年 4 月 19 日，《厦门日报》在一版刊登了通讯《台商在厦门》，介绍了改革开放后"台资涌入厦门，已如江河入海，一发而不可收"的喜人局面。总之，与 1949 年至改革开放前充满火药味的报道相比，20 世纪 80 年代《厦门日报》涉台报道呈现出多元、开放，充满人文关怀的特点。

（3）《厦门日报》扩版

由于历史的原因，祖国大陆的综合性日刊报纸基本都属于机关报系列，版面太少，当经济发展起来，版面过少与信息爆炸以及广告资源扩张形成矛盾时，必然要面临报纸扩版问题。

早在 1987 年，《广州日报》率先由四版扩为八版。1991 年，各报纷纷扩版，在全国汇成汹涌澎湃的扩版热潮。1991 年 3 月，厦门日报社党组就向市委递送了《关于〈厦门日报〉扩版的请示报告》，1992 年 7 月又向市委呈送了《厦门日报》扩版和创办《厦门晚报》的报告。12 月，市委常委发出听取《厦门日报》党组汇报的通知，时任总编辑的方汉生同志提出了报社有计划、有步骤地向现代化报业集团发展的方案：一是坚持社会主义办报方针，在扩版的同时筹办晚报；二是继续加强报业经营，筹建新的报社大楼，加快技术更新，请求政府继续给报社政策，增强报社自我发展能力；三是在内部管理方面，除加强思想政治工作之外，要深化内部改革，建立激励机制和竞争机制，努力提高报社人员的素质。之后，市委常委讨论批准《厦门日报》进行扩版和筹办晚报。

为此，报社制定了《〈厦门日报〉扩版实施方案》，认为必须继续坚持党性原则，做好党和人民的喉舌，加大改革开放和经济建设的报道分量。要突出个性，立足厦门，辐射"三角"，面向全国。辐射"三角"又分为三个层次，第一个是以厦门为龙头的闽东南地区，第二个是厦门——上海——广州，第三个是厦门——台湾——港澳。同时要贴近群众、贴近生活兼顾知识性、趣味性，反映特区丰富多彩的文化生活，努力为特区精神文明建设服务。

《厦门日报》从 1993 年 9 月 27 日起扩版试刊 4 天，10 月 1 日正式扩版。扩为八版，其版面有：要闻版、本市新闻和闽南新闻版、国际新闻和体育新闻版、国内新闻版、经济行情信息版、综合专刊版、文艺副刊版、选载和广告版，加大了经济报道的分量，增强毗邻台港的优势，体现了厦门在闽东南地区的龙头地位，发挥报纸传播信息、知识教育、娱乐服务的多功能作用。

扩版还带动了《厦门日报》内部机构设置和管理体制的改革。长期以来，报社编辑部门与市委政府部门对口设置，而记者的工作方式是"对口挂钩、分线把关、互不侵犯"。这样的部门设置和工作方式显然已经不能适应社会主义市场经济的需要，不仅限制了记者的活动范围，也造成了记者对某部门的垄断，不利于记者创造力的发挥和报社竞争力的提升。扩版后的《厦门日报》按照新闻工作自身的性质和规律，设置了九部二室。即新闻部、经济部、政文部、对外开放部、时事体育部、群工部、美术摄影部、副刊部、言论部和总编办公室、新闻研究室。加强新闻部建设，由其负责每周 7 个要闻版、4 个本市新闻版稿件的采写、编辑和组版工作，实行"采、编、组"一条龙。另一方面，《厦门日报》还进行了管理体制的改革。原来该报社从内部机构设置、用人机制、编制级别、直至考核分配等，不是按照办报规律和市场运作要求进行。这在当时全国党报系统中确实是个带有普遍性的问题。20 世纪 90 年代，全国一些报纸都进行了程度不等的改革，取得了应有的成效。《厦门日报》也切实感到旧的内部管理体制的弊端，总编、副总编亲自前往《沈阳日报》、《南京日报》、《成都晚报》等报纸"取经"，并结合报社的实际情况，经过反复讨论后，起草了《报社编辑部实行聘任制的意见》，专门组织讨论会，征求各方面意见，修改成定稿后报市委宣传部、市委组织部、市财政局批准试行。

根据方汉生先生的记录，试行方案的主要内容有：（一）根据扩版要求设置编辑部机构，并按任务定编定岗。（二）实行双层聘任，双向选择，竞争上岗。（三）建立岗位责任制，订出记者、编辑、部主任、评论部工作定额。（四）把工作实绩与工资奖励挂钩。（五）把工作实绩与领导职务聘任和编辑记者职称聘任挂钩，一年一聘，实行内部职称聘任制。①

《厦门日报》1993年的扩版基本上实现了扩版方案提出的指导思想和要求，内部管理机制的改革也发挥了激励作用，增强了报社的市场竞争意识和开拓精神。在取得良好社会效益的同时，《厦门日报》也获得了较好的经济收益。1993年，报社总收入达4796万元，比1992年增长86.6%，实现利润3216万元，比1992年增长95.7%。报社还趁热打铁，组建了鹭江广告公司，添置了新的激光照排设备和印报机，进行了新的一轮技术更新，具备了出版彩印报纸的能力。② 1995年1月1日开始彩印。1998年1月1日《厦门日报》又由对开八版扩为对开十二版。

（4）《厦门日报》改版

随着市场经济的发展，市场进一步开放，竞争更加自由、激烈，这既给报业带来了发展的动力和机遇，也带来了生存的压力和挑战。近年来，祖国大陆报业为了适应大环境，纷纷改版。改版的原因一是媒介市场的容量有限，二是因为报纸的同质化趋势严重。

---

① "纪念《厦门日报》创刊50周年"丛书编委会：《搏击风雨五十年——〈厦门日报〉史略》，第95～96页，鹭江出版社，1999。

② 同上书，第99页。

2001 年 5 月 8 日，《厦门日报》全面改版，由对开十二版扩为对开十六版。2002 年 1 月 1 日第二轮版面调整，推出商业导刊、青年周刊、文化周刊、新闻周刊、体育周刊、证券周刊等以及今日视点、娱乐新闻、财经新闻、读者热线等新闻版块，版式由宽报改为瘦报。2002 年 10 月 21 日第三轮版面调整，推出天天专刊，并创办全国党报第一份《双语》专刊，进一步扩充新闻版面。2006 年 10 月底，《厦门日报》本着"更权威、更主流、更民生、更贴近、更丰富"的指导原则，进行自 2001 年以来的第五次大改版：采用新报头和双休刊竖式报眉，实行分叠出版方便读者习惯阅读；设置《鹭江评论》、《新闻快评》、《国际观察》栏目，进一步扩大言论版面；开设《民声快递》及《帮你问、看、说、找、查》等栏目，全方位服务读者；新设《现场直击》，抢占社会新闻先机；进一步整合和加强经济报道，使经济报道见高度、见人物、见民生，强化城市副刊读者意识，强调编读互动和读者撰稿；进一步细分《双语》专刊读者群，增设周日英语学习专版。

自 2001 年起，《厦门日报》按照"内容现代化、新闻区域化、版式时尚化、运作市场化"的方针，由传统型党报顺利转变为都市型党报。在新闻改革方面，《厦门日报》以"传媒力量源于读者"为办报理念，历次改版中积淀形成了"权威、理性、庄重、亲民"的都市化党报风格。报社强调创新意识和策划意识，适时提出"策划决胜市场"的口号。其中，"新闻大篷车"、"郑劝阿嬷金门行"、"感动厦门十大人物评选"等活动在全国范围内产生较大影响。

"郑劝阿嬷金门行"中的阿嬷郑劝离开故土金门 74 年，思乡情切。《厦门日报》和《金门日报》以及两岸各界共同协助 94 岁郑劝圆梦，于 2006 年 7 月踏上金门故土。这是一次具有典型意义的新闻策划活动，《厦门日报》围绕亲情、乡情、两岸情，提炼了新闻事件的核心，以想家、思归、寻亲为主线，同时策划了社会人士提供帮助的互动环节，穿插了几次寻亲之行遇上挫折的报道，又与金门新闻同行建立同步报道的机制，使得整组报道流畅婉转，一气呵成，柳暗花明，悬念不断，一段时间来成了阅读率最高的新闻，是读者茶前饭后的谈资之一。①

2004 年 6 月以来，以"进百姓家，知百姓情，暖百姓心"为主题，《厦门日报》首创"新闻大篷车"活动，把关注的目光投向"'没有新闻'的地方"，透过穷乡僻壤村民对美好生活的追求，唤起城里"先富起来"的市民强烈的帮扶责任感。"新闻大篷车"第一站开进了同安大帽山，当那些缺医少药的村民们的希望见诸报端后，充满爱意的都市人的心灵被湿润了，进山帮扶的大军滚雪球似的壮大起来。不久，"大篷车"开出了厦门，奔赴"红支书"张仁和的家乡宁化，在红土地激起热烈的反响。此后，"大篷车"又先后开往了湖里区外来人口聚集地、革命老区漳州市平和县军溪村等地，开进了老区人民、外来员工、下岗职工的心田里，在海峡西岸架起建设和谐社会与精神文明的亮丽的七色彩虹。福建省委书记卢展工同志批示："'进百姓家、知百姓情、暖百姓心'、'新闻大篷车'活动好，真正体现三贴近。"

《厦门日报》还更新采编体制，提高版面质量。在改版过程中确立了"以编辑为中心"、"以版面带动栏目"的编辑思路，要求记者、编辑自觉依据版面要求作为写稿、选稿、用稿的"指挥棒"。2003 年起，报社实行采编分开，分立采访权与编辑权，组建新闻采访中心、新闻编辑中心、专副刊中心和新闻研究中心，

---

① 《阿嬷归来　捧回故乡土　扬手挥别何日再相逢》，http：//news. sohu. com/20060720/n244354732. shtml。

建立采编联席会、早会、下稿会等沟通机制，几个部门相互肘制，互相促进，极大地调动编辑与记者的积极性，促使版面与稿件质量不断提高。①

为了提升办报质量，2001 年 5 月，伴随着第一轮改版，报社正式推出了"天天评报制度"。厦门日报社的每日评报，主要包括每日的总编辑评报、轮值编委评报、部门轮值评报。这些评报意见先张贴在评报栏，然后每周汇编成《评报快讯》发给领导和各部门。2003 年，根据报社党委关于"新闻研究应该更贴近一线，服务一线，指导一线"的指示，厦门日报新闻研究中心又创办了一份内刊《采编参考》。与每日评报不同的是，它更多地关注在一周甚至更长时间报纸的运行。报社还聘请了 10 位对报纸工作比较熟悉的读者作评报员，其中有从事过宣传工作的老同志，也有通讯员以及厦门大学的专业老师。《采编参考》为他们设置《读者建议》栏目。此外，《采编参考》还把《关注外报》作为一个重点，放眼国内报界在报纸经营特别是报道策划方面的最新成就，集纳成专题，供编辑、记者参考。当然，厦门日报评报工作也还存在不足。比如说，还缺社会评价这一块，无法反映出社会和市场的意向。而部门评报也存在着"评好不评差"、"表扬多批评少"和"有批评无建议"等现象，这些问题需要在进一步完善中探讨解决。②

《厦门日报》在体制改革上也不断深化，激励和促进人才成长。2002 年，《厦门日报》实行中层干部竞聘上岗，体现了公

---

① 王彪：《〈厦门日报〉的改版与改革》，见中共厦门市委宣传部、厦门市新闻工作者协会编：《与时代同行——厦门经济特区传媒发展 25 年》，第 190 页，鹭江出版社，2007。

② 许若鲲、何伟民：《健全评报制度　提升办报质量》，《新闻战线》，2004 年第 6 期。

开、公平竞争，改变了原来干部任命制度的"要我干"，变成了竞聘上岗的"我要干"，这种办法，增强了竞聘上岗干部的责任感，打破了干部的"终身制"，还无形中增加了上岗干部的危机感。2003 年，报社成立"质量监控小组"，采用稿件质量记分办法，将记者的收入直接与采写的稿件质量挂钩。《厦门日报》还实施栏目带动战略，设立终身首席记者和动态首席记者，为其量身定做栏目，为培养名记者、名编辑打造平台。①

（5）《双语》（*Common Talk*）专刊

2002 年 10 月，《厦门日报》推出了《双语》（*Common Talk*）专刊，成为祖国大陆第一份由党报创办的英文专刊。双语的创刊使得报社在报业品牌的差异化经营上呈现出自身的特色。

① 《双语》专刊的定位

双语专刊首要解决的问题是定位。在最初的设想中，《双语》只是教育专刊下的一个语言学习版。而后才决定办成以生活休闲类为主的中西文化专刊。从教育到生活，仅仅是定位不同，却使目标读者对象发生了质变。从原来的单纯针对在校学生，扩展到了针对城市白领、外籍人士、企业管理者以及文化层次较高的读者。这部分受众的年龄和消费层次，又恰好是目前的广告商最感兴趣的。

② 地方特色的凸显

作为地方党报的周末专刊，《双语》立足厦门，面向闽南，蒙上了浓郁的地方特色。厦门自古就是侨乡，在海外的乡亲很多；而且厦门又是国内最早对外开放的经济特区之一，海外来此

---

① 王彪：《〈厦门日报〉的改版与改革》，中共厦门市委宣传部、厦门市新闻工作者协会编：《与时代同行——厦门经济特区传媒发展 25 年》，第 190 页，鹭江出版社，2007。

投资和旅游的人士也非常活跃。这两部分受众关注的正是有鲜明地方特色的英文资讯。

"接触到，接受到，才能爱到"，《双语》编辑在明确编辑思想时，就特别重视策划的贴近性和可读性。既要考虑生活在厦数量日益增长的外籍人士，因为语言障碍，特别需要得到衣食住行等生活资讯，又要兼顾广大中国读者对学习实用性生活英语的强烈需求。一些较为成功的做法如像母亲节、妇女节、情人节、新年等主题策划，可同时满足上述两部分受众，唤起情感的普遍共鸣。再如扩版后设置的一些生活类话题探讨，不仅带来了中外观念的碰撞，也带来了全新的视角和评论，成为与众不同的王牌内容，广受目标读者的喜爱。

③选择性的新闻资讯

报纸专刊不同于新闻版，但专刊毕竟是新闻的延伸，不可能脱离其新闻属性。在对外报道的这个敏感地带，《双语》选择的做法是开设"一周新闻"版，即对每周发生在厦门的重大事件，分门别类进行挑选翻译。同时，对一些特别国际化的当地新闻，如厦门海归派回国创业热、厦门国际马拉松比赛、中国投洽会（厦门）的专题报道，以及首届国际旅游节（厦门）的报道等，《双语》都给予独特视角专门组织采访力量，编辑新闻专题推出。另外，一些新闻性较强但又是人类关心的共同话题，如"5·31"世界戒烟日、"6·5"世界环境日等，也被《双语》收入观点，尽请中外人士畅所欲言。

④塑造品牌形象

一份成功的刊物，离不开持续的"品牌"宣传。全方位的品牌文化推介，有利于在读者心目中积淀鲜明而有个性的品牌形象。

《双语》创刊之初，就开始在日报头版进行轰炸式的"自我形象宣传"，其宣传广告不但打上了办刊主旨——"花园城市魅力双语",还鲜明地标注了其行销口号——"订一份日报,获双重回报"。使得《双语》还未问世,许多对外语有浓厚兴趣的读者就纷纷致电询问。在创刊一年后,即将扩版前夕,该刊又酝酿推出了新一轮的行销形象。这一次,采用的是中西合璧的画面,营造中西方文化交融的意境,传播"报道中西生活、体验人生梦想"的理念。该系列广告连续推出后,读者反映广告设计颇有内涵,别具一格,勾起了对新周刊的阅读期待。

《双语》还借助公关、广告、活动等形式,加以表现报纸的品牌魅力。专门设计户外行销广告、竖立于高档写字楼、涉外场所等目标读者较为集中的场所。组织了大型的有奖读者问卷调查及户外读者回馈活动,并专门深入大专院校张贴活动海报,以及通过目标读者聚集的书店等销售网络开展宣传。除自己中英文介绍外,更是借助电视、广播等其他媒介扩大品牌影响,短时间内,其"语言影响生活"的品牌语,成了家喻户晓的价值口号。

⑤经营品牌,扩大影响

首先是充分调动各种社会资源,巩固品牌影响力。具体地说,是利用《双语》的声誉和认知度,与相关政府部门、中介机构、企业、广告公司等合作,开展各类社会活动。例如举办各类演讲、征文、才艺、周年庆系列等活动,开展英语俱乐部读者沙龙等。不仅在改扩版初期扩大了新品牌影响力,也为《双语》带来了非广告性收入。其次是重新改造营销模式,扩大品牌辐射面。即在传统的报纸订阅方式上,开展新的针对性的赠阅方式,有些开始运作,有些还在酝酿阶段。例如与外资局开展"订报到外企,服务到 CEO"的订报活动;利用相关广告商销售网点,开展买等值商品赠送双语周刊等活动。再次是挖掘信息产品潜力,增加品牌附加值。例如与移动公司开展订制《双语》外语短信平台业务，实现信息产品的重复使用价值；再如推出《双语》精华合订本，供有收藏欲望的读者补遗拾缺。[1]

当前，双语专刊从创刊的一个版扩大到现在的四开八版，成为《双语》周刊，其影响力从厦门拓展到全省。2006 年度厦门日报《双语》周刊获得全国外宣刊号，这预示着"双语"的影响力将延伸到全国甚至海外。

（6）厦门日报社读者节

2001 年 10 月 20 日，厦门日报社举办首届读者节，从此将每年的报社社庆日定为读者节。每一届的主题都各不相同，风格也多种多样，如 2005 年第五届读者节，厦门日报社、团市委、市关工委和路桥总公司邀请部分参与厦门海堤、东通道、钟宅湾大桥、厦门大桥、海沧大桥等重大建设项目的特区新老建设者欢聚白鹭洲读者节活动现场，畅谈特区建设辉煌成就和伟大历程。第六届读者节上，则有新一轮跨越式发展重点建设项目展示、银联抽奖现场获取轿车大奖、台湾旅游产品展销、民间艺术特色表演、鹊桥部落相亲会、《真情互动》摄影大赛等活动，还特别策划了红军长征胜利 70 周年纪念活动。自 2001 年至 2005 年，报社编委洪诗鸿担纲读书节活动的总策划。自 2006 年始，整个活动由报社控股的文化企业——华亿传媒来策划、执行。

目前，《厦门日报》的自费订阅率达 80％左右，在祖国大陆仅次于自费率达 85％的《广州日报》。厦门户籍人口每五人中就拥有一份《厦门日报》。[2] 作为厦门市权威主流媒体，《厦门日

---

[1]　李泉佃：《〈厦门日报—双语〉树立报纸品牌的几个思考》，http://chinese. mediachina. net/index _ news _ view. jsp? id＝68036。

[2]　李泉佃：《用科学发展观创新报业发展模式——探讨厦门报业改革思路与进展》，《中国报业》，2006 年第 8 期。

报》已成为广大企事业单位员工及市民政治、经济、文化生活不可或缺的权威新闻来源、咨询获取途径和精神产品。

2.《厦门晚报》

(1) 创刊

1994 年元旦，由厦门日报社主办的《厦门晚报》创刊。创刊伊始，《厦门晚报》为四开四版周三刊，1994 年 7 月 1 日改为日刊，1995 年元旦起扩为对开四版日刊。《厦门晚报》的创办弥补了厦门报业的空白，也是报社发展规划中的重要一步。

《厦门晚报》提出"走进市民中，办给市民看"的办报方针，注重捕捉贴近生活的、市民普遍关心的新闻信息，通过新闻事实潜移默化地引导舆论。《厦门晚报》立足当地，面向闽南。第一版为要闻版，第二版为社会经济类专刊版，第三版为服务性、知识性、文艺性的专副刊版，第四版为文体和国际时事版。每逢星期天出彩色星期天刊。一些专栏专刊如一版的《时事窗》、《鹭江晚茶》、《今晨读者来电》，二版的《社会广场》、《市场经纬》、《人与法》，三版的《女儿经》、《家春秋》、《不夜城》、《蓝色画苑》（漫画），四版的《文体消息》和《星期天刊》受到读者欢迎。

(2) 舆论监督

晚报作为一种贴近生活、贴近读者，为老百姓所喜闻乐见的媒体，有着自己的定位，如讲求生活性、知识性、趣味性，但这些并不是晚报的全部。晚报有责任和义务对老百姓所关注的事进行舆论监督，监督的问题更应是与广大群众切身利益息息相关的问题。这样的舆论监督容易引起大众的共鸣。

2005 年的 12 月 30 日，厦门市区发生了两起因公交司机疏忽压死人的事故：上午在闹市区文化宫附近，一辆 19 路车把一老人撞死在斑马线上；下午在凤屿路一辆 32 路车也在斑马线上碾过一个上学路上的 8 岁小女孩。一时间，舆论哗然，《厦门晚报》由于时间上的优势，在第一时间报道了此事。各报紧随其后，发挥各自优势都做了报道。各报的编辑们都意识到了事件的严重性和读者的关注度，在版面的显要位置运用图片、目击报道形成组合加以报道，然而有的媒体的报道只停留在事故发生过程和处理结果，却没有意识到事故背后反映出的是厦门公交总公司内部管理机制的不完善，导致许多员工带情绪工作的这一实质性问题，以及事件将引爆出市民对野蛮公交长期"积怨"的宣泄，因此对于此事没有继续追踪报道。相比之下，《厦门晚报》深入事件内部，大量报道读者的来信和来电，组织讨论，发表评论，半个多月几乎每天都有两篇以上稿件刊登。市民的关注，市民的愤怒，市民的思考，市民的建议，司机的反思，在报纸上反映了出来，而且还及时追踪事件处理的最新进展，把一则看似平常的"事故"新闻变成了一场对道德、责任和灵魂的拷问，形成报道的规模优势。事故的发生，使得广大市民长期积压在心中的怨气一下子爆发，反响之大，言语之切，是多年来在这个平和温馨的城市中少见的，《厦门晚报》敏锐地对此事及时跟进，做了 9 个系列的组合报道，刊发了社会各界的建议和评论 40 多篇，加大了新闻批评和舆论监督的力度，取得良好的传播效果。①

　　2005 年 3 月 16 日，《厦门晚报》刊登的《厦门缺药　癌症病人苦等一月》报道引起厦门市各部门的高度关注，厦门市药品集中招标采购协调监督小组牵头各部门召开紧急协调会议，听取医疗机构、药品供应商和中介等机构的意见，研究紧急措施。2005 年 6 月 6 日，一篇题为《奥美定一周连毁两对乳房》的新

---

　　① 何伟民：《强势监督源自编读互动——谈〈厦门晚报〉对一起公交事故的报道》，《城市党报研究》，2006 年第 3 期。

闻顶住被长春富华公司起诉的压力，报道了两个女子因注射国家明令禁止的"人造脂肪"奥美定双双濒临崩溃边缘，痛不欲生的事实。2006 年 5 月 11 日刊登了《起诉本报的"奥美定"被喊停》及相关的记者调查《奥美定注射隆胸被国家药监局叫停始末》，这些报道都在社会上起到了良好的舆论监督效应，体现了晚报的平民性、贴近性，受到广大读者的欢迎。

（3）热线栏目《我要说》

报纸开通热线电话是获取新闻线索的一个重要来源，也是新闻内容竞争的重要筹码。从广义上说，热线是媒体与受众之间的平台，一切能体现媒体与受众之间互动的形式都可称为热线；从传播角度看，它满足了受众的参与意识和好奇心，加强了媒体与受众的互动性，对传播效果起了很好的拉动效应。

应该说，《厦门晚报》开办电话热线栏目《我要说》突出了一个"我"字，广纳了大面积的读者。上至耄耋老人，下至六七岁的小学生，都可在《我要说》畅所欲言。他们或发自内心地表扬，或理直气壮地批评，或对某件不合理的事发表议论，实话实说，全盘托出，心语心愿，跃然纸上。厦门晚报曾做过一个问卷调查：数据显示，有 3/4 的读者每天必读《我要说》，七成读者喜欢《我要说》且不受年龄、学历、性别等因素的影响。[①] 可以说，《我要说》不仅为报纸提供了源源不断的新闻线索，从《厦门晚报》的发展来看，也是为增强自身竞争力，塑造其品牌服务。

以 2006 年 1 月 26 日的《我要说》为例，有的是表扬性的，如"8：23 蔡先生：厦门中山医院的医生服务态度太好了。我父

---

① 高琴：《小栏目 大能量——点评〈厦门晚报〉热线栏目〈我要说〉》，《新闻战线》，2006 年第 12 期。

亲去年 12 月因为青光眼转到眼科，徐主任和罗医生对我父亲无微不至的关心给了我很大的安慰，检查时都会跟我父亲嘘寒问暖的，出院了还叫我父亲一个礼拜后再来复检，说不用挂号直接来找他，他会免费帮我父亲检查。"有的是对不合理的事发表议论的，如"7：20 纪先生：我觉得现在某些的哥太缺德了！到终点的时候，的哥不立即把计价器摁下来。比如车费是 9 元，就在乘客掏钱的瞬间，又多跳了 5 毛钱，这是常有的事情！而且他们也不把 5 毛钱当钱看，9.5 元硬是要收 10 元。你们说，这样赚钱算什么本事？"也有直接批评的，如"18：59 邱小姐：我要说一下 520 路的小巴，这辆车简直是'魔鬼小巴'啊！不仅车的外观很破，连车里面也是破烂不堪，乘客的座位补得一块一块的，连驾驶员的操作台也是一个洞一个洞的，电线裸露，车走起来旁边的投币箱摇摇晃晃的，好像随时都会倒下一样。这种车况，驾驶员开起来还是像飞一样，车子稍微经过一个小小的坑或是减速带，整车的乘客就会从位置上跳起半尺高。今天下午我刚上车，正往后排座位走去，车突然就蹦起来了，我的头就撞在车后面的铁板上，现在都肿起来了！我从来没有坐过这种破车，要是可以真想半路就跳下车去换车。听说这辆 520 路小巴早几年就要换了，怎么到现在都没换啊？真不知道这种车的年检到底是怎么通过的？"

《我要说》现已成为《厦门晚报》的名牌栏目，老百姓可以在栏目中无拘无束地说出心里话。由于这个栏目办得鲜活，不仅厦门市民爱看，连厦门市的相关领导也关注。不少问题在《我要说》见报后很快得到了解决。

如今，"有事找晚报，新闻不晚报"的《厦门晚报》已成为"厦门人必备的新闻晚餐"。2006 年 1 月 2 日起，《厦门晚报》还获准在厦金航线上发行，日投放量 2000 份。这样，《厦门晚报》

就可以通过台胞经金门带往台湾各地，成为台湾同胞了解福建资讯的重要途径。

3.《厦门商报》

（1）创刊

1995 年 7 月 1 日，由市委宣传部主管主办的《厦门商报》正式创刊出版。其办报理念为"立足厦门，经济特色，服务市民"。从当时的版面设置来看，《厦门商报》有要闻、经济生活及社会新闻、证券、市场、文化娱乐、体育、特别报道、国内外新闻、副刊等专版，集新闻性、实用性、知识性于一体。要闻、国内外新闻每天出一个版，报道厦门、闽西南地区及海内外重大时事消息。证券每周出九个版，内容有行情、公告信息、个股点评、公司研究、独家报道、形态分析、沪深股全景图。文章来自40 多家获得咨询资格的股评机构，信息量大、实用性强，是闽西南乃至福建地方性报刊中最具权威性的证券版。市场版每周六个版，内容包括房地产、服装、美容、餐饮、金融、保险、收藏、旅游、交通、保健、电器、人才等方面，全方位提供海内外经济金融科技的动态新闻。文化娱乐、体育、特别报道每天各出一个版，有浓厚的生活气息和欣赏价值。应该说，《厦门商报》在报纸定位上还是力求在特区经济报道中独树一帜的。为此，设置了《证券新闻》、《经济大视野》等专版，开辟了《转变中的国企》、《民营经济催生改革浪潮》等专栏。

（2）陷入困境的《厦门商报》

《厦门商报》陷入困境的原因，主要是：1. 商报虽然在不断对定位进行探索和调整，但报纸的经营没有起色。1999 年，《厦门商报》划归厦门日报社主管、主办，但由于一些深层次的原因，无论是"人"，还是"财"，都没有真正划归报社，《厦门商报》无论是体制改革或新闻改革都大大滞后。直至 2002 年 11

月，《厦门商报》的债权债务等才真正实现实质性的划归，厦门日报社才真正介入实质性的管理。而 2003 年、2004 年，又是中国报业发展的一个高峰时期，《厦门商报》又错过了一个提升的机遇。① 2. 经过初创阶段、已奠定一定基础的商报并没有抓住世纪之交报业发展的黄金时期。在厦门报业市场越发活跃的这五六年里，对开八版的《厦门商报》品牌影响力却日趋缩小，在竞争中明显处于劣势。虽然他们也进行了多次改革，也由于种种因素的掣肘起色不大。② 3. 2005 年 10 月 14 日《厦门日报》刊登了《关于一个十岁的孩子——厦门商报致读者的一封信》，其中也客观总结了商报陷入困境的原因：商报没有找到自己的路，没有找到与厦门最广大群众利益的共同点。商报是综合性的报纸，不是专业性财经报，但一直被这个"商"字困扰；商报是人民的报纸，但却板着面孔，没有能真正贴近实际、贴近生活、贴近群众；商报是城市报纸，却一直很少思考老百姓的需要，在各种新闻信息前患得患失。这三种因素其实可以互相参照比对，但无论如何，摆在商报面前的是如何走出困境，寻觅出一条新的活路。

（3）走出困境的《厦门商报》

2004 年，厦门市委、市委宣传部先后进行了几次调研和论证，认为在厦门报业市场上，厦门日报社缺乏一张真正意义上的早上出版发行的都市报。因此，只有救活《厦门商报》，厦门日报社这盘棋才能走活，否则有可能全盘皆输。2005 年 7 月，报社党委基本统一了认识，决定分别从《厦门日报》、《厦门晚报》

---

① 李泉佃：《用科学发展观创新报业发展模式——探讨厦门报业改革思路与进展》，《中国报业》，2006 年第 8 期。

② 温琴光：《〈厦门商报〉创刊》，中共厦门市委宣传部、厦门市新闻工作者协会编《与时代同行》，第 172 页，鹭江出版社，2007。

抽调精兵强将组成《厦门商报》新领导班子，并对《厦门商报》进行大刀阔斧的改版工作。

2005年10月18日，新商报与读者见面。报纸由对开变成四开，主题色由蓝色变成代表活力的橙色，版面也由八版扩为二十四至三十二版。宗旨也相应进行改变，紧紧围绕市民报的特性，坚持以读者为导向、开放办报的方针，围绕互动性、服务性、亲民性设置版面，并很快得到市场的认可。新闻策划、发行量、广告量都与改版前发生了显著的变化。2006年《厦门商报》的发行成倍增长，整订突破5万份，广告营业收入较上年增长100%。① 新《厦门商报》弥补了厦门日报社没有一张完全意义的晨报之不足。

（4）《台商周刊》创刊

2007年4月6日，厦门商报主办的《台商周刊》创刊，共12个版，此后每期出8个版。

在题为"台商为友"的发刊词中，这样写道："厦门已成台商重要门户。台商与厦门，既充分体现着两岸的共同利益，又为两岸的共同利益做着贡献。然而在厦门，尚没有专门服务台商报纸专刊，是为报人的遗憾。今日，厦门商报台商周刊应运而生，题中之意固在'商'字，更在'门'字，从厦金大门走向祖国大陆，从厦金之门走向台湾。商报诸同仁以'台商为友，服务为上'的宗旨，勉力服务台商与两岸经贸。"

原来商报只有日常的台海新闻版，也报道一些台商和两岸经贸交流的动态消息，但是不够充分，现在专辟台商周刊，这样报道台商就更集中，更有深度。如第一期《台商周刊》对两岸贸

---

① 温琴光：《〈厦门商报〉创刊》，中共厦门市委宣传部、厦门市新闻工作者协会编《与时代同行》，第173页，鹭江出版社，2007。

易、"两税合一"、台商的梦想　台商返乡祭祖等与台商息息相关的事件做了深入报道，并全面展现了第十一届厦门台交会的盛况。

4.《海峡生活报》

（1）创刊

《海峡生活报》前身为厦门市总工会的机关报《特区工人报》。《特区工人报》创刊于 1984 年 1 月 25 日。2001 年 5 月份开始正式移交给厦门日报社。① 2000 年 8 月，厦门日报社成立《海峡生活报》筹备组。2001 年 9 月 20 日试刊，10 月 1 日正式创刊，每周三出版，四开三十六版。

《海峡生活报》以"市民生活手册，百姓消费参谋"为办报定位，突出服务性和实用性，在力图办好新闻版的同时，充分发挥副刊贴近性强、宣传面广、知识面宽和宣传形式多样化等优势。

（2）祖国大陆东南沿海唯一的一张女报

2003 年 6 月，厦门日报社党委对《海峡生活报》作出彻底改版的决策。经过问卷调查，《海峡生活报》将读者群定位为都市时尚女性、白领丽人，决定办成一份"走进女性，引领时尚"，具有服务性、实用性的生活类报纸，同时改为每周二、周五出报，每期十六版。

《海峡生活报》的重新定位、全新改版使其成为福建省第一份定位女性读者为主的报纸，也是祖国大陆东南沿海唯一的一张女报；是第一份 100％采用橙色新闻纸的报纸，也是第一份全竖眉、国际流行四开宽报。

在内容布局上，《海峡生活报》除了每期精心策划一个"伊

---

① 李泉伯：《用科学发展观创新报业发展模式——探讨厦门报业改革思路与进展》，《中国报业》，2006 年第 8 期。

视点"关注话题外，还圈定了女性"自身、家庭、社会"三个有机部分为内容。具体版面如自身部分有《美人计》、《大衣柜》、《女人街》、《情趣风》、《咖啡吧》、《时尚潮》；社会部分有《八小时》、《维她命》、《两性情》、《充电室》、《E 时代》、《丽人行》；家庭部分有《亲子园》、《驯夫经》、《装潢屋》、《安乐居》、《家电坊》、《香车秀》、《金算盘》、《美食家》、《通讯网》等。①

（3）丰富多彩的营销策划活动

当时，《海峡生活报》在厦门报业市场的整体格局中并不占有强势地位。前有老大《厦门日报》以及旗下的晚报、商报，还有雄心勃勃的《海峡导报》、《东南早报》，生活报之所以走女性报的道路，其中一个重要原因就是市场细分，开辟出自身的生存空间。

为了更好地发展，在激烈的报业市场取得属于自己的一桶金，《海峡生活报》开展了一系列丰富多彩的营销策划活动。如2005 年主要有推荐您心目中的"杰出母亲"大型互动式征集评选活动（1～3 月），全市募集"说你爱我吧"情歌对唱擂台赛，摩尔莲花超级"大胃王"超级大比拼（2 月），第二届母亲节"孝顺之旅"，"六一"儿童才艺大比拼（4～5 月），首届全能老爸趣味挑战赛（5～6 月），"读好书、看好片、听讲座"活动（6～7 月），"快来参加周末派对你就是主角"活动（7 月），爱在七夕，情定海湾时尚 PARTY（7～8 月），"走进苏区，情系客家"厦门、宁化青年大型联谊会（8 月），"情暖冬季"情侣系列活动（12 月）。2006 年主要有周末交友休闲游（长泰龙凤谷、野山谷、滨海火山地质公园等）（1～3 月），三八节"天生靓丽，

---

① 《〈海峡生活报〉今起改版》，http：//news. sina. com. cn/c/2003－09－05/0759695487s. shtml。

更赋关怀"活动，"天才宝宝"家长早教经验交流会（3月），第三届母亲节"日月潭"孝顺之旅（4～5月），发现厦门最美乡村（4～8月），父亲节"日月潭"快乐之旅，六一带孩子做蛋糕去，SM全能老爸趣味挑战赛（5月），美食之旅（6月），中信酒店鹊桥交友会（9月）。这些策划活动不仅产生了一定的经济效益，而且产生了良好的社会效益，扩大了报纸的影响。

（4）《海峡生活报》全新改版

2006年8月海峡生活报社成功引入资金，在报社控股的前提下引入石狮企业的资金，共同创办新《海峡生活报》。

全新改版的《海峡生活报》立足闽南，放眼八闽，定位为"闽南唯一城市休闲周报"，每周推出50余版，轻涂纸包装，全彩印刷。新《海峡生活报》由《休闲闽南》、《城市密码》、《安居闽南》、《活力石狮》、《漳州周刊》等版块组成，以丰富的生活报道和休闲资讯，还原多彩的生活本色，呈现闽南城市气质，传递最新的休闲观念和生活，为闽南三地的读者提供全方位的生活资讯和生活方式咨询，引领城市休闲脉动。① 作为《厦门日报》的一张最年轻、最新锐的子报，《海峡生活报》率先走出厦门，将发行触角延伸到泉州、漳州，致力于打造一份闽南发行区域最广、发行量最大、信息量最大、最具影响力的城市休闲周报。

5.《海峡导报》

（1）创刊

《海峡导报》隶属福建日报报业集团，创刊于1999年3月9日，是全国唯一一份以报道台湾新闻为主的综合类都市报。她根植于厦门这座美丽的海滨城市，现已发展成闽南强势主流媒体之

---

① 彭庆红：《〈海峡生活报〉全新改版面世》，http：//www.xmtv.com.cn/tvnews/news.asp? id=48376。

一。《海峡导报》前身为《港台信息报》。《福建日报》利用《港台信息报》的刊号，于1999年新创办《海峡导报》，旨在厦门办一份名副其实的市民生活类的都市性报纸。1999年3月9日，第一期《海峡导报》出现在厦门街头。

《海峡导报》从创刊伊始，就力图融入厦门、记录厦门。《创刊号》就明确指出要"进一步增加对厦门地区的报道，使报纸更加贴近厦门读者，贴近厦门生活"。

（2）改、扩版

在《海峡导报》创刊之前，就有同属《福建日报》旗下的《海峡都市报》进攻厦门报业市场，《海峡都市报》退出厦门之后，专门盯住厦门市场的《海峡导报》紧接着就入驻厦门，与本地的日报、晚报之间展开争夺。2001年11月《海峡导报》连续刊登宣传广告，为改版、扩版造势；当月，《海峡导报》由四开十六版扩至二十四版。同时，对编辑方针进行微调，收缩在福州、泉州、漳州的采编、发行力量，集中优势资源加强原创新闻和本地新闻，力求融入并抢占厦门本地市场。报社将厦门本地新闻扩至4个版，台湾新闻扩至3个版，热线新闻板块《新闻110》面貌全新。财富周刊、楼市周刊、生活周刊和体育周刊、娱乐周刊等也先后出现在导报的版面上。此外，报头的"海峡导报"字样，由原先的手写体改成电脑字体和手写字体相结合，给人一种强烈的时尚气息和视觉冲击力。

改版之后，在版面设置上，厦门民众看到的是导报不断加强的原创新闻和本地新闻。就版面整体风格而言，改版之后，图片的运用、版面的整体编排都呈现出更加清新、活泼的格调。

2005年秋季，《海峡导报》进行第八次改（扩）版。这次改版，最初是定为扩版，后来由于受到资金等各方面因素的影响，报社最终决定进行有针对性的改版：以涉台报道作为自身的特色，突出新闻性、本土性、台湾性。

为此，报社决定压缩周刊增容新闻。改版前报纸正常情况下平均每天有 32 个版，但是每周作为深度报道的 8 个本周刊就占了 50 多个版面，而作为专刊类的壹周刊每周也有 20 多个版面，再加上日常广告的占版，新闻量就不容乐观，新闻通常受到挤压，相当一部分有效信息上不了版面，记者的积极性受到影响，读者的需求被打了折扣。改版后，8 个本周刊全部被压缩，并对壹周刊进行了改造减版。而这些版面的缩减，则为本地厦门新闻、台海新闻、国内国际新闻的增加提供了空间，每天增加了六七个新闻版，强化了核心竞争力。

在厦门本地新闻方面，从关注民生、贴近民情的角度，对诸如医改、岛外住房补贴、本市居民就业等关乎民生的问题给予充分的关注。《新闻 110》专栏"关注社会热点，服务百姓生活"也很好地凸显了《海峡导报》本地化的发展战略。

全面扩容台海新闻，做强自身品牌。1999 年，《海峡导报》创办伊始，福建日报编委会就考虑到厦门经济特区在两岸交流、闽台交往中突出的地理和人文优势，对《海峡导报》提出了三步走的战略："立足厦门，扎根特区；拓展全省，辐射全国；进入台湾，走向海外"。成立以来，涉台报道便成为报纸的一个特色，但这个品牌并没有真正强大起来，给这次改版留下一个较宽的改造发展空间。

改版后，调整并扩容了版面。一般情况下，一周 22 个新闻版，其中 5 天每天达 4 版。B1 版《台海新闻/封面》：立体化，全方位地报道台海每日重大时政、社会新闻，并设立了《风眼》栏目；B2 版《台海新闻/观澜》：借鉴《参考消息》的做法，灵活、客观地将大陆、台港澳以及国外媒体对台海同一事件的报道、评论、分析文章组合刊载，报纸不下结论，让读者自己去比

较，去思考，然后作出判断；B3 版《台海新闻/信风》：内容主
要包括台湾社会民生、人生百态、时尚资讯、奇闻趣事等；B4
版《台海新闻/交流》：以两岸尤其是闽台之间交流，互动活动报
道为主。此外，周三续办 3 个版的《台商》周刊。值得关注的
是，2005 年 10 月 8 日，《海峡导报》派出了福建地方媒体的首
位驻京记者。驻京记者可以及时采访国台办举行的新闻发布会及
相关涉台新闻，为报社及时了解、把握涉台第一手资讯，搭起了
便捷的桥梁。

　　在推动两岸互动交流方面，《海峡导报》也不遗余力。2005
年 9 月 19 日，李敖先生抵京展开为期 10 天的神州文化之旅，
《海峡导报》派出两名特派记者赴京沪采访，发回了他北大、清
华、复旦的演讲，以及大量的花絮等内容的报道。编辑根据记者
发回的报道和其他媒体的报道进行编辑，每天推出一两个版的内
容，做到了数量多、品种多、包装到位。同年 10 月 12 日，神舟
六号发射成功。台海新闻版当天刊发了《吴伯雄："神六"发射
台人也荣耀》，10 月 13 日又迅速组织了一组台湾对此反应的新
闻：《台媒体强力关注"神六"升空》，《大陆太空事业也有台胞
贡献》，导报记者还独家专访了台湾"中国和平统一促进会"会
长郭俊次和中国国民党大陆部主任张荣恭，表达了两岸中国人关
注"神六"飞天的自豪。

　　报社还通过问卷调查获知，事关台湾的政党新闻、军事动态
等焦点事件特别受到读者的关注。在改版后的 B 叠封面就定位
为涉台的焦点事件报道及解读。2005 年 9 月 24 日刊发《"军购"
不过 美不"卫台"国亲：美国威胁台湾》；9 月 25 日刊发《国亲
总动员推"两岸和平法"》；9 月 30 日刊发《台潜艇将加装"鱼
叉"导弹 威胁大陆上海厦门等军港》；10 月 10 日刊发《宋楚
瑜首次对参选台北市长表态》等热点事件。并在封面开设了《风

眼》专栏，第一时间邀请专家对焦点事件解剖。比如，10 月 1
日《台海封面》版刊发《金马换人民币现钞已到位　闽建议设两
岸货币清算中心》，这一新闻作为当天的热点引人关注，因为建
议如果变成事实，将给往来两岸的台胞莫大的便利，也有利于阻
止地下人民币的交易。针对这个事件的可能性、做法和面临的问
题，导报记者及时请到了福建省社科院有关专家进行解读，并于
当天配发在《风眼》专栏。①

6. 其他报纸

(1)《厦门广播电视报》

《厦门广播电视报》于 1984 年 12 月 29 日创刊，由厦门市广
播电视局主办。最初为四开四版，现为四开四十四版。内容涵盖
广播电视节目导视导听，娱乐资讯传递，时尚消费指南等，是一
份立足于海峡西岸，深受市民欢迎的大型彩色周报。

该报刊登中央电视台、厦门电视台、厦门有线电视台、厦门
人民广播电台、福建部分地方电视台及部分上星电视台的一周节
目预告与介绍。辟有《彩色封面》、《图片报道》、《生活·财经》、
《星星俱乐部》、《声屏广角》、《倾听爱情》、《娱乐无限》、《收视
直通车》、《精品购物》等专版和副刊，集知识性、娱乐性、服务
性、趣味性为一体。每期发行量达 10 余万份，发行范围遍布厦
门、漳州及周边地区。②

---

①　钟金华：《超越同质化，挖掘核心竞争力——从〈海峡导报〉秋季
改版看都市报升级特色优势》，http：//cache. baidu. com/c? word＝％
BA％A3％CF％BF％3B％B5％BC％B1％A8％3B％B8％C4％3B％C0％
A9％3B％B0％E6&url＝http％3A//bbs％2Etaihainet％2Ecom/topic％
2Easpx％3Ftopicid％3D14141&p＝ce759a46d49a50f605be9b7e0c578b&user
＝baidu。

②　http：//www. xmdsb. com/bbjs. asp。

（2）《厦门大学报》

《厦门大学报》是厦门大学党委机关报。其前身为 1921 年建校时创办的《厦大周刊》，1937 年厦大改国立后，更名为《厦大校刊》，抗战时期厦大西迁闽西长汀时更名为《厦大通讯》，抗战胜利后又复名《厦大校刊》。新中国成立后，校报易名《新厦大》，是学校的机关报。1962 年，校报停刊。1978 年元旦，校报复刊，刊名《厦大校刊》，到当年 6 月在出版复刊第 10 期时定名《厦门大学》校刊，1991 年 4 月经福建省新闻出版局批准，成为福建省内部报纸。1999 年，校报步入了一个更大发展的新阶段，当年 5 月 31 日，国家新闻出版署批准公开出版，并从复刊的第 400 期起更名为《厦门大学报》，2000 年 10 月由半月报改为周报。[①] 2007 年元月起由四开双色小报扩版为对开彩色大报。

《厦门大学报》四开四版，每周五出版。一版为要闻版，刊登全校重大新闻。二版综合新闻，报道教学、科研、管理、后勤等工作。三版大学生活，报道学生生活。四版为副刊版，分期出版文艺副刊、理论副刊和综合副刊。中缝为文摘、信息。该报通过报道学校事业发展，反映师生员工的学习、生活、工作和喜怒哀乐，发挥着宣扬、激励作用，引导师生以更加高昂的工作热情和信心面对学习与生活。校报在世界各地校友之间、全国高校乃至校外媒体之间广为流传。

（3）《集美大学报》

1995 年 11 月 20 日，由集美大学宣传部主管的《集美大学报》创刊。10 多年来，《集美大学报》一步步地发展壮大：从创办初期的内部发行到拥有正式出版刊号，从印刷厂排版到编辑部

---

① 《校报历史》，http：//xcb. xmu. edu. cn/baozhi/xmubaozhi _ lishi. htm。

自行电脑设计排版，从月报、半月报、旬报到周报、彩版；与全国两百多所高校校报长期交流，年年在全国高校校报协会好新闻评选中获奖，成为福建省高校校报协会秘书长单位，校报每期的发行量也增至 16600 多份。①

《集美大学报》具有新颖及时、真实可靠、短小精悍、贴近教学科研实际和师生生活实际的特点。从 2004 年春始，经国家教育部批准设立的独立学院——集美大学诚毅学院开始免费为每位家长订购、邮寄《集美大学》报，受到学生家长的欢迎。

除此之外，还有《厦门理工学院报》、《学知报》、《南洋报》等报纸。

《厦门理工学院报》为厦门理工学院党委机关报。前身是创办于 1982 年 8 月的《鹭江职业大学报》，系福建省最早创刊的高职院校校报之一。现为对开四版，从 2006 年 3 月起改为旬报发行。

《学知报》由厦门教育学院主办，原名《小学教学改革与实验》，1987 年元旦创刊。2007 年 1 月 1 日起，正式启用新报名。该报现为四开四版，周报。

《南洋报》由厦门南洋学院主办，原名《南洋学院报》，经过两年的试刊，于 2003 年 8 月改为《南洋报》（月刊）正式与师生见面。

（二）厦门乡讯

1.《鹭风报》

《鹭风报》于 1981 年 9 月 15 日复刊，马来西亚归侨卢平担

---

① 《两百期——校报新起点》，http：//oa.jmu.edu.cn/netoa/news.nsf/cfba100a9b8dbef348256959005071d7/d88e8fe5e1a9bebc4825723c002d9bf0?OpenDocument。

任主编。复刊以来,《鹭风报》成为反映侨乡、特区面貌、联络乡亲情谊的对外发行刊物。

1987年5月,厦门市侨办、侨联和厦门中国旅行社、厦门华侨企业公司、天马华侨农场、竹坝华侨农场等单位联合组成"厦门鹭风报社董事会",林华明任董事长,下设《鹭风报》编辑委员会,黄文卿任主编,纪军为副主编。该报为双月刊,四开四版,每期发行2000份。1993年5月,《鹭风报》改为对开半月刊。1995年9月,出版周期缩短为每周一期(对开四版);1999年7月扩为四开十六至二十四版。1997年至今,历任社长是黄美缘、胡家榕、张岩、苏育群、许传典。历任主编是陈抚、纪君、曾文健、陈世海(晨风)、陈建明、林希等。

当前,《鹭风报》的发行量为1万多份。通过邮寄、分发、代发等方式发往80多个国家和港澳台地区华侨华人社团以及闽南地区。发行对象为海外华侨华人、海外重点侨团、华资企业,尤其是闽南乡亲;国内特别是闽南地区的归侨、侨眷;厦门市荣誉市民;回国留学生及其企业员工;在厦华商及其企业员工;政府工作人员;酒店、进出口贸易公司等涉外单位;外向型企业;喜爱传统文化的人群;希望了解海外生活的读者。

改革开放以来,《鹭风报》以其特有的资源优势,为海外乡亲回国投资创业、兴办公益事业,地方政府对外招商引资,国内企业打开产品外销渠道等牵线搭桥,架构平台,发挥了独特的作用。而今,《鹭风报》进一步加强与热心桑梓的侨团侨领的联系,继续拓展与海外二、三代青年才俊、新一代移民、留学生的关系,在海内外架起一座沟通的桥梁。①

---

① http://www.xmweekly.com/single.asp? typeid=16。

2.《同声报》

《同声报》创刊于 1958 年，由同安县侨联主办。八开单面单色印刷，1959 年停刊。1990 年《同声报》复刊未能成功。1994 年，同安县侨务办公室着手筹备《同声报》的复刊工作，克服了许多困难创造复刊的基本条件。1995 年获福建省新闻出版局等部门批准出版，同年 9 月 6 日复刊第一期（彩色）正式出版，并向国内外公开发行。①

复刊后的《同声报》成为厦门市同安区侨务办公室的对外宣传的乡讯，以海外及港澳台地区的同安籍乡亲为主要对象。强调同安本土特色，以"乡土、乡音、乡情"为基调，突出"侨乡、侨情、侨务"。其宗旨是：通过报道同安的经济建设成就和宣传侨务政策、法律法规以及投资环境，调动海外同安乡亲支援家乡建设的积极性；全面介绍同安的历史、文化、风情民俗，增进同安籍华裔的故乡观念。②

目前，分布在海内外各地的同安乡亲已达 300 多万人。自 1994 年新加坡首届世界同安联谊大会迄今已举办了六届。在此过程中，《同声报》发挥优势，宣传和协助贯彻执行国家的侨台政策，加强同归侨、侨眷、海外侨胞和台胞的联系和团结，鼓励他们为祖国的建设事业和统一大业做出贡献。从多方面、多渠道宣传祖国统一、增强对外影响、扩大对外交流服务。

《同声报》在海内外产生了一定的影响，受到了海外同安乡亲的欢迎。他们为报纸投稿，向报社捐助出版费用，许多海外社团在会所张贴和传阅《同声报》。

---

① 胡立新、杨恩溥编撰：《厦门报业》，第 234～235 页，鹭江出版社，1998。

② 同上书，第 235 页。

3.《集美报》

《集美报》于 1997 年 3 月 15 日创刊，是集美区委、区政府创办，区委宣传部主管的一份具有国内统一刊号的外宣刊物，初为半月报，后改为旬报，现为周报。该报坚持"立足本地，面向侨台，兼顾各方"的十二字方针，围绕侨乡经济建设做文章，成为海外乡亲和侨乡群众了解家乡的主要窗口。

经过 10 年的发展，《集美报》已成为福建省对外宣传的一个重要阵地。当前，集美区委宣传部又提出改周二、周三报的打算，要通过缩短周期，做大侨报，扩大外宣影响力。①《集美报》发行量现已达一万多份，台港澳地区，东南亚各国，澳洲，欧美等地的集美校友、乡亲侨领都能读到故乡的《集美报》。

4.《集美校友》

《集美校友》于 1920 年创刊，1980 年 10 月复刊。该刊是集美大学校友总会主办的侨刊，双月刊。它以弘扬嘉庚精神，联系海内外校友，为集美学校的发展服务为宗旨。内容生动活泼，文章短小精悍，原汁原味，可读性强。主要栏目有《学村内外》、《诚毅之光》、《让金字招牌更加闪亮》、《浔江听浪》等。②

5.《厦门航空报》

《厦门航空报》由厦门航空有限公司主办，1993 年 1 月创刊，内部刊物，月刊。1999 年获得正式刊号。现为周刊，四开四版。该报一、四版为彩报，二、三版为黑白报。一版为要闻版，刊登厦门航空有限公司的重要新闻；二版为"白鹭掠影"

---

① 王文津：《办好侨报服务侨乡的实践与思考——兼谈侨刊乡讯的外宣功能》，http：//news. eastday. com/eastday/xwjz/node158274/node158276/u1a2313684. html。

② http：//www. hsm. com. cn/node2/node116/node1165/node1182/userobject6ai66435. html。

版，主要刊载公司部门要闻；三版为"万紫千红"版，主要刊登民航消息、厦门及福建旅游资讯和言论等；四版为"艺术天地"版，刊载公司职工创作的文艺作品。

《厦门航空报》主要通过厦航航班、酒店等向乘客免费发行，现每周发行量为 1 万份。①

(三) 厦门期刊

1.《台海》杂志

2006 年 8 月，《厦门日报》社旗下的《台海》杂志正式创刊。这是祖国大陆地区唯一面向海峡两岸发行的、专业的、涉台、时政娱乐类综合性杂志。此前，在 2005 年 5 月和 2006 年 6 月，厦门日报社曾分别推出两期《台海》杂志试刊号。《台海》以"立足两岸看台湾"为基调，以"让祖国大陆人民了解台湾、让台湾人民了解祖国大陆"为办刊主旨，② 定位"两岸新锐读本，台湾百科全书"，填补了闽南地区没有时政生活类新闻杂志的空白。

《台海》杂志的出场应该说是时局使然，水到渠成。2005 年以来，随着胡锦涛总书记新时期对台工作四点意见的提出，《反分裂国家法》、连宋访大陆等一系列事件的发生，两岸关系出现积极变化，两岸交流互动更趋频繁。作为祖国大陆涉台工作最前沿的厦门，迎来了国共两党基层交流的第一个台湾代表团，见证了两岸直航包机、台湾水果登陆等众多两岸关系史上重大的事件，台海问题关注度持续升高。《台海》杂志的诞生，顺应了两岸民众了解台海局势的需要，又恰逢中国杂志业大发展的有利

---

① 根据《厦门航空报》编辑部提供的材料整理而成。

② 《沟通两岸　寻找交集——〈台海〉杂志创刊首发》，http://gb1. chinabroadcast. cn/1321/2006/08/09/663@1168185. htm。

契机。

《台海》杂志创刊以来，在海峡两岸特别是厦门、漳州、泉州的读者当中引起很大反响。台湾知名人士连战、萧万长，台湾文豪余光中先生分别为杂志题词，特别是连战先生是首次为祖国大陆地区的平面媒体题词。他们的题词分别是："沟通两岸，寻找交集"；"报道详实，两岸桥梁"；"台海无风波，两岸成风景"。

该杂志报道内容定位为台海时事、娱乐、闽台人文，报道领域涉及时政、经济、文化、娱乐、台商生活、服务资讯等诸多方面。着力增进两岸人民的了解互信，促进闽台交流与合作，特别是反映在厦六万多名台商、台生和台属的心声。①

《台海》杂志目前已经在厦门、漳州、泉州地区媒体市场占有较大的发行份额，每月同步登陆闽南 500 家报刊亭，同时，《台海》杂志也成为厦门市继《厦门晚报》、《海峡导报》后第三家获得有关部门特批在福建沿海与金马、马祖地区直接往来航线上发行的平面媒体，占据往来两岸的庞大台商资源。作为厦门日报社唯一的杂志，《台海》杂志秉承《厦门日报》"传媒力量源于读者"的新闻理念，力求出新出彩，成为海峡西岸的新主流权威刊物。

2.《海峡商业》

《海峡商业》杂志于 2007 年 6 月在厦门创刊，月刊，是由福建日报报业集团主管，海峡导报社主办的大型财经时尚杂志。该刊以"跨越海峡、直通财富"为口号，以服务祖国大陆台商为诉求，以传达两岸资讯、剖析财经事件为重点，是第一份用繁体字

---

① 《〈台海〉厦门创刊　连战题词》，http：//www. chinataiwan. org/web/webportal/W5270588/Uchenl/A312591. html。

出版发行的祖国大陆杂志，是当前祖国大陆唯一一份面向海峡两岸的财经时尚杂志，唯一一份由海峡两岸新闻人共同打造的平面媒体。① 该刊聘请台湾著名策划人、原《商业周刊》副总编陈键人为总编顾问，并将采用两岸共同注册刊号的模式，进一步筹划上岛发行。

《海峡商业》从 2007 年 4 月 4 日刊号批准到 6 月 5 日创刊，从招兵买马到采编印刷，仅用了短短两个月时间。在题为《为了跨越》的创刊辞上，《海峡商业》就旗帜鲜明地提出了"跨越两岸、直通财富"的口号。指出"跨越"不仅仅要跨越浅浅的海峡，而且要跨越诸多人为的沟壑。让炎黄子孙携起手来，赚世界的钱。为此，在报道两岸财经事件时，不但要准确地传达两岸资讯，更重要的是通过对财经事件的剖析、挖掘和总结，看清事件背后的本来面目，重视其深度性与前瞻性；在报道人物时，不仅仅看到成功者走在星光大道的辉煌，更重要的是让大家去分享其创造财富的经验与方法，去感受成功者喜悦后的孤寂，去赞赏失败者痛苦后的骄傲；在报道生活时，让人们也能品味出人生的真谛，生活的格调。

该刊面向海内外公开发行，立足厦门，依托海峡西岸经济区独特的地域优势，以华人视角深入报道海峡两岸的财经新闻，呈现实用的时尚生活资讯。设有《封面故事》、《特别报道》、《海峡一言堂》、《海峡财经资料库》、《财经脉动》、《焦点人物》、《商业易经》、《台商西进学分班》、《台北话题》、《特别企划》、《跨越两岸》、《魅力城市》、《生活志》等栏目。该刊定在海西经济区、长三角经济区、珠三角经济区、环渤海经济区、台港澳地区，以及

---

① 《〈海峡商业〉6 月 5 日隆重首发》，http：//www. 66163. com/Fujian_w/news/fjgsb/332/3/200766194039. htm。

东南亚、美国和澳洲等地发行，目标读者为政府官员、商界领袖、管理精英、创业人群和学界名流等社会精英或中产阶级。①

3.《中国经济问题》、《经济资料译丛》

《中国经济问题》是新中国成立后高校中新创的第一家经济学专业杂志，由厦门大学经济研究所主办，经试刊一年后由中宣部批准在 1959 年正式创刊，双月刊。

《中国经济问题》在马克思主义经济学的基本理论尤其是《资本论》的研究与应用方面十分突出。香港《明报》将《中国经济问题》列为中国改革开放后最有影响的 20 家经济学杂志之一。②

《经济资料译丛》由厦门大学经济学院主办，1981 年 1 月 1 日创刊，季刊。该刊主要选编、译载国外经济理论、经济政策、经济管理、有借鉴作用的先进经验，报道世界经济发展的理论和动态、主要资本主义国家经济发展动态、重大的世界经济问题的讨论和西方会计。

4.《台湾研究集刊》

《台湾研究集刊》由厦门大学台湾研究院主办，1983 年创刊，是全国最早创办的专门研究台湾问题的学术季刊。《台湾研究集刊》集中刊载有关台湾政治、经济、法律、历史、宗教、社会、教育、文学、艺术以及两岸关系等方面的研究论文，是科研人员和从事台湾事务工作者的重要参考读物。③

---

① 吴宗、钟鸿瑜：《两岸新闻人携手打造财经时尚杂志〈海峡商业〉昨首发》，http：//www.cnr.cn/xmfw/xwpd/xtfy/200706/t20070606_504483975.html。

② 胡培兆：《保持学术的尊严》，http：//jys.xmu.edu.cn/editory/index1.asp。

③ 《〈台湾研究集刊〉简介》。

《台湾研究集刊》被海内外学术界誉为在台湾研究领域具有重大影响的权威刊物，于 2001 年入选"中国期刊方阵"。目前《台湾研究集刊》在影响因子方面，排在港澳台问题类刊物的第 1 位。

5.《中国社会经济史研究》

《中国社会经济史研究》于 1982 年 5 月创刊，是祖国大陆首家中国经济史学科专业杂志。该杂志由厦门大学出版，国内外公开发行。每年四期（首年仅出三期）。1988 年起，改由厦门大学历史研究所主办。

该刊以刊登中国社会经济史理论研究和专题研究论文为主，也发表一些罕见的或新发现的史料和调查报告、中外史坛动态及书评。每年均有一定篇幅刊载外国学者的来稿。《中国社会经济史研究》体现了从经济剖析社会，从社会剖析经济的社会经济史学风格和注重发掘民间文献和区域研究、细部研究的学术特色，受到海内外学者的重视。①

6.《南洋问题研究》

创办于 1974 年 1 月 1 日的《南洋问题研究》现已成为国内东南亚及华侨华人研究领域中历史最长、具有权威性的刊物。该刊主要刊载中外著名学者有关亚太及东南亚地区各国政治、经济、历史、华侨华人等问题的最新的重要成果，以及有关该领域的系统资料和学术动态。该刊在海内外颇具影响，现已发行到美国、日本、荷兰、新加坡等十几个国家和地区。2002 年，在中文社会科学引文（CSSCI）发布的统计信息中，《南洋问题研究》在全国国际问题学科期刊影响因子方面居第 2 位。2004 年，《南洋问题研究》被选定为 CSSCI 来源期刊。②

---

①　http：//baike. baidu. com/view/106279. htm。

②　http：//skc. xmu. edu. cn/publication/south—asia. htm。

7.《厦门大学学报》(哲社版、自然版)

《厦门大学学报》(哲学社会科学版)创办于 1926 年 4 月,是厦门大学主办、国家教育部主管的高层次的哲学社会科学综合性学术刊物(双月刊)。1945 年,停刊。在停办七年之后,于 1952 年 7 月复刊,成为新中国成立后最早复办的大学学报。

该刊坚持以学术为重、社会效益为重的办刊宗旨,坚持走"内涵式发展"之路,确立了自己的学术个性。一方面努力发挥本校的学术优势,设置了《台湾研究》、《南洋研究》等体现本校学术专长的栏目;另一方面追踪学术界的前沿问题、热点问题,设计了《前沿课题研究与述评》、《现代性研究》等相应的系列专栏,形成了"立足本校优势,关注学术前沿"的办刊特色。该刊先后被评为"全国综合性人文、社会科学类核心期刊"、"中国人文社会科学核心期刊",入选"中国学术期刊综合评价数据库来源期刊"、"中文社会科学引文索引(CSSCI)选用期刊";2001 年底入选国家新闻出版署评定的"中国期刊方阵";1999 年和 2002 年两次蝉联中国人文社会科学学报学会评定的"全国双十佳社科学报"。2003 年 11 月,该刊首批入选教育部"高校哲学社会科学名刊工程",在首批入选的 11 家高校社科期刊中排名第八。

《厦门大学学报》(哲社版)的发行范围遍及美、英、法、德、奥、加、日、俄等国家,以及港台地区。经过 80 多年,尤其是改革开放以来 20 多年的不懈努力,《厦门大学学报》(哲社版)已成为国内外学术界有重要影响的学术刊物。①

①《本刊简介》,http://www.xmu.edu.cn/xmupaper/xdb/zesheban/jianjie.htm。

《厦门大学学报》（自然科学版）于 1931 年创刊，由教育部主管，厦门大学主办，是国内外公开发行的综合性学术期刊（双月刊），同时以印刷版、光盘版、网络版出版。

该刊主要刊载数学、计算机科学、物理学、技术科学、化学、化工、海洋学、环境科学、生命科学等学科的最新研究成果。该刊从 1994 年以来，被引频次及影响因子均居全国综合类高校前列。先后被国内外多家核心期刊和数据库收录为刊源，多次被评为全国、华东地区、福建省的优秀科技期刊。2001 年入选国家新闻出版总署评定的"中国期刊方阵"。2003 年获国家新闻出版总署颁发的"第二届国家科技期刊百种重点期刊"奖。2006 年获国家教育部科技司颁发的"首届中国高校精品科技期刊"奖。[1]

8.《商务周刊》

《商务周刊》由厦门经济特区经济研究所、厦门信息——信达总公司主办，2000 年创刊，半月刊。

目前，《商务周刊》杂志是祖国大陆唯一的国内外公开发行的新闻性商业周刊，以中国新兴的工商界人士和政府官员为主要读者对象。该杂志立足于建设性的商业精神和社会责任感，以客观严谨和信息全面的商业事件调查，独立专业和连续深入的产业与公司报道，敏锐地发现与传播商业新观念、新思维。[2] 其内容以广义的经济为主，也探讨社会现代化面临的重大问题，不仅报道企业故事，提供具有管理学价值的公司案例分析，还涵盖商业社会中的政治经济问题、宏观经济趋势、社会问题、科技、阅读、生活方式等内容。

---

[1]　http：//www. xmu. edu. cn/xmupaper/xdb/zrban/zwbkjj. htm。

[2]　http：//info. finance. hc360. com/zt/wmlt/。

9.《厦门文学》

1982 年 3 月 18 日，随着第五次文代会召开，厦门市文联工作开始全面恢复，又借用《厦门日报》副刊出版《厦门文艺》。至 1983 年底，市文联决定从 1984 年开始继续出版单行本《厦门文艺》。1984 年，以发表文学作品为主的综合性文艺双月刊《厦门文艺》正式复刊。1985 年 7 月，《厦门文艺》改刊名为《厦门文学》，仍为双月刊。新的《厦门文学》设有《特区掠影》、《侨乡风采》、《台港之窗》、《市井大观》、《鹭门新秀》、《小荷尖尖》、《琴岛谈薮》等栏目。主要发表反映特区、侨区、闽南开发区的建设生活，表现社会主义新人、新思想、新风尚，反映华侨、台港澳同胞热爱祖国的感人事迹，有强烈的时代精神，浓郁的生活气息和地方色彩的各类文学作品。

1986 年至 1993 年前后，全国文学期刊从极度繁荣陷入大幅度的"滑落期"，《厦门文学》也不可避免。1993 年，《厦门文学》改版。栏目或弃用，或更名，或新设。《望海楼》、《特区广角镜》、《文学金三角》、《理论》分别改为《台湾风景线》、《特区面面观》、《闽南作家群》、《理论与作品探美》，《闽海评论界》保持不变，《唐人街》弃用，新开设《闽南中青年作家评介》、《都市立交桥》、《小城，99 个男人和女人》等多个栏目。从所发作品的题材看，加大了纪实文学的篇幅，不断加强可读性、通俗性、大众化，旨在走入市场，扩大发行量。1996 年《厦门文学》再次改版，至 1998 年 6 月，主要把力气花在小说、散文、诗歌及文学评论四大块，同时没有放弃纪实类作品。1998 年，《厦门文学》推出的几个新栏目都颇有特色。《福建散文界》以个人专辑亮相，共推出舒婷、南帆等 15 家；《厦门风景线》专发文化大散文，其中易中天的《闲话厦门人》、孙绍振的《厦门人、福州人和城市优越感》读者甚众；《特区时空》及《打工春秋》都贴近本土生活。此前的《闽南中青年作家评介》1996 年更名为《闽南闽西中青年作家评介》，1997 年又更名为《福建当代作家评介》，视野、区域、影响皆扩大。《厦门文学》还于 1996 年 1 月号推出"走向新世纪中国诗歌大展"，至 1998 年 6 月号，历时两年又五个月。时间之长、规模之大、范围之广、作者之众、好诗之多为 20 世纪 90 年代中国诗坛所罕见，大展的成功使《厦门文学》在全国的知名度迅速提高。

　　1998 年 7 月号至 2002 年 12 月号，改版后的《厦门文学》一直把纪实文学当做主打文体，题材大体是关于厦门、特区、海峡西岸，颇具特色。2004 年和 2005 年，《厦门文学》开辟《百年福建文学》栏目，推出南帆、谢冕、北村、冰心、蔡其矫、庐隐、胡也频、陈仲义、辜鸿铭、鲁藜、舒婷、杨骚、林语堂、孙绍振、林琴南、何为、郭风、杨少衡等个体作家、诗人、评论家，以及厦门知青作家群、林语堂家族、漳州小说群等群体。2005 年 9 月还以专号形式推出百年福建文学中的厦门大学群体。改版后的另一个新栏目《人文厦门》先后推出《黄萱专辑》、《歌仔戏专辑》、《胡友义专辑》、《郑成功专辑》、《虞愚专辑》，以及单篇的关于蔡丕杰的记述，表现出厦门人文的精神与风貌。①

　　新时期的厦门期刊门类丰富，广涉于各行各业、学校机关，除了上述期刊外，还有《台湾海峡》（1982）、《福建水产》（1983）、《厦门科技》（1998）、《体育科学研究》（1984），以及《集美大学学报》（自然科学版）（1981）、《集美大学学报》（哲学社会科学版）（1998）等等。

---

① 胡杨：《跨世纪的艰难与前行——重读 1990 年至 2005 年〈厦门文学〉笔记》，《厦门文学》，2006/Z1 期。

二、漳州报刊

(一) 漳州报纸

1. 《闽南日报》

(1) 复刊与改扩版

1984 年 11 月，中共龙溪地委作出决定，成立由江福全任总编辑，曾启川、吴河海任副总编辑的《闽南日报》复刊筹备组，重新筹办报纸。12 月 31 日，中共龙溪地委、龙溪行署批转《闽南日报》复刊筹备处关于复办《闽南日报》的请示报告，同意筹备处提出的复刊的思路和意见。1985 年 3 月 28 日，中共龙溪地委决定成立《闽南日报》筹备领导小组。5 月 13 日，中共福建省委办公厅批复，为适应闽南三角地区开发建设的需要，同意复办《闽南日报》为中共龙溪地委机关报。[①] 5 月 30 日，经国务院批准，1985 年 6 月，撤销龙溪地区行政公署，漳州市升为地级市，7 月成立漳州市人民政府，直属省人民政府领导，并将原漳州市的行政区域改设为芗城区。至 1990 年 12 月底，漳州市人民政府下辖龙海、长泰、东山、南靖、平和、华安、漳浦、诏安、云霄等 9 个县和芗城区。

这样，《闽南日报》成为中共漳州市委机关报。1985 年 7 月 18 日，经福建省委宣传部批准和省政府新闻出版管理处登记，准予《闽南日报》全国公开发行，并发给出版证书。8 月 7 日，漳州市人民政府作出决定，将芗城区印刷厂划归闽南日报社，改名为闽南日报印刷厂。9 月 14 日，漳州市委批转闽南筹备领导小组关于《闽南日报》复刊问题的报告，同意筹备领导小组提出

---

① 《珍贵的记忆》，《〈闽南日报〉复刊二十周年》，第 5 版，2005 年 12 月 28 日。

的办报宗旨和总体要求。

1985 年 11 月 1 日，《闽南日报》开始试刊，共试刊 8 期，四开四版。确定其办报宗旨为：宣传党的方针政策，报道改革开放信息，反映山海侨特优势，介绍闽南风物人情，传播科学文化知识，增进漳台港澳交往。1988 年 11 月 10 日起又有所调整，由原来的 6 句改为 8 句：宣传党的方针政策，传递改革开放信息，反映山海侨特优势，服务发展外向经济，介绍闽南风物人情，增进漳台港澳交往，体现人民群众意愿，传播科学文化知识。报社设立六个科室：编辑室、办公室、政文科、经济科、采通科、美术摄影科。报社工作人员 25 人，其中采编人员 21 人，行政管理人员 4 人。①

1986 年 1 月 1 日复刊，四开四版，周七刊。报名由中共中央政治局委员胡乔木题写，全国人大常委会副委员长彭冲为首发期题词："办好日报，为人民服务"。

1993 年 10 月 1 日，《闽南日报》小报改大报试刊。试刊每周一期，为对开四版或对开八版。1994 年 1 月 1 日，《闽南日报》正式扩为对开四版。一版为要闻，二版综合新闻（经济），三版专刊副刊，四版时事和广告。其总体办报要求是"坚持党性，办出特色"，更好地"突出时代精神，发挥喉舌作用，充当群众益友"。

1999 年 1 月 1 日，《闽南日报》又由对开四版扩为对开八版。2 月 16 日，该报试印一、四版彩报，后每周一期彩报。2000 年 1 月 1 日，改为彩印，每周五彩版，双休日套红。2001 年 1 月 1 日，改为 A、B 版，A 版由周五彩版改为除双休日外天天彩版。2005 年 1 月 1 日，改为"瘦身报"，A 版天天彩版，增

---

① 《珍贵的记忆》，《〈闽南日报〉复刊二十周年》，第 5 版，2005 年 12 月 28 日。

设《社会新闻》等版面。

2000 年 10 月,《闽南日报》电子版正式开通,设漳州新闻、国内新闻、国际新闻、文体娱乐等栏目。2004 年 11 月,该报新改版的《闽南日报》网站(电子版)正式与读者见面。①

(2) 舆论监督

作为漳州市委的机关报,《闽南日报》始终坚持提供群众需要的信息,在舆论监督方面,想群众之所想,急群众之所急,办群众之所盼,以群众满意不满意、高兴不高兴、赞成不赞成、答应不答应作为根本出发点和落脚点。

《闽南日报》将此作为长期的中心工作来抓,较好地起到了舆论监督和舆论引导的作用。其舆论监督比较好地做到了"四个点结合",即中央精神与当地实际的结合点,党的政策与群众利益的结合点,当地党委意图与群众愿望的结合点,党的工作重点和群众生产、生活难点的结合点。一言以蔽之,就是让更多的读者参与到舆论监督的事件中,关注事件,发表意见,参与讨论。② 如 1999 年 11 月底,南靖县一位退休人员向报社编辑部反映该县书洋乡政府因成立书洋乡居民委员会,向全乡居民收取30～50 元的统筹费。编辑部得知后,当即向南靖县有关部门咨询情况,经证实,书洋乡政府于 1999 年 8 月 25 日确实发出要求征收居民统筹费的文件,规定每人每年征收教育附加费 20 元,优抚费 5 元,计生统筹费 5 元,民兵训练费 1.8 元。于是,《闽南日报》刊登《居民也缴统筹费 生财之招实在奇》一文,对此

---

① 《珍贵的记忆》,《〈闽南日报〉复刊二十周年》,第 5 版,2005 年 12 月 28 日。

② 江武烈、林顺才:《新闻策划是搞好舆论监督的有效途径》,闽南日报社编:《耕耘·收获——闽南日报复刊二十周年获奖作品选》第二辑,第 555 页,中国广播电视出版社,2005。

巧立名目敛财的扰民现象提出批评。该文发表后，反响很大，南靖县委、县政府派出调查组进行调查处理，并清退了违反规定向居民收取的款项。

2000 年 6 月 21 日，《闽南日报》在《表扬与批评》栏目中刊登了龙海市榜山镇田边村村民的一封来信，信中反映在农网改造中村委会向村民每户收取 200 元表下线工料费。同时也刊登了龙海市物价局对此事的调查结果，并责成村委会退还给每户多收款 70 元。这篇《收费不能糊涂，还给村民明白》的文章刊登后，引起很大反响。村民写信打电话询问应交款额和多收缘由。根据读者的要求，8 月 2 日，《闽南日报》《读者来信》版全文刊登了福建省物价委员会闽价（2000）商字 77 号文，并部分摘登了群众的来电来信。这组关于农网改造收费的舆论监督稿件内容，关系到农村千家万户的切身利益，产生了积极广泛的影响，也引起了各县区领导和有关部门的重视，有效制止了乱收费现象。

（3）权威性品格

近年来，中央、省级大报纷纷组建报业集团，其子报对不少地市党报产生了很大的冲击。有人认为地市党报应该多搞一些有吸引力、感染力、可读性强的新闻报道。于是，不少党报不同程度地出现了党报"晚报化"、党报"都市报化"现象，纷纷开设娱乐版，增大娱乐新闻的报道篇幅。这一做法，忽略了党报自身的权威性优势。

在长期的革命战争和计划经济年代，党报作为党的喉舌，确立了其他媒介无法比拟的权威性。"党报与其他媒介相比具有许多优势条件，如：意识形态的中心位势、品牌效应的长期积累、可靠的权威消息来源、庞大的公共关系网络等等"。① 长期以来，

① 丁和根：《党报竞争力的多元审视》，《新闻界》，2002 年第 6 期。

党报利用这些要素开展新闻工作，形成了在读者心中的权威地位。在激烈竞争的态势下，党报不应盲目追随都市类、生活类报纸，迎合所谓的读者口味，而忘记了自身的优势和特色。当然，权威性不是建立在灌输式报道、说教式报道的基础之上。党报要让受众买账，必须改变老面孔。党报要完成为人民服务也就是为受众服务的根本任务，在受众资源成为媒体争夺的主要资源的今天，面孔非改变不可。

《闽南日报》塑造其权威性品格的一个重要做法是寻找党性同人民性的最佳结合点，用心把富有时代精神的先进事物放在党性原则上加以衡量，揭示其本质，公示其事迹，展示其精华，产生强大的吸引力、感染力和穿透力。①"漳州110"先进事迹的报道就典型地说明了这一点。1990年，《闽南日报》记者在采访中发现漳州市公安局巡警支队直属大队设立"110"电话报警专线，替群众办了大量好事实事，为维护社会治安秩序作出了积极贡献，受到社会各阶层的充分肯定。报社敏锐地觉察到这是一个体现时代精神，展现警民鱼水关系的好题材，因此，迅即组织系列报道，并配发了数篇评论员文章。上级有关部门对此高度重视，大力总结推广"漳州110"先进经验，使其走向全省、全国。

第二种做法是充分利用好权威信息渠道，改进新闻报道方式。应该说，党报获取党和政府有关国计民生的信息渠道较之其他都市报、生活报更畅通、更便捷。在人民群众眼里，党报所发布的信息更权威、更可信。事实上，广大读者已经开始厌倦一些都市生活类报纸在新闻报道中的低俗与恶意炒作，对严肃、准

---

① 江山：《坚持党性原则　提高办报水平》，见闽南日报社编：《耕耘·收获——闽南日报复刊二十周年获奖作品选》第二辑，第640页，中国广播电视出版社，2005。

确、权威的党报有一种期待。其中，如何搞好政务报道，一直是困扰地市党报的一个重要问题。政务报道，专指围绕各级党委、政府机关活动所形成的报道，它的内涵仅仅界定在四个方面——会议消息、领导活动、文件刊布、机关工作动态，不涉及其他时事新闻。政务报道在报纸要闻版、综合版上都占据着很大比重，其质量直接影响着一张报纸的形象和阅读率。多年来，政务活动报道是许多报纸特别是机关报难以解决的症结问题，普遍存在着"呆"（新闻性差）、"长"（篇幅长）、"空"（信息量少）、"套"（程式化）等问题，读者不爱看，传播效果差，发行量和影响力也随之下降。某些地方精神消费领域里也随之出现了一种尴尬景观：报纸天天推出此类稿件，读者却很少问津。新闻传播中这种"传多受少"甚至"传而不受"的状况，也是精神生产的一种资源浪费。① 为了树立报纸的权威性，增强党报的传播效果，《闽南日报》从以下四个方面对政务报道进行了探索与实践：1. 报社必须主动争取本级党委、政府对改革政务报道的支持。报社提出关于改革政务报道的具体意见，其中包括减少和改革会议报道、领导活动报道、领导讲话的刊发、工作性报道、文件的刊发等五方面的内容，对各个方面的改革作出具体规定，并要求各部门要尊重新闻规律，自觉维护对新闻单位和舆论宣传的统一领导和管理，供市委常委讨论，然后以市委、市政府办公室文件的形式下发。该《意见》成为报社改革政务报道的规范，使其变"无规"为"有规"，变"无序"为"有序"。2. 报社领导必须因势利导，引导采编人员根据改革的要求适时实现转变。为此，报社实施了"五定"：一是定格，严格按照市"两办"（市委办公室、

---

　　① 卢愚：《在多维解读中寻求政务报道的突破》，http://media. people. com. cn/GB/40628/5871392. html。

市政府办公室）文件要求办理，该报的政务消息要报，不该报的不报；该上的领导名单要上，不该上的名单不上。二是定量，限定每日头版会议报道不得超过 3 条。三是定性，以新闻性为是否报道的主要标准。四是定式，由报社领导修改和编写各种不同类型的政务报道，有的用一句话新闻，有的用标题新闻，供采编人员参照。五是定向，通过召开改革政务报道业务研讨会，集思广益，比较鉴别，让采编人员自觉地克服政务报道中存在的一些不良倾向。3. 不断变换和改进采编方法，包括采写方式、编辑方式、版面形式、版面内容等的变换与改进，以提高政务报道的可读性。4. 改进政务报道的组织形式，建立"直通道"。由于政务报道多涉及本级领导的政务活动，应当给记者有一个"知前顾后"的连贯性。因此，报社在市委、市政府大院专门设立记者站，负责跟踪、采写市各级领导班子活动的报道。这 5 个方面，改革政务报道，本级党委、政府支持是前提，采编人员转变办报观念、改进采编方法是关键，改进政务报道的组织形式是保证。在转变办报观念方面，必须正确处理几个关系：一是要做到"定格"但"不拘一格"，只要具有正面宣传作用的新闻性，就要敢于"出格"采写；二是要做到"定量"但不"限量"，如果会议都具有较强的新闻性，而新闻又贵在快，特殊情况可以特殊处理，也无须死守"每日上报 3 条"；三是要做到"定性"但不"死性"，对有新闻性稿件的写法，不要老是采用硬邦邦的"硬性"写法，可以采用一些"软性"的写法来增强可读性；四是要做到"定式"但不"单一式"，要明确"定式"是起点，要在这个起点上敢于创新，敢于发展，不能固守单一"式样"；五是要做到大的"定向"小的可"多向发展"，要在注意克服各种不良倾向的同时，提倡各种不同风格，不要因为一讲"定向"就不让多种风格发展。在变换和改进采编方式时，也要紧紧围绕办好报纸这个中心，该变换的变换，该改进的改进，既不能死板教条，也决不能搞哗众取宠那一套。①

不仅如此，做大权威信息也是《闽南日报》塑造其权威性品格的重要方面。《闽南日报》不是停留于孤立的、平面的、表面的信息，还对一些事关重大、群众普遍关心、与读者关联度大的权威信息加强策划，舍得版面，围绕某一主体信息，充分挖掘新闻背景，多侧面、多角度提供相关信息，使报纸为读者提供的权威信息从平面走向立体，把新闻做大、做足，增强宣传效果。如2002 年 9 月 6 日，漳州市宣布新的城市中心区建设正式启动，并召开项目推介会。按常规，就是在头版突出位置发一篇消息，再配上一幅某项目开工仪式的照片。报社考虑到应当让市民、让读者对市委、市政府的这一重大举措有更多的了解，提前进行策划，除了在头版刊发当天活动的消息和照片外，还采用"链接"的手法，针对读者关心的问题，在其他版面配发了新城市中心区的规划设计图、建设进度计划、资金来源、区内项目建设的优惠政策以及漳州城的历史变迁等一系列稿件，受到读者的欢迎和党委、政府的肯定。②

（4）涉台报道

漳州地处闽南金三角，面对台湾，南临港澳，自古以来就是连接闽粤赣三省与通向台港澳地区、东南亚地区的交通要冲，区位独特，有利于对外开放。早在 1985 年，漳州就被国务院列为

---

① 张亚清：《改革地方报政务报道的探索与实践》，见闽南日报社编：《耕耘·收获——闽南日报复刊二十周年获奖作品选》第二辑，第 419～422 页，中国广播电视出版社，2005。

② 刘惠河：《开发权威信息 激活权威优势》，见闽南日报社编：《耕耘·收获——闽南日报复刊二十周年获奖作品选》第二辑，第 544 页，中国广播电视出版社，2005。

对外开放地区，1992 年国务院批准东山港为国家一类开放口岸，1993 年国务院批准设立东山经济技术开发区，1994 年国务院把漳州市定为全国外向型农业示范区。漳州港被国家列为首批对台定点直航试点港口之一，全国最大台资项目后石电厂已建成并上网供电，使漳州成为福建的重要电力基地。漳州是福建的重点侨乡之一，台侨优势突出，是台胞的主要祖籍地。台湾现有人口中祖籍漳州的有 35.8％，居住在漳州的台胞多达 4000 多人，漳州去台人员 1.4 万人，台属近 14 万人。① 漳台两地民间传统文化如歌仔戏、灯谜等有着密切的渊源关系。漳州与台湾血浓于水的亲缘关系以及特殊的地理位置和源远流长的历史文化积淀，日益吸引着台湾有识之士纷至沓来。二十多年来，漳台两地的密切来往和广泛合作，已形成特殊的优势。《闽南日报》充分发挥这一优势，悉心研究海峡两岸关系发展态势，报道见证了两岸亲人渴望团聚和台商寻找投资最佳地点及两岸人民同心同德反"台独"、促三通、盼统一的事实，增进了漳台文化、经济交往，为促进祖国统一大业做出了应有的贡献。

　　《闽南日报》1986 年 1 月复刊伊始，就高度重视涉台报道。先后开辟了"桑梓"、"情连海宇"、"台湾新闻"等专版，常年结合元旦、春节、元宵、清明、端午、中秋、重阳、冬至等中华民族的传统佳节，组织发表一些怀乡、思亲的文章，传递千家万户的台属和台胞翘首盼望团圆的一天。这其中著名的要数对"寡妇村"的报道。1950 年 5 月 10 日，国民党兵从东山败退时，为扩充兵源，在东山岛疯狂抓丁，共抓走了 4700 多名壮丁，其中从铜钵村就抓走了 147 名的壮丁，一夜之间，91 名青年妇女成了

---

① 　罗蓉芳：《今年在漳过节台胞人数增加》，http：//www.zznews.cn/html/2007/02/20070216103002—1.htm。

"活寡妇"，铜钵村因而也被称为"寡妇村"。1986 年 11 月 22 日上午，铜钵村迎来了劳伦斯和法兰西斯两名美国朋友。由报社记者刘子民、林斌龙撰写的通讯《不能再让这些老大娘守活寡了——美国朋友访闽铜钵村侧记》，通过两位美国朋友对 3 位白发苍苍老大娘的采访，以 3 个富有浓厚人情味的小故事，道出了从青丝盼到白发的老大娘们渴望两岸早日统一的共同心声，也使这两位美国友人发出了沉重的感叹："不能再让这些老大娘守活寡了！"1988 年 2 月，这篇通讯荣获首届中国地市报好新闻一等奖。《人民日报》当时登载了新华社播发的消息，介绍了这篇获奖通讯"描写丈夫在海峡彼岸的一群'活寡妇'37 年独守空房，朝思暮想盼夫归的真情实景，颇有感染力"。1988 年除夕夜，有 87 名台胞从海峡彼岸赶回来和亲人一起欢度春节，《闽南日报》于正月初一发表了通讯《莫让千家翘首两岸处　但愿万户团聚圆桌旁》，通过对 3 位台胞回家乡与亲人欢度春节的动人情景描写，说明了祖国大陆政府与台胞的亲人是真诚欢迎他们的。解放前夕欧老先生顶替年幼的儿子被抓丁去台湾。这个除夕夜，84 岁的他将冒称了 40 年的儿子之名"欧中秋"还给已近六旬的儿子，充满了时代的悲剧性；老阿婆林颜贞以收养的沈家后代们迎接自己新婚 3 个月就别离的丈夫，表现了浓厚的人情味；85 岁的台湾政界要员沈老先生回乡试探成功，在台湾军政界也产生一定的影响。该通讯成为全国地市报好新闻的入选作品。① 在报道反对"台独"分裂活动时，《闽南日报》在转发新华社稿件的同时，还发表了《陈水扁搞"台独"是数典忘祖》、《吕秀莲岂能喝家乡水忘本》、《漳州日益受到全世界金门同胞关注》等稿件。这些文章

---

① 林艺群：《积极做好对台宣传报道增进漳台文化经济交往》，《新闻战线》，2005 年第 7 期。

一方面揭示了台湾当局领导人陈水扁、吕秀莲祖居地虽是福建漳州，但他们叛祖不认祖，搞台独分裂活动不得人心，注定要失败的命运。另一方面报道了 2004 年以来，漳州市已接待来自印尼、新加坡等国家和地区的金门同胞 35 次正式访问。同时，漳州市也先后组织了三批 58 人次前往金门探视，并应金门县邀请将组队参加 2004 年底举行的"世界金门日"会议，共商大事，反对"台独"。自 2002 年 1 月 2 日，福建沿海地区与金门、马祖、澎湖地区实现海上客运直航以来，漳州是福建省继厦门、福州、泉州、莆田之后实现与金马澎地区海上直航的第 5 个设区市。在宣传加快两岸直接往来时，组织采写《漳州与金门货轮首次直航》、《翅膀本不该如此沉重——写在两岸春节包机"花"开三度之际》等稿件。这组稿件用事实呼吁台湾当局，应该顺民心、识大体，尽早作决策，为海峡两岸的直接往来开"绿灯"，以惠及两岸同胞。

促进两岸经贸合作与发展也是《闽南日报》涉台报道的重要一环。一方面，随着两岸交流、交往的不断升温、经济形势的发展变化，特别是首次直航后，漳州大打"台湾牌"，发挥对台人文与农业、港口优势，进一步扩大漳台经贸合作，使地缘、人缘、文化缘，缘缘化商缘。《闽南日报》一是开设《台商创业在漳州》、《鼓励台商投资，扶持台资企业》等专栏，用事实报道台商在漳州投资创业的成功经验和故事。全方位宣传漳州出台的《关于鼓励台商投资与扶持台资企业发展若干意见》（自 2006 年 1 月 1 日起施行），营造良好的投资环境，促进招商引资，不断拓展两岸经贸合作领域。二是充分利用两岸合作平台，报道招商引资和两岸经贸合作情况。"4·9"漳台经贸恳谈会、"5·18"海交会、"6·18"项目成果交易会、"9·8"中国投资贸易洽谈会和"11·28"海峡两岸花博会，《闽南日报》都派出优秀记者深入采访，并在版面上予以优化处理。在对台湾水果首次进入祖国大陆市场的报道中，《闽南日报》记者朱美华别具一格，没有仅仅停留于报道台湾水果首进祖国大陆的一般常规性消息，而是以独到视角，围绕"什么样的水果才能挣钱"、"台湾水果登陆有市场吗"、"台湾水果能常来漳州吗"等问题进行深入思考，写了一篇《品出两岸水果"新滋味"——台湾首批名优水果登陆漳州后的思考》。该文 2005 年 6 月 11 日见报后，为漳台两地专家、学者探讨两岸水果等农业合作事宜提供了很有参考价值的观点和信息，并荣膺 2005 年度第十二届福建省新闻奖通讯类一等奖。2005 年春天，《闽南日报》发表了《构建台湾农业转移大陆"桥头堡"》的消息，报道漳州为加强海峡两岸农业交流与合作，联手拓展国际市场，在举办了六届海峡两岸花博会之后，又积极申报"海峡两岸（福建·漳州）农产品交易会"。在《"台湾农民创业园"建设加快》一文中报道了 8 批台湾农民来漳浦考察，已有首批 6 位台湾农民落户台湾农民创业园。同时报道《鼓励台商做大做强企业》、《漳州对台招商渐入佳境》、《闽台专家携手，引进推广良种》、《我市引进台湾农业良种 1500 多种》等消息。连战大陆行的"坚持和平，走向双赢"演说使台商深受鼓舞。5 月 16 日，《闽南日报》又及时刊发了《连宋大陆行后首批台湾水果便捷登陆》，接着又先后在头版发表《闽台养殖业合作走向双赢——40 多家台企孵化漳浦十大水产养殖基地》、《对台交流为诏安农业注入新活力》和《南靖台商种果信心倍增》等消息，报道许多台商都表示要在漳州扩大台湾名优水果种植基地，促使漳州成为世界的东方大果园，让《漳州美食香飘全球》。①

---

① 林艺群：《积极做好对台宣传报道增进漳台文化经济交往》，《新闻战线》，2005 年第 7 期。

加大和拓展漳州与台湾之间文化交流的广度和深度是《闽南日报》涉台报道的一个亮点。在闽台文化长时期的交融过程中，由于闽台两地有着特殊的史缘、地缘和血缘的关系，逐步形成了共同的文化特征，虽然其中有若干的地域性文化差异，但总体上仍呈现其文化渊源的一脉相承。在闽台文化交融中，闽南文化是主要的影响源。其中又以漳州、泉州人为甚。当前，台湾有关帝庙 200 多座、信众数万，慈济宫（保生大帝宫）庙宇 250 多座，开漳圣王庙宇 300 多座，三平寺 24 座，这些庙宇的开基祖宫都在漳州。漳州先后举办了海峡两岸关帝文化节、开漳圣王巡安民俗活动、白礁慈济宫吴真人诞辰祭典仪式等文化活动。以关帝文化为例，截至 2007 年，漳州已举办了十六届海峡两岸（福建东山）关帝文化旅游节。东山与台湾关帝文化信仰传播，是同根同源的神缘关系，也是中华民族文化积淀的效应。而其在传播过程中形成的海峡两岸地缘相连、亲缘相近、神缘相同、业缘相助、物缘相似的新理念，迸发出不可估量的凝聚力和诱人的向心力，并走上和谐融合的道路，在海峡两岸共同铺架起一座通向祖国和平统一大业的桥梁。①《闽南日报》对此都作了充分报道，为海内外同胞加强民俗交流，加深感情、增进友谊，创造良好的氛围。同时，《闽南日报》通过对林语堂纪念馆、漳浦茶博物院、石雕园、漳州歌仔戏艺术中心、慈济宫等窗口的报道，不断扩大和深化漳台的文化交流。

增进两岸同根意识，反对"台独"分裂是《闽南日报》涉台报道的一贯理念。作为台胞的主要祖籍地，漳州与台湾同根而生，血脉相连。2006 年上半年，中国国民党荣誉主席连战和中

---

① 蔡永强：《两岸共同的关帝》，http://www.fj.xinhuanet.com/hx-lw/2004—12/21/content_3432353.htm.

国国民党副主席江丙坤分别回漳州祭祖，闽南日报社对活动报道作了精心安排。报道连战祭祖时，提前在 4 月 13 日至 4 月 18 日作铺垫宣传，连续介绍连战家乡马崎社概况、马崎连氏宗亲迎接连战祭祖的准备工作，以及漳州马崎与台湾南投连氏的血缘、亲缘、俗缘等。如《连战回乡寻根祭祖　马崎村乡亲备好四件大礼》，报道了连战首次回乡，宗亲们备上了家乡水米、岐山桂圆干、漆画《盛世祥和》及百福图四件大礼，阐明了每件礼物的深厚寓意。祭祖活动中，报纸又详细报道连战偕家人回乡在连氏祖祠"思成堂"举行上香、酹酒、献物等祭拜仪式，以及在连氏开基始祖连佛保陵前祭典的盛况。采写了《爷爷啊，我终于回来了！——连战偕家人回乡祭祖告慰祖先》、《悠悠龙江水　殷殷故土情——连战漳州祖地行侧记》等消息、通讯。2006 年 5 月，中国国民党副主席江丙坤回平和祭祖时，《闽南日报》在《江丙坤先生的故乡——江寨》一文中提前介绍了江丙坤故乡的风土人情，表达了自 1992 年起，江氏宗亲都希望江丙坤有朝一日能够回乡谒祖的期盼之情。《江丙坤将回漳寻根谒祖》叙写了平和县江寨村江氏宗亲喜迎中国国民党副主席江丙坤回乡寻根谒祖的动人场景。江丙坤祭祖后，《闽南日报》又刊发了《我终于找到自己的根了——江丙坤偕夫人回平和江寨村祭祖》、《浓浓乡情系江寨——江丙坤先生回乡寻根谒祖侧记》等文章，报道了江丙坤因找到自己的根而欣慰的情感。这些报道弥散着浓浓的乡情，割舍不断的亲情，沁人心脾的温情，增进了两岸同胞对同根同源的心理认同。《闽南日报》还报道了 10 万台胞信徒"上白礁"，隔海遥拜祖国大陆列祖列宗的壮举，以及台南学甲慈济宫里的"沿革碑"上镌刻着的"我台人士祖籍均系中国移来"等事实，这些都充分表明海峡两岸的同胞自古就是不可分离的一家人。针对台湾李登辉、陈水扁等推行"文化台独"，将通行于台湾的闽南话说成是"台语"的现状，2005 年 5 月 20 日，《闽南日报》发表了《台湾的闽南话主要源自漳州腔》、《抢救古汉语"活化石"——漳州腔》、《漳州腔现有研究水平》等文章，一方面表明目前台湾讲的闽南语，其词的根源多是漳州腔；另一方面，阐明《闽南话漳州腔词典》的编纂意义在于：促进海峡两岸经济文化交流，沟通漳台两地方言研究的关系，有利于维护中华民族语言大家庭的统一地位，针对"台独"分子的"台独"图谋带有根本性的否定，对于从根本上遏制"文化台独"逆流具有积极的现实意义。

20 多年来，《闽南日报》坚持党报办报方针，热情讴歌改革开放，积极宣传先进典型，大力弘扬社会正气，努力丰富文化生活，忠实而生动地记录了漳州奋进的足音和时代的脉搏，为服务漳州发展大局做出了独特而重要的贡献。①

2. 其他报纸

(1)《漳州广播电视报》

1993 年的 10 月 19 日，经过几个月筹备的《漳州广播电视报》问世，10 月 20 日正式创刊。其办报宗旨是"宣传中共的方针政策，报道广播电视动态，提供文化娱乐服务，传播科学技术知识，介绍声屏节目内容，反映视听受众愿望。"

《漳州广播电视报》的诞生是漳州市广播电视事业加速发展的产物。1990 年代初，全国改革开放的大潮风起云涌，各地有线电视如异军突起，迅速蔓延。1993 年元旦刚过，漳州市广电局领导便把两件大事摆上议事日程：一是创建漳州有线电视台，另外一件就是创办《漳州广播电视报》，并抽调人员进行紧锣密鼓的筹备。

---

① 刘可清、何锦龙：《把好导向 服务发展》，《〈闽南日报〉复刊二十周年》，第 2 版，2005 年 12 月 28 日。

1993 年 7 月，福建省新闻出版局批复同意创办《漳州广播电视报》，给内部刊号，报纸由漳州市委宣传部主管，市广电局主办。初创时期，报社总共才有 6 个人，人手十分紧张。办公室是租借 501 台闲置不用的旧收讯机房，十分简陋。一楼的广告部显得阴暗潮湿，二楼编辑部却又拥挤不堪。在这样的环境下，报社同仁依然埋头苦干，苦中作乐。

1995 年 7 月，《漳州广播电视报》扩版为四开八版，1998 年底又扩为四开十二版，2000 年上半年再次扩为四开十六版。这些年来，该报每年上一个新台阶，发行量和经济效益名列全省同级兄弟报纸前茅。①

（2）《漳州师院报》②

《漳州师院报》由漳州师范学院党委主办，1985 年 11 月创刊，1999 年 6 月经国家新闻出版署批准，取得国内统一刊号（CN－35－0810/G）。现为四开四版，月刊。其办报宗旨是"始终坚持正确的舆论导向，积极宣传贯彻党的教育方针，及时报道编载学校教学、科研、管理、服务和思想政治工作、校园文化建设舆论信息，关注国内外时事政治正确方向，服务于学校稳定改革发展。"

该报一版为校内新闻或通讯；二版为各系各部门综合信息；三版为理论学习专版；四版为副刊《弦歌》。

《漳州师院报》在院党委领导下，严格按照办报宗旨，坚持正确的舆论导向，围绕学院的中心工作，积极宣传贯彻党的路线

---

① 林俊河：《〈漳州广播电视报〉创刊记》，中国人民政治协商会议福建省漳州市委员会学习文史资料委员会编印：《漳州文史资料》第 26 辑，第 108～113 页，2001。

② 根据《漳州师院报》编辑部提供的材料整理而成。

方针政策，宣传院党政机关、各系的思想政治工作和教学、科研、后勤的先进经验，为学院的改革、发展、稳定做了大量工作，在高校中产生一定影响，2002 年得到福建省新闻出版局的表彰。在全省、全国高校校报评比中多次获奖。

（二）漳州乡讯

1. 金浦报①

《金浦报》创办于 1993 年 2 月，月刊，是漳浦县目前唯一有正式刊号的报纸，是福建省出版报纸期数最多的县级乡讯之一。该报以"立足本县，面向海外。传播乡音，联络乡情。外宣为主，以内养外。服务三胞，交流信息。弘扬文化，繁荣经济。架设桥梁，振兴金浦"为办报宗旨，现有采编人员、后勤人员 7人。报纸自创办以来坚持按刊期出版，报纸采用小四开四版印制（内容多时出版 6 版），纸张质量好，大多采用 90 克铜版纸，有时用 90 克双胶纸、105 克铜版纸，根据不同阶段宣传需要，报纸彩色、套红交替出版。2006 年彩报数量已经超过总量的 2/3。

《金浦报》有县内、国内和海外等发行渠道。在县内通过三种渠道分发：一是通过县委、县政府信件交换站分发到县五套班子领导成员、机关和各部委办科局；二是通过邮政局发送到各乡镇场村、各镇直机关和各中小学以及各订户；三是该报送报员送一部分到县城企业、报刊亭、书店、社区及一些老年人协会；四是随同《厦门日报》送报员分发到有关单位、居民和商家等。对漳浦的驻外单位、外出乡亲，主要是通过邮局邮寄，向其他大城市增加寄送 100 多份，使祖国大陆每期邮寄报纸上升到 500 份。同时，通过三种途径把乡讯传播到海外的乡亲及读者手中：一种是通过邮寄，每期报纸出版后，即通过邮局邮寄 500 份左右到台

---

① 根据《金浦报》提供的材料整理而成。

湾、香港、澳门、菲律宾、新加坡、印尼等地；另一种是通过前去探亲的漳浦人带一些报纸出去；第三种是通过返乡的侨胞、台港澳胞等带一些回去。一年中发到海外的报纸合计在一万份左右。海外乡亲普遍反映良好，称乡讯是他们的"集体家书"。每一期报纸出版后及时分发和邮寄出去，受到广大读者、乡亲的喜爱和赞誉。

在资讯越来越发达的今天，乡讯仍然有着其他媒体不可替代的作用。《金浦报》力求面向海外，面向未来，精益求精，多方进取，办出特色，成为海内外乡亲和读者喜爱的"漳浦家书"。为此，报社进一步健全了每期报纸的编前、编后例会制度，主要对刚出版的报纸进行小结、点评、讨论，总结好的经验、做法，及时发现存在的问题和不足；对下一期要出版的报纸进行讨论，策划重要版面，布置采访任务，早计划、早准备；对报社当前主要工作进行安排和通报等。二是编辑、记者及后勤人员各负其责，既分工又合作，提高了工作效率和质量。遇到漳浦县举行的重大活动，报社人员全部出动，加班加点，较好完成各项任务。如县第十一次党代会、4·9漳台经贸恳谈会、9·8中国国际贸易洽谈会、11·18花博会等，报社都精心组织，团结协作，连续奋战，每一期专刊、专版都出色地完成。三是精选内容，提高质量。目前《金浦报》为半月刊，量不多，但只有办出较高的水平，才能吸引更多的读者。2006年来，报社从精心组织稿件、扩大作者群、高要求编排版面、加强印刷质量入手，增加了彩色版面、图片，使报纸更好看。从1993年开始，报社每年都要装订合订本，分发给海内外乡亲、读者。2005年以来，合订本的设计装帧更加精美，封面、封底用彩色印制，增加了漳浦旅游风光和名胜古迹，受到乡亲喜爱；2006年的合订本封面把全年的漳浦政治、经济、社会的大事、好事汇集在封面、封底。四是选好角度，找准对外传播与对内传播的共同点、结合点和切入点，多刊发县外、海外读者感兴趣的乡土新闻与文章。通过对版面的调整充实，使版面更加丰富活泼，在一版增设了《金浦短波》，扩大了版面的容量，增加了图片的使用质量，使内容更加丰富，版面图文并茂；设立《桑梓风韵》、《金浦纵横》等副刊版，分别介绍了赵家堡、海岛风光等名胜古迹及众多的历史人物，报道了一组巾帼风采以及天南地北的漳浦人，推出采写劳动模范、剪纸艺术家、书画家等整版重头稿件，开辟《文史札记》、《民谚掌故》等专栏，吸收各层面的作者来稿，编发一批情文并茂的散文，较好地体现了地方特色。五是围绕县委、县政府中心工作，及时组织新闻、通讯、评论、图片进行多角度的宣传报道。遇到县里重要活动、中心工作，出版专刊或专版，形成新闻传播效应，较好配合中心工作的开展。2006 年来编印了《县第十一次党代会专刊》、《4·9 专刊》、《漳浦一中 80 周年校庆专刊》、《9·8 专刊》、《漳浦四中 50 周年校庆专刊》、《达志中学 35 周年校庆专刊》、《漳浦二中 70 周年校庆专刊》、《第八届花博会专刊》等 9 期彩色专刊，同时出版了多个中心工作的专版，如县企业与企业家专版、农田水利建设专版、漳浦质监—液化气管理专版、教师节专版、漳浦林业专版等。六是加强报社与读者、作者的互动，仅 2006 年就收到读者和国内外乡亲来信 500 多封，旅外乡亲为该报寄来了不少稿件和信件、资料。七是在办好乡讯的同时，还积极向中国新闻社、新华社、人民日报、台声杂志、福建日报、福建侨报、闽南日报等媒体发稿，被采用 300 多篇（幅）。

　　2007 年 5 月底，报社经过两个月的不断努力和精心设计，成功地在"金浦网"上开设了《金浦报》电子版，成为漳州市首个在网上开设电子版的县级新闻网站。《金浦报》电子版的开设，可以让海内外乡亲、读者和各地各界人士在第一时间浏览《金浦报》内容，电子版与报纸形成媒介互补，在对外宣传漳浦、推介漳浦方面发挥应有的作用。

2. 其他乡讯

表 3-3　漳州其他乡讯一览表

报　名	主　办　单　位	创刊时间	复刊时间	刊　期
芗　江	漳州市侨办	1958 年 11 月	1984 年 4 月	双月刊
石斋故里	东山县侨联	1987 年 11 月		双月刊
丹诏乡讯	诏安县侨办	1988 年		双月刊
龙海乡讯	龙海市对外文化交流协会	1991 年 11 月		双月刊
云霄乡讯	云霄对外文化交流协会	1992 年 10 月		季　刊
南靖乡讯	南靖对外文化交流协会	1993 年 8 月		双月刊
华安乡讯	华安对外文化交流协会	1993 年 8 月		季　刊
长泰乡讯	长泰对外文化交流协会	1993 年 8 月		双月刊
芗城乡讯	芗城对外文化交流协会	1993 年 11 月		月　刊
漳平乡讯	漳平市侨办	1993 年 12 月		双月刊
平和乡讯	平和对外文化交流协会	1993 年 12 月		季　刊

资料来源：http://www.fjsq.gov.cn/ShowText.asp? ToBook = 206&index=24&。

（三）漳州期刊

1. 《漳州师范学院学报》（哲社版、自然版）

《漳州师范学院学报》（哲社版）1983 年创刊，季刊。坚持以马列主义思想为指导，贯彻"百花齐放，百家争鸣"方针，反映学院教学、科研成果和国内外社会科学前沿信息。《漳州师范学院学报》（自然版）原名为《漳州师院学报》，1983 年创刊，是国内外公开发行的自然科学综合性学术季刊。主要刊登数学、计算机科学、物理学、化学、生物学、体育学等学科的最新研究成果。1999 年获福建省高校优秀自然科学学报本科类二等奖。①

2.《漳州职业技术学院学报》

《漳州职业技术学院学报》由漳州职业技术学院主办，1999 年 3 月创刊，季刊。该刊体现闽南侨乡特色，关注职业教育发展。主要栏目有《周恩来研究》、《经济论坛》、《史论天地》、《漳州文化研究》、《语言研究》、《实用科技》、《教育与教学改革》等。曾获全国地方高校学报栏目设置奖。

3.《闽台文化交流》

《闽台文化交流》由漳州师范学院闽台文化研究所主办。2003 年创办时为内刊，共出版 4 期。2006 年该刊获得公开发行刊号（CN35－0081/Q），定为季刊，每期 160 页码，20 万字。该刊融学术性、知识性、可读性为一体，旨在探讨闽南文化，解读闽台情缘；促进研究和弘扬闽南民系文化的优良传统；提升闽台文化研究的内聚力，展示闽南文化的丰厚底蕴。该刊已在海内外产生一定影响，得到海内外学术界以及文化界人士的肯定与支持。②

4.《南方》③

《南方》前身《芝山》，漳州市文联主办，漳州市委宣传部主管。《芝山》于 1987 年创刊，1993 年 10 月更名《南方》，季刊。1999 年至 2003 年 6 月为双月刊，2003 年 7 月后改为月刊。2003 年 7 月前属纯文学期刊，改月刊后为综合性期刊。目前栏目设置有《民间话题》、《海滨邹鲁》、《地理》、《记忆》等，坚持地方

---

① http：//www.cqvip.com/QK/98247A/。

② 《〈闽台文化交流〉简介》，http：//www.fjzs.edu.cn/mtyjs/。

③ 根据《南方》编辑部提供的材料整理而成。

性、纪实性兼顾社会热点话题，力求思想性、艺术性、趣味性俱佳。

三、泉州报刊

（一）泉州报纸

1. 《泉州晚报》

（1）创刊

自 1969 年 4 月 1 日《泉州报》停刊后，在漫长的 16 年间，新闻媒体在泉州新闻史中出现一段空白。20 世纪 80 年代，沐浴着改革开放的春风，泉州市发挥政策优势和区位优势，成为福建省经济发展最快、最具活力的地区之一。这给泉州侨乡这片古老而富饶的热土带来了生机与活力，也给泉州报刊媒体带来了复苏的机遇。为了适应改革开放和经济建设的需要，1984 年中共晋江地委决定创办地委机关报《泉州晚报》。为此，晋江地区行署顾问张田丁、地委宣传部长庄晏成、地委副秘书长王敬萱组成筹备领导小组。1984 年 6 月 4 日，中共福建省委批复同意创办《泉州晚报》。1985 年 1 月，筹备领导小组指定黄梅雨、周焜民、陈日升等着手筹备出版《泉州晚报》。1985 年 4 月 1 日，由中共中央政治局委员胡乔木题写报名的四开四版的《泉州晚报》试刊号正式出刊。1985 年 4 月 18 日，中共晋江地委任命周焜民为泉州晚报社副总编辑，主持报社全面工作。1985 年 7 月 1 日《泉州晚报》正式发行，四开四版，周六刊。当天出四开六版，彩色印刷。1986 年 1 月，晋江地区改为泉州市，《泉州晚报》成为中共泉州市委机关报。1986 年 7 月 7 日，经市委研究决定，《泉州晚报》编委会成立。1987 年 4 月 9 日，市委任命周焜民为泉州晚报社总编辑。1996 年 12 月 27 日，市委决定撤销《泉州晚报》编委会，成立中共泉州晚报社编辑委员会。

（2）创刊初期

《泉州晚报》的性质和定位如何理解、确定？前任总编辑施能泉的一番话至今余音绕梁，他指出："《泉州晚报》是于1985年4月问世的全国第36家晚报，是名实不符、一创刊即早上出版的晚报，是晚报大家庭中日渐减少、目前仅存10多家的机关报中的一家，是偏居东南一隅的规模甚小的地市报。"①

一般来说，机关报和晚报是两种不同类型、不同风格的报纸形态。党委机关报最初的职能就是配合党委的工作。新中国成立后，各级党报也曾经是党委组织指挥工作的重要工具，在生产和建设中起着独特的作用。晚报则是登"软新闻"为主，刊载社会新闻、文化新闻、体育新闻等内容。应该说，晚报的这种补充，适应了报业发展的需要和读者需求，是一种不可抗拒的必然。从风格上说，党报性质决定了机关报晚报的庄重、厚重，晚报性质决定了机关报晚报的轻盈、轻松。从内容上说，党报性质决定了机关报晚报的权威性与公信力，晚报性质决定了机关报晚报的可读性与亲和力。一份严格意义上的机关报晚报应该将二者有机融合，合二为一。②《泉州晚报》的定位就是要办成既与以往单纯的机关报又与纯粹的晚报不同的扬两者之长避两者之短的独具特色的机关报。

泉州偏居东南一隅，远离政治、经济、文化中心，又非省会城市、副省级城市，这些都是《泉州晚报》发展面临的不利因素。如何规避不利因素，从泉州的区位优势和人文优势出发，走

① 施能泉：《坚持改革创新 构建崭新媒体》，"泉州晚报创刊二十周年文集"《感受报业》（论文卷），第7页，人民日报出版社，2005。

② 何芳明：《机关报晚报的境遇及发展前瞻》，《新闻战线》，2006年第6期。

出一条适合自身发展的路子，是横亘在报社面前的严峻课题。《泉州晚报》的成功之处，"正是善于将泉州的人文区位优势转化为报纸优势，努力从泉州是历史文化名城，又是对外开放较早的地区，开掘新闻资源，设置相关的专刊副刊版面，努力营造报纸的特色。一方面，坚持党的四项基本原则，充分发挥党报的喉舌作用，积极配合党和政府的中心工作，为改革开放和经济建设鼓与呼；另一方面，注重报道内容、表现形式和专副刊版面的鲜活，以提高报纸的可读性，增强读者的亲近感、亲切感"。①

《泉州晚报》创刊之时就明确提出："《泉州晚报》要起到党的喉舌的作用，为改革立言，作群众向导。要大力宣传党的方针政策，传播新时代的信息，介绍闽南乡土人情，促进海内外同胞的交往和协作。既能坚持党性原则，敢为群众讲话，实事求是，又讲求新闻特色，敏锐，生动活泼，朝气蓬勃。"同时，确定了《泉州晚报》"坚持四项基本原则，指导工作，反映社会，服务群众，丰富生活"的办报宗旨和"新、快、短、活、广、杂"的编辑方针。

创刊初期，从 1985 年 7 月 1 日至 1989 年 12 月 30 日为四开四版周六刊，1990 年元旦至 1991 年 12 月 30 日为四开四版日刊。各版具体安排是：一版为要闻版；二版为专刊版；三版为副刊版；四版为综合新闻版。

在新闻版面上，《泉州晚报》充分发挥晚报的优势，贯彻"新、快、短、活、广、杂"的编辑方针，开辟《塔顶望眼》、《海阔天空》、《新闻日知录》、《五洲纵览》和《今晚谭》等栏目，版面内容丰富，文章短小精悍，生动活泼，充分体现了晚报的特色。《塔顶望眼》专栏于 1985 年 5 月 5 日开辟，它是对发生在全

---

① 万本培：《权威　主流　融合——〈泉州晚报〉创刊 20 周年巡礼》，http://www.qzwb.com/gb/content/2005—03/25/content_1586764.htm。

市各个角落的事情，或褒或贬，或褒贬兼而有之。每条新闻的字数一般在 200 字左右。《新闻日知录》专栏于 1985 年 7 月 17 日登场，主要是编发新华社电讯，后来改称《新华社要闻日知录》，继而又恢复为旧名。《海阔天空》专栏创办于 1990 年，以后又出现《侨乡揽萃》专栏，编发一些具有泉州特色的短新闻。1987年 6 月 23 日到 1988 年 5 月 31 日，报纸在第一版开辟《东风万里泉州路》专栏，连续刊发记者从各地发回的近百篇报道，全面介绍改革开放以来的巨大变化，有不少文章为海外报章所转载。

　　《泉州晚报》创办的前几年，专刊副刊占据整张报纸 4 个版面的二、三两个版面，可谓"半壁江山"，其主要内容同样是突显特色。专刊以"小"见长，兼具指导性、社会性、生活性。1985 年 7 月 26 日起出现以港澳台为内容的《凭窗南望》，8 月 1日反映驻泉部队生活的《闽海长城》专刊问世。反映泉州侨乡风貌的《家山青》专刊于 1985 年 9 月 5 日开辟，1988 年 3 月 10 日起改称《桥》，继续反映泉州侨乡风貌及海内外的联系与交流。1986 年 12 月 25 日，《闽南三角窗》专刊面世，1989 年 2 月 12日改称《闽南金三角》，主要反映闽南厦漳泉三角开放地区各方面的发展情况。1987 年 1 月 3 日开辟《桐江潮》反映改革开放大潮中的泉州风物。同年 1 月 9 日，《影视》专刊出现，后来又演变为以丰富读者文化生活为内容的《文化娱乐》专刊。1988年 2 月 24 日开辟《新知》，1989 年后改为《理论》专刊。1989年 1 月 8 日开创《经济》专刊。此外，还有以社会、人生为内涵的《人世间》，以道德法制为触角的《法与德》，以服务生活为主旨的《生活之友》等等专刊，都为《泉州晚报》增色不少。①

---

　　①　泉州市地方志编纂委员会编：《泉州市志·新闻卷》，第 27 页，中国社会科学出版社，2000。

　　副刊则以文艺性、知识性、趣味性取胜。早期有文艺性副刊《清源》和综合性副刊《夜来香》。前者以泉州名山清源山命名，后者后来改为以泉州市花刺桐为名的《刺桐红》。它们因其鲜明的乡土文化特色深受读者喜爱，一直保留至今。自《泉州晚报》创办开始，《刺桐红》每天必刊，天天与读者见面，这在全国报界的副刊设置上是少有的。《刺桐红》早期开辟《话说泉州》、《温陵稽古》、《泉郡人物》、《泉州文艺百家》、《刺桐吟坛》、《史轶撷闻》等介绍泉州历史文化、风土人情的专栏。1986 年 2 月 5 日，一篇题为《万千心事说谯楼》的文章刊登在《刺桐红》上，在泉州引起广泛反响。泉州的威远楼，古称谯楼，又称北鼓楼，相传为五代时期王审知所创建。1966 年，"文化大革命"开始，谯楼因作为"泉州人物展览馆"以宣传"四旧"的罪名遭查封，后又成为武斗点。1968 年下半年，泉州市革命委员会成立，谯楼被拆毁并夷为平地。20 世纪 80 年代初，有识之士提倡重建威远楼。在《泉州晚报》上开展的重建威远楼的讨论引起了广大市民、市政府、海外华侨的重视。在市长办公室会议上决定重建。市政府拨款 50 万元，作为重建的启动资金；华侨港胞、市民学生，计乐捐 50 多万元。城楼最终于 1989 年建成。① 至此，有1200 余年历史的谯楼，历经巨变，得以重建。文学副刊《清源》以其较高的文化品位和文学性，同样深得读者尤其是文学爱好者的欢迎。福建几乎所有的知名作家，全国各地许多著名作家，均在《泉州晚报》发表过作品。而以《泉州晚报》副刊为主要园地组织开展的杂文创作，以及以此为依托成立的泉州市杂文学会，更是促进了泉州杂文创作的繁荣。

---

　　①　傅孙义：《威远楼》，http：//www.qzwb.com/gb/content/2005－02/26/content_1550960.htm。

（3）20世纪90年代后的《泉州晚报》

20世纪90年代是祖国大陆报业结构发生重大变化的一段时期。据统计，1999年初，全国公开发行的报纸总数为2053种，其中各级党委机关报类占报业比重40％，而各种专业报、晚报、生活服务类报则占到了60％。晚报异军突起，由最初的13家猛增至130余家，增加了9倍以上。在1993～1997年全国新增的374家报纸中，以晚报为代表的都市报占了60％以上。①

面对这一激烈的竞争态势，一些机关报晚报办起了日报，将原由机关报晚报承担的机关报任务交还日报，晚报重新定位；有的机关报避开省报子报（晚报或都市报）的锋芒，细分市场，差异竞争；有的向市民报靠拢。《泉州晚报》采取的对策是：双管齐下，做强机关报拓展阵地，使其成为支撑报社的强势核心媒体、竞争战场中的主力部队；新办市民报，前沿出击，同竞争对手同质竞争，削减其竞争力量，阻止其强势进攻。②

为此，《泉州晚报》"软""硬"融合，充分体现报纸多种功能，丰富各种信息，扩大新闻信息量和覆盖面，适应读者需求，以广大读者共同感兴趣的新闻作为报道内容。目前，《泉州晚报》的版面设置，内容包括要闻、综合新闻、地方新闻、热点新闻、社会新闻、财经新闻、国内新闻、国际新闻、体育新闻、娱乐新闻、特别报道、经济专刊、新闻性专刊、综合文艺副刊、文学副刊，以及理论专版与美术摄影专版等，可谓门类齐全，融会了各

---

① 巢乃鹏：《90年代以来我国报业发展态势概述》，http：//www.cmcrc.com.cn/gb/chaonaipeng/detail.asp？barid ＝ 5＆tbarid ＝ 22＆articleid＝163。

② 施能泉：《整合资源 以强对大——地市党报应对省级党报集团竞争的策略》，"泉州晚报创刊二十周年文集"《感受报业》（论文卷），第16页，人民日报出版社，2005。

类信息，从版面结构到报纸内容，呈现了多样化的特色。①《泉州晚报》的这种特色定位，并不是要改变机关报的性质和削弱机关报的功能。相反，强化政治新闻，坚持正确舆论导向，增强要闻版指导性，是《泉州晚报》办报的一个重要指导思想。这是因为政治新闻关系着上上下下、各行各业的工作，具有很强的权威性和指导性。当然，如何注意找准中央、省、市精神与本地实际的结合点，找准上下愿望的结合点，也是实现报社目标的一个重点。为此，报社从贴近生活、贴近读者的角度选择题材和角度，努力增强报道的可读性，围绕重要经贸活动，大泉州建设，申报"海丝"世遗，评选泉州十八景，泉州旅游节，"海丝"文化节，创建国家卫生城市、园林城市、"双拥"模范城，海峡西岸经济区建设，等等，进行了及时、充分、鲜活的报道，体现出机关报的功能和权威。

强化社会新闻，突出地方特色，也是《泉州晚报》的一大亮点。除了前面所述的《塔顶望眼》社会新闻专栏，从 1995 年起，《泉州晚报》又在要闻版开设《热线追踪》和《记者热线电话》等栏目，专门刊发和追踪读者反映的社会新闻或舆论监督稿件，1998 年又开设了《舆论监督台》，专门刊发舆论监督稿件。从 1999 年开始，在要闻版开设了《有奖新闻线索追踪》和《有奖新闻线索摘录》专栏，后者除周末外天天见报。除特殊情况，报社规定，《塔顶望眼》、《记者热线电话》、《热线追踪》、《有奖新闻线索追踪》、《有奖新闻线索摘录》和社会新闻、舆论监督稿件必须刊登，这就从要闻版的版面上保证了社会新闻的位置。同时报社还常年举办社会新闻大赛，从而确保了稿源和稿件质量。在编辑部好新闻月评、年评以及全国晚报、地市报、福建好新闻评

---

① 万本培：《权威 主流 融合——〈泉州晚报〉创刊 20 周年巡礼》，http：//www.qzwb.com/gb/content/2005－03/25/content_1586764.htm。

奖中,《泉州晚报》的获奖作品相当大部分是社会新闻。如分别获中国新闻奖二、三等奖的《泉州发现数万年前的"海峡人"化石》(1999年),《"和平方舟"搭救8名泉州渔民》(1991年),《郑成功史料〈梅氏日记〉首次公诸于世》(2003年)等,均是《泉州晚报》社会新闻的精品。

强化舆论监督,增强报纸的权威性和可读性。20世纪90年代以后,《泉州晚报》舆论监督功能不断强化,努力反映群众的呼声,为群众解决了许多实际问题,受到广大群众的好评。前面提及的《记者热线电话》,被誉为"新闻界的110"、"泉州600多万群众最可依赖的电话",成为广大市民的贴心人、代言人,也成为《泉州晚报》创刊以来头版唯一不变的专栏。1998年还先后在头版显著位置开辟了《舆论监督台》和《记者热线每日追踪》两个专栏,以较长篇幅及时发表广大读者的呼声和意见,以及记者跟踪采访的最新报道。不仅如此,报社还采取种种措施来加强时效:一是总编重视,率先垂范。二是先简后详,连续报道。三是简化审稿,迅速上版。按照报社新闻稿件编辑制度,一篇稿件要见报,须经编辑、部主任、总编辑三审。近年来对舆论监督稿件实行改革,重要典型或特别急的稿件,值班总编直接签发,如果按三审制送稿,则要求能快则快,有时仅几分钟就上版面。对于较迟送达编辑部的稿件,则预留版面,提供保障。四是提供方便,一路绿灯。对于采访舆论监督内容的记者,所需采访工具报社各部门都一路开绿灯,保证采访工作顺利进行。五是固定专人,专门负责。① 大部分舆论监督稿件见报后,有关部门都

---

① 邱志坚:《舆论监督:地市党报增强吸引力的亮点》,"泉州晚报创刊二十周年文集"《感受报业》(论文卷),第183~184页,人民日报出版社,2005。

充分重视，采取相应的措施加以解决，并及时反馈整改情况。此外，报社还不定期编印内参，反映各种不宜公开见报的问题，充分发挥新闻媒体的舆论监督功能。

（4）新世纪的《泉州晚报》

机关报晚报属于兼具党报性质与晚报特色的"杂交品种"。正是因为这种杂交优势，在20世纪90年代后期开始的报业变局之前，机关报晚报曾经一度占尽各地报业市场风光。然而，随着报业改革的推进，报业市场格局近些年发生了巨大的变化，机关报晚报遭遇了有史以来的最大冲击，有些机关报晚报一时乱了阵脚，最终将同城老大的位置让于后来者；有些机关报晚报如《成都晚报》、《西安晚报》、《郑州晚报》等近两年已转为纯晚报，不再承担机关报职能。①

《泉州晚报》无疑也面临着激烈的竞争和挑战。20世纪90年代中后期迅速崛起的都市报给机关报晚报一个措手不及的冲击。1997年10月1日创刊的四开八版的《海峡都市报》，是福建日报社创办的省内第一份都市类报纸。创刊伊始，《海峡都市报》就奉行"全省战略"，以福州为中心，不断向外扩张。闽南的厦漳泉三角地区是其发行的重点区域，也是其创收利润的主要源泉。《海峡都市报》凭借社会新闻、娱乐新闻吸引读者眼球，凭借自办发行大力开拓早间自费市场，凭借广告全面代理制和活动策划促进广告销售。2003年，该报广告收入首次过亿元。2004年，广告收入更是高达1.7亿元。1999年3月9日，福建日报社投入400万改造经费创办《海峡导报》，接管《海峡都市报》在厦门的市场份额。《海峡都市报》随之将闽南发展的重点

---

① 何芳明：《机关报晚报的境遇及发展前瞻》，《新闻战线》，2006年第6期。

移至泉州，创办"泉州地方版"；2004 年 6 月 30 日，有独立刊号的《海峡都市报·闽南版》面世，在泉州每周出版 60 余版的"闽南新闻版"，配以《海峡都市报》的"全省性"共享版面在闽南发行。《海峡都市报·闽南版》在泉州号称拥有 14 万份的发行量，拥有不俗的影响力。此外，福建省报业集团在泉州还有一份《石狮日报》虎视眈眈。①

在这样的情势下，《泉州晚报》先是降低部分广告的价格；随即按照"做强母报，发展子报"的思路，以针锋相对的姿态创办了《东南早报》。在做强母报方面，报社提出了"功能融合，导向市场融合，综合细分融合"的办报思路，对《泉州晚报》的功能定位、新闻结构、传播方式、版面设置、新闻选择、新闻写作、版面编排等，进行全方位改革，致力于创办一份富有竞争力的崭新报纸。

一是功能融合，摒弃传统办报观念，不断地调整新闻结构，丰富新闻信息，把报纸办成导向正确，凸显多种功能的信息载体。

一方面，拓展报纸多种功能，使信息多样化，迅速报道发生在全世界各地的新闻，及时传播重大信息。综合性、广泛性是《泉州晚报》追求的新闻结构特点。它既不像机关报那样将广大市民所喜读的社会新闻等"软"新闻礼让给市民报，也不像纯晚报那样，把时政新闻等重大新闻拒于门外。② 在强化地方新闻的同时，晚报报道的视野广及于全球，大量增加了本地以外的各种新闻。《泉州晚报》年年扩版，甚至一年中多次扩版，每一次扩

---

① 万智炯、幸培瑜：《空间在哪里 福建报业变局之历史回顾》，http://media.people.com.cn/GB/40710/40715/3646820.html。

② 施能泉：《坚持改革创新 构建崭新媒体》，"泉州晚报创刊二十周年文集"《话语传媒》（施能泉论文卷），第 28 页，人民日报出版社，2005。

版，扩的基本都是外地新闻。目前《泉州晚报》版面门类齐全，仅时事文体部执编的"国内新闻"、"国际新闻"、"时事纵横"、"娱乐新闻"、"体育新闻"、"特别报道"等 6 个版面，便全都是外地新闻。对外地新闻的处理，并非简单地照搬照抄，而是让外地新闻与本地新闻互融互动。一是从地方视角选择外地新闻，使外地新闻本地化。比如在泉州华侨聚居的东南亚国家和台湾地区发生的新闻，在许多报纸看来没有什么价值，但对泉州读者来说却具接近性，《泉州晚报》不仅不予放过，甚至突出处理，推出专题，派出记者到国内有关地区寻找相关新闻。二是把外地新闻与本地新闻融合起来，使外地新闻为本地服务。① 外地新闻与本地新闻融合的做法，既增强了读者对外地的了解，扩大新闻信息量，又让本地新闻做得更活，提高了可读性。

另一方面，在信息化的今天，原创新闻、独家新闻的比例越来越少。《泉州晚报》不讳言"新闻采购"，不认为"新闻采购"就必然导致报纸沦为文摘版，关键是如何进行个体化的改造和加工。为了让记者及时猎取信息，掌握新闻线索，报社加强信息网络建设和现代化采编工具的配备。除采用新华社的通稿外，还同近十个供稿单位签订供稿合约。外地一发生重大突发事件，不管是白天还是晚上，采编人员都迅即同当地新闻机构联系供稿。2004 年，云南大学马加爵残杀 4 同学极大恶性案件发生后，在全国引起极大的震动和关注。《泉州晚报》及时充分地进行报道，对这一事件进展的每一个阶段，均能与相关的报社联系，深化报道内容。如 4 月 22 日《马加爵案今日开庭》专题，全部是外地媒体的当日供稿，与外报同步，而且因为独家用了华商报的《倾

---

① 施能泉：《坚持改革创新 构建崭新媒体》，"泉州晚报创刊二十周年文集"《话语传媒》（施能泉论文卷），第 30 页，人民日报出版社，2005。

家荡产也要告云大》一稿而更具深度；4月23日七版《马加爵两次自请极刑》专版，抓住了最关键、最引人注目的新闻点，综合了新华社、成都商报、华商报、每日新报与生活新报等外地媒体的供稿，在本地媒体中颇具冲击力。2004年，报社斥资300多万元，为采编人员配备笔记本电脑、数码相机、录音笔等。不管是本地还是外地，每有重大事件或突发新闻发生，《泉州晚报》都能及时、准确、充分地进行报道。

二是"导向市场融合"，使报纸既突出正确导向，又有广阔市场。

在计划经济时期，机关报由于主要依赖行政力量生存，市场问题并不突出；当市场经济成为主宰力量，媒体失去或减弱行政力量的支撑，市场的重要性便凸显出来。面对这一两难抉择，报社明确提出了"导向市场融合"。一方面，《泉州晚报》始终坚持政治家办报，充分发挥喉舌作用，坚持以正确的舆论引导人；另一方面，又兼顾市场的需求，依靠自身强大的经济实力，在市场竞争中站住脚跟，不断壮大。这样，将导向和市场融为一体，既强化宣传功能，又大力张扬信息传播、文化娱乐等多种功能，并正确引导舆论，使报纸既突出正确导向，又有广阔市场。

为此，报社于2003年在全市范围内进行了广泛的读者问卷调查和市场调查，从读者与市场需求出发，提出了"双对接双互动"的思路，采编与市场对接、与广告资源对接，采编与广告经营互融互动，与经营互融互动，增加了服务性新闻、实用性新闻，改造经济新闻版面和专刊版面，取消了一些与生活和经济建设关系较不密切的专刊，推出了与民众生活相关的，与全国、泉州市最具活力的产业相关的经济新闻、实用新闻。同时，打破原来新闻采编机构设置的惯例，专门设立"专题策划部"，负责采编工作与市场接轨的专题策划，既增加了实用经济新闻、服务新闻的可读性，又与广告互动，开掘报纸的新广告源，培植新的经济增长点。根据市场需要，专题策划部推出了《新经济导刊》，设置了《经济视点》、《业界》、《汽车》、《家电》、《家装》、《房产》、《理财》、《人力》等专版。专题策划部还与企业联系，开展活动，为报社创收。2003 年，与华洲家装市场联合举办了"泉州首届家装节"，获得了成功。2004 年 5 月，与泉州汽车协会联合组织"我最喜欢的汽车类型"评选活动，吸引了全市的汽车经销商参与。同年 10 月 1 日，与晋江市政府在晋江福埔举办了"2004 年泉州国际车展"，吸引了车商的极大关注。此外，还在家装界开展服务性活动，举办形式新颖的"家装夜市"，通过活动架起读者与家装公司的连心桥。这些活动既使读者拥有更多的经济信息和实用知识，满足了厂家、商家与广告商的需要，又给媒体增添了市场竞争的活力。[①]

　　三是综合细分融合。

　　《泉州晚报》认为，报界盛行的市场细分理论，主张机关报与市民报的功能定位、市场定位、读者定位不同，所谓"党报管导向，小报打市场"。这种对报纸功能、定位机械分工的做法不仅不能使党报适应竞争需要，反而会削弱党报的竞争力，缩小党报的市场。报纸要想成为广大读者的首选读物，就不能盲目细分。因为细分不能满足读者的信息需求，综合是对读者这种信息需求共性的适应，必然赢得一个个"分众"群体。《泉州晚报》作为机关报，如果细分，必然是将机关干部等作为目标读者群，这样就人为地划分了读者群，把广大市民拒于党报的门外。《泉州晚报》要牢牢占领泉州的报业市场，就必须把包括机关干部、

---

　　① 万本培：《权威 主流 融合——〈泉州晚报〉创刊 20 周年巡礼》，http://www.qzwb.com/gb/content/2005-03/25/content_1586764.htm.

市民等在内的广大读者作为读者对象。但是，又不能包罗万象。因此，必须是既综合又细分，综合之下细分，细分融于综合。从报道内容到版面设置，有广大追随者共同关心的信息总汇，有各类忠诚读者的特色精品。①

四是改革、创新发行机制。

发行工作关系到报纸的生存和发展，是报社的生命线，它与报纸采编工作同等重要。报社编委会在抓好《泉州晚报》采编工作，努力提高报纸质量的同时，下力气加强发行工作，改革、创新发行机制。1999年夏天，设立泉州晚报社发行部，专事发行事务。发行部成立后，立即着手调研发行工作，奔赴全国各地参观、学习、取经，在掌握了大量的第一手资料的基础上，开始与邮政部门就有关问题展开谈判，经过艰辛的努力，改变了计划经济体制下制定的、15年来一成不变的邮发合同，删除或修改诸多不合理的和已经不适应社会主义市场经济发展的条款，发行费率也由原来的零售、外埠35%，整订30%，在3年时间里分别下调了3%。《泉州晚报》的发行量在2000年1月便增长了15000多份，达到了近14万份。2001年1月突破15万份。

2003年国家对报刊发行市场进行整顿，明确了报业走向市场化的改革方向。为了应对市场竞争，《泉州晚报》的发行逐步树立了读者第一的服务意识，强化了现代营销理念，改变以往坐等读者上门订报的方式，发行人员主动上门，到读者家中提供服务。在大征订季节，先后推出了"订报抽奖游香港"、"订报赠广告"的优费措施；加强与企业互动的活动，与联通公司共同推出了订报送电话卡；由一些有实力的企业出资为贫困地区订阅《泉

---

① 万本培：《权威 主流 融合——〈泉州晚报〉创刊20周年巡礼》，http://www.qzwb.com/gb/content/2005-03/25/content_1586764.htm.

州晚报》，开展送文化下乡的扶贫活动等等。2004 年，报社又推行奖励措施，对完成发行任务的县（市、区）及订数较多的单位予以免费刊登广告的奖励。

为了主动占领零售市场，秉着占有网络就占有市场的理念，2003 年底，报社在泉州市委的支持下，创建了东南报刊亭公司。发行部协同报刊亭公司初步在鲤城区、丰泽区、洛江区、泉州经济技术开发区取点 150 处，经与规划局、公用事业局、城监、电信、电力等部门协调，第一批 40 个报刊亭已在 2004 年初投入运营；第二批 40 个也已经启动。随着公司业务的不断开展，泉州晚报社旗下的诸媒体零售业务不断发展。对零售市场的进一步介入，使多渠道自主办发行的优势得到了充分的体现。《泉州晚报》发行量进一步增加，2003 年底达到了 18 万份，2005 年初就突破了 20 万份。①

经过 20 多年的发展，《泉州晚报》从创办初期发行量不过两三万份、年广告收入只有十多万元的四开四版的小报，成长为泉州市发行量最大、最具影响的报纸，获得"全国编校质量第一"、"华东优秀报纸"等殊荣，享誉地市级报界和全国晚报界的知名媒体。②

2.《泉州晚报·海外版》③

（1）创办

1997 年 9 月 8 日，中国第一家地市级报纸的海外版——对

---

① 傅彬、吴林峰：《发挥优势增强服务》，http：//www. qzwb. com/gb/content/2005－03/30/content_1591771. htm。

② 万本培：《权威 主流 融合——〈泉州晚报〉创刊 20 周年巡礼》，http：//www. qzwb. com/gb/content/2005－03/25/content_1586764. htm。

③ 本节主要材料来源于林少川：《构筑福建外宣之窗——〈泉州晚报·海外版〉创办历程》，http：//www. qzwb. com/gb/content/2005－03/28/content_1588895. htm。

开四版、彩色印刷的《泉州晚报·海外版》创刊。创办时每周一期,1998年起每周2期,1999年起每周3期(周二、四、六出报)。《泉州晚报·海外版》立足泉州,视野及于海内外,言乡事、叙乡情、传乡音。如今,已成为海外华人、特别是海外泉州人认识今日泉州、了解家乡变化不可或缺的一扇窗口,成为海内外华人、特别是海内外泉州人沟通信息、发展友情和交流合作的一座桥梁。

创办《泉州晚报·海外版》的想法成为现实,源自于泉州晚报社原总编辑施能泉1997年初的一次访菲之旅。当时,《福建侨报》与菲律宾的《世界日报》合作,随《世界日报》附送,一些乡讯乡刊也通过各种渠道在菲律宾发行,受到泉州籍华侨的热烈欢迎。施能泉在访菲期间深深感受到泉州与菲律宾非同寻常的关系,菲律宾《商报》常务董事胡文炳先生也希望《泉州晚报》在菲律宾发行,他们愿意无偿印刷并随《商报》分送,以满足泉州籍华侨的信息需求。访菲回来之后,施能泉即向泉州市委作了汇报。市委充分肯定了创办海外版的重要性,立即同意。福建省委外宣办十分重视,很快就批准了泉州市委创办《泉州晚报·海外版》的报告。接着,泉州晚报抽调骨干投入紧张的筹备工作。《商报》社长、总编辑于长庚先生亲自到泉州晚报社同报社编委商量海外版定位、内容等重大问题。经过一个多月的紧张筹备,《泉州晚报·海外版》试刊号于1997年4月1日出版。同年9月8日,《泉州晚报·海外版》正式创刊。创刊号在泉州和菲律宾同时印刷。当天,菲律宾商报在马尼拉假日大酒店举行《泉州晚报·海外版》首发式。泉州市委副书记薛祖亮率泉州晚报总编辑等携带近万份报纸,专程赴菲参加首发式。

《泉州晚报》与海外华文媒体合作,"借船出海"出版海外版是为进一步扩大《泉州晚报》的品牌影响力，提升《泉州晚报》的国际影响力。具有特殊地理位置和"文"、"侨"、"台"特色的《泉州晚报》抓住了这次历史性的机遇，在泉州制作各类版面，通过互联网版传至海外，随海外报刊一起印刷发行。这既可以弥补一些海外媒体编辑力量的不足，又有助于体现"泉州特色"，因而很受海外媒体的欢迎。

《泉州晚报·海外版》的报头设计颇具特色，呈实寄封样式。报头"信封"为航空信封，体现其"海外版"的定位，封上贴"泉州东西塔邮票"，可说是泉州的标志性风光。信封右边的报纸期数表示以"邮戳"体现，与信封呼应。"邮戳"为双圈三格式，上格为"泉州晚报"、下格为"海外版"，中格为"总第XXXX期"，更有意思的是，这"邮戳"旁边还带有7线式波纹戳。整体俨然一精美的寄往海外的实寄封。① 海外版主要发行菲律宾，期发数达到了3万多份。同时发行其他国家和地区。香港的发行量仅次于菲律宾，报社印刷出版后，派专车将报纸送到香港南益集团在南安的办事机构，然后随其送货车当天运到香港，再由香港泉州同乡会代转送有关知名人士。在新加坡、马来西亚以及澳门、台湾地区，则通过邮寄，由泉州同乡会组织协助发行。此外，在日本、法国、美国也有订户，通过邮局寄送。在做好海外发行的同时，《泉州晚报·海外版》还积极发展国内订户，通过邮政部门发行，目前几乎在全国各省都有海外版的读者。《泉州晚报·海外版》以中华文化传播海外为己任，用乡土文化拨动海外赤子的心弦，已成为福建省内容最丰富、发行量最大、刊期数最多（每周三期）的对外宣传媒体。

----

① 《实寄封式〈泉州晚报·海外版〉报头》，http：//blog. sina. com. cn/s/blog_ 53a735f20100030o. html。

（2）凸显优势和特色

与《人民日报·海外版》、《新民晚报·海外版》等相比，《泉州晚报·海外版》无论在人力、财力、物力等方面都处于竞争的劣势，但泉州自有其侨、台及海外优势和特点。因此《泉州晚报·海外版》甫一创刊就确定了"立足泉州，面向海外，联系乡亲，为侨服务"的办报宗旨。

《泉州晚报·海外版》的新闻版以报道泉州新闻为主，专副刊则主要传播中华文化，突出"侨"的特色，以"侨"为桥，让海外游子及时了解故园的情况，以解他们的乡思、乡愁。报社根据海外读者的需要，设置并及时调整了一些特色版面和栏目，使之乡土气息浓郁，时代特征显著，真实感人。要闻版突出泉州"侨"、"台"、"文"特色，设有《时事要闻》、《侨乡短波》、《海峡西岸经济区》等，编发海内外读者最关注、最想了解的新闻。专刊《侨乡广角》，设有《八闽乡音》、《天涯海角泉州人》、《侨务政策》、《侨乡新貌》、《侨校名校》、《侨乡名流》等；同时，报道泉州经济建设，沟通海内外信息，设《经济视点》、《侨乡经济》、《港澳台信息》等栏目。《生活空间》反映时代特色的侨乡泉州生活的方方面面，加强服务性和贴近性，设有《泉州屋檐下》、《泉州古街巷》、《厝边头尾》、《风味小吃》、《中医验方》、《生活指南》等栏目。副刊《华夏风情》突出泉州文史特色，设有《泉州学》、《泉州千家诗》、《泉州百家姓》、《泉州讲古》、《温陵春秋》、《闽南文化》、《闽南掌故》、《老照片》、《阮厝人》、《风情民俗》、《文史钩沉》等栏目。《文化世界》以传播中华文化为主旨，深入挖掘泉州历史名城文化内涵，设有《泉州名家》、《艺坛奇葩》、《艺术沙龙》、《文化短波》、《图文视窗》等栏目。《旅游休闲》设有《侨乡风景》、《海丝之旅》、《泉州走透透》、《走遍中国》、《世界博览》、《幽默笑话》、《时尚》、《闲暇时光》等栏目。每一期的海外版，内容丰富，图文并茂，多姿多彩，具有浓郁的泉州侨乡特色和乡土情趣。

海外版创办以来，非常重视提高新闻采编质量，精心策划报道了一系列新闻精品，在海内外产生了较大影响。例如"发现"报道系列，《泉州发现锡兰王子后裔》、《泉州发现大量伊斯兰教古石棺》、《泉州发现数万年前"海峡人"化石》、《泉州发现最早日军侵华画册》、《海内外最早的郑成功族谱惊现泉州》、《名曲传遍全世界，作者埋没五十载——"康定情歌"采写者为泉州人》等，寻根报道《250 年头一回——台胞回晋江海尾寻根》、《菲律宾国父黎刹根在中国》等被海内外众多媒体广为转载传播，屡获泉州市级、福建省级新闻奖乃至国家级最高新闻奖——中国新闻奖。《泉州晚报·海外版》还连续 7 年荣获福建省对外好新闻奖的一、二、三等奖，被中国国家图书馆重点收藏。

《泉州晚报·海外版》面向海外读者，十分注意宣传策略，讲究报道艺术，探索新的报道形式和方法，使对外新闻宣传具有多样性、丰富性。海外版淡化报道的意识形态色彩，贴近海外读者对中国信息的需求及其思维习惯，不断增强针对性、实效性。海外版还善于用生动鲜活的事例说话，善于用海外读者看得懂的话进行报道，适合他们的阅读习惯和欣赏口味，具有很强的亲和力、说服力和影响力。如《特别的爱给特别的"女"——安溪"关爱女孩"在行动》① 一文，主要是报道安溪摒弃重男轻女陋习、提倡男女平等的新风尚。作者没有从抽象的大道理谈起，而是首先从一个"女孩也能入族谱"的事件入手，再由此一古老风俗的转变联系到女性地位提高等一系列现象：改生男孩的"添丁

----

① http://www.qzwb.com/gb/content/2004－08/10/content _ 1322535. htm。

宴"为孩子考上大学的"成才宴",改只限于男性上"五榜"为女性也能上"五榜"(光德榜、成才榜、能人榜、好样榜、寿星榜),女性也可以参加宗族祠堂举办的各种活动和祭祀、社事等民俗活动。这种报道方式不仅语言生动活泼,而且用新闻事实说话,娓娓道来,不发表议论,让人容易接受、愿意接受,具有一种打动人心的亲和力。

(3)不断发展中的《泉州晚报·海外版》

《泉州晚报·海外版》坚持挖掘泉州历史名城的文化内涵、反映泉州社会经济建设成就的初衷,发表了大量乡土气息浓厚、格调高雅、内容健康向上的文章与图片,为树立泉州良好形象发挥了积极作用。之所以能取得这样的成绩,是与泉州晚报社的支持分不开的。海外版是《泉州晚报》在海外的延伸,通过这一形式,把新闻宣传对象和内容从泉州市扩展到海外。《泉州晚报》是海外版的依托,在经济上、人力上、信息上为海外版提供保证。

在对外宣传方面,一般认为不能照搬对内宣传的做法,要"内外有别",但并不意味着外宣和内宣可以截然分开。在现代传媒能够把信息迅速传播到世界每一个角落的今天,外宣和内宣的界限越来越难以划分。只有把外宣与内宣统一起来,牢牢把握正确舆论导向,才能更好地为海内外受众服务。因此,内宣与外宣完全可以相结合,从事内宣的要有外宣意识,从事外宣的要熟悉国内情况,外宣部门和内宣部门加强合作、沟通协调、互相支持,实现信息共享、资源共用。《泉州晚报》和《泉州晚报·海外版》正是这样一种关系。

2005年3月31日起《泉州晚报·海外版》进行了包括版式和版面内容在内的全新改版。全新改版的海外版新增了工商、时尚、阅读、地方、海峡等版面,通过这些版面增强报纸的综合性和服务性,从不同的角度来体现侨乡泉州的经济文化社会,告诉海内外乡亲一个日新月异的泉州，一个日新月异的福建。

如今，《泉州晚报·海外版》已经走出了一条具有自身特色的路子，它还将努力寻求新突破，争取有更大的发展。但变中亦有不变之处，2006年海外版的新年致辞以诗意的语言对此做了很好的概括：我们愿意将《泉州晚报·海外版》比做一条亲情的纽带——纽带的这一端牵着故土的父老乡亲，纽带的那一端牵着海内外的游子；我们愿意将《泉州晚报·海外版》比做一封定期的家书——通过这封家书，给海内外游子捎去故乡父老乡亲的亲切问候；我们愿意将《泉州晚报·海外版》比做一座沟通的桥梁——通过这座桥梁，海内外乡亲的密切交往又增加了一条渠道；我们愿意将《泉州晚报·海外版》比做一扇展示侨乡的窗口——通过这扇窗口，向海内外展示泉州、福建乃至整个国家日新月异的变化。①

3.《东南早报》

（1）创刊

早在20世纪90年代初，泉州晚报社就一直希望能够创办一张子报，护卫母报，并与母报形成合力，遏制省报子报对泉州市报业市场的"入侵"。② 但由于当时刊号资源管理十分严格而未能如愿。到20世纪90年代中期，省级党报纷纷新办都市报，迫使泉州晚报社必须做出积极的回应。不过，由于地方报社没有刊号资源优势，创办都市生活报的想法也只能一再搁浅。20世纪90年代后期，报社得到了省委领导、省委宣传部、省新闻出版局和《福建商报》及其主管部门福建商业厅的支持，吸纳了《福

---

① 泉州晚报海外版编辑部：《迎接春天》，http：//news. qzwb. com/gb/content/2006－01/03/content＿1928349. htm。

② 施能泉：《整合资源 以强对大——地市党报应对省级党报集团竞争的策略》，"泉州晚报创刊二十周年文集"《话语传媒》（施能泉论文卷），第50页，人民日报出版社，2005。

建商报》，于 2000 年 8 月 15 日创办了《东南早报》。

　　《东南早报》虽是吸纳《福建商报》而办的，却是一张与商报完全不同的全新报纸。其办报宗旨是："反映社会，关注民生，服务百姓，满足需求。"在坚持正确舆论导向的前提下，以市场化、平民化、综合化、地方化、实用化为目标，采编、广告、发行三位一体进行有效运作。从创刊之时起，早报立足泉州、厦门，拓展闽南地区，辐射全省。

　　创刊之初，《东南早报》面临着激烈的报业竞争：《海峡都市报》已在泉州经营了两年多，省内另几家报纸挥师泉州竞夺读者。当时，业界和理论界不少人主张应该差异竞争，摒弃同质竞争。早报编委会认为，绝不能将市民报的空间礼让给外来报纸，要同外来市民报同质竞争，但也要展开差异化新闻竞争。这里的差异化竞争并不是回避竞争，不是调整自己的报纸定位，将市场或某一方面的新闻礼让给对手。而是说同城竞争的媒体应该以独家新闻或出色新闻吸引读者，占领报业市场，而不应该步人后尘。当然，并不是凡竞争对手刊过的新闻都不要再做。重大新闻，特别是重大突发事件，媒体都不能失语，即使竞争对手捷足先登，也不能按兵不动，而必须努力补救，或发掘新的信息，或以新的不同角度后发制人。但对于一般的新闻，则不必人云亦云，甚至对于有相当读者的新闻，也不必跟风。正确的应对方法是努力寻找对手没有的好新闻。[1]

　　《东南早报》原拟将版面定为对开八版。筹备小组到外地考察学习后认为，市民报大都为四开报纸，早报如为四开，同晚报相区别，更有利于优势互补。编委会接受建议，把早报定为日

---

①　施能泉：《差异化新闻竞争》，"泉州晚报创刊二十周年文集"《话语传媒》（施能泉论文卷），第 274 页，人民日报出版社，2005。

报，创刊时日出四开十六版。

创刊时，除了从《泉州晚报》调入的8个人外，还有一批有志于新闻工作的年轻人。这些年轻人绝大部分是刚踏上社会的大学毕业生，平均年龄只有20多岁，不仅没有采编经验，许多人连新闻的基本知识也欠缺。但他们充满激情，具有勇敢、睿智、拼命、进取的精神。早报创刊第8天，10号台风"碧利斯"正面登陆泉州。此次台风过后的连续暴雨造成泉州大灾，连续不断的山体滑坡造成了11人死亡8人受伤的严重后果，台风造成的直接经济损失超过15亿元人民币。①早报记者主动请缨，编辑部统一指挥，前往台风中心和其他危险的地方采访，每天都有几个版的报道见报。以8月23日为例，早报在《今日要闻》刊载了《"碧利斯"来势凶猛　专家预计登陆点可能在泉州》，在"东南新闻"中刊登了《"碧利斯"侧了侧身》、《严防以待"碧利斯"》、《台风要来了，我们在准备!》、《何为"碧利斯"》、《抗击台风，你的责任是什么》等相关稿件，引起众多读者的关注。

（2）定位与改版

《东南早报》吸纳《福建商报》而生，后者的编辑部一直在福州，早报面世之时，把福州也作为报纸的覆盖地，设立了记者站、发行站，建立发行队伍。但当时，福州报业竞争正酣，《东南早报》刚创办不久，报社的财力难能同时在泉福两地出击。于是在制定2002年工作计划时，明确提出《东南早报》必须有一个相对稳定和准确的定位，牢固确立泉州"根据地"、"大本营"的战略思想，确立泉州第二大媒体的地位。一方面，报社相应地将财力投放、发行政策向本地倾斜，在版面安排上强化本地新

---

① 林永传：《"碧利斯"致泉州十一人死亡损失十五亿》，http：//www. people. com. cn/GB/channel4/984/20000828/205502. html。

闻。同时撤回福州发行队伍，保留记者站以报道全省性重大新闻。另一方面，编委会考虑到泉厦之间地缘、人缘等方面的天然联系以及不少泉州人在厦门工作、生活的现实情况，决定向厦门辐射。为此，《东南早报》增加了厦门新闻，加强厦门记者站的采编力量，并调整、加强发行。

2002 年 3 月，报社领导两次带队赴广州和杭州考察，对《南方都市报》、《杭州日报》、《都市快报》等报运作的成功经验进行了分析。随后组织对市区的 3000 多名读者进行了抽样读报调查，为改扩版寻求充分的依据，并从众多的应聘人员中优选多名其他媒体的骨干人员，扩充新军，为早报扩版做好准备。2002 年 8 月 15 日，《东南早报》全新改版，周一至周五每日出报四开三十二版，其中有 9 个地方新闻版，同时兼顾厦门新闻的影响面；增设经济类版块，每日 7 版，关注民营经济、国际商情和股市风云，为读者提供更多的财经资讯和优质的理财服务；每日 4 个国际新闻版，分设《时政》、《焦点》、《社会》、《新知》，力争实现与世界"零距离"；周六以财经专刊为主，重点是与中国证监会福州特派办合作编辑 8 个版的《八闽证券周刊》和《新创业》周刊；周日以娱乐休闲为重点，推出《新娱乐》和《新家庭》两个周刊。一次次改版、扩版，一次次接近目标市场。《东南早报》不但强化了本地新闻，抓住泉州、厦门两地的读者，同时增加了财经与证券新闻，设立反映民营经济的创业板块，这样既弥补了媒体对闽南民营经济缺少关注的不足，又营造了早报自身的一大特色。①

---

① 杨钦辉：《打造闽南主流生活报——〈东南早报〉的成功之路》，"泉州晚报创刊二十周年文集"《创新年代》（报史卷），第 47～48 页，人民日报出版社，2005。

　　早报还开设多条新闻热线，接收市民反映的各类信息和咨询、投诉，并专辟版面进行报道。在保持社会新闻强势的同时，早报关注时政新闻，鼓励深度报道，设立《第一眼》、《新观察》、《东南调查》等栏目、专刊。早报还发挥驻外记者的优势，对泉州、厦门周边城市的新闻进行有选择的报道，并与外报建立供稿关系，不断扩大报道范围。①

　　为完善早报的版面结构，丰富版面内容，从 2001 年起，早报增辟具有专副刊性质的双休周末版。2005 年，早报在以前的《新阅读》、《新娱乐》、《新体育》的基础上，参照周报做法，推出休闲性消费专刊《闽南周末》，每期版数达 24 版，目标锁定在有文化的青年人，主要内容有专题策划、闽南人文地理、校园、艺术、明星、专栏及时尚生活消费报道。早报还根据泉州华侨众多的特点，推出早报特刊《东南亚杂志》，成为一个新的看点。《东南亚杂志》内容广泛，生动活泼，可读性强。有对中国与东南亚政治、经贸等双边关系的报道，如《印尼华人社团祝贺广告欢迎胡主席访问》、《中国东盟拆除"贸易国界"》、《泰国：视中国为经济"助推器"》，也有对东南亚名胜古迹、风俗文化等的介绍，如《旷世光荣吴哥窟》、《柬埔寨的鱼趣闻》、《缅甸男都当过和尚》等。目前，《东南早报》主要有《泉州新闻》、《气象新闻》、《东南新闻》、《有话直说》、《厦门新闻》、《省内新闻》、《财经新闻》、《工夫早茶》、《每日导视》、《体育新闻》、《娱乐新闻》、《彩票视点》、《健康咨询》、《泉州创造》、《汽车时代》、《房产装饰》、《游戏部落》、《IT 通讯》、《东南亚杂志》等栏目和专副刊。

---

　　① 杨钦辉：《打造闽南主流生活报——〈东南早报〉的成功之路》，http：//www.qzwb.com/gb/content/2005－03/30/content＿1591701.htm。

在办报过程中，早报采取新闻采编与举办活动并举的措施，多方举办、参与各种社会公益活动，扩大早报的社会影响。2003年，早报策划"全市中小学生十六大知识竞赛"，创下早报日发行量、日广告量纪录；同年策划五一车展，成为"非典"时期泉州最有影响的一个商业活动；以《新创业》周刊为依托举办多场"早报经济论坛"，由合作方邀请台湾、北京、上海等地著名专家前来讲学，并创办"创业者沙龙"，既产生了独家报道内容，又与主流人群拉近距离；早报在全省报界首创便民网与早报金卡，对读者更具吸引力、亲和力。

（3）打造闽南主流生活报

《东南早报》定位于市民生活报，把关注社会，反映民生，全心全意为市民服务作为办报宗旨。早报以社会新闻、社区新闻开了好局，并且把服务做到了读者家中，如在 2002 年 11 月 11 日成立福建省首个媒体便民网，市民碰到水电修理、保姆请雇、整理家务等日常问题，只要一个电话，早报热线即安排网络加盟企业前往服务，收费严格按照早报公布价格，真正做到让市民放心舒心。后来又在版面上推出新闻服务性栏目《早报便民网》，进而推出《早报便民网》专版，以每周 5 版的篇幅专事报道以早报便民服务为主的社区新闻，把社会活动和新闻采编结合起来，充分实现"服务百姓，满足需求"的办报宗旨。当然报社也认识到，主流人群是最具社会话语权，最具社会行为能力，同时也是最具消费能力的群体，他们的整体意志决定着社会的潮流，他们的价值观推动着文化的发展。因此《东南早报》改变市民报以社会新闻取悦市民的传统做法，着重从宏观层面向市民提供信息，突出时政新闻和主流资讯，表达主流意见，以主流舆论引导市民融入社会主流生活，具有其他市民报无法比拟的主导舆论的强大的亲和力、感召力和影响力。①

　　随着发行量的增加和影响力的提升，把《东南早报》办成主流生活报，已具备一定条件：早报已成为区域城市重要媒体，泉州第二大纸质媒体，闽南金三角最大都市类报纸，家庭订阅率高，受机关干部和市民欢迎，在市民中有较突出的影响力；自办发行，投递质量高，投递时间早；2002年底早报广告部成立以来，广告上升势头强劲。2003年5月，《东南早报》适时提出"打造闽南主流生活报"的口号，为今后的发展找准定位。还确定了早报的经营理念："观念创造价值，团队垒筑高度，品质赢得未来。"既不否认目前通行的判别大报小报的标准，又寄托着自身的办报追求——主流就是力量，主流就是影响力。②

　　尽管泉州是个中小型城市，但泉州在中国的经济版图中绝不是一个可以轻视的城市。2003年全市实现地区生产总值1380亿元，财政收入超过百亿，经济总量占福建的四分之一强，仅次于无锡、苏州，居全国地级市三位。其下辖的晋江、石狮、南安、惠安进入全国县级经济百强，拥有的中国驰名品牌和名牌产品的数量在全国地级市中也居第三位。泉州庞大的民营企业家群体及其他个体创业者阶层是早报应该去亲密接触的群体，这一主流群体需要传媒关注，因为媒体是他们表达话语权的合适阵地，而媒体则需要企业广告的投放，以支持其生存与发展。因此早报在版面上主动作出一定的调整，即增加时政新闻、财经新闻的分量，在保证资讯总量的前提下，做好深度报道（如泉州新闻《第一眼》版和《厦门纵深》），不断挖掘自己的特色内容。如针对青年

---

　　①　杨钦辉：《打造闽南主流生活报——〈东南早报〉的成功之路》，http：//www. qzwb. com/gb/content/2005－03－30/content_ 1591701. htm.
　　②　同上。

读者多的特点，创办主打时尚休闲的《闽南周末》；针对海外侨亲多的特点，设立《东南亚新闻》版及《东南亚杂志》。[①] 早报编辑部还提出，早报扩版要围绕打造"闽南主流生活报"的目标，确保泉州市场的领跑地位，重视厦门市场的拓展，兼顾对漳州市场的辐射，并强调：强化新闻是关键，迎合主流是重点。2004 年，《东南早报》设立了厦门新闻中心，进一步凸显主打闽南主流市场的经营战略。[②]

当前，《东南早报》以主流生活报的名义走过初创期，进入成长期。报业竞争日益白热化，如何从规模扩张达到效益提升，如何利用自身优势进行传媒价值链打造，如何在拥有广泛客户资源的基础上做大公共话语平台，是早报人必须直面的问题。

4. 《石狮日报》[③]

《石狮日报》原名《石狮消息报》，1993 年创刊。1997 年底，经新闻出版总署批准，海内外公开发行，为周三报。1999 年增刊为周四报。2000 年，改名为《石狮日报》。同年 10 月 9 日，经省委宣传部批准，《石狮日报·电子版》成为具有新闻发布权的网上媒体。2001 年，经省新闻出版局批准，扩版为对开八版发行。2003 年 11 月 5 日，《石狮日报》由石狮市委主管主办改为福建日报报业集团主管，石狮日报社主办，成为福建日报报业集团旗下的子报。

《石狮日报》系经济、社会类综合性报纸，坚持"扎根石狮，

---

① 晓鸽：《打造一张区域主流生活报》，http：//qzgpm2005. bo-kee. com/3130907. html.

② 杨钦辉：《打造闽南主流生活报——〈东南早报〉的成功之路》，http：//www. qzwb. com/gb/content/2005－03/30/content＿1591701. htm.

③ 本节主要材料来源于 http：//www. ssrb. com. cn/other/psview. htm.

心系百姓"的办报宗旨,坚持"宣传泉州、石狮改革开放重大成就不变,宣传泉州、石狮市委市政府的决策不变,关注弱势群体和外来工不变"。在做好正报新闻版出版发行工作的同时,报社不断探索报业改革发展的新路子,先后推出了几个子刊,如《星期刊》、《消费导刊》、《体育前线》、《出海口》、《收藏快报》等等。其中副刊《人在旅途》在全省乃至全国都有着广泛的影响,专刊《收藏快报》的读者遍及全国各地。

《石狮日报》以民(营经济)、侨(乡)、商(埠)、信(息集散地)为特色。几年来,坚持贴近基层、贴近生活、贴近群众的原则,在政府与百姓、"三胞"(侨胞、台胞、港澳同胞)间架起了一座沟通的桥梁。并形成了以深度报道为特点,以经济报道为特色,着力追求可读性、知识性、指导性的风格。

报社现设有总编室、记者部、热线部、《收藏快报》编辑部、《出海口》专刊编辑部、广告部、发行部、网络中心、行政办公室以及通联部、人事部、设计中心等,并在石狮周边地区设有6个工作站。近年来,报社记者、编辑的近百篇作品在全国、全省、泉州市的评比中获奖,如有全国副刊好作品奖、福建省新闻奖、泉州市新闻奖、泉州市重头新闻奖、中国地市报协会新闻奖、福建省体育新闻奖等。

目前,《石狮日报》的日发行量达到4万多份,覆盖范围包括石狮、泉州市区(鲤城、丰泽)、晋江、安溪、永春、德化、清蒙、惠安以及厦门、漳州、福州等地,并远及北京、上海、浙江等,在港澳台等地和菲律宾也有众多的读者。

5.《晋江经济报》

晋江地处福建东南沿海,与金门、台湾隔海相望,是台湾同胞主要祖籍地和全国著名侨乡。改革开放二十几年来,晋江经济社会各项事业快速发展,由一个农业穷县发展成为在全国有较大影响的制造业基地。现已成为福建民营经济最具活力的地区和建设海峡西岸经济区的排头兵，形成了大规模产业集群，业已成为中国知名"品牌之都"，利郎、七匹狼、安踏、柒牌、九牧王等众多的品牌，已经成为晋江市闪亮的名片，拥有品牌数目位居全国县（市）前列。① 在这方热土上，爱拼敢闯、奋勇当先的创新精神，需要大力弘扬；民营经济飞跃的鲜活经验，需要总结与推广；底蕴深厚的千年历史文化资源，需要深入挖掘；遍布世界，特别是休戚相关的海峡对岸同胞，需要加强联络和交流。《晋江经济报》的创办，正为此增加了一个新的传播阵地，打开了一扇晋江内外信息互通的窗口。

2006 年 4 月 19 日第八届中国（晋江）国际鞋业博览会开幕之际，《晋江经济报》正式创刊。该报是福建日报报业集团的第 9 张子报，是一张贴近晋江流域实际、彰显民营经济特色、服务主流人群的政经日报。

从 2006 年 3 月 21 日晋江经济报社领导班子组建，到 4 月 19 日报纸创刊，仅用了不到一个月时间，创造了中国报业史上的"晋江速度。"

《晋江经济报》是一张贴近晋江流域实际、凸显民营经济特色的政经日报。报社坚持服务中心、服务经济、服务读者的办报宗旨，遵循"晋江、主流、品位"的办报理念，为主流人群打造一张真正属于自己的报纸。该报周一至周五每天为对开八版彩报，周末每天对开四版。新闻版块主要由时政要闻、本地、财经、民生、天下、文体等组成；专副刊版块由产业、理财、休闲、时尚、楼市、五里桥、文摘等组成。本地化原创新闻将占所

---

① 蔡小伟、赵鹏：《晋江：不甘贴牌创建"品牌之都"》，《人民日报·海外版》，第 8 版，2005 年 11 月 8 日。

有版面的 70% 以上。版面设置具体如下：一版（要闻）——服务当前中心工作，发布最权威的晋江流域信息；二版（本地）——一版要闻的延伸，报道本地政务、社会新闻，树立政府形象，搭建党群连心桥；三版（财经）——晋江流域民营经济和企业家的展示平台，让企业说话，为企业说话；四版（民生）——社会热点、生活记录，评点晋江事，服务晋江人；五版（天下）——精选与晋江流域相关联的国内国际新闻；六版（文体）——立足晋江流域，报道文娱、体育动态，丰富、提升文化体育生活；文艺副刊——挖掘晋江流域乡土文化优秀资源，展示与时俱进的文化建设成就，成为凝聚海内外晋江人的文化纽带；专刊——为晋江流域读者提供汽车、时尚、房产、金融、消费等各类资讯，服务百姓生活。①

6. 其他报纸

(1)《华侨大学报》

《华侨大学报》由国立华侨大学主办，1963 年 11 月创刊，1978 年 11 月复刊，旬刊，四开四版。

该报秉承"面向海外、面向港澳台、面向海峡西岸经济区"的办学方针，开辟了港澳台侨新闻栏目。为了更好地与世界各地校友联系、沟通和互动，该报开通了"校友觅踪"栏目博客，并成为刊载校友专访的一个固定栏目。2005 年华侨大学 45 周年校庆期间出版的"校友觅踪"第一辑《情系华园》，在海内外校友中产生广泛影响。②

---

① 《晋江经济报欢迎您的到来！》，http：//www.66163.com/Fujian_w/news/fjrb/jjjj/dzb/bsjj/bsjj01.htm。

② 徐梦：《华侨大学报开通"校友觅踪"栏目博客》，http：//edu.fjstu.net/200611/6191.html。

2004 年初,《华侨大学报》创办了以"打造诗意校园"为宗旨的"中国高校诗歌联展"专版,专门刊登中国高校在校师生诗歌作品,是目前唯一一家以专门版面推介中国高校诗歌的报纸,当代著名诗歌理论家谢冕、孙绍振、唐晓渡等担任顾问。2007 年 5 月 21 日出版的《华侨大学报》在"中国高校诗歌联展"版面推出"台湾专辑",发表台湾师范大学、东华大学、慈济大学等 10 所台湾高校十几位诗人的诗作。这是《华侨大学报》开办"中国高校诗歌联展"以来,首次以专辑形式推介中国区域高校诗歌作品。同年 6 月 19 日端午节,"中国高校诗歌联展"推出"闽台端午诗会",刊发闽台两地高校诗人的作品。①

(2)《仰恩大学报》

《仰恩大学报》1999 年 10 月 1 日创刊,由仰恩大学校报编辑部出版,对开四版,月刊。该报遵循"学会做人,守信笃行;学会做事,创业有成"的校训,报道国际、国内学术文化交流新动态及全校师生员工弘扬仰恩精神,拼搏创业的新面貌,力图全面突出仰恩大学的办学特色。

四个版面的主要内容分别为:"综合新闻"版(第一版):反映教育体制改革的进展和当前的中心工作、学校要闻、系部工作、学生工作,以及重要文体活动消息报道等;"教学科研"版(第二版):反映各专业及基础学科教学动态、教学改革经验和教学研究成果,并设有《人文社科信息》、《财经要闻》、《市场研究》、《国际经贸动态研究》、《财经新视野》等专题栏目;"英文天地"版(第三版):系英文版,反映英语教学改革的动态、英

---

① 曾福志:《华侨大学报推出台湾高校诗歌专辑 打造诗意校园》,http://www.chinataiwan.org/web/webportal/W5271651/Uweim/A480341.html。

语教研成果、外籍教师工作情况，以及学生英语习作，中外文学作品翻译等；"仰恩湖"专版（第四版）：突出校园文化，反映当代大学生的精神风貌，辟有《仙公山下》、《湖畔随笔》、《学舍杂谈》、《谈古论今》、《学习偶得》、《回乡见闻》等各具特色的小栏目。①

（3）《黎明大学报》

《黎明大学报》1984 年 7 月创刊，是由中共黎明大学委员会主办的刊物，以宣传党的路线、方针、政策，弘扬时代主旋律为主，及时追踪和报道校内的各类新闻，反映校园最新动态，汇聚文艺奇葩，为学校的建设和发展服务。② 该报现设有"时政要闻"、"新闻纵横"、"党建之窗"、"理论学习"、"校园时空"、《激流》副刊等版面、栏目。办报力求思想性、指导性、知识性、科学性相结合。

（4）《影剧报》

1980 年 3 月由晋江地区文化局创办的四开四版小报，公开发行，原为旬报，后改为半月刊。该报设《戏苑漫步》、《银海游思》、《小影评》、《小剧评》、《舞台一瞥》、《长话短说》、《影剧简讯》、《趣闻轶事》、《人物专访》、《戏谚小辑》等栏目，刊登许多有关泉州地区梨园戏、高甲戏、木偶戏等剧种、剧目，以及名老艺人的艺术资料。该报主要负责人为郑国权、王再习，责任编辑陈君平。1983 年 8 月停刊，计出版 78 期。③

---

① http：//97ibm. diy. myrice. com/yeusky/ljye/ljye _ z4. htm。

② 李薇：《记黎明大学校报第 100 期期庆系列活动》，http：//www. lmuxb. net/shownews. asp？news _ id＝1。

③ 泉州市地方志编纂委员会编：《泉州市志·新闻卷》，第 34 页，中国社会科学出版社，2000； 《文献资料与报刊论著》，http：//www. fjsq. gov. cn/showtext. asp？ToBook＝68&index＝482。

（5）《泉州工人报》

1983年1月由泉州市（今鲤城区）总工会创办，为四开四版半月刊，1985年4月改为周报，公开发行。该报以"为工人说话，替工人办事"为宗旨，第一版主要刊登重要新闻和工作动态，设有《晋江两岸》、《开业信息》、《国内外一周大事》等栏目；第二版主要表彰各条战线的先进人物和模范事迹，介绍职工优秀的品德和道德风貌，设有《主人翁》、《新风颂》、《新秀篇》等栏目；第三版主要反映职工呼声，维护职工的民主权利，总结交流工会建设和工作经验，设有《改革中的工会工作》、《学习回答》、《青工园地》、《女工园地》、《法制知识》、《车间生活》、《班组生活》等栏目；第四版为地方风情版，设有《名城史话》、《名胜古迹》、《侨乡风味》等栏目，并开设《东西塔》文艺副刊。该报除泉州市订户外，还发行到全国130个城市。1986年4月根据中共福建省宣传部通知停刊，共出版97期。[①]

（二）泉州乡讯

1. 《温陵》乡讯

《温陵》乡讯于1982年9月20日复刊，由晋江地区侨联主办，版面扩大为四开四版，报道范围因行政区域的调整，由11个县（市）缩减为泉州、晋江、南安、惠安、安溪、永春、德化等7个县（市）。初为不定期，1985年以后逐步增加到大体上每月一期，一年出10—12期。1993年初改称《泉州乡讯》。

《温陵》乡讯复刊后，内容愈发丰富多彩。一版为全市重要新闻，二版为各地侨乡动态，三版以文史知识为主，四版为文艺性副刊《桐江月》。新闻报道十分重视对各地侨联的活动和侨务

---

① 泉州市地方志编纂委员会编：《泉州市志·新闻卷》，第35页，中国社会科学出版社，2000。

政策的落实，对海外华侨华人回乡探亲以及捐资兴办公益事业或投资兴办实业作了较多报道，对著名华侨华人来泉州受到的接待和欢迎以及他们在海内外的业绩也有比较详细的报道。《温陵》乡讯发现行政区划迭变，有些乡、村、街道名称更改，为方便海外乡亲寻亲，和泉州市地方志办公室联合编发《泉州乡镇地名变迁简录》。不仅如此，还开辟了《侨乡短波》、《家乡消息》及《殷殷赤子心，悠悠故乡情》等较固定的专栏，反映侨乡动态和华侨华人捐资兴学、修桥造路等服务桑梓、建设家乡的情怀。该报还设置《侨史拾零》、《古城珍闻》、《海交史话》、《小山丛话》、《南薰夜籁》等专栏，刊登泉州文化界人士撰写的文史资料，从语言、文学、宗教、艺术等各方面为海外华侨华人提供大量有益的乡土知识。2003 年 4 月 18 日，泉州市侨联邀请部分文史界、艺术界及晚报社等单位 20 多位同志，征求对即将改版的《泉州乡讯》的宝贵意见。新版的《泉州乡讯》采用彩色印刷，增添《摇篮血迹》、《故里先贤》、《旧城新说》、《唐山小吃》、《年冬月节》、《瓜棚讲古》、《碑林新拓》、《故地新游》等新栏目，力求图文并茂、传递乡情乡音，更好地发挥乡讯在外宣工作中的窗口作用。①

《温陵》乡讯、《泉州乡讯》的发行渠道，是以赠阅的方式源源不断地寄往东南亚乃至世界各地的 20 多个国家和地区，受到海外华侨华人的热烈欢迎。它们也成为"公开的家信"为不少华侨华人所珍视和收藏。值得一提的是，《温陵》乡讯主编陈方圆一心扑在乡讯事业的发展上，被评为福建省侨联工作积极分子。1990 年，海外华人蔡俊哲、王宏榜汇来 5000 元人民币，以此支持陈方圆的工作。陈方圆将这笔钱以《温陵》名义举办"侨乡漫

---

① 泉州市地方志编纂委员会编：《泉州市志·新闻卷》，第 32 页，中国社会科学出版社，2000。

步"征文，数月间，几十篇反映泉州近几年来经济文化发展的通讯、特写，在《温陵》乡讯上陆续发表，海内外报刊纷纷转载。为此，菲律宾椰风文艺社长王宏榜先生，特赠送一块银盾奖牌给陈方圆。①

2. 其他县（市）乡讯

表 3-4　泉州其他县（市）乡讯一览表

乡讯名	复刊年月	刊期	开数	创办单位	版　面
晋江乡讯	1982.6	月　刊	八开四版	晋江县侨务局、县侨联，晋江市侨办、侨联	一版：重要新闻；二版：侨乡动态；三版：晋江文史；四版：综合副刊《姑嫂塔下》
南安乡讯	1984.6	不定期季刊	八开四版	南安县侨联南安市侨联	一版：重要新闻；二版：侨乡动态；三版：民俗文史掌故；四版：综合副刊《柳丝》
安溪乡讯	1981.9	不定期	四开四版	安溪县侨联	没有明确分工，一般情况下为一版、四版：新闻；二版、三版：专刊
螺阳乡讯（现名《惠安乡讯》）	1982.8	不定期	四开四版	惠安县侨联	一版：重要新闻；二版、三版：综合性无固定栏目的副刊；四版：侨乡动态
桃源乡讯	1984.9	双月刊单月刊不定期	八开二版四开四版	永春县侨联	一版：要闻；二版：侨乡建设情况；三版：文教卫生；四版：文艺

资料来源：泉州市地方志编纂委员会编：《泉州市志·新闻卷》，第32～34页，中国社会科学出版社，2000；http://www.fjsq.gov.cn/ShowText.asp?ToBook=206&index=24&。

---

①　http://www.fjsq.gov.cn/ShowText.asp? ToBook = 206&index =24&。

（三）泉州期刊

1. 《泉南文化》

（1）泉州晚报社接办《泉南文化》

《泉南文化》原是一家定位为地方文史的不定期的学术杂志，文史和学术的定位使它在图书出版日益市场化的 20 世纪 90 年代举步维艰。为了增强竞争实力，也为了不让当时已难以出版的《泉南文化》停刊，在泉州市委宣传部的支持协调下，泉州晚报社于 1997 年 8 月正式接办了《泉南文化》。

传统杂志走下坡路，一个重要原因是新兴媒体的冲击，近些年来，互联网、电子图书等新兴媒体的兴起，不断冲击着整个传统图书出版业，传统杂志也不例外。除此之外，传统杂志自身的局限也是其衰落的原因，在出版竞争下，读者阅读选择面越来越宽，各种文学、史学类型的传统杂志无法在市场中准确定位读者，所以很难再留住固定读者群。《泉州晚报》在接办《泉南文化》后，首先面对的就是对刊物进行重新定位。按照当时的思考，将其初步定位为具有地方特色的可读性强的具有一定文化品位的杂志。经过一个多月的紧张筹备，1997 年 9 月 25 日，《泉南文化》第一期面世。时任泉州市委常委、市委宣传部部长的洪辉煌撰写了发刊词，提出要将改刊后的《泉南文化》办成"让世界了解泉州，让泉州大踏步地走向世界"的窗口桥梁，以"弘扬泉州文化，再现社会生活，关心人类生存，促进文明发展"为宗旨，发挥优势，刻意求新，努力形成"浅近、丰实、精悍、活泼"的刊物风格。改刊后的《泉南文化》是泉州第一家公开发行的新闻性生活文化刊物，刊期初为双月刊，1998 年下半年起办成月刊，封面、内页全部彩色印刷。以后为了适应杂志的要求，采用了较为流行的铜版纸印刷；在设计上融图片、汉字、英文为一体，以对开双页为设计单位，以四色印刷为主，突出版面的美观性。

(2) 定位与发展

定位对于大众传媒的发展至关重要。一般涉及地域定位、读者定位、内容定位、发行方式与投放定位、广告市场定位、版式定位、竞争分析等。而杂志是一个不断变化的产品，因此定位也必然经历一个不断细微调整的过程。泉州晚报社长期以来一直经营报纸，对杂志的运作并不熟悉。报社根据市场发展的需要和报社体制改革的要求，对《泉南文化》不断调整定位，适应社会发展的要求。

地域的定位是《泉南文化》发展遇到的首要问题。根据实际需要，编辑部认为先在泉州本地立足，等机会成熟后再逐步扩大范围。到了 2002 年，随着《泉南文化》知名度的提高，编辑部把立足点扩大到福建省市场，主要集中在福州、厦门、泉州和漳州等几个区域。编辑部还采用订阅和赠阅相结合，实名寄送的方式，使杂志的发行地域逐步确定下来。

内容定位也是《泉南文化》不得不面对的问题。一般来说，杂志的内容定位决定了其发行对象和发展方向。《泉南文化》几经调整，使杂志的定位能够更加适应市场的需求，适应社会发展和读者的需求。《泉南文化》先以"老百姓爱看的杂志"的"老百姓"为刊名，在封面上打出"老百姓"醒目字样。2000 年第 7 期起，《泉南文化》编辑部承担刊物的编辑、发行、广告等，探索刊物市场化的运作模式，调整了编辑方针，在封面上打出"新生活"的旗号，主打都市情感和生活资讯。2002 年，《泉南文化》编辑部进一步把杂志的定位加深一步，直接面向城市阶层，定位于"人文·时尚"，杂志的风格也进行了较大的改革。2004年后，编辑部再次把目光放在都市白领一族，在保持原有定位的基础上，更加贴近市场的需要，把泉州海内外侨亲中的社会成功人士、民营企业家、公司决策层、政界名流，及具有高品位、高收入及高消费力商界人士作为自己的发行对象。经过几年的办刊实践，《泉南文化》在福建省具有一定知名度，拥有相应的读者群。

在此基础上，《泉南文化》建立起自己的发行网络。起初，为打开局面，《泉南文化》编辑部从赠送开始。后来为了发展，由各地代理商代为发行，由于经验不足，甚至出现代理商卷款而去的事件，为此编辑部调整思路，采用自办发行和邮局发行的双轨制的方法。在自办发行方面，2002 年后，编辑部主动出击，在厦门和漳州设立了自己的发行站，在福州，依托东南早报和其他媒体的发行网络，建立了一个面向全省主要城市的发行网络，使杂志的发行步入一个崭新的时期。在这期间，编辑部发展了几百个发行渠道，还建立了一些面向全国机场的赠阅网络。2004年，编辑部还建立了面向商界白领的赠阅网络。代理发行、自办发行、赠阅发行，编辑部建立了一套适应市场发展要求的发行网络，为杂志的发展奠定了坚实的基础。①

杂志的定位已经明确，发行网络业已建立，《泉南文化》要想取得好的发展，必须要有一个好的用人机制和发展策略。泉州晚报社在接手《泉南文化》伊始，就提出要建立灵活的用人机制。杂志编辑部除了主任是报社聘任的外，其他人员一律从社会上招聘。在管理上，打破相对固定的工资制，采用了量化管理标准，实行栏目质量、工作量、分制相挂钩，工资和分制相结合的办法，奖优罚劣，调动工作人员的积极性和创造性。在编辑部主任的聘任上，报社也采用了内部招聘和竞聘相结合的办法。与此

---

① 蓝海波、蔡芳本：《培植名城文化之花——〈泉南文化〉办刊回眸》，"泉州晚报创刊二十周年文集"《创新年代》（报史卷），第 80～81 页，人民日报出版社，2005。

同时，与编辑部负责人签订合同条款，全面提出杂志自负盈亏的方案，把杂志运作真正推出市场，接受市场的考验。在发展策略上，从接办《泉南文化》以来，编辑部几乎每年都举办各式各样丰富多彩的活动，既有周年茶话会（1998 年 9 月）、首届泉州市风味美食大奖赛（1999 年 1 月）、巴西歌舞团大型演出活动（1999 年 8 月），也有新世纪趣味登山赛（2000 年 12 月）、读者见面会（2002 年）、蔡芳本作品朗诵会（2002 年 12 月）、首届泉州市广场集体文明婚礼（2003 年元旦）等等。通过这些活动，打造杂志的知名度，扩大其品牌效应。①

《泉南文化》杂志以其独特的魅力吸引着越来越多的年轻读者，青春、时尚、休闲的特色正在显示着其不断上升的市场潜力。《泉南文化》杂志在自己的服务领域绽放异彩，以福建省内上千个零售摊点为基础，占领了福建省一定的发行市场空间，推动了杂志发行量的不断上升，发行量超过 1 万份，遍及福建省。

2.《华侨大学学报》（哲社版、自然版）

《华侨大学学报》（哲学社会科学版）是由华侨大学主办的综合性学术期刊，1983 年 3 月创刊，季刊。该刊以繁荣科学文化、促进学术交流、反映最新科研成果、发现和培养人才为办刊宗旨，主要刊登哲学、法学、经济学、管理学、文学等学科的论文。② 主要栏目有《哲学研究》、《政治学研究》、《文学研究》、《法学研究》、《艺术研究》、《海峡经济研究》、《经济学研究》、

---

① 蓝海波、蔡芳本：《培植名城文化之花——〈泉南文化〉办刊回眸》，"泉州晚报创刊二十周年文集"《创新年代》（报史卷），第 81～84 页，人民日报出版社，2005。

② http：//admin. chinajournal. net. cn/insidepage ＿ model01/bkjj ＿ bjsjj. asp？rwbh＝HQDX。

《华侨华人研究》等。该刊获全国首届百强社会科学报奖，被评定为中国人文社会科学核心期刊。

《华侨大学学报》（自然科学版）1980 年创刊，季刊，是华侨大学主办的自然科学综合性学术理论期刊。其任务是贯彻"百花齐放，百家争鸣"和理论与实践相结合的方针，广泛联系海外华侨和港澳台经济特区的科技信息，及时反映国内尤其是高校在理论研究、应用研究和开发研究等方面的科技成果，为发展华侨高等教育和繁荣社会主义科技事业服务。主要栏目有《数学》、《电气技术》、《应用化学》、《建筑学》、《土木工程》、《机电工程》、《化工与生化工程》、《电子工程》等。该刊获 1997 年第二届全国优秀期刊奖，1999 年全国优秀高校自然科学学报及教育部优秀科技期刊一等奖；2002 年荣膺中国期刊方阵双效期刊，2004 年被评为中文核心期刊。①

3.《泉州师范学院学报》

《泉州师范学院学报》，原名为《泉州师专学报：自然科学版》，1983 年创刊，双月刊。该刊先是市内刊，后为省内刊，1998 年获 CN 刊号，现有自然科学版和社会科学版。该刊坚持科教兴国的办刊方向，认真执行国家有关编辑出版的政策、法规和条例，贯彻"双百"方针，以"两个文明"建设为宗旨，坚持实事求是的思想作风，与时俱进，引导教职工开展科研教研活动，探索教育教改热点问题，着眼于精品意识和创新意识，注重学术性、师范性和地方性的基本特点，不断提高学报质量。②1999 年，获省高校自然科学学报系统优秀学报评比一等奖；2000 年，获全国高校自然科学学报"三优"评比二等奖；2000

---

① http：//hqdxxb. periodicals. net. cn/default. html。
② http：//www. cqvip. com/QK/82907A/qkintro. shtml。

年，获《CAJ－CD规范》执行优秀奖。①

4.《黎明职业大学学报》

《黎明职业大学学报》1989年1月创刊，季刊，由黎明职业
大学主办。该刊栏目主要有《文学研究》、《经济管理》、《英语语
言与文学》、《教育与教学管理》等。

5.《海交史研究》

《海交史研究》于1978年创刊，由中国社会科学院历史所宋
辽金元研究室和泉州海交馆主办。1979年3月，海交馆与中国
社科院历史所、中山大学东南亚史研究所、暨南大学历史系、复
旦大学历史地理研究室、厦门大学历史系、福建师大历史系共同
发起成立"中国海外交通史研究会"，《海交史研究》从第二期起
改由中国海交史研究会与海交馆主办，进一步扩大了学术影响。
1985年改年刊为半年刊，1988年正式成立编辑委员会，由中国
海交史研究会会长陈高华研究员任主编，泉州地方史知名学者王
连茂、李玉昆等4人任副主编，编辑部仍设在海交馆，编辑人员
均为海交馆馆员。后由中国海外交通史研究会、厦门大学历史
系、泉州海外交通史博物馆主办，国家文物局主管。②

《海交史研究》为全国性学术刊物，已为世界上80多个国家
和地区的研究机构、图书馆收藏。该刊宗旨是"坚持用辩证唯物
主义和历史唯物主义的史学观开展学术研究，着眼于历史，服务
于现实，以海外交通史这一特殊的学术领域，弘扬中华民族悠久
辉煌的海洋文明"。其内容涵盖航海造船史、港口贸易史、中外

---

① http：//my. qztc. edu. cn/pnull. portal？．pa＝aT1QNjEyNTYwJn
Q9ciZzPW1heGltaXplZCZtPXZpZXc_＆viewaction＝viewdetail&fei＝13343
&group_id＝17&level＝0。

② 洪辉煌：《泉州有本〈海交史研究〉》，http：//www. ssrb. com.
cn/gb/content/2004－09/30/content_205392. htm。

关系史、科技文化交流史、外来宗教、海外移民、海交民俗、海交文献等诸多领域。① 在《海交史研究》上，刊登了一大批有深度、有影响的论文，为弘扬祖国优秀海洋文化，培养学术研究人才，也为丰富"泉州学"内涵，提高泉州作为海上丝绸之路名城的知名度做了扎实而富有成效的工作。

该刊获 1994～1995 年度福建省社科期刊学术理论类一级刊物，1996 年被中国社科院文献信息中心《中国人文和社会科学论文统计与分析研究》数据统计系统确认为核心期刊。②

6.《泉州文学》

《泉州文学》由泉州市文联主办，是泉州市唯一一家公开发行的文学刊物。原名《晋江文学丛刊》，创办于 1979 年 3 月。《晋江文学丛刊》是以综合性刊物的面貌出现的，常刊登一些新戏剧作品的剧本。创办初期，刊物由文化主管部门主办，仅限于内部发行，且由于人力等因素的制约，丛刊出版周期比较长，也不固定。1986 年 1 月改为《泉州文学》，后于 1987 年移交泉州市文联主办，市文联在接手以后，初步决定将其办成季刊，但刚开始仍不能完全按时出版。1988 年 11 月，《泉州文学》总第 34 期出版，并从这期起开始公开发行。1998 年 1 月起由季刊改为双月刊。③

《泉州文学》自创办以来保持严肃文学的格调，突出历史文化名城、侨乡和改革开放前沿地区的特色。发表的作品有小说、散文、诗歌、散文诗、报告文学、评论等。其组稿工作主要依靠

----

① http：//hjsyj. periodicals. net. cn/default. html。

② 同上。

③ 易禾：《执著的跋涉——〈泉州文学〉和她走过的路》，http：//www. qzwb. com/gb/content/2000-09/21/content_ 27116. htm。

各县（市、区、管委会）的宣传部和文联，编辑部要求各县（市、区、管委会）宣传部、文联，每期至少为《泉州文学》提供一篇反映当地重大题材的作品。相对而言，自由投稿的作者比较少。近几年，《泉州文学》的作者以各级作协会员为主，而部分华人和外地老作家也常赐稿，杂志还常发表一些新人习作，从而培养出一批泉州文学新人，其中已有许多作者从这个刊物逐步走向全国。① 《泉州文学》还重视与东南亚各国及港澳台地区华文作家的义化交流，取得良好效果。②

2004 年，《泉州文学》改版，开本由原来的小 16 开变为大 16 开，页码也由原来的 48 页增加至 64 页。改版后，泉州文学继续坚持立足纯文学立场，注重时代感，挖掘和培养新人，突出历史文化名城、侨乡和改革开放前沿地区的特色。③ 从 2006 年元旦起，由原双月刊改为月刊出版。改出月刊后，《泉州文学》在保持原有期刊特色的基础上，增设部分栏目，并适当减少页码。

《泉州文学》担负着联系泉州籍作家，对外文学交流和培养发现文学专才的使命。现已成为泉州的一个重要文学阵地，成为泉州文学青年学习和发表作品很好的园地，成为反映泉州文学发展状况的窗口。④

---

① 易禾：《执著的跋涉——〈泉州文学〉和她走过的路》，http：//www. qzwb. com/gb/content/2000—09/21/content _ 27116. htm。

② 林轩鹤：《〈泉州文学〉出版 100 期》，http：//www. qzwb. com/gb/content/2003—05/07/content _ 851582. htm。

③ 易禾：《执著的跋涉——〈泉州文学〉和她走过的路》，http：//www. qzwb. com/gb/content/2000—09/21/content _ 27116. htm。

④ 蔡绍坤：《〈泉州文学〉改版》，http：//www. qzwb. com/gb/content/2004—11/26/content _ 1443682. htm。

第四章

闽南电子传媒业

以广播、电视、互联网业等组成的闽南电子传媒业，是闽南新闻事业的劲旅。

闽南的广播事业始于 20 世纪 30 年代后期。旧中国闽南只有厦门广播电台，日据时期日本侵略者创办的厦门广播电台有所发展，虽完全出于其侵略的需要，但客观上为闽南培养了一批广播受众。国民党统治时期的厦门广播电台，虽然受到严格的控制，但由于实行企业化尝试，业务上有较大发展，培养了一大批固定的广播受众。

新中国成立后，闽南广播事业欣欣向荣，有线广播在闽南城乡的大规模迅速发展，使收听广播成为人民群众，特别是广大农民精神文化生活的重要组成部分。20 世纪 80 年代后，随着闽南经济的迅猛发展和人民生活水平的迅速提高，闽南地区无线广播日益发达，广播频率不断增加，逐渐取代了有线广播，成为闽南新闻事业的一支强大生力军。

闽南电视事业起步较晚，始于 20 世纪 70 年代初各地区建立的电视差转台，80 年代后得到迅速发展。厦门、漳州、泉州三个中心城市电视台的建立和自办节目的不断发展，在促进闽南社会经济发展方面发挥了显著的作用。90 年代初，卫星电视上天，卫星地面接收站不仅在城市而且在县、乡广泛发展，同时有线电视迅速崛起，形成无线和有线、微波和卫视传播相结合的电视网络，市、区、县多级办电视，人口覆盖率迅速超过 90％。2000
年以来闽南电视事业发展更快更完善，看电视已成为老百姓生活
中不可缺少的组成部分。

闽南电视在发展过程中，不仅注意城市受众的需求，而且关
注农民群众的需要。同时一直注意发挥区位优势，传承闽南文
化，服务两岸乡亲。近 20 年来，祖国大陆与台湾的"破冰之
航"，大多是从闽南起航。在这和解与融化的潮流中，闽南电视
立足于两岸共同的语言（闽南话）、共同的文化传统和共同的经
贸发展，报道了一幕幕感人的场景，在促进祖国和平统一的进程
中发挥了重要的作用。

闽南互联网传播事业始于 20 世纪 90 年代初，但发展迅速。
21 世纪以来，许多互联网接入服务单位竞争共荣。闽南市民电
脑拥有量迅速增加，网民不断翻倍增长。闽南各级政府设有自己
的网站，给政府部门提高工作效率和政务公开提供了平台。这些
网站已成为政府提高执政能力建设的有力工具。闽南报纸杂志、
广播、电视等传统媒体都纷纷开设自己的网站，形成传统媒体与
互联网媒体相互融合、相互竞争的共赢局面。各类商业网站、个
人网站，让人应接不暇，为网民提供了一个自由沟通信息的平
台，成为企业业务拓展的重要渠道。闽南互联网传播，已成为市
民生活中不可缺少的部分，也成为世界了解闽南的重要通道。

第一节　闽南广播事业

一、厦门广播事业

（一）新中国成立前的厦门广播事业

厦门市的广播历史最早可以追溯到 20 世纪 30 年代。1935

年 2 月，厦门同文中学曾开办中学试验台，呼号 XLJM，波长 329.6 米，频率 910 千赫，发射功率 15 瓦。其内容大都限于教育方面，传播范围也仅限于学校范围。这是有资料记载以来厦门最早的电台。

此后，厦门的广播事业先后经历了日本殖民统治时期和国民党统治时期，最终迎来了新中国成立后的快速发展。

1. 日本殖民统治时期

1937 年 7 月 7 日卢沟桥事变爆发之后，日本侵略者加快了侵略步伐。1938 年 5 月，厦门沦陷。为了满足其控制舆论工具，实行奴化宣传的需要，日军在抓紧创办报纸的同时，也急于建立广播电台。根据日本海军的要求，当时的"台湾总督府交通局"和"台湾广播协会"开始向厦门运输广播电台设备。

1938 年 6 月，厦门广播电台开始施工，台址选在白鹤路 2 号，即原国民政府交通部厦门电报局无线报台所在地。通过对原有建筑和天线塔的改造利用，至 8 月份，各项设备全部安装完毕。

1938 年 8 月 15 日，日本侵略者统治下的厦门广播电台正式播音。呼号 XOJK，波长 920 米，功率 10 瓦，播音范围主要局限在厦门本地，用厦门话播送报道，还常安排一些厦门当地人士演讲，同时还转播台北广播电台制作的英语、普通话、粤语和马来语节目，每日播音时间不超过 2 小时。

这种情况持续了整整一年。1939 年后，厦门广播电台开始增加播音时间和节目种类，自 8 月 15 日起，其日间广播的时间增加了 1 小时。

到 1940 年 1 月 8 日，厦门广播电台增加了日语广播，每日共播出两次，地方新闻在用厦门话播报的同时，增加了北京话和福州话，播音时间也相应延长至每日 4 小时 45 分钟。

1940 年 9 月，厦门广播电台被划归"兴亚院厦门联络部"直接指挥。所谓的"兴亚院"即日本侵略者为长期统治沦陷区，在 1938 年 9 月成立的殖民侵略机构，该机构隶属日本内阁，以"建设东亚新秩序"为名，在中国占领地广泛设立分支机构，并在青岛设立"出张所"（即办事处），代替日本海军部的统治。

1940 年 12 月 28 日，厦门广播电台开始转播东京的日语广播，播音时间再次延长。

1941 年太平洋战争爆发后，沿海一带的信息需求量进一步增大。为了满足广播宣传需要，1942 年 6 月，厦门广播电台台址移至虎园路 9 号，原白鹤路 2 号台址改为发报所。电台的一切经费从驻厦门日本总领事馆文化事业费中支出。

自 1942 年 6 月 15 日起，广播电台开始把受众对象分为中国人和日本人两大类。电台节目也开始用二重播送。节目时间也因此增加一倍。其中第一次是针对中国人广播，第二次针对日本人广播。短波则针对福建进行广播。播送的内容主要包括报道时局、公告事项、时局解说、讲演、讲座、向儿童广播和家务事几个方面的内容。

日本人在厦门创办电台初期，受当时的经济条件制约，只有极少数居民住户才拥有收音机。因此，该台在市区内多处设置有收音机，供市民收听，随后日本人加强了对电台的管理，包括延长播音时间增加播音内容等，电台培养出了最初的一批固定受众，居民拥有收音机的数量也有所增多。

但太平洋战争的爆发后，驻厦门的日本统治当局也加大了新闻管制的力度。1942 年 12 月 19 日，日本总领事馆和伪厦门市政府发表《取缔无线电信、电话和收音机规则》的通告。一个月后，日本殖民统治当局又在报纸发文，在广播电台发表谈话，警告藏匿收音机而拒绝登记的厦门市民。

据 1941 年至 1944 年厦门电台的档案记载，电台人员和电话数量呈逐年递增的趋势。以电话为例，1941 年全台只有一部电话，1942 年增至 4 部，1944 年则达到了 12 部，平均每 2 人就有一部电话。电台职员由 1941 年的 16 人逐步增加到 1944 年的 25 人。在日本殖民统治时期的厦门广播事业有所发展是个不争的事实，但这并不能掩盖其殖民统治工具的本质。

1945 年 8 月，日本宣布投降。厦门广播电台结束了日本殖民统治的历史。①

2. 国民党统治时期

1945 年 8 月，在日本侵略者宣告无条件投降之后，国民党当局便开始了全国各地的广播电台接收工作。

9 月，国民党政府行政院和收复区全国性事业接收委员会分别发布了《管理收复区报纸、通讯社、杂志、电影、广播事业暂行办法》和《广播接收原则》。

9 月 30 日，当时负责接收的福建广播电台公务股主任到厦，与日方负责人办理交接手续。电台资产包括 100 瓦中、短波发射机各一部，40 瓦短波发射机 1 部，5 马力发电机 1 部及 8 缸汽车 1 辆。以当时的法币为标准计算共 5602 万 8 千 8 百元，其中包括房地产 5000 万元。其他发音室设备均被盗卖。

10 月，南京国民党中央广播事业管理处派员办理日伪厦门广播电台的交接事宜。电台接收完毕后，厦门电台即向"中央"广播事业管理处发电称："厦门台拟于养日起七时半至九时半试验播音 3 日，中波周率 730 千赫，短波周率 8348 千赫。"

1946 年 2 月 1 日，厦门电台开始正式播音，台址依然设在

---

①　范寿春主编：《厦门人民广播电台台史》（厦新出（95）内部资料 082 号），第 199～200 页，厦门人民广播电台，1996。

原日本人建立的广播电台处，发射机房在白鹤路 2 号，黄缘炘暂时代理台长。电台呼号 XUPB，分别用短波和中波播音，短波 8348 千赫，波长 3595 米，发射功率 500 瓦；中波 800 千赫，波长 357 米，发射功率 200 瓦。由于白天不能供电，电台在开播之初，播音时间从下午 5 点 05 分开始，到晚上 10 点结束。贵州台和上海台等先后收测到厦门播音信息。

根据当时南京国民党中央广播事业管理处公布的节目表来看，电台开播首日的内容以娱乐为主。在总共五个小时的节目里，话剧、音乐等节目共占了 2 小时 45 分钟。再加上节目预告，时间超过了 3 小时。而新闻播出时间总共只有 45 分钟。[①]

1946 年 4 月，厦门电厂晚上推迟送电，受此影响，电台的开播时间推迟到了 6 时 30 分。同年 11 月 27 日，电厂机件突然损坏，全市停电，电台被迫停播 6 天，12 月 3 日恢复播音。

1946 年 10 月 1 日，国民党当局指示厦门电台每晚 7 时 30 分至 7 时 45 分转播美国旧金山的国际新闻，新闻内容开始有所增多。

1947 年 8 月 1 日，电台再次调整播音，新增天气预报节目。该节目每日播出，并于台风时期增播。

开播以来，厦门电台的节目有过一些改变，更加关注为受众提供实用的信息，如扩大新闻量，增设天气预报等节目，但总体变化不大。除了承担提供娱乐和播报新闻等任务外，电台的另一重要任务就是播报政府的有关通知。

1946 年 2 月初，福建省政府发文公布"今后凡重要公文随时要广播，各区专署均应购置收音机，各保甲均亦设置收音机"。

---

① 范寿春主编：《厦门人民广播电台台史》，第 202～216 页，厦门人民广播电台，1996。

在管理方面，电台直属广播事业处管理，经费由"中央"直接下拨，人事及业务也一概归"中央"指挥监督。

1946 年 9 月 6 日，电台首任正式台长走马上任，此人也是国民党统治时期厦门电台唯一的一名正式台长。原代理台长则于9 月 15 日离任。

国民党政府始终对电台实行严格控制，凡进电台工作的人员都必须宣誓签约，此前还须有两名国民党员（往往是一个国民党要员和一个电台系统的人员）写担保。[①]

开播初期，由于市民拥有的收音机数量极少，为了扩大宣传效果，电台一方面在中山路万利电料行前、思明戏院对面的慎昌钟表店前和海后路咖啡室门口安装三架街头收音机，另一方面，电台也开始了企业化尝试。

1946 年 10 月 20 日，厦门电台向当时的"中央广播管理处"申请企业化改革。其计划书称："本台虽接收未久，惟已粗具规模且地处海滨，与南洋各处岛屿仅有一衣带水之隔，今后沟通侨胞声息，为祖国经济建设而努力似极必要……"

受当时经济等客观条件的制约，当时市民拥有的收音机数量极少，虽然电台开播之初就在街头的热闹处设置了收音机以供路人收听节目，但效果终究有限，也不利于培养固定的受众群体。电台首先认识到了企业化当务之急就是要培养一支具有相当数量的收听队伍，其企业化计划书说："查闽南各地人士对于广播兴趣颇浓，但因缺乏收音机及修理不便致不能普遍购置，此与广播宣传工作大有普及不周之处"。

解决的办法就是设立"无线电服务社"。其任务主要有两点，一是负责采购收音机到市面上推销；二是做好售后服务工作。

---

① 见厦门档案馆旧厦门广播电台留存档案。全综号 A27。

计划书说："设立无线电服务社，派员工往台湾采购日制普及型收音机一千架，每架台币值一千元折合国币三万五千元，为每架 5 美元推销闽南漳泉各地区！较市上低廉万余元，而本台每架除运费外最低可盈利一万元，以一千架计即可获利一千万元，同时又可推广广播事业、增加听户，对于广播广告不可分，因此……实有一举数得之益。"①

1947 年 3 月，厦门电台向台湾采购中波收音机 100 架，在市面销售。同年初，电台又于虎园路台内架设中短波天线，盖新机房一座，并于 5 月 27 日正式启用。

1948 年 3、6、8 月份，电台又先后 3 次从上海购进美国飞歌牌中短波五灯收音机供应市民。

随着技术设备的升级，1948 年 1 月 11 日，电台短波频率改为 9555.4 千赫，中波不变，6 月 6 日，电台再次奉命将中波发射频率改为 1310 千赫，波长 229 米。

在计划推销收音机以培养受众的同时，计划书中也提到了开展广播广告和广播信箱的构想。虽然当时经济颇不稳定，钱币不断贬值，电台运作资金总额飞速上升，电台最初设想的企业化改革也并未全面贯彻落实，但业务管理观念的改变还是对电台的发展起到了一定的推动作用。根据 1946 年和 1948 年的电台收支对照表来看，电台的收支情况始终保持平衡并略有盈余。这其中应该有企业化改革之功劳。

1949 年，国民党在战场上节节败退，福建沿海一带局势也日渐紧张，尤其是人民解放军成功横渡长江之后，厦门当局加大了新闻控制的力度，派人挨家挨户将全市收音机的短波线路切断，不让市民从短波广播中听到解放区的任何消息。

---

① 见厦门档案馆旧厦门广播电台留存档案。全综号 A27。

1949年6月6日至7月5日，福建广播电台台长薛敦平和厦门电台台长翁礼维先后5次分别或联合向"中央"广播事业管理处发送报告建议福建台与厦门台合并。在这些报告中多次提到"省政中心逐渐南移，在榕不如在厦……"、"改厦门台为福建广播电台，闽厦两台合并以尽应变之计"。

8月，福州解放。国民党福建省政府被迫于9月迁至厦门。

10月6日，福建台奉命与厦门台合并，改称福建广播电台，由国民党福建省政府直接管理。《江声报》、《星光日报》载文："厦门台奉中央电令，准福建省政府方代主席电请移归省府接管。省府昨已派主任秘书杨建尊接收，今后该台隶属省府"。

10月14日，《江声报》再登文："厦门广播电台隶属省府后，已改为福建广播电台，广播时间亦予延长，每日下午5时30分至8时30分止。俟宵禁解除后再延"。

由于人民解放军一路南下，势如破竹。早在9月下旬国民党省政府迁来厦门时，国民党中央广播事业管理处就从金门来电，要求把厦门广播电台设备拆迁到金门。对此，一直在厦门广播电台担任播音工作的中共女地下党员周珠凤与其他群众一起开展了一场保卫电台的斗智斗勇的战斗。

福州解放后，根据上级党组织的要求，周珠凤与同在电台工作的见习机务员、团员陈春浩就暗中调查抄录了一份广播电台的财产清单，以作为厦门军管会在解放后接收电台的依据。

得知国民党当局要拆迁电台的消息时，地下党已经停止了活动。为了保住电台，周珠凤利用电台机务许化龙家在厦门不愿离开的心理，动员许拖延拆迁。当时省里还专门派了一个姓林的专员监督拆迁的事；但是身为机务人员的许化龙却声称拆迁至少也得六七天才行。周珠凤趁机称，厦门是东南堡垒，要作为反攻基地，电台拆走了，广播宣传就不可能进行了，同时她还建议，先把从福州拆来厦门尚未安装的几件运去金门，因此暂时稳住了林专员。

随着形式越来越紧张，林专员自己在厦门也待不住了，偷偷地溜回了金门，而国民党当局又通知电台先撤走部分主要人员和家属。全台一片混乱，人心惶惶，拆迁始终无法落实。此时电台台长早已离厦去台。虽改名福建广播电台，实际上并没有人具体负责。全市进行宵禁，广播时间也只有晚上一两个小时，还时断时续。厦门解放前夜，电台停止广播。电台得以胜利保存下来。①

（二）新中国成立后的厦门广播事业

1949 年 10 月 17 日厦门解放，厦门市军管会文教部新闻接管组派员进驻并接管电台。经过一段时间的筹备，12 月 25 日，厦门人民广播电台正式开始播音，台址依然设在虎园路 9 号，电台波长 229 米，频率 1310 千赫，业务上隶属华东人民广播电台指导，经费由华东台直接拨给。

1952 年 8 月，厦门市开始建设有线广播网，并逐步覆盖到农村地区。1954 年无线广播撤销，有线广播喇叭开始走入市区千家万户。县郊农村地区的有线广播则是在 1957 年后才陆续发展起来。

1958 年 12 月 25 日，厦门人民广播电台恢复无线广播，波长 270.2 米，频率 1110 千赫，发射功率 1 千瓦，人员增至 14 人。此后 30 多年间，厦门无线、有线广播并行发展，各司其职。

1992 年 7 月，有线广播再也无法满足时代发展需要，厦门市区有线广播全面停办。无线广播得到了快速发展。

---

① 范寿春主编：《厦门人民广播电台台史》，第 162～170 页，厦门人民广播电台，1996。

1. 有线广播

(1) 市区与农村有线广播

厦门人民广播电台创建之初，在思明戏院和庆兰斋饼店各设一台收音机。1950 年 1 月，电台又向鼓浪屿一居民借收音机一架，供群众收听节目。同年 12 月，厦门市委拨款 1000 元购买收音机，街头收音机增至 14 架，这是有线广播发展前的基本情况。

1952 年，厦门开始全面建设有线广播网。此后，市区的有线广播喇叭从街道等公共场所迅速走进千家万户。

1956 年 5 月，厦门人民有线广播站公布《厦门市有线广播喇叭安装、使用和管理暂行办法》，有线广播开始从公共场所和机关单位走进居民家庭。次年，喇叭数增至 269 个，线路扩展至 50 公里，覆盖范围扩大到了中华路，思明东路、南路、西路、北路，开元路，大中路，角尾路，人和路等路段。

1958 年底厦门人民广播电台恢复播音后，鉴于有线广播便于普及，市委指示仍然要大力发展有线广播事业。厦门有线广播和无线广播相辅相成，依然得到了较快的发展，线路延伸至大街小巷各个角落。市区喇叭增加到 526 只，并在思明、开元、鼓浪屿 8 个区建立放大站，分区馈送，站属市台派出单位，各区可以利用它单独宣传。

1970 年，厦门市有线喇叭数量再次迅猛增长。1971 年起，电台采取有线专业人员与街道相结合的办法，在市区普及喇叭。到 1972 年喇叭数增至 16000 只，1973 年 18768 只，1974 年 19758 只，1975 年 20065 只。但是由于采用的器材规格不一，线路质量不好。喇叭数量虽然增多了，效果却打了折扣。1976～1978 年间，电台的主要工作是逐户整修网络，喇叭数量增长缓慢。

1978～1982 年，是市区有线广播发展的第三个高峰期。

1978 年市区喇叭共 22850 只，1979 年 28731 只，到 1982 年达到了 25363 只。这期间市政府再次发布《关于加强有线广播管理》的通告。电台总结《狠抓网路整顿管理，办好城市有线广播》经验，在福建省广播工作会上交流。

厦门市被列为经济特区之后，1983 年开始城区改造工程，大批旧楼房被拆建修缮，市区居民大量迁至新的住宅区，有线广播线路被严重损坏。同时，居民家中已经拥有大量收录机，电视也开始发展。因此市政府也不在新区架设有线广播，市区的喇叭数量直线下降。1984 年有 13000 只，到 1990 年只剩 6000 只。1992 年 7 月 10 日，中共厦门市委决定有线广播停播，撤销有线广播站。

厦门农村的有线广播网是在 1957 年后陆续发展起来的，并延伸到了军营哨所、岛屿等各个角落。1991 年厦门市郊区、同安县广播专线达 622.6 公里，入户喇叭总数 6.06 万只，农村广播喇叭入户率为 39.2%，另有高音喇叭 1280 只，农村有线广播覆盖率达到 80%。

厦门市郊区的有线广播在 1957 年后开始陆续发展起来。1958 年共有 5 个大站，496 只喇叭。1961 年 6 月，灌口、集美、海沧三个公社都建立了公社级别的广播站。前线公社所属的 4 个大队也先后建立放大站，全郊区共有 31 个大队 274 个生产队已经开通有线广播。

1963 年 11 月，郊区 12 个公社中已有 7 个公社建立了广播站。为方便管理，建立郊区一级的广播站势在必行。1964 年 10 月经省广播局批准，郊区级广播站建成。该站用超短波收转厦门市台的节目。全站共 11 人。与市区一样，郊区的有线广播事业也发展迅速。

为战备需要，1965 年 12 月，厦门市电台另建成战地播音室

一个，架设有两副简易天线、四套有线广播战备网，覆盖半径
1500 米。1966 年夏，有线广播网延伸到前沿村庄和哨所。黄厝、
曾厝垵大队分别建立广播站。其中黄厝共有 25 瓦高音喇叭 20
只，村民住家的低音喇叭 100 只；曾厝垵有 25 瓦高音喇叭 16
只，低音 126 只，两站的扩大机功率均为 1.1 千瓦。1967 年香
山广播站建成，包括前埔、何厝、五通、洪文、高林五个大队。
共有 25 瓦喇叭 116 只，15 瓦 24 只，150 瓦远射程喇叭 8 只，低
音 1953 只。扩大机总功率为 9 千瓦。

（2）同安人民广播

同安县人民广播电台成立于 1988 年 10 月，其前身是 1950
年 10 月建立的同安广播收音站。

1956 年 9 月，同安县收音站改称广播站，工作人员增加到 5
名。县有线广播事业开始快速发展。到 1957 年全县共有两个镇、
28 个乡、39 个合作社和 3 个供销社通了有线广播，自架有线广
播线路达 117 公里，同时利用电话线传递信号 189.5 公里，喇叭
374 只。1958 年，全县 7 个公社通了广播，共有喇叭 898 只，覆
盖率达 72.7％。

1970 年，已经有 10 个公社建立了广播放大站并实现专线传
输，喇叭数发展到 1.7 万多只。到 1984 年，全县 12 个乡、镇全
部建立了广播站和广播专线，全县喇叭数 4.3 万只，形成了一个
以县广播站为中心，乡（镇）为基础，连接千家万户的有线广
播网。

1988 年 10 月，同安广播站改为同安人民广播电台，1989 年
元旦正式以同安人民广播电台呼号播音。1992 年 12 月 1 日，同
安县调频广播电台正式播音，发射功率 100 瓦，频率 90 兆赫。
1993 年 8 月起，同安县先后在新圩、汀溪、内厝、西柯、马巷、
新店 6 个镇建起小型调频广播收转站。1995 年，全县低音喇叭

已经达到 5.3 万多只，入户率为 48%，覆盖面积超过 95%，到 90 年代末，电台每日播音超过 12 小时。

（3）集美有线广播站

1963 年 12 月成立厦门市郊区广播站，归厦门人民广播电台领导。1965 年 5 月 1 日，广播站开始自办节目。

1975 年 8 月 1 日，广播站开始播出《本站新闻》，每日 3 次，每次 30 分钟。1981 年 10 月 1 日，《为您服务》节目开播，每日 3 次，每次 15 分钟。1990 年后，集美被划为开发区，由于开发区"三通一平"的施工，有线广播专线受损严重。当年，集美区政府拨出 10 万元专款，对灌口、后溪、东莩 3 镇进行有线广播规格化整网。1991 年，区、镇的有线广播基本停滞，广播站向市广播电视局申请临时频率 92.5 千赫和 90.8 千赫，另安装 50 瓦调频广播发射机，用调频发送无线信号到各镇广播站，镇站再用专线传输信号至各生产大队。1992 年 1 月起，广播站增办"普及法律常识"，每日播出 2 次，每次 30 分钟。当年 7 月，厦门市有线广播停止播音，集美区广播站改用收讯机接收信号继续播音。

（4）杏林有线广播站

1966 年郊区有线广播站在架设农村有线广播干线时，直接把信号送到杏林。1969 年 6 月，杏林公社建立广播放大站，隶属郊区广播站管理，放大站配有 GY250 瓦 XZ 扩音机，站址在白泉街镇政府院内。全公社 11 个大队均建立了广播室。1975 年 8 月，厦门人民广播电台为杏林放大站增派 2 台双层 250 瓦扩音机。放大站同时架设专线向工业区的各工厂、学校转播厦门人民广播电台的节目，播音时间与厦门人民广播电台同步，并配有 2 名专职人员负责对城镇及国营企事业单位的有线广播进行维护工作。至此，杏林公社放大站已经开播了《农村广播》和《工业广播》两套节目。广播扩大机为 1600 瓦，农村广播专线 13.5 公里，附挂线 5.2 公里、村级广播室 9 个，用户喇叭达 5070 只，高音喇叭 54 只，广播入户率达到了 90%。

1978 年，杏林调整为行政区。杏林广播放大站由郊区划归杏林区。1982 年 12 月 30 日，放大站划归杏林区有线广播站管理。杏林有线广播站在转播市电台节目的基础上，每天播出 45 分钟自办节目，主要栏目有《杏林新闻》、《经济信息》、《农家之友》、《卫生与健康》等。1994 年，杏林有线广播站升级为杏林广播电视台，有线广播的主要内容是转播厦门市人民广播电台的节目，另有每天 30 分钟的《杏林新闻》等自办节目。

（5）前沿广播网

新中国成立后，国民党退缩到台湾、金门、马祖等岛屿，不断用广播对福建沿海一带进行宣传。对此，厦门地区针锋相对，双方开始了以广播为武器的"宣传战"。20 世纪 60～70 年代，厦门市广播电台先后建立 7 个前沿广播站，分别是黄厝、曾厝垵、香山、澳头、霄垅、大嶝、小嶝广播站。

1966 年 10 月，黄厝和曾厝垵广播站成立，这也是前线广播站最早成立的有线广播。其中黄厝共有 25 瓦高音喇叭 20 只，村民住家的低音喇叭 100 只；曾厝垵有 25 瓦高音喇叭 16 只，低音喇叭 126 只。两个广播站的广播扩大机均为 1.1 千瓦。

1967 年初香山广播站成立，配有 150 瓦远射程喇叭 8 只，25 瓦高音喇叭 116 只，15 瓦喇叭 24 只，此外还有低音喇叭 1953 只。覆盖范围包括前埔、何厝、五通、洪文、高林 5 个大队，扩大机总功率为 9 千瓦。

澳头前沿广播站于 1971 年 8 月 1 日建成开播。有 25 瓦和 15 瓦喇叭各 50 只。其广播线路从澳头出发，分东西两条线路。东线途经欧厝、彭厝、前浯、后村和蔡厝 5 个村，长 7.5 公里；西

线经西滨。东界至刘五店 3 个村，全长 5 公里。50 只喇叭共分
15 个组，分别安装在各村周围和田野的水泥杆上，每组朝不同
方向挂 3～4 只喇叭。广播站配有扩大机共 1.25 千瓦。1988 年
调整为 3 台共 1.5 千瓦，其中一台备用。

霄垄广播站建于 1974 年 2 月，并于当年春节开播，站址设
在新店公社霄垄村。与澳头广播站一样，霄垄广播站也是分东西
两条线。东线分别经过霄垄、珩厝、霞梧、莲河、沙尾；西线经
过东园、茂林、吕塘等 8 个大队，共长 18 公里。广播站配有播
音 2×275 瓦放大机 2 台共 1.1 千瓦，此外 25 瓦高音喇叭 50 只，
以每组 3～4 只为单位悬挂，共 15 组。

1971 年大嶝公社划归同安县管辖之前，大嶝、小嶝已经建
立了有线广播站，并安装了少量高音喇叭。1974 年 8 月开始，
大、小嶝广播站扩建，历时 9 个月。建成后的大嶝广播站扩音机
总功率达到了 1.6 千瓦；架设广播线路 16.6 公里，其中两段海
底线 6 公里，安装 25 瓦高音喇叭 40 只。小嶝广播站有 175 型 5
匹马力发电机组 1 套，250 瓦扩音机 2 台，收录机、601 录音机
各 1 台，架设线路 2 公里，安装高音喇叭 8 只。1974 年至 1985
年间，国家先后投资了数万元用于改善大、小嶝广播站的播音条
件。包括更新水泥杆 86 根，用铜线更换铁线长度达 36 公里，增
加 25 瓦高音喇叭 80 只，并有入户小喇叭 120 只。

上述广播站在活跃期间每天播出 5 次，早、中、晚主要转播
县站节目，上、下午播出自办节目（放唱片或录音带），全天播
音时间 10 小时左右。80 年代后两岸关系逐渐缓和，广播站的播
音时间变为早、中、晚 3 次，全部转播县站节目。①

---

① 厦门市地方志编纂委员会编：《厦门市志》（第四册），第 3114～
3119 页，方志出版社，2004。

2. 无线广播

厦门无线广播的发展一开始并不是那么顺利。自厦门人民广播电台于 1949 年 12 月开播以来，由于白天不供电，电台每天播出时间仅 3 小时出头，播音内容也仅限于播放政策法令，事实讲解等。再加之百姓缺乏收音机等设备，宣传效果有限。

在有线广播网逐渐建成并覆盖到农村地区后。1954 年，厦门人民广播电台奉中央广播事业局命令撤销，直到 1958 年 12 月 25 日，才恢复播音。

1967 年 1 月 16 日，由于"文化大革命"的冲击，厦门人民广播电台实行军事管制。电台自办新闻节目只能在有线台播出，无线广播全部转播中央节目。直到 1978 年 9 月 15 日，经厦门市委批准，电台自办节目才恢复无线广播。

厦门人民广播电台在 1980 年至 1993 年间，先后进行了 5 次大的节目改革和调整。

第一次改革始于 1980 年元旦，电台以办好新闻和服务节目为重点，对新闻明确提出"新、短、实、准、广"五字要求。即新闻要短而快，要言之有物，短小精悍，要准确真实，报道面要宽。1984 年，电台再次对节目进行调整，将"厦门新闻"覆盖了整个闽南金三角地区，并增开"特区专题"，首次采用了主持人形式介绍特区建设的新成就、新面貌和新经验。1986 年 9 月 29 日，电台将原有 27 个节目缩减为 21 个，每日播音时间虽然缩短了 2 小时，但扩大了报道面，增加了信息量，加强了评论，同时还开辟了对台湾金门的宣传。1987 年 10 月 1 日，厦门调频立体声广播正式开播。1991 年 11 月 4 日起，厦门人民广播电台推出《千家万户》和《空中商业街》两个综合性板块节目。这是电台向大众性、信息型、服务型和娱乐型方面迈出的新的一步。

1993 年厦门音乐广播的开播拉开了频率专业化的序幕。到

2005年，厦门现拥有厦门新闻广播、经济交通广播、音乐广播和闽南之声四个频道。覆盖范围包括厦门、泉州、龙海、南安、晋江、石狮以及金门等地区，覆盖人口达600多万，成为闽南地区最强劲的广播媒体。其中，闽南之声频道于2005年2月1日正式开播，全天播音时间18小时。闽南之声以独特的闽南地方方言为载体，以鲜明的地域特色为主线，以传统又时尚的文化为内容，成为海峡两岸广受欢迎的广播。

开播以来，闽南之声致力于打"海峡牌"，逐渐形成了自己的特色，主要体现在：一是闽南文化特色——在所有节目中，闽南方言播出的节目占了90%；二是对台传播的特色——节目设置直接以台湾同胞为主要收听对象，着力于为台胞提供各种咨询服务，代表栏目包括《金厦之声》、《读台湾，听电视》等；三是流行时尚特色——在突出地方特色的同时，力求时尚；四是双向互动特色——节目播出过程中，主持人与听众、嘉宾双向交流贯穿于节目始终；五是借船出海特色——与中央人民广播电台和全国五十多家城市电台联手制作节目，实现了与台湾岛内和金门地区媒体的节目交流与互动。调查显示，闽南之声开播之后，其收听率与市场份额逐月上升，目前在厦门地区均名列第一。[1]

(1) 新闻性节目

厦门人民广播电台自成立以来，新闻节目始终是重中之重。

1950年3月以前，电台主要是播送布告、法令和时事讲话。4月1日，正式开辟《地方新闻》，每天用厦门话播放一次。11月6日起，《地方新闻》用普通话和厦门话播音，每次15分钟。1952年12月，新闻节目时间每次缩短为10分钟，另增加一次有线广播。1953年9月1日，电台开辟《厦门话评论通讯和新

---

① 《与时代同行》，第187页，鹭江出版社，2007。

闻》，同时用普通话和厦门话进行播音，一天 2 次，一次 10 分钟。

1954 年 1 月，厦门人民广播电台撤销。新闻节目只能和天气、音乐等节目合在一起播，每次 30 分钟，新闻节目没有固定的时数。1955 年 7 月，新闻节目单独编排，每天发一次，播 3 次，每次 15 分钟。

1958 年 12 月 25 日，厦门人民广播电台恢复播音，《地方新闻》改为《本市新闻》，每天普通话播 1 次，厦门话播 2 次，星期日不发新闻，内容主要是摘录当天出版的《厦门日报》消息录音播出，这种情况一直持续到"文化大革命"开始。

1960 年 5 月 1 日起，电台开辟《厦门话国内外新闻》节目，每次 20 分钟，节目内容全部选自中央人民广播电台的《新闻和报纸摘要节目》，经选编后用厦门话播出，主要对象是厦门本地居民。该节目于 1979 年 5 月 21 日改为《新闻和报纸摘要节目》，每次播音 15 分钟。1986 年 9 月停办。

1960 至 1963 年间，电台还先后开播了《海防前线战士》和《厦门生活》等新闻类节目，其中《厦门生活》每星期播出 6 次，每次 15 分钟。此节目 1967 年初停办，1979 年 5 月再办。1980 年 1 月该节目彻底停办。通讯、访问记稿件并入《厦门新闻》。

1967 年 1 月 16 日，电台实行军管，新闻节目只能在有线广播中播出。直到 1978 年 9 月 15 日，新闻节目才恢复无线广播。

1979 年 5 月，新增 5 分钟《简明新闻》节目，同年 5 月取消。1980 年元旦起，新闻性专题《厦门生活》并入《厦门新闻》，节目播出时间延长至 20 分钟。1981 年 1 月，《厦门新闻》缩为 10 分钟，每天发 2 次稿，同时增办新闻性专题《鹭江浪花》，1984 年 5 月改名为《特区专题》。

1981 年 11 月，《厦门新闻》又改名为《地方新闻》。

1986 年 9 月 29 日，《地方新闻》再次改名为《新闻》，每天分早、中、晚 3 次发稿，全天播音 6 次，时间分别为 15 分钟、10 分钟、5 分钟，报道范围扩大到了闽南和沿海开放城市和经济特区。节目增开《开放之窗》、《广播杂谈》、《闽南短波》栏目。同日，电台开办《广播杂谈》，聘请一批杂谈作者撰稿。该节目坚持了 7 年来天天有杂谈。此外，电台当月还新办《空中报刊》节目，每次用普通话播音 5 分钟。1989 年元旦，开办《新闻广场》节目，每周播出 2 次，每次 20 分钟。

1994 年厦广经济台开播后，新增新闻节目有《今日传真》、《虎溪纵横谈》（后改为《百姓话题》）。厦广经济台更名为《厦广经济交通广播电台》后，电台节目也随之调整变化，新闻性节目有《清晨好时光》、《厦广早新闻》，并转播中央台《新闻和报纸摘要节目》，这三个栏目一直保存至今。

1996 年厦门新闻综合台开播后，全天播音时间长达 17 小时，其中新闻节目占所有节目的 90% 以上。历经数次改版，厦门新闻综合台如今成为海峡西岸最具权威的新闻发布平台之一，主打栏目包括《新闻招手停》、《整点新闻》、《新闻零距离》等。此外，闽南之声开播后，也开辟有自己的新闻栏目，包括《海峡新闻资讯》、《海峡新闻》、《新闻早报》、《泡茶讲新闻》等。

（2）文艺性节目

文艺性节目主要包括地方戏剧、曲艺，音乐，文学和广播剧等形式。厦门电台重视文艺性节目播出，文艺节目一直以来就是广播宣传的重要组成部分。电台创建初期，文艺节目每天播音时间达 1 小时 25 分，占总播音时间的 40% 左右。

建台第一天，电台便播出"解放区的天"和"军民合作"等歌曲，当时来电台演播的是厦门市青年职工合唱团和大同中学合唱团。此外，电台积极依靠社会力量办好音乐节目。仅 1950～

1951 年间，就有电话公司、中原烟厂、海关、厦门一中、双十中学、厦门师范学校、大同小学、试验小学等职工和学生合唱团以及厦门星海合唱团、示范歌咏队等来台演播。

开辟《教唱歌》节目也是电台开播初期的一个特色，一直坚持到了 1979 年。

1959 年起，电台开始转播中央台的《每周一歌》节目。1965 年起，电台文艺组自己开始编排节目，"文化大革命"期间停播，1978 年再次恢复播音。

1979 年 5 月，《听众点播的音乐》节目开播。这是一档以指导欣赏为目的的音乐节目。播放歌曲的同时不忘介绍乐理知识、歌曲背景、歌星趣闻和名曲珍闻，很好地满足了各个层次的音乐爱好者的需要。

1980 年 5 月 19 日，电台开播《相声与音乐》节目，每周一次，一次 40 分钟。1986 年 9 月 29 日停办。

此外，电台还多次举办各种音乐活动。仅 1979 年以来就有"少年儿童音乐表演会"、"鹭岛之夏音乐周"、"厦门之歌"等活动。听众对音乐活动也表现出了极大的热情。1988 年 12 月，电台和悦华酒店等单位联和举办"我爱厦门音乐文艺晚会"。晚会邀请了全国 18 位名歌星登台表演，晚会共演出 8 场，现场观众多达 1.6 万人。

厦门音乐广播是福建省第一家 24 小时播音的频率。其中音乐播出时间占 85％以上。最初推出的音乐专栏《阳光问候》、《你我的天空》、《厦广音乐排行榜》、《海外飞碟》等。多次改版后，如今的主要栏目包括：《音乐老朋友》、*Asia in music*、《流行风云榜》、《中国歌曲排行榜》、《厦门联通鹭岛新人榜》等。厦门音乐广播已经成为厦门地区最具时尚气息，最受年轻人欢迎的电台之一。

此外，闽南之声和经济交通广播从紧扣自身定位，分别也分别开辟了《闽南语金曲榜》、《歌声传情》、《欧美流行风暴》等音乐专栏，颇受听众喜爱。

闽南地方戏剧、曲艺在厦、漳、泉一带拥有极广泛的听众，它们一直是厦门人民广播电台重视的对象。1950～1954 年间，厦门人民广播电台广邀各种专业演出剧团和业余文艺爱好者纷纷来电台献艺，受到闽南地区听众的好评。

此外电台录制了大量的戏剧、曲艺节目以备播出。厦门人民广播电台因此成为福建省内甚至全国的闽南地方戏曲、曲艺节目储存量最多最全的单位之一。

20 世纪 50 年代以来，电台还时断时续的播出过一批厦门方言说书节目，担任说书的都是本地的知名艺人。

与戏剧、曲艺一样，电台最初也是邀请社会上的文艺组织来台演播广播剧。1980～1993 年间，电台自编和改编的广播剧共 53 部。播出时间 100 分钟以上的共 6 部。其中《乡土》（1982 年）、《小家伙、大家伙和高个子姑娘》（1983 年）、《两代人》（1988 年）等 5 部广播剧分别获得国家级奖项。随着时代发展，尤其是新闻频率专业化之后，戏剧、广播剧等节目逐渐减少。闽南之声开播后，戏剧、曲艺等富有地方特色的节目基本上集中到了这里，如《戏棚仔脚》、《闽南乡音》、《方言说书》等。①

进入 2007 年以来，闽南之声播出的戏剧曲艺类节目主要有《闽南听戏台》、《方言故事》。《闽南听戏台》以广泛宣传戏曲文化为主题，把节目中分成几个小栏目，以介绍戏曲文化为主线，将欣赏与学唱串联起来，让听众在欣赏中学戏，让专家以课堂教唱形式教戏，并采用讲故事形式来介绍剧情，从而达到吸引听众

---

① 《与时代同行》，第 187 页，鹭江出版社，2007。

的目的。①

　　(3) 对台广播

　　1986 年 10 月 5 日，厦门人民广播电台"对金门广播部"成立，同时开播《为金门同胞服务》栏目。1990 年 7 月 31 日，"对金门广播部"改为"对台湾广播部"。《为金门同胞服务》也相应的改为《对台湾同胞广播》，每周一档，后逐渐增加到每天一次，主要为金门、台湾同胞提供有关祖国大陆建设的消息、厦门和闽南各地的乡音、乡讯和风土人情。节目内容主要有《海峡夜话》、《为您服务》、《空中服务台》、《祖地信息》等。

　　《对台湾同胞广播》栏目立足于两岸之间割舍不断的血脉关联，节目中始终洋溢着浓浓的亲情。其中五条新闻专题获得国家级奖项，《对台湾同胞广播》栏目不愧为一条紧密连接厦门、台湾同胞的纽带，是一条沟通海峡两岸同胞心灵的空中之桥。

　　1993 年 9 月祖国大陆首批广播电视记者团应邀访台。该团由中央人民广播电台、上海浦江广播电台、南京金陵台、海峡之声和厦门人民广播电台五个单位 7 人组成，《对台湾同胞广播》栏目负责人张飞舟就是其中一员。

　　1994 年 4 月 18 日，《对台湾同胞广播》改为《海峡时空》，每周 7 档，每档 1 小时。开设栏目有《新闻集锦》、《政论专题》、《经贸话题》、《商海泛舟》、《华夏风情》、《祖国医药》和《海峡飞鸿》等。1995 年 7 月 1 日起，播出时间延长为每档 2 小时。新增栏目包括《华夏瞭望台》、《祖国医药》、《寻亲信箱》、《投资指南》和《台商在大陆》等。新增节目一如既往地坚持以台湾听众为对象，为台湾同胞提供服务的传统，取得了良好的社会效果。

---

　　① http://www.fm1012.com.cn/programes.asp。

在打造自己的品牌节目同时，1994～1996年间，对台部还与全国八家对台广播联手，联办大型对台广播节目《中国统一大家谈》，播出了上百篇海内外听众和专家学者撰写的稿件，反响巨大。

此外，厦门人民广播对台部也多次举办活动，进一步加强了两岸联系。1994年9月中秋节前夕，对台部举办"首届海峡两岸业余歌手大奖赛"，十几名台湾选手专程赶来报名参赛。同年底，《海峡时空》首次在金门、厦门两地实现直播。节目中，厦门市文化局局长和金门副县长、镇长互相对话，在金厦两地造成轰动性影响，一时传为佳话。直播稿件在全国对台广播优秀节目评选中获得一等奖。

厦门新闻综合频率开播之后，对台部先后于1996年1月和2002年4月两次并入新闻台，直到2005年2月，对台部升格为闽南之声广播，全面担负起了对台广播的重任。

（4）生活服务

注重为受众提供实用生活信息是厦门人民广播电台的传统。早在1952年6月6日，厦门人民广播电台就开始了台风的预报工作。1958年12月25日《天气预报》开播，是电台最早开辟的一个独立的、服务性节目。此后，厦门人民广播电台开辟的服务性节目越来越丰富。如《科学与卫生》（1960年）、《广播杂志》（1961年）、《听众服务台》（1980年）、《听众信箱》（1982年）、《科学与生活》与《闽南风情》（1984年）、《听众之友》（1986年）、《千家万户》（1991年）等。这些节目致力于为听众提供看病、休闲、娱乐等生活信息，受到了听众的欢迎。

1989年改革开放开始后，厦门人民广播电台紧跟时代步伐，开辟《新工商界》等节目，通过满足厦门特区各企业对信息传播、商品流通的需求，运用现代化传播手段为工商企业界及消费者服务。1991 年《空中商业街》取代《新工商界》等栏目。

1994 年厦门经济广播开通后，在保留原有节目基础上，进一步加大了节目信息含量，以突出厦门特区报道为己任，立足厦门，面向漳、泉和海峡东岸，及时传递大经济范畴的各类信息，宣传经济发展，服务经济建设，传输经济知识，一做就是 10 年。2004 年，电台播音时间从原来的 14 小时延长到 19 小时，并加大了电台网站建设。节目内容更是涵盖了旧货买卖、房屋租售、招聘求职、股市风云、法律援助、咨询投诉和交通信息发布等各个领域，成为厦门人民生活的好参谋、好助手。①

二、漳州广播事业

（一）有线广播

漳州有线广播事业是在新中国成立之后建立起来的。1950 年 4 月 22 日，国家新闻总署发出《关于建立广播收音网的决定》后，漳州各县开始了筹建收音站的工作，紧接着城区也开始建立自己的广播站。

1950 年 8 月，龙溪、海澄两县利用福建省人民广播电台发给县委宣传部的干电池收音机，率先建立收音站。至 1952 年底，各县均建立了收音站。收音站隶属县委宣传部，配有收音员一名，主要任务是抄录当日中央人民广播电台的新闻供县委领导参阅，并编印成宣传材料分发给各单位。由于当时极少单位及个人拥有收音设备，有时候收音站也带收音设备下基层，组织当地干部、群众收听中央人民广播电台的新闻节目。

由于收音站的听众有限，因此各地收音站建立不久，即开始在城镇发展有线广播。广播站的主要任务之一就是转播中央人民

---

① 《与时代同行》，第 183 页，鹭江出版社，2007。

广播电台的《新闻和报纸摘要》、《各地人民广播电台联播节目》
和福建人民广播电台的《福建新闻联播节目》、《对农村广播节
目》。中央人民广播电台和福建人民广播电台的一些社教、文艺、
农业科技等节目一直以来深受群众欢迎，长期是各县广播（台）
站所转播的主要内容。

1953 年底，漳州市（现芗城区）借助电话线传送广播节目，
建立了城区第一个广播站，即漳州人民广播，站址设在中山公
园。广播站配有 3 名工作人员，主要依靠在市区各主要街道挂的
8 只 5 瓦及 10 瓦的高音喇叭进行广播宣传。每逢广播时间，喇
叭下常围聚着很多群众收听。其规模虽不大，但社会效果很好。

与此同时，漳州市下属各县收音站也开始尝试播出自办节
目。起初它们只是播送党政部门的一些政令、文告及通知。由于
是利用电话线传送节目，遇有电话时，播音就不得不终止，因此
播音时间极为有限，多数站每日早晚各播一次，一些地方每日仅
播晚上一次，有时甚至播到一半就不得不打断。即便如此，各站
的自办节目依然坚持办了下来。

进入 20 世纪 50 年代中期，各站的自办节目开始丰富，播出
时间也普遍增加。主要节目包括《本地新闻》、《报纸重要文章选
播》、《农业科技》、《文艺节目》等。各地播出时间长短不一，有
的只有 2 小时，有的却长达 5 个小时。这些节目无一例外都是立
足本地，围绕当地的中心工作进行编排，因而成为广大干部群众
了解政治、认识形势、明确方向、学习知识、享受文化娱乐的重
要工具。

至 1956 年初，全专区九县一市全部建立了人民广播站。漳
州市人民广播站在这一时期的扩音机功率也由原来 150 瓦变为
500 瓦，广播线路由 1.5 公里增加到近 4 公里，高音喇叭由原来
8 只增加到 38 只。除了转播中央广播电台和福建人民广播电台

的节目内容外，广播站还自办《漳州新闻》节目、增设了文艺节目，每天播出时间长达 5 小时。

此外，农村的有线广播也在城镇有线广播的基础上逐渐发展起来。1955 年底，海澄县建立广播站后，为扩大县站输出功率，在浮宫设立两个广播放大站，装置 300 瓦扩大机 1 台，转播给白水、港尾、浮宫 3 个区 35 乡的广播网点，这是漳州市第一个面向农村的有线广播站。1958 年各县（市）为便于基层政权使用广播宣传，都相继建立公社广播站，广播网络覆盖了大部分乡生产大队和生产队，一些生产队还将广播发展到户。至 1960 年，全市除一些海岛、边远山区因无供电而未架广播线路外，基本都通了广播，形成较庞大的广播覆盖网络。

随着广播事业的发展壮大，1955 年 5 月福建人民广播电台设立"福建省广播电台漳州服务部"。"服务部"的任务就是负责维修各县广播线路，不负责行政管理，该机构 1957 年 4 月撤销。

1957 年底，漳州人民广播站开始计划升级为漳州人民广播电台。1959 年 7 月漳州市人民广播电台正式开播。播音内容包括转播中央、省台的新闻和文艺节目，同时也播出自办的普通话、闽南语"漳州新闻"和地方性戏曲文艺节目。电台发射功率为 1 千瓦，频道为 1100 千赫，采用有线、无线同时播出，工作人员增加到 22 人，每天播出时间增至 8 小时。但由于经费短缺，漳州人民广播电台于 1961 年春夏之交停办，又改为漳州人民广播站。

受自然灾害和"左"的思想的影响，1960 年至 1963 年间，漳州广播事业发展缓慢。同时，由于有线广播初建时是借用电话线传送广播信号，随着广播和邮电事业的发展，有线广播和电话相互影响的矛盾也变得越来越无法调节。

1963 年，龙溪地区首先在诏安、东山等县进行架设广播专用线试点取得成功，顺利解决了广播与电话相互影响的问题，架设广播专线工作由此铺开。至 1966 年底，南靖、龙海、漳浦、长泰等县也都开始建立从县到公社，公社到大队的广播专用线，全地区广播专用线总长 3255 公里。尤其是诏安县，已建成从城关向 5 个公社辐射的 5 条明空线路干线 150 公里，配套支干线 550 公里，成为全省首个"万只喇叭县"。

但好景不长，"文化大革命"开始后有线广播专线网受到了严重破坏，全地区有 1/3 的公社因此中断广播信号，有近一半的农村广播专线被拆除、被盗或失修，无法通播。漳州市有线广播事业陷入了低潮。

"文化大革命"结束后，漳州有线广播事业又快速发展起来。1980 年，芗城区广播站被评为全国先进单位，东山县广播站被评为全省先进单位。至 1982 年，全市在"文化大革命"前期毁坏的有线广播网已经恢复并有所发展。

1983 年全市开始整顿发展有线广播网络，80％的县、村用水泥杆替代了原来的木杆、石条杆，广播事业发展十分迅速，至年底，全地区已有 8 个县（市）村通广播率达 86％。一个以县广播站为中心，以公社广播放大站为基础，以专用线传输为主，连接千家万户的有线广播网在全区基本建成。各级广播站设备得到更新，工作条件得到改善。

同时，经济建设成为了各广播站的主要宣传内容，节目内容形式多样，清新活泼。各地广播站以"主攻新闻，精办专题，丰富栏目"为指导思想，增加播出时间，创办了诸如《致富之窗》、《农村联产承包》、《农业科技》、《乡镇企业之路》、《先行工程》、《重点建设项目》等栏目、专题。文艺节目更是丰富多彩。这为改革开放的深入开展和各项事业的发展创造了良好的舆论环境，同时丰富了人民群众文化生活。

20 世纪 80 年代中期无线广播和电视出现后，农村有线广播开始出现滑坡。1987 年，诏安县在广播专线因自然灾害遭受严重损坏，有线广播陷于瘫痪的情况下，率先采用调频传输节目到乡、村广播站（室），取得很好的传输效果。

为扭转广播滑坡现象，推进广播与电视共同繁荣发展，市广电局提出农村广播事业的发展要建设以建设县台（站）为中心，以乡镇广播站为基础，采用专线和调频广播等多种传输手段相结合的办法，连接村和用户的有线广播网，各县（区）开始筹建调频广播台。据统计，1990 年，全市有一个调频广播台，9 个有线广播站，广播专用线 7490 公里，乡（镇）广播站 104 个，村广播室 1297 个，村通广播率 80%，喇叭入户率 43%。平和、长泰、漳浦开始用调频设备传送广播节目。

为更好地服务各时期中心工作大局，满足人民群众的生产和文化生活需要，各广播台（站）也不断增加采编播人员，加大设备投入，增设栏目，延长播出时间。1990 年与 1980 年相比，广播从业人员由 347 增加到 501 人；播出稿件由 12500 篇增加到 67300 多篇，每台（站）日均播出 7 小时，芗城区广播站日均播出达 10 小时以上。一些栏目，如芗城的《芗城内外》、东山的《海峡两岸》、龙海的《金三角内外》、漳浦的《信息服务》、南靖的《农村政策》等办出了特色，深受广大听众喜爱。

（二）无线广播

1. 中波数据实验台

1961 年 5 月，在中共中央直接规划、投资下，漳州市第一个广播中波转播实验台在芗城筹建，代号"七一五工地"。试验台的任务是转播中央人民广播电台一套节目和福建人民广播电台节目，并对敌台进行跟踪干扰，播出功率 1 千瓦。电台于 1962 年底建成投入使用，开播后改名为"福建省广播事业管理局七一五台"，人员编制 15 人。

1972 年至 1975 年，中央根据国际国内形势和广播发展情况，又先后在云霄、漳浦、东山、诏安四县规划建立中波转播实验台，代号分别为"云霄五〇二台"、"漳浦五〇三台"、"东山五〇四台"、"诏安五〇五台"。

1978 年 5 月"福建省广播事业管理局七一五台"，改称为"福建省漳州五〇一台"。五个中波实验台任务一致。开始时人员工资、经费由省广播事业局负责，1979 年正式下放地区管理，业务由地区广播事业管理站管理。"五〇一台"划归地区广播事业管理站直属台，其余四台在行政上归所在县县委宣传部管理。从 1984 年 7 月起，五个中波台全部实现全日播出。1990 年底，五个中波台的发射机总功率达 80 千瓦，工作人员 89 人。由于城市建设不断扩大发展，中波台的地网受到不同程度的破坏，天线的效力也受高层建筑的影响，中波台的信号覆盖开始在下降。

2001 年 2 月 9 日，省广电局、漳州市政府、市广电局研究决定：漳州 501 台、云霄 502 台、漳浦 503 台、东山 504 台、诏安 505 台五个广播中播台划归省局管理。①

2. 漳州人民广播电台

1997 年 1 月 1 日，沉寂了 36 年之久的漳州人民广播电台终于再次开播。电台采用调频立体声发射，共有 89.6 兆赫、96.2 兆赫两个频率。播出内容有《漳州新闻》、《漳州纵横》、《农家乐》等 30 多个栏目，每天播出 17 个小时。

10 多年来，漳州人民广播电台先后架设了 99.1 兆赫天线，

---

① 由漳州市广播电视局付一东先生提供的资料；《漳州市志》，第 2209 页，中国社会科学出版社，1999。

更新了吴田山、笔架山的通讯系统。通过对总控设备、直播间设备的改造，电台服务得到了质的飞跃。2005 年 4 月音频工作站正式启动后，电台完全实现了节目播出网络化、自动化。[①]

2003 年 10 月 20 日，漳州人民广播电台第二套节目（文艺交通广播）开始试播，2004 年 11 月 1 日正式开播，与第一套节目漳州人民广播电台新闻综合广播相互配合。文艺广播频道最初设有《阳光音乐城》、《乡音乡情》、《音乐礼品卡》等 17 个栏目，每天播出 18 小时，频率为 92.7 兆赫，发射总功率 1 千瓦。信号覆盖漳州及厦门全境。电台以漳州地区驾驶员和乘车人、学生、商场、超市购物人群为主要受众，交通从业人员、管理人员和所有交通参与者为外围听众，侧重锁定在 15～55 岁这个年龄层的听众群。据城调队 2005 年调查显示，漳广文艺广播每天在线收听保守估计有 93 万人次，将近 76％的出租车司机是该台忠实听众。[②]

2006 年 3 月下旬，漳州人民广播电台举行新版节目改版、扩版推介会。会议确定改版后的漳广新闻综合广播定位为新闻节目为主、社教节目为辅的新闻综合频率，重点打造早、中、晚 3 档新闻节目。改版后的文艺交通频率以交通节目和文艺节目为主要架构。[③]

随后，文艺交通广播的第一品牌节目《闽南交通线》于 2006 年 4 月 1 日全线扩版。节目由原来的 1 个小时增加到 4 小时 30 分钟。每天交通高峰期都有一位主持人驻守交警指挥中心，

---

① 《漳州人民广播电台十年发展概述》（该台内部资料）；《漳州市志》，第 2209 页，中国社会科学出版社，1999。

② http://www.ad163.com/adcom/home.php? Username＝zzgb。

③ 《中国广播影视报》，第 17 页，2006 年 4 月 11 日。

随时将重要的路况信息、突发事故和处理进展情况发回直播节目中，这一举措受到广大司机听众的欢迎。

改版后的文艺交通广播每天还有八档整点《路路通信息》，及时提供最快交通信息。除此之外，文艺交通广播还开设了各种不同风格的音乐欣赏类、娱乐类、情感类、生活服务类等节目，满足不同年龄、不同阶层、不同喜好的听众的需求，成为百姓生活中的贴心伴侣。

几乎在同一时间"漳州广播网"网站开通，听众可以通过网络在线收听漳州新闻和电台获奖节目，浏览主持人采编人员的博客等。"漳州广播网"大大拉近了电台与听众之间的距离。

2006年5月，文艺交通广播开通24小时服务专线电话，听众可以利用短信和电话报告路况，问路、修车、失物招领、违章查询、求职招聘、参与直播节目等等。①

2006年10月11日，电台又一个服务栏目《962新闻工作室——政风行风热线》开播。该节目每周一至周五早上9时至10时播出。漳州市建设局成为第一个走进栏目的行政单位。《962新闻工作室——政风行风热线》主要任务是受理群众的咨询和投诉，并按一定程序给予答复和处理。该栏目一经播出即成为漳州人民广播电台的品牌栏目之一。

为了提高电台工作人员的服务水平，11月中旬，文艺交通广播针对主持人近半年来的各种表现进行考核并排名。考核主要分纪律方面和业务方面进行，具体内容包括完成任务的质量、坐班情况、播出差错、播出事故、节目质量、节目的创新意识和精品意识等。以此营造竞争氛围，进一步激发主持人的强烈竞争意识。此外，电台还积极联系社会力量培养合格的广播电视新闻专

---

① http：//www.fjzz.com/qyinfo/openqyinfo.asp？id＝38939。

业人才。2006 年 12 月 22 日，漳州人民广播电台与漳州师范学院中文系共建广播电视新闻专业实习基地成立。[①]

2006 年 12 月 30 日，漳州市人民广播电台隆重举行"如歌十年"台庆晚会。电台新闻综合广播和文艺交通广播同时对晚会进行了现场直播。[②] 台庆期间，电台推出市首届"十佳孝顺子女"评选活动，活动开展受到了社会各界的广泛关注和积极参与，截至 2006 年 12 月 20 日，共收到选票近 7 万张。此外，电台还推出"我与漳广的广播情缘"征文比赛等活动，广受听众的好评。[③]

在"以人为本、节目立台、活动造势、搞好覆盖、服务到位"的办台方针指导下，漳州人民广播电台的节目质量不断提高。进入 2007 年 1 月，漳州人民广播电台多个栏目改版，播出时间增加、节目内容更加丰富。这些栏目有新闻综合频道的《青春新节拍》、《农家乐》、《青春新节拍》、《空中大市场》和文艺交通频道的《快乐逗阵行》等。电台收入也明显增长，技术设备和办公条件得到显著改善。[④]

三、泉州广播事业

（一）概况

泉州的广播事业是在新中国成立以后逐步建立和发展起来的。20 世纪 50 年代，全市所属的各县（区、市）陆续建立了自己的有线广播站（台）。他们分别是：鲤城区人民广播站、晋江

---

① http：//www.fjzzradio.com/news/fjzzradio_btdt/40348.html。
② http：//www.fjzzradio.com/news/fjzzradio_btdt/40352.html。
③ http：//www.fjzzradio.com/news/fjzzradio_btdt/40347.html。
④ 参考《漳州人民广播电台十年发展概述》。

县人民广播电台、南安县广播站、惠安县广播站、安溪县广播站、永春县广播站、德化县广播站、石狮市广播站和前沿广播站。这些广播站（台）坚持自办节目，自成体系，是当时泉州广播事业的一个重要组成部分。

无线广播起步稍晚。泉州无线广播事业可以分为两个部分：一是以泉州 401 台为代表的无线转播台。它们的任务就是转播中央台和省台的广播节目，没有自办节目；二是泉州人民广播电台调频立体声广播电台。不仅转播中央和省台的节目，更多的是播出自办节目，在泉州地区拥有相当的听众。作为一种传播手段，无线广播与有线广播一道在很长的一段时间内承担了全市的新闻报道任务。随着经济的发展，在有线广播退出历史舞台后，无线广播在泉州的市民生活中扮演着重要的角色。

1950 年 9 月，晋江县收音站成立，这是泉州市建立的第一个收音站。由于建国初期广播人才极度匮乏，为了推动各县等地的广播工作，1950 年 10 月，福建人民广播电台在福州举办为期一周的广播收音员训练班，同时为受训的学员发派广播收音机。学员们回到本地后，发挥自己学到的知识，利用训练班上带回来的收音机，因地制宜地开展了各自的工作。

1952 年 10 月，泉州市晋江专区召开各县广播收音工作会议，开始部署在各县建立广播收音站。1956 年左右，随着县一级有线广播站和各乡镇广播放大站的建立，泉州已经初步形成了一个有线广播网络。但此后 10 年间，泉州的有线广播事业与国家命运一道，多有曲折。

1960 年国民经济困难时期，各县广播站基本处于瘫痪状态。1963 年经济有所好转后，各地的有线广播站也相继恢复工作。"文化大革命"开始后，各县的有线广播再度陷于停顿或半停顿状态，有线广播事业面临绝境。所幸，1968 年晋江专区召开广播载波会议，会议讨论了全区广播载波设备的生产和安装工作。各县（市）有线广播才得以恢复发展。1970年，全区基本实现了广播载波化，1973年大力发展专杆专线传输，农村地区的有线广播通播率和喇叭入户率大大提高。广播成为指导生产与工作的重要工具。

1973年初，福建省广播事业局成立"福建7361工程办公室"，在全省各地建立无线转播试验台。晋江地区的无线转播台有晋江402台、永春403和惠安404台，主要转播中央台和省台的节目。1980年后期，广播受到了电视的猛烈冲击。各县普遍把注意力集中在发展有线电视上，广播处于维持状态。

2002年1月25日，为适应组建福建省广播影视集团的需要，福建省广播电视传输发射中心在福州成立。原由泉州管辖的位于丰泽区的401台、晋江市402台、永春县403台、惠安县404台成为该中心的正式成员单位。4座发射台加快了机器设备的更新与改造工作。

2002年2月1日，泉州市广播电视中心正式成立，隶属泉州市广播电视局，之后对原有的广播电视机构进行重组，成立新的泉州人民广播电台、泉州电视台和泉州广播电视传输中心。如今泉州人民广播电台已经拥有889新闻综合频道、904交通之声、923七色调频和刺桐之声四个频道。

（二）有线广播

新中国成立后，泉州各县及县级市都设有广播站。鲤城区广播站前身是1951年1月设立的"泉州市人民广播收音站"。1956年建立泉州市有线广播站，1958年改称泉州市有线广播电台，1960年又改称泉州广播站，并沿用至1986年地改市时，原泉州市改为鲤城区，该站随之改称鲤城区人民广播站。

晋江人民广播电台前身是成立于1957年3月29日的晋江广

播站。1960 年国民经济困难期间曾被撤销，两年后恢复。1990
年广播站升级为广播电台。

石狮市广播站前身是 1964 年建立的晋江广播站石狮分站。
其主要任务是转播和管理石狮、永和、永宁、祥芝、蚶江等乡镇
的广播网。1988 年 9 月 30 日石狮建市后，次年 3 月 28 日改称
"石狮广播站"。

南安县广播站成立于 1956 年 6 月 21 日。1960 年改称南安
县有线广播电台。"文化大革命"开始后，1967 年 3 月 8 日起被
实行"军事管制"，1969 年 3 月改称"南安县毛泽东思想宣传站
广播组"，1972 年被撤销，1973 年 2 月改称南安县人民广播站，
1986 年更名为南安县广播站。

惠安县广播站成立于 1954 年，1958 年冬改称惠安人民广播
电台。1960 年与《惠安日报》合并。1962 年独立出来，重新改
称惠安县广播站。

安溪县广播站的前身是安溪县人民广播收音站，成立于
1956 年。1957 年改称安溪县广播站。1962 年 10 月由于国民经
济暂时困难停办。1963 年 6 月恢复播音，仍称安溪县广播站。

1956 年 7 月，永春县广播站成立。1958 年改称永春县有线
广播电台。1960 年经济困难时期基本瘫痪。1964 年恢复正常播
音，改称永春县广播站至今。

1955 年德化县广播站成立，1969 年称为德化县毛泽东思想
宣传站。1972 年又称德化县广播站并沿用至今。

泉州市的前沿广播站是特定历史条件下的产物。在海峡两岸
紧张对峙的年代，为了抵制国民党在金门的有线广播，同时向金
门同胞宣传国内外形势。在福建省广播事业局指示下，晋江地区
于 1973 年在晋江县的东石公社和南安县的石井公社筹建前沿有
线广播站。

1975 年东沿广播站正式投入使用。共架设广播专线 20 公里，并在东石、郭岑、埔头、潘径、张厝、石菌、型厝、塔头、白沙等 9 个大队及东石晋江两个盐场，建立高音喇叭点 16 处，安装 25 瓦高音喇叭 52 只。广播站的任务就是每天 3 次转播晋江县广播站的节目，由东石公社广播站维护管理。

石井前沿广播站于 1974 年 3 月建成并投入使用，站址设在溪东村的防炮洞顶端。该站每天播音 5 次，其中转播南安县广播站节目 3 次，自办节目 2 次，全天播音 10 小时 15 分钟。1974 年至 1975 年由南安县广播站派人轮流值班，1976 年以后由石井广播站兼管和维护。

前沿广播站经费每年都是由省广播事业局拨款补助。海峡两岸武装对峙缓和后广播站停止播音。①

这些县级及县级市广播电台除坚持转播中央及省、市台的新闻节目外，在 20 世纪 60 年代后纷纷播出自制节目，并不断增多，播音内容逐渐多样化。自办节目主要有四大块。一是新闻节目。如鲤城区人民广播站的《泉州新闻》、晋江人民广播电台的《本地新闻》、《简明新闻》、《对社员广播》、《特别节目》等栏目。二是文艺节目。如鲤城区人民广播站的《闽南戏曲连续广播》、南安县广播站的《文艺之友》等栏目。新时期以来，戏曲、音乐等文艺节目逐步增多，如晋江人民广播电台的文艺节目占到了自办节目的 50% 左右。三是各种专题节目。如鲤城区人民广播站的《卫生知识》，晋江人民广播电台的《侨乡新貌》，南安县广播站的《茶果生产技术讲座》、《三胞园地》，惠安县广播站的《农科知识之窗》、《老人之友》，安溪县广播站的《理论讲座》、《农

---

① 泉州市地方志编纂委员会编：《泉州市志·新闻卷》，第 37～43 页，中国社会科学出版社，2000。

业科技》，永春县广播站的《学习》、《青少年》及德化县广播站的《科学与文化》等。新时期以来，指导农民创收致富的节目广泛传播，收到良好的效果。四是各种服务类节目。如鲤城区人民广播站的《为听众服务》、晋江人民广播电台的《广告与服务》、南安县广播站的《为您服务》等。这些自办节目贴近实际、贴近生活、贴近群众，深为广大人民群众所喜闻乐见。

（三）无线广播

1. 无线转播台

泉州原有 5 个无线转播台。它们分别是：泉州 401 台、晋江 402 台、永春 403 台、广播电影电视部 641 台、惠安 404 台。

广播电影电视部 641 台原名 555 台，后改称 564 台，现称 641 台。1953 年，中央决定在泉州建设对台广播的中波发射台后。在福建省委和晋江地委的筹划下，于 1954 年正式动工。分别在泉州市郊的乌石、凤池和高山三处建设收讯机房和发射机房。同年 5 月 1 日，转播台正式开播。1959 年，为了提高对台湾广播的输出功率、扩大覆盖面积、改善收听质量，根据中央指示，电台第一次扩建。1973 年，中央又决定在泉州增加转播中央人民广播电台对台湾广播的第二套节目，转播台因此增设发射机房 1 座，安装两部中波屏调广播发射机，于 1987 年 6 月正式播音。

泉州 401 台原称福建省广播事业局泉州 712 电台，1978 年体制下放后，改称福建省泉州 401 台，归晋江地区领导。1961 年，在中央指示下，福建成立 700 工程办公室。省广播事业局办公室主任矫佐勋和总工程师潘道驹来到泉州筹建 712 地方转播试验台。由于规模小，712 转播台暂由 614 台代管。该台的发射机房是由 614 台的食堂改建的，收音机房也建在 614 台收讯台内。1962 年底正式转播中央一套和省台一套及对台广播试验节目。1981 年晋江地区广播事业局成立后，401 台与 641 台分离，成为独立的转播试验台。1987 年 9 月，省广播电视厅与泉州人民政府达成台资扩建泉州 401 台的协议，将 401 台改建在泉州市东南面的灯星村。经过两年半的施工，新台址于 1990 年 9 月 30 日正式投入使用，并增加中波发射机。泉州 401 台主要转播中央一套及省台一、二套节目及部分广播试验任务。

晋江 402 台原称福建省广播事业局 209 台，1973 年 11 月在晋江县安海镇动工兴建，1975 年 6 月 1 日开始在夜间试转播中央台一套节目和省台一套节目，同时进行部分中波频率试验广播。1976 年 11 月 20 日正式播音。1978 年 4 月划归所在地领导后改称福建省晋江 402 台。该台属中波中型发射台，覆盖范围包括福建省东南沿海。

永春 403 台原称福建省广播事业局 403 台，1978 年 4 月体制下放划归当地领导后，改称福建省渔船 403 台。该台 1974 年分别于永春县城郊的儒林村、呵桃场村动工兴建，1976 年 12 月竣工。1977 年 1 月 1 日试播，同年 7 月 1 日正式播音。该台的任务也是转播中央台和省台一、二套节目和部分试验广播任务，覆盖范围包括福建省东南部部分山区。

惠安 404 台原称福建省广播事业局 404 台，成立于 1976 年 12 月 10 日。体制下放后改称福建省惠安 404 台。位于惠安县城郊的陈芹村和北门山包。该台的主要任务是转播中央台第一套节目和省台一、二套节目及部分广播试验任务。

2002 年 1 月 5 日，为适应组建福建省广播影视集团的需要，福建省广播电视传输发射中心在福州成立。泉州 401 台、晋江 402 台、永春 403 台、惠安 404 台成为该中心的正式成员单位。①

---

① 泉州市地方志编纂委员会编：《泉州市志·新闻卷》，第 43～45 页，中国社会科学出版社，2000。

2. 泉州人民广播电台

泉州人民广播电台成立于 1995 年，是泉州侨乡唯一独具闽南特色的地市级调频立体声广播电台。目前电台拥有 4 个具有地方特色的广播专业频率：新闻频道（FM88.9、AM576）、交通之声（FM90.4）、都市之声（FM92.3）、刺桐之声（FM105.9）。各频率以专业化、本地化为特色，24 小时全天候播出，风格鲜明、品牌效应突出，社会效益和经营效益良好。

该台在坚持统一领导的前提下实行分级负责的管理体制。4 个频率实行台务会领导下的频率总监负责制，节目管理实行统筹规划、分别编排、各具特色、资源共享的原则，节目运作试行栏目负责人制。

目前泉州人民广播电台使用的是国内现代化水平最高的音频数字广播系统播出，建立了音频工作站，采用双频率发射。中波 576 千赫是泉州广播最清晰、稳定的波段，调频 88.9 兆赫和 90.4 兆赫均在市区最高点清源山广播电视发射塔使用垂直极化天线发射，音质清晰、纯正、抗干扰强，是最佳波段。这使得泉州人民广播电台的收听率和广告效益年年创新高，成为全市广告市场颇富竞争实力和发展潜力的媒体之一。目前，泉州人民广播电台的广告收入已居福建地级市电台第一，2006 年的收入已经达到 2300 万元，与此同时，电台对于营销的重视程度在逐渐提高，电台成立了"策划与活动部"，通过介入和承办运动品牌订货会等形式，实现受众、电台与商家经济效益的多赢。

（1）新闻综合频道

泉州人民广播电台新闻综合频道于 2002 年 5 月 1 日正式开播。播出频率是调频 88.9 兆赫，中波 576 千赫，这是泉州广电体制改革后产生的第一个广播专业频率，也是泉州市唯一一个采用双频播出的电台，全天 24 小时播出，覆盖泉州辖区及厦门、漳州、莆田等部分地区，人口数百万。快捷的新闻报道、生动的新闻故事、周到的资讯服务是这一频率的主体风格。10 余档不同风格的新闻节目构架起泉广较为完整的新闻体系，早新闻不过午、午新闻不过傍晚、晚新闻不过子夜的播发特色则充分展现了广播的媒体优势。①

2006 年 5 月 8 日，泉州人民广播电台 889 新闻频率进行改版，此次改版将"新闻"和"音乐"两大节目内容贯穿，全天播出。改版后取消了几档和频道定位不符的娱乐与消费节目，新增晚间 8 点播出的新闻性节目——《新闻随心动》，以弥补晚间新闻节目的缺失。改版后音乐节目以三大节目名称为主线，并在不同时段注入各异的风格。②

（2）交通之声频道

交通之声成立于 2002 年 8 月 1 日，是泉州独家专业交通广播。使用频率是调频 90.4 兆赫，发射功率 3 千瓦，全天候播出。主要任务是面向泉州广大听众，提供交通方面的宣传服务。节目设置以交通路况信息为龙头，突出交通专业特色，辅以服务性和娱乐欣赏性内容。及时、全面、认真地宣传交通政策、法规，报道交通新闻、传播交通信息、服务疏导交通，为广大市民出行提供良好的服务参考。覆盖范围除泉州地区外，还覆盖厦门、漳州、莆田的大部分地区。904 交通之声拥有众多听众喜爱的优秀节目：如《欢喜就好》、《汽车生活》、《交广双声道》、《流行音乐网》、《水火湘蓉》、《我为歌狂》等，以及众多听众喜爱的主持人。经过几年来的努力，904 交通之声现已成为泉州地区收听率最高的广播频道。其中，青年和中年受众的比例占到

---

① 《中国广播影视报》，第 19 页，2006 年 5 月 16 日，总第 279 期。
② 同上。

了 75％。

（3）923 七色调频经济生活频道

923 七色调频（FM92.3 兆赫）是经济生活频道，开播于 2003 年 7 月，以播出城市生活信息为主，兼容音乐的娱乐、服务性频率，每天 21 小时播音。立足于服务泉州经济，服务百姓衣食住行穿的主要方面，风格亲切、动感、休闲，突显"实用、时尚"，追求"最好听的声音"，倡导"快乐电波快乐生活"。①

（4）刺桐之声闽南语专业频道

刺桐之声闽南语专业频道于 2005 年 9 月 29 日正式开播。这是泉州市第一个专业闽南语频道频道，下设有《早起听新闻》、《咱厝好歌大家听》、《海峡两岸》、《泉州日罩时——炼仙打嘴鼓》、《欢喜就好》、《厝边头尾》、《月娘月光光》、《草蜢弄鸡公》等节目。涵盖了新闻资讯、娱乐、经济、曲类等各个领域。其中，《泉州日罩时——炼仙打嘴鼓》立足于泉州的人文风俗进行个性评说；《海峡两岸》记录真实丰富的台商生活。

作为对台传播的闽南语专业频道，刺桐之声以深厚的闽南文化底蕴为立足点，以和海峡对岸共通的闽南语作为节目主体语言，激发台商及台胞同根同缘的情感，增强他们对闽南文化的认同感，用乡音、乡曲激发他们的思乡情怀，成为促进海峡两岸文化情感交流的一条纽带。②

3. 福建省广播电视厅 105 台

1973 年 8 月，根据中央指示，中央广播事业局基建总处、福建省广播事业局、晋江地区革命委员会与泉州市革命委员会开始筹建福建省广播电视厅 105 调频广播台，同时立项的还有 105

---

① http：//newsphoto. chinadily. com. co/app/detail. asp？ID＝163146。

② http：//news. sohu. com/20050930/n227102908. shtml。

电视转播台。整个筹建工作由省广播事业局领导和管理。台址设于清源山顶。

1974 年 8 月，晋江地区成立 7368－5 工程领导小组，主要成员有张立、张竹三、杨启章、齐世和、郭国秦、陈培元、刘亮翰等，由刘亮翰、杨天才、何玉峰具体负责，晋江地区革命委员会宣教组曾国林、泉州市人民广播站吴荣洲配合、参与筹建工作。

1976 年，福建省广播电视厅 105 调频广播电台主体工程开工，1981 年 10 月 1 日正式开播。刘亮翰任首任台长、何群任副台长。下设电视机房、调频机房、微波机房以及行政组、机电组。该台采用两对强定向、八层双列、环天线播送节目，可以覆盖闽中南及台湾东部地区。

1985 年该台第二期工程完成，广播、电视、微波均移入新机房，下设机构略有调整，定员 81 人。为了加强电台的行政管理和设备的维护管理，从检修测试到器材、技术资料、图纸、仪器以及微波电路等方面，都建立了一套科学的管理制度。

4. 县（区、市）调频广播

20 世纪 50 年代中期的泉州市属县级有线广播站大多经历了广播线路时建时断的曲折。为了解决广播因线路原因导致的时常无法播音的矛盾，各广播站早有建立调频广播的强烈要求。1989 年 12 月，南安县率先建立起全市第一座调频广播发射台，紧接着惠安、晋江、安溪等县，也在 1990 年建立起了调频广播发射台。上述广播站（台）均实现了一套节目、两种手段传播，从而推动了全市的广播事业发展。但这些县级调频广播覆盖范围较小，发射功率不大。[①]

---

① 泉州市地方志编纂委员会编：《泉州市志·新闻卷》，第 45 页，中国社会科学出版社，2000。

第二节　闽南电视事业

一、厦门电视事业

（一）概述

与台湾隔海相望的厦门，其电视事业起步较晚，始于1973年5月23日，由福建省713台（今厦门201台）的技术人员在万石植物园标本楼上安装了厦门第一部电视差转机（功率为50瓦），每逢周一、三、五、日晚上，工作人员上山开机，转播中央电视台和福建电视台的黑白电视节目，这是实验的起步阶段。1977年7月25日起，电视差转台移交厦门人民广播电台管理。1977年9月，电视差转台从牛头山迁至狐尾山。同年年底，狐尾山转播台发射机房正式动工兴建。

1978年8月9日，厦门人民广播电台决定，开始厦门电视台筹建工作。1978年9月11日，福建省编制委员会下文，同意成立厦门电视台。1979年12月，厦门电视台编制人员正式从厦门人民广播电台分离出来，独立建制。

1982年10月9日，中共中央宣传部和中央对台领导小组正式批复，同意厦门市办电视台。10月13日，厦门市西姑岭、狐尾山两个微波站被厦门市编委核定为事业编制，划归厦门电视台管理，列入电视台编制。1982年12月3日，省编委下文，同意厦门电视台扩建和自办节目，厦门电视台正式从一个以转播为主的单位转变为可制作和播放自办节目的正规地方电视台。10月9日因此成为厦门电视台的"台庆日"。

1983年起，厦门电视台迁入位于虎园路9号的8层电视楼办公。

1988 年 10 月 1 日起，厦门电视台开始使用自己的专用频道播出。1993 年 11 月 28 日，该台第二套节目正式开播。两频道分别称为厦视一套和厦视二套，均使用无线传输。

厦门有线电视台于 1993 年 4 月开始筹建，9 月 30 日开播综合频道。1994 年 3 月，厦门有线电视台正式成立，8 月 9 日开播电影频道。两频道均使用有线传输。

1998 年，厦门电视台与厦门有线电视台迁到湖滨北路新建成的广播电视大楼后，工作条件发生质的飞跃。标志着厦门电视事业发展上了一个新台阶。1999 年 1 月 1 日起，厦门电视台两套节目每天播出 30 个小时。

2001 年 7 月 1 日，厦门电视台和厦门有线电视台合并，不仅统一了台标，也统一了呼号。同年 11 月 16 日，厦门电视台新班子成立，实行党总支集体领导下的台长负责制，确立"新闻立台、节目兴台、技术强台"的办台方针，这样，无线电视两套节目和有线电视两套节目就被新的厦门电视台统管。

2002 年 3 月 4 日，合并后的厦门电视全面改版，厦门电视一套到四套分别定位为新闻综合频道、海峡频道、生活频道和电影频道，其中新闻综合频道是主频道。2003 年，厦门电视台更加突出专业频道的定位和特色，与建台初期相比，自办节目由每周 4 小时增加到每天 65 个多小时，日均自制节目由 5 分钟到突破 8 小时；全年播出节目 24370 小时。2002 年厦门电视总体收视率第一次突破 5%，厦门电视 4 个频道全部进入厦门地区收视排行前 10 名，其中 3 个频道跻身厦门地区市场份额排名前四强。

（二）厦门电视台

厦门电视台的前身是归属于厦门人民广播电台事业部的电视值班小组。1978 年 8 月，电视台筹建人员分设中心组和发射组。1982 年，该台机构设置为办公室、编辑部、播出组和发射组。

1983 年新成立事业室，协调技术工作，清理固定资产。1984 年，"厦门电视服务中心"成立。1985 年，该台进行首次机构改革，设办公室、总编室、技术室、新闻专题部、文艺部、制作播出部、广告部、电视发射台和电视服务中心。此后又经过几次调整后，到 1998 年，机构分为 3 室 2 科 10 部 4 公司：办公室、总编室、研究室；政工科、财务科；新闻部、二套节目部、社教部、文体部、对台对外部、经济部、广告部、技术部、制作部、播出部；电视发展总公司、厦视广告公司、厦视媒介推广有限公司和联办的东方国际文化影视公司。

厦门电视台自办节目自 1982 年 6 月，每周一个晚上播出 4 小时。1984 年 5 月起，改为每周两个晚上，1986 年增加到每周三个晚上。1989 年起，厦门电视台实现天天有自办节目，日均制作量增加到 24 分 39 秒。1992 年 10 月，该台增加午间节目，第一次播出时间为 12 点半到下午 1 点半，第二次播出时间为晚上 6 点到 12 点。1993 年 6 月，该台第一次播出时间提前到上午 9 点。1994 年，日均制作量已经是 1989 年的 3 倍多。1997 年 3 月，厦门电视一套提前到上午 8 点开播，次日凌晨 1 点结束；二套播出时间为晚上 6 点到 12 点。1998 年 1 月，厦门电视 2 套提前到中午 12 点开播。1999 年 1 月起，二套节目也延长到次日凌晨 1 点结束，两套节目每天播出 30 个小时。"两台"合并后的 2002 年，每天自办节目和自制节目分别比 2001 年分别增加 4 个小时和 0.7 个小时，全年播出节目 22365 个小时，节目设置更加突出主频道和专业频道的定位和特色，更加突出新闻立台的主导思想。2003 年，每天自办节目 65.7 个小时，自制节目首度超过 8 小时，全年播出节目比 2002 年又增加 2005 小时。

厦门电视台坚持"新闻立台"，新闻栏目一直是该台自办栏目的主干。《厦门见闻》是厦门电视台建台之初的第一个自办栏目，每周用普通话播出一次，长度达 10 分钟。除此以外，厦门电视台成立初期也摄制过几档政论、经济、人物和文化等类电视专题片，不定期播出。1987 年后，一些固定栏目陆续开办，逐步构成以新闻节目为主，其他类节目并重的格局，走上栏目化、规范化管理轨道。各栏目适应观众的要求不断调整、改版，从单一电视片格式向版块杂志格式发展。"两台"合并后资源整合，2002 年 3 月 4 日起，厦门电视节目全面改版，厦门电视一套到四套分别定位为新闻综合频道、海峡频道、生活频道和电影频道，其中新闻综合频道是主频道。

1. 新闻类节目

1982 年 6 月 1 日，筹建中的厦门电视台试办第一个自办栏目《厦门见闻》，每周一档，每档 10 分钟。1984 年 5 月起，《厦门见闻》更名为《厦门新闻》，每周两档。1986 年起，《厦门新闻》的普通话版和闽南话版都改为每周 3 档。1988 年 10 月起，《厦门新闻》改为《厦视新闻》，报道内容突破厦门地区的局限，兼收闽南地区要闻和部分台湾社会新闻，同时于周六增设小栏目《观察镜》，侧重批评性报道，强化舆论监督。1989 年，《厦视新闻》每周一至周六播出。同年 5 月 29 日起，该栏目实行重播。1992 年 3 月起，《厦视新闻》改为每天播出。1993 年 4 月，《厦视新闻》改版，每档长度增至 15 分钟。由于实行板块式节目编排（除时政要闻外，增设《社会新闻》、《闽南金三角》、《经济大舞台》和《海外要闻趣闻》等小栏目），大力倡导记者进画面现场采访，多出同期声，增强了可视性和现场感。《特区新闻广场》开办后，《厦视新闻》以时政新闻为主，及时准确宣传大政方针，生动快捷报道大事要事，成为观众形象了解当日厦门重要时政资讯的权威渠道和重要窗口。收视率最高曾达到 20％以上，被评为 2001～2002 年度"厦门市十佳栏目"。

1993 年 12 月 15 日起，厦视 2 套开办以社会新闻为主的新闻栏目《特区新闻广场》，采取采编播合一的节目制作形式，现场调查，现场评论，以画面对画面的生动姿态及时传递特区新闻，以"您的需求，我们的追求"为宣传口号。每周一到周六播出，每档 20 分钟。《特区新闻广场》不仅拓宽新闻报道范围，还较好地发挥了新闻的舆论监督作用。1994 年 8 月 8 日起，该栏目实行天天播出。创办一年，收视率就跃居该台自办节目前三位，第二年起收视率就一直保持第一名；午间重播的收视率更是高达 22％，最高达到 30％，该时段的市场份额接近 80％。该栏目每年带动的广告量在 1300 万元左右。2003 年以每年平均 19.84％的收视率居厦门自办栏目收视率首位，获得 2002 年度"福建省十佳新闻栏目奖"。

厦门电视台为增加新闻信息量，增强报道深度，1991 年 3 月，增办兼有新闻专题和新闻评论功能的《新闻窗》，每周 1 档，每档 10 分钟，集中报道厦门经济特区的建设成就，反映百姓呼声，促进有关方面解决百姓的一些疑难问题。1994 年 4 月 10 日到 9 月 24 日期间，开办过《周末世界要闻》，周日播出，每档 15 分钟。1999 年 4 月，该台推出新栏目《世界财经报道》。1995 年 4 月 10 日起，新办《厦视午间新闻》，主要播放前晚和当日上午拍摄的新闻，每档 10 分钟。作为《厦视新闻》的延伸和补充，1997 年 3 月 1 日新推出每日 1 档、每档 10 分钟的《厦视晚间新闻》；1998 年 1 月 5 日该栏目改为《厦视晚间播报》，2004 年 1 月 5 日起改为《晚间播报》，2005 年 2 月 6 日停办。

该台还分别从 1985 年 2 月和 1999 年 8 月起分别推出闽南话新闻节目和英语新闻节目。2000 年 7 月 16 日至 2003 年 6 月，该台还播出与 9 家城市电视台联合制作的《中国城市报道》，立足城市，关注全国，综合反映城市的全新信息、现象、热点和流行时尚。每周一档，每档 25 分钟。

2002 年 3 月 4 日，该台第一个新闻评论栏目《十分关注》推出，以"站在新闻的前面，关注新闻的背后"为宗旨，对群众关心的热点问题、切身问题，社会重大问题与突发性事件进行深度报道。注重关注民生疾苦，实行舆论监督，解读政府决策、政策。该栏目收视率稳步上升，据央视—索福瑞提供的数据显示，最高收视率达到 9.3%，在该时段市场份额最高超过 30%。每天一档，每档 10 分钟。

厦门电视台还重视与社会联手合办节目，特别是注意发挥执法与参政议政部门进行电视宣传的积极性，先后开办了一批富有行业特色的新闻专题栏目，比如《警示窗》、《法庭内外》、《检察纵横》、《政协视点》、《国税之窗》、《交通观察》和《人大新视野》等。除了这些栏目以外，还先后在新闻栏目中开辟与职能部门合办的小板块，如与环保局联办"为了共同的家园"、与海管办合办"蓝色国土"、与纪委、宣传部合办"廉政聚焦"、与旅游局联办"迈向优秀城市旅游"等。

2. 社会教育类节目

厦门电视台初建阶段，由于各方面的条件限制，唯一能自办的只有新闻栏目，而政论、文化、人物、经济等类专题只能偶尔摄制，不定期播出。1987 年后，社教类栏目才陆续开办。该台播出的第一个思想政治类社教栏目是《党的生活》，于中国共产党成立 66 周年前夕与厦门市委组织部联手推出，多角度、多方位反映厦门经济特区的党建风貌，尤以生动报道优秀党员、先进党组织的感人事迹见长，长办不衰。每周 1 档，每档节目 10 分钟。2002 年 11 月 9 日起，为加大党的建设和组织工作面向社会的宣传力度，该栏目改为每周 1 档 20 分钟，节目结构以专题为主，节目编播注重整体意识和联动效应，致力于办成全市党建宣传有权威、有影响、有特色的品牌栏目。

完全自办的思想政治类社教栏目则是 1989 年 1 月 30 日推出的《鹭岛潮》，倾力反映改革开放给经济特区带来的新气象、新面貌，每周 1 档，每档 20 分钟。1991 年 5 月 6 日起，该栏目更名为《鹭岛内外》，扩大了报道区域。次年 3 月 9 日，《鹭岛内外》改版，从以专题片为主要形式改为杂志型板块式结构，设有《社会写真》、《第四频道》、《经济纵横》、《热点透视》、《今日曝光》、《厦门屋檐下》和《请您上镜》等小栏目（每周由 3 到 5 个小栏目组合），两周 1 档，每档 30 分钟。《鹭岛内外》办完 50 期后，于 1994 年 5 月 3 日改名《鹭岛 30 分》，设有《特区传真》、《商海星座》、《鹭江茶话》、《鹭岛焦点》和《闽南风景线》等小栏目，加大了改革开放、经济建设和精神文明的宣传力度，播出周期缩短为每周 1 档，每档时间拓展到 30 分钟。次年 3 月 21 日后，该栏目停办。

1995 年 4 月 10 日，新的社教栏目《看厦门》推出，以"做厦门人爱看的节目"为宗旨，追求"学者气、百姓味、现代感"的风格，注重节目包装和节目宣传，每周 3 档，每档 20 分钟。1998 年 3 月该栏目再度改版，每周依次推出各有特色的 4 个不同板块，增加了可视性。同年 8 月 7 日，该栏目调整为每周 3 档。《看厦门》荣获 1995 年中国电视奖社科类栏目一等奖，这是该台栏目类在全国评奖中首次获得最高奖。还获得 1995 年到 1996 年度全国海外节目优秀栏目奖。1998 年 12 月 31 日，该栏目以播出告别版的形式结束自己的历程。《看厦门》开办的 3 年多时间，通过社会募集捐款 60 多万支持慈善事业等举动，在厦门传为佳话。

1999 年 1 月 6 日起，继《看厦门》之后，全新的《闽南纪实》推出，突出厦门"侨、台、特"的区位优势，既是社教栏目，又兼有涉台和对外宣传任务，提出做让人感动的节目，新鲜的和有容量的节目，按板块要求制作，以纪实性手法推出闽南小故事，有较大信息量、一定的新闻性和深度。每周两档，每档20分钟。2000年3月4日，该栏目播出最后一期。

2001年1月4日开播的以家庭为对象的演播厅参与节目《生活杂志》，采取有奖游戏与话题讨论相结合的方式，融娱乐与社教于一体，传播知识，关怀人生。每周两档，每档50分钟。2002年2月7日后停播。

2002年3月9日开播立足闽南、用前沿视角关注身边的人与事的谈话类栏目《沟通》，以"用思想交流、用真情互动、用心灵沟通"为宗旨。每周1档，55分钟。2005年改版为每周5档，每档30分钟，定位为以人物访谈的形式，深入探讨、分析与百姓生活和城市发展息息相关的热点问题，体现"用心交流、以诚感人"的栏目宗旨，搭起与百姓心灵沟通、思想交流的桥梁。[①]

厦门电视台在1991年实行自收自支预算管理，从此以后，它的电视宣传、事业建设和广告创收步入快速发展的轨道，社会效益和经济效益都取得良好成绩。电视宣传更加注重栏目化和规范化管理，逐步形成一个以新闻节目为主和经济社教外宣体育综艺等节目共举的格局，形成了电视宣传优势和凸显了"特、侨、台"特色的节目风格。比如1991年3月1日，厦门电视台在市中山公园和厦门影剧院，向福建、广东、香港三地1亿多观众现场直播"闽港粤厦门闹元宵"的大型电视文艺晚会盛况。

同时，厦门电视台充分发挥电视优势，依托主渠道进行广告创收，大力增收节支，创收总量增加了50多倍。充裕的资金为

---

① 参见厦门广电集团提供的资料。

电视事业的进一步发展提供了良好条件，厦门电视台开始有计划地更新技术设备，陆续购进 Betacam 摄录一体化机，完成了从 3/4V-Matic 到 Betacam 格式化的过渡，标志着厦门电视台技术设备进入了 Betacam 模拟分量时代，实行自收自支预算管理方式，也给广大职工带来了实惠，工作环境和生活福利等都得到了较大的改善。①

（三）厦门有线电视台

1990 年代初期，随着物质生活水平的不断提高，厦门市民对精神文化的需求也进一步增多，而当时可以收看到的频道仅有厦门电视台两个频道和省台、中央电视台等有限的几个频道。为此，1993 年厦门市批复新建厦门有线电视台的立项。当年 9 月 30 日有线电视开始播出，转播了中央和省市电视台共 11 套节目，自办一套综合节目，市区湖滨南路与和祥西路 1 万多户用户率先收看到有线电视节目。

1994 年 3 月，厦门市政府批复正式成立厦门有线电视台，一个新的电视媒体正式诞生。初创时，厦门有线电视台只自办一套综合节目，每天中午 11 点半开播，次日 1 点左右结束，播出约 13 个小时，辟有《电视剧场》、《家庭影院》、《经典回眸》、《专题沙龙》、《MTV 限时放松》等栏目。1994 年 8 月 9 日，新开电影频道节目，播出时间为晚上 18 点到第二天清晨 2 点左右，每天 8 小时，播出 4 部中外影片，同时推出每周 1 档的自编栏目《电影之旅》。两个自办频道的对外呼号为"有线综合台"和"有线电影台"。有线综合台开设栏目有《卡通世界》、《正午剧场》、《专题沙龙》、《电视剧场》、《合家欢时间》、《影视宵夜》等。1995 年 5 月，在电影台新开辟《钻石银幕》栏目，每晚安排播

---

① 《与时代同行》，第 168 页，鹭江出版社，2007。

出一部比较精彩的中外影片，综合台推出了自编综艺节目《综艺精选》。

　　开播头两年，有线台自制节目还是以自编为主。1994 年 3 月，推出了《有线点歌》，起初隔天 1 档，以后每天 1 档，电影台开播后增开辟为每天 2 档。这是有线台第一次自编栏目，也是厦门地区首开电视点歌服务项目。1994 年 8 月，伴随着电影台的开播，"电影之旅"与观众见面。该栏目以资料剪辑为主，自拍为辅，介绍电影动态，普及电影知识，每周 1 期。1995 年 5 月，综合台开辟了《综艺精选》栏目，每档一个主题，主持人出面，编串戏曲、音乐、相声、小品等，每周 1 档，每档 45 分钟左右的时间。

　　在自编节目的同时，也在逢年过节或重大活动中，陆续组织一些自制节目。1994 年春节，采制播出了反映特区改革开放成果的 8 集系列片"94 吉祥鸟"，这是有线开播后首度自制节目。其后，在没有设置固定栏目的情况下，先后自制播出过各种类型的节目。到 1996 年，厦门有线电视台自编自制的节目已经达到 390 个小时，日平 1 点 1 个小时，并有多篇作品获奖。①

　　1995 年 2 月，有线电视台配合广播电视局调试安装微波线路，将厦门有线电视台和厦门电视台的 4 套节目传到同安、集美、杏林、鼓浪屿，实现全市有线电视联网。1995 年 11 月，厦门有线电视台与中央卫星电视正式联网，通过解压解扰，向全市有线电视用户转播中央电视台新开办的电影、体育、文艺、少儿、农业等加密卫星电视节目。1997 年 6 月转播中央台第 3 套节目。此时，厦门有线电视台已经转播 18 套节目。在后来的几年中，厦门有线电视可以收看的电视频道逐渐增加，从中央到福

---

① 参见厦门广电集团提供的材料。

建省台的多个频道，还有各省的卫星电视，厦门市民可以收看的频道已经达到 40 多个。同时，厦门有线电视台还自办了《今日报道》等一批深受百姓喜欢的电视栏目。①

（四）"两台合并"后厦门电视台的发展

2001 年 7 月 1 日，厦门电视台与厦门有线电视台合并，统一了台标和呼号。新的电视台确立"新闻立台、节目兴台、技术强台"的办台方针，确立新闻、海峡、生活和影视四个频道的定位和特色。

厦视综合频道是以时政新闻、新闻评论、经典剧场为重点的综合性频道，从早上 7 点到晚上 2 点，连续播放 19 个小时。节目总覆盖人口 665 万，其中厦门市 264 万，其他地区 401 万。经央视—索福瑞媒介研究调查显示，2005 年厦门电视台综合频道市场排名第一位，占市场份额的 12.9%。厦视综合频道《经典剧场》收视排名第一。黄金强档播出，平均收视率为 4.9%，平均市场份额为 12%。充分展示了厦门广电集团的传媒实力和新闻综合频道传播魅力。该频道优秀的新闻节目有《厦视新闻》、《十分关注》、《视点》、《公民道德论坛》等。前三项如前所述。《视点》栏目以重案大案，扣人心弦，反贪倡廉，发人深省，法规普及，捕捉热点，目前位列厦门电视台自制节目收视排行第二位，是厦门电视台的一个收视亮点。《沟通》、《公民道德论坛》为主持人和嘉宾漫谈式谈话类节目，吸引广大电视受众关心谈话节目内容，参与互动讨论。《经典剧场》、《金鹰剧场》、《夕阳红剧场》好戏连连，精彩上演，此外，综合频道的非常规栏目《同一首歌走进厦门大型演唱会》、《银鹭心海峡情大型明星演唱会》、《2005 年建发厦门国际马拉松赛》等大型直播活动也深受群众的

---

① 《与时代同行》，第 168 页，鹭江出版社，2007。

喜爱和好评。①

　　厦门电视台海峡频道是以社会和民生新闻报道为主，荟萃自制优秀栏目和宣传纪录片的频道。该频道新闻内容体现厦门市重大政策与决策，真实、全面、公正地反映本市社会经济文化各领域的综合信息，突出与国计民生息息相关的大事、要事，对新闻热点进行及时追踪及深度分析，树立时政新闻节目的权威性。《特区新闻广场》收视率达 17.7%，市场份额占 57.8%，曾获得福建省"十佳"栏目称号。栏目开播 10 年，热线电话也坚持了 10 年，在厦门几乎可以说家喻户晓。《厦视直播室》创新"说新闻"的播报方式，对新闻点有全方位报道，也有画龙点睛的点评，满足群众资讯需求，品牌效应突出。《交通信息》让受众及时了解最新交通情报，自由畅行是民众关注的热点。《快乐点播》为受众点播最新最快的时尚金曲，让他们穿越音乐时空，全线接触中外流行金曲。《旅游天下》节目以经历丰富的旅游玩家，E 时代最新酷的包装，摄人心魂的秀山丽水，令人垂涎的特产小吃，跌宕起伏的旅途故事，贴心周到的旅游提示，实用细致的出行公告，成为公众出行的好参谋。《党的生活》宣传党的方针政策，紧跟时代步伐，报道党的生活，展示党员风貌。《足球纪实》解说体坛风云，为广大足球迷提供一个娱乐的空间。总而言之，关注社会，关怀人文，获得资讯，感受生活，这是厦门电视台海峡频道立台的宗旨。②

　　厦门电视台生活频道是以文化娱乐、体育赛事、卫生健康和流行时尚等生活节目为主的专业频道。该频道自制栏目《商务直通车》搜罗流行时尚的文化动态、商业情报及生活资讯，引导民

---

①　http：//www.xmg.com.cn/xmtv/xmtv1.asp。

②　http：//www.xmg.com.cn/xmtv/xmtv2.asp。

众消费；《特区房地产》是厦门市大型房地产专业栏目；《车前线》打造一个全新动感的汽车资讯栏目；《快乐点播》带来听觉和视觉的音乐享受；《美满人家》及时提供最新人口教育、生活环境焦点报道，展示时尚健康生活方式和健康理念，相约专家学者讨论话题，演绎生活故事，品味人生哲理；《健康生活》为百姓寻医问药开辟窗口；《健康新天地》20分钟的健康专题，普及各种健康运动及养生保健美容的知识，打造高品质的生活空间。《国防时空》进行国防教育、展示我军风采、介绍军事常识、反映军人心声。此外，集团还引进外采节目《新财富周刊》、《股市行情》等，节目内容丰富，收视人群固定。①

厦门电视台影视频道是以热播电视连续剧、影视欣赏为主的娱乐专业频道。2005年厦门电视台影视频道《午间剧场》、《钻石剧场》全年收视率和平均市场份额均在同时段全国各频道电视剧中排第二名。2006年厦门电视广播集团引进播出大量高收视率的电视剧，其中有国产优秀电视连续剧《与青春有关的日子》、《关东英雄》、《长恨歌》等，《精彩我先看》播报影视剧导视，《电影聊聊吧》蕴含最全面的影视资讯，主持人对影坛票房动态的解说、对大片的盘点酷评，引领观众感受电影世界的魅力。少儿节目《小海豚》是闽南地区唯一自办的、专门针对0~16岁少年儿童及其家庭成员的节目，在特定群体中拥有很高的知名度，并与厦门市小学、幼儿园等有着长期紧密的联系，是孩子们的快乐天堂。②

以"两台合并"为契机，厦门电视台实行中层干部公开竞聘的措施，推进干部队伍年轻化、专业化、知识化。职工实行"双

---

① http：//www. xmg. com. cn/xmtv/xmtv3. asp.

② http：//www. xmg. com. cn/xmtv/xmtv4. asp.

向选择，择优上岗"，推行全员聘用制并向社会公开招聘采编技术和广告人员。开展评选专业优秀人才、奖励特殊贡献人才和组织节目创作群体研究讨论等活动，不断激活用人机制，努力营造电视台聚集人才、用好人才和留住人才的良好环境。

"两台合并"后，厦门电视台新的领导班子先后两次对节目制作机制进行调整，理顺"中心制"管理制度，完善频道和节目运行机制。坚持用大新闻的理念构造厦门电视台作为主流媒体的地位，先后推出《视点》、《十分关注》、《厦视新闻直播室》、《海峡报道》、《沟通》、《闽南通》等一批新栏目，形成了每天采编播8档新闻、4档直播的强势格局，展示了新闻节目作为厦视支撑和核心竞争力的强劲特色。厦视制作大型电视节目的能力不断提高。精心策划了"天风海涛放眼厦门"大型航拍活动，"特区建设20周年"、"第四届柴可夫斯基国际青少年音乐比赛"、"共铸辉煌"电视文艺晚会和"厦门国际马拉松赛"等一批高水平的电视直播节目，让观众直接感受到电视的魅力。新闻长消息《海中会》等一批高质量的节目为厦门电视台赢得了包括"中国电视新闻一等奖"在内的众多荣誉。与中央电视台联合直播大型赛事和录制《让世界了解你——厦门》特别节目等，进一步扩大了厦门经济特区的影响。

面对科学技术迅猛发展的数字化时代，坚持以技术创新为动力，加快推进数字化建设，厦视四套节目在福建省首家实现硬盘自动化播出，搭建全国首个基于MPEG—2的新闻非编网。引进和完善直播马拉松等大型赛事的技术设备，启用了10讯道数字电视转播车，率先使用800MHZ OFDM数字微波移动传输系统，精彩纷呈的赛事完美呈现于荧幕，成为全国省市级电视台首家全程直播国际马拉松赛的电视台。建成集节目收录、制作、播出和媒资存储于一体的全数字化、智能化非编网络。加之日益完善的规范化管理和技术创新的进步也在为制作更多优质电视节目发挥出更大的作用。

"两台合并"后,厦门电视台始终把厦视作为一项事业来开拓、作为一种产业来培育、作为一个企业来管理,坚持以管理促效益,管理创新给电视台带来了新的变化。该台树立科学的管理理念,从建章立制入手,建立和完善了宣传管理、技术管理、财务管理、广告管理等 38 项管理规定和安全技术操作规范,使全态规范化管理逐步走上轨道。尤其是在推进预算管理、成本控制、绩效考核、节目营销和节目评估等方面取得明显成效。积极探索与国际接轨的运行机制,按照 ISO9001—2000 质量管理体系的标准和要求,建立了以节目质量为核心的质量管理体系。经中国方圆标志认证委员会认证中心现场审核,2003 年 8 月 8 日厦门电视台全面通过 ISO9001—2000 质量管理体系认证,成为全国电视传媒业第一家获得 ISO9001—2000 质量管理体系认证的电视台,这标志着厦门电视台管理工作跨上了一个新台阶。①

(五)厦门广播电视集团成立

2003 年 6 月,全国文化体制改革试点工作会议召开,厦门电视台被中央列为文化体制改革试点单位之一。

2004 年 6 月 28 日,以厦门电视台、厦门人民广播电台为主体组建的厦门广播电视集团正式挂牌成立,标志着厦门广播电视的改革迈出新步伐,事业发展进入新阶段。目前,厦门广播电视初步形成党委统一领导,公益性广播电视事业由政府主导,经营性广播电视产业由市场主导的发展格局,改革试点工作取得较为明显的成效。

集团设置总编室、人力资源部、行政管理部、资产财务部等

---

① 《与时代同行》,第 185 页,鹭江出版社,2007。

四个职能部门，以及新闻中心、节目中心、技术中心、发射中心、发展研究中心等五个业务部门。年初，根据中央对台工作会议和中央关于广播电视对台宣传入岛落地专题会议精神，中央批准厦门电视台第五套节目，即厦门卫视于 2005 年 2 月 1 日开播，由此，厦门卫视（筹）成为了集团第六个直属业务部门。这年 9 月 6 日，厦门广播电视广告有限公司、厦门广播电视节目有限公司、厦门广播电视网络有限公司、厦门广播电视数字传媒有限公司、厦门广播电视产业发展有限公司、厦门音像出版社、厦门广播电视报社等七家公司正式挂牌。

试点改革以来，厦门广电集团整合资源，加强主业，主流媒体地位进一步加强，厦门广播电视新闻节目改版取得良好效果；节目生产能力大幅度提高，广播电视节目日播出时间从 140 小时提高到 176 小时；广播电视覆盖进一步扩大；2005 年 2 月 1 日，创建厦门卫视（原海峡卫星电视）、闽南之声广播，先后成功承办了厦门国际马拉松赛直播和市场开发以及"银鹭心·海峡情"明星演唱会、"中华情·海峡月"——2006 中秋晚会等系列大型活动。

（六）厦门卫视开播

2005 年 2 月 1 日，一个全新的卫星频道——海峡卫视在美丽的鹭岛诞生了。10 月 1 日，更名为厦门卫视。她隶属于厦门广播电视集团，是以娱乐、文化艺术和新闻资讯为主要内容，以传递两岸资讯，推动两岸交流，弘扬闽南文化，传播华夏文明为宗旨的卫星频道。

厦门卫视是厦门第一个上星频道，它的成功开播，不仅圆了几代厦门广电人的上星梦想，同时，作为一个极富特色的卫星频道，厦门卫视的开播更实现了一系列突破：厦门卫视是祖国大陆第一个闽南话专业卫星频道。卫视以闽南语为主要播出语言，闽南语节目比例目前占全部节目的 90％。卫视节目内容和节目形式主要根据泛闽南话地区受众（闽南地区、台湾地区、东南亚等）的收视习惯和特点。主要节目包括新闻、评论、资讯、文化、娱乐、戏曲、专题、影视剧、少儿等内容。厦门卫视全天24 小时播出，是厦门电视频道中第一个实现全天播出的频道。卫视开播近两年来，以丰富的内容、灵活的形式、亲切的乡音、亲和的播报风格赢得了众多观众包括台商、台胞的赞同，也引起了台湾媒体的广泛关注。根据央视—索福瑞公司提供的数据显示，厦门卫视开播后取得了较好的收视成绩。作为新开办的频道，开播第一周，厦门卫视在厦门地区 40 个频道中位列第八位；开播第二周，厦门卫视频道排名跃升至第六位，是厦门地区春节期间升幅最大的频道。开播 5 个月，厦门卫视的收视排名跃居第三位；根据最新调查数据显示，厦门卫视 2007 年收视率已冲至第一位，收视曲线呈现稳步上扬的良好态势。厦门卫视开播后，大胆突破，勇于创新，是第一个签约台湾主持人的祖国大陆电视媒体，第一个独家专访国民党现任高层的祖国大陆电视媒体，第一次与台湾媒体连线直播两岸大型焰火晚会，第一次用闽南话全程直播大型国际体育赛事，第一次推出两岸新闻共同评选……一系列的突破，使厦门卫视在两岸的影响力逐步扩大，成为沟通两岸的一座桥梁，获得各界的一致好评。覆盖方面，通过长城平台，厦门卫视完成了对亚洲、欧洲和北美洲的覆盖，逐步实现厦门电视频道在全球覆盖方面的突破。①

1. 机构设置与队伍建设

厦门卫视频道设有 4 部 1 室，即新闻部、节目部、编辑部、媒资部和综合办公室。该频道事业编制人员、正式聘用人员和由

---

① 《与时代同行》，第 186 页，鹭江出版社，2007。

厦门市人才中心派遣的大中专毕业生，共计 84 人，年轻人占绝大多数，女同志过半（43 人），文化程度高（大专以上学历超过 9 成，其中大专 23 人，本科 44 人，硕士以上 9 人），这是厦门卫视队伍构成的 3 个特点。

　　该频道根据多数工作人员为新招人员的实际，注意通过多方面的培训，强化队伍建设。频道首先倡导遵循新闻规律，在新闻报道中突出"快"，积极介入两岸互动活动的报道。其次从受众出发，新闻报道追求"实"，注重用事实去展示、用亲情去感化、用道理去说服，以"平实"姿态增强媒体亲和力；再次在新闻业务讲究"活"，在坚持正确导向的前提下，对"硬新闻"进行"软"处理，以符合两岸民众收视习惯和接受心理的方式来说明党的方针政策，报道两岸人民共同关心的问题。该频道与集团技术中心合作，一年就培训了 22 名跨部门的摄像人员，形成了一支由外拍摄像、演播室摄像、包装摄像和一线记者摄像组成的队伍，基本满足了日常采访和大型直播活动的摇臂摄像和游机摄像的需求；卫视所有一线记者和编辑均通过大洋非线性编辑的培训。卫视还与集团人力资源部合作举办了为期一个月的"闽南话主持人培训班"，邀请在厦门的部分闽南话专家和知名演员前来讲课，此外还邀请化妆师前来开办化妆培训课。通过一系列的培训和实战锻炼，厦门卫视练就了一支能打硬仗、快速反应的队伍。凡遇涉及两岸的大事和突发性事件，该台都争取在第一时间作出反应，快速策划、快速制作，直播过程稳定、镇静和熟练。①

　　2. 节目设置

　　厦门卫视在最初节目设置阶段就提出了"国家认同"的概

---

① 参见厦门广电集团提供的材料。

念，发挥独特的区位优势，以争取认同为手段，形成品牌特色。
首先是专业特色，节目设置牢牢把握厦门卫视的定位，以全球
的视角，关注台胞所需要的资讯，以及他们感兴趣的文化、艺
术节目。其次是多样性特色，节目类型力求内容丰富、形式活
泼，包括新闻资讯、两岸热点评析、娱乐、戏曲、闽南文化，
以及反映中华文明和中华文化传统的闽南话译制专题、卡通
片，播报风格灵活多样。再次是本土化特色，节目语言以闽南
话、客家话为主，节目内容上深入挖掘闽台历史渊源，以亲切
的乡音和亲和的播报风格，客观软性的方式，实现良好的效
果。最后是包容性，内容主要依托闽南但又不局限于闽南，以
全方位的视角，关注两岸民生，关注台胞所需，提供全方位的
资讯服务。

厦门卫视的主要固定栏目有《海峡报道》、《海峡时时报》、
《第一反应》、《今日大代志》、《娱乐斗阵行》、《闽南通》、《看
戏》、《海峡气象》等，其中《海峡报道》以电视文摘的形式，全
景式地展现两岸关注的新闻，每周 7 档，每档 25 分钟。该栏目
自拍量越来越多，2005 年自拍新闻超过 800 条，异地采访 30 余
条次，派出记者近百人，足迹踏遍祖国大陆的重要城市和金门，
涉及涉台方面 35 个重要内容，做到了重大事件不缺席，重大新
闻不迟到。《海峡时时报》快捷生动地提供最新、最精彩的两岸
新闻、财经、生活以及气象资讯，每周 5 日各播出 2 档，每档 5
分钟。《今日大代志》是个闽南话的读报栏目，以平民读报人的
角度解读民生新闻，用百姓视角讲百姓的故事，最新每周 5 档，
每档 25 分钟。《第一反应》是个实时连线两岸的时事评论栏目，
汇集两岸知名专家和评论员，针对两岸和国际话题作出及时的反
应。每周 5 档，每档 25 分钟。《娱乐斗阵行》是由台湾明星担当
主播的闽南话娱乐节目，每天从台湾发送由厦门卫视采录的台湾

第一手娱乐资讯，每日 1 档 42 分钟。①

除了上述固定栏目外，2005 年厦门卫视还顺应两岸形势的发展，积极策划并适时推出 20 多次的特别节目、特别活动。例如，2005 年 2 月开播之际，就推出台商春节包机特别节目《回家》，总长 4 个小时；3 月 5 日推出《全国"两会"特别节目》；3 月 26 日，首次用闽南话全程直播《2005 年厦门建发国际马拉松赛》；3 月 28 日直播国民党副主席江丙坤率领的国民党祖国大陆参访团的"破冰之旅"特别节目；4 月 12 日推出两档"台交会"开幕式直播特别节目；对于中国国民党荣誉主席连战的"和平之旅"的报道，等等，彰显了该频道节目的特有魅力，带来了良好的收视效果。

2005 年，两岸实现了多项历史性的突破。在年终岁尾之际，厦门卫视与台湾三立新闻联合主办了"两岸关注"年度评选活动。而后每年年底举办一次，旨在携手两岸，共同打造一个汇聚两岸主流声音的平台。

"两岸评，评两岸"是这个大型活动的特色。2005 年的"两岸关注"年度评选活动，不仅评选内容全部事关两岸，评选的方法和程序也有着鲜明的"两岸"特点。为了保证评选的公平性和专业度，主办方邀请了两岸知名专家组成了顾问团，在专业顾问团的指导下，主办媒体厦门卫视、台湾三立台共同推出了 18 条备选新闻，并且一改往常年度人物评选方法，别有新意地把目光聚焦在两岸交流中扮演友好信使的形象上，推出两岸最受欢迎的形象。

经过权威专家、媒体的投票和两岸民众的问卷调查，2006 年 1 月 5 日，厦门卫视在厦门广电中心 1000 平方米的演播厅举

---

① 参见厦门广电集团提供的材料。

行了评选结果发布仪式。在发布仪式上，由两岸主持人联袂主持，揭晓了"2005年度两岸关系十大新闻"，并且评出了台湾最喜欢的祖国大陆形象——熊猫和祖国大陆最喜欢的台湾形象——水果。厦门卫视还发布了中国第一个由媒体推出的"台湾问题年度报告"。该报告由海峡两岸最权威的专家领衔撰写，针对2005年的两岸关系，祖国大陆对台政策以及台湾的政治、民生进行了全面盘点和分析，具有很高的参考价值和资料价值。

评选活动也得到了海峡两岸主流媒体的广泛共同关注，真正打造了一个汇聚两岸主流声音的平台，让两岸的目光聚焦在同一个点，让两岸靠得更近了。

2006年，厦门卫视与台湾东森电视台合作，继续举办"2006两岸关注十大新闻评选活动"。在2005年两岸关注的大致框架上，2006年的活动除了仍旧包括"2006两岸关注十大新闻评选"和"2006台湾问题研究报告"两大内容之外，最大的亮点就在于面向闽南族群和年轻族群，同时借助网络走向更大的平台。[①]

2007年1月27日，两岸第一张电视"讲台"——《两岸开讲》正式开播。《两岸开讲》是厦门卫视全力打造的一档大型文化类电视讲坛类栏目。"两岸谈，谈两岸"是这档节目的最大特点和亮点。

2007年，由厦门卫视编写的《2005台湾问题研究报告》正式出版，这是第一个由传媒推出的台湾问题年度报告。第二部编年史报告《2006台湾问题研究报告》也已出版。

厦门卫视自开播以来就不断扩大覆盖范围。2007年开播之际，就落户长城亚洲平台，影响海外广泛的闽南文化圈；2006

---

① 《与时代同行》，第186页，鹭江出版社，2007。

年 8 月 28 日再登上长城欧洲平台。为了符合欧洲观众的作息时间，厦门卫视对节目作了精心编排，实现了 24 小时不间断播出；经过两年的成功运作，厦门卫视在电视节目、频道特色、海外影响力等方面都取得了快速的成长。2007 年春天，厦门卫视登上长城北美平台，旨在为北美的华人观众服务，并为英语、西班牙语和法语的观众打开一扇了解中国，了解闽南文化的窗口。

(七) 厦门电视事业的两个鲜明特点

厦门电视经过 20 多年的发展，从小到大，整体实力不断提高。期间有两个特点一直比较鲜明：其一是随着厦门特区建设的发展而不断前进，在发展过程中其记录时代的功能比较突出；其二就是地处海峡，面向台湾乃至更为广阔的地区传播与交流的功能十分突出。

从邓小平视察厦门，特区扩大到全岛，到江泽民出席厦门经济特区 10 周年庆典，到胡锦涛视察厦门；从厦门高崎国际机场建设通航，到厦门大桥海沧大桥翔安隧道建设，到厦门火炬高新技术产业开发区的建立，厦门电视从其诞生之日起就担当着记录厦门特区建设发展步伐的历史使命，它和厦门其他主流媒体一道，立足厦门，先行先试，将特区建设的经验进行总结和宣传，对全国的改革开放功不可没。其次，厦门电视也记录着厦门这个海滨城市发展的点点滴滴，记录着厦门评选市花市鸟市树的点滴，也记录了厦门创建"国家卫生城市"的点滴，在抵御 14 号台风中厦门电视记者更是奔向最危险的地方记录城市故事。记录特区建设步伐和记录城市故事，这是同一种功能的两个不同方面，厦门电视记录时代的功能比较突出。

较之记录功能，厦门电视面向台湾乃至更为广阔地区的华侨进行传播交流的功能愈发凸显出自身特色。"厦庇五洲客，门泊万里舟"，厦门濒临台湾海峡，为我国东南海疆之要津，入闽之门户,如今不仅是两岸经贸交流的重要窗口,也是促进"三通"的前沿阵地。20多年来,祖国大陆与台湾的"破冰之航",大多是从厦门起航。在这和解与融化的潮流中,厦门电视立足两岸共同的语言(闽南话)、共同的文化传统,报道了一幕幕感人的场景,发挥了重要的传播与沟通的作用。

二、漳州电视事业

(一) 概况

1. 电视转播

漳州电视事业是从电视差转开始的。随着1970年福建电视台的复办,漳州地区领导十分重视电视转播工作。1972年7月,地区广播事业管理站按照地区领导的要求,抽调出技术人员先后在龙海天柱山、长泰凉岗山、鼓鸣岭、吴田山等高山上进行福建电视台的信号收测工作,最后定点在海拔1228米的长泰吴田山建差转台。1974年3月动工兴建,于1974年12月建成地区第一座电视差转台——"长泰转播站",每周一、三、六三天转播福建电视台节目,发射功率50瓦,电视接收图像和伴音信号效果时好时差,天气好时效果就好些,天气不好效果就差。当时信号可覆盖长泰、龙海、南靖、平和、华安、云霄、漳浦、芗城等县(市)和厦门的部分地区。1975年至1980年间又先后在华安金山、平和望月山、南靖、东山等地建起电视差转台。20世纪80年代,各县都在本地建小型差转台,差转台功率都较小,大部分在50瓦以下。但对中央电视台一套、福建电视台和厦门电视台的信号接收有了一定的提高。

1983年7月,按照省"835"工程计划,云霄电视转播台在云霄笔架山开始投建,于1985年元旦试播。经过几年的发展扩建,至1990年已由原来的单一转播省电视台节目到拥有3频道

1千瓦电视发射机一台；10频道1千瓦电视发射机一台，负责转播中央、省、市三套电视节目。长泰吴田山转播站也于1983年5月由省广播电视事业局和地区共同投建成微波站——长泰微波站，开通了全省电视微波信号线路，并向龙岩、漳州、云霄传送三路微波信号，漳州电视台建成后，又把漳州台电视信号送到各县城，大大提高了电视信号的转播传输质量。至1990年，全市已拥有电视差转台88座，全市电视人口覆盖率达84％。

2. 漳州电视台

漳州电视台台址在芗城区胜利路118号市府大院内芝山脚下，原是漳州电视转播台，当时只转播中央电视台和福建电视台节目。漳州电视台是1985年下半年起开始筹建的。1986年12月经广播电影电视部批准建立；1988年11月1日正式开播，并用三个频道分别播出中央电视台、福建电视台和本台节目。

当时，电视台拥有6部发射机，其发射功率为1千瓦（3部）、300瓦（1部）、100瓦（2部）。信号通过长泰微波站和云霄转播台转播，可覆盖全市的绝大部分地区。开播初期每周只在周一、四两个晚上播出自办节目，每次节目约5个小时，其他时间转播中央电视台和福建电视台节目。建台初期，核定人员编制15名，经费列入市财政预算，单位级别为科级。设台长一名，副台长两名，并设置了总编室、新闻部、广告部、播出部及技术制作部等。自办节目有新闻、歌苑、经济信息、文艺节目等栏目。

经过两年探索，1990年，自办栏目增加了服务、社教和天气预报，播出时间由原来的每周2次共10小时，增加到每周3次共40小时，编制人数由原来的15人增加到30人，并增添了一些设备，使电视台拥有了一部3/4单管机，两部大1/2便携式摄像机和3/4格式的编辑机，大1/2格式的编辑机一套及若干辅助设备。尽管当时电视台刚起步，条件较差、设备简陋，但仍拍摄、播出一批有影响的节目。《一方山水一方人》栏目，仅4个多月就播出120多分钟，反映了30多位奋战在生产第一线的小人物默默奉献的精神。有18条新闻被省台播出；有7条新闻上送中央台播出，有3条新闻分别获省优秀电视新闻一、二、三等奖。

1993年7月，漳州电视台实现自办节目天天播出。除《漳州新闻》外，先后开辟《开发与开放》、《部门领导谈纠风》、《来自先行工程的报道》、《县长访谈录》《市十大科技青年》、《劳模风采》、《今晚八点半》、《金曲点播》、《漳州气象预报》、《喜盈门》和文艺节目《相约在周三》等栏目。①

3. 有线电视

有线电视系统是在共同天线系统的基础上发展起来的。1986年市区一些居民利用电缆和铜箔板刻蚀耦合分配电路，进行共用天线安装尝试。1988年后各种共用天线器材、放大器、调制器、分支分配器、低损耗电缆和多种接插件的出现，使共用天线系统得到迅速发展。初期的共用天线系统一般规模较小，由几户或几十户，一幢或几幢楼用户构成。安装共用天线系统的大多是在宾馆、旅社和效益好的企事业单位。

1989年底，南靖县广电部门开始在县城安装有线电视系统，于1990年初建成开播，有终端用户200多户，可传送中央一套、二套、省台、厦门台和自办一套共五套节目。1990年底，东山县在铜陵镇建成有500个终端用户的有线电视网，可传送中央、省和广东台及自办节目。采用有线电视系统传送节目既提高收视质量，增加收视套数，又美化环境。因此南靖、东山两县有线电

<hr>

① 《福建志·新闻志》，第279页，方志出版社，2002。

视系统的建成对全市产生很大影响，各县纷纷筹建。①

4. 卫星电视广播

卫星电视广播是 20 世纪 70 年代新技术的产物，它的出现解决了地面电视广播对山区难以覆盖的问题。

从 1974 年 12 月漳州市第一家电视差转台——"长泰转播站"开播以来至 1981 年 7 月，全市又先后建成电视差转台 10座，但由于受到信号源不足的困扰，广播电视的发展缓慢。1983年 12 月"835 工程"吴田山微波站第一期工程完工，微波线路开通至漳州，较好地解决电视转播台的信号源问题，但各县仍采用差转方式，信号质量没有保证，许多地方，特别是大部分山区仍收不到电视信号。1986 年 8 月云霄广播站投资 2.9 万元，购置桂林无线电二厂从美国引进组装的 5 米网状天线，美国 DX－600 卫星接收机 DX85°K 高频头，率先在漳州市建成卫星地面站，接收位于东经 66°印度洋上空国际通信 V 号卫星电视信号转播中央电视台节目，取得很好的收视效果。之后各县纷纷组织技术人员前往参观，不久，东山、龙海、华安、平和、南靖、诏安等县相继建成卫星地面接收站，转播中央电视台节目。漳州电视台转播台当时采用的是电子工业部 39 所生产的 6 米板状后馈式天线，东芝 C2 卫星接收机和东芝 68°K 高频头。

1988 年 3 月我国东方红二号甲卫星上天，由于等效全向辐射功率比国际通信 V 号卫星增大约 5dB（为 36.1dBW）使卫星接收天线口径从 6 米降至 3 米，促进卫星电视广播的普及，提高了接收质量。1990 年 4 月，"亚洲一号"卫星发射成功投入使用，由于其波束中心等效全向辐射功率达 37dBW，加上低噪声

---

① 《漳州市志》（卷四十），第 207～208 页，中国社会科学出版社，1999。

高频头技术的发展，使天线口径可以减少至 1.5～2 米，大大减轻了建站投资，使乡村普及型单收站获得很大发展，较好解决了广播电视对山区的覆盖问题，有效地提高了广播电视覆盖率。至1990 年底，漳州市共建卫星地面站 67 座，其中有 40 座建在山区。全市广播电视人口覆盖率分别达到 91％和 84％。[①]

（二）不断改革的漳州电视台

1. 21 世纪以来的漳州电视台

进入 21 世纪后，漳州电视台进行了不断的革新。

2002 年，漳州电视台顺利完成了电视资源的整合和电视台用人机制的改革，实行中层正职和主持人（播音员）竞聘上岗，员工双向选择等一系列变革，同时对频道、节目进行重新包装、重新定位。整合后的电视台的实力更加雄厚，新闻综合、文化影视两套电视节目并驾齐驱。

2003 年 11 月 1 日是漳州电视台建台 15 周年纪念日。漳州电视台网站正式开通。网站的开通架起了一座与五湖四海朋友交流的新的桥梁，使该台视野更广阔，与受众的联系更便捷、更密切。

截至 2006 年，漳州电视台拥有 800 平方米演播大厅，现代化的灯光和音响设备，可承办各类大型晚会和活动，进行现场直播或录播。其开设的栏目有《漳州新闻》、《记者在线》、《法在身边》、《少儿时光》、《这方土地》、《幸福家庭》、《谈笑间》、《漳州讲古》、《政协视点》、《聚焦发展》、《生活全接触》、《城市看点》等 12 个。节目每套每天播出 18 个小时，通过无线发射和有线网络，覆盖漳州市八县一市二区及周边地区，是漳州影响面最广、最具权威性的主流媒体之一。

---

① 以上资料来源：漳州市广播电视局办公室文稿。

2. 2007 年改版中的漳州电视台

2007 年，漳州电视台全面改版，目前改版仍在进行中。改版后的漳州电视台将着力突出地方特色，打造地方品牌，内容更丰富，形象更生动。总共设有三个频道。一频道，新闻综合频道；二频道，文化·生活频道；三频道，休闲·影视剧频道。

新闻综合频道旨在打造漳州最具影响力的主流媒体平台之一，在节目构成上突出 3 档新闻节目、1 档强势栏目群、1 档区域节目、1 个特色栏目和 4 大电视剧场。

3 档新闻节目分别为《漳州新闻》、《记者在线》、《读报时间》，其宗旨在于发布权威资讯，关注百姓生活，浓缩报刊精华、汇集天下大事。彰显新闻性、社会性、权威性、公正性，真诚面对观众，引导舆论先锋。

1 档强势栏目群，计划以《这方土地》为总栏目，内容包括《农村新天地》、《城市新看点》、《经济主战场》、《一方水土一方人》、《台商在漳州》、《天南海北漳州人》、《每周关注》（包括政协视点、廉政之窗等内容）等强势栏目全线合围，继续强化主频道在漳州《这方土地》的宣传引导功能，服务发展大局，服务百姓生活。关注与漳州有关或者对漳州具有社会影响的焦点事件。

1 档区域栏目就是《看漳州》。与各县（市）区、重点开发区联办，为漳州市委、市政府了解漳州各地情况开启一个窗口，同时也为各县（市）区、重点开发区提供一个全方位展示区域发展特色和优异成绩的平台。

《法在身边》是该台设计的 1 个特色栏目。目的在于法制宣传，法制教育，创建"平安漳州"，构建和谐社会。

4 大电视剧场包括《经典剧场》、《海外剧场》、《黄金剧场》、《午夜剧场》全天延续播放，每个特色剧场采取多集连播。

与此同时，文化·生活频道与休闲·影视剧频道相继开播。

文化·生活频道的任务是丰富文化娱乐，创造美好生活。《生活全接触》栏目以服务百姓生活为主题，内容涉及教育、文体、金融、家政等。《文化家园》栏目以地方特色文化为主题，采用互动方式，寓教于乐。推出《情感剧场》、《精品剧场》、《方言剧场》、《魅力剧场》，全力打造电视剧收视首选频道。而休闲·影视剧频道开辟了《旅游世界》、《休闲时光》、《吃喝玩乐在漳州》。同时，采取定位剧场，倾力奉献，以更宽广的影视剧覆盖，分系列、成规模的影视剧推出，不断放大影视剧的收视优势。①

三、泉州电视事业

泉州电视事业起步于 20 世纪 70 年代。虽然当时经济困难且正处"文化大革命"时期，但为了对抗当时的台湾电视信号对东南沿海地区的渗透覆盖，泉州电视事业的发展反而较快。时至今日，泉州电视台已经发展为拥有 4 个频道，集采、编、制为一体的电视台。有线电视事业也于 1990 年起步并迅速覆盖全市各个角落。此外，微波站、差转台和卫星地面接收站林立。鲤城区和各县（市）区域，普遍开通了开路和闭路电视，今日泉州，普通家庭都能收看到多套电视节目。电视已经成为百姓生活不可缺少的一个部分。

（一）电视转播

1973 年 5 月，中央广播事业局在泉州调研广播电视工作，调研组在泉州收测台湾电视信号并了解其对东南沿海地区的渗透覆盖情况，提出了加强广播电视工作的意见。而就在此前一个月，晋江地区第一批共 50 架 14 寸黑白电视机（上海牌 104－5 型）已经进入泉州市，泉州电视转播事业由此拉开帷幕。

---

① 漳州电视台台长讲话稿和网上资料综合，http：//www.zztv.fj.cn。

　　在地、市两级领导的重视和支持下，泉州市人民广播站、晋江地区宣传组技术人员于 1973 年 8 月在清源山顶收测福建电视台电视讯号，并现场拍摄电视画面，酝酿在清源山主峰（海拔496 米）建设电视差转站。

　　为了培养相关专业人才，同年 10 月 12 日～28 日，晋江地区在惠安县干部招待所（石头楼）组织举办"电视接受技术训练班"，参加培训的学员分别来自各县（市）广播站和五交公司、地区机关、华侨大厦、医科大学等单位。训练班的课程包括"黑白电视广播原理"、"电视接收原理"、"接受天线制作和架设"、"黑白电视机维修常识"等。

　　11 月，晋江地区组织人员参观厦门 731 台的电视差转台，并学习了三明地区广播管理站介绍建设 50 瓦电视差转台的经验；11 月 26 日，建设清源山电视差转站的工作方案，得到了上级领导的支持，泉州广播站就与厦门大学物理系签订委托生产电视发射机、同步机和电视讯号发生器的协议，并派员参与试制和接受技术培训。至此，清源山电视差转站建设工作已经准备就绪。

　　1980 年 6 月 2 日至 7 日，福建省广播事业局在福州召开全省广播电视工作，讨论"1981～1985 年福建省广播电视规划纲要（草案）"，提出广播电视宣传和事业建设任务，并着重研究对有线广播网进行整顿和加强管理等问题。泉州地、县两级广电部门均派员参加，并结合本地情况提出了加快发展广电事业的意见。

　　泉州下属各县（市）也开始了紧锣密鼓的准备工作。1978年 7 月 22 日，中共晋江地委宣传部依托本地国民经济发展规划，并结合广播电视事业建设情况，组织制定了"晋江地区广播、电视发展规划"（1978～1985），规划提出了"要继续巩固和发展农村有线广播网"、"加快发展和普及电视"和"巩固和发展无线试验广播"等目标，为晋江的电视事业发展指明了方向。

根据省广播局的要求，1980 年 6 月 20 日至 28 日，晋江地委宣传部召开"全区卫星广播电视技术规划会议"。会议要求各县（市）广播站技术人员应当按要求制定包括卫星广播、电视覆盖网的技术规划，并对收转站进行频道配置，为今后广电事业建设进一步打下了基础。同年 7 月 12 日，晋江地区广播事业局正式成立。

1985 年 7 月 24 日，晋江广电局召开广播试验台和电视差转台技术维护工作交流会。会上，惠安 404 广播试验台介绍了自 1984 年以来实行的维护管理经验。

9 月，晋江广电局组织开办的"北京广播学院泉州函授分站"在泉州师范附小内开学，该班学制四年，定期函授，统一考试，修完四年课程即发给大专毕业证书。函授班第一批共招收学员 26 人，分别来自本区的广播站（台）及厦门漳州广电系统。在那个广播电视人才匮乏的年代，晋江广电局的做法为培养广电人才，推进广电事业的发展打下了扎实的基础。

泉州市建立的电视差转站主要有清源山 105 台、天马山差转台、清水岩电视差转台、德化县电视差转台等。其中，清源山 105 台是泉州地区第一个电视转播台。

这些差转台的投入使用标志着电视已经覆盖了泉州城乡各个角落，电视已经成为了人们生活中不可缺少的一部分。

（二）泉州电视台

1. 筹建工作

早在 1985 年 12 月，泉州宣传部与广电局曾联合制作完成电视专题片《泉州风情》，并通过各种渠道赠送给海外侨胞，扩大了对外影响，同时也增强了泉州广电部门和各界群众对办电视台的信心。

1986 年 1 月，泉州市第十届人大代表大会第一次会议召开后，泉州升格为地级市。大会期间，13 位代表联合提出"关于建立泉州电视台"的提案；与此同时，在泉州市第六届政协第一次会议上，8 位委员也提出了《关于筹建"泉州电视台"的建议》。

1986 年 2 月 15 日，泉州市广播电视局向市政府呈送《关于筹建"泉州电视台"的请示报告》。报告迅速得到批准；3 月 10 日，泉州市人民政府召开了市长办公会议，会议听取了市广电局《关于筹建"泉州电视台"的意见》的汇报。会议指示应当按照"量力而行、分步建设、注意实效、讲求效益"的指导思想建设泉州电视台。

泉州市委极为重视泉州电视台建设工作。在听取市广电局汇报之后，筹建工作便迅速开展起来。1986 年 4 月 1 日，市委领导赴省广电厅汇报相关工作，并向上级部门提出频道使用和代理维护等请求；4 月 17 日，泉州市广电局再次向省广播电视厅呈送《关于申请指配"泉州电视台"VHF 频道的报告》。

不久，泉州电视台筹建领导组正式成立。5 月 20 日至 25 日，省广电厅召开调频广播规划会议，对电视频道规划进行了新的调整，分配 DS－18（分米波）作为泉州市电视台使用频道；同时，省人民政府正式批复同意泉州市政府《关于增设"泉州电视台转播台"的报告》。

1986 年 6 月 1 日，泉州市广电局向北京广播器材厂购买了 DS－3 频道 1 千瓦彩色电视发射机一台以及四台 3/4 录像机，这些器材于五个月后到位。

为了支持电视台的筹建工作，1986 年 9 月 14 日，泉州市拨出 6 万美元用于购置进口电视新闻摄制设备。泉州电视台筹建办公室同时再次到省广电厅汇报工作进展，并请求使用 DS－3 频道；12 月 24 日，泉州市政府分管文教工作的副市长带队参加闽南金三角大文化协作会，期间专程赴厦门电视台参观，并商讨电视节目交流等问题，得到厦门电视台的支持。

1987年1月上旬，泉州电视台开始试转播工作，台址设在清源山清源农场，装备有1千瓦彩色电视发射机；中旬，电视台又在福州郊区黄山村建立收录点，专门录制省电视台二套（DS—7频道）节目，并将这些节目隔天送回泉州播出。

1987年3月1日，泉州电视台在市委大院安装6M卫星电视地面接收站，用以收转中央电视台二套节目；2日，电视台委托泉州市进出口公司与香港新利有限公司签订进口电视摄录像、编辑设备合同，所购设备包括索尼公司产3/4DXC—M3APK型摄录机两台，配套便携式VO—6800型录像机两台，VO—5850型编辑机一套和字幕机、调音台及配套设施等，总价值达6万美元；6月，索购设备全部到位并迅速投入使用；同年10月22日，泉州电视台向市政府申请增加人员编制和增拨经费。泉州市政府一次性拨出27万元，其中包括外汇5万美元，用于购置第二批摄、录、编辑设备和发射铁塔及天、馈系统的建设。

1987年12月19日，国家广播电影电视部发布"关于同意泉州市建立电视台批复"。同意该台使用DS—3频道，发射功率1千瓦，台址设在泉州清源山。至此，泉州电视台筹建工作全部就绪。

1988年2月16日，泉州电视台正式试播并打出台标，期间除转播上级电视台的节目之外，还播出少量自办节目，主要有《泉州新闻》和电视剧等；4月，电视台发射机房从清源山清远洞临时机房正式迁入清源山省105调频广播台旧机房内，同时投入使用的还有自行设计、架设的拉线式简易铁塔。电视台发射讯号总覆盖面积1400平方千米、人口305万。

由于电视台总部设在市区，为了把节目传至清源山发射机房再向全市发射，1988 年 6 月 22 日，泉州电视台为此专门从市区到清源山顶建成一条微波线路，这也是泉州市第一条专门传送电视节目的微波线路。

1988 年 8 月 31 日上午，泉州电视台正式开播，编制 35 人，列事业开支，并实行局、台合一管理体制。

2. 发展前进

泉州电视台成立之后，为了推动该台发展，泉州市广电部门一方面成立电视学会，创办电视报纸；一方面加大投入，不断更新电视台设备；另一方面，泉州电视台全体工作人员也迎难而上，多次组织录播、直播大中型文艺节目，积累了丰富的电视实践经验。这些都极大地推动了泉州电视台的发展。

统计显示，1988 年泉州电视台试、开播仅 10 个月后，播出各类节目 1900 多个小时，摄制新闻 863 条，制作专题节目 31 部，广告收入达 26 万元。1989 年，泉州电视台全年自己采播新闻共 2000 件，其中中央电视台采用 67 件，省电视台采用 227 件，播出电视剧 902 集，广告创收 70 万元。1990 年底，泉州电视台平均每周播出 28 小时 10 分钟，其中转播中央台节目 7 小时，自办节目 21 小时（新闻节目 1 小时 34 分钟，专题节目 24 分钟，文艺节目 17 小时 36 分钟，服务性节目 1 小时 36 分钟），到 1997 年，泉州电视台全年创收达 1900 万元，自办节目播出时间和总体播出时间显著增长。[①]

1989 年 9 月 1 日，泉州电视台成立一周年之际，泉州市广播电视学会成立，这也是全省第一个地级市广播电视学会。

为了缓解泉州电视台开播不久经费紧张的状况，1990 年 4 月 6 日，泉州市财政局下达《关于全州电视台广告收入财务管理

---

① 《福建省志·广播电视志》，方志出版社，2002。

暂行规定》，允许"电视广告收入三年内（1989～1991）留归单位改善办公条件、福利生活条件和弥补经费不足"并"按5％提取广告业务费"，此举进一步推动了泉州电视台的发展。

此外，由泉州市广电局创办的《泉州电视周报》也于1992年10月7日试刊，大小为四开四版，共出版三期。12月30日开始内部发行，征订份数达7.5万份。1994年5月1日起扩至四开八版，发行量高达12.5万份。1995年8月23日《泉州市电视周报》更名为《泉州广播电视报》，并面向全国发行。1998年由四开八版再度扩至四开十二版，很快又改为对开八版。进入21世纪后，该报又经多次改版，如今已扩至四开二十四版。

1996年1月，泉州电视台晋江、南安、惠安、安溪、永春记者站也在同时成立。而电视台自筹资金自行设计、组装的六讯道模拟分量大型电视转播车也投入使用，这些措施进一步提高了电视台的节目制作能力。

1997年8月4日，泉州市原鲤城广电局撤销，组成泉州广播电视二台，由泉州市广电局直接管理。

泉州市开始践行"村村通广播电视工程"后，到1999年底，泉州共有400个边远地区自然村能通广播电视。进入21世纪以来，泉州电视事业的发展更是突飞猛进。2000年1月7日，经国家广电总局批准，泉州电视台发射功率由1千瓦扩至3千瓦。与此同时，泉州市广播电视局向市委呈报的"帮助边远山区410个'空白'自然村通广播电视工程"也列入当年的市委工作计划。至2000年11月15日，全市百人以上自然村全部能通广播电视。

进入2001年后，泉州市委、市政府再次把"帮助100个老区少数民族村通有线电视工程"列入了当年的政府工作日程。

2001年7月1日，泉州市各电视频道统一推出新的台标、呼号，原泉州电视台改称泉州电视台一套，泉州有线电视台成为泉州电视台二套，原泉州广播电视二台部分为泉州电视台三套。

在全市所有行政村和百户以上通电自然村都能收听收看广播电视之后，2005 年 12 月，泉州市再投入资金 2000 多万元，完成了对全市 250 个 50 户以上的村庄的广播电视覆盖。改造过后，这些村落至少可收到 6 套以上电视节目和 3 套广播节目。

2007 年 5 月 12 日，泉州电视台闽南语频道正式开播，成为祖国大陆首个经国家广电总局正式批准开办、全部采用闽南语播出的综合方言频道。闽南语频道以泉州方言节目为主打、以闽南人文为特色，以"传承闽南文化，服务两岸乡亲"为宗旨。频道目标受众除了泉州本土观众外，还有属于闽南语系的台湾乡亲。各档节目主打"闽南文化牌"，寓文于乐，雅俗共赏。[①] 至此泉州电视台拥有了 4 个频道。它们分别是一套综合频道，二套都市生活频道，三套生活服务频道和四套闽南语频道。

此外，泉州市广电部门也充分发挥自己的地理、文化和人文优势，与台湾媒介进行广泛的交流与切磋。继 1998 年泉州电视台首次组团赴台湾采访之后，2005 年底，泉州市广电中心主任再率泉州市广播电视学会访问团赴台参观采访。访问团参观了包括中天、东森等知名媒体，并就两地媒介交流、资源互动进行了深入的探讨，进一步借鉴了台湾媒介在广电产业运作方面的成功经验，有力地推动了泉州广电事业的发展。

值得一提的是，1989 年 4 月 25 日，"石狮市广播电视台"成立；1990 年 4 月至 7 月，惠安县、德化县和永春县广播电视局先后成立；1998 年 2 月，南安市广播电视台成立，3 月 9 日，安溪县人民广播电台、有线电视台合并成立"安溪县广播电视

---

① 转引自 http://hi.baidu.com/jgxt/blog/item/3a6971344e21df4f251f14c0.html。

台",并实行"局台合一"管理体制。这些都有力地促进了泉州电视事业的发展前进。

3. 节目制作

从试播开始,泉州电视台就一直在走一条自办节目之路,几乎每年都有一批新的栏目诞生,从最初的简单的新闻栏目到现在高水平的专题片、纪录片,泉州电视台自办节目制作水平不断提高。

1986年6月10日,福建省政府批准泉州电视台成立不到一个月,为了参加当年8月在北京举办的"福建省乡镇企业展览会"展示宣传活动,泉州市委指示泉州电视台筹建办公室录制全市优秀乡镇企业发展电视专题片。历经一个多月的艰苦奋斗,7月底,专题片制作完成,定名为《繁花似锦侨乡春》。这是泉州电视台制作的第一件作品。

很快,1987年1月22日,新年将至,泉州电视台再次录制"新春献词",并开始了紧张的春节期间试播节目安排。节目内容包括《泉州十大要闻》和此前录制的泉州风光电视专题片《历史名城——泉州》、《潮声帆影刺桐港》、《泉州风情》等。春节过后开始录转福建电视台二套节目;7月1日,泉州电视台开始试播《泉州新闻》,每周播出两次。

到1988年8月31日泉州电视台正式开播时,泉州电视台每周播出时间已达35个小时。其中自办节目主要有《泉州新闻》和电视剧等。

1989年10月,泉州交警支队与泉州电视台社教部联办的《交通警报台》开播,每周播出一期,每期10分钟;此外,《侨乡周末》也于12月30日开播。《交通警报台》以"追踪交通热点,服务出行安全"为宗旨,很受观众欢迎。①

---

① http://www.qzgajt.com/NewsDetail.asp? id=604。

1990年7月1日，电视台再开播《侨乡党建》社教栏目。该栏目由泉州电视台和中共泉州市委组织部、宣传部联办，以报道基层党组织先进事迹及党建工作经验为重点，着力展示新时期侨乡加强基层党组织建设风采，每月播出一期，效果良好。

泉州电视台第一次现场直播是在1992年2月。时值元宵节期间，国际南少林武术节在泉州举行，在没有转播车等困难下，电视台直播了这次踩街活动，并制作成专题片《南少林在泉州》，在中央级和省级媒体上播出。

1994年10月1日，泉州电视台的《周末报道》栏目开播。受此影响，《泉州新闻》从每周播出3次改为每周播出5次（不含重播和闽南语），周日则推出《一周要闻》。至此，泉州电视台实现了"天天有新闻"的局面。

1996年新增栏目包括《东南风》、《文艺大观园》和《学烧泉州菜》等。其中《东南风》于1月1日开播。该栏目采用文化生活类杂志式编排，旨在"荟萃文化精华，揭示生活真谛，推介审美时尚，描画地方风情"，每周五晚上播出25分钟。《文艺大观园》于10月开播，每周日晚上播出，每次30分钟。《学烧泉州菜》于11月开播，每周播出3期，1998年7月后改称《泉州美食》。

法制栏目《警方时空》于1997年5月开播。该栏目由泉州电视台与泉州市公安局联办，每周播出一期，共15分钟。11月1日，《新闻广角》开播，该栏目主要以深入报道社会热点新闻为主。不久，《泉州讲古》栏目也开播，每周播出三次，每次10分钟。

1998年1月1日，泉州电视台新开辟经济类节目《经贸纵横》栏目。4月，由泉州电视台独资投拍的纸偶片《石敢当破妖术》开拍，实现了泉州市电视剧创作"零"的突破。5月，泉州电视台与泉州市中级法院联办的直播节目《现在开庭》开播。6月，电视台首次组团赴台湾采访，采访成果被编辑成 17 集系列报道《访台纪行》播出。12 月 8 日至 10 日期间，泉州举办"'98中国旅游交易会"，泉州电视台除直播活动开幕式和大型文化活动之外，新开《迎接旅交会》和《看泉州》等栏目，同时制作了15 集系列专题片《泉州旅游》等，全面报道了这次活动。同时，泉州市委宣传部与泉州电视台还联合摄制了 5 集系列专题片《回首泉州 20 年》，全面反映了泉州市改革开放以来取得的骄人成果。

进入 1999 年后，泉州电视台的电视直播水平也得到了进一步的提高。7 月 30 日至 31 日间，中国羽毛球联赛泉州站开赛，泉州电视台首次与中央台联手现场直播了该场比赛。8 月份，"福建省第六届闽南语歌曲青年歌手电视邀请赛"开赛，作为主办方之一的泉州电视台与厦门、漳州、电视台联手向闽南地区成功直播了泉州总决赛的情况。9 月 11 日，第一届"泉州电视节"在澳门举行，20 天的时间内，澳广视中文台每晚黄金时间播出一小时的节目，向澳门观众系统介绍泉州经济、社会、文化、风土人情以及泉澳经贸合作的历史和现状，进一步促进了两地的合作关系。为庆祝新中国成立 50 周年，9 月 26 日，泉州电视台成功举办"迈向新世纪"大型电视文艺晚会，同时与泉州市委宣传部联合设置国庆献礼专题片《侨乡 50 春》，长 70 分钟。

2000 年 12 月 28 日，泉州电视台再与市卫生局合作开办《健康视窗》栏目。同一时间推出栏目还有《科技之窗》等。

2002 年 2 月 14 日，"泉州港和海上丝绸之路"国际学术研讨会召开，泉州电视台首次与中央电视台连线直播了这次会议。为了弥补无早间新闻的缺憾，9 月 30 日，泉州电视台推出新闻综合频道《泉视早新闻》栏目，电视台的开播时间也由过去的上午 9：00 提前至上午 7：30。

2004 年 1 月，泉州电视台再次开设晚间新闻栏目《新闻茶座》，从而实现早、中、晚全部都有新闻播出。8 月 1 日，泉州电视台携手泉州人民广播电台联合打造《新闻早报》栏目，这也是全国地级市中第一家兼容声、屏、报、网的新闻栏目。节目中电台主持人首次走上电视屏幕跨媒体主持，节目形式新颖独特，得到了受众的广泛认可。此后，泉州市广电中心整合"声、屏、报、网"的力量，在原图文电视频道的基础上推出《百姓屏报》栏目。该栏目以"探索市场动态，关注消费热点，传播生活资讯，打造电视购物，服务百姓生活"为宗旨，通过差异化经营、互动经营，对其他媒体形成互补和延伸，取得了很好的传播效果。

2005 年伊始，泉州电视台又新增《刺桐花》和《经历》两个栏目，分别为少儿节目和民生故事栏目。此外，由泉州市委宣传部、泉州市广电中心和泉州市木偶剧团联合拍摄的《雪域金猴》开拍，该剧 13 集，每集 22 分钟。这也是全国首部提线木偶电视剧。

2007 年泉州闽南语频道开播后，开播有《新闻相拍报》、《咱厝人》、《泉州讲古》、《泉州美食》、《养生之道》、《唱歌拼输赢》、《学说泉州话》等栏目，全部用闽南话播出，深受当地人喜爱。

20 年来泉州电视台自办节目不仅数量逐年迅速增加，质量也逐年明显提高。据不完全统计迄今为止已有近 30 件作品荣获省级以上奖项。

（三）有线电视

1. 泉州有线电视台

1990 年 5 月 18 日至 20 日，泉州市广电局召开"全市广播

事业建设座谈会"，首次就发展城乡有线广播和有线电视的问题
进行了讨论，并提出加快有线电视建设等目标。在此后的泉州市
人大常委会上，一些委员也提出要把泉州市有线电视网建设起来
的意见。同时，市政府也要求相关部门尽快对市区有线电视网的
建设方案进行论证。

10 月 26 日，泉州市人民政府办公室召集市计委、城建、财
政、供电、邮电、公安和广播电视等部门领导和业务人员对建设
市区有线电视网的方案进行讨论；11 月 1 日又组织上述部门到
晋江县和石狮市考察，最终决定建设有线电视。

1991 年 2 月 4 日，"泉州市有线电视网筹建领导小组"成
立。一周后，"泉州市有线电视中心"正式成立，编制 15 名。
1993 年 10 月 15 日，"泉州市有线电视中心"改名为"泉州市有
线电视台"，编制 60 人，为科级事业单位建制。1994 年 6 月 7
日再次改称"泉州有线电视台"。2001 年泉州市各电视频道统一
推出新的台标、呼号后，"泉州有线电视台"改称"泉州电视台
二套"并沿用至今。

筹建领导小组成立后，相关工作迅速展开来，1991 年 4 月 8
日至 13 日期间，泉州市广电局组织专业人员到江苏南京、安徽
马鞍山考察城市有线电视网建设工程，并对设计施工单位机电部
14 所（华宁集团）属下"南京高特公司"进行资质考核。5 月
11 日，泉州市广电局与南京高特公司签订设计和首期 6000 户的
建设合同。

8 月 24 日，泉州市区有线电视工程在市区红梅新村 1、2 号
楼拉开序幕。12 月 31 日，泉州有线电视网首次开通试播，一次
可传送 56 套电视频道和 10 套调频立体声节目。试播时，传送中
央、省、市 8 套高质量（四级）电视节目和 2 套广播节目，首批
用户共 7000 多个。泉州有线电视网也是全国第一家引进美国 GI

（吉洛特）公司 550MHz 邻频前端和双向干线放大器的有线电视网。

1994 年 4 月 4 日，国家广电部正式发文批准成立"泉州有线电视台"，12 月 28 日，泉州市有线电视台在泉州刺桐饭店举行庆典、庆祝有线电视台正式成立，泉州市相关领导出席仪式并授牌。

正式成立后，泉州有线电视台硬件设施也日渐完善。1995年 9 月 8 日，泉州市第一条广播电视光纤——"泉州鲤城区江南镇 CATV 光纤传输系统"架设完成，这也是福建省首次建成乡镇一级光纤传输网络。12 月，泉州市有线电视台（区、市）实现微波大联网，覆盖人口超过了 160 万。1998 年 12 月 30 日，泉州至下属 8 个县（市、区）的有线电视光纤联网工程完成。埋设光纤干线 268.8 公里，开通传送 21 套电视节目。到 2003 年底泉州安溪县桃舟乡有线电视网络正式开通后，泉州 142 个乡镇全部实现了光纤联网。2000 年 1 月，泉州有线电视台开通了数据传送业务，同年 5 月，又启用了新机房，更改了一批设备，首次实现了节目自动播出。

到 2004 年底，总投资达 4030 万元的泉州市有线广播电视综合信息网改造一期工程结束，从而完成了对市区广电光缆基础网的建设和 5 万户用户的改造，基本上形成了每 500 个用户一个光节点的网格格局。2005 年，对市区 6 万户有线电视双向网改造的二期工程顺利完成，新铺设市至县光缆干线 120 公里。真正建成了一张完整的、双向的、可控的传播广播电视为主的多功能宽带综合网，为今后开展数字电视业务、实现广播电视数字化奠定了坚实的基础。

泉州有线电视台的节目制作力量也不断提高。该台在不断推出新栏目的同时，多次现场直播、组织大型文艺活动，积累了丰富的实践经验。

就在泉州有线电视网首次试播四个月后，1992 年 4 月 30 日，泉州市庆祝"五一"劳动节文艺晚会在泉州影剧院举行，泉州有线电视中心用有线电视首次现场直播该节目，效果很好。这次现场直播为以后直播大型文艺活动打下了良好的基础。此后，该台多次组织、播出和录制大型文艺晚会，包括 1997 年 7 月首次录制的《九七中华情》电视文艺晚会，1999 年 5 月开办的群众参与音乐电视栏目《好歌你来唱》以及 12 月 28 日该台在泉州影剧院举行建台 5 周年庆祝晚会等，均取得良好社会效果。

1995 年至 2001 年间，泉州市有线电视台的工作人员也立足本身力量，先后开播了多个自办节目，主要有《刺桐艺苑》和《经济与服务》（1995 年）、《青少年歌手擂台赛》（1998 年）、《周日说法》（1999 年）、《校园风景线》（2001 年）等。

2. 各县（市）有线电视台

泉州市下属各县（市）有线电视事业是与泉州市有线电视事业几乎在同一时间发展起来的，个别县（市）起步甚至早于泉州有线电视台。到 1994 年，各地有线电视网基本建成。

这其中，石狮市起步最早。1990 年，石狮市有线电视台试播，可转播中央电视台一套、二套、福建电视台一套、泉州电视台、厦门电视台、西藏台、云南台、贵州台等 7 套节目。南安县有线电视网随后在 1991 年 1 月 24 日开通，采用 300MHz 传输系统，传送 7 套电视节目。

与此同时，安溪、永春等县也都开始了紧张的建设工作。1991 年 1 月 5 日，"安溪广播电视网络有限公司"成立，隶属县广电局，主要负责全县广播电视传输网络工程建设，经营管理和业务开发，同年 6 月，安溪县城区有线电视网动工建设。7 月 1 日，永春县有线电视网也正式开工。

1991 年 10 月，惠安县崇武镇有线电视开通，这是该县第一个由本系统自行建设的镇级有线电视网络。随后，晋江、德化、安溪等地的有线电视网都相继建成并全部开通本县（市）新闻栏目。统计显示，1994 年泉州市共有 8 个县（市、区）建成有线广播电视台，有线电视用户 17.05 万户，电视人口覆盖率达 94%。①

第三节　闽南互联网发展状况

以时间段来划分中国互联网发展历程，大致可分为 1986 年 6 月～1993 年 3 月的研究试验阶段、1994 年 4 月～1996 年起步阶段和 1997 年至今的快速增长阶段这三个阶段②。

研究试验阶段主要是针对 Internet 联网技术，开展科研课题和科技合作工作。这个阶段的网络应用仅限于小范围的电子邮件服务，而且仅为少数高等院校、研究机构提供电子邮件服务。

起步阶段以 1994 年 4 月的中关村地区教育与科研示范网络工程进入互联网为标志，实现和 Internet 的 TCP/IP 连接，从而开通了 Internet 全功能服务，正式进入国际互联网家庭。之后，ChinaNet、CERnet、CSTnet、ChinaGBnet 等多个互联网络项目在全国范围相继启动，互联网开始进入公众生活，从此得到了迅速的发展。1996 年底，祖国大陆互联网用户数已达 20 万，利用互联网开展的业务与应用逐步增多。

快速增长阶段体现在互联网用户数的增长速度。从 1997 年

---

① 本节主要参见泉州市广播电视学会：《1950－2005 年泉州市广播电视大事记》，2006 年 12 月。

② http://blog.sina.com.cn/fanyingjie。

至今，上网用户已超过一亿。据中国互联网络信息中心（CNN-IC）公布的统计报告显示，截至 2007 年 1 月 23 日的第 19 次中国互联网络发展状况统计报告，祖国大陆上网用户已达 1.37 亿。闽南地区的互联网发展总体上是从第二阶段开始。

一、厦门网络传播

厦门的互联网发展大致开始于第二阶段，即起步阶段，然而厦门作为开放城市在互联网发展上积极投入，特别是在硬件建设方面，目前厦门已经领先于全国。2001 年，厦门电信互联网数据中心开通，成为继上海之后华南地区最大的互联网数据中心（IDC）。该中心是目前国内先进的互联网数据中心之一，也是继北京、上海之后的全国第 3 大互联网数据中心，拥有国内最大的域名注册提供商（机房）和国内虚拟主机占比最大的数据中心。

厦门网络近几年发展迅速，每百户市民已经拥有 60 台电脑，居全国前列。网民超过 90 万，大大小小网站近万个。这些网站只有一小部分是政府或政府有关部门支持的，大部分属于商业性网站①。

（一）网站建设状况及其特点

1. 政府网站

厦门是全国较早实施电子政务的城市，以 1999 年"厦门市政府网站"（http：//www.xm.gov.cn/）的建立为标志，厦门各级政府都在认真地推进电子政务，公布各类政府信息，与市民进行网上互动，开展网上审批。

作为厦门市电子政务建设重要组成部分的厦门市政府网站，

---

① 《建综合门户网站 让厦门直通世界》，载《厦门日报》，2006 年 2 月 17 日。

于 1999 年 12 月 10 日正式开通，以"与世界相通、与百姓相连"为宗旨，以政府为主体，以服务经济社会发展、提高政府行政能力为目标，以服务公众和企业为重点，是市政府对社会公众的信息发布和社会查询政府对外信息的主渠道。

厦门市政府网站分为政务公开、在线服务、网上办事、互动沟通四大类别。主要栏目有《今日要事》、《视频点播》、《政务信息》、《网上办事》、《公共服务》、《市民论坛》、《政策咨询》、《热点评论》、《农村信息服务平台》、《大事记》、《新闻发布会》、《图片厦门》等。

经过近 9 年的发展，厦门市政府网站已从当初简单地发布信息、对外宣传，逐步扩展到政务公开、网上办公和网上办事的二次飞跃。目前，通过政府网站开设的栏目，可下载的办事表格达 148 个，多个项目实现了足不出户即可完成审批。市政府网站还十分注重与市民沟通和互动，政府信箱来信的办结率高达 98%。

在网上建设"虚拟政府"，使市政府网站渐渐朝着政府门户网站的方向发展，政府 48 个组成单位中，已有 20 多个可从市政府网中直接进入。由全国权威机构举办的全国城市政府网站综合评比中，厦门市政府网站连续两届进入了前 10 名。2002～2005 年连续四年在中国电子政务技术与应用大会上，荣获"全国优秀政府门户网站"称号。因为方便实用，该网站点击率不断攀升，刚创办 3 年点击率就达 147 万次，而到 2004 年，点击率一下突破 370 万次①。截至 2006 年 6 月 24 日，点击率飚升至 834 万次。

2006 年 1 月，厦门市政府网站改版，细化分类信息，新推快速查询通道，设各级栏目 371 个，方便查询。

①　《厦门市政府网站获全国优秀》，载《厦门晚报》，2004 年 8 月 6 日。

2005 年 2 月，"厦门市网上审批服务系统"正式开通，可通过网上审批系统为企业和公众提供 24 小时不间断申报服务。申请人只需要在网上提交合格的审批和登记的申请文件，即可在网上完成专项审批和注册登记。申报用户还可以通过网上对自己的申报进行过程跟踪，对审批事项的问题进行咨询。该局可以将审批结果通过网上互动通知、手机短信提醒等方式及时通知用户，针对用户提出的问题进行及时解答与反馈。通过网上审批平台，开通相关审批事项，不仅加强了政府与企业、群众的联系，减少审批成本，方便企业和群众办事，还进一步提升了公共服务质量和水平，提高了办事效率和透明度，减少了行政审批环节①。

2. 民间网站

厦门的民间网站比较发达，最大的特点是以行业和爱好细分成各有特色的专业服务类网站，最热门的是"厦门房地产联合网"（http：//www. xmhouse. com）。该网站以房地产信息发布和交流为主，受到买房一族和开发商以及房产中介的欢迎。

现在的"房地产联合网"不仅是一个房地产信息发布和交流的网络平台，还是人气最旺的市民论坛，热点问题在这里都有各种回应的声音。厦门人气最旺的 BBS "楼市你我谈"，置业者可以在这里找邻居，交朋友，交流装修心得。目前的日访问量达 10 万人次，总注册会员 8 万。该网站还是福建省成立最早、影响力最大的专业房地产网站，涵盖厦门房产资讯的方方面面，目前共有 2 万多条房产资讯，4 万条买房租房信息，280 多个新房信息。

"厦门小鱼社区"（http：//www. xmfish. com）也是深受厦门市民欢迎的论坛性网站。"厦门小鱼社区"前身为"厦门小鱼

---

① http：//www. xm. gov. cn。

论坛",2002年5月建立,2003年2月正式更名为"厦门小鱼社区"。社区以生活信息交流为主、娱乐休闲为辅,鼓励社区里的朋友互相帮助,并提供有用的信息。

"厦门小鱼社区"是厦门人气较旺的网站,以网友谈论厦门生活为主,是典型的论坛型网站。它类似于厦门市的网络会客厅,每天少则几百人,多则成千上万人就各类问题和现象发表意见。该网站投票统计数据显示,社区用户年龄在22~25岁居多,在厦门居住的用户占很大比例。

"厦门小鱼社区"主要由《鹭岛生活》、《工作经验》、《健康话题》、《特色网站》、《心情故事》、《精品乐曲》等多个板块组成。社区里的《鹭岛生活》板块提供丰富的厦门生活信息,与人们生活息息相关,深受大家的喜爱和好评。《工作经验》记录社区里从事不同职业人员的资料,有遇到自己行业以外的问题可以在那里寻求帮助。《健康话题》主要由精通医学医药的两名网友担任版主,向大家普及健康知识和回答朋友们提出的健康问题等。目前这一社区有5万多名会员。

无所不说是"厦门小鱼社区"的一大特点,但是也给该网站带来些麻烦。2006年初,网友在该网站发帖说荣华小吃店是"黑店",一直在使用地沟油,该店老板认为这篇帖子纯属诽谤,她找不到发帖者,于是就把"厦门小鱼社区"的主人告上法庭,索赔2.6万元。这是厦门首起因网友发帖而引起的诉讼。

"厦门读客网"(http://www.doker.cn)是福建首家电子杂志门户网站,由厦门读客信息科技有限公司自主开发。从2006年5月20日开通,不到一个月的时间浏览量迅速上升,在网易举办的"2006年最受欢迎Web2.0网站有奖评选"中,位列全国入选的10个电子杂志门户网站的第二名,2007年度为第四名。目前,"厦门读客网"已成为海峡西岸最大的电子杂志发行平台，在台港澳地区及东南亚华人圈亦有较大公信力、影响力。

观察"厦门读客网"的相关统计数据，不难发现该网站的受众分布全国各地甚至欧洲、美国和东南亚。依据各个地区的 IP 地址进行统计所得到的数据显示，访问量居前五名分别是：广东（13.6％）、江苏（10.0％）、台湾（7.5％）、浙江（6.3％）、福建（5.4％）。

"厦门读客网"的访问人群中来自台湾地区的网友正在以较快的速度增加，上网访问的网民大部分为台湾社会的主流人群及中产阶级。而作为行政中心的台北市网民访问者人数最多，占总人数的 1/4，台北、台南、新竹、高雄、台中等 5 个市访问者人数之和占总访问人数的九成以上。

此外，比较有名的民间网站还有"海西汽车网网上商城"（原"厦门购车网"）（http：//xmsell. com）、"厦门都市网"（http：//xm. com. cn）等商业服务性专业网站。

（二）新闻媒体网站

1. "厦门网"（http：//www. xmnn. cn）

截至 2006 年，厦门的新闻媒体网站不发达，基本上是传统媒体的电子版。如 1999 年由厦门日报社创建的"海峡网"（http：//www. csnn. com. cn）虽然由厦门日报主办，但还缺乏自主发布新闻的资质，也没有网络记者，只是平面媒体的电子版，软硬件存在诸多不足。"海峡网"最初只是厦门日报社旗下的厦门日报、厦门晚报、厦门商报、海峡生活报、台海杂志和双语周刊的网上"翻版"，每天的点击数只有 5 万，其中台湾网民 25％。

2005 年，祖国大陆报纸广告整体下滑，网络广告不断攀升，媒体从业人员开始重视网络媒体。2006 年 2 月，厦门市 10 位市人大代表提议整合现有各类传播资源，办好综合门户网站。

2007 年 1 月 1 日，"海峡网"正式更名为"厦门网"并进行试运行。5 月 28 日正式启用新网址 http：//www. xmnn. cn。

目前，国务院新闻办公室只给福建省 4 个具有自主发布新闻资质的重点网站指标。福建省的"东南新闻网"是其中一个，泉州市已经上报获批，投资 2000 万元建起了"泉州网"，福州市综合门户网也已在申报之中，并正在做前期准备工作。相比之下，厦门市综合性门户网站的建设还刚刚开始。厦门网已经从海峡新闻网的侧重新闻、打造对台交流平台，转向具有传播信息、娱乐、休闲等多种功能的综合性门户网站。

目前，厦门网依托厦门日报社，整合全市新闻和信息资源，努力建成海峡西岸经济区大型综合性网站，使之成为促进海峡两岸交流的全国"第一网"、海峡西岸经济区"第一门户"和闽南文化娱乐的网上活动中心。"厦门网"点击量达到 150 万，正逐步成为厦门市最大的网上新闻发布中心、厦门公众信息服务中心和世界了解厦门、厦门走向世界的一个重要窗口[①]。

2. 广播电视网站

厦门的网络音像信息和新闻的传播主要由"厦门广电集团的网"（http：//www. xmg. com. cn）承担。

"厦门广电集团网"设有以下几个频道：《今日要闻》、《网络文摘》、《新闻一览》、《新闻专题》、《影视剧场》、《视听地带》、《编读往来》以及《厦门电视台》、《厦门卫视》等栏目。

原厦门人民广播电台曾于 1999 年元旦开通厦广电台网站（http：//www. xmgb. com），实现了电波无界覆盖，访问地区涵盖亚洲、欧洲、美洲等，曾经每天点击率达上万次，访问量一直呈上升趋势。2004 年厦门广电集团成立，对电台网站做了整合，取消了原来的网站，而分别建立 4 个独立网站，即"厦门新

---

① 根据《厦门晚报》记者查本恩提供的材料整理。

闻网"（http：//www.fm996.com.cn）、"厦门音乐广播网"
（http：//www.fm909.com.cn）、"厦门经济交通广播"
（http：//www.fm107.com.cn）和"闽南之声"（http：//
www.fm1012.com.cn）。"厦门新闻网"侧重于调频新闻广播，
栏目主要有 *Special*、《栏目新闻》、《新闻广播论坛》、《996 新闻
零距离》、《许诺看台湾》、《节目在线收听》、《网站新闻》等。
"厦门音乐广播网"侧重于提供音乐和娱乐方面的信息，栏目设
有《最新动态》、《热门回顾》、《音乐排行榜》等。"厦门经济交
通广播"则主要提供经济、交通、房地产的新闻和信息。

　　闽南之声开播后也创建了自己的网站（http：//
www.fm1012.com.cn），设有《公告 & 新闻》、《在线即时收
听》、《新闻直播室》、《闽南听戏台》等栏目。

二、漳州网络传播

　　漳州电信是漳州市第一家提供互联网接入服务的单位，管辖
龙海、漳浦、云霄、诏安、东山、平和、南靖、长泰、华安等九
县（市）电信局、漳州市长途电信线务局及市局直属电信分局。
1993 年实现县以上电话交换程控化、传输数字化；1994 年建成
C3 本地电话网；1995 年实现全市 110 个乡镇电话程控化、传输
数字化；在 1998 年底宽带多媒体通信网工程竣工之前，网络速
度缓慢，互联网用户不多。经过近 10 年的发展漳州已经出现了
漳州电信、联通、铁通、网通等互联网接入服务单位 7 家共荣的
局面，宽带服务已经普及。

　　网络速度的提高进一步促进了互联网的繁荣，各类网站纷纷
建立。目前建立互联网站的单位有 1200 多个，其中登载（转载）
新闻的网站近 50 个，共有新闻网页 61500 多个。已经通过审批，
具有新闻登载资质的网站有 4 家。分别为"网上漳州"、"漳州电

视台"、"闽南日报"（电子版，2007年5月1日开始并入"漳州新闻网"）、"金浦网（漳浦乡讯网）"。此外，漳州市政务信息网主要是为市直单位和市县级单位提供接入服务，自2001年启动以来，规模不断扩大，目前已有105家市直单位接入系统，市直横向和纵向网络区域基本建成。

网络已经成为漳州企事业单位和个人传播信息的渠道，同时也给政府部门提高工作效率和政务公开提供了平台，从某种意义上讲，网络已经成为政府提高执政能力的一个工具。在本地网站中，较有影响的政府网站有"市政府公众信息网"、"漳州人事人才网"、"漳州建设信息网"、"漳州教育网"、"漳州青年网"、"漳州女性网"等；较有影响的商业网站有"精网盟（漳州数字网站）"、"漳州八达信息港"、"漳州企业网"、"漳州商业网"、"漳州资讯网"等；较有影响的个人网站还有"漳州在线"、"846（万事通）"、"听潮网"、"乌石斋"等。

（一）网上政府及其特点

网上政府，亦称电子政府是祖国大陆大力倡导的一项强化政府职能、便民服务的措施。漳州市"网上政府"的上网途径除了按照正规网站创建要求注册 www 域名外，还充分利用电信部门现有的网络、设备、技术和人才，或采取租赁虚拟空间，自己创建独立的政府网站；或依托本地政府网站设立"网上政府"主页。

漳州市包括乡镇一级政府，拥有自己网站或者建起自己的网页的占大多数，有不少市直机关都上了网站。如果从普及率上看，漳州市政府上网堪比祖国大陆其他同级政府先进。据不完全统计，漳州市12个市、县（区）级政府全部建起了自己的 www 网站或拥有专门网页；市直机关、乡镇、街道办事处、农场，上网率已达95%。

众所周知，政府网站与新闻网站、娱乐网站、经济网站不同的是，政府网站要围绕行政机关性质设计，强调信息资源的共享和便民服务，体现政府机关为人民服务宗旨。同时，也兼顾网站地域色彩。各县、区级政府网站，都把本地概况放在扉页上。许多政府网站如"中国芗城"首页横幅以水仙花为标识；"南靖之窗"首页以土楼群为背景；平和网点门户标识则是其"县宝"王官溪蜜柚、坂仔香蕉、白芽奇兰茶。此外，全市的政府网站都把招商引资、发展当地经济放在显著位置。几乎都开辟有《招商引资》或者《投资环境》、《优惠政策》栏目；并且都为当地的经济开发区、科技园区设立了网站或者主页。

"漳州人民政府网"是市政府正在筹建中的门户网站，旨在整合政府各部门和下属各级政府网站资源、加强管理、提高效率，使其成为外界了解漳州的一个主要窗口。

（二）主要媒体网站

1. "漳州新闻网"（http：//www.zznews.cn）

由中共漳州市委宣传部主办，闽南日报社承办，是漳州地区唯一一家政府重点新闻网站。该网站整合全市各新闻媒体资源，建成了融文字、图片、音频、视频等多种传播方式为一体的多媒体信息发布平台。"漳州新闻网"已经成为漳州第四家主流新闻媒体，是具有互联网新闻登载资质的综合性新闻网站。

"漳州新闻网"由原来的"网上漳州"改版而成，分新闻、服务、互动三大板块，具有发布新闻、宣传漳州、服务大众的职责和功能，设有《本地要闻》、《热点新闻》、《台海新闻》、《话说漳州》、《漳台情缘》、《闽南人物》等栏目，还有教育、文化、体育、娱乐、消费、房产、汽车、图书城等频道。

2. "漳州人民广播网"（http：//www.zznews.cn）

2005年4月漳州广播电台正式启用音频工作站，实现节目播出网络化、自动化。2006年4月，电台建立了"漳州广播网"

除了把漳州人民广播电台中的有特色栏目编入网站的"音频视听"区，网站还开辟了《在线漳州新闻》、《本台获奖节目》、《主持人风采》、《节目预告》及《政风行风热线》等栏目。同时网站开辟了听众反馈通道，随时了解漳州广播网听众的反馈意见，以便更好地改进服务。

3. "漳州电视台网站"（http：//www.zztv.fj.cn）

2006 年开通，网站除了把原有的两套电视台节目上网外，还提供了网上收看《漳州新闻》、《记者在线》等视频栏目的服务。网站的建成，大大拓展了电视台的覆盖面。[①]

4. "金浦网"（http：//www.zpjpw.com）

由《金浦报》创建，经省人民政府新闻办公室批准，成为漳州市首个获正式批准的县级新闻网站。2002 年 1 月 1 日正式开通，并获得省级批准，是漳州市最早拥有新闻网站的县级乡讯社。"金浦网"除刊登金浦报电子版外，还增加了有关漳浦的政治、经济、历史、社情、文化、乡镇、企事业单位等知识，成为外界了解漳浦的窗口、海内外漳浦乡亲沟通的桥梁。根据市委宣传部《网上漳州》网站关于各县新闻网站统一版式的要求，"金浦网"于 2006 年国庆节成功改版，把颜色调整为蓝色调，内容更丰富，版式更活泼清新。并聘请了专业网站管理员更新、传发、维护网上的《金浦报》新闻等最新内容，并对内容进行调整、更新。如今的"金浦网"，呈现出清新、朝气、简捷的风格，已经成为闽南乡讯最为丰富的网站。

2007 年 5 月底，《金浦报》成功地在"金浦网"上开设了《金浦报》电子版，成为漳州市首个在网上开设电子版的县级新闻网站。《金浦报》电子版的开设，可以让海内外乡亲、读者和

---

① 根据漳州新闻网提供的资料整理。

各地各界人士在第一时间浏览《金浦报》内容，电子版与纸质版以及"金浦网"形成媒介互补，在对外宣传漳浦、推介漳浦方面发挥了应有的作用①。

三、泉州网络传播

1995 年泉州电信开始互联网业务，当时，整个泉州地区仅有分组交换用户 410 户，DDN 用户 138 户，而根据泉州统计局 2006 年 3 月 10 日发布的数据显示宽带接入用户已经达到 33.88 万户，宽带的用户增长消长了拨号用户，最新的拨号用户数为 25.45 万户，显示逐年下降趋势②。

10 年来，泉州的网站建设也得到了空前的发展。据《泉州晚报》2006 年 11 月 21 日的报道显示，从 1996 年诞生第一家本地网站至今，泉州现有本地网站的数量已达到 25000 家，种类涉及政府、综合、新闻、教育、企业、人才房产、购物生活、聊天论坛等各个方面，成为了市民生活中不可缺少的部分。在这些网站中，综合类网站由于提供较多的信息和服务，其浏览量高居榜首；其次是政府类及教育类网站，这类网站能及时公布最新政府公报、教育动态等实用信息，吸引了许多市民的关注。此外，人才房产类、购物生活类及聊天论坛类网站为网民提供了一个自由沟通信息的平台；而发布企业信息、个人信息的企业类及个人类网站，通过网络推广，成为企业业务拓展的一个网络宣传渠道。

（一）本地网站

"泉州信息超市"（http://www.qzls.net/default1.asp）

---

① 根据金浦报社提供的资料整理。

② 《泉州市 2005 年国民经济和社会发展统计公报》，泉州市统计局 2006 年 3 月 10 日。

1996年5月17日开通,是泉州第一家网站。主要提供电信业务内容。该网站每年进行一次改版,增添新的内容。1997年至1998年期间,网站开设全省首个聊天室——泉州聊天室(泉州BBS),聚集了大批本地网民,还吸引了省外以及港、澳、台的网友一同加入网聊热潮。该网站只有新闻转播权。

"泉州信息超市"新闻类别主要包括:

本地新闻:主要来源于《泉州晚报》。

时事新闻:来源于国内比较知名的报纸或网站,例如CCTV网站、《南风窗》、《中国青年报》、腾讯网等。

体育新闻:来源于各大门户网站的体育频道或泉州晚报体育版。

科技新闻:来源于各大门户网站的科技频道。

财经新闻:主要来源于专业经济报刊或网站,例如《中国证券报》《中国经济周刊》等。

娱乐新闻:来源于各大门户网站的娱乐频道或《泉州晚报》娱乐版。

1998年,泉州聊天室举办了首届网友聚会,来自五湖四海的网民相聚泉州,轰动一时。这是这一阶段泉州本地网站发展的代表性事件。

从1998年开始,泉州本地网站建设出现了诸多具有标志性意义的举措。

1998年6月1日,全省首家新闻网站"泉州网"成立,其所依托的母报《泉州晚报》是全国最早实现报纸上网的地市报之一。

1999年3月,泉州市第一家政府上网工程、福建省乡镇企业系统第一家政府网站"中国泉州企业信息网"建成。随后,一系列上网工程陆续展开,如:"十网百站千页"政务上网工程、

"泉州市万家企业上网工程"、"学校上网工程"等，这是这一阶段泉州本地网站发展的又一代表性事件。

与此同时，各类本地的专业性、服务性网站相继出现。1999年，YUZI 技术网站，开始在网上淘金，拉开泉州人网络创业的序幕。同年，"大泉州人才网"建立，实现泉州最早的工作供求信息上网。随后，"书生网"、"晋江文学网"、"中国名牌购物网"、"金泉网"等网站相继出现。

2002 年至 2006 年泉州本地网站建设开始进入整合时期，有些网站被淘汰出局，原因包括同行竞争、资金问题和管理不善等。目前经营较好的网站有"泉州网"、"泉州信息超市"、"大泉州人才网"、"金泉网"、"泉州学生网"等，这些网站大多通过提供信息和服务聚集人气，靠推广建立网站、广告、短信、游戏、电子商务等方式赚钱①。

根据中科院《互联网周刊》"2005 中国优秀政府门户网站"调查结果显示，"泉州市人民政府公众信息网"（http：//www.fjqz.gov.cn）已进入 50 个全国各地市级政府门户网站获奖名单行列②。成为泉州本地网站发展的又一代表性事件。

2006 年 2 月，"泉州网"升格为福建省重点新闻网站，成为全国第一家地市级的重点新闻网站③。

（二）政府网站

"中国泉州网"（http：//www.fjqz.gov.cn）原为"泉州市人民政府公众信息网站"（http：//www.Fjqz.gov.cn）于 1999年开通。网站提供政府机构设置、政府公报、政府采购、市直机

①　http：//www.qzwb.com/gb/content/2006-11/21/content_2296798.htm.

②　http：//www.qzwb.com 2005 年 10 月 4 日。

③　http：//www.qzwb.com/gb/content/2006-11/21/content_2296798.htm.

关通讯录等信息。目前的"中国泉州网"已经成为对外宣传泉州和让世界了解泉州的一个重要窗口，同时也是提高政府各部门工作效率的有力手段。网站中设立的《领导信箱》、《市长专页》、《谏言建议》、《公众监督》等栏目彰显出泉州市政府的政务公开姿态，而《行政服务中心》栏目中的"办件查询"、"申报指南"、"网上审批"、"表单下载"、"投诉监督"等充分展现了为民办事的作风。

（三）媒体网站

1. "泉州网"（http：//www.qzwb.com）

这是泉州晚报社直属单位。其历史可追溯到 1998 年 6 月 1日创建的《泉州晚报》电子版。2000 年 1 月 1 日，网站全新改版，实现从"电子版"模式向"综合信息网"模式的彻底转变。经过多年的努力，"泉州网"于 2006 年 2 月 12 日被批准为省级重点新闻网站。

2005 年 7 月 1 日，"泉州网"完成第六次改版，逐步朝着面向泉州，辐射闽东南地区的地方门户性网站方向发展。目前，"泉州网"充分依托泉州晚报社属下媒体的资源优势，为广大读者提供泉州地区各类新闻。此外，"泉州网"自办频道设有《闽南文化》、《闽台缘》、《科教》、《房产》、《财经》、《资讯》等具有泉州地域特色的专业频道。公共栏目设有《温陵社区》、《编读互动平台》、《评论员专页》、《全文检索》、《记者热线》、《在线调查》等。

2005 年 12 月 1 日，"泉州网"《闽南文化》频道开通。传播闽南文化最新资讯，定期有围绕闽南文化为主题的活动，更有闽南文化界最新的视点与声音。同时该频道对泉州的宗教史、海交史、南少林文化信息有全方位的收集，更对梨园戏、木偶戏、高甲戏、打城戏以及南音、北管等戏曲、音乐艺术的历史渊源进行了归纳。文化频道还设有《留住手艺》、《说文别字》、《地方文艺》、《恋恋风物》、《文化专题》、《推荐下载》等栏目，是一个集专业性、权威性、生动性为一体的全方位闽南文化网站。"泉州网"亦是国务院批准的，具有自行采访、编辑和发布本地及国内外新闻资格的新闻网站。

2. "泉州电视台网站"（http：//qzgd. qzrt. com/qzdst）

2003 年泉州电视台网站开通，进一步扩大了电视台的影响力。网站除了原有新闻综合频道、都市生活频道和影视剧频道三个链接外，还根据网站的特点开辟不少观众喜闻乐见的节目和互动频道，比如《视频点播》、《泉州美食》、《养生之道》、《健康视窗》、《咱厝戏台》、《古厝新话》、《娱乐前沿》、《泉州讲古》、《时尚先锋》等，力图构建一个具有思想性、知识性、艺术性、娱乐性兼备、传承优秀民族文化、传播乡土风情的大看台。

3. "泉州人民广播电台网站"（http：//www. qzgb. com）

泉州人民广播电台网站于 2005 年建立，网站除了设立电台的四个频率的节目链接外，还增加了一些服务性和互动性的频道，如《汽车频道》、《房产频道》、《保险频道》、《美食频道》、《搜街频道》、《闽南播客》、《泉州博客》、《泉州论坛》等。为听众补充了大量的新闻时事、交通经济、生活娱乐、服务资讯等信息。网站的建成为泉州实现声、屏、报、网联动的广播强势媒体创造了有利的条件。

4. "泉州广电集团网"（http：//www. qzrt. com）

正式建站是在 2003 年，至今已几次改版。2005 年，"泉州广电集团网"把泉州电视台网站和泉州人民广播电台网站纳入到该网站统一管理。该网站除了提供广播电台和电视台的链接外，还可以链接《泉州广播电视报》、数字电视、网上视听等内容。"泉州广电集团网"还设立有自己的《本地资讯》、《综合新闻》、

《热点追踪》、《专题报道》等栏目。

四、闽南网络传播存在的问题与发展前景

互联网作为"第四媒体"正以其独到的传播特点和传播方式对人们的日常生活产生越来越重要的影响，同时也给管理部门带来了新的挑战。目前厦、漳、泉互联网建设和传播都存在一些问题。

（一）厦门存在的主要问题

总体上厦门的网站规模小，信息量不足，零零散散，没有一家在全国有巨大影响。截至 2006 年 6 月，厦门还没有打造出与厦门城市相配套的知名度高的品牌网站，2007 年 5 月 28 日开通的"厦门网"有望成为厦门的品牌网站。

厦门政府网站建设先进，且位列全国政府网站建设前列；民间网站，特别是论坛型网站广受欢迎，人气最旺；而传统媒体的网站发展相对滞后。

出现这种现状的原因是，厦门政府网站因为推进电子政务的需要，起步较早，投入较多，所以发展较快。民间网站为市民提供了生活和专业服务，提供了交流的平台，因而受到市民的喜欢。传统媒体的网站发展滞后的原因在于，媒体负责人和从业人员把精力投入到传统媒体的内容制作之中，没有很好地意识到网络媒体巨大潜力，只把媒体的网站当作传统媒体的电子版，精力和金钱投入都很少。目前这种状况正在改变。

（二）漳州存在的主要问题

漳州互联网建设中出现的主要问题有：

1. 部分网站（主要是部分县区的新闻单位网站，也包括部分政府网站和校园网站）未经审批违规登载新闻，甚至设置新闻中心、新闻频道或新闻专栏，把发布新闻作为网站功能之一。

2. 部分网站在登载新闻时没有注明信息来源和时间。

3. 一些网站没有分清社会新闻与行业动态、内部信息的区别，喜欢一概冠以"新闻"的称号，使本来合法的栏目变成违规栏目。

4. 少数网站（特别是商业网站）在登载的新闻中突出报道一些暴力色情案件，不利于营造良好的社会氛围。

5. 个别网站有违规链接境外网站的现象（主要是链接港、澳地区及新加坡的网站）。

上述五类违规问题大致源自四个方面：

1. 许多人还不了解《互联网站从事登载新闻业务管理暂行规定》，不知道登载（转载）新闻也要审批。

2. 由于众多网站都存在违规登载新闻的现象，而被发现并被处理的网站却很少，于是各网站抱着侥幸的心理或"法不责众"的想法互相跟风。

3. 各网站出于自身利益的考虑，为提高网站的点击率，违规登载新闻。

4. 正如前面所说，一些网站设立新闻栏目本意是要登载行业动态，不过没有把握好"新闻"与"动态"的界定。漳州市互联网发展水平还不够高，网络公司制作和管理网站的能力有限。因此许多本地网站都是委托福州、厦门、泉州的网络公司制作，服务器放在漳州本地的很少，对此类网站的违规行为，既不易发现，又不便管理。

（三）泉州存在的主要问题

目前资金和人才是制约泉州本地网站发展的两大瓶颈；而要解决这些问题，泉州本地网站应通过多种努力，整合力量，以创新力、科技力、洞察力赢得市场的认可。

做好一个网站需要投入大量的物力和人力。虽然泉州的经济发展水平较高，泉州人办网站的能力很强，互联网很有发展前景，但是，目前泉州互联网发展氛围不够，网络人才工资水平偏低，导致网络人才稀缺。目前在泉州，一个网站技术人员月工资约在 2000 元左右。而在厦门、北京、上海等城市，网络人才的月薪一般在 3000 元以上。

　　资金是网站发展过程中遭遇的最为棘手的问题。众所周知，网站的生存和发展需要资金的支持。而对于大型网站的投资实际是一种风险投资。从目前网络界的情况看，靠做网站发迹闻名的网站数量不多，因此，总让投资者驻足①。

（四）发展前景

　　尽管有以上的问题存在，但是总体而言，闽南地区的网络传播正在朝着有序、有效、合理、规范的方向发展。不难看出，厦门、漳州和泉州政府正在通过建立大的门户网站，把原来较为松散的下级地方和其他政府部门建设的网站进行整合并纳入到门户网站的管理之下，消除了各自为政的凌乱、提高了行政办事效率、使管理工作更趋合理和规范，同时也提高了政府网站的公信度；以传统媒体为依托的网站由于有原媒体所创立起来的权威性和公信度，在网络传播领域必定占据重要地位，而其他像企业、财团、个人等所建网站也会随着传播权限的明确以及法规的健全使自身的传播行为更加规范化。

---

① http：//www.qzwb.com/gb/content/2006-11/21/content_2296798.htm.

第五章

闽南通讯社、记者站和新闻教育

第一节　闽南的通讯社和记者站

一、民国时期闽南的通讯社和记者站

　　闽南地区通讯社的出现较迟，始于 1925 年日本人在厦门创办的"台湾日日新闻社厦门支局"。抗日战争前，在厦门的日系通讯社达 7 家。这些通讯社刊发有利于日本的各种新闻，有的以报道为掩护收集各种政治、经济、军事情报。如台湾新闻社厦门支局人员多为日本特务。每到节假日，他们借乘小艇游海、钓鱼为名，在闽南海域进行描绘地形地貌、探索各港湾的深浅以及厦门附近可停泊船只的码头、沿岸的地方武装势力等不法活动。所以，这些通讯社在"七七"事变后即被驻厦抗日守军赶走。厦门沦陷后，日本人又在厦门创办了两三家通讯社，直至日本投降后才关闭。①

　　国人在闽南创办通讯社迟至 1928 年才开始，是年创办于漳

---

　　①　胡立新、杨恩溥：《厦门报业》，第 177 页，鹭江出版社，1998。

州的"闽南通讯社"成为闽南地区国人创办的第一家通讯社。由于民国时期，国家内忧外患，国人创办的通讯社有许多规模很小，设备简陋，生存时间不长。但当时闽南的报纸大多资金不足，规模小，往往只有一两位或几位记者，报纸新闻来源主要靠通讯社。所以闽南国人创办的通讯社，此消彼长，在各个历史时期都有五六家或七八家。

国人创办的通讯社大体可分为四类：一是国民党通讯社。二是由社会团体或行业主办的通讯社。有的是国民党或其特务控制的社团办的，有的是一般社团办的。这类通讯社在闽南为数不多，影响不大。三是同华侨有关的通讯社。四是民办通讯社。

（一）国民党通讯社

这类通讯社除了按国民党的宣传方针发稿外，有的还监督当时的报纸宣传，甚至掩护中统、军统特务的活动，给特务人员发"特派记者证"。如国民党中央通讯社1945年冬在厦门设立的分社既要收发中央社的电文信息，分发给没有设电台的报社，又要采编上报地方要闻，报发地方党务工作的"业绩"。此外，还要负责检查干预各报刊登载的新闻和言论，检查各报选登中央社电讯稿的情况，如刊登多少，编排位置，有否改动，有否刊用外国通讯社稿件等。查出有不利于国民党政府的内容，就强行更正或换文章。还秘密追查采编人员的情况及其进报社前的经历。1946年该分社便将检查人员安插到星光日报社内，以对付中国地下党员和进步人士，也将检查人员安置在厦门中央日报社和经常出刊物的单位。其他如泉州通讯社和漳州的华声通讯社、福建国民通讯社厦门分社等都属于这种通讯社。

（二）同华侨有关的通讯社

这类通讯社由华侨或归侨出面主办。有的有华侨资金赞助或以华侨、归侨为主体设立董事会，如厦门的厦门南侨通讯社。有的得到国民党当局侨务部门支持，如泉州的闽侨通讯社。这类通讯社在向国内发稿的同时，也向海外发部分新闻稿，有的还在海外设立办事处或刊载海外侨居地的消息，供报纸选用。

1947 年 6 月，以林学文为首的几位菲律宾归侨在厦门市升平路 32 号创办了厦门南侨通讯社。该社在创办初期借用国民党厦门市政府的电台，每天 19 时开始发播 1 小时的《厦门南侨通讯社快讯》。呼号 QST、DE、BBG，波长 43 米。

同年 12 月，该通讯社迁至中华路（今中山路）70 号，并自设电讯室和发播台，呼号 QST－ORBBY、DE、BBG，波长 34 米。从 1948 年 1 月 1 日起，每天 20 时对外发播信息 1 小时左右。该社印发的甲种文稿系油印的四开二版信息报，大部分内容是从厦门市各报刊上摘抄集成的最新要闻，或从电台接收的有关侨乡建设的新闻。而乙种稿是铅印的，每周一期，四开四版，以通讯和评论文章为主。其所发新闻多为东南亚一些华侨办的报纸采用，国内则主要为省内和广东的一些报纸选用。解放前夕该台关闭。

泉州闽侨通讯社是 1939 年 6 月 1 日，由当时的福建省政府秘书处侨务科科长与几个泉州 CC 派的人创办的，通过华侨关系在南洋各埠募捐并组织董事会。总社设于泉州分社遍布菲律宾、新加坡、香港和上海等地。该社发甲种稿（两天一次）和乙种稿（每周一次）两种，内容有海内外新闻、专稿、省政府有关报道和通讯等。后因时常发生经济困难，于 1947 年停办。

（三）民办通讯社

这类通讯社有一个人办的，也有几个人合办的。① 国民党对成立通讯社实行严格的控制。通过登记制度，控制和扼杀民营通讯社。创办通讯社需先由发行人向当地政府申报，再由当地政府

---

① 《福建省志·新闻志》，第 191 页，方志出版社，2002。

向福建政府提出申请，经民政厅检查后，报国民党省党部，批准后转国民政府内政部。抗日战争期间，国民党当局规定，除永安、福州可设2家通讯社，南平、建阳、晋江、永春、龙岩、长汀、福安可设1家通讯社外，其余县不准设通讯社。[①] 1946 年 6 月国民党政府交通部制定了《全国中外新闻通讯社设机械抄收国内广播新闻暂行规定》，通令各地电信局所属当地通讯社，凡设有机械抄收新闻设备者，一律实行登记，内容包括名称、主持人、地址、抄收何家新闻机关及在何处广播之新闻、使用收发机之程式及号数、报务员姓名、简历及住址。并规定每日发出电讯稿，均须送电讯局审稿批准后，方可向外发出。[②] 所以，这类通讯社情况比较复杂。影响较大的是抗日战争前的东南海通讯社和全球通讯社厦门分社及抗日战争胜利后的中国经济通讯社厦门分社。

东南海通讯社由爱国人士康庄创办于 1935 年 3 月，地址在厦门的五崎顶，是中共领导的新知书店在厦门的外围机构。该社每周编发 5 期八开四版的油印通讯，每周六发一张四开四版铅印的《东南海每周通讯》，内容绝大部分是日本侵略者在华活动情况和抗日救亡的新闻。其次是从外电翻译过来的有关国民党军队同共产党红军的对峙情况。再次是发些有关国计民生的物价行情，特别是大涨大跌的前后原因。由于该通讯社数次刊发中国工农红军长征的消息，受国民党厦门市政府社会科和警察局的搜查，其工作人员被监视和威胁。1936 年冬该社被迫关闭。

全球通讯社厦门分社是爱国人士同安人黄廷元创办的。鉴于祖国的领土受侵犯，连市场的经济命脉也受外人宰割的情势，他大声疾呼，厦门应有真心为中国商人收集南北经济信息的通讯

---

① 《福建省志·新闻志》，第 191 页，方志出版社，2002。

② 马光仁：《上海新闻史》，第 1066 页，复旦大学出版社，1996。

社，大力帮助中国商人及时了解经贸行情，避免在采购销售等贸易中被外商操纵宰割，造成亏损，甚至破产。1936 年秋，黄廷元在厦门民国路创立该通讯社。

该通讯社力图打破日本人对市面行情的操纵和把持，花力气拉关系，专门搜集大江南北各地产销的行情，供厦门报纸刊登。至于南洋各商埠进出厦门的货物，一般是货刚装完，轮船未离岸，这批货物的行情就有电文发至该社。对于运往南洋各埠销售的土特产，各埠的需求量，以及脱销情况，该社也尽量收集，并告知厦门的进出口商。该社发的通讯为周三刊四开四版，直到厦门沦陷该社才关闭。

中国经济社厦门分社创办于 1946 年春，其宗旨是传达南北各埠最新商业货物行情，为各商行繁荣经营业务，及时通报可靠信息。该社有干电池手摇无线电台等通讯设备，可与外地互通市场行情。该社在泉州设有办事处，刊有泉州分版。还在漳州石码设有办事处。

该社所发的经济信息有三种。一是铅印的四开信息简报，周一刊。二是油印四开单面经济信息，周二刊，价格比铅印信息简报多三四倍。这两种供各报采用，按月据采用量结算。几乎厦门各贸易对外商行及大中小商店多有订阅。三是手抄经济信息。这是价格最高的。手抄经济信息又分每天定时派人送到所订的商号，和每天两次（分上、下午），商号派人到该社领取两种。后者比前者价格更高。手抄经济信息，内容简要，其中商品名称多用暗语密码或代号。行情一有变化立即告诉订户。1949 年 8 月该社停办。①

① 胡立新、杨恩溥：《厦门报业》，第 163～173 页，鹭江出版社，1998。

表 5-1 新中国成立前闽南通讯社一览表

编号	通讯社名称	创办	停办	主要成员	政治倾向	地址	备注
1	台湾日日新闻社厦门支局	1925 年春	1937 年 8 月	岩村南雄	日本人	厦门升平路 4 号	日出八开四版 1 张
2	台湾新闻社厦门支局	1926 年 1 月	1937 年 8 月	世原高国	日本人	厦门大中路 92 号	
3	同盟通信社厦门支局	1926 年春	1937 年 8 月	岩本愿	日本人	厦门同文路 39 号	为当时厦门唯一电报通讯社；1939 年 12 月重新设置支局
4	朝日新闻社厦门通讯部	1926 年夏	1937 年 8 月	石川汎	日本人	厦门思明西路 17 号	
5	大阪每日新闻社厦门通讯部	1926 年夏	1937 年 8 月	别所孝二	日本人	厦门大中路 22 号－24 号	
6	东京日日新闻社厦门通讯部	1926 年夏	1937 年 8 月	别所孝二	日本人	厦门大中路 22 号－24 号	
7	读卖新闻社厦门通讯所	1927 年春	1937 年 8 月	郭发	日本人	厦门大中路 2 号	
8	闽南通讯社	1928 年	1930 年	张觉觉	国民党 49 师	漳州	此为漳州创办通讯社之始

编号	通讯社名称	创办	停办	主要成员	政治倾向	地 址	备 注
9	晨光通讯社	1933年	1934年			漳州	
10	闽星通讯社	1933至1934年间				漳州	
11	厦门福建通讯社	1934年				厦门	日刊
12	东南海通讯社	1935年3月	1936年冬	康庄	爱国人士	厦门五崎顶	中共领导的新知书店在厦门的外围机构；每周编发5期八开四版的油印通讯和1期四开四版的《东南海每周通讯》
13	全球通讯社厦门分社	1936年秋	1938年5月	同安人黄廷元	爱国人士	厦门民国路（今新华路）	周刊四开
14	汀漳通讯社	1937年4月11日		柯铭	兼任《闽南新报》副社长	漳州	由闽南新报社主办，发稿供本省及上海、南京各报采用且增刊《汀漳周刊》，内容多为国民党汪精卫、白崇禧、朱家骅等的反动言论
15	福建国民通讯社厦门分社	1937年夏	1949年8月	发行人李世杰，社长黄谦若	国民党中央执行委员会宣传部下属新闻分支机构	厦门思明北路24号2楼，1947年10月6日起搬迁至中华路厦门市党部内	黄谦若是国民党厦门市党部书记长；厦门沦陷后停办，1947年8月复办；每天刊发十六开四版油印通讯。由福州总社发行人廖德济派厦设立

续表

编号	通讯社名称	创办	停办	主要成员	政治倾向	地　址	备　注
16	闽声通讯社	1938年3月	1941年	扬电钟		漳州	日出甲种稿1期，周出乙种稿2期
17	泉州通讯社	1938年		黄炯森	军统系统	泉州	内部成员多属军统特务
18	台湾日报社厦门通讯部	1938年8月	1945年8月	高松石吉	日本人	厦门大汉路（即中山路）246号	
19	台湾兴南新闻社厦门支局	1938年8月	1945年8月	郭发	日本台湾总督府主办	厦门大中路2号	日出八开四版
20	台湾读书新闻社厦门通讯社	1938年8月	1945年8月	郭发	日本台湾总督府主办	厦门	
21	闽侨通讯社	1939年6月1日	1947年	林庶应	省政府侨务科	泉州	在菲律宾、新加坡、香港、上海等地设分社，发行"甲种稿"（2日1次）和"乙种稿"（每周1次）两种
22	华声通讯社（闽声通讯社易名）	1941年10月10日	1948年10月	张帆	国民党特务	漳州	每日广播电讯一次，每3日发"乙稿"一期，每旬发"甲稿"一期，发行遍于全国，销数达222家
23	时代通讯社	1941年				漳州	

编号	通讯社名称	创办	停办	主要成员	政治倾向	地址	备注
24	战地通讯社	约1942年				泉州	
25	安溪通讯社	约1942年				安溪	
26	武荣通讯社	1943年		黄浅蛟		南安	周出甲种稿2期，半月出乙种稿1张
27	南声通讯社	1944年		李亦青		海澄	
28	海甸通讯社	1944年		汪漪圆		晋江	2天出乙种稿1次，半月出甲种稿1次
29	建国通讯社	1945年11月9日		吴正廷	龙溪国民党三青团及参议会负责人	龙溪	
30	国民党中央通讯社厦门分社	1945年冬	1949年秋	冯文质		厦门虎园路	
31	建国通讯社厦门分社	1946年前		吴正廷		厦门	
32	东南海通讯社	1946年		康庄		厦门	
33	海洋通讯社	1946年		万劲		泉州东街新府口18号	每日发甲种稿1次，每3日发乙种稿1次
34	建国通讯社厦门分社	1946年5月		主任吴君南		厦门海后路15号	建国通讯社总社在漳州
35	中美新闻通讯社厦门分社	1947年春	1949年春	李圣瑛		厦门虎园路5号	日出版四开四版1张

续表

编号	通讯社名称	创办	停办	主要成员	政治倾向	地址	备注
36	南侨通讯社厦门分社	1947年6月1日	1949年秋	林学文	侨办	厦门升平路30号	1947年6月1日，南侨通讯社福州总社和厦门分社同时成立。社长林学文是在厦门的菲律宾归侨，印发甲乙两种信息文稿，"注重有关华侨消息及海内外要闻报道"
37	厦门社工通讯社	1947年6月24日		发行人郭国威，社长陈山明	厦门工会主办	暂假曾姑娘巷糕饼公会内办公	每日出版一次，八开一小张，星期日停刊；地址在南侨巷49号
38	中国经济通讯社厦门分社	1948年1月		发行人吴贞，主编蒋德庸、王和声		厦门大中路1号	设有电台与外地互通行情。发行铅印四开信息简报，周刊、油印四开单面经济信息，周2刊和手抄经济信息。还在漳州、石码设有办事处
39	海外新闻社厦门分社	1948年冬	1949年9月	王酌柳		厦门镇邦路	隔天发1期铅印四开四版的信息，大部分是经济信息，少部分是当时厦门和闽南一带的社会新闻

续表

编号	通讯社名称	创办	停办	主要成员	政治倾向	地 址	备 注
40	国光通讯社	1948年		陈润卿		泉州	日发甲稿1次，月发乙稿2次
41	中国经济通讯社厦门分社泉州办事处	1948年春		陈若望为办事处主任		泉州泮宫，7月迁指挥巷10号	刊行泉州分版，发行《经济通讯》

资料来源：《福建省志·新闻志》（方志出版社，2002）；厦门、漳州、泉州的《市志》；胡立新、杨恩溥：《厦门报业》（鹭江出版社，1998）；张胡山：《漳州辛亥光复后至建国前报刊和通讯社概况》，载于《漳州事迹古今谈》（第43～44页，漳州市图书馆，2003）及厦门、漳州等市档案馆资料整理。

二、新中国成立后的闽南通讯社和记者站

（一）新华通讯社厦门支社

新中国成立后新华通讯社成为新中国国家通讯社，现在已发展为著名的世界通讯社。1985年12月，在厦门经济特区扩大到全岛后，新华社在厦门设立支社。此前是由新华社设在福州的福建分社派记者常驻厦门，负责采写整个闽南地区的重大新闻。而在漳州、泉州未设立记者站。

新华社厦门支社设立后，由于有了现代化的设备，特别是有了高科技的电讯设备，保证了总社和福建分社及国内外新闻媒体，及时迅速地了解和报道整个闽南经济开发区日新月异的发展情况。

新华社厦门支社成立后，前7年每年发稿均在15万字左右，并发出大量的图片。1993年以后，年发稿量达20万字以上，图

片也逐年增加。其丰富多彩、内容充实的稿件和图片深受海内外新闻媒体的广泛欢迎。除采写发播重要新闻外，厦门支社还开展信息咨询、广告服务等业务，成立了亚太新闻中心、厦门新华旅行社、厦门新华经济发展公司等。①

（二）中国新闻通讯社在厦门、漳州、泉州的支社

中国新闻通讯社，简称"中新社"，它是以港澳台同胞、海外侨胞和外籍华人为对象的通讯社。1952 年 9 月 14 日在北京成立。1954 年 10 月 23 日设立福州办事处，1956 年改为福建分社。闽南地处我国东南沿海，又是闻名遐迩的著名侨乡，所以福州办事处一成立，就派记者常驻厦门、漳州和泉州，报道闽南地区的新建设新成就，以及归侨、侨眷的新人新事。

1961 年国民经济困难时期，中新社撤销福建分社，而在福州、厦门、漳州、泉州成立四个平行关系的记者站。"文化大革命"期间，各记者站被迫停止活动。1979 年元旦中新社福建分社复建。1980 年 12 月中新社厦门记者站复建。1985 年前后，泉州、漳州的记者站也相继恢复。1991 年 10 月中新社厦门记者站扩为中新社厦门支社。现中新社福建分社在厦门、漳州、泉州都设立支社。②

中新社在厦门、漳州、泉州的支社除了撰写文字稿件，还要及时提供照片、录像、录音等多种形式的新闻报道，供台港澳地区及海外两三百家华文报刊，以及各大洲一些与中新社有业务往来的单位采用。这些支社在"让世界了解闽南，让闽南了解世

---

① 胡立新、杨恩溥：《厦门报业》，第 237～238 页，鹭江出版社，1998。

② 《福建省志·新闻志》，第 364 页，方志出版社，2002。

界"中发挥了极为重要的作用。①

(三) 各类新闻媒体驻闽南记者站

新中国成立后，从中央到地方的新闻媒体都有庞大的受众群体。由于闽南在国内外的影响日益增大，特别是改革开放以来，闽南经济开发区的迅猛发展，各类新闻媒介，纷纷在闽南设记者站，及时报道闽南的各类新闻，适应受众的需求。

驻厦门的记者站先后有《福建日报》驻厦门记者站、福建人民广播电台驻厦门记者站、《福建经济报》驻厦门记者站、福建电视台驻厦门记者站、《人民日报》驻厦门记者站、《中国海洋报》驻厦门记者站、《人民法院报》驻厦门记者站、《中华工商时报》驻厦门记者站、《特区时报》驻厦门记者站、海峡之声广播电台驻厦门记者站、华艺广播公司驻厦门记者站、湖北电视台驻厦门记者站、《法制日报》驻厦门记者站、《香港文汇报》驻厦门记者站、《香港大公报》驻厦门记者站、《香港商报》驻厦门联络处等。

驻泉州的记者站先后主要有《福建日报》泉州记者站（1954年建立时称《福建日报》驻晋江地区记者站，60年代后期在井亭巷自建办公楼）、福建人民广播电台驻泉州记者站（1960年建立时称福建人民广播电台晋江地区记者站，20世纪80年代以后在东街二郎巷自建记者站办公楼）、福建电视台驻泉州记者站（20世纪80年初代建立，90年代初在东湖路自建办公楼）、《厦门日报》驻泉州记者站、《工人日报》驻泉州记者站、《福建商报》驻泉州记者站。

驻漳州的记者站先后有《福建日报》漳州驻记者站（1955年建立时称《福建日报》驻龙溪地区记者站）、《厦门日报》驻漳

---

① 胡立新、杨恩溥：《厦门报业》，第 239 页，鹭江出版社，1998。

州记者站、《厦门晚报》驻漳州记者站、《人民日报》华东社驻漳州记者站、《香港文汇报》驻漳州联络处、《海峡导报》驻漳州记者站、《光明日报》驻漳州记者站、《经济日报》驻漳州记者站、《香港商报》驻漳州联络处、福建省广播电视集团驻漳记者站等。

　　新华社、中新社驻闽南的支社和这众多各类新闻媒体驻闽南的记者站，使闽南的各种新闻信息迅速传遍国内外，在促进闽南社会经济的发展过程中发挥了重要作用。

第二节　闽南新闻教育

　　新闻教育有两个层面，一是高等院校的新闻教育，二是媒介机构的新闻培训。在高等院校新闻教育有计划成规模地被推广与接受之前，中国传统的新闻媒介人才主要依靠两种培养方式，即师傅带徒弟的"手工作坊"式和媒介与社会合作的"学习培训"式。无论是新闻教育还是新闻培训，都是中国新闻事业发展到一定程度下催生的，是在新闻从业人员的倡导下逐步建立并发展起来的。

　　20世纪20年代初期，厦门大学开展的高等院校新闻教育，犹如南方天空划过的一道流星，尽管意义非凡，但对福建甚至闽南地区新闻人才的培养与输送还是付诸阙如；整个民国时期，闽南新闻从业人员的充实与提升，依然依靠"手工作坊"式的培养模式，甚至非新闻教育背景的大学毕业生加入新闻行业的还甚为稀少。

　　在这样的历史现状下，厦门《星光日报》在抗战之前所举办的"新闻学习班"，在闽南新闻事业发展历程中，颇为引人注目。时任《星光日报》记者的赵家欣记述当时情景："为培养新闻工作人才，（报社社长）胡资周与厦门双十中学校长黄其华合作，在双十中学举办新闻班（学员数十人）。学员既学习新闻的基本知识，又以《星光日报》为实习的场地，采取边学习、边实践的方法，提高采编能力。学习结业后，有两位学员被《星光日报》聘为练习记者，由赵家欣等带来采访一段时间，然后任正式记者。"后来随同毛泽东主席访问前苏联进行采访的马寒冰、担任新华社总社摄影部副主任的陈湘和在上海辞书出版社任过编辑的郑炳中（耿庸）等人都曾是新闻班的学员。① 这种报社与社会相结合的"学习培训"模式，无论对新闻知识的普及还是新闻人才的培养来说，都效果卓著，其意义已经远远超越师徒相授的传统的"手工作坊"模式了。只是这种方式在闽南新闻人才培养方面殊为鲜见。

历史进入 20 世纪 80 年代，随着社会的发展，丰富多彩的新闻实践呼唤更多更专业的新闻人才，闽南地区新闻人才的培养模式出现了多元化、多形式和多层次的特点。各种形式的培训班、学习班层出不穷；从专科、本科到硕士研究生和博士研究生，各类学历的新闻教育门类齐全；从事新闻人才培养的机构，既有业余大学、工人大学、广播电视大学等非全日制的教学机构，更有全日制的高等院校新闻教育单位；在全日制的高等院校中，既有公立大学，也有私立大学，甚至公立高等院校中的独立学院亦设置相关专业。

公立大学中，各类高校依据自身的学科优势和区位特点，如师范类的漳州师范学院、泉州师范学院等，综合类的厦门理工学院、华侨大学和厦门大学等，在新闻人才培养方面尽量彰显特色。私立大学新闻教育异军突起，成为闽南新闻人才培养机构中不可忽视的生力军，比如泉州的仰恩大学、厦门的南洋职业学院

---

① 赵家欣：《福建的两家星字报——厦门〈星光日报〉和福州〈星闽日报〉》，载《福建文史资料》，第 23 期，1990 年。

等设置了新闻学、广告学专业或新闻媒体经营管理专业。作为一个独立的二级学院，厦门大学嘉庚学院的新闻传播教育令人刮目相看。闽南各种新闻人才培养机构，可谓是八仙过海，各显神通。

在众多的新闻教育机构中，厦门大学新闻教育具有历史悠久、特色鲜明和影响广泛等特点，在人才培养、学术研究和服务社会方面，独具优势，在全国新闻传播教育界树立了品牌，赢得了赞誉。

一、20 世纪 20 年代初期的新闻教育

(一) 厦门大学新闻学科的创办

中国新闻教育的观念滥觞于 1912 年。这一年全国报界俱进会在上海举行大会，倡议成立"报业学堂"，进行新闻教育，这是中国开设新闻教育的最早提议；尽管"未能见诸实行"，但意义深远，国人开始认识到办报有学，新闻有学。中国新闻教育的实践肇始于北京大学。1918 年 10 月，北京大学新闻学研究会的成立，开始了"是为报业教育之发端"。[①] 这是我国第一个新闻学研究团体，但不是一个以培养新闻人才为目标的正规的新闻教育机构。1920 年 9 月上海圣约翰大学成立报学系，这才是中国高等院校正规的新闻教育的开端。[②] 只是早在 1941 年就有学者指出，"作为老牌的教会大学，圣约翰大学的新闻教育，沿用了美国的新闻教育模式，实际上是美国密苏里大学新闻学院的一个分支。"[③]

1922 年 7 月，厦门大学设立了新闻学部，开创了中国人创办高等学校正规新闻教育的先河。在中国的新闻教育史上，这个举

---

① 戈公振：《中国报学史》，第 210 页，中国新闻出版社，1985 年 11 月。
② 方汉奇：《新闻史的奇情壮彩》，第 370 页，华文出版社，2000。
③ 任白涛：《综合新闻学》第 1 册，第 47 页，商务印书馆，1941。

措意义非同一般。新闻学界对此的评价是，"这是中国人自己开办的第一个高等新闻教育单位"①，"这是中国人最早创办的大学新闻系"②，"这是国人自己创办起来的第一个新闻学科"③，等等。

1922 年 5 月至 6 月，厦门大学在上海的《民国日报》和《申报》这两份颇具影响力的报纸上大张旗鼓地刊登招生广告，至于广告内容，则毫无二致。《民国日报》1922 年 5 月 25 日至 31 日，连续 7 天，全部在头版头条或二条，声明曰"本大学拟设文、理、商、教育、医药、新闻诸学部，现招各学部之预科生共二百人，男女兼收"云云。④ 刊登这则广告的时候，当时的医药学部和新闻学部还没有成立。但是，上述资料表明，厦门大学新闻学部在 1922 年 5 月前已经开始酝酿筹备成立。

1922 年 7 月，经评议会议决和董事会同意，增设医药学部和新闻学部，时任教务主任的刘树杞宣称："现在事属草创，各学部均尚未设主任，故各学部一切进行事务暂时均由教务处规划办理。"⑤

由此可知，厦门大学新闻学科创立的确切时间应在 1922 年 7 月，其名称是"新闻学部"。成立之初的新闻学部，既没有分科，也没有分门，甚至没有设置主任一职，新闻学部的事务由教务处来总理。

1923 年 4 月，厦门大学经历了第一次的学科调整，学校评

①　梁家禄等：《中国新闻业史》，第 237 页，广西人民出版社，1984 年 8 月。

②　孙文铄等：《中国新闻界之最》，第 113 页，社会科学出版社，1993 年 4 月。

③　王洪祥主编：《中国现代新闻史》，第 55 页，新华出版社，1997 年 1 月。

④　上海《民国日报》，1922 年 5 月 25 日，第 1 版。

⑤　《厦门大学民国十年度报告书》之《教务处报告》，第 14 页。

议会决定将学部改称为"科"，并且开始设置主任。新闻学部更名为新闻科，主任是孙贵定。厦门大学建设新闻学科的举措引起了新闻界的关注。1923 年 5 月，即新闻学部改称新闻科之后的一个月，上海《民国日报》刊登了一则消息《厦门大学组织新闻科》，报道云，"厦门大学，开办迄今，已二载于兹，成绩斐然。该校对于新闻学科，尤为注意，现正着着进行，不遗余力。"①

时隔不久，厦门大学面临着第二次的学科调整，新闻科改称为新闻学系。学校评议会议决将商科、教育科和新闻科并归文科，改称"学系"，"其所有课程及教授方针，与设科时毫无差异"，② 也就是说，"名称虽异，内容一仍其旧"。③

可惜好景不长。1926 年 1 月，厦门大学第三次学科的调整不期而至。原来隶属于文科的教育学系和商学系独立出来，分别恢复设科，称为教育科和商科。至于新闻学系，则干脆宣布停办。

（二）厦门大学新闻学科的招生

根据现存的资料，厦门大学新闻学科从创办到停办，先后一共招生三次。如前所述，新闻学部正式成立之前，1922 年 5 月至 6 月，厦门大学就在上海的《民国日报》和《申报》这两份报纸上刊登了招生广告。据载，1922 年 7 月，厦大"在厦门、上海、北京、福州、广州、新加坡、马尼拉各处招收文、理、教育、商、医、新闻各学部预科新生，共一百五十二名。其中女生二名，是为本大学男女同校之始"。这是第一次招生。第二次是1923 年 3 月，在厦门"招收各学部预科插班生二十五名，复增收女生一名"。还有一次是在 1923 年 7 月，"在上海、厦门、福

---

① 《厦门大学组织新闻科》，载上海《民国日报》，第 7 版，1923 年 5 月 10 日。

② 《厦门大学八周年纪念特刊》，第 5 页。

③ 同上书，第 21 页。

州、莆田、广州、新加坡各处招收本科插班生三人，预科新生一百四十六人。"在这三次招生中，第一次明确指出招收新闻学部的预科学生，后两次则没有确指。①

1924 年 5 月，厦门大学爆发了第一次学潮，新闻学科的师生都卷入其中。学潮结束后，厦门大学新闻学科其实已经名存实亡。此后，新闻学科再也没有招生。1924 年 7 月，在厦门大学《入学试验简章》中，已经没有新闻学科的踪影了。② 而在 1925 年 6 月 6 日的《厦大周刊》"预科主任布告"中，曾任新闻科主任的孙贵定则身兼二职，分别是教育系主任和哲学系主任。③ 此后的厦大招生广告，也没有明确标明要招收"新闻学系"或"新闻科"的学生，直至 1926 年 1 月停办。

这一时期，新闻学科的招生人数，前后至少应有七人之多。

1923 年 5 月，厦门大学新闻科成立同学会。当时的上海《民国日报》对此有报道，"兹闻该科同学赵英毓、张国权、张问仁、曾解、刘国材、周尚君等，组织厦大新闻科同学会，以期发展与改良将来新闻事业。"④ 这里，确切记载的有 6 人，加之周尚老先生忆及的杨载嵊其人，共有 7 人。⑤ 细查厦门大学《历年学生名录》(1921～1924 年)，7 人的籍贯分别如下：

杨载嵊，江苏南通籍；赵英毓，浙江诸暨籍；张国权，浙江瑞安籍；张问仁，福建永定籍；曾解，广东蕉岭籍；刘国材，广东蕉岭籍；周尚，江苏昆山籍。

---

① 《厦门大学布告》第 3 卷第 2 册，第 18 页，1924～1925 年。

② 同上书，第 171 页。

③ 《厦大周刊》第 119 期，第 1 页，星期六版，1925 年 6 月 6 日。

④ 《厦门大学组织新闻科》，载上海《民国日报》，第 7 版，1923 年 5 月 10 日。

⑤ 周尚：《我在厦大新闻科》，载《厦门大学》第 389 期，1998 年 12 月 15 日，第 3 版。

　　上述 7 人在厦门大学《历年学生名录》（1921～1924 年）中都有所记载，毫无疑问，他们曾经就读于厦门大学。但是在《第一届至廿四届毕业生名录》（1926～1949 年）中却不见了踪影。① 由于受学潮的影响而直接导致新闻学科的夭折，当年厦门大学并没有培养出新闻学科的毕业生。

　　从籍贯来看，由于考点设置的原因和招生广告的影响，新闻学科的同学主要来自浙江、江苏和广东等省。校长林文庆在建校十年的年度报告中也曾说，"本校学生来自各处，除福建外，浙江、江苏、广东最多。"②

　　1924 年 5 月，厦门大学学潮后，上述新闻科的 7 位同学，有 4 位转入大夏大学。这 4 位同学分别是曾解、刘国材、周尚和赵英毓。曾解、刘国材，于 1926 年 6 月毕业于大夏大学文科；周尚于 1927 年 1 月毕业于大夏大学教育科；而学潮主将赵英毓于 1927 年 6 月毕业于大夏大学商科。③ 至于张国权、张问仁，还有杨载崀三位，则下落不明，也许辍学，也许转学。

（三）厦门大学新闻学科同学会

　　根据 1921 年厦门大学校旨，学校"提倡学生自治之组织，以期养成高尚之人格，发扬美满之民族精神，于学校内造成一种模范社会，以为将来服务之预备"④。根据现有资料表明，这是我国第一个以研讨新闻事业为主要目的的学生社团组织。对此，

---

　　① 《厦门大学校史资料》第 6 辑，第 75～78 页、3～66 页，厦门大学生出版社，1990。

　　② 《厦门大学民国十年度报告书》之《校长报告》，第 8 页。

　　③ 《大夏大学六周年纪念特刊》，《大夏周刊》第八十六期，1930 年 6 月 1 日。

　　④ 黄宗实、郑文贞选编：《厦门大学校史资料》（第 1 辑），第 12 页，厦门大学出版社，1987 年 12 月。

如前所述，当时上海《民国日报》还专门作了新闻报道，当中还指出"该会已发表宣言书"。① 中国新闻史学家、复旦大学新闻学院宁树藩教授断言，"据我所知，这种以研讨新闻事业而组成的同学会，在我国还是第一个（其他专业似也未见），时间虽短，人数虽少，值得注意。其《宣言书》也值得审视"②。

这份刊登于 1923 年 5 月 10 日上海《民国日报》第 7 版的《宣言书》，全文如下：

> 新闻纸之见于我国，已五十年矣。此五十年中，由变相之邸抄，进而济于世界新闻之林，不可谓无进步。然吾人苟律以谨严之批判，则又未尝不叹其短于论识而滥于取材。呜呼，社会方充满杀机，而新闻纸又鼓其势位富厚之说，以启人争夺之念；群众方兽性相向，而新闻纸又好为刻薄寡恩之论，使人无复以忠厚待人。至于取材之滥，尤足以惊人：总统宴客、总理访人，此何与吾民事，竟据之以入专电；毫无确实之性质者，亦可引之为数遍通信之材料；更下焉者，日惟向壁虚构，以挑拨排挤为业，以津贴敲诈为生。此年来我国之所以乱，而新闻纸之地位所以终不能见重于人也。环视各先进国之新闻，虽不能事事满人意，而立论务衷于理，不为偏激之辞，记事务得其要，不为拉杂之谈，使人读其新闻纸脑力、时间两不浪费，则实足多。同人等有志于新闻事业

---

① 《厦门大学组织新闻科》，载上海《民国日报》，第 7 版，1923 年 5 月 10 日。

② 见于 2003 年 4 月 15 日宁树藩先生给笔者的回信。2003 年 3 月中旬，笔者冒失地提笔给未曾谋面的宁老写信，并附录所写的关于 20 世纪 20 年代厦门大学新闻教育考证辨析的一篇文章，向宁老请教。当时宁老以 84 岁高龄，对所提出的疑问一一作答，并就其中的一些问题提出修改意见，指明研究方向。

之盛，又目睹各先进国斯业之盛及我国之缺憾，窃不能不以改革自任。惟众擎易举，孤掌难鸣，古有明训。爰集斯会，冀能集思广益，竟研究之功，协力合作，举改革之效。此同人区区之微意也。谨此宣言。

这是一份具有历史价值和现实意义的宣言。其问题意识明确，思想境界高远，内容深刻，逻辑缜密，语言老练。

从内容上看，《宣言书》包含有三层意思：首先，回顾中国新闻事业的发展历程。同学会遵从中国现代新闻事业起源于《申报》的论说，也就是宣言书中所说的："新闻纸之见于我国，已五十年矣。"在肯定中国新闻事业的发展取得长足进步的同时，《宣言书》也一针见血地指出了新闻事业的恶俗与流弊，那就是——"短于论识而滥于取材"！

其次，阐明新闻学科同学会的新闻理念。在分析探讨理想的新闻纸没有出现的具体原因的时候，《宣言书》分别从"短于见识"和"滥于取材"这两个方面来批判当时新闻报道的弊病与局限。前者是针对新闻评论，后者则是针对新闻采写而言的。新闻报道，关乎新闻事业的兴盛，关乎国家社会的安定，这是《宣言书》对新闻事业功能的认识；评论据之以理，新闻载之以要，注重读者需求，注重新闻事实，注重舆论导向，注重传播效果，这是《宣言书》对理想新闻事业的认同。

最后，坚定新闻学科同学会的改革信心。

针对新闻报道的弊端，出于对新闻事业的热爱，早在1923年5月厦门大学新闻学科同学会在《宣言书》中也开了一帖"猛药"，那就是——新闻改革。在世界新闻事业的繁盛与中国新闻事业的鄙陋的对比刺激下，厦大新闻学科的同学"有志于新闻事业之盛"，坚持"以改革为己任"，希望能"集思广益，竟研究之功，协力合作，举改革之效"，最后达到"以期发展与改良将来新闻事业"的目的。

根据已有材料来看，厦门大学新闻学科同学会还是很活跃的。1927 年戈公振在《中国报学史》中简略地提到，厦门大学"惟学校当局重视理科，而漠视其他；报学科学生乃组织同学会，内则要求学校当局聘请主任，添设课程，购买图书，与印刷机器；外则介绍同志，加入此科"①。

同学会最令人称奇的举措是参加学潮。1924 年 5 月，由于受到新思想、新思潮的影响，厦门大学爆发了第一次学潮，矛头直指校长林文庆。这次学潮，受到当时新闻界的关注和知识界的支持。以欧元怀、王毓祥、傅式说等为代表的九位教授和以罗士清、施乃铸、赵英毓等为代表的 14 位学生组成的学生代表团，发起了"驱林运动"；不果，最后演变成"读书运动"，发表宣言，脱离厦大，成立了大夏大学。②

学潮对稚嫩的厦门大学新闻学科的冲击非常之大。在 14 位学生组成的学生代表团中，居然有新闻科同学会的成员赵英毓。学潮结束后，新闻科的同学作鸟兽散，全部离开学校。

二、20 世纪 80 年代以来的新闻教育

（一）新闻教育的发展历程

厦门大学复办新闻教育，是随着中国改革开放的深入，与中国新闻教育的恢复同步进行的。"文化大革命"时期，中国新闻教育备受摧残，招生陷于停顿。中共十一届三中全会以后，中国的新闻教育事业经过拨乱反正，在改革开放的新形势下获得了空前发展。在中国高等教育恢复的大环境下，新闻教育逐步走上正

---

① 戈公振：《中国报学史》，第 211 页，中国新闻出版社，1985 年 11 月。
② 《卷首语》，《大夏周刊》第三卷第二号，1930 年 5 月 15 日。

常的轨道，到 1982 年，全国高等学校新闻专业已达 16 个，基本恢复并超过"文化大革命"前的水平。1983 年 5 月，中共中央宣传部和国务院教育部在北京联合召开全国新闻教育工作座谈会，着重讨论了新闻教育的发展规划和新闻教育的改革问题。1983 年 9 月 10 日，中宣部和教育部下发了《关于加强新闻教育工作的意见》，主张加速发展新闻教育，着重培养新闻干部和积极进行新闻改革。这份《意见》后来成为指导新闻教育发展的纲领性文件。1983 年，全国新增设新闻教育机构的高等院校有吉林大学、兰州大学、新疆大学、宁夏大学、武汉大学、华中工学院和厦门大学等。这一年，全国设有新闻专业的高等院校达到 21 个，提前达到了新闻教育规划提出的"1985 年前原各大行政区至少一所高等院校设置新闻专业"的目标。①

厦门大学复办新闻教育，顺应了天时、地利和人和的要求与条件。1979 年那个乍暖还寒的冬季，毕业于 1935 年的厦门大学校友、香港老报人刘季伯借在鼓浪屿休养之机，向母校领导倡议复办新闻教育，提出"恢复新闻系，最好办传播系"的主张。这个建议得到学校领导的肯定与支持。1980 年 4 月，刘季伯先生在参考中国人民大学、复旦大学、北京广播学院和暨南大学的教学方案基础上，借鉴了海外大众传播教育的新进展、新情况，完成了建系的《计划纲要》。这个计划纲要很快就列入了学校的发展规划，相关材料印发给了学校领导和有关部门。在刘季伯先生的策划和联络下，1982 年成立了以我国著名报人徐铸成先生为主任，刘季伯和时任厦门大学副校长的未力工先生为副主任，著名传播学者、香港浸会大学传理学院和香港中文大学新闻与传播

---

①　方汉奇主编：《中国新闻事业通史》（第 3 卷），第 601 页，人民大学出版社，1999 年 2 月。

学院创办者余也鲁先生为顾问，陈扬明先生为筹委会秘书的复办新闻教育的筹备委员会。当时新闻界、新闻教育界的领导和有关人士也纷纷献计献策，当中有中宣部新闻局主管新闻教育的洪一龙先生、中国社科院新闻研究所副所长钱辛波先生、复旦大学新闻学院林帆先生，还有美国联合基金会总干事劳比博士等，一时群贤毕至。时任福建省委书记的项南和厦门大学党委书记的曾鸣，对厦门大学复办新闻教育也给予了极大的支持。1983 年 6 月 30 口，经教育部批准，厦门大学新闻传播系宣告成立。① 厦门大学再一次顺应时代潮流，创办了专门的新闻教育机构，从此掀开了闽南、甚至福建新闻人才培养模式的新的一页。

在厦门大学决定复办新闻教育的时候，是叫"新闻系"还是"传播系"，一个重要而又棘手的名分问题。"新闻传播"，这是当下一个十分流行，也非常具有"中国特色"的词汇，就如同"新闻宣传"一样。但是在 20 世纪 80 年代初，"传播"、"传播学"在当时是颇为陌生也颇受禁忌的新概念、新观念和新学科。

筹备委员会经过几次会议、几番争论，最后达成一致意见，称为"厦门大学新闻传播系"，下设"广告学"和"国际新闻"专业。厦门大学敢为天下先，成为祖国大陆高等院校第一个以"传播"命名的新闻教育单位。这在当时视西方传播学为"资产阶级精神污染"的时代背景下，实属前卫、惊人之举。

厦门大学打破传统的新闻教育模式，引进国外先进的传播学、广告学和公共关系学等新型学科，这在当时可以说是一次新

---

① 陈扬明：《忆创立新闻传播系的倡议者刘季伯》和朱月昌《脚踏实地迎接新世纪——庆祝新闻传播系成立 15 周年》，载于《厦门大学报》增刊之《庆祝厦门大学新闻传播系建系十五周年》，1998 年 12 月 15 日，第 389 期。

闻教育理念的变革。就在 1983 年，我国第一个广告学专业在厦门大学新闻传播系创办。为此上海《文汇报》报道称："厦门大学新闻传播系开始的广告专业，是我国高等院校中首创的新专业。"① 而国际新闻专业的开办，又被新华社《对外参考》称为"填补了我国高等教育文科的一项空白，在我党对外宣传史上是首创的事业。"② 一时间，厦门大学新闻传播系的发展，备受新闻学界、新闻界和广告界的瞩目。厦门大学新闻教育传统的恢复与创新，在中国新闻教育历程上，写下了重重的一笔。

2006 年 12 月，厦门大学批准新闻传播系升格为学院。为了彰显厦门大学新闻教育的特色，2007 年 4 月，学校正式礼聘具有丰富新闻实践经验的前国务院台湾事务办公室主任助理、新闻局局长张铭清先生为首任院长。2007 年 6 月 6 日，厦门大学新闻传播学院举行了隆重的揭牌仪式。目前厦门大学新闻传播学院已经形成了本科——硕士——博士完整的培养体系，下设两个系三个所一个实验室：新闻学系、广告学系；传播研究所、品牌与广告研究所和广告公关事务所；还有一个传播技术实验室。

（二）新闻教育的三个阶段

如果以学历层次作为区分标准的话，厦门大学新闻传播教育经历了三个阶段，实现了三次跨越：1983～1994 年本科生培养阶段、1994～2006 年硕士生培养阶段和 2006 年至今的博士生培养阶段。三个阶段依次递进，相辅相成。

1. 本科生教育

1983 年 6 月 30 日，厦门大学新闻传播系成立之初，在全国率先设置了"国际新闻"和"广告"两个专业；1984 年秋季第

---

① 陈培爱：《中外广告史》，第 161 页，中国物价出版社，1997。

② 新华社《对外参考》，1984 年第 9 期。

一批本科生入学，掀开了厦门大学新闻传播教育历史的新篇章。1985 年经教育部批准，新闻传播系开始筹办广播电视新闻专业，1989 年秋季正式招收本科学生。由此厦门大学新闻传播系形成了以新闻学、广播电视新闻学和广告学三个专业为主的新闻传播本科教育体系。根据事业的发展和教学的需要，厦门大学新闻传播系于 1991 年建立了厦门大学广告公关事务所，1993 年设立了厦门大学传播研究所，2002 年成立了"品牌与广告研究所"，加强了学科研究力量，开辟了教学与社会实践相结合的新渠道。经过 20 余年的实践，厦门大学新闻传播教育闯出了属于自己的一片天地，建立了比较完整的新闻传播教学体系，摸索出一条培育新闻传播人才的路子，当中最值得称道的是广告人才的培养。

厦门大学新闻传播系广告学专业于 1983 年 6 月在全国率先创办，经过 20 多年的发展，现已成为全国高校广告教育的一个著名品牌。厦门大学广告专业的毕业生更是遍布全国各个领域，在广告界和广告教育界都有他们的声音。厦门大学也被众多广告学子看做是中国广告教育的圣地，有中国广告教育"黄埔军校"的美称。①

2. 研究生教育

"本科生招生未动，研究生入学先行"，这是厦门大学新闻传播系为解决师资的燃眉之急而采取的措施。依托武汉大学，厦门大学新闻传播系以徐铸成先生为导师的研究生招生计划先行开展。1983 年秋季，第一批研究生入学，陈金武、朱家麟和黄星民成为厦门大学最早培养的 3 位新闻学硕士研究生，毕业后在新闻界、新闻教育界各自扮演重要角色。为了培养研究生，当时新

---

① 陈培爱：《打造中国传播教育的著名品牌》，载《厦门大学报》2007 年 6 月 1 日，第 734 期。

闻教育著名学者甘惜分、方汉奇、张隆栋、赵玉明、林帆、陈韵韶、徐铸成、余也鲁等，云集厦门大学讲课，为刚刚成立的厦门大学新闻传播系奠定了厚实的学术基础，积累了研究生培养的经验。这种人才培养方式，不能不说是灵活创新之举。

1994 年，厦门大学新闻学硕士点正式批准，下设新闻学、广播电视新闻学、广告学三个研究方向；1995 年秋季，第一批自主招生的 4 位研究生入学，厦大新闻传播人才的培养登上了一个台阶。2002 年，又增设传播学硕士点，下设传播学、广告学和公共关系学三个研究方向，新闻学硕士点不再设广告学方向。2005 年，又荣获新闻传播学一级学科的硕士学位授予权。2005 年，陈培爱教授依托历史学一级学科的博士学位授予权，开始招收"传播史"研究方向的博士研究生。2006 年，厦大获得传播学的博士学位授予权，2007 年开始招收广告学、品牌与广告、传播与社会发展和台湾传媒研究四个方向的博士研究生。①

传播知识、创新知识和服务社会，这是大学所肩负的使命。厦门大学地处东南沿海，在新闻传播教育中开风气之先，携手全国兄弟院校，开设传播学课程，设置传播学专业，参加传播学会议，研究传播学课题，历经风雨磨砺，成为中国东南新闻传播教学与研究的重镇。最能凸现厦门大学新闻传播研究特色与风格的，主要体现在广告研究、华夏传播研究、台湾和东南亚华文传媒研究以及大众传播与社会发展研究这四个方面。②

---

① 参见《厦门大学特色科系介绍》之《人文学院新闻传播系》，载于《厦门大学学报》之《封二》，2000 年第 2 期；还有相关的厦门大学新闻传播系宣传画册。

② 关于厦大新闻传播学院的四个研究方向的论述，请参阅《厦门大学报》2007 年 6 月 1 日，第 734 期。

后　记

本书编写组由黄星民、林念生、庄鸿明、毛章清、叶虎和许清茂组成，在共同反复讨论的基础上，分头到各地收集资料，分工合作，共同完成。具体分工如下：

第一章、第四章第一、二节、第五章第一节由许清茂先生执笔（其中第四章的第一、二节分别由硕士研究生黄云峰、孙杰平完成初稿）。

第二章和第五章第二节由毛章清先生执笔。

第三章由叶虎先生执笔。

第四章第三节由庄鸿明先生执笔。

全书由许清茂、庄鸿明先生统稿，黄星民、林念生先生审校。

感谢厦门市档案馆、漳州市档案馆和北京市图书馆、上海市图书馆、漳州市图书馆、龙海市图书馆、龙海市档案馆、福建省图书馆、厦门市图书馆等单位的大力支持。特别感谢厦门市广电集团、厦门新闻工作者协会、漳州市委宣传部、泉州市委宣传部的鼎力相助。此外，上海交通大学朱金玉副教授、厦门大学硕士研究生张志坚、何旭、何白、王宁和北京的赵慧君编辑等为作者收集了大量的资料和图片，在此一并表示衷心感谢。

图书在版编目（CIP）数据

闽南新闻事业/许清茂，林念生主编. —福州：福建人
民出版社，2008.8
（闽南文化丛书）
ISBN 978-7-211-05760-3

Ⅰ. 闽... Ⅱ. ①许...②林... Ⅲ. 新闻事业史－福建省
Ⅳ. G219.275.7

中国版本图书馆 CIP 数据核字（2008）第 107085 号

（闽南文化丛书）

闽南新闻事业
MINNAN XINWEN SHIYE

作　　者：许清茂　林念生	
责任编辑：魏　芳	
出版发行：福建人民出版社	电　　话：0591-87533169（发行部）
网　　址：http://www.fjpph.com	电子邮箱：211@fjpph.com
地　　址：福州市东水路 76 号	邮政编码：350001
印　　刷：福建省天一屏山印务有限公司	
地　　址：福州铜盘路 278 号	邮政编码：350003
开　　本：890 毫米×1240 毫米　　1/32	
印　　张：14.25	
插　　页：2	
字　　数：336 千字	
版　　次：2008 年 8 月第 1 版	2008 年 8 月第 1 次印刷
印　　数：1－3000	
书　　号：ISBN 978-7-211-05760-3	
定　　价：34.00 元	
